BASTEI
LÜBBE
TASCHENBUCH

Titel in der Regel auch als E-Book erhältlich

Über den Autor:

Martin Alexander – Jahrgang 1974, verheiratet – hat mehrere Jahre als Kriminalkommissar gearbeitet, bevor ihn der Wissensdurst packte und er nordamerikanische Geschichte studierte. Seit seiner Kindheit interessiert er sich für alles Fantastische von Rollenspielen bis Tolkien. Er hat ein Faible für untypische Helden, und wenn er nicht gerade über solche schreibt, begeistert er sich vor allem für Basketball. Alexander lebt und arbeitet in Berlin.

MARTIN ALEXANDER

DER MEISTER DER TÜRME

ROMAN

BASTEI LÜBBE
TASCHENBUCH

BASTEI LÜBBE TASCHENBUCH
Band 20777

1. Auflage: Dezember 2014

Dieser Titel ist auch als E-Book erschienen

Originalausgabe

Lektorat/Textredaktion: Sabine Biskup
Kartenillustration: Markus Weber,
Guter Punkt GmbH & Co. KG, München
Titelillustration: © Arndt Drechsler, Regensburg
Umschlaggestaltung: Guter Punkt, München
Satz: two-up, Düsseldorf
Gesetzt aus der Garamond
Druck und Verarbeitung: CPI books GmbH, Leck – Germany
Printed in Germany
ISBN 978-3-404-20777-0

1 3 5 7 6 4 2

Sie finden uns im Internet unter www.luebbe.de
Bitte beachten Sie auch: www.lesejury.de

Für alle schnarchenden Prinzessinen,
und ganz besonders eine

Dunkle Zeit von Bann und Feuer
in Sängen und in Rauch vergeht,
wenn aus des Wassers tiefster Tiefe
die reine Seele aufersteht.
Türme, beugt euch vor dem Meister,
wenn der Sturm des Schicksals weht.

Mündlich überliefertes Fragment der Gestohlenen Prophezeiung
aus den Marmorchroniken des Ewigen Berges

Ein Haupt allein bleibt ungebeugt,
aus dem Land von Berg und Winden,
und zwar eines von zwei gleichen,
sollst du suchen, sollst du finden.
Das Haupt, das ohne Krone ist,
wird ihm trotzen, wird ihn binden.

Weitestgehend unbekanntes Fragment derselben Prophezeiung

Fünfe dir zur Seite steh'n:
des Verräters Klinge alt,
die Flamme, die voll Leben wallt,
des Weisen Rat, der klug erschallt,
der Traute, der da schwankt alsbald
und des Untiers Kuss so kalt.

Geheimes drittes Fragment derselben Prophezeiung

TEIL EINS

AUF EINSAMEN PFADEN

PROLOG

In den Augen der Fürstin ruhte der Tod. Tiefe Falten durchzogen ihr Gesicht, und ihre Haut war beinahe so blass wie die Laken des Federbetts, auf dem sie lag. Die Adern auf ihren Händen stachen hervor wie über die Ufer getretene Flüsse in einer Schneelandschaft, und das eisgraue Haar, einer Krone gleich auf dem Kissen drapiert, war das letzte verzweifelte Zeugnis ihrer irdischen Macht. Ihre ganze Gestalt wirkte zerbrechlich, fast durchsichtig.

An der Seite der Fürstin saß ihr Sohn Karol, darum bemüht, einen besorgten Eindruck zu erwecken. Die einst so tatkräftige Landesmutter Windfalls war seit über einem Monat ans Bett gefesselt. Das Volk vergötterte sie und betete täglich für ihre Genesung, doch zu Karols Erleichterung wurde der Pöbel nicht erhört.

»Hedda die Erste und Zweite« hatten die Leute sie getauft, da sie Windfall bereits zum zweiten Mal regierte. Als jungfräuliche Fürstin hatte sie das Land nach dem Anschlag auf ihren Bruder sicher durch die Wirren der Ogerkriege geführt. Und nach dem unverhofften Tod ihres späteren Gatten, Weoderych von Tannenhöh, hatte sie vor zehn Jahren zum zweiten Mal den Windthron bestiegen und das Zepter seither nicht mehr aus der Hand gegeben.

Der Leibarzt der Fürstin hatte ob ihrer rätselhaften Krankheit keinen Rat gewusst und musste gestehen, von einem solch lang anhaltenden Fieber noch nie gehört zu haben. Weder ein gewöhnlicher Aderlass noch die seltensten Heilkräuter sorgten für Besserung. Deshalb hatte Fürstin Hedda sogar reisende Scharlatane um Rat fragen lassen, obwohl sie eigentlich sämtlichem Hokuspokus abgeneigt war.

Eine zahnlose Greisin, die schwor, alte Rezepte der Moornixen zu kennen, hatte ihr Seetang um den Körper gewickelt, auf dass die Krankheit aus dem Körper gesogen würde. Außer dem Gestank von verfaultem Fisch hatte die Behandlung jedoch keine bleibende Wirkung hinterlassen. Ein blinder Seher, der behauptete, die Heilige Kordelia wäre ihm im Traum erschienen, wollte die Krankheit mittels exotischen Räucherwerks aus ihrem Leib bannen. Bei dem Versuch hatte er beinahe den Vorhang des fürstlichen Schlafgemachs in Brand gesteckt, aber das Fieber und die Schwäche waren geblieben. Und ein Totenbeschwörer aus dem fernen Aschenbelt hatte ihr versprochen, dass das Blut eines Neugeborenen eine rasche Genesung herbeiführen würde. Die Fürstin hatte keinen Moment gezögert und den Wahnsinnigen in den Kerker werfen lassen.

Keiner der Ärzte und selbst ernannten Wunderheiler hatte die wahre Ursache für ihren Zustand erkannt, dachte Prinz Karol zufrieden. Einzig die Tinkturen des Thaumaturgen aus seinem Gefolge hatten ihr Fieber eingedämmt und ihre Schmerzen gelindert. Seither hatte sie sich vertrauensvoll in die Behandlung des mysteriösen Mannes begeben, der sein Gesicht stets hinter einer goldenen Maske verbarg. Eine Heilung konnte allerdings auch seine Therapie nicht herbeiführen. Doch das war auch nicht das Ziel …

Ein Luftzug brachte den Vorhang zum Flattern, der mit dem Landeswappen, dem Sturmvogel, bestickt war. Prinz Karol zuckte kurz zusammen, denn fast hatte es den Anschein, das Tier käme ins Gemach geflogen. Dann beugte er sich vor und zog seiner fröstelnden Mutter die Decke bis unters Kinn.

»Kaia«, hauchte sie, kaum in der Lage, die spröden Lippen zu bewegen. Mit leerem Blick starrte sie ihn an.

»Nein, ich bin es, Mutter, dein Sohn Karol«, erwiderte er und strich ihr sanft über die Stirn.

»Kaia!«, krächzte sie abermals, diesmal klang es wie ein Befehl.

Karol sprang wütend auf. Die Betschwester, die am Fuße des Bettes kniete, sah tadelnd zu ihm hoch. Er musste sich zurückhalten, um nicht aus der Haut zu fahren. *Immer wieder Kaia!*

Er liebte seine Zwillingsschwester mehr als jeden anderen Menschen auf der Welt, aber konnte er seiner Mutter nicht einmal genügen?

Kaia übertraf ihn in so gut wie allen Dingen: beim Musizieren, beim Reiten und selbst beim Fechten. Obendrein war sie auch noch beliebter beim Volk, ganz gleich, ob man einen Hofrat oder eine Küchenmagd fragte. Ihr einziges Manko war, als Mädchen geboren worden zu sein.

Diesen Nachteil hatte ihre Mutter zu korrigieren versucht, als sie Männer und Frauen in der Erbfolge als gleichberechtigt hatte erklären lassen. Das allerdings hatte nichts an der Tatsache geändert, dass Karol ein paar Atemzüge älter war als seine Schwester. Den nächsten Schritt, in Windfall das Matriarchat auszurufen, hatte sie indes nie gewagt, aus Angst, den Zorn der anderen Fürsten Oktaniens auf sich zu ziehen.

Oder wartete der Schreiber mit dem windfürstlichen Siegel etwa deshalb vor dem Gemach? Hatte seine Mutter im Sterbebett den Mut gefunden, ihr Testament ändern zu lassen und Kaia an seiner statt als Erbin zu benennen?

So musste es sein, dachte Karol voller Wut. Er hatte es all die Jahre geahnt! Dabei hätte sie in ihrem Zustand gar nicht mehr in der Lage sein sollen, einen klaren Gedanken zu fassen. Dafür hätte das schleichend wirkende Gift des Thaumaturgen sorgen sollen, das Karol ihr zunächst heimlich und später als vermeintliches Medikament verabreicht hatte.

Während er nun hinüber zur Anrichte schlenderte, fasste Karol einen Entschluss. Hedda Ventrins Kapitel in den Marmorchroniken – den mystischen Inschriften, die im Ewigen Berg verborgen lagen – musste heute enden, damit sein eigenes beginnen konnte! Das Volk sollte ergeben zu ihm aufschauen, während er mit strenger Hand herrschte. Er würde den raffgierigen Kaufleuten des Fleets keine Zölle erlassen und auch keine Frauen an die Ritter von Herzfelden verheiraten, so wie es seine Mutter mit ihrer eigenen Schwester getan hatte, nur um den Frieden mit dem

Nachbarland zu wahren. Unter seiner Führung würde Windfall zur Großmacht aufsteigen. Ganz Oktanien sollte ihn kennenlernen, wenn er im nächsten Jahr nach Æstarya reisen würde, um auf der Reichsversammlung über den neuen Voxanten abzustimmen.

Der amtierende Wahlkönig des oktanischen Reichs, Zandrian der Jüngere, würde dann wohl ohne die Stimme Windfalls auf seine Wiederernennung hoffen müssen.

Der Betschwester den Rücken zugewandt, schenkte Karol einen Becher Wasser ein und mengte ihm nicht – wie vorgesehen – drei, sondern dreißig Tropfen aus dem Medizinfläschchen bei. Er betrachtete das Gefäß und hielt es sich unter die Nase.

Das Wasser war immer noch klar und roch vollkommen neutral, so wie es der Thaumaturg versprochen hatte. Wiegenden Schrittes ging er zurück an das Bett der Windfürstin. Er benetzte ihre Lippen mit dem kühlen Nass, und als sie den Mund öffnete, flößte er ihr einen Schluck ein.

»Ich werde nach Kaia schicken lassen«, versprach er seiner Mutter.

Umgehend entspannten sich ihre Gesichtszüge.

»Aber jetzt nimm noch einen Schluck«, flüsterte Karol aufmunternd. »Du willst doch bei Kräften sein, wenn sie kommt.«

Die Fürstin nickte und schloss die Augen. Sie sollte sie nie wieder öffnen.

*

Fünfundfünfzig Tage waren seit dem Tod seiner Mutter verstrichen; sechs weitere musste er sich noch bis zu seiner Krönung gedulden, solange sich nichts Unvorhergesehenes mehr zutrug wie heute Abend.

Prinz Karol zitterte und schlang den Mantel enger um sich. Die Nächte in Windfall konnten im Frühsommer noch empfindlich kalt werden, wenn eine raue Brise aus den Bergen herabwehte. Nach ein paar Schritten lehnte er sich an die Brüstung des Wehrgangs und ließ den Blick schweifen – über das Land, das er schon bald regieren würde.

Nebel war über dem Ammsee aufgezogen. Die Abendsonne schimmerte in einem matten Gelb. Ihr Licht verwandelte den Dunst über dem Wasser in einen güldenen Schleier, hinter dem die Gipfel des Leshmaron aufragten wie die Paläste von Wolkenriesen. Ein Schwarm Krähen zog krächzend zu seinem Schlafplatz.

Das düstere Idyll passte zu seiner Stimmung. *Aber alles wird gut enden. Alles wird gut.* Das sagte er sich immer wieder und fand doch keine Ruhe. Mit zitternder Hand kramte Karol eine gläserne Ampulle aus seiner Manteltasche hervor – ein Geschenk des Thaumaturgen. Das Gefäß war kaum größer als der Daumen eines Mannes und besaß die Form einer Sanduhr. Am Boden des unteren Bauchs befand sich ein Ventil, dem Mundstück einer Pfeife ähnlich. In der schlanken Mitte trennte ein kleiner Metallstift die beiden Glaskolben, die jeweils zur Hälfte mit einer klaren Flüssigkeit gefüllt waren.

Karol hielt sich das Gefäß vor Augen und drehte sachte an einem zierlichen Metallrädchen, bis sich der Stift bewegte und die ersten Tropfen aus dem oberen in den unteren Kolben fielen. Unverzüglich begann die Flüssigkeit zu dampfen und eine grüne Farbe anzunehmen. Das Glas erhitzte sich. Die Wärme, die die Ampulle in seiner Hand entfaltete, beruhigte ihn. Der Mann mit der goldenen Maske mochte kein Magiker sein, aber seinen Erfindungen und Rezepturen wohnte mehr Zauber inne als den meisten Anrufungen oder Beschwörungen.

Karol saugte an dem Ventil und nahm einen winzigen Schluck zu sich. Die Flüssigkeit war heiß und bitter in seinem Mund. Sein Gaumen zog sich unwillkürlich zusammen, während sein Geist begann, sich auszudehnen. Auf einen Schlag fühlte er sich stark und ausgeglichen, so als hätte das Problem nie existiert. Von dieser neuen Zuversicht erfüllt, traf er die Entscheidung, den Vorfall nicht geheim zu halten, sondern dem Thaumaturgen umgehend zu berichten, was geschehen war.

Kurzerhand holte er seinen Taschenspiegel hervor und gab das vereinbarte Lichtzeichen. Er würde sich eine Weile gedulden müssen, aber hier draußen konnten sie wenigstens ungestört reden. Bei den Treffen mit seinem Berater spürte er immer noch diese seltsame Verbundenheit wie bei ihrer ersten Begegnung. Es war ein Gefühl, das bisweilen an Unbehagen grenzte.

Damals, an jenem verschneiten Hochwintertag, hatten die Ratsleute im Sitzungssaal dicht zusammengedrängt gestanden, um sich an den Feuerschalen zu wärmen, die überall im Raum aufgestellt worden waren. Dienstboten waren umhergeschwirrt, um Tee und Früchtebrot an die frierenden Frauen und Männer zu verteilen. Denn selbst die hitzige Debatte über das Erbfolgedekret hatte die Kälte nicht aus ihren Gliedern vertreiben können. Karol hatte, wie üblich, am Rand der Halle Platz genommen und sich nicht an den Gesprächen beteiligt. Nicht, dass irgendeinen der Anwesenden seine Meinung interessiert hätte – schon gar nicht seine Mutter.

Am anderen Ende des Saals, weitab vom Thron der Fürstin, hatte der Thaumaturg im Schatten einer Säule gewartet. In welcher Sache er damals am Hofe vorstellig geworden war, vermochte Karol nicht mehr zu sagen. Im trüben Licht der Purpursonne hatten die versammelten Ratsleute grau und müde gewirkt, einzig die funkelnde Maske des Fremden hatte aus der Menge hervorgestochen. So überfüllt der Saal auch gewesen war, immer wieder hatte sich, wie durch Zauberhand, eine Gasse aufgetan, sodass er den Thaumaturgen im Blick hatte. Der Mann war ein Außenseiter, so wie er. Ein Freigeist mit großen Visionen, doch ohne die Mittel, sie umzusetzen. Karol hatte nicht lange gezögert und ihn zu seinem Berater ernannt.

Beiläufig zog der Prinz noch einmal an der Ampulle. Das Ventil gab ein leises Zischen von sich. Karols Gedanken rasten immer schneller und verursachten einen angenehmen Schwindel. Die

Herkunft und die Ziele des Mannes hatte er nie hinterfragt, und solange es keinen Anlass für Misstrauen gab, würde er das auch nicht tun. Im Gegenteil, er hatte ihm viel zu verdanken.

Vor allem was seine Schwester betraf, hatte ihm der Thaumaturg die Augen geöffnet. Es war ein offenes Geheimnis, dass Kaia das Lieblingskind der Fürstin war. Trotzdem hatte Karol sich nicht ausmalen können, nicht ausmalen *wollen*, dass sie ihn zu übervorteilen suchte. Doch die Informationen des Thaumaturgen sprachen eine andere Sprache. Verrat, wisperten sie.

Ungewöhnlich oft war seine Schwester in den letzten Monaten um die wichtigsten Räte des Landes herumscharwenzelt. Mindestens genauso oft hatte sie sich in dem Gemach ihrer Mutter eingeschlossen, um allein mit ihr zu sein. Und dann, an jenem Abend vor fünfundfünfzig Tagen, war auch noch der Schreiber mit dem windfürstlichen Siegel aufgetaucht. Für all das hatte es nur eine Erklärung geben können: Kaia und seine Mutter hatten ihn um sein Erbe, den Windthron, betrügen wollen.

Lange hatte Karol versucht, diese schmerzhafte Wahrheit zu leugnen, aber seine Schwester war nicht das unschuldige, lebenslustige Mädchen, das sie zu sein vorgab. Wie oft hatte er ihr sein Leid geklagt, wenn die Höflinge ihn verspottet hatten? Wie oft war er zu ihr geeilt, nachdem ihre Mutter ihn wieder einmal einen Taugenichts geschimpft hatte? Früher hatte sie sich sogar verkleidet und an seiner Stelle die täglichen Fechtstunden bestritten, nur damit er der harten Hand des Schwertmeisters entkam. Er hatte mehr als eine Zwillingsschwester in ihr gesehen. Sie war für ihn eine verwandte Seele gewesen. Er hatte ihr vertraut – in *allen* Dingen. Zu lange. All die Zeit hatte sie ihn in Sicherheit wiegen wollen, um in Ruhe ihre Intrigen zu spinnen!

Karol spürte eine unbändige Wut in sich aufkeimen und leerte die Ampulle in einem Zug. Diesmal dauerte es jedoch länger, bis sich eine ähnliche Ruhe und Gelassenheit einstellte. Das mochte wohl auch an dem unangenehmen Zwischenfall liegen, der sich heute ereignet hatte.

Mutter Adriana war am Morgen mit Sorgenfalten auf dem Gesicht zu ihm gekommen. Es war der alten Priesterin sichtlich schwergefallen, ihr Schweigegelübde zu brechen. Doch eine Dienerin hatte ihr hinter dem Beichtschleier gestanden, davon zu wissen, dass der Thaumaturg Schuld am Tod der Fürstin sei. Das Verheerende war jedoch, dass sich die Greisin erdreistet hatte, *zuerst* seine Schwester über diesen Verdacht zu unterrichten!

Mit diesem Wissen konnte ihm Kaia noch gefährlicher werden, als sie es ohnehin schon war. Heute Abend hatte sie sogar versucht, in die versiegelte Kammer der Fürstin einzudringen. Dort, wo ihr einbalsamierter Leichnam und ihr letzter Wille aufbewahrt wurden. Ob es doch Beweise für seine Schuld gab? Karol verbannte den Gedanken. Stattdessen stellten sich ihm die Nackenhaare auf, so lebendig war ihm die unheimliche Schilderung der Priesterin in Erinnerung.

Angeblich hätte die Dienerin beobachtet, wie der Thaumaturg seine Maske abgenommen und zu seinem eigenen Spiegelbild gesprochen hätte: *Der alte Sturmvogel ist tot. Der erste Schritt ist getan. Ich komme zu dir. Ich werde dich befreien.*

Mit verstellter Stimme hatte die Priesterin diese kryptischen Worte geflüstert, wie eine Vettel, die ein Schauermärchen zum Besten gibt. Doch er hatte sie zum Schweigen gebracht.

Nein, dachte Karol, sein Bündnis mit dem Thaumaturgen war kein Teufelspakt. Er hatte weder seine Seele verpfändet, noch irgendwelche Zauberkräfte für sich erbeten. Als ältester Nachkomme hatte er durch das beschleunigte Ableben seiner Mutter lediglich sein Geburtsrecht gewahrt. Wenigstens hoffte er das. Endgültige Gewissheit würde erst die Testamentseröffnung in sechs Tagen bringen.

Koste es, was es wolle, es musste ihm gelingen, seine Schwester bis dahin mundtot zu machen. Es durfte keine Zweifel an seinem Anspruch auf die Windkrone geben!

Karol seufzte. Seine Schläfen pochten. Aus der Rache an seiner Mutter hatte er zumindest keine Genugtuung ziehen können. Es war ihm nicht vergönnt, sie auszukosten. Ihr Beigeschmack war daher mindestens ebenso bitter wie das Elixier des Thaumaturgen. Zu gerne hätte er sich in aller Öffentlichkeit für die unzähligen Demütigungen, die er von ihrer Hand erfahren hatte, revanchiert. Doch ihr Tod würde sein dunkles Geheimnis bleiben müssen – ein Geheimnis, das ihn eines Tages von innen zerfressen würde. Dann hätte sie, die strahlende Fürstin Hedda, noch aus dem Grabe obsiegt.

Trotz seines dicken Mantels fror er noch immer. Wo blieb nur der Thaumaturg? Er brauchte seinen Rat, denn er wusste nicht, wie er vorgehen sollte.

Um sich abzulenken, holte Karol erneut den Taschenspiegel hervor und betrachtete sich. Er hatte das Gefühl, einem Unbekannten ins Gesicht zu sehen. Kleine, eng zusammenstehende Augen musterten ihn argwöhnisch. Seine Blicke suchten und fanden jeden Makel. Trotz seiner Jugend war er keine kraftstrotzende Erscheinung. Wohl aus diesem Grund hatte die Fürstin nie ein Porträt von ihm für die Ahnengalerie anfertigen lassen – ein klareres Zeichen ihrer Geringschätzung konnte es nicht geben.

Seit er als Junge vom Pferd gefallen war, zierte eine krumme Nase sein Gesicht. Eine zertrümmerte Hüfte war ein weiteres Andenken an jenen Reitunfall. Zum Unmut seiner Mutter hatte er sich seither nie wieder auf ein Ross gewagt – eine der wenigen Fragen, in denen er ihr die Stirn geboten und sich durchgesetzt hatte. Der jahrelang schwelende Konflikt mit ihr hatte Karol einiges an Haaren gekostet.

Er sah müde aus, und doch fühlte er sich wacher als je zuvor in seinem Leben. Die Seelentropfen, die ihm sein Berater verschrieben hatte, wirkten wahre Wunder. Nie hatte er die Dinge klarer gesehen.

Ein Geräusch ließ Karol aus seinen Gedanken aufschrecken.

»Eure Hoheit, Ihr habt mich gerufen?«, erklang eine blecherne Stimme aus einem der Rundbögen des Wehrgangs.

Für einen kurzen Moment dachte der Prinz, eine der Ritterrüstungen, die dort zur Zierde standen, hätte zu ihm gesprochen. Doch gleich darauf trat sein Ratgeber aus einer Nische hervor. Nicht nur sein kühler Tonfall und die goldene Maske machten ihn undurchschaubar, sondern auch seine maßvollen, nahezu mechanischen Bewegungen.

»Äh … ja … ich habe Euch gerufen.«

Karol wollte rasch den Spiegel in der Innentasche seines Mantels verstauen, aber seine Hände zitterten. Vergeblich fummelte er mit steifen Fingern an den Knöpfen herum. Um dem lächerlichen Schauspiel ein Ende zu bereiten, legte er das blank polierte Glas kurzerhand auf der Mauer ab.

Sein Berater hatte sich ihm inzwischen gegenübergestellt. Völlig bewegungslos, wie eingefroren. Er trug einen abgewetzten Lederkittel, und wie immer umwehte ihn ein Hauch von Salmiak.

Der Prinz hasste es, in die Maske des Thaumaturgen zu blicken, nur um von seinem verzerrten Spiegelbild verhöhnt zu werden. Die sich ständig verändernden Grimassen brachten ihn jedes Mal aus der Fassung.

»Es … es gibt ein Problem«, begann er vorsichtig.

Der Thaumaturg schwieg. Als Zeichen seiner Aufmerksamkeit neigte er lediglich den Kopf ein wenig zur Seite.

»Eure Botin ist heute Nachmittag eingetroffen«, fuhr Karol fort. »Die Wachen haben sie sofort an mich verwiesen. Wie es scheint, war sie noch nicht von Euren neuen … ähm … Sicherheitsvorkehrungen in Kenntnis gesetzt.«

Seit einigen Tagen hatte sein eigenbrötlerischer Berater niemandem mehr Zutritt zu seinen Räumlichkeiten gewährt. Selbst seine wenigen Vertrauten, die von ihren Reisen stets unzählige Kristallsplitter für ihn mitbrachten, hatte er aus dem Alten Pulverturm ausquartiert. Das fremdländische Volk lungerte nun im Ostflügel der Garnison herum. Bei den Haustruppen hatte diese Maßnahme für einigen Unmut gesorgt. Darüber hinaus hatte der Thaumaturg von Karol verlangt, Treffen nur noch unter vier Augen abzuhalten. *Allmählich überspannt er den Bogen …*

»Ich habe der Botin versichert, dass sie mir die Nachricht ebenso gut überbringen kann wie Euch. Aber das freche Ding wollte mir nichts sagen, außer, dass *die Sache* erledigt sei. Und dann hat sie mir einen merkwürdigen Umhang in die Hand gedrückt, den ich Euch zukommen lassen sollte. Als ob ich irgendein gewöhnlicher Lakai wäre«, ereiferte sich der Prinz. »Die Situation ist nicht hinnehmbar, so kann es nicht weitergehen! Ihr müsst Eure Tore wieder öffnen! Unter solchen Voraussetzungen habe ich Euch den Pulverturm nicht überlassen.«

»Verzeiht, Hoheit, Ihr habt vollkommen recht«, räumte der Thaumaturg umgehend ein. »Ich bin Euch für Eure Hilfe sehr verbunden und habe sie mit Undank und Unannehmlichkeiten beglichen. Doch seid versichert: Ich wollte nur verhindern, dass jemand durch meine Experimente gefährdet wird.« Seine Antwort wirkte einstudiert und nicht, als ob er ernstliche Bedenken hegte oder gar Reue empfand.

»Worin genau besteht das Problem, das Ihr erwähnt habt?«, erkundigte er sich schließlich, ohne auch nur im Geringsten neugierig zu klingen.

Karol schluckte. Obwohl er im Recht war, fühlte er sich wieder in der Defensive, wie ein kleiner Lausbube, der bei einem Streich erwischt worden war. Er versuchte überall hinzusehen, außer in Richtung des Thaumaturgen, wo ihn nur sein groteskes Spiegelbild erwartete.

»Ich wollte gerade ein Bad nehmen, als man meine Schwester zu mir brachte«, erklärte er schließlich zögernd. »Aufgegriffen. Von meiner Garde. Bei dem Versuch, in das Fürstengemach einzudringen. Zu ihrer Entschuldigung hatte sie vorgebracht, das Testament und den Leichnam unserer Mutter überprüfen zu wollen, da ihr einige Absonderlichkeiten zu Ohren gekommen seien.«

Karol fuhr sich nervös mit der Zunge über die Zähne, um den letzten Rest des bitteren Elixiers aufzusaugen. »Es ist so, dass Mutter Adriana mir und auch Kaia von der Beichte einer Dienstmagd berichtet hat. Die Frau will gehört haben, wie Ihr über den Tod der Fürstin gesprochen habt – in einer Weise, die nahelegt, dass Ihr die Hände dabei im Spiel hattet.«

Der Thaumaturg schien keineswegs überrascht zu sein, sofern das durch die Maske hindurch überhaupt zu beurteilen war. Wieso sollte er auch? Er war es ja gewesen, der ihn die ganze Zeit vor seiner Schwester, dieser falschen Natter, gewarnt hatte.

Als der Thaumaturg keine Anstalten machte, sich zu dem Vorfall zu äußern, sprach Prinz Karol weiter: »Ich weiß, ich hätte früher auf Euch hören sollen, aber ich konnte mir beim besten Willen nicht vorstellen, dass sie so weit gehen und in die versiegelte Kammer einbrechen würde. Bestimmt wollte sie das Testament fälschen … oder es stehlen.«

Karol war sich nicht sicher, ob er selbst glaubte, was er da sagte und fuhr daher hastig fort: »Aber keine Sorge, mein Leibwächter, der gute Werron, hat die Sache in die Hand genommen. Es sieht so aus, als sei Mutter Adriana die Treppe hinuntergestürzt. Schließlich war sie nicht mehr die Jüngste und … nicht ganz trittsicher.«

»Und wie erfahren wir nun den Namen der Dienerin, die diese Beichte abgelegt hat?«, fragte sein Berater mit gleichmütiger Stimme.

Karol sah in der Spiegelmaske des Thaumaturgen, wie ihm seine Gesichtszüge entglitten. »Ich … äh … weiß nicht«, stotterte er, »aber ich werde meinen Männern sagen, dass sie Augen und Ohren offen halten sollen.«

Sein Berater nickte langsam. »War das alles?«

»Nun ja …« Prinz Karol zauderte. »Da ist noch etwas … Kaia muss sich Euren Umhang gegriffen haben und hat sich aus dem Staub gemacht. Selbst gesehen habe ich es nicht. Aber der Mantel fehlt, und einem meiner Offiziere ist bestätigt worden, dass sie die Burg in ungewöhnlicher Aufmachung durch das Kleine Nordtor verlassen hat. Ach, verdammt! Mutter hätte ihr diesen kumpelhaften Umgang mit den Burgwachen schon längst verbieten sollen. Dann hätte sie nicht so einfach fliehen können.«

»Ich verstehe«, sagte der Thaumaturg monoton.

Karol empfand die Ruhe in der Stimme seines Beraters als bedrohlicher, als wenn er ihn angeschrien hätte. Er musste seinen ganzen Mut zusammennehmen, um nachzuhaken: »Was hat es denn mit diesem Mantel auf sich? Gibt es etwas, das ich wissen sollte?«

»Was habe ich Euch versprochen, Hoheit?«

»Dass Ihr mich zum mächtigsten Fürsten Oktaniens machen werdet ... vielleicht sogar zum Voxanten?«, murmelte Karol leise.

»Richtig. Aber das wird nur geschehen, wenn sich auch mein Schicksal erfüllt. Und der Umhang ist der erste Schritt auf dem Weg dorthin. Ohne ihn kann das Spiel nicht beginnen.«

Seine Worte jagten Karol einen Schauer über den Rücken. Er wusste nicht, wovon der Thaumaturg sprach, aber er versicherte ihm eifrig: »Glaubt mir, ich habe alle Hebel in Bewegung gesetzt, um des Mantels und meiner Schwester habhaft zu werden.«

»Alle Hebel?«

»Ganz recht. Die Stadtwache hat Befehl, Prinzessin Kaia aufzuspüren und zur Burg zurückzueskortieren. Meine Prinzengarde und mein Leibwächter Werron unterstützen sie dabei. Wie Ihr wisst, hat er eine ausgezeichnete Spürnase – das ist der Oger in ihm. Und außerdem ist er absolut kompromisslos.«

»Ihr habt überreagiert«, stellte der Thaumaturg nüchtern fest. »Bei der Priesterin und bei Eurer Schwester ebenso. Euer Verhalten wird nur Misstrauen und Neugierde säen, wo vorher Unwissen war.«

»Und was hätte ich Eurer Meinung nach tun sollen? Immerhin seid Ihr mein Berater und werdet dafür fürstlich entlohnt!«

»Eure Seelentropfen nehmen und zur Besinnung kommen, bevor ihr handelt«, erwiderte der Thaumaturg. »Auf jeden Fall solltet Ihr schleunigst Euren Leibwächter zurückrufen. Dieser Werron Ogerblut ist ein wandelndes Pulverfass.«

Niemand hat das Recht, so mit mir zu reden! Karol wollte den Thaumaturgen wütend anfunkeln, doch er brachte es nur zu einem müden Stirnrunzeln.

Sein Ratgeber schien den in ihm köchelnden Zorn noch nicht einmal zu bemerken.

»Hoheit, wenn Ihr gestattet, gebe ich meiner Botin die Gelegenheit, die Sache zu bereinigen. Sie ist zuverlässig und diskret. Und auf ihre Weise ebenfalls kompromisslos«, fügte er nach einer kurzen Pause hinzu.

Karol nickte knapp und kehrte seinem Berater den Rücken zu. Er würde schon bald der Fürst von Windfall sein, und dennoch fühlte er sich wie ein bevormundetes Kind. Einmal mehr war er auf fremde Hilfe angewiesen.

Die Sonne war inzwischen hinter den Bergen verschwunden. Die ersten Fledermäuse schwirrten im Zwielicht um die alten Burgmauern herum. *Widerliche Flatterviecher.*

Gereizt nahm Karol den Spiegel in die Hand und schleuderte ihn nach den Tieren. Er traf kein einziges von ihnen. Leise klirrte das Glas, als es weit unter ihm auf dem blanken Fels der Festung zerschellte. *Was sind schon sieben Jahre Pech gegen die achtzehn, die ich bereits hinter mir habe,* dachte der Prinz verbittert. Als er sich wieder umdrehte, weitete sich sein spöttisches Lächeln in der Maske des Thaumaturgen zu einem schauerlichen Grinsen.

»Vielleicht hat Euch Eure Schwester sogar einen Gefallen getan«, verkündete der Thaumaturg schließlich. »Ihr solltet verlauten lassen, dass sie das Testament gestohlen hat und geflohen sei. Damit gilt sie als Verräterin und ist so gut wie vogelfrei. Um den Rest kümmere ich mich.«

MISKAR

Die Menge raunte.

Die beiden Kupferkugeln in Miskars Händen hatten zu glühen begonnen, doch der Gossenzauberer verzog keine Miene. Er war die Ruhe in Person. Das rot leuchtende Metall verursachte nur ein warmes Kribbeln in seinen Handflächen. Wie tausend Nadelstiche breitete sich das Gefühl über seine Arme, Schultern und den Hals aus und wanderte hinauf zu seinen Schläfen. Schweiß rann ihm an Brauen und Nacken herab und tropfte auf seinen nackten Oberkörper.

Doch es war nicht die von den Kugeln ausgehende Hitze, die Miskar ins Schwitzen brachte. Er musste all seine Kraft aufwenden, um die widerstrebenden Elemente im Zaum zu halten. Gleichzeitig ließ er sein Seelenfeuer in die Kupferkugeln und in seine Hände strömen – in die Kugeln, um sie zum Glühen zu bringen, und in die Hände, um sie in einen schützenden Mantel aus Eis zu hüllen.

Hitze und Kälte waren indes seine kleinste Sorge. Er musste sich gegen den Sog wappnen, der an seiner Seele zerrte, wann immer er die Macht der Elemente anrief. Schließlich hatte er nicht vor, wie all die anderen ausgebrannten Gossenzauberer zu enden. Zerfallene Körper und leere Blicke waren alles, was von dem meist kurzen Leben am arkanen Abgrund übrig blieb.

Miskar war jung und stark. Für die Akademie mangelte es ihm nicht an Begabung. Das nötige Kleingeld für die Gebühren würde er jedoch nicht einmal in hundert Jahren zusammensparen können. Trotzdem war er keineswegs verbittert. Wozu Zeit mit Trübsal blasen verschwenden? Er wollte sein Leben in vollen Zügen genießen – und welch besseren Zeitvertreib konnte es geben, als die Damenwelt Æstaryas zu beglücken?

Er hatte mit drallen Wäscherinnen in den Fluten des Ôr geplanscht und sich zu wilden Tändeleien mit Damen der besseren Gesellschaft hinreißen lassen. Er hatte sich durch mehr Betten gewühlt, als er sich erinnern konnte. Welche Maid vermochte es schon, seinem feurigen Blick zu widerstehen? Mit seinen dunkelblonden Locken war Miskar ein regelrechter Exot unter den blassen und weißhaarigen Æstaryanern. Ein verschmitztes Lächeln huschte über die Lippen des jungen Gossenzauberers. Wenn er ein gelungenes Spektakel veranstaltete, dann würde er sicher auch heute Nacht nicht allein bleiben.

Seine Chancen dafür standen gut. Es war der erste laue Abend des Jahres. Die Leute kamen in Scharen auf die Nachtmärkte von Oriza geströmt. Jung und Alt drängten sich um die Jongleure, Musikanten, Schattenspieler und anderen Schausteller. Endlich konnten die Gaukler ihre Künste wieder unter freiem Himmel darbieten. Ungewöhnlich lange hatte der Frühsommer im Land der Zwölften Stunde auf sich warten lassen, und nach dem harten Winter gierten die Menschen nach allen Vergnügungen, die das Leben ihnen bot. Dazu gehörten auch die Feuerspiele, für die Miskar bekannt war.

Am Platz des Trockenen Brunnens saß den Leuten der Geldbeutel für gewöhnlich nicht besonders locker. Nichtsdestotrotz hatte schon der eine oder andere Silbertaler den Weg in das Schälchen des Gossenzauberers gefunden. *Gut so!*

Sein Seelenfeuer frei fließen zu lassen, war nämlich eine gefährliche Sache. Es gab nur einen sicheren Weg, um sich vor dem unweigerlichen Sog zu schützen. Man brauchte ein möglichst edles Material, um das zerstörerische Echo der Elemente zu binden, sonst gefror einem das Blut in den Adern – und das im wahrsten Sinne des Wortes.

Das Dumme war nur, dass solche Materialien – zum Beispiel Metalle oder Kristalle – sehr teuer waren. Etwas Silber reichte aus, um die Kupferkugeln erglühen zu lassen. Mit Gold hingegen könnte er sie in wahre Flammenbälle verwandeln.

Eine Golddragone hatte Miskar hier im Viertel allerdings noch nie zu Gesicht bekommen. Die Hoffnung, ein unvergessliches Feuerwerk abzubrennen, konnte er also getrost begraben. Dafür musste er sich wenigstens keine Sorgen machen, wie in der Kaufmannsgasse oder auf dem Sonnenplatz wegen groben Unfugs von der Garde aufgegriffen zu werden. In Oriza wurde Straßenmagie zwar weitestgehend geduldet, vom Gesetz gestattet war sie jedoch ebenso wenig wie in den anderen Städten Oktaniens.

Rubert und Lius hatten neulich im Humpenknecht erzählt, Anwerber der Akademie würden nachts durch die Gassen des Viertels schleichen und nach begabten Gossenzauberern Ausschau halten. Ob dies der Wahrheit entsprach, war nur schwer zu sagen, denn nach ein Paar Bechern Wein wagten die beiden Streuner oft die kühnsten Behauptungen.

Einmal hatten sie ihm weismachen wollen, dass der Voxant in Wahrheit eine Frau sei. Ein anderes Mal hatten sie behauptet, einen geheimen Zugang zum versiegelten Turm der Akademie entdeckt zu haben. Hin und wieder konnte man für ein paar Kröten auch etwas Brauchbares von Rubert und Lius erfahren, so hatten die beiden durch ihre guten Kontakte zur Garde Miskar schon einige Male vor patrouillierenden Grauröcken warnen können. Doch dass sich die Meister der Türme neuerdings hierher ins Viertel bequemten, um Zauberlehrlinge zu rekrutieren, hielt Miskar für eine weitere ihrer Fabeln.

Erst vor Kurzem hatte sich er auf ein Techtelmechtel mit einer Magd eingelassen, die an der Akademie beschäftigt war. *Wie war doch gleich ihr Name?*

Das Mädchen hatte jedenfalls geplaudert wie ein Wasserfall. Keine Peinlichkeit, die an der Akademie vor sich ging, hatte sie ausgelassen. Von irgendwelchen Anwerbern hatte sie jedoch nichts gesagt. Die Wahrheit lag nicht im Wein, wie so viele behaupteten, sondern zwischen den Laken, da war sich der Gossenzauberer sicher.

Miskars Arme wurden allmählich müde von den Kupferbällen.

Ein letztes Mal wollte er sie hell aufglimmen lassen, um dem Publikum noch ein paar Münzen zu entlocken. Er holte tief Luft und fokussierte die Kugeln, doch jäh wurde seine Konzentration unterbrochen.

Eines der Kinder, das in der ersten Reihe gestanden hatte, stolperte nach vorn, direkt auf ihn zu.

Im letzten Moment riss Miskar die Arme in die Höhe. Ansonsten wäre der Knabe mit seinem Gesicht in den Kugeln gelandet, die immer noch heiß genug waren, um ihm die Augen auszubrennen.

Empört blickte der Gossenzauberer in die Menge, um den Anlass für das plötzliche Gedränge zu ergründen. Ein Mann in einer dunklen Kutte war vor ihn getreten, die Kapuze tief ins Gesicht gezogen.

Was fällt dem Kerl ein? Gerade wollte Miskar den Fremden anherrschen, da blieben ihm die Worte im Hals stecken.

In der blassen Hand des Mannes schimmerte eine Dragone. Ohne jede Theatralik ließ er das Goldstück in die Spendenschale fallen. Trotz der Menschenansammlung konnte Miskar hören, wie die schwere Münze aufschlug. Inmitten der Kupferlinge und angesengten Taler blieb sie liegen, wie das unversehrte Eigelb in einem angebrannten Spiegelei. Als er wieder aufblickte, war der Mann im Getümmel verschwunden.

Miskars Gedanken rasten. Wer war der Unbekannte und wohin war er gegangen? Mit Blicken durchkämmte er die Menge, aber der Mann blieb unauffindbar.

Erwartungsvoll sahen die Zuschauer den Gossenzauberer an. Obwohl nicht sie die Dragone in sein Schälchen geworfen hatten, gafften die Leute, als schuldete er ihnen ein besonderes Schauspiel.

Eine Golddragone bedeutete einen Sommer in Saus und Braus. Neue Kleider, feinste Speisen und Wein im Überfluss. Wenn er die Münze hingegen in seinen Zauber einband, dann wäre der Preis zerronnen wie gewonnen. Mit etwas Glück konnte er später höchstens noch ein paar Goldsplitter aus dem verkohlten Klumpen herausschaben. Und selbst das war nicht gewiss.

Noch einmal blickte Miskar um sich. Unter den Schaulustigen hatte er auch die Zuckerbäcker-Schwestern ausgemacht. Die Nusstaler und Hörnchen waren bei Weitem nicht das Einzige, was an ihnen schmackhaft war. Zu mehr als einem gehauchten Kuss war es mit den blond gelockten Jungfern freilich nie gekommen. Eine süße Schlacht in ihrer Backstube zwischen Honig, Zimt und Mandelkernen wäre es wert, alles Gold in den Kammern des Voxanten zu verschwenden. Was stellte er sich da wegen einer einzigen Dragone an?

Miskar hatte seine Entscheidung gefällt. Er ließ eine der Kugeln in den bereitgestellten Löscheimer plumpsen. Laut zischend spritzte das Wasser auf.

Das Spektakel konnte beginnen. Breitbeinig baute sich der Gossenzauberer auf und zupfte sich nervös die Pluderhose zurecht. Dann stemmte er die Kupferkugel mit der Linken in den Nachthimmel. Jeder auf dem Platz des Trockenen Brunnens sollte seine Darbietung bestaunen.

Er tastete mit dem Fuß nach der Schale – er wollte dem Goldstück so nah wie möglich sein, um das reine Metall in seine Anrufung einzubinden. Miskar spürte, wie die Funken seines Seelenfeuers mit ungewohnter Intensität in ihm prasselten. Eine derartige Hitze stieg in ihm empor, dass die Kugel in seiner Hand ganz weich wurde. Immer greller glühte sie auf.

Er zuckte zusammen. Etwas tropfte auf seine Stirn. Dann Erleichterung – es war nur Wasser!

Der dicke Eismantel um seine Hand schmolz rapide. Kleine Rinnsale liefen ihm bereits den Arm hinab, besser er hielt die Kugel weiter von sich weg. Er konnte sich wahrlich Angenehmeres vorstellen als flüssiges Metall auf seiner Haut.

Und dann geschah es: Kleine türkisfarbene Flammen züngelten plötzlich auf und bildeten einen lichterlohen Kranz um die Kupferkugel.

Das Publikum wich verängstigt zurück und konnte sich doch nicht von ihm abwenden. Er hatte sie alle in seinem Bann!

Miskar lachte trunken vor Freude. Nie zuvor hatte er einen derartigen Rausch verspürt. Ihm war, als würden die Flammen allein von seiner Glücksseligkeit genährt. Schmunzelnd erinnerte er sich daran, was er einst in der Schwefelgasse gehört hatte. Bei den Alchemisten galt Kupfer als das weibliche Metall. Wie die Kugel in seiner Hand, würden die beiden Zuckerbäckerinnen heute Nacht in seinen Armen dahinschmelzen.

Aus dem Augenwinkel sah Miskar, wie plötzlich Unruhe unter den Leuten aufkam. Die Jahre auf der Straße hatten seine Sinne für Unannehmlichkeiten mit der Obrigkeit geschärft. Schon ragten Hakenspeere zwischen den Zuschauern auf. *Verflucht!* Die Grauröcke waren im Anmarsch. Zwei zu seiner Linken und zwei zu seiner Rechten. Hinter ihm versperrten die Trümmer der alten Stadtmauer ihm den Weg.

Er saß in der Falle! Nur noch wenige Schritte, und die Gardisten wären bei ihm.

»Weg da! Zur Seite! Packt Euch!« Stoßend und tretend machten sie sich Platz.

Der kurze Moment der Unachtsamkeit hatte ausgereicht, um den Fluss seines Seelenfeuers ins Stocken zu bringen. Miskars Hand brannte mit einem Mal wie die Sieben Höllen. Bis auf eine hauchdünne Schicht war das kühlende Eis zerflossen. Nur mit Mühe konnte er sich einen Schmerzensschrei verkneifen. Statt die Kugel jedoch fallen zu lassen, schob der Gossenzauberer die Kinder beiseite, holte aus und zielte auf die nahenden Gardisten.

Er biss die Zähne zusammen, wartete noch einen Augenblick und schleuderte dem ersten Speerträger den blaugrünen Flammenball entgegen.

Dumpf schlug die brennende Kupferkugel auf der Brust des Gardisten auf. Keinen Atemzug später fing sein grauer Waffenrock Feuer. Der Mann brüllte wie am Spieß, wirbelte umher und schlug dabei wild um sich – beinahe so, als meinte er, die Flammen mit seinem Speer bezwingen zu können.

Kreischend stob die Menschenmenge auseinander, weg von der lebendigen Fackel. Die Leute duckten sich, stolperten, rafften sich wieder auf und rannten davon, als wäre der Aschenmann persönlich hinter ihnen her.

Ruckartig schnitt die Stangenwaffe des Gardisten durch die Luft; zu schnell für einen alten Mann, der nicht rechtzeitig ausweichen konnte. Miskar kannte ihn. Es war Jodok, ein Tagelöhner aus dem Viertel. Mit voller Wucht bohrte sich der Widerhaken des Speers in seinen Hals und riss ihm die Kehle auf. Röchelnd ging Jodok zu Boden. Verzweifelt schlang er beide Hände um seinen Hals, um die Wunde zuzudrücken. Vergeblich. Blut strömte in Schwallen zwischen seinen Fingern hervor. Sein Griff erschlaffte.

Es gab nichts, was Miskar in dem Durcheinander für ihn tun konnte, wollte er nicht von der Menge zertrampelt oder von den Gardisten erwischt werden. Er musste seine eigene Haut retten.

Wie es aussah, hatte ihm das feurige Chaos etwas Zeit verschafft. Einer der Grauröcke versuchte, mit einem Umhang die Flammen auf seinem Kameraden zu ersticken; die anderen beiden waren von der panischen Menge mitgerissen worden. Das war Miskars Chance.

Mit wenigen Schritten hatte er sich ins Gedränge gemischt und ließ sich vom Strom der Fliehenden an der brüchigen Stadtmauer entlangtreiben. Ellenbogenstöße in die Rippen nahm er dankend in Kauf. Wenn er dem aufmerksamen Blick der Grauröcke entgehen wollte, gab es keine bessere Deckung als den Schutz der Meute. Um nicht über den Haufen gerannt zu werden, hatten sich einige in die Nischen zwischen den Mauerquadern gezwängt. Miskar überlegte kurz, ob er es ihnen gleichtun sollte, doch entschied sich dagegen. Dort säße er wie ein Kaninchen in der Falle.

Im Schatten eines Mauervorsprungs hielt er an, um sich umzusehen. Er hatte eine Spur der Verwüstung hinterlassen. Der brennende Graurock war inzwischen zu Boden gegangen und wälzte sich im Straßendreck. Seine Schmerzensschreie gellten schrill über den Platz. Die übrigen Gardisten hatten sich zu ihrem Waffenbruder durchgekämpft. Einer von ihnen hatte Miskars Wassereimer entdeckt. Mit zwei schnellen Handgriffen hatte er ihn aufgenommen und über seinem Kameraden entleert. Flammen und Schreie erstarben.

Verdammt! Erst jetzt fiel Miskar auf, dass er sein Schälchen mit dem Geld vergessen hatte. Ein paar Straßenjungen waren schlauer als er. Die abgerissenen Burschen hatten sich aus der Menschenmenge gelöst und stürzten sich wie die Geier auf sein Silber.

Der Gossenzauberer konnte es den Kerlchen nicht verdenken. Es hatte Zeiten gegeben, da hatte er selbst Schnapsleichen in dunklen Gassen ausgenommen. Dieser Anblick war jedoch ungleich beklemmender: Während die Straßenjungen noch die Münzen zusammenrafften, hauchte der alte Jodok zu ihren Füßen sein Leben aus.

Angewidert wandte Miskar sich ab. Er löste sich von dem Mauervorsprung und ließ sich weiter mit der Menge treiben. Seine Gedanken rasten. Was hatte ihn nur dazu getrieben, die flammende Kugel nach dem Graurock zu werfen? *Was? Was?!*, hämmerte es in seinem Schädel. Er hatte gebettelt und gestohlen, gelogen und betrogen, aber er hatte nie jemanden getötet. Der Rausch und der plötzliche Sog hatten ihn übermütig werden lassen. Das musste es sein …

Die Menschen um ihn herum verlangsamten plötzlich ihren Schritt. Sie hatten ihre Sprache wiedergefunden, alle zugleich, wie es schien. Das Stimmengewirr klang feindlich in seinen Ohren.

Es dauerte eine Weile, bis der Gossenzauberer merkte, dass es *er* war, auf den die Leute schimpften. Vorwurfsvoll blickten sie ihn an – die einen grimmig, die anderen fassungslos.

»Ich hab's gesehen, ich hab's gesehen! Er hat ihn bei lebendigem Leibe verbrannt!«, schrie jemand aus dem Pulk.

»Ja, und dem armen Jodok hat er einfach den Schädel eingeschlagen!«, keifte eine alte Frau und zeigte mit dem Finger auf Miskar.

»Nein, das waren die Graurôcke! Die haben Jodok auf dem Gewissen!«, entgegnete ein zerlumpter Mann, aufgebracht mit den Armen fuchtelnd.

Miskar erkannte ihn an seinem Armstumpf. Es war Dorin, ein berüchtigter Beutelschneider, den die Gardisten schon oft in den Kerker gesteckt hatten.

»Egal, wer es war«, zürnte Margo, die Schneiderin, »das wird den Grauen nicht gefallen! Die kommen wieder und lassen uns bluten. Dabei haben sie erst letzte Woche den Zehnt bei mir eingetrieben!«

Miskar war froh, dass sich die Leute mehr miteinander als mit ihm beschäftigten. So aufgeheizt, wie die Stimmung war, fehlte nicht viel und sie würden auch ihn brennen sehen wollen. Am besten, er machte sich aus dem Staub, solange es ging.

Zu seinem Glück war es nicht weit bis zum nächsten Torbogen. Vorsichtig ging er Schritt für Schritt rückwärts, bis er den schmalen Durchgang erreicht hatte. Dann machte er auf dem Absatz kehrt und floh in die Seitengasse. Sie führte direkt zur Wallfahrt, einer Schankwirtschaft, die aus Steinen der alten Stadtmauer erbaut worden war.

Es brannte noch Licht in der Taverne. Miskar stieß die klapprige Holztür auf und stürzte hinein. Bis auf Kasbaë, der gelangweilt hinter dem Tresen stand, war die Schankstube leer.

»Ah, doch noch ein Gast«, begrüßte ihn der Wirt. »Wollte gerade dichtmachen. Mieses Geschäft heute Nacht. Bei dem Wetterchen treiben sich die Leute lieber draußen rum. Aber will mich nicht beschweren.« Kasbaë lachte und deutete auf die fein säuberlich angeordneten Tische und Stühle. »Wenigstens kann so auch nichts zu Bruch gehen.«

Der Wirt griff nach Becher und Krug, um Miskar etwas Wein einzuschenken. Doch noch bevor er den Kelch ganz gefüllt hatte, hielt er inne. Am forschen Schritt des Gossenzauberers erkannte er, dass dieser nicht als Gast gekommen war.

»Tut mir leid, Kasbaë«, schnaufte Miskar, »ich habe leider keine Zeit zu plaudern. Ich bin auf der Durchreise.«

Seufzend setzte der Wirt den Weinkrug ab und leerte den bereits eingeschenkten Becher in einem Zug. Dann nickte er in Richtung der Vorratskammer und brummte: »Hintertür ist offen.«

»Danke, hast was gut bei mir!« Miskar war schon in der Speisekammer verschwunden, sodass der letzte Teil des Satzes zwischen Räucherschinken und Weinfässern unterging.

Als der Gossenzauberer wieder ins Freie trat, fröstelte es ihn. Er hätte sich bei Kasbaë wenigstens einen Weinbrand genehmigen sollen, um sich aufzuwärmen, dachte er wehmütig. Doch nun war es zu spät. Und bestimmt hatten die Straßenjungen nicht nur sein Silber, sondern auch sein Hemd mitgehen lassen.

Er versuchte, etwas Wärme in seine nackten Arme zu reiben, aber die Kälte saß tief – viel tiefer, als die frische Nachtluft sie in seine Knochen hätte treiben können. Selten hatte Miskar die Auswirkungen des Soges so deutlich verspürt. Mit tausend eisigen Stichen brannte der Seelenfrost in ihm. Seine Arme und Beine waren bereits taub. Zitternd hob er die Hände und erschrak. Seine Finger waren blau gefroren! Flugs verschränkte er die Arme vor der Brust und klemmte sich die Hände unter die Achseln, um sie zu wärmen. Dann stolperte er los.

Hinter sich meinte er immer noch das aufgeregte Gemurmel der Menge zu hören. Bis zum Platz des Trockenen Brunnens waren es nur ein paar Dutzend Schritte, doch getrennt durch die alte Mauer schienen die Leute weit weg, wie in einer anderen Sphäre. Er musste runter von der Straße. Ein paar Tage untertauchen, bis Gras über die Sache gewachsen war. *Wenn je Gras darüber wachsen würde.* Er hatte zwei Menschen auf dem Gewissen!

Instinktiv hatte Miskar den Weg zu Ruberts und Lius' Haus eingeschlagen. Auch wenn er nicht bei ihnen unterkommen könnte, würden die Hehler zumindest ein Versteck wissen, wo man ihn nicht fand. Natürlich nur vorausgesetzt, sie selbst wollten nicht das Kopfgeld einstreichen, das man mit Sicherheit auf ihn aussetzen würde.

Miskar zögerte, und das keinen Augenblick zu früh. Gerade hatte er in die Webergasse abbiegen wollen, als er am Ende der Straße einen Trupp Gardisten erspähte. Flugs sprang er zurück hinter die Häuserecke und lauschte. Sie kamen auf ihn zu. Nicht schnell, aber zweifellos in seine Richtung. Er wollte es nicht auf eine Verfolgung ankommen lassen. In seinem Zustand war er nicht einmal in der Lage, einen einbeinigen Bettler abzuhängen.

Gehetzt blickte er sich um. Kein Versteck. Kein dunkler Hauseingang. Kein Haufen Unrat. Kein Schatten, mit dem er verschmelzen konnte. *Heute Nacht tust du mir wahrlich keinen Gefallen, geliebte Sternenstadt!*

Miskar hatte keine Wahl. Er musste zurück zur letzten Kreuzung. Keuchend hetzte er über den hellen Granit, mit dem die Straßen Orizas gepflastert waren. Der Quarzstaub auf den Steinplatten glitzerte im Sternenlicht. Nur an wenigen Stellen ließ die Stadt echte Dunkelheit zu. Quälend langsam kam er voran, dabei waren es nur fünf Häuser, fünf Türen bis zur rettenden Kreuzung.

Die erste Tür. Am Eingang ein blecherner Sonnenkranz, die gelbe Farbe abgeplatzt. *Weiter!*

Die zweite Tür. In Rot gestrichen, von Blumen flankiert. Hinter sich hörte er benagelte Stiefel auf Granit. *Weiter, weiter!*

Die dritte Tür. Mit Balken verrammelt. In seinem Rücken erklangen raue Stimmen. *Schneller!*

Die vierte Tür. Eine dunkle Laterne an der Wand. *Gleich geschafft!*

Die fünfte Tür. Eine tote Ratte auf den Stufen. Atemlos strauchelnd näherte er sich der Kreuzung.

Endlich, die Ecke! Mit letzter Kraft glitt er herum. In den

Schatten. Ins Dunkel. In Sicherheit. Erschöpft sank Miskar zu Boden. Es schüttelte ihn vor Kälte. Die Welt um ihn herum verschwamm. Er schloss die Augen und horchte in sich hinein. Sein Seelenfeuer brannte nur noch schwach. Dennoch schaffte er es, die Glut zu nutzen, um den schlimmsten Frost aus seinem Körper zu vertreiben. Das Zittern ließ nach, und mit jedem Atemzug entspannten sich seine Glieder etwas mehr. Er fühlte einen Hauch von Wärme in sich aufsteigen, bis er wieder zu Sinnen kam.

Aus der Häuserschlucht hinter ihm drangen Stimmen an sein Ohr.

»… ich glaube, dahinten hat sich was bewegt!«, flüsterte einer der Gardisten aufgeregt.

»Wenn es der Hexer ist, dann reißen wir ihm den Arsch auf!«, zischte ein anderer.

»Genau, wir spießen den Dreckskerl einfach auf!«, raunte der erste nun kampfeslustiger zurück.

Ein anderer Graurock schien weniger überzeugt. »War bestimmt wieder nur eine Katze, du alte Blindschleiche! Die spüren auch, dass heute Nacht ein gutes Wetterchen zum Vögeln ist«, entgegnete er lachend.

»Schhh–!«, mahnte ein vierter seine Kameraden zur Ruhe.

Verdammt, haben sie mich etwa gesehen? Hab ich mich nicht rechtzeitig in Deckung gebracht?

Langsam kamen die Gardisten näher, um Heimlichkeit bemüht, doch ihre Stiefel knirschten verräterisch auf dem Granit. Sie mussten eigentlich wissen, dass sie viel zu laut waren in ihren Lederwämsern und Waffenröcken. Ein Zögern lag in ihren Schritten. *Sie haben Angst vor mir! Das muss es sein!*

Sicher wollte keiner von ihnen der Erste sein, der in Flammen aufging. Wie sollten sie auch ahnen, dass Miskar keinen Seelenfunken mehr zu verschenken hatte. Er könnte nicht einmal mehr das kleinste Feuer entfachen. Sie würden leichtes Spiel mit ihm haben und ihn auflesen wie einen Trunkenbold – wenn sie nicht zuvor ihre Drohung wahr machten und ihn aufspießten.

Von Hauseingang zu Hauseingang arbeiteten sich die Grauröcke vor. Einer von ihnen stieß sich den Kopf, und ein blechernes Geräusch ertönte. *Die Laterne! Sie sind schon an der vierten Tür …* Miskar versuchte, sich an der Hauswand aufzurichten, doch er rutschte kraftlos ab und sank wieder auf die Knie.

Ein Wimmern entfuhr ihm, als er sich aus Versehen mit der verbrannten Hand abstützte. Im selben Moment zerriss ein kalter Schrei die Nacht. Nichts Menschliches hatte eine solche Stimme.

Miskar hörte die Gardisten aufgeregt tuscheln.

»Was zum Teufel war das?«, fragte einer.

»Keine Ahnung, auf jeden Fall kam es von dahinten«, antwortete ein anderer.

»Vielleicht aus der Webergasse?«

»… und hier ist der Beweis!«, unterbrach sie der Zweifler von vorhin. Mit seinem Speer hatte er die tote Ratte von den Stufen der fünften Tür aufgespießt, wie Miskar dem schmatzenden Geräusch entnahm. »Hat bestimmt eine Katze hier abgelegt. Das war es, was du gesehen hast! Es sei denn, dein Hexer hat sich in eine Muschi verwandelt.«

Die Grauröcke feixten und miauten. Der Protest ihres Kameraden ging in ihrem Gelächter unter. Dann setzten sie sich wieder in Bewegung und marschierten festen Schrittes in die Richtung, aus der der Schrei gekommen war.

Miskar konnte sein Glück kaum fassen. Wer oder was auch immer geschrien hatte, hatte ihm das Leben gerettet. Dennoch verspürte er keinerlei Bedürfnis, sich persönlich zu bedanken. Dafür war der Schrei zu schaurig gewesen. Er musste weiter …

Keuchend drückte er sich vom Boden ab und kam mühsam auf die Beine. Die Stirn an die Häuserwand gelehnt, verschnaufte der Gossenzauberer einen Augenblick, bevor er sich umdrehte. Dann taumelte er ein paar Schritte in die Gasse – und blieb wie angewurzelt stehen.

Keine Speereslänge entfernt stand der Mann mit der dunklen Kutte. Der Mann, der ihm das Goldstück zugeworfen hatte.

Groß. Stumm. Bedrohlich. Noch bevor Miskar reagieren konnte, hatte der Unbekannte in seine Robe gegriffen und ihm mit einer fließenden Bewegung Sand ins Gesicht gestreut.

»Ka-zuuum!«, hauchte ihm der Kuttenträger entgegen.

Sterne begannen vor Miskars Augen zu tanzen, silbrig leuchtend wie der Staub vor ihm. Seine Knie wurden weich, und mit einem Mal schien der Nachthimmel über ihm einzustürzen.

Erst als der Mann in der Kutte über ihm stand, begriff Miskar, dass er schon längst am Boden lag. Er wollte irgendetwas sagen oder tun, doch um ihn herum begann sich alles zu drehen. Schneller, immer schneller, bis ihn Schwindel und Finsternis umarmten. Das Letzte, was Miskar sah, war, wie sich der Fremde zu ihm herabbeugte. Das Sternenlicht brach sich in seinen makellosen Augen aus Kristall.

BALDWIN

»Vermaledeite Krähenscheiße!«, fluchte Baldwin.

Bei jedem Schlagloch, durch das der klapprige Ochsenkarren fuhr, versetzte es ihm oben auf dem Kutschbock einen heftigen Stoß. Da konnte ihn auch nicht die schöne Aussicht versöhnen.

Azurblau schimmerte der Ammsee in der gleißend hellen Sonne. Seine Oberfläche war so glatt, dass sich die schneebedeckten Gipfel des Leshmaron in ihm spiegelten. Hier unten floss Baldwin indessen der Schweiß in Strömen den Nacken runter und klebte hartnäckig an seinem Hintern.

Kein Wind ging. Weit und breit waren außer ihm und dem Rübenbauern, den er nach Windfall begleitete, keine anderen Reisenden zu sehen – abgesehen von den beiden Ochsen, die geduldig den Karren zogen. Niemand war töricht oder verzweifelt genug, sich zur Mittagsstunde über die staubige Landstraße zu quälen. Einzig ein paar bunt schillernde Drachenfliegen surrten durch das hohe Schilf am Ufer des gewaltigen Sees.

Nur nicht undankbar werden, alter Mann, dachte er, zog sich den breitkrempigen Hut tiefer ins Gesicht und nahm zur Erfrischung einen kräftigen Zug aus seinem Weinschlauch. Schließlich war es immer noch besser, hier oben zu sitzen, als auf Schusters Rappen unterwegs zu sein und sich die Haxen blutig zu laufen, zumal ihm sein linkes Bein seit dem letzten Wetterumschwung arg zu schaffen machte.

Bis auf das wetterfühlige Bein war Baldwin für einen Mann seines Alters allerdings noch recht gut beieinander. In den letzten Jahren war ein Teil seiner Muskelkraft einem kleinen Wohlstandsbäuchlein gewichen, ohne dass er es tatsächlich zu solchem gebracht hätte. Hinter seinen schmalen, wässrig blauen Augen wehrte sich ein wacher Geist tapfer gegen die zunehmende Müdigkeit und Verdrossenheit des Alters. Die zerfurchte Stirn und hohlen Wangen waren Zeugen dieses kräftezehrenden Konflikts. Gleichzeitig verliehen ihm sein kurzes hellgraues Haar und die kantigen Gesichtszüge ein gewisses Maß an Würde, ja, einen beinahe aristokratischen Ausdruck – insbesondere letzteren jedoch gänzlich zu Unrecht. Sein gewachster Hut roch so gut wie ständig nach kaltem Rauch. Eine Tabakpfeife am abendlichen Kaminfeuer war nämlich einer der wenigen Genüsse, die er sich noch vergönnte.

Dass der Heilige Sonnenvater jeden ausgestoßenen Fluch auf dem Fuße bestrafte, glaubte Baldwin nicht. Dafür hatte er in seinem fast fünf Dutzend Jahre langen Leben schon zu viele Sünden begangen und nur selten für sie zahlen müssen. Allein der Umstand, dass er ein betagter Söldner war, sprach Bände. Einer fleet'schen Volksweisheit zufolge, gab es mutige Söldner und alte Söldner, aber keine mutigen alten Söldner. Was das aus ihm machte, darüber wollte Baldwin lieber nicht nachgrübeln.

Ein wenig vorbeugende Frömmigkeit konnte jedenfalls nie schaden, dachte er sich. Zur rechten Zeit mochte sie sich auszahlen. Deshalb murmelte er leise ein Gebet vor sich hin, in dem er den Sonnenvater für sein loses Mundwerk um Vergebung bat, und deutete zum Schutz das radförmige Sonnenzeichen vor seiner Stirn an.

Währenddessen malte er sich schon die Belohnung für seine zur Schau gestellte Gottesfurcht aus. Eine Witwe im nächsten Örtchen, die einen guten Braten machte und ein Schlückchen Heurigen für ihn bereithielt. Nicht zu süß und nicht zu herb, gerade so, dass er den Gaumen kitzelte und dennoch erfrischte. Keine junge hagere Maid, an der man sich nicht ordentlich festhalten konnte, sondern eine gemütliche Frau mit reichlich Speck an den Hüften. Ein echtes Weib, an dessen Busen er für eine Nacht weilen konnte.

Die Augen waren Baldwin bei diesem angenehmen Tagtraum zugefallen, da rüttelte ihn ein jäher Ruck abermals auf.

»Himmel, Sonne und Arschgranaten!«

Das war es dann wohl mit der Erfüllung seines frommen Wunsches, schoss es ihm durch den Kopf.

Der junge Rübenbauer, der zu Fuß neben dem Fuhrwerk herlief, blickte derweil besorgt zu ihm hoch.

»Alles in Ordnung bei Euch da oben, Herr Baldwin?«

»Ja, ja, Bürschchen«, antwortete der Söldner mürrisch.

»Dann ist ja gut.« Der Gesichtsausdruck des Bauern sprach jedoch genau das Gegenteil. Besorgt runzelte er die Stirn, was ihn, gesegnet durch gewaltige Segelohren und wild abstehende strohblonde Haare, so lächerlich aussehen ließ wie eine aus Lumpen zusammengeflickte Vogelscheuche.

Gisbert oder Gisbrecht war der Name des nervösen Kerlchens. So ganz konnte sich Baldwin nicht mehr erinnern. Als ihn der Rübenbauer im Hinkenden Karpfen in Erlmoor angesprochen hatte, war er schon zu betrunken gewesen, um sich so unwichtige Einzelheiten wie die Namen von pickligen Jünglingen zu merken. Doch da der junge Bauer Baldwins stattliche Rechnung beim Wirt beglichen hatte, waren sie schnell handelseinig geworden. Selbst in volltrunkenem Zustand verließ den alten Söldner nicht sein Gespür für ein gutes Geschäft.

Der Auftrag war ein Kinderspiel. Die Fahrt von Erlmoor nach Windfall dauerte gerade einmal drei Tage. Die Reise war bei Weitem nicht so gefährlich, wie in den Gasthöfen erzählt wurde. Nur das erste Wegstück durch die Sümpfe um Erlmoor war etwas anspruchsvoller und erforderte Ortskenntnis, wollte man mit dem Karren nicht im Morast stecken bleiben. Hatte man jedoch erst einmal die norderfleet'sch-oktanische Grenze passiert, ging es zügiger voran, denn die Straße wand sich fast die gesamte Strecke über am Seeufer entlang.

Die Gerüchte um Wegelagerer, Sumpfdrachen und Irrlichter, die vorwiegend von ortskundigen Söldnern in Umlauf gebracht wurden, dienten allenthalben dazu, die Preise für den Geleitschutz in die Höhe zu treiben. Jedes Kind wusste, dass Irrlichter lediglich Gruselgestalten aus Ammenmärchen waren. Auch der letzte Sumpfdrache war in der Gegend schon vor vielen Jahren erlegt worden. Und die Räuber, die sich in den von Mücken verseuchten Sümpfen auf die Lauer legten, mussten erst noch geboren werden.

Seit den Ogerkriegen galt die Region offiziell als befriedet. Von daher war Baldwin umso erfreuter, einen Dummen wie diesen Gisbert oder Gisbold gefunden zu haben. Kaum jemand machte dieser Tage überhaupt noch einen Groschen für Wachdienste locker. Der Rübensirup, der in großen Tonkrügen auf dem Karren lagerte, mochte auf dem Markt ein hübsches Sümmchen einbringen. Trotzdem bezweifelte Baldwin, dass die Ware seine Anheuerung rechtfertigte. Momentan lockte sie mit ihrem süßen Geruch nur die Wespen an.

Abzüglich der Zeche, die der Rübenbauer für ihn im Hinkenden Karpfen beglichen hatte, blieben Baldwin bei Ankunft in Windfall noch fünf Groschen. Genug, um es sich für ein paar Tage gut gehen zu lassen. Wenn er seine Hakenbüchse versetzte, dann könnte er sogar bis zur Krönung des neuen Fürsten in der Roten Stadt, wie Windfall aufgrund seiner Mauern auch genannt wurde, bleiben.

Aber so sehr die Feierlichkeiten auch mit Protz und Prunk lockten, Baldwin würde es wohl nicht übers Herz bringen, seine alte Arkebuse zu verscherbeln, nur um dem Spektakel beizuwohnen. Dafür hatte ihm die Waffe in zu vielen Schlachten treue Dienste geleistet. Ohnehin stand ihm der Sinn nicht nach einem längeren Aufenthalt.

Dass das Luntenschloss an der Waffe hakte, hatte er seinem Auftraggeber vornehm verschwiegen. Wozu den Burschen unnötig beunruhigen? Zur Not hatte Baldwin ja noch seinen Langdolch. Mit dem lumpenumwickelten Griff mochte die Klinge nicht nach viel aussehen, aber sie war schärfer als jedes andere Stück Stahl, das er je in Händen gehalten hatte. Kein Wunder, schließlich hatte die Waffe einst dem alten Windfürsten gehört.

Ob feuerbereit oder nicht, mit der Arkebuse im Arm machte Baldwin auf dem Kutschbock auf jeden Fall einen gefährlichen Eindruck. Er hatte dem Bauernlümmel erklärt, er könne die Hakenbüchse dort oben besser in Anschlag bringen und so unmöglich das Ochsengespann führen. Diese lästige Aufgabe hatte daraufhin der junge Bursche übernommen.

»Sagt, Herr Baldwin, könnt Ihr schon die Türme der Stadt ausmachen?«

Gisbert oder Gisborn war ein einfältiger und langweiliger Reisegefährte. Bis auf diese eine Frage hatte er im Laufe des Tages kaum etwas von sich gegeben – diese Frage dafür aber umso öfter. Ein unterhaltsames Gespräch mit ihm zu führen, war gänzlich ausgeschlossen. Selbst in keines der Wanderlieder, die Baldwin noch am ersten Tag geträllert hatte, hatte der Bauer mit eingestimmt. Er nahm an, dass der Bursche ihn mit seiner Fragerei lediglich vom Einnicken abhalten wollte.

Der alte Söldner schluckte seinen Unmut hinunter und antwortete wie schon ein halbes Dutzend Mal zuvor mit kaum verhohlenem Spott: »Noch nicht, junger Herr, aber ich gebe Euch sogleich Bescheid, wenn ich sie erblicke.«

»Stimmt es eigentlich, dass die Mauern der Stadt ihre rote Farbe vom Blut der Oger haben, die während der hunderttägigen Belagerung in den Gräben erschlagen worden sind?«

Baldwin war überrascht. Sollte der Knilch auf den letzten Meilen noch eine echte Unterhaltung anfangen wollen? Nichtsdestotrotz ranzte er ihn an: »Wer erzählt denn einen solchen Unfug?«

Der Rübenbauer schwieg und wandte den Blick eingeschüchtert von Baldwin ab, der ihn finster anstarrte. *Herrschaftszeiten, dem Jungen muss man wirklich mal einen Sack ambrosischen Pfeffer in den Hintern blasen, damit er ein gesundes Temperament entwickelt!*

Schon hatte sich Baldwin wieder auf dem Kutschbock zurückgelehnt, als Gisbert oder Gisholm doch noch etwas Unverständliches vor sich hin murmelte.

»Was? Du musst schon lauter sprechen. Meine Donnerbüchse hat mir nämlich das Gehör weggeblasen«, stieß Baldwin hervor und beugte sich mit der Hand am Ohr zu ihm hinunter.

»Mein Winterschullehrer hat es mir vorgelesen«, gab der Bursche kleinlaut zu verstehen.

»Vorgelesen, dass ich nicht lache! Ich hab's doch schon immer gewusst: Diese Bücher sind nicht das Papier wert, auf dem sie geschrieben sind!«

Um seine Aussage zu unterstreichen, drosch Baldwin mit der flachen Hand auf die hölzerne Sitzbank. Zum Glück wurde das Gefährt von zwei stoischen Ochsen gezogen, denn Pferde wären ihm bei diesem plötzlichen Knall mit Sicherheit durchgegangen.

»Aber es war ein Report«, erwiderte das Kerlchen voller Überzeugung.

»Ein Report?« Baldwin zog die Augenbrauen zusammen und musterte den jungen Bauern mit wachsender Neugier.

»Ja, ein Report. Das ist so eine Art Augenzeugenbericht.«

»Ich weiß, was ein Report ist«, gab Baldwin unwirsch zurück. »Trotzdem. Das ist ein Riesenschmarrn, den du da von dir gibst. Die Mauern von Windfall waren schon immer rot.« Baldwin dachte, die Unterredung wäre damit beendet.

»Aber eine Menge Blut ist trotz alledem geflossen«, beharrte der Bursche.

»Ach, so viel nun auch wieder nicht.« Die Stimme des Söldners hatte einen nachdenklichen Ton angenommen.

»Was wisst Ihr denn schon darüber? Habt Ihr den Report gelesen oder mein Lehrer?«

Baldwin verschlug es glatt die Sprache. Erst brachte der Bauernlümmel stundenlang kein vernünftiges Wort hervor, und nun wurde er auch noch vorlaut. So langsam wurde der alte Söldner ungehalten.

»Was ich davon weiß? War ich dabei oder du, Bürschchen?«, erwiderte er barsch und murmelte noch etwas wie »Einfaltspinsel« in seinen Dreitagebart.

Wie vom Donner gerührt blieb der junge Mann stehen und mit ihm das Gespann. »Ihr wart bei der Ogerschlacht von Windfall dabei?« Seine Stimme überschlug sich. »IHR WART LEIBHAFTIG DABEI?! Das ist doch schon …«

Der Junge begann, an seinen Fingern die Jahre abzuzählen. Nach mehreren erfolglosen Versuchen blickte er entgeistert auf. »… eine halbe Ewigkeit her.«

In seiner Miene spiegelten sich abwechselnd Staunen und tiefe Bewunderung. Letztendlich obsiegte die Bewunderung.

»Schrei noch lauter, und du weckst die Menschenfresser wieder auf«, brummte Baldwin missmutig.

Erschrocken sah sich der Tor um, gerade so, als ob er tatsächlich damit rechnete, dass jeden Moment ein hungriger Oger hinter einem der Bäume hervorgesprungen käme.

Baldwin schüttelte den Kopf. Nur im Suff hatte er sich auf eine Reise nach Windfall einlassen können. Eigentlich hatte er sich geschworen, nie wieder einen Fuß in die Stadt zu setzen. Ähnlich wie mit dem Nicht-Fluchen, nahm er es auch mit den Schwüren nicht so genau, stellte er zynisch fest.

»Habt Ihr etwa gegen Oger gekämpft?« Gisbert oder Gisglück hatte sich anscheinend von seinem Schreck erholt.

»Nein, ich habe mit ihnen Mühle gespielt. Was glaubst du, warum ich mein Geld als Söldner verdiene? Um Socken zu stopfen oder womöglich um Rüben zu pflücken? Natürlich habe ich gegen sie gekämpft!« Während er auf seine Arkebuse deutete, fügte Baldwin in versöhnlichem Ton hinzu: »Siehst du die Kerben hier am Kolben? Für jede von ihnen habe ich einen der Menschenfresser erledigt. Ich musste ihn sogar verlängern lassen, damit der Platz reicht.«

Baldwin grinste ob seines Scherzes, doch Gisbert oder Gideon schien ihn für bare Münze zu nehmen. Staunend betrachtete er den Büchsenkolben, der von einer Vielzahl an Kerben durchzogen war. In Wahrheit war der größte Teil durch Holzwurmfraß entstanden.

»Sind die Oger wirklich so, wie es in den Geschichten heißt? Hoch wie eine Tanne, breit wie ein Scheunentor und stark wie ein rasender Höhlenbär? Ich habe gehört, dass sie die Streitrösser der windfall'schen Kavallerie mit einem Hieb entzweigeteilt haben und die Reiter gleich dazu. Und den Erschlagenen sollen sie das Herz aus der Brust gerissen haben, um es roh zu verschlingen!«

»In den Geschichten wird übertrieben«, erwiderte Baldwin nüchtern, »... maßlos übertrieben. Nur die Sache mit den Herzen, die stimmt.«

»O du lieber Sonnenvater! Das ist ja schrecklich!«, stieß der Bauernjunge keuchend hervor.

»Ach, ich weiß nicht. Wenn man erst mal ins Gras gebissen hat, dann ist der Rest doch einerlei, oder was meinst du, Bürschchen? Die Toten haben sich zumindest nie beschwert. Aber stimmt schon, es ist eine Mordssauerei. Heißt ja nicht umsonst Schlachtfeld, he, he ...«

Das trockene Lachen blieb Baldwin in der Kehle stecken. Er musste einen Schluck aus dem Weinschlauch nehmen, den er griffbereit neben sich auf dem Kutschbock abgelegt hatte.

Der junge Mann wirkte indes merklich mitgenommen von der blutigen Schilderung.

»Das waren immer die Gelegenheiten, bei denen man die fetten Bastarde am besten erwischen konnte. Die Kerle sind dumm wie Bohnenstroh. Die glauben doch glatt, dass sie von den rachsüchtigen Geistern ihrer Opfer heimgesucht werden, wenn sie ihnen nicht das Herz rausreißen und es fressen. Das ist wie ein irrer Zwang. Doch wenigstens halten sie dann für einen Augenblick still und man kann anständig zielen.«

Zur Untermalung kniff Baldwin sein linkes Auge zu und deutete an, die Hakenbüchse in Anschlag zu bringen. »Kaum zu fassen, dass die Belagerung schon fünfunddreißig Jahre her ist«, raunte er und schmunzelte ungläubig vor sich hin.

Gisbert oder Gisgar starrte Baldwin immer noch an. Anscheinend wartete er darauf, dass der Arkebusier seine Geschichte fortsetzte, doch er wurde enttäuscht.

Baldwin ließ seinen Blick über die Weite des Ammsees schweifen, so als suchte er irgendetwas in der Ferne. *Windfall, verfluchtes Windfall!* Die Stadt erinnerte ihn an seine dunkelsten Stunden, auch wenn die schon eine halbe Ewigkeit zurücklagen.

Er hatte sich damit abgefunden, dass er sein Leben in den Sand gesetzt hatte, dass er weder ein Häuschen besaß noch ein Weib, das es hütete, während er fort war. All die Reichtümer, die er in den Jahren als Söldner erbeutet hatte, hatte er verhurt und versoffen. Dieses Schicksal teilte er zwar mit einigen seiner Kameraden, doch hatte keiner von ihnen den Tod eines Fürsten auf dem Gewissen – und den eines guten Freundes.

Gedankenverloren strich er über den Knauf seines Dolchs.

Die prunkvolle Klinge hatte ihm einst Fürstin Hedda geschenkt, im guten Glauben an seine treuen Dienste. Seitdem diente sie ihm eher als Mahnmal denn als Waffe und sollte ihn stets an seine Schande erinnern …

Nach einem tiefen Seufzer hatte Baldwin sich wieder gefangen. Unvorstellbar, dass er in Gegenwart dieses Grünschnabels so sentimental geworden war. Über den Ogerkrieg hatte er noch nie gesprochen. Er hatte sich immer vorgestellt, sein Schweigen erst im Sterbebett in Gegenwart einer kordelianischen Betschwester zu brechen. Die Reise ins Licht würde er nur ungern mit dem Ballast der Vergangenheit antreten. Doch solange er ein Wörtchen mitzureden hatte, lag diese Reise noch ein paar Jahre in der Zukunft.

Auf jeden Fall hatte er nicht damit gerechnet, dass seine Rückkehr nach Windfall die alten Wunden aufreißen würde. *Falsch gedacht, du alter Sack. Also, Augen zu und durch.*

Als er sich von seinen Erinnerungen löste, nahm Baldwin wahr, dass der junge Mann ungeduldig mit den Füßen im Straßenstaub scharrte und etwas von sich gab.

»Was hast du gesagt?«, fragte er irritiert.

»Ich hatte gedacht, dass alle Soldaten bei der Verteidigung der Stadt gestorben wären.«

»Wohl kaum, oder wäre ich sonst hier?« Ein Hauch von Bitterkeit lag in Baldwins Stimme.

Wieder wollte der Bursche zu einer Frage ansetzen, doch Baldwin unterbrach ihn: »Wenn wir noch heute in Windfall ankommen wollen, dann schwingst du jetzt besser die Hufe und treibst die Ochsen an! Ich für meinen Teil habe vor, heute Abend ein kühles Kirschbier zu trinken und nicht unter freiem Himmel vor den Toren der Stadt zu kampieren, nur weil wir getrödelt haben.«

*

Das Drachentor stand noch weit offen, als sie Windfall am frühen Abend erreichten. Es war aus dem gleichen massiven roten Stein erbaut wie die gut zwölf Schritte hohe Stadtmauer.

Seinen Namen trug das Stadttor nicht etwa aufgrund irgendwelcher drachenartiger Reliefs oder Wasserspeier, sondern weil die meisten Kaufleute bei der Einreise ordentlich geschröpft wurden und viele Gulden oder Dragonen Zoll zu entrichten hatten.

Die blauen Flaggen der Stadt standen auf Halbmast. Müde hingen sie im lauen Abendwind, ebenso müde wie Baldwin sich fühlte.

Der Brauch verlangte es, dass die Staatstrauer einundsechzig Tage währte, einen ganzen royumischen Sonnenzyklus lang. In wenigen Tagen würde dann die Krönung des neuen Fürsten stattfinden. Prinz Karol war ein unbeschriebenes Blatt. Baldwin hatte noch nicht viel über ihn gehört, was ebenso Gutes wie Schlechtes heißen konnte. Ob der Adelsbengel ein fähiger Staatsmann oder nur eine willenlose Marionette war, ging ihm andererseits knapp am Arsch vorbei. Das Interesse an hochherrschaftlicher Politik hatte er schon lange verloren.

Vier mit Hellebarden bewaffnete Stadtwachen standen am Tor und musterten die Reisenden kritisch. Über ihren schweren Brünnen trugen sie einen blauen Wappenrock, der mit dem Emblem der Stadt Windfall, dem Sturmvogel, verziert war, und an ihren Gürteln baumelten schwere Knüppel.

Nach einem längeren Disput mit einem Postkutscher winkten die Wachen sein Gespann endlich durch. Nicht jedoch ohne zuvor ein kleines Beutelchen entgegengenommen zu haben. Ein nicht unübliches Prozedere, wie Baldwin wusste, aber dennoch ungewöhnlich für Windfall. Insbesondere unter der Regentschaft von Fürstin Hedda war die Stadt nicht für krumme Geschäfte bekannt gewesen.

Als die Stadtwachen als Nächstes eine kleine Prozession von kordelianischen Bettelmönchen aufhielten und gründlich durchsuchten, wurde Gisbert oder Gisnot zusehends unruhiger. Nicht gut, dachte Baldwin. Das könnte die Wachen noch neugieriger machen, als sie ohnehin schon waren, und ein eventuell fälliges Bestechungsgeld in die Höhe treiben.

»Kleiner, lass mich nur machen«, murmelte Baldwin und zwinkerte dem Jungen aufmunternd zu. »Ich hab Erfahrungen mit der Sorte.«

Der Bauernbursche nickte kurz. Aus seinem Gesicht war sämtliche Farbe gewichen.

»Unter der Fürstin hätte es so etwas nicht gegeben«, äußerte hinter ihnen ein Fuhrmann leise zischend seinen Unmut.

Ein zustimmendes Murmeln setzte unter den Wartenden ein.

»Weiter, weiter. Der Nächste. Hopp, hopp!«, gellte die Stimme des Wachhabenden über den Platz vor dem Tor.

Der Rübenbauer schien in seiner Aufregung nicht bemerkt zu haben, dass sie gemeint waren.

Baldwin versetzte ihm vom Kutschbock aus einen leichten Stoß, der ihn nach vorn stolpern ließ. Völlig mechanisch setzte sich der junge Bursche in Bewegung und führte den Ochsenkarren zum Wachtposten vor.

»Eure Namen und Euer Begehr?«, fragte der vierschrötige Wachhabende in rauem Ton.

Der Bauernbursche zuckte unwillkürlich zusammen. Zwei der Wachen bauten sich mit ihren Hellebarden vor dem Karren auf, um ihnen die Weiterfahrt zu versperren. Der vierte, ein Kerl wie ein Baum, begann die Ladefläche in Augenschein zu nehmen.

»Met?«, rief er erwartungsfroh, als er die zahlreichen Krüge entdeckte.

Baldwin richtete sein Wort jedoch allein an den Wachhabenden: »Mein Name ist Baldwin von Erlmoor, Arkebusier von Beruf; und dies ist mein Brotgeber, der ehrenwerte Rübenbauer Gisbert, ebenfalls aus der Umgebung der Freistadt Erlmoor … wie mich dünkt.« Den letzten Teil hatte er nur leise hinzugefügt.

»Aber mein Name ist Roland!«, platzte es aus dem Jungbauern heraus.

»Roland?« Baldwin war verdutzt. »Ich dachte, dein Name wäre Gisbert oder Gi–, Gi–, Gi– weiß ich was!«, raunte er dem jungen Mann zu. Wieder an die Stadtwachen gewandt, fuhr er mit einem nervösen Lächeln auf den Lippen fort: »Ich meinte natürlich, der Rübenbauer Roland, *Sohn* von Gisbert.«

»Mein Vater heißt gar ni–«

Bevor Gisbert, beziehungsweise Roland, ein weiteres Mal protestieren konnte, wurde er vom Wachhabenden barsch unterbrochen: »So, so, Roland, Sohn von Gisbert. Aber wessen Sohn bist *du*, Arkebusier? Womöglich ist dein Name gar nicht Baldwin, was? Abgestiegen, aber sofort! Lass die Büchse auf dem Sitz liegen und keine falschen Bewegungen! Unsere Hellebarden sind nicht nur spitz, sondern auch schnell.«

Ächzend mühte sich Baldwin vom Kutschbock herunter. Eigentlich hatte er dem Dummkopf von Bauernlümmel einen strafenden Blick zuwerfen wollen. *Sich einfach so einzumischen!* Stattdessen musste er die Zähne zusammenbeißen, um nicht vor Schmerz aufzuheulen. In der Eile war er mit seinem lädierten

Bein härter auf dem Kopfsteinpflaster aufgekommen, als ihm lieb war.

Noch ehe er sich versah, hörte Baldwin ein lautes Klirren vom hinteren Teil des Wagens. Der übereifrige Torwächter hatte einen der Krüge mit seinem Knüppel entzweigeschlagen. Zäh und langsam floss der dickflüssige Rübensirup über den Karren.

Der Wachmann hatte indes nichts Besseres zu tun, als mit dem Daumen über den klebrigen Prügel zu fahren und ihn danach genüsslich abzulecken.

»Ist Sirup!«, rief er einfältig lachend und entblößte dabei eine hässliche Zahnlücke.

Am liebsten hätte Baldwin die Zahnlücke des Deppen vergrößert, doch Zurückhaltung war angebracht, wenn sie noch heute Abend das Stadttor passieren wollten.

»Also sprich, Arkebusier, was ist nun Euer Anliegen? Schmuggelt Ihr etwa Somnuskraut in den Krügen? Der Sirup eignet sich bestimmt gut dazu, den Geruch zu übertünchen. Na, wird's bald? Ich kann Prigoll genauso gut sagen, dass er die anderen Krüge auch aufmachen soll. Besonders geschickt stellt er sich dabei nicht an, wie Ihr seht. Würde ihm sicher Freude bereiten.« Ein fieses Grinsen trat in das Gesicht des Wachhabenden.

»Ich versichere Euch, mit den Krügen ist alles in Ordnung«, beteuerte Baldwin. »Da ist nichts weiter drin als Sirup, andernfalls möge mich der Allsehende auf der Stelle blenden!«

Der Wachtmeister musterte Baldwin mehrere Atemzüge lang und versuchte, in seinen Augen zu lesen. Der alte Kämpe hielt dem Blick jedoch mühelos stand.

Der Bauernbursche war währenddessen zurückgewichen, um sich hinter Baldwin zu verstecken. Anscheinend hatte er Angst, dass Prigoll auch auf ihn eindreschen könnte.

Das Schmatzen des grobschlächtigen Wachmanns, der immer noch an seinem sirupbenetzten Daumen nuckelte, ging Baldwin gehörig auf den Sack. Er war überzeugt davon, dass man sich immer zweimal im Leben sah, und beim nächsten Mal würden die Umstände gewiss zu seinen Gunsten sein. Die Aussicht auf ein solches Wiedersehen entlockte ihm ein versonnenes Grinsen.

Am Abendhimmel über der Stadt war mittlerweile das bunte Lichterspiel des Windfaller Doms auszumachen, das vom bevorstehenden Sonnenuntergang kündete. Dies war auch den Stadtwachen nicht entgangen, die sichtlich ihren Feierabend herbeisehnten. Da er Baldwin nicht hatte einschüchtern können, wandte sich der Hauptmann dem verängstigten Bauern zu.

»Was versteckt er sich da? Tritt vor, Bursche, und zeig deine Hände, damit ich sehen kann, ob es auch die eines anständigen Landmanns und nicht die eines Tunichtguts sind!«

Das Gebaren des Jungen würde sie noch Kopf und Kragen kosten, dachte Baldwin. Doch er sollte sich irren. Der Angesprochene trat vor und zeigte dem Wachhabenden seine Hände.

Der Hauptmann drehte und wendete sie, wie es ein Viehhändler mit den Läufen eines Gauls bei der Rossschau zu tun pflegte. Nach eingehender Begutachtung schien er zufrieden.

»Na, hoffentlich sind seine Fingernägel so schwarz, weil er fleißig seinen Rübenacker umgräbt und nicht, weil er sich ständig in seinem Arschloch bohrt!«

Der Kommentar des Wachhabenden zog schallendes Gelächter der anderen Uniformierten nach sich.

»Übrigens, wenn wir euch nach dem nächsten Markttag noch innerhalb der Stadtmauern antreffen, dann Gnade euch der Sonnenvater!« Mit einer abfälligen Handbewegung winkte der Wachtmeister den Ochsenkarren durch das Tor.

Der junge Bauernbursche hatte das Gespann gerade in Bewegung gebracht, als ihnen der Hauptmann hinterherrief: »Halt! Augenblick noch. Wer soll denn die Sauerei beseitigen?«

Er deutete auf die stattliche Siruppfütze, die sich unter dem Karren gebildet hatte. »Da muss ein Tagelöhner lange putzen. Aus der Fürstenkasse wird das sicher nicht bezahlt! Ich verhänge eine Mahngebühr in Höhe von drei Groschen gegen Euch, Bauer

Roland, wegen der Verunreinigung Windfürstlicher Straßen! Zahlbar ohne Verzug und in barer Münze!«

Dem jungen Roland klappte die Kinnlade runter. Er brachte jedoch keinen einzigen Ton heraus.

Baldwin wog die Situation ab. Sollte er sich einmischen oder es dabei bewenden lassen? Haftbar war er für den Schlamassel nicht zu machen, da die Ladung nicht ihm, sondern dem Rübenbauern gehörte. Vielleicht gelänge es ihm, den Preis ein wenig zu drücken. Wahrscheinlicher war jedoch, dass sie mit einem Rastplatz vor den Toren der Stadt würden vorliebnehmen müssen.

In jüngeren Jahren hätte er sicher gefeilscht und zur Not auch einen Streit oder gar eine Rauferei vom Zaun gebrochen. Nichts hatte er früher mehr verabscheut als Ungerechtigkeit und Willkür. Doch heute, um viele Jahre weiser und einige Enttäuschungen reicher, fiel ihm die Wahl nicht schwer. Er schwieg und ließ den Bauern zahlen.

An der ersten Kreuzung hinter dem Dragonentor hielt Baldwin an. »Hier trennen sich unsere Wege, junger Roland. Wenn ich mich recht entsinne, geht es zum Marktplatz dort hinten rechts entlang.«

Roland griff sogleich in seine Geldkatze und zählte Baldwins Lohn ab. »Eins, zwei, drei, vier und … fünf«, verkündete er amtsmännisch. »Fünf Groschen, wie abgemacht!«

Es blieb Baldwin nicht verborgen, dass sich nur noch wenige Münzen im Beutel des Bauern befanden. Nicht genug, um in der Stadt eine Unterkunft für sich, das Vieh und den Karren zu finden. Das würde der Junge noch früh genug merken.

»Lebt wohl, Baldwin! Lebt wohl, alter Veteran! Zu schade, dass Ihr mir die Geschichte von der Belagerung nicht mehr zu Ende erzählen konntet.«

Mit einem letzten Gruß, die Hand zum Hut gehoben, wandte sich Baldwin zum Gehen und humpelte los. Aus dem Augenwinkel sah er, wie ihm Roland hinterherschaute.

Ungerührt setzte er seinen Weg fort. Dabei spielte er geschickt mit den Münzen in seiner rechten Hand. Nachdem er sie zweimal durch seine Finger hatte wandern lassen, steckte er schließlich drei von ihnen in seine Manteltasche. Die letzte aber, einen blank polierten Doppelgroschen, ließ er zu Boden fallen. Baldwin lächelte. So es die Glücksgeister wollten, hatte der Rübenbauer einen scharfen Blick.

QUENTIN

Der Morgen kündigte sich mit dem Duft von warmem Holz an. Durch den Schlitz zwischen den schweren kastanienbraunen Vorhängen drangen Sonnenstrahlen in das Zimmer und erweckten es zum Leben, sanft wie eine Mutter, die ihr Kind aus dem Schlaf holte. Doch an diesem Tag stieg noch ein weiterer Geruch vom Dielenboden auf: das säuerliche Aroma von verschüttetem Wein. Die sündigen Stunden der durchzechten Nacht lebten indes allein in der Erinnerung der Schlafenden weiter.

Quentin Weißgerber blinzelte schläfrig, als sich sein Liebster neben ihm regte. Es kam in letzter Zeit viel zu selten vor, dass Terenio bei ihm übernachtete. Er war der älteste Spross der Kaufmannsfamilie Gildenfrey, und sein Vater hatte ihn in den vergangenen Wochen verstärkt in die Geschäfte eingebunden. Der Jüngling mit den Locken und dem Bübchengesicht war das genaue Gegenteil von Quentin: drahtig, braun gebrannt und so gar nicht an den hochgeistigen Dingen des Lebens interessiert. Doch das musste er auch nicht sein, solange seine Küsse schmeckten und ihm der Geldbeutel weiterhin locker saß.

Nichtsdestotrotz sehnte Quentin den Zeitpunkt herbei, an dem er nicht länger auf die Großzügigkeit seines Mäzens angewiesen sein würde. Und dieser Augenblick würde schon sehr bald kommen, davon war er überzeugt. Er musste sich nur einen Namen machen, ganz gleich, ob als Künstler oder Gelehrter.

Was sein Äußeres betraf, war er auf den großen Durchbruch längst vorbereitet. Mit dem blass gepuderten Teint, der schmalen Nase und den weißblond gefärbten Haaren eiferte er dem asketischen Schönheitsideal nach, das für die Jünglinge am Hofe des Voxanten galt. Ganz bewusst spielte Quentin mit dieser Ästhetik, um sich von den gemeinen Bürgern seiner Heimat abzuheben.

Seine Verachtung für alles Gewöhnliche ließ sich stets von seinen goldgesprenkelten Augen ablesen.

Ohne sich zu strecken oder laut zu gähnen, stand Terenio auf und streifte sich sein Hemd über den Kopf. Schuhe und Hose unter den Arm geklemmt, schlich er hinüber zum Schreibtisch.

Wie fürsorglich, dachte Quentin, sein Liebster wollte ihn nicht wecken. Aus zusammengekniffenen Augen beobachtete er, wie Terenio sich mit nacktem Hintern auf dem Lederstuhl niederließ.

Der junge Kaufmannssohn griff nach dem Tintenfässchen und glättete einen Briefbogen. Quentin schloss wieder die Augen und lauschte dem einsetzenden Kritzeln von Federkiel auf Papier. *Ein Liebesbrief am Morgen, so viel Poesie habe ich ihm gar nicht zugetraut …*

Bei dem wohligen Gedanken drehte er sich auf die andere Seite, um noch ein bisschen weiterzuschlafen.

*

Als Quentin wieder erwachte, war er allein und Terenio verschwunden. Es gab Tage, an denen er nicht fassen konnte, in welchem Luxus er lebte – und heute war einer davon.

Er selbst stammte aus einfachen Verhältnissen, ein Umstand, den er meistens lieber verschwieg. Von der Bettnische aus erkundete Quentin sein Gemach mit verträumtem Blick, als sähe er es gerade zum ersten Mal.

Zur Rechten, direkt unter dem hohen Glasfenster, stand ein mächtiger Schreibtisch aus Nussbaumholz. Die kunstfertig gedrechselten Beine wurden von Märchenmotiven aus dem Großen Tann geziert. Faune, Dryaden und Wichtel tanzten Hand in Hand um hoch aufschießende Nadelbäume oder aufstiebende Flammen von Freudenfeuern. Auf dem Tisch stapelten sich Folianten und Briefbögen, die mit scheinbar irren Noten und wundersamen technischen Zeichnungen bekritzelt waren.

Links neben der Tür zum Flur befand sich ein Bücherregal, das bis unter die Decke des Zimmers reichte. Viele Dutzend Quart- und Oktavbände reihten sich darin aneinander. Kollektionen windfall'scher Volksweisen aus allen siebenundsiebzig Tälern standen neben Traktaten über die Pentatonik der Salzlande, theologische Abhandlungen aller Konfessionen neben allgemeinen Nachschlagewerken. Das Herzstück der Sammlung war eine kunstvoll illustrierte, sechsbändige Ausgabe von Darions *Sonnenzeiten*.

Vor dem Regal befand sich ein gemütlicher Diwan. Auf einem Beistelltischchen daneben stand ein Tablett mit einer Kristallkaraffe Minzlikör und zwei zierlichen Gläsern aus Rosenquarz.

Quentin blickte hinüber zum Fenster. Bei zurückgezogenem Vorhang hätte er direkt auf den Marktplatz sehen können. Draußen plätscherte der Lodraak-Brunnen, doch der junge Künstler und Universalgelehrte hatte sich schon lange an die ständige Geräuschkulisse gewöhnt. Andernfalls hätte er sich nicht auf seine Arbeit, das Komponieren, Philosophieren, Erfinden und Rätseln, besinnen können.

Obwohl Quentin das Studium der Sechs Hohen Künste mit summa cum laude abgeschlossen hatte, war ihm der große Wurf noch nicht gelungen. Seine Expertise im Bereich der Sakralmusik, insbesondere der von geheimen Kulten und Sekten, war in Tann nicht sonderlich gefragt, und so hatte er sich in letzter Zeit auf die Kristallomantie verlegt.

Doch sein mangelnder Erfolg hatte Quentins Ego nicht den kleinsten Kratzer versetzt. Im Gegenteil. Mit jedem Misserfolg, jedem nicht aufgeführten Einakter, jeder unverkauften Skulptur und jedem nicht gehaltenen Vortrag wuchs sein Glaube daran, in ihm schlummere ein verkanntes Genie. Er fühlte sich zu Höherem berufen, als die Holzbarone und den Scheinadel zu unterhalten. Seine Zukunft sah er in einer der Freien Städte des Fleets oder in Æstarya, der Wiege der oktanischen Zivilisation.

Außer Terenio und seinem alten Professor, Jeronimus Fenchelbrandt, gab es niemanden, der ihm überhaupt noch einen Besuch abstattete. Dafür hatte Quentin mit seiner überheblichen Art selbst Sorge getragen.

Urplötzlich erfüllte ein seltsames Lichtspiel das im Halbdunkel liegende Zimmer. Sonnenstrahlen fielen auf eine Reihe getönter Glaskugeln, die von einem kompliziert aussehenden Drahtgeflecht an der Decke hingen.

Die weißen, gelben, roten und violetten Kugeln ließen sich hin und her bewegen, um den Lauf und die Farbwechsel der Sonne zu emulieren. In jedem anderen Haushalt wäre die ausladende Apparatur dazu verdammt gewesen, als Staubfänger zu verkommen. Nicht so im Haus Brunnenplatz Nummer neun, in dem eine Frau wie Gertrude Töpfer das Zepter schwang. Bei ihr gab es keinen Platz für Unordnung. Dafür bürgte die resolute Haushälterin mit ihrem guten Namen. Und sie wurde nicht müde zu betonen, dass sie schon bei hohen Herrschaften in Stellung gewesen war, als er – Quentin – noch in die Windeln gemacht habe.

Die alte Jungfer war der fleischgewordene Gegenentwurf zu ihm: Gertrude war wohlbeleibt und immer ein wenig kurzatmig. Ihr breiter Schädel wurde von kurzem graubraunen Haar geziert, das meist klatschnass vor Schweiß anlag, ohne eine Frisur zu ergeben. Ihre Arme waren von kleinen rosafarbenen Pusteln überzogen, und sicher sahen ihre Beine ähnlich aus. Ihre Kurzatmigkeit führte dazu, dass Quentin sich nie ganz sicher war, ob sie gerade vor Anstrengung oder Missbilligung schnaufte, wenn sie mit dem Putzeimer durch seine Wohnung stapfte.

Bei allem Hohn und Spott, den Quentin für Gertrude übrig hatte, musste er jedoch neidlos anerkennen, dass sie ihrer Arbeit mit einem unerbittlichen Pflichtbewusstsein nachkam. Kein Staubkorn und kein Schmutzfleck entgingen ihrem Putzeifer. Gleichzeitig fehlte es ihr vollends an Verständnis für das ungeordnete Leben ihres jungen Herrn. Sie hatte es sich zur Gewohnheit werden lassen, jeden Morgen mit dem Staubwedel in der Hand von einem Zimmer zum nächsten zu gehen. Und war Quentin nach Beendigung der ersten Runde noch immer nicht aufgestanden, begann sie, empört über so viel Dekadenz, wieder von vorn – nur diesmal etwas lauter.

In der Küche machte sich Getrudes Mangel an Kreativität am deutlichsten bemerkbar. An den wenigen Gerichten, von deren Zubereitung sie etwas verstand, gab es nichts auszusetzen. Doch zu Quentins Leidwesen hatte sie nie den Mut, eines seiner teuer erstandenen Gewürze zu verwenden, sodass die Speisen stets ein wenig fad gerieten.

Quentin räkelte sich noch einmal genüsslich unter der Bettdecke und dachte darüber nach, was er sich zum Frühstück gönnen sollte. Insgeheim bemitleidete er Terenio. Wahrscheinlich erwartete ihn ein Tag voller Nichtigkeiten: Kämmerer der Stadt, die mit ihm über Zölle verhandeln wollten; Vertreter der Holzfäller, die ihn mit Trauergeschichten über irgendwelche Tölpel langweilten, die in der Sägemühle der Gildenfreys einen Finger oder eine Hand verloren hatten; und zu guter Letzt sein herrischer Vater, der ihn zwang, ihn zu irgendeiner Vertragsunterzeichnung zu begleiten. Da lobte Quentin es sich, dass er sich als Gelehrter der Hohen Künste Dingen von größerer Bedeutung widmen konnte.

Er wunderte sich, als es plötzlich an der Tür schellte.

Terenio hatte ihn gerade erst verlassen, und der alte Jeronimus pflegte den Tag eingegraben in seine Bücher zu verbringen. Vor Sonnenuntergang war mit einem der sporadischen Besuche des Professors gewiss nicht zu rechnen.

Er hörte Gertrude den Flur hinunterstampfen, um die Tür zu öffnen, dann vernahm er ihre schrille Stimme und die eines ihm unbekannten Mannes. Nach einem kurzen Wortwechsel war das Gespräch offensichtlich beendet.

Der junge Gelehrte hatte sich gerade genüsslich zur Seite gerollt, da klopfte es vehement an der Tür zu seinem Gemach.

Ohne seine Antwort abzuwarten, trat Gertrude ein. Die frühe

Hausarbeit hatte ihr bereits Röte auf die fleischigen Wangen getrieben.

»Frau Töpfer, ich habe Ihnen schon zweihundertsechsunddreißigmal gesagt, dass Sie mich nicht vor der Mittagsstunde wecken sollen«, bemerkte Quentin gähnend.

Gertrude schnaubte verächtlich: »Kann der Herr nicht vernünftig reden und wie jeder andere Mensch sagen: *Ich habe Ihnen schon tausendmal gesagt*? Nein, immer diese Prahlerei! Womöglich soll ich noch vor Dankbarkeit auf die Knie fallen, weil Sie sich so genau daran erinnern, wie oft Sie mir schon dies oder jenes gesagt haben?«

Quentin versuchte sein Bestes, die Anwesenheit des Ungetüms auszublenden. Er wusste, wie sehr es die Haushälterin hasste, wenn sie ignoriert wurde. *Ohne einen Wischlappen in der Hand ist das Weibsbild doch seiner Existenzberechtigung beraubt.*

Doch Gertrude ließ nicht locker. »Außerdem haben wir es schon eine Viertelstunde nach Mittag«, fügte sie schnippisch hinzu. »Und wie es hier drinnen mieft!« Sie rümpfte die Nase und fächerte sich mit der Hand Luft zu. »Puh, man könnte meinen, man sei in eine Kaschemme geraten und nicht in die Wohnung eines studierten Mannes«, schimpfte sie und walzte hinüber zum Fenster, um es sperrangelweit aufzureißen.

Im nächsten Moment erfasste ein Windstoß die Papiere auf dem Schreibtisch, wirbelte sie in die Luft und verteilte sie quer im Raum.

Quentin schrie entsetzt auf. Er war schneller auf den Beinen, als es mit seinem Brummschädel ratsam gewesen wäre.

»Machen Sie sofort das Fenster zu, Sie einfältige Kuh! Und dann verschwinden Sie aus meinem Zimmer, bevor ich mich vergesse!«

Gertrudes Unterlippe fing an zu zittern, und Tränen schossen ihr in die Augen. »So etwas Unerhörtes wie Sie ist mir in vierzig Jahren nicht begegnet!«

»Kein Wunder, die meisten müssen schlauer gewesen sein als

ich und haben Sie rechtzeitig vor die Tür gesetzt«, presste der junge Gelehrte durch die Zähne hervor und hastete zum Fenster.

Dabei versuchte er verzweifelt, die umherfliegenden Papiere einzufangen. Nachdem er das Fenster endlich erreicht und geschlossen hatte, legte sich das Blätterchaos umgehend.

»Hier«, schluchzte Gertrude, »den hat ein Bote für Sie abgegeben!«

Empört pfefferte sie einen Brief auf den Schreibtisch. Dann eilte sie aus dem Raum, so schnell sie ihre Füße trugen.

Quentin blickte auf das Durcheinander in seinem Zimmer. Es würde einige Zeit dauern, die über den Boden verstreuten Unterlagen aufzusammeln und zu sortieren. Kurz musterte er die Aufzeichnungen, die er eben aus der Luft geschnappt hatte – dann ließ er sie fallen. Diese Arbeit konnte warten. Stattdessen griff er nach dem Brief, den Gertrude hinterlassen hatte.

Mit dem spitzen Nagel seines kleinen Fingers riss er den Umschlag auf und fischte das Schreiben heraus.

Verehrter Herr Weißgerber,
mein Name ist Volkmar Kröwald. Sicherlich ist Ihnen meine Person nicht bekannt. Sie sind mir von meinem alten Bekannten Jeronimus Fenchelbrandt anempfohlen worden. Bitte verzeihen Sie meine Unverfrorenheit, wenn ich sogleich zum Punkt komme, doch ich sehe mich gezwungen, Sie in einer dringlichen Angelegenheit um Rat zu ersuchen. Hierzu würde ich Sie gern …

Der junge Gelehrte brach ab und ließ den Brief sinken. Er wendete den Umschlag und las den Absender: *V. Kröwald, Biedenzeile 12, Unter-Tann.*

Der Name Kröwald sagte Quentin tatsächlich nichts. Weder die Anschrift noch die mindere Qualität des Briefpapiers ließen darauf schließen, dass es sich bei dem Absender um einen wohlhabenden Herren handelte. Und sich von einem gewöhnlichen Mann die Zeit stehlen zu lassen, der seine Dienste vermutlich nicht einmal angemessen entlohnen konnte, kam für Quentin nicht infrage.

Kurzerhand zerknüllte er das Schreiben und warf es in den Papierkorb.

Jetzt war erst einmal Zeit für einen erholsamen Spaziergang. Unter einem Dach mit Gertrude konnte er ohnehin keinen kreativen Gedanken fassen. Zudem hatte er noch eine wichtige Erledigung zu machen. Darum kleidete er sich an, streifte seinen Gehrock über und machte sich auf den Weg in die Stadt.

*

Als Quentin auf die Straße trat, stand die Goldsonne bereits im Zenit. Die Plätze und Gassen waren wie leer gefegt, die Fensterläden der Geschäfte geschlossen. Die Bürger Tanns hielten Mittagsruhe – früher als andernorts. Aber dafür gingen sie ja auch früh zu Bett und standen früh wieder auf, dachte Quentin und musste den Kopf schütteln. *Was für ein freudloses Leben!*

Zum Glück war Bodemar Kreidl von einem anderen Schlag. Bei jedem anderen Mann wäre sich Quentin sicher gewesen, ihn zu dieser Stunde bei einem Nickerchen zu stören. Nicht so im Fall des Edelsteinschleifers. Solange es das Tageslicht zuließ, werkelte er wie ein Besessener an seinen Steinen.

Kreidl war vor allem für seine schnörkellosen Baguette- und Carréschliffe bekannt. Für Zierarbeiten fehlten dem übergewichtigen Kunsthandwerker die filigranen Finger. Doch mit ruhiger Hand und der Geduld einer tausendjährigen Eiche schuf er ebene Flächen und klare Kanten, die ihresgleichen suchten. Und genau das war es, was Quentin für sein Vorhaben benötigte. Darüber hinaus war Kreidl in der Lage, selbst in den wirrsten Zeichnungen des jungen Gelehrten einen Sinn zu erkennen und in die Tat umzusetzen. Dem Mann gebührte deshalb sein Respekt. Zu schade nur, dass er in seiner Eindimensionalität als Kunsthandwerker gefangen war. Mit einem Mann von seinem Charakter hätte man gewiss bereichernde Gespräche führen können, wäre er nicht vom Makel der Unbildung behaftet.

Quentin bog gerade in die Silbergasse ein, als er im Schatten eines Hauseingangs einen Zeitungsjungen dösen sah. Die letzte Ausgabe der Waldgazette lugte aus seinem Ranzen. Quentin stupste ihn mit dem Fuß an. Dann drückte er dem gähnenden Jungen ein paar Münzen in die Hand und ließ sich ein Exemplar herausgeben.

Tempelraube Weiter Ungeklärt – Kristallfenster Bleiben Verschwunden! stand in großen Lettern auf der ersten Seite gedruckt. Ansonsten hatte das Provinzblatt, wie schon in seinen letzten Ausgaben, nur über ein einziges Thema zu berichten: die Krönung des neuen Fürsten von Windfall. Welche Gäste wurden erwartet? Welche Kleider würden die Damen tragen und welche Musik am Hofe erklingen?

Einzig eine amüsante Randnotiz weckte das Interesse des Universalgelehrten. Der Verfasser des kurzen Artikels wollte gehört haben, dass der mysteriöse Berater des Prinzen anlässlich der Krönung seine goldene Maske abzunehmen gedenke.

Schon lange rankten sich hanebüchene Gerüchte um die Identität des Wunderwirkers. Aufgrund seiner schmächtigen Statur vermuteten manche gar eine weise Frau hinter der Maske; andere gingen davon aus, dass es sich um einen der totlosen Beschwörer aus dem Aschenbelt handelte. Quentin hielt den selbst ernannten Thaumaturgen schlicht und ergreifend für einen Hochstapler.

Bei dem Gedanken, dass Prinz Karol in wenigen Tagen den Windthron besteigen sollte, wurde ihm ganz übel. Der verträumte Adelsprössling würde den politischen Wandel, den seine Mutter vor Jahren eingeleitet hatte, innerhalb weniger Zyklen zunichtemachen. Es war nicht davon auszugehen, dass er den alten Aristokraten ebenso die Stirn bieten würde wie die tapfere Windfürstin vor ihm. Das Herzstück ihrer Reformen war das Erbdekret, von vielen auch abfällig Mösenparagraf genannt. Der Erlass hatte für große Aufregung gesorgt. Durch ihn waren zum ersten Mal seit Menschengedenken Mann und Weib bei der Erbfolge gleichberechtigt.

Die meisten verkannten allerdings den wahrhaft revolutionären Geist des Gesetzes. Über die Gleichstellung der Geschlechter bei den zu erbenden Titeln und Ämtern hinaus enthielt das Dekret noch eine weitere Klausel: Güter, Ländereien und sonstige Vermögen waren fortan zu gleichen Teilen an alle Kinder zu vererben. Dies bedeutete, dass zweit- und drittgeborene Söhne nicht mehr gezwungen waren, eine Offizierslaufbahn beim Militär einzuschlagen, und unverheiratete Töchter nicht mehr ins Kloster abgeschoben werden mussten.

Es mochte noch Generationen dauern, bis das ganze Ausmaß der Reform sichtbar werden würde, doch dafür wäre es dann umso gewaltiger. Das Machtmonopol der Familienoberhäupter würde gebrochen werden. Die Titularerben würden ihre jüngeren Geschwister ausbezahlen, um sich die Ländereien zu sichern, und dadurch würde eine neue Schicht von vermögenden landlosen Adligen entstehen, die nicht länger der Verwaltung ihres Grundbesitzes verpflichtet waren. Wie diese ihre frisch gewonnene Freiheit und den neu erlangten Wohlstand nutzen würden, stand in den Sternen.

Quentin war jedoch zuversichtlich, dass ein Großteil der Gelder in die Kunst und die Wissenschaften fließen würden. Wer es sich leisten konnte, umgab sich gern mit allem, was schöngeistiger Natur war – zweifelsohne mehr aus Prestigegründen als aus tatsächlicher Verbundenheit.

Doch unabhängig von den Motiven der Mäzene würde das Fürstentum von dieser Entwicklung profitieren. Vorbei wären die Zeiten von lokalen Fehden und Grenzscharmützeln. Wer philosophierte, der führte keine Kriege, zumindest keine so sinnlosen wie die hinterwäldlerischen Berg- und Talbarone. Und nicht zuletzt käme der Wandel auch ihm als Universalgelehrten zugute, denn er würde ihm Aufträge und Anerkennung verschaffen.

Schon von Weitem sah Quentin, wie Bodemar Kreidl bei offenem Fenster an seiner Werkbank stand. Der Schweiß rann ihm in Strömen von der Stirn und bildete in seinen buschigen Augenbrauen und dem grauen Vollbart kleine glitzernde Perlen.

Fasziniert beobachtete der junge Gelehrte, wie der Kunsthandwerker einen dunklen Kristall bearbeitete. Er vermochte sich kaum einen größeren Gegensatz auszumalen als den, der zwischen der Grobschlächtigkeit des Mannes und der Behutsamkeit seiner Bewegungen bestand.

Mit langen, gleichmäßigen Zügen führte Kreidl eine Glasfeile über den schwarzen Stein. Fast hatte es den Anschein, als berührten sich Feile und Kristall nicht. Nur an dem feinen Abrieb war zu erkennen, dass dieser Eindruck täuschte.

Quentin wusste, dass man den Mann jetzt besser nicht störte.

Nach drei weiteren bedächtigen Bahnen hielt Kreidl inne und betrachtete sein Werk. Zufrieden pfeifend griff er nach einem feinen Pinsel und befreite den Kristall vom restlichen Staub. Anschließend säuberte er die Feile mit einem weichen Lappen und legte sie vorsichtig in ein gepolstertes Lederetui. Dann trocknete er sich die Hände an seiner Schürze ab und wandte sich Quentin mit einem freundlichen Zwinkern zu.

»Guten Tag, Herr Weißgerber«, grüßte er mit tiefer Stimme, wobei er die Vokale ungewöhnlich lang zog. Obgleich er schon viele Jahre in Tann lebte, hatte der aus einem der entlegenen Täler stammende Mann seinen breiten Akzent beibehalten. »Sie kommen sicher wegen der Linse?«

»So ist es«, erwiderte Quentin. »Ich hoffe, Sie konnten die letzten Anpassungen vornehmen?«

Er schätzte Herrn Kreidl als einen geradlinigen Mann, bei dem er ohne Umschweife zum Punkt kommen konnte.

»Leider nein«, antwortete der Edelsteinschleifer mit einem Ausdruck des Bedauerns.

Quentin war erstaunt. »Hat es Komplikationen gegeben? Enttäuschen Sie mich nicht, mein guter Herr Kreidl, ich halte große Stücke auf Sie. Ach, sagen Sie nichts, Sie haben meine letzte

Skizze mit den Korrekturen nicht erhalten, nicht wahr? Man kann diesen Botenjungen heutzutage aber auch gar nichts mehr anvertrauen.«

»Nein, nein, die Pläne sind wohlbehalten angekommen«, brummte Kreidl und deutete auf eine Schublade. »Ich habe sogar schon den Blindschliff angefertigt. Das war ein ganz schönes Stück Arbeit.« Er klang nahezu vorwurfsvoll. »Ich muss schon sagen, anfangs hatte ich so meine Zweifel an Ihrem Plan. Ein beidseitiger Facettenschliff auf einem meniskusförmigen Kristall ist … sagen wir, ungewöhnlich. Aber wer weiß, vielleicht können Sie damit ja wirklich flüchtige Stoffe sichtbar machen.«

»Was ich nur herausfinden kann, wenn ich die fertige Linse besitze«, entgegnete Quentin trocken. »Und das bringt mich unweigerlich zu der Frage, *warum* der Kristall noch nicht fertig ist.«

»Ohne Geld keine Arbeit. So einfach ist das«, stellte der Kunsthandwerker nüchtern fest.

»Was soll das heißen, ohne Geld? Herr Kreidl, ich hätte nicht gedacht, dass ich mit Ihnen einmal feilschen müsste«, sagte Quentin mit erhobenem Zeigefinger. »Die Anzahlung sollte für die Nachbesserungen eigentlich mehr als ausreichend gewesen sein.«

»Das war sie auch, aber Ihr Geldgeber hat sie zurückgezogen«, antwortete Kreidl. »Heute Morgen war ein Kontorist aus dem Hause Gildenfrey hier und hat das noch nicht verrechnete Geld und den Kristall mitgenommen.«

»Was!? Wie können Sie einfach den Kristall herausgeben? Es handelt sich um ein kostbares Unikat!«

Kreidl nickte. »Genau, Sie sagen es, Herr Weißgerber. Der Kristall ist ein Einzelstück, und der Kontorist war im Besitz einer Urkunde, die ihn als Eigentum des Hauses Gildenfrey auswies. Sie sehen, mir waren die Hände gebunden.«

Quentin beschlich ein ungutes Gefühl bei dieser Sache. Hatte der alte Gildenfrey etwa nach all den Jahren seine Drohung wahrgemacht und seinem Sohn den Geldhahn zugedreht? Und falls ja, wusste Terenio davon? *Der Brief!* Quentin hatte Terenios Nachricht ganz vergessen. War sie etwa keine Liebesbotschaft, sondern ein Abschiedsbrief gewesen?

Wortlos verließ er die Werkstatt des Edelsteinschleifers, und zurück blieb ein völlig verdatterter Bodemar Kreidl. Auf der Straße wurde Quentin von dem kräftigen Mann jedoch eingeholt.

Kreidl reichte ihm einen gefalteten Plan sowie einen kleinen Samtbeutel.

»Hier, Herr Weißgerber! Sie haben Ihre Zeichnung und den Blindschliff vergessen!«

Immer noch sprachlos nahm Quentin Papier und Beutel entgegen und steckte sie in seinen Mantel. Ein kurzes Nicken als Zeichen seines Dankes war alles, was er zustande brachte. Dann setzte er sich, wie eine von unsichtbaren Fäden gelenkte Marionette, wieder in Bewegung und machte sich auf den Heimweg.

*

Quentins Zimmer war noch nicht aufgeräumt, als er nach Hause kam. Das bedeutete, Gertrude musste ihm den morgendlichen Disput wahrhaft übel genommen haben, anders konnte er sich ihre Arbeitsverweigerung nicht erklären.

An jedem anderen Tag hätte er die Haushälterin umgehend herbeizitiert und sie die Unordnung beseitigen lassen. Jetzt konnte er auf ihre Anwesenheit jedoch gut verzichten.

Hektisch wühlte er in dem Meer aus Papier nach Terenios Schreiben. Ob seine Aufzeichnungen darunter litten, war ihm schlichtweg egal. *Da!*

Zwischen zwei Dokumenten lugte ein sorgsam gefalteter Brief hervor. Quentin hob ihn auf und atmete tief durch. Dann faltete er ihn mit zitternden Händen auseinander und begann zu lesen.

Quentin,
wir haben beide gewusst, dass der Tag kommen würde, an dem sich unsere Wege trennen. Es ist nun an der Zeit für mich, Verantwortung zu übernehmen, so wie es von einem Mann meines Alters und Standes erwartet wird. Wie Du weißt, ist mein Vater bereits seit einer Weile gesundheitlich angegriffen. Mir als ältestem Spross obliegt es, die Familiengeschäfte aufrechtzuerhalten, und ich gedenke, meinen Herrn in dieser Sache nicht zu enttäuschen. Als Mann von herausragendem Intellekt wirst Du sicher nachvollziehen können, dass sich meine künftige Stellung in der Gesellschaft und meine Verpflichtungen nicht mit dem In-den-Tag-Hineinleben und Herumphilosophieren vereinbaren lassen. Deshalb muss ich von weiteren Treffen mit Dir absehen. Auch bei Deinen Studien wirst Du, verständlicherweise, auf meine finanzielle Unterstützung verzichten müssen. Diesbezügliche Anweisungen habe ich bereits erteilt. Mach Dir keine Sorgen, die Miete ist bis Ende des Monats beglichen.

Ich danke Dir für Deine Dienste und wünsche Dir auf Deinem weiteren Weg allen erdenklichen Erfolg.
TG

Quentin las den Brief immer und immer wieder. Nach dem ersten Lesen war das ungläubige Entsetzen der Enttäuschung gewichen. Terenio hatte nicht mal die Größe besessen, ihm ins Gesicht zu sagen, dass es vorbei war. Auch wenn ihre Vereinbarung rein geschäftlicher Natur gewesen war, hatte Quentin für seinen Privatschüler doch eine gewisse Zuneigung empfunden.

Nach dem zweiten Lesen hatte sich die Enttäuschung bereits in Wut verwandelt. Das zuvor noch nervöse Zittern seiner Hände entlud sich in einem heftigen Schlag auf den Schreibtisch. *So also denkt Terenio von mir: Herumphilosophieren! Was für ein Banause!*

Nach dem dritten Lesen kam zu der Wut Verachtung hinzu. Von allen Charakterzügen war sie wohl Quentins treuester Begleiter. Der Kaufmannssohn würde selbst jetzt, da er angeblich Verantwortung trug, immer klein bleiben. Ein Duckmäuser und Kriecher war er! Wie ein Schoßhündchen, das danach strebte, seinem Herrn zu gefallen. Ohne eigene Visionen. Nein, mit Schwächlingen gab Quentin sich nicht ab.

Nach dem vierten Lesen griff er schließlich zu einem Schwefelhölzchen. Begleitet von einem Zischen entzündete er es und hielt es beinahe feierlich unter den Brief.

Fasziniert beobachtete er, wie sich das schwere Papier wellte und die Hitze schließlich ein kleines Loch hineinfraß.

Just in diesem Augenblick wurde die Tür geöffnet.

Der Windzug ließ die Flamme auflodern, und das Papier fing Feuer. Quentin ließ den Brief fallen, um sich nicht die Finger zu versengen. Für einen kurzen Moment hatte er gehofft, es wäre Terenio. Der tatsächliche Anblick überraschte ihn jedoch nicht: Wer anderes als Gertrude hätte es wagen können, sein Gemach zu betreten, ohne anzuklopfen?

Überschwänglich bat er die dicke Haushälterin herein: »Gertrude, kommen Sie! Machen Sie es sich mit mir gemütlich. Wie Sie sehen, habe ich uns ein lauschiges Feuer bereitet.«

Die Augen vor Entsetzen weit aufgerissen, stürmte Gertrude herein. Quentin hingegen blieb völlig unbeeindruckt vor dem Feuer stehen, das inzwischen auf seine Dokumente übergriff, und lächelte.

Panisch blickte Gertrude sich um, riss kurzerhand einen der Vorhänge hinunter und begann, auf die Flammen einzuschlagen, bis sie erstickt waren.

Keuchend baute sich die Haushälterin vor ihm auf: »Herrschaftszeiten, Herr Weißgerber, sind Sie völlig närrisch geworden? Wollen Sie das ganze Haus niederbrennen?«

Ihr zu erklären, dass erst das Öffnen der Tür die Flammen angefacht und so zu dem Malheur geführt hatte, betrachtete der junge Gelehrte als sinnlos. Selbst für die kürzesten Kausalketten brachte Gertrude nicht das nötige Verständnis auf.

Stattdessen antwortete er lapidar: »Was würde das schon ausmachen? Am Ende des Monats muss ich ohnehin ausziehen.«

Plötzlich konnte Quentin nicht mehr an sich halten. Ein hysterisches Kichern erfasste ihn und steigerte sich zu einem nicht enden wollenden Lachen.

Gertrude schlug die Hände über dem Kopf zusammen. Sie musste denken, er habe den Verstand verloren.

Indessen waren Quentin Tränen in die Augen gestiegen. Japsend rang er nach Luft, bemüht, sein Gelächter wenigstens für ein paar Atemzüge zu unterdrücken.

»Immerhin, ein Gutes hat die Nachricht«, presste er schließlich mühsam hervor. »Werte Gertrude, Sie sind entlassen!«

MISKAR

Miskar schlug die Augen auf, doch um ihn herum blieb es dunkel. Erleichtert stellte er fest, dass seine linke Hand schmerzte – er war also nicht tot.

Er versuchte, sich zu bewegen, doch seine Arme und Beine waren so kraftlos, als hätte er hundert Jahre geschlafen. Nach ein paar Atemzügen bemerkte er, wie vor ihm in der Dunkelheit ein langsam heller werdendes Licht aufflackerte. Und mit dem Licht kam die Erinnerung. *Die Flucht durch die nächtlichen Gassen … silberner Staub … glänzende Augen … der Mann in der dunklen Kutte!*

Miskar zuckte vor Schmerz zusammen, als das Leuchten immer greller wurde.

»Verzeihung«, erklang plötzlich eine dunkle, wohlklingende Stimme, und das Licht wurde auf ein erträgliches Maß gedimmt. »Ich musste eine größere Dosis Schlafsand anwenden als üblich. Aber keine Sorge, deine Augen werden sich schon bald wieder an die Helligkeit gewöhnen. Trink davon«, der Unbekannte drückte ihm eine schlanke Flasche in die zittrige Hand. »Das hilft gegen die Übelkeit.«

Miskar erwog einen Augenblick lang, ihm die Flasche über den Schädel zu ziehen und zu fliehen. Doch er bezweifelte, dass er in seinem Zustand weit kommen würde.

Also besann er sich eines Besseren und nahm einen Schluck. Das Zeug schmeckte faulig und hinterließ ein pelziges Gefühl auf seiner Zunge. Angewidert verzog er den Mund. »Was zum Teufel ist das?«

»Stechbirnenmost, ein wenig verfeinert«, erklärte der Fremde geduldig.

Miskar runzelte die Stirn. Er hatte nicht gewusst, dass man die haarige, übel riechende Frucht essen, geschweige denn trinken konnte.

Dem Kuttenträger waren seine Zweifel anscheinend nicht entgangen. »Keine Angst, ich will dich nicht vergiften«, beruhigte er ihn, »dafür bist du viel zu wichtig.«

Hatte er sich verhört? Wichtig? Wofür? Miskar schüttelte sich, um einen klaren Kopf zu bekommen. Zu seiner Erleichterung wurde ihm bei der ruckartigen Bewegung nicht schlecht. Der Trunk wirkte also tatsächlich.

»Mir scheint, dir geht es besser«, stellte der Fremde zufrieden fest. »Dann kann ich die Laterne ja etwas aufdrehen.«

Miskar konnte seine Umgebung nur erahnen. Alles, was er sah, waren ein paar undeutliche Schemen, nicht viel mehr als grau gefleckte Inseln in einem Meer aus Licht.

Er lag auf einer Pritsche in einer fensterlosen Kammer. An seinem Kopfende stand ein schmaler Tisch, und neben ihm, auf einem Hocker, saß der Mann mit den Kristallaugen.

Der Kuttenträger richtete sich kurz auf und hängte die Öllampe an einen Haken in der Decke. Er war eine imposante Erscheinung, an die zwei Schritt groß und kräftig gebaut. Sein breites Gesicht wurde von langen weißen Koteletten eingerahmt, die buschig unter der Kapuze hervorlugten. Im Kontrast zu seinem Körper waren seine Hände geradezu feingliedrig, und die Nägel an seinen Fingern waren so kurz geschnitten, dass das rosafarbene Fleisch darunter zu sehen war.

Miskar tat sich schwer, das genaue Alter des Mannes zu schätzen. Die Kristallaugen ließen ihn einerseits steinalt und gleichzeitig jung und makellos erscheinen. Die Ruhe, mit der er sprach, wies allerdings auf ein hohes Maß an Lebenserfahrung hin.

Ob der Mann ein Magiker der Drei Türme war? Miskar wusste, dass alle Mitglieder der Akademie ein Zeichen ihrer Initiation trugen, das dazu diente, den Sog der Arkanen Kräfte zu schwächen. Die Symbole unterschieden sich, je nachdem, welchem der Drei Türme man angehörte. Die Magiker des Ersten Turmes besaßen ein Kristallauge, die des Zweiten Turmes eine goldene Hand und die des Verlorenen Turmes angeblich ein Herz aus schwarzem Stein. Von einem Mann mit zwei kristallenen Augen hatte er jedoch noch nie gehört.

»Mein Name ist Heddawyck, Diener des Ersten Turmes«, stellte sich der Kuttenträger vor. Seine Stimme war so tief, dass Miskar glaubte, sie in Bauch und Brust vibrieren zu spüren. »Du brauchst nichts zu befürchten. Du bist im Keller der Akademie, in Sicherheit – anders als auf der Straße, wo die Grauröcke nach dir suchen. Wie du sicher weißt, hat die Garde keinen Zutritt zu den Drei Türmen.«

Miskar wusste nicht, ob die Bemerkung als Drohung gedacht war. Jedenfalls fühlte es sich so an. Wenn er nicht tat, was man von ihm verlangte, würde er sich schnell vor der Tür und noch schneller im Kerker wiederfinden.

Heddawyck saß unbewegt da und musterte ihn. Der Blick des fremdartigen Magikers glitt über seine Haut wie ein kühler Schauer. Miskar fröstelte. Erst jetzt wurde ihm bewusst, dass er nichts weiter trug als seine schmutzige Hose.

»Hier«, sagte Heddawyck schließlich und reichte ihm eine graue Kutte, »zieh das über. Wir haben nicht viel Zeit. Du hast lange geschlafen, und die Meister der Türme lässt man nicht warten.«

*

Schnaufend folgte Miskar dem großen Magiker. Er hatte schon vor einer ganzen Weile aufgehört, die Stufen zu zählen. Die Treppe wollte einfach nicht enden. Von außen hatte der Turm schon sehr hoch ausgesehen, aber von innen, in dem engen, durch die Goldsonne erhitzten Treppenhaus, wirkte er schier unendlich.

Heddawyck schien der Aufstieg rein gar nichts auszumachen. Nimmermüde schritt der Magiker voran. Er hatte sogar noch genug Luft, um Miskar den Kodex der Akademie vorzubeten. Gepaart mit dem Wind, der durch schmale Schlitze in das Treppenhaus pfiff, verkam seine Stimme jedoch immer mehr zu einem monotonen Rauschen.

Urplötzlich hielt Heddawyck an und musterte ihn eindringlich. »Hast du verstanden, was ich gesagt habe?«

Miskar war dankbar für die Verschnaufpause und wiederholte das, woran er sich noch erinnerte: »Gregorius ist der Meister des Ersten Turmes …«

»Für dich heißt es ›Ehrenwerter Gregorius‹ oder ›Eure Spektabilität‹, wenn du ihn ansprichst«, unterbrach ihn der Magiker. »Und das tust du natürlich nur, wenn er dir zuvor das Wort erteilt hat.«

»Gut, dann eben: Ehrenwerter Gregorius, Meister des Ersten Turmes, Herr des Geistes, Bewahrer des Inneren und Träger des Kristallenen Auges«, leierte Miskar die Titel herunter. »Der andere Ehrenwerte ist Jenkylis, Meister des Zweiten Turmes, Herr der Elemente, Bewahrer des Äußeren und Träger der Goldenen Hand.« Dann stockte er und sah Heddawyck fragend an. »Aber wie spreche ich den Abtrünnigen an?«

»Gar nicht«, raunte der Magiker knapp.

Miskar ließ jedoch nicht locker: »Ist er nicht immer noch der Meister des Dritten Turmes, auch wenn er in der Verbannung im Aschenbelt lebt?«

»Sei still, Junge!«, brummte Heddawyck. »Hast du mir denn überhaupt nicht zugehört? Nach den Gesetzen des Reiches dürfte er noch nicht einmal hier in Oriza sein. Außerdem nennen wir ihn den Verlorenen, nicht Abtrünniger – und erst recht nicht Meister des Dritten Turmes, sonst kommt er womöglich noch auf die Idee, den Turm wieder für sich zu beanspruchen.«

»Also ist der arme Kerl einfach nur ein Zauberer ohne Namen, so wie ich«, spöttelte Miskar, doch das Lachen blieb ihm im Halse stecken. Heddawycks Augen funkelten wie zwei Kristalle aus schmelzendem Eis.

»Schon gut, ich werde ihn nicht ansprechen«, gab Miskar klein bei.

»Falsch, du wirst ihn weder ansprechen noch an*sehen!* Du wirst dich noch nicht einmal daran erinnern, dass er hier war! Hast du das verstanden?« Das Echo von Heddawycks Stimme hallte für einige Augenblicke nach.

Miskar nickte, aus Angst, dass selbst ein einfaches Ja einen weiteren Wutausbruch auslösen würde.

»Gut«, meinte Heddawyck schließlich, als er sich wieder umwandte. »Ich bringe dich jetzt zur Himmelsbrücke.«

Fast meinte Miskar eine Spur von Scham im Gesicht des Magikers zu erkennen, weil er derart die Fassung verloren hatte. Jenseits dieser zeitlosen Augen hatte der Mann also auch eine menschliche Seite.

Schweigend erklommen sie die letzten Stufen, bis sie einen breiten Treppenabsatz erreichten. Vor einem mit archaischen Runen versehenen Portal hielten sie an.

Leise murmelnd begann Heddawyck die Schriftzeichen auf dem Tor nachzuziehen. Dort, wo er sie berührte, glühten sie kurz auf. Als er mit dem Ritual fertig war, schwang das Portal auf, und ihr Blick fiel direkt auf einen klaren Sternenhimmel.

Miskar starrte ungläubig in die Nacht hinaus. *Sind das Nachwirkungen des Schlafsandes? Beim Betreten des Turmes hatte doch noch die Sonne am Firmament gestanden …*

Die Stimme des Magikers riss ihn aus seinen Gedanken. »Die letzten Schritte musst du alleine machen«, sagte er und klopfte ihm aufmunternd auf die Schulter. »Geh bis zum Pavillon und bleib am Eingang stehen, bis du aufgefordert wirst einzutreten.«

Dann trat Heddawyck beiseite und zeigte auf eine schmale Brücke, die sich in schwindelerregender Höhe in den Nachthimmel erstreckte.

BALDWIN

Mit einem lauten Rülpser setzte Baldwin den Krug auf dem speckigen Eichenholztisch ab. Genüsslich wischte er sich den süßlich herben Kirschbierschaum aus dem Mundwinkel.

Es war sein zweiter Krug, und es war ihm, als schmeckte er noch besser als der erste. Eigentlich hatte er sich vorgenommen, möglichst langsam zu trinken. Dann könnte er womöglich die halbe Nacht im Schankraum verbringen und würde darum herumkommen, sich eine Unterkunft zu suchen.

Der Finckenkrug war eine rustikale Schenke, in der sich vorwiegend einfache Handwerker aus der Nachbarschaft trafen. Von den Querbalken der niedrigen Decke hingen bunte Glaslampen herunter und sorgten mit schummrigem Licht für eine behagliche Atmosphäre. Hier in Cordelheim, dem ältesten Viertel Windfalls, war die Welt noch in Ordnung. Mit einer Prügelei brauchte Baldwin nicht zu rechnen. Am Eingang der Schenke hing sogar ein zerbeultes Blechschild, auf dem darauf hingewiesen wurde, dass »Zauberey unt Gaukelspil verbohten« waren.

Baldwin hätte es niemals offen zugegeben, aber die drei Reisetage von Erlmoor nach Windfall waren für ihn beschwerlicher gewesen als noch in früheren Jahren. Er konnte jeden einzelnen seiner Knochen spüren. Birgold, der Witwenmacher, ein ehemaliger Waffenbruder von ihm, hatte die befremdliche Angewohnheit gehabt, jedem Knochen, den er sich gebrochen hatte, einen Namen zu geben. Zum ersten Mal konnte Baldwin nachvollziehen, vielmehr nachfühlen, wie man eine so persönliche Beziehung zu seinen Gebeinen entwickeln konnte.

Bei diesem Gedanken lehnte er sich zurück und krümmte genüsslich die Zehen. Mit einem hörbaren Knacken dankten sie es ihm, dass er sie von den schweren Stiefeln befreit hatte.

Er war schon beinahe eingenickt, als ihm der Wirt einen Teller dampfender Kohlsuppe auftischte. Der Duft von Räucherspeck ließ ihm sofort das Wasser im Munde zusammenlaufen.

Ohne ein Tischgebet zu sprechen, brach Baldwin das Brot und begann damit, die Schale laut schlürfend auszulöffeln. So bescheiden, wie der heutige Tag verlaufen war, mochte der Hohe Herr auch einmal ohne seine Huldigung auskommen.

Als das gröbste Hungergefühl gestillt war und Baldwin seine Aufmerksamkeit von der Suppenschale löste, kam er nicht umhin zu bemerken, dass es selbst für das beschauliche Cordelheim ein ungewöhnlich ruhiger Abend war. Lediglich in einer verwinkelten Ecke nahe dem Tresen lauschte eine Gruppe von Einheimischen andächtig einem jungen Mann mit flammend roten Haaren.

Breitbeinig hatte er sich vor seinem Publikum aufgebaut. Gesten und Mimik zufolge schien er eine spannende, wenn nicht gar furchterregende Geschichte zum Besten zu geben. Sein Vortrag wurde ab und an mit Kopfschütteln und Bekreisungen quittiert. Von seinem kleinen Tisch am Eingang der Schenke konnte Baldwin jedoch nicht jedes einzelne Wort des Rotschopfs verstehen. Sein Gehör hatte, wie das der meisten Arkebusiere, unter dem Kugelhagel zahlreicher Gefechte gelitten.

Zumindest konnte er aufschnappen, dass der Geschichtenerzähler eine Schwägerin hatte, die den hohen Herrschaften am Fürstenhof als Zofe diente – unter ihnen auch der unheimliche Berater des Prinzen.

Bei der Erwähnung des mysteriösen Mannes mit der Goldmaske war es im Schankraum so still geworden, dass man eine Stecknadel hätte fallen hören können. Dies gereichte Baldwin zum Vorteil, da er nun der Geschichte folgen konnte.

»Ihr werdet es nicht glauben«, berichtete der junge Mann in verschwörerischem Tonfall. »Ihr wisst ja genauso gut wie ich, dass sich der Wunderwirker nirgends ohne seine goldene Maske blicken lässt. Aber als meine Schwägerin in sein Gemach kam, da stand er da – ganz ohne Gesichtsbedeckung. Kaum drei Schritte haben sie voneinander getrennt. Zum Glück war er so mit sich selbst beschäftigt, dass er sie nicht bemerkt hat. Und nun ratet mal, wie er aussah!«

Der Rothaarige machte eine dramatische Pause und blickte in die Runde, um sich der uneingeschränkten Aufmerksamkeit seines Publikums zu vergewissern.

»Nun mach schon, Renno, lass dich nicht länger bitten!«, drängte einer der Zuhörer. »Wie sah er denn nun aus?«

»Tja, wie sah er aus?«, wiederholte Renno betont langsam die Frage. »Also, wenn man meiner Schwägerin Glauben schenken mag, und außer den üblichen Waschweibergeschichten erzählt sie sonst keine Lügen, dann …«

Noch bevor Renno seine mit Spannung erwartete Ausführung beenden konnte, wurde er jäh unterbrochen.

Die Tür zur Schankstube flog auf, und ein Windzug brachte die Lampen zum Flackern. Für einen Moment wurde es dunkel im Raum, und dann kam ein schattengleicher Schemen hereingestürzt. Mit einem behänden Sprung setzte er über Baldwins ausgestrecktes Bein hinweg und hetzte weiter in Richtung des Tresens.

Im schummrigen Licht der schwankenden Lampen konnte Baldwin nur eine schlanke Gestalt erkennen, die in einen Kapuzenumhang gekleidet war. Kurz sah sie sich um, dann sprang sie über die Theke und eilte auf die offene Küchentür zu.

Gleich darauf stürmten Wachmänner in die Schenke hinein. Der erste war ein grobschlächtiger Kerl mit einer hässlichen Visage. Seine Zahnlücke kam Baldwin nur allzu bekannt vor. Es war Prigoll, der Wächter, der am Stadttor den Sirupkrug des Rübenbauern zerschlagen hatte.

»Haltet den Dieee…!«, rief Prigoll, doch schon im nächsten Moment befand er sich im freien Fall.

Baldwin hatte sein Bein nicht nur stehen lassen, sondern es noch ein kleines Stück weiter vorgestreckt. Das war ihm der Schmerz wert.

Der Gardist taumelte vorwärts, stieß sich den Schädel an einer Lampe und flog quer über den nächsten Tisch. Die folgenden Wachen konnten nicht mehr anhalten und stolperten in ihren Kameraden hinein. Baldwin schmunzelte zufrieden angesichts des Durcheinanders, das er verursacht hatte.

Unter lauten Flüchen rappelten sich die Wachen wieder auf, griffen nach ihren Knüppeln, die sie beim Sturz verloren hatten, und nahmen die Verfolgung wieder auf. Doch der Gejagte war schon durch die Küche verschwunden, und wenn er sich in den Gassen der Stadt nur ein wenig auskannte, dann müsste der Vorsprung nun groß genug sein, um zu entkommen.

Baldwin räkelte sich genüsslich und schlüpfte in seine Stiefel. Er hatte seine Revanche gehabt, und schließlich sollte man immer dann gehen, wenn es am schönsten ist.

Rasch stand er auf und packte seine Sachen zusammen. Nachdem er seine Arkebuse geschultert hatte, schnipste er ein paar Münzen auf den Tisch. Sollte der zahnlose Gardist feststellen, dass der Dieb entkommen war, würde er vielleicht mit seinen Kameraden zurückkehren. Dann gedachte Baldwin jedoch längst woanders zu sein.

*

Durchnässt vom Regen hing Baldwins breite Hutkrempe schlapp nach unten. Sein vollgesogener Mantel schmiegte sich bei jeder Bewegung kalt an seinen Körper, wie das Haar von einem Dutzend Moorleichen.

Mitten in der Nacht einen trockenen Schlafplatz zu finden, war nicht gerade einfach gewesen. Vor allem dann nicht, wenn man nicht gewillt war, ein kleines Vermögen auszugeben. Die bevorstehende Krönungszeremonie hatte viele Menschen in die Stadt gelockt und die Preise für Unterkunft und Verpflegung ordentlich in die Höhe schnellen lassen.

Ein altes Lagerhaus am Kai, dessen Tor offen gestanden hatte, war dem alten Söldner gerade recht gekommen. *Nur diese eine Nacht irgendwie überstehen.* Bei Tagesanbruch würde er sofort aufbrechen und Windfall hinter sich lassen.

Baldwin hatte eine Kerze entzündet und die Halle notdürftig ausgeleuchtet.

An vielen Stellen tropfte es durchs Dach, und auf dem Boden hatten sich bereits mehrere Pfützen gebildet. Obwohl es zugig war, herrschte ein muffiger Geruch, der an nassen Torf erinnerte. Vor dem Tor, das zum Hafen führte, baumelte ein riesiger Haken von der Decke. Vermutlich handelte es sich um einen alten Kran, der zum Be- und Entladen der Lastkähne diente. Ansonsten stand die Halle bis auf einige morsche Holzkisten leer. Wenn er Glück hatte, musste er sich sein Nachtlager also nur mit ein paar Ratten teilen.

Baldwin schob einige der stabileren Kisten zu einer behelfsmäßigen Bettstatt zusammen und nahm darauf Platz. Zumindest konnte er so den Pfützen entgehen. Gerne hätte er sich etwas Trockenes angezogen, doch auch seine zweite Garnitur, die er im Rucksack bei sich trug, war völlig durchnässt.

Er sprach ein kurzes Nachtgebet, dann spülte er sich mit einem Schluck Branntwein den Mund aus und löschte die Kerze.

Mit einem Seufzer lehnte sich Baldwin zurück und bettete den Kopf auf den klammen Rucksack, der ihn leise schmatzend begrüßte. In seinen feuchten Kleidern fröstelte es ihn. Doch ihm saß noch eine andere Kälte in den Gliedern. Und dieses Gefühl kannte er nur zu gut.

In all den Jahren als Söldner, Leibwächter und Schütze hatte es ihn nie getrogen: Er war nicht allein.

Vorsichtig tastete Baldwin nach dem Dolch an seinem Gürtel. Mit jedem Atemzug zog er die Klinge ein Stück weiter aus der Scheide. Er verband die Bewegung geschickt mit dem Heben und Senken seines Brustkorbs. *Bloß keine Hast.* Sein Beobachter sollte nicht wissen, dass er bereits bemerkt worden war. Zumindest diesen Vorteil wollte sich Baldwin nicht nehmen lassen.

Angestrengt lauschte er in die Nacht. Geräuschlos glitt die Klinge aus der gut gefetteten Lederscheide. Leise tropfte das Wasser von der Decke der Halle. In der Ferne schlugen Wellen an die Kaimauer. Ansonsten herrschte Stille. Verdächtige Stille.

Baldwin umklammerte den Griff des Dolches, jederzeit bereit, zuzustoßen und sich dann zur Seite abzurollen.

»Bitte erschreckt nicht«, ertönte da plötzlich eine helle Stimme in der Dunkelheit, nicht mehr als ein Flüstern.

Es hätte sich ebenso gut um einen Jüngling wie um eine Frau handeln können. Wenn Baldwin nicht alles täuschte, kam die Stimme aus der Richtung eines mannshohen Kistenstapels, gut fünf Schritte zu seiner Linken.

Er dachte kurz darüber nach aufzuspringen und die Person zu ergreifen, verwarf den Gedanken jedoch sogleich wieder. Selbst in jungen Jahren hätte er zu lange gebraucht, um die Distanz zu überbrücken. Zudem war die Person womöglich mit einer Armbrust oder gar einer Pistole bewaffnet. In diesem Fall wäre es ein sehr kurzer Sprint.

Er spähte in die Dunkelheit und überlegte, ob er antworten oder sich schlafend stellen sollte, da leuchtete plötzlich ein Licht auf – weiß mit orangerotem Kern, ganz ohne Flackern.

Es war ein Leuchtkristall, der in einer schlanken Faust gehalten wurde und dessen Strahlen zwischen den Fingern hindurchbrachen. Trotz des Lichts verschmolzen die Umrisse des Fremden auf merkwürdige Weise mit den Schatten. *Ob hier Hexerei im Spiel ist?*

»Bitte verzeiht, dass ich Euch störe, alter Mann«, erklang die Stimme erneut. »Ich bin Euch nur gefolgt, um mich für Eure Hilfe zu bedanken. Zunächst wollte ich jedoch herausfinden, wer Ihr seid …«

»Und, bist du durch deine Beobachtungen schlauer geworden?«, erwiderte Baldwin höhnisch und setzte sich auf. Er glaubte an der Stimme zu erkennen, dass es sich um eine junge Frau handelte. Doch wie kam sie dazu, ihn einen alten Mann zu nennen?

»Und ob! Ich habe so einiges erfahren. Ihr hinkt leicht beim Laufen. Vermutlich eine Kriegsverletzung am linken Bein. Ihr tragt einen gewachsten Hohenbaldachtiner, ein seltener Hut in diesen Breiten. Das bedeutet, dass Ihr entweder weit gereist seid oder genug Geld habt, um hier einen zu erstehen. Hättet Ihr allerdings Geld, dann würdet Ihr wohl nicht in einem verlassenen Lagerhaus nächtigen. Also seid Ihr viel herumgekommen. Nicht unwahrscheinlich für einen norderfleet'schen Söldner, denn das seid Ihr, wenn mich Eure Arkebuse und Euer Zungenschlag nicht täuschen.«

Die Kleine war ja ein wahres Plappermaul, dachte Baldwin. Doch das sollte ihm recht sein. So verriet sie mehr über sich, als ihr lieb sein konnte. Und schon fuhr sie fort.

»Zudem betet Ihr vorm Schlafen. Nicht jedoch ohne einen Schluck billigen Fusel zu trinken. Abschließend bekreist Ihr Euch, was bedeutet, dass Ihr solarischen Glaubens seid. Eher ungewöhnlich für einen Norderfleeter, wo man's dort eher mit der Dreiheiligkeit hält. Höchstwahrscheinlich stammen Euer Vater oder Eure Mutter aus dem Süderfleet, das würde die Konfessionszugehörigkeit erklären. Und zu guter Letzt müsst Ihr blind wie ein Maulwurf sein, denn sonst hättet Ihr mich gesehen, als ich Euch folgte. Besondere Mühe im Verborgenen zu bleiben, habe ich mir nämlich nicht gegeben.«

»Bist du endlich fertig, Mädchen? Dann sag artig Danke, auch wenn ich nicht weiß, wofür, und dann schleich dich genauso leise von dannen wie du gekommen bist! Alte Männer brauchen nämlich ihren Erholungsschlaf.« In den letzten Satz legte Baldwin eine gehörige Portion Sarkasmus. *Mich einen alten Mann nennen …*

»Was?«, entfuhr es der Unbekannten überrascht. Mit so einer Reaktion schien das vorlaute Ding nicht gerechnet zu haben.

Baldwin nutzte die kurze Stille, um darüber nachzudenken, wer die junge Frau wohl war. Sie sprach wohlerzogen und war nicht auf den Kopf gefallen. Allerdings neigte sie auch zur Überheblichkeit, denn ihrer, zugegeben passablen Beobachtungsgabe war es dennoch entgangen, dass er heimlich eine Klinge gezogen hatte. Außerdem schien sie vermögend zu sein, sonst hätte sie sich kaum einen Leuchtkristall leisten können. Es sei denn, es handelte sich um Diebesgut.

Da fiel es ihm wie Schuppen von den Augen. Hatten die Wachen im Finckenkrug nicht einen Dieb gejagt?

»Wenn es einer Erklärung bedarf«, erwiderte die Unbekannte schließlich, »so will ich Euch gern auf die Sprünge helfen, alter Mann: Ihr wart so freundlich, mir die Stadtwache vom Leib zu halten.«

Baldwin hatte mit seiner Vermutung also ins Schwarze getroffen.

»Gänzlich unbeabsichtigt, sei gewiss. Wir norderfleet'schen Söldner mögen in diesen Landen zwar einen zweifelhaften Ruf genießen, aber Kumpanei mit Diebespack? So weit kommt's noch!«

»Ach, tatsächlich? Eure Hilfe war also ein Zufall?«, erwiderte die Unbekannte in amüsiertem Ton. »Ich hab doch gesehen, wie Ihr Euer krummes Bein vorhin weiter ausgestreckt habt, genau in dem Moment, als die Wachen hereingestürzt kamen. Aber gut, ich kann mich auch täuschen. Zu schade, denn ich wollte Euch gerade ein Dach über dem Kopf anbieten.«

Die süffisante Art und Weise, in der das Mädchen mit ihm sprach, behagte dem alten Söldner ganz und gar nicht. »Bilde dir bloß nichts ein. Ich brauche keine Hilfe«, knurrte Baldwin. »Doch vielleicht sollte ich dich beim nächsten Wachtposten abgeben. Wer weiß, womöglich ist auf deinen Kopf ja ein erkleckliches Sümmchen ausgesetzt?«

Zu seinem Erstaunen lachte die junge Frau daraufhin herzhaft: »Das will ich sehen, wie Ihr mich fangt!« Dann fuhr sie jedoch mit ruhiger Stimme fort: »Aber meine gute Kinderstube und der Windfall'sche Brauch verlangen es, dass ich meine Einladung ein zweites Mal ausspreche: Also, alter Mann, kann ich Euch eine trockene Unterkunft im Burgviertel anbieten?«

Baldwin war so baff, dass er ihr sogar den ›alten Mann‹ noch mal durchgehen ließ. »Im Burgviertel?«

Nur Adlige, Kirchenobere und wohlhabende Kaufleute wohnten dort.

»Ihr seid wohl nicht nur nachtblind, sondern auch noch schwerhörig. Ja, im Burgviertel. Oder genügt das Euren gehobenen Ansprüchen nicht?« Sie klang immer noch amüsiert, musste Baldwin feststellen.

Der Söldner zögerte. Irgendetwas war faul an der Sache. Vielleicht aber auch nicht, flüsterte eine Stimme in seinem Hinterkopf. Zumindest wies ihr Jargon die Unbekannte als vornehmes Fräulein aus – auch wenn Ort und Uhrzeit ihres Aufeinandertreffens diesem Umstand in keiner Weise Rechnung trugen. Doch spätestens als ein weiterer Regenschwall durch das undichte Dach drang, hatte Baldwin sich entschieden.

Er würde das Risiko eingehen und ihr Angebot annehmen.

MISKAR

Miskar war nicht wohl bei dem Gedanken, den Meistern der Drei Türme gegenüberzutreten. Und dass er dazu eine schmale Brücke in schwindelerregender Höhe überqueren musste, machte die Sache auch nicht gerade leichter.

Was mochte nur so wichtig sein, dass auch der abtrünnige Meister zugegen sein würde?

Solange er denken konnte, stand der Dritte Turm leer. Die Fürsten Oktaniens hatten ihn vor vielen Jahren versiegeln lassen und all seine Anhänger davongejagt – jene Magiker, die mit ihren mörderischen Schöpfungen aus Fleisch, Blut und Eisen zu den Gräueln des Erbfolgekrieges beigetragen hatten. Diejenigen von ihnen, die nicht auf dem Scheiterhaufen verbrannt waren, waren in den Aschenbelt geflohen – einen kargen Landstrich am Rande der Giftigen See.

Und was, bei allen Sonnen, konnten die Meister der Türme nur von ihm wollen – einem einfachen Gossenzauberer?

Nach kurzem Zögern trat Miskar schließlich hinaus auf die Brücke.

Der Wind brachte die graue Lehrlingskutte, in die man ihn gekleidet hatte, zum Flattern. Von hier oben bot sich eine unvergleichliche Aussicht über ganz Oriza, doch dafür hatte er keinen Blick übrig. Das Geländer zu beiden Seiten war so niedrig, dass er bemüht war, in der Mitte der schmalen Brücke zu bleiben. Nicht auszumalen, was geschähe, wenn ihn der Schwindel des Schlafsandes noch einmal überkäme oder ihn ein Windstoß aus dem Gleichgewicht brächte.

Geradeaus vor sich sah Miskar den Himmelspavillon, der zwischen den Drillingstürmen zu schweben schien, gut sechzig Schritte über dem Abgrund.

Jeweils ein steinerner Steg verband den kleinen schmucklosen Rundbau mit einem der Türme der Akademie. Behutsam setzte Miskar einen Fuß vor den anderen, den Blick stets auf den Pavillon gerichtet. Etliche Laternen flackerten einladend unter der steinernen Kuppel. Wie sehr er sich wünschte, schon dort zu sein, aber mit jedem Schritt schien die Brücke länger zu werden.

Bereits nach der Hälfte des Weges standen ihm Schweißtropfen auf der Stirn, und das trotz des kühlen Nachtwinds. Doch nach ein paar weiteren tiefen Atemzügen erreichte er schließlich den Eingang des Pavillons.

Drei in silbergraue Roben gehüllte Männer saßen dort auf Steinquadern und waren in ein Gespräch vertieft.

Miskar wusste nicht, ob sie seine Ankunft bemerkt hatten, also entschied er sich im Eingang zu warten, wie es ihm Heddawyck geraten hatte.

Auch wenn er keinem der Magiker je von Angesicht zu Angesicht gegenübergestanden hatte, war es ein Kinderspiel, sie den Drei Türmen zuzuordnen.

Zur Linken saß der Meister des Ersten Turmes. Gregorius war ein schmächtiger Mann. Das trübe Kristallauge in seinem zerfurchten Antlitz ließ ihn noch älter erscheinen, als er tatsächlich war, und doch verdankte er sein langes Leben ebenjenem Stein. Er war sein Unterpfand gegen den Sog, den arkanen Zerfall, dem sein Leib durch Jahrzehnte der Zauberei ausgesetzt gewesen war. Träge wischte sich der Magiker eine Träne aus seinem anderen Auge. Der schneidende Wind hatte sie ihm hineingetrieben. Eine weitere Bö blies ihm die letzte weiße Haarsträhne ins Gesicht, die er erst nach einigen Versuchen zu bändigen vermochte. Ein echter Tattergreis, dachte Miskar schmunzelnd.

Sein Blick wanderte weiter. Zweifelsohne handelte es sich bei dem nächsten Mann um den Meister des Zweiten Turmes. Die golden leuchtende Hand war nicht zu übersehen. Jenkylis war kräftig, beinahe athletisch für ein Mitglied der arkanen Zunft. Er hatte kantige Gesichtszüge und eine prägnante Adlernase. Auf seiner rechten Wange prangte eine tiefrote Brandnarbe. Unter seiner Kapuze lugte kurz geschorenes weißes Haar hervor, und seine grauen Augen funkelten mindestens ebenso kalt wie Heddawycks Kristalle. *Es wäre ein Wunder, wenn dieser Mann heute schon gelacht hat.*

Zur Rechten schließlich kauerte der Verbannte. Er war in die gleichen silbergrauen Roben gehüllt wie die Magiker der Akademie. Allerdings wallte der Stoff seiner Kutte lose an ihm herab. Gregorius war schon eine mickrige Erscheinung, doch der abtrünnige Meister wirkte geradezu zerbrechlich. Seine blasse Haut lag straff an Wangen und Stirnknochen, die Augen waren glasig und schwarz wie Tintenfässer. Miskar hatte das Gefühl, einen lebendigen Totenkopf anzustarren. Vor Schreck trat er instinktiv einen Schritt zurück in den Schatten des Torbogens.

So verharrte er eine ganze Weile, nicht sicher, ob sie ihn dort überhaupt sehen und zum Eintreten auffordern konnten. *Verfluchter Wind, verfluchtes Tosen!* Keine sechs Schritte entfernt berieten sich die Meister der Türme, und er konnte sie noch nicht einmal belauschen.

Vorsichtig lugte er um die Ecke und sah, dass die Magiker noch immer ins Gespräch vertieft waren. Als er sich wieder in den Torbogen zurückzog, stieß er an eine Lampe, die an der Seitenwand hing.

Das Licht begann wie wild zu schaukeln. Rasch packte er das silberne Gehäuse … da kam ihm eine Idee. Hatte auf dem Tisch vor den Magikern nicht auch ein Sturmlicht gestanden? Miskar spähte um die Ecke und vergewisserte sich dessen.

Ohne die Hand vom Bauch der Lampe zu nehmen, atmete er tief durch. Dann entspannte er sich und ließ mit jedem Atemzug einen Teil seines Seelenfeuers in die Laterne fließen. Das Feuer fing an zu prasseln und schlug Funken gegen das Glas. Keinen Augenblick später vernahm er die Stimmen der Magiker. Ihr Klang war etwas hohl in dem gläsernen Lampentrichter, doch er konnte sie einwandfrei verstehen.

»Egal, was Ihr auch sagt. Es ist wider das Gesetz, Fremde hierherzubringen, und heute habt Ihr zweimal dagegen verstoßen!«, polterte der Meister des Zweiten Turmes.

»Aber, aber, mein guter Jenkylis«, versuchte ihn der Meister des Ersten Turmes zu beruhigen. »So aufbrausend kenne ich Euch gar nicht, wenn es nicht um Euer Fachgebiet, die Elementarmagie, geht. Meint Ihr nicht auch, dass man die Statuten der Akademie in diesem Fall ein wenig weiter auslegen kann?«

»Ich sehe da keinen Spielraum«, erwiderte Jenkylis barsch, »weder unser Besucher aus dem Aschenbelt noch dieser dahergelaufene Straßenjunge sind Mitglieder der Akademie!«

»Was so nicht ganz richtig ist«, unterbrach ihn Gregorius. »Ich beabsichtige, den Burschen als Adepten in den Ersten Turm aufzunehmen. Und was unseren ehrenwerten Gast, Meister Laïfour, betrifft, so sind die Magiker des Dritten Turmes nie offiziell aus der Akademie ausgeschlossen worden. Zumindest habe ich diesbezüglich keinen Nachweis in unserer Chronik gefunden. Sie sind von den Fürsten lediglich mit der Reichsacht belegt worden, was freilich schlimm genug ist.«

Miskar war fassungslos. Sollte er wahrhaftig Lehrling an der Akademie werden, oder war das nur ein versponnener Winkelzug des greisen Magikers?

Der Meister des Zweiten Turmes konnte seinen Unmut indes nicht verbergen. »Nun, was sagt Ihr dazu, Meister La-ï-four?« Jenkylis sprach den Namen mit angeekelter Miene aus, so als kaue er eine verdorbene Speise. »Bislang habt Ihr Euch zurückgehalten, doch ich könnte mir gut vorstellen, dass Euer schwarzes Herz geradezu hüpft vor Freude. Von der Einladung an die Akademie bis zur Wiederbeanspruchung des Dritten Turmes fehlt ja nicht viel.«

Als der verbannte Meister zu sprechen begann, rann Miskar ein Schauer über den Rücken. Seine Stimme klang trocken wie der Wüstenwind. Es wunderte Miskar fast, dass der Magiker beim Reden keinen Sand ausspie.

»Was soll ich schon sagen?«, krächzte der verbannte Meister. »Es gibt keinen Schlüssel mehr für den Dritten Turm. Jedes Kind weiß, dass er mit der letzten Golem-Armee vernichtet wurde. Seither ist jeder Versuch, den Turm zu öffnen, fehlgeschlagen.« Laïfour fixierte Jenkylis' entstellte Wange etwas länger, als höflich gewesen wäre, und lachte schließlich heiser. »Das habt Ihr doch am eigenen Leib erfahren, nicht wahr?«

»Es ist nicht zu spät für eine Botschaft an die Sonnengarde«, wisperte Jenkylis bedrohlich, bevor er mit lauter Stimme fortfuhr. »Nun denn, Meister Gregorius, dann wollen wir unseren Gast nicht weiter auf die Folter spannen.«

»Ein unglückliches Wortspiel im Zusammenhang mit einem, den ihr der Hexerei und Totenbeschwörung bezichtigt«, merkte Laïfour süffisant an.

»Wortklauberei!«, ätzte Jenkylis, und sein Gesicht färbte sich so dunkel, dass sein Brandmal kaum mehr auffiel.

»Und ich finde, es sind genug Sticheleien ausgetauscht worden,« unterbrach Gregorius. Eine ungewöhnliche Strenge lag in seiner Stimme. »Ich hoffe, Euer Verstand ist ebenso scharf wie Eure Zungen spitz sind, denn die Angelegenheit, in der wir heute zusammengekommen sind, ist zu ernst, als dass wir es uns erlauben könnten, uns in nichtigen Streitigkeiten aufzureiben! Außerdem glaube ich, dass unser Gast längst ahnt, warum wir ihn hergebeten haben. Nicht wahr, Meister Laïfour?«

»Nun, ich habe in der Tat eine Ahnung«, erwiderte der Abtrünnige. »Es gäbe nur zwei Gründe, den Bann der Fürsten zu missachten und mich heimlich nach Æstarya einzuladen. Da ich nicht glaube, dass Ihr mich offen als Meister des Dritten Turmes anerkennen wollt, muss es wohl der andere Grund sein.« Laïfour zögerte. Eingehend taxierte er die beiden anderen Meister. Nach einer kurzen Weile beendete er schließlich seinen Gedankengang: »Der Junge. Es geht um den Jungen.«

Miskars Herz rutschte ihm sprichwörtlich in die Hose. *Was wollen sie nur von mir?*

»Ihr nennt ihn einen *Jungen?*«, entfuhr es Jenkylis erbost. »Wollt Ihr seine Schandtaten etwa verharmlosen und als dumme Streiche abtun? Nur damit Ihr es wisst: Der *Junge* ist schon lange ein erwachsener Mann, und es waren Blutrituale nach den Lehren Eures Ordens, die er durchgeführt hat.«

Miskar reichte es. Auch wenn die drei Männer hohe Herren und Meister der Türme waren, hatten sie kein Recht, so von ihm zu sprechen. Jodoks Tod war ein unglücklicher Unfall gewesen! Es gab keinen Grund, ihn deswegen der Blutmagie zu beschuldigen. Das ging eindeutig zu weit.

Er verließ den Torbogen und trat über die Schwelle in den Pavillon.

»Es war ein Unfall, hört Ihr? Ein Unfall!«, rief er und baute sich vor den drei Magikern auf.

Während Jenkylis empört aufblickte, trat ein mildes Lächeln auf Gregorius' Lippen.

Laïfour hingegen stierte ihn nur aus seinen schwarzen Augen an. Dann wandte er den Blick von Miskar ab und sprach weiter zu den Meistern, als ob der Gossenzauberer gar nicht da wäre: »Schandtaten waren es gewiss. Nur hatte der Dritte Turm keinerlei Anteil daran. Oder habt Ihr schon vergessen, dass sich unser Ordenshaus in der Ödnis befindet, viele Hundert Weiten entfernt von hier? Aber seid versichert, ich kann mir vorstellen, wie sehr es Euch schmerzen muss, dass Ihr die Gräueltaten nicht zu verhindern wusstet. Experimente an beseeltem Leben sind ein unentschuldbarer Frevel, der die härteste Strafe verdient. War der Junge nicht sogar einst Euer Schüler, Meister Gregorius?«

Miskar wäre am liebsten vor Scham im Boden versunken. Die Meister hatten nicht über ihn gesprochen. Wie töricht von ihm, einfach in die Unterredung hineinzuplatzen.

Schuldbewusst wich er einen Schritt zurück.

Der Meister des Ersten Turmes war derweil aschfahl geworden, seine Miene erstarrt.

Auf Jenkylis' Stirn bildeten sich Zornesfalten.

»Oh, verzeiht«, fuhr der Verbannte mit gespielter Betroffenheit fort. »Ich wollte keine alten Wunden aufreißen. Die lange Isolation im Aschenbelt hat mich in zwischenmenschlichen Dingen wohl ein wenig unbeholfen werden lassen.«

Es herrschte eisige Stille.

Zu Miskars Unbehagen richteten sich nun alle Blicke auf ihn. Am liebsten hätte er irgendetwas auch noch so Sinnloses von sich gegeben, doch er erinnerte sich an Heddawycks Rat, nicht ungefragt zu sprechen – etwas, das er zuvor besser beherzigt hätte.

Jenkylis brach schließlich das Schweigen, und er gab sich keine Mühe, seine Geringschätzung vor Miskar zu verbergen: »*Das* soll er also sein?«

Der alte Gregorius war sichtlich erleichtert ob des Themenwechsels. »Ja, ganz recht, und es ist ein Miraculum, dass er so lange stillgehalten hat. Der gute Heddawyck hatte mir den jungen Mann ein wenig impulsiver beschrieben.« Der Meister des Ersten Turmes deutete zum Tisch, auf dem das Sturmlicht stand. »Eine vorzügliche Idee, möchte ich im Übrigen anmerken: unsere Stimmen vom Rauch der Lampe einfangen zu lassen. Einfach genial.«

»Der Bursche hat uns belauscht?«, fragte Laïfour ungehalten.

»Und Ihr habt nichts gesagt?«, schimpfte Jenkylis.

Zur Abwechslung schienen die beiden Streithähne einmal einer Meinung zu sein.

»Wenn er schon mal hier ist«, entgegnete Gregorius beschwichtigend, »sollten wir ihm nach dem kleinen Missverständnis auch die Gelegenheit geben, sich vorzustellen.« Der Meister des Ersten Turmes sah Miskar auffordernd an. »Also, mein Junge, wie heißt du und was treibst du?«

Der junge Gossenzauberer räusperte sich verlegen. »Miskar«, sagte er, jedoch viel zu leise, um angesichts des tobenden Windes gehört zu werden.

Gregorius winkte ihn zu sich heran. »Tritt näher und sprich lauter, damit wir dich besser verstehen.«

»Ich heiße Miskar …«

»Und weiter?«, hakte Jenkylis barsch nach.

»… und ich bin wohl das, was man einen Gossenzauberer nennt.«

»Und ein äußerst talentierter dazu, wie wir schon erfahren durften«, ergänzte Gregorius Miskars dürftige Vorstellung. »Diese werten Herren hier sind übrigens die Meister Jenkylis und Laïfour, und ich bin Gregorius, aber das weißt du ja bereits.«

Der Meister des Zweiten Turmes zuckte verächtlich mit dem Mundwinkel.

Miskar spürte geradezu, dass er ihm irgendeine Beleidigung an den Kopf werfen wollte, doch Laïfour kam ihm zuvor.

»Es scheint mir, Miskar, wir haben etwas gemein. Wir wissen beide nicht so recht, wie wir den geschätzten Meistern der Türme mit unserer Anwesenheit behilflich sein können.«

Laïfours Blick verfinsterte sich, als er ihn vom Gossenzauberer zu Gregorius und Jenkylis schweifen ließ.

Miskar war verwirrt. Dass es ausgerechnet mit dem Mann zu einer Verbrüderung kommen würde, den er am meisten gefürchtet hatte, hatte er nicht erwartet.

»Es geht also um den Jungen von einst, der, nebenbei bemerkt, für wesentlich mehr Unruhe gesorgt hat als dieser hier, der bloß den nächtlichen Frieden gestört hat«, stellte Laïfour nüchtern fest.

Jenkylis sprang erzürnt auf, seine goldene Hand anklagend auf Miskar gerichtet. Geifer flog aus seinem Mund, als er brüllte: »Seine zügellose Hexerei hat einen unschuldigen Mann das Leben gekostet!«

»Was durch Euren Agent Provocateur nicht unwesentlich begünstigt wurde«, erwiderte Laïfour gelassen.

Gregorius legte seine Hand beruhigend auf Jenkylis' Arm und nickte stumm, was einem Zugeständnis gleichkam.

Schnaubend setzte sich der Meister des Zweiten Turmes wieder.

Von Jenkylis' cholerischem Auftritt unbeeindruckt, fuhr Laïfour fort: »Diese arme seelenlose Kreatur. Man kann sie wohl weder einen Jungen noch einen Mann nennen.« Doch in seiner Stimme lag mehr Verachtung als echtes Bedauern. »Welche Gefahr mag nur von ihm ausgehen, dass Ihr eine Zusammenkunft der Drei Türme einberuft?«

»Seine Seele wurde vielleicht ausgebrannt, doch ihr Echo wird irgendwann gehört werden. Schließlich wandelt ihr Gefäß noch unter den Sechs Sonnen«, merkte Jenkylis mit grimmiger Miene an. »Daraus kann nur neues Unglück entstehen.«

Miskar verstand nicht mehr, um wen oder was es hier ging, doch er hatte aus seinem Fehler gelernt und schwieg.

»Sein Name ist Aleas«, mischte sich Gregorius nun ein. »Wenn wir über das Schicksal des Jungen entscheiden, sollten wir auch seinen Namen nennen. Zumindest das hat er verdient.«

»Ja, Aleas …«, sprach Laïfour nachdenklich den Namen aus. »Der Sohn eines Fischers. Ich erinnere mich. Selbst bei uns im Aschenbelt hat man damals von der Weissagung des Ewigen Berges gehört. Der Auserwählte, der die arkane Zunft in ein neues Zeitalter führen sollte. Wie stand es noch gleich in den Marmorchroniken geschrieben?

Dunkle Zeit von Bann und Feuer
in Sängen und in Rauch vergeht,
wenn aus des Wassers tiefster Tiefe
die reine Seele aufersteht.
Türme, beugt euch vor dem Meister,
wenn der Sturm des Schicksals weht.«

»Faszinierend, dass Ihr Euch so genau an den Wortlaut der Prophezeiung erinnert, wo die Tafel, auf der sie geschrieben steht, doch spurlos verschwunden ist«, murmelte Jenkylis. »Ihr wisst nicht zufällig, wo sie sich befindet?«

Für einen Moment standen die Worte des Zweiten Meisters

wie eine Anklage im Raum. Aber anstatt sich zu rechtfertigen, seufzte Laïfour tief.

»Der Auserwählte … seine Seele verloren, noch bevor er sein Schicksal erfüllen konnte. Was für eine Schande. Was für ein vergeudetes Talent. Und der Hexenwahn hält an. Nennt mir nur einen Ort im Reich, außer der Akademie und dem Aschenbelt, wo Männer unserer Zunft nicht mit einem Bann belegt sind. Es grenzt schon an ein Wunder, dass uns nicht auch noch die Kristalldiebstähle angelastet werden, die in den letzten Monaten begangen worden sind.« Zum ersten Mal ließen sich menschliche Regungen im Gesicht des Magikers erahnen. »Wäre er nur in der Obhut unseres Ordens gewesen, dann …«

»… wäre nichts Gutes dabei herausgekommen!«, unterbrach ihn Gregorius bestimmt. Laïfour wollte widersprechen, doch der strenge Blick des Ersten Meisters verriet, dass er keine Einwände duldete.

Für einige Augenblicke schwiegen die drei Magiker, und nur das Heulen des Windes war zu hören.

Schließlich ergriff Gregorius wieder das Wort: »Wir haben Nachricht aus dem Osten erhalten. Die Fürstin von Windfall ist tot. Fraglos keine Neuigkeit für Euch. Aus verlässlicher Quelle am Hof haben wir jedoch auch erfahren, dass sich im Gefolge des Kronprinzen ein Berater befindet, dessen Beschreibung auf Aleas zutrifft. Dieser Mann trägt das Mal des Ausgebrannten. Er meidet öffentliche Anlässe wie der Spuk den helllichten Tag. Und zeigt er sich doch, dann bedeckt er sein Antlitz stets mit einer goldenen Maske.«

»Meister Gregorius, ich zweifle nicht an der Weisheit Eurer Worte«, sagte Laïfour, »doch Euer Anlass zur Sorge erschließt sich mir nicht. Ihr habt seine Seele ausgebrannt. Eine harte, aber angemessene Strafe für seinen Versuch, den Dritten Turm zu öffnen. Nun frage ich: Auch wenn er sich seiner selbst erinnert, wie soll er ohne Seele Zauberei betreiben? Ein Leib ohne Seele ist wie eine Lampe ohne Öl. Ein schönes Gefäß vielleicht, aber unfähig zu brennen. In seinem Zustand wird er wohl kaum dazu in der Lage sein, den Ruf unserer Zunft zu beschmutzen, geschweige denn, uns gefährlich zu werden.«

»Und seine weltliche Macht?«, erwiderte Jenkylis schroff. »Die Kraft der Kreation mag er verloren haben, aber es gibt viel, das er zerstören kann. Unterschätzt nicht, welche Mittel ihm zur Verfügung stehen, wenn er sich den Fürsten von Windfall erst einmal gefügig gemacht hat. Er könnte neue Reichserlasse auf den Weg bringen, die unsere Zunft noch weiter einschränken oder sich auf andere Weise an uns rächen.«

Laïfour wirkte davon nicht überzeugt. »Ein ausgebrannter Zauberer soll uns gefährlich werden? Eine abenteuerliche Fantasie! Außerdem überschätzt Ihr den Einfluss des Windthrons. Das Grenzfürstentum mag gut dafür sein, ein paar wilde Oger davon abzuhalten ins Reich einzufallen, aber es ist ohne jede politische Macht.«

Gregorius nickte. »Ich stimme Euch zu, werter Laïfour, Windfall ist schwach. Vielmehr stellt sich daher die Frage: Können wir uns sicher sein, dass Aleas seine Zauberkraft auch wirklich nicht zurückerlangt?«

»Das ist unmöglich!«, riefen Laïfour und Jenkylis im Chor.

Dem Zweiten Meister schien diese plötzliche Einigkeit mit dem Verbannten unangenehm zu sein, denn er mied seinen Blick.

Laïfour ließ indes nicht locker: »Es gibt keinen Weg, seine Seele zurückzugewinnen, wenn sie erst einmal ausgebrannt und in den Ewigen Berg gebannt wurde! Kein Mensch kann in ihn eindringen und unbeschadet wiederkehren. Nicht ohne Grund sind alle Enthüller Gremlins. Nur sie sind in der Lage, Stollen in den Fels zu treiben und die Marmorchroniken, unser in Stein geschmolzenes Schicksal, freizulegen. Alles andere Leben – ob Mensch, ob Tier, ob Baum – altert zu schnell im Schatten des Berges. Warum das so ist, darüber können wir uns noch tausend Jahre die Köpfe zerbrechen und werden doch nicht schlauer. Aber eines ist und bleibt gewiss: Erst am Ende der Zeit, wenn alle

Stollen im Herzen des Berges aufeinandertreffen, wird seine Seele wieder freigegeben.«

»Was wenn er Helfer hätte, die den Ewigen Berg nicht zu fürchten brauchen?«, wendete Gregorius ein. »Ich meine Helfer, die für ihn nach seiner Seele graben, und denen die Zeitenstürme, die sie dadurch hervorrufen, nichts anhaben können.«

»Und wer sollte das sein?«, warf der Zweite Meister ein. »Die Gremlins bestimmt nicht. Sie werden von der Sonnenkirche streng bewacht – wie der ganze Berg im Übrigen auch.«

»Ich halte mich an das erste Gesetz der Magie«, entgegnete Gregorius störrisch. »Nichts ist unmöglich! Und außerdem ist er der Auserwählte, dem sich die Türme der Prophezeiung nach beugen müssen. Wer, wenn nicht er, könnte einen Weg finden?«

Jenkylis zuckte gleichgültig mit den Schultern. »Ich glaube zwar nicht, dass Aleas eine reale Bedrohung für uns darstellt, doch solange er in das Ohr des künftigen Windfürsten wispert, bleibt er eine Gefahr. Und Ihr wisst, wie ungern ich Risiken eingehe.«

Beiläufig polierte der Meister des Zweiten Turmes seine goldene Hand, während er seine Worte wirken ließ.

»Das ist also der Grund, warum ihr mich nach Oriza gerufen habt«, stellte Laïfour nüchtern fest. »Ihr wollt Euer Gewissen rein halten und sucht jemanden, der die schmutzige Arbeit für Euch erledigt.«

Miskar blieb mucksmäuschenstill. Wurde er etwa Zeuge, wie ein Mordplan ausgeheckt wurde? Was in aller Sonnen Namen machte er hier? Sehnsüchtig blickte er in Richtung des Turmes, aus dem er gekommen war, doch die Tür am anderen Ende der Brücke war fest verschlossen.

»Ich wäre ein Lügner, gäbe ich nicht zu, dass ein Funken Wahrheit in Euren Worten liegt.« Gregorius klang müde und erschöpft. »Die Last, ein Todesurteil zu fällen, wiegt zu schwer für ein einzelnes Paar Schultern. Deshalb verlangt es die Satzung der Akademie, dass die Drei Türme zusammenkommen, um eine solche Strafe gegen einen der Ihren auszusprechen. Doch Ihr müsst nicht zum Mörder werden. Ihr könnt auch *für* das Leben von Aleas stimmen. Ihr seid allein Eurem Gewissen verpflichtet.«

»Es geht nicht nur um das Schicksal eines einzelnes Mannes«, unterbrach Jenkylis die beiden mit tragender Stimme. »Es geht um den Fortbestand unserer gesamten Zunft. Nicht auszumalen, wenn die Öffentlichkeit von den Blutritualen erfahren hätte – vollzogen von einem Magiker *unserer* Akademie! Auch wenn er nur ein Lehrling war. Wir alle hätten dafür auf dem Scheiterhaufen gebrannt. Es gibt keine Entschuldigung für seine Taten. Wir sollten uns nichts vormachen. Falls er seine Erinnerung wiedererlangt hat – und alles spricht dafür –, dann muss er sterben!«

Ein seelenloser Magiker mit einem Hass auf die gesamte arkane Zunft, vielleicht sogar die ganze Welt? Bei dem Gedanken lief es Miskar eiskalt den Rücken runter.

Gregorius hatte während Jenkylis' Plädoyer Ruhe bewahrt, auch wenn es ihn sichtlich Mühe kostete. »Nun kennt Ihr den Standpunkt des Zweiten Meisters, Laïfour. Klar und deutlich vorgetragen. Doch vielleicht wollt Ihr noch meine Einschätzung hören? Ich bin nämlich anderer Meinung.«

»Ah, nun kommen wir endlich zum Punkt«, bemerkte Laïfour und sprach Miskar damit aus der Seele. »Klärt mich auf, ich bin ganz Ohr.« Der Verbannte faltete seine knöchernen Hände und beugte sich interessiert nach vorne.

»Ihr habt vorhin recht gesprochen«, begann Gregorius. »Aleas war mein Schüler. Ich habe seine Bestrafung zu verantworten. Und wenn es für Euch auch zynisch klingen mag, ich habe ihn damals aus Sorge um sein Wohl in die Obhut eines Narrenturms gegeben. Doch dort wird er seit geraumer Zeit vermisst. Als sein ehemaliger Lehrmeister fühle ich mich für ihn verantwortlich. Ich muss deshalb Gewissheit haben und mehr über diesen Mann an der Seite des jungen Windfürsten erfahren. Ist es Aleas? Und wenn ja, was führt er im Schilde? Müssen wir wirklich noch einmal den Stab über ihn brechen?«

Gregorius blickte die beiden anderen Meister eindringlich an. Das Flackern der Laterne spiegelte sich in seinem Kristallauge und ließ es funkeln. Sein Ton klang verschwörerisch, als er leise fortfuhr.

»Kein Mann unseres Ordens, der sich auf den Weg nach Osten machte, würde Windfall je erreichen. Die Inquisition ließe ihn nicht mal die Sonnenwart passieren, und spätestens die Ritter von Herzfelden, dieses abergläubische Volk, würden ihn aufhalten. Vor Ort gibt es jedoch jemanden, der uns weiterhelfen könnte – aber nur Euch, werter Laïfour, weiterhelfen *würde.* Jemand, der wie Ihr in der Tradition des Dritten Turmes steht.«

»Mir fiele niemand ein, der in Windfall die arkane Kunst ausübt und sich auf die Lehren des Dritten Turmes beruft«, antwortete Laïfour aufrichtig ratlos.

»Nicht in Windfall, aber in Erlmoor«, erklärte Gregorius. »Ich spreche von Elachand. Es gibt niemanden, der besser über das Geschehen in der Region unterrichtet ist. Und außerdem war er es, der Aleas damals am Seeufer gefunden hat, als alle Magiker Royums ihn suchten – den Auserwählten.«

»Ja, Elachand und seine Schattenspieler«, lachte Laïfour trocken. »Seine Spitzel sind eine größere Plage als die Mücken in den Sümpfen dieser verkommenen Stadt. Mit dem Unterschied, dass sie nicht Blut, sondern Geheimnisse aus uns heraussaugen.«

Jenkylis war sichtlich nicht zum Lachen zumute, doch sein Mienenspiel verriet, dass er mit dem Vorschlag des Ersten Meisters vertraut war und sich wohl oder übel mit ihm angefreundet hatte.

»Ein Schreiben an Elachand ist alles, worum ich Euch ersuche«, bat Gregorius den turmlosen Meister.

Laïfour schüttelte entschieden den Kopf. »Wie Ihr schon sagtet, kein gezeichneter Magiker könnte Elachand erreichen, und niemand Geringerem würde ich einen Brief mit meinem Siegel anvertrauen!«

»Und wenn wir jemanden schicken, der noch kein Mitglied

unserer Zunft ist, aber die redliche Absicht hegt, eins zu werden?«, schlug Gregorius listig lächelnd vor.

Einmal mehr richteten sich alle Blicke auf den jungen Gossenzauberer.

»Miskar von Oriza«, hob Gregorius mit feierliche Stimme zu sprechen an, »ich frage dich: Willst du bei mir in die Lehre gehen, und willst du das Hilfeersuchen der Drei Türme an Elachand von Erlmoor überbringen?«

»Ja«, platzte es aus Miskar heraus, noch ehe er richtig darüber nachgedacht hatte. Wie könnte er eine so aufregende Aufgabe auch in den Wind schlagen? Er würde halb Royum durchqueren und käme endlich aus dem Viertel heraus. Und letzten Endes würde er tatsächlich als Magiker ausgebildet werden!

Gregorius atmete erleichtert aus und sah den Dritten Meister fragend an. »Kann ich in diesem Fall auf Eure Hilfe zählen?«

Laïfour musterte Miskar abermals kritisch mit seinen schwarzen Augen. »Gut«, erwiderte er schließlich, »ich werde das Schreiben für Elachand aufsetzen.«

Jenkylis stöhnte auf. »Aleas leben zu lassen ist ein großer Fehler, und Elachand zu vertrauen ein noch viel größerer!«

Doch der Erste Meister erhob sich ächzend, unbewegt von dem Einwand seines Kollegen. Mit einer knappen Verbeugung verabschiedete er sich von den beiden Magikern, dann wandte er sich Miskar zu.

»Lass uns ein Stück gemeinsam gehen«, forderte er ihn auf. »Die Treppe ist lang genug für einen kleinen Plausch, und ich möchte meinen, es gibt einiges, was wir zu besprechen haben.«

Miskar fühlte sich auf merkwürdige Weise sicher und vertraut an der Seite des gebrechlichen Magikers, und ehe er sich versah, hatten sie die Himmelsbrücke überquert.

»Ich glaube nicht, dass du die Tragweite deiner Entscheidung begreifst«, mutmaßte Gregorius. »Aber«, fügte er mit erhobenem Zeigefinger hinzu, »ich glaube auch, dass dein jugendlicher Übermut in dieser Sache mehr wert ist als manch kühler Kopf.«

Für eine Weile gingen sie schweigend die Treppe hinab. Nur ihre schlurfenden Schritte hallten durch den Turm.

»Weißt du überhaupt, wofür der Erste Turm steht?«, fragte Gregorius schließlich.

»Nein«, gab Miskar kleinlaut zu. »Nicht wirklich.«

»Für das wahre Sehen und Hören«, erklärte der Erste Meister mit ruhiger Stimme. »Dafür, all seine Sinne zu nutzen, in sich hineinzufühlen und die Dinge wahrzunehmen, die uns unsere Augen und Ohren vorenthalten. Doch darum geht es für dich noch nicht. Bevor du dich in die Lehre begibst, musst du erst etwas für uns tun.«

»Ja«, fiel Miskar dem alten Magiker ins Wort, »die Botschaft überbringen.«

»Das auch, mein Junge, aber ich meine noch etwas anderes: Du sollst deine Augen und Ohren offen halten und herausfinden, was Aleas vorhat.«

»Gut«, erwiderte Miskar achselzuckend, obwohl er nicht genau wusste, wie er das anstellen sollte.

Der alte Magiker blieb jedoch plötzlich stehen und packte ihn bei den Schultern. »Ich habe schon einmal den Fehler begangen, einem Schüler wichtige Ratschläge und Geheimnisse vorzuenthalten.« Gregorius' Kristallauge funkelte, das andere hatte er weit aufgerissen. »Diesen Fehler will ich nicht noch einmal machen. Ich hoffe, dass ich mich irre, aber ich habe eine düstere Ahnung, wie Aleas seine Seele zurückgewinnen will: mithilfe einer Golem-Armee.«

»Ich dachte, die wären alle zerstört worden?«, entgegnete Miskar verwundert.

»Ja, du hast gut gelauscht, mein Junge. Aber wenigstens eine Armee existiert noch – nur ist ihr Aufenthaltsort unbekannt.«

»Woher wisst Ihr das?«

»Ich habe den Rauch befragt, den Wind und den Regen«, kicherte der Alte. Dann gruben sich seine Finger tiefer in Miskars Schultern. »Aleas darf niemals in den Besitz der Golem-Armee kommen! Die eisernen Kolosse sind keine Wesen aus Fleisch und Blut. Sie könnten sich ungehindert in den Ewigen Berg graben, ohne in den Zeitenstürmen zu altern, die sie dabei auslösen würden. Bis sie Aleas' Seele gefunden hätten, könnte es Äonen dauern. Doch schon nach wenigen Jahren hätten die Stürme alles beseelte Leben dahingerafft und Royum ausgelöscht!«

»Und … warum folgt Ihr dann nicht dem Vorschlag des Zweiten Meisters und bringt ihn einfach um?«, fragte Miskar.

»Erstens, weil Töten nie *einfach* ist«, entgegnete Gregorius in ernstem Tonfall. »Zweitens, weil ich sicher sein möchte, dass er es auch tatsächlich ist. Und drittens haben wir schon einmal in den Lauf der Marmorchroniken eingegriffen, als wir seine Seele ausgebrannt haben. Aber das hat, wie du siehst, alles nur viel komplizierter gemacht. Das Schicksal Royums liegt in den Händen von jemand anderem – nicht in den unseren.«

Die letzten Treppenabsätze gingen sie schweigend hinunter.

Miskar musste Gregorius stützen, so geschwächt wirkte er mit einem Mal. Er hoffte nur, dass der alte Magiker recht hatte und dass wirklich jemand Bestimmtes dazu auserkoren war, Royum vor dem Ende zu bewahren.

QUENTIN

Die Abendsonne hatte die Farbe einer überreifen Erdbeere angenommen, und der Himmel um sie herum schien in ihrem klebrigen Saft zu ertrinken.

Quentin musste zugeben, dass selbst ein armseliges Städtchen wie Tann in diesem Licht einen gewissen Charme besaß. Nach romantischen Anwandlungen stand ihm jedoch nicht der Sinn. Außer Atem nestelte er am Revers seines Gehrocks herum und zog den zerknitterten Brief hervor, um ihn kurz zu überfliegen:

Verehrter Herr Weißgerber … Name ist Volkmar Kröwald … alten Bekannten Jeronimus Fenchelbrandt … dringlichen Angelegenheit um Rat … zur letzten Tagesstunde am Alten Ziegenmarkt.

Quentin blickte sich um. Am Rande des schlauchförmigen Platzes gurgelte, eingefasst in eine schmale Rinne, das Zickenbächlein stinkend vor sich hin und mündete schließlich in ein großes Steinbecken.

Erst auf den zweiten Blick sah man, dass die zweigeschossigen Häuser, die den Markt säumten, dringend einen Anstrich nötig hatten, denn ihr Weiß rührte vom Schiss der Tauben her, die fleißig in den löchrigen Mauern und Giebeln nisteten. Unter lautem Jauchzen trieben ein paar Kinder in abgerissenen Kleidern einen dreibeinigen Hund mit Stöcken vor sich her. Von einem steinernen Sockel am abschüssigen Ende des Platzes grüßte ein bocksbeiniger Waldgott – der Schutzpatron der Ziegenhirten.

Quentin war zweifelsohne am richtigen Fleck, doch er war um einiges zu früh.

Nachdem er das Schreiben daheim aus dem Papierkorb gefischt hatte, war ihm nicht mehr viel Zeit bis zu dem genannten

Termin verblieben. Darum hatte er sich gesputet, denn in seiner jetzigen Lage war er auf jeden Groschen angewiesen. Nun stand er hier, verschwitzt und von Fliegen geplagt. Womöglich brachte er diesen ominösen Herrn Kröwald mit seinem überpünktlichen Erscheinen noch auf die Idee, dass er wichtig sei. *Ein unerträglicher Gedanke!*

Quentin hatte sich gerade entschieden, noch einmal um den Block zu schlendern, als er hinter sich eine volltönende Stimme vernahm.

»Pünktlich wie ein Herzfelder Ritter zum Gestech! Das lobe ich mir!«

Der junge Gelehrte drehte sich flugs herum und zwang sich, ein höfliches Lächeln aufzusetzen. »Und Sie müssen Herr Kröwald sein?«

»So schaut's aus, mit allen 300 Pfunden!«, gab der Mann zur Antwort und schlug sich lachend auf den mächtigen Bauch, der beeindruckend lange nachbebte.

Volkmar Kröwald sah so aus wie er hieß. In seiner nietenbesetzten Lederweste wirkte er wie eine aufgeblähte Kröte. Auch das cremefarbene Hemd, dessen Puffärmel unter der Weste hervorlugten, gereichte ihm nicht zum Vorteil. Protzige Goldringe wucherten wie Geschwüre an seinen Fingern.

Nur Neureiche kleideten sich derart geschmacklos, wusste Quentin. Vermutlich war der Fettwanst ein aufstrebender Holzbaron, der sich auf dubiosen Wegen ein paar Morgen Land unter den Nagel gerissen hatte. Er schätzte den Mann auf gut vierzig Jahre, sein Kopfhaar war ihm schon größtenteils ausgegangen.

»Ganz ausgezeichnet«, schnaufte Volkmar Kröwald, »ganz ausgezeichnet, dass Sie es einrichten konnten, Herr Weißgerber! Viel mehr Zeit hätte mir die Wache nicht mehr gegeben. Vor allem nicht bei dem Wetterchen«, fügte er hinzu und tupfte sich den Schweiß mit dem Ärmel von der Stirn.

Quentin sah den Mann fragend an.

»Ich dachte, Fenchelbrandt hätte Sie schon in Kenntnis gesetzt?«, fuhr Kröwald fort. »Aber kommen Sie, gehen wir ein paar Schritte – raus aus der Sonne. Es ist nicht mehr weit. Wir müssen nur zum anderen Ende des Marktes. Das Nötigste kann ich Ihnen auch unterwegs erzählen«, erklärte er und schritt voran. »Es geht um den Oheim meiner Frau, Theoderich Steinsieber. Als sie ihm gestern früh einen Besuch abstatten wollte, stand die Tür zu seiner Kammer offen, und es stank gar fürchterlich. Sie können sich bestimmt denken, was geschehen ist: Mausetot lag er da, der alte Kauz! Natürlich hat meine Frau gleich die Wachen gerufen, aber die haben keinen Finger gerührt. Unter die Erde bringen solle sie ihn, damit es kein Ungeziefer gibt; das war alles, was sie ihr gesagt haben. Und unter uns gesprochen: Recht haben sie! Totgesoffen hat er sich, der Nichtsnutz, einfach totgesoffen. Ein jämmerlicher Abgang nach einem jämmerlichen Leben. Aber nein«, ereiferte sich der Dicke weiter, »nicht so für meine Amalie! Auf ihren Lieblingsonkel lässt sie nichts kommen.«

Kröwald blieb abrupt stehen und zog Quentin so nah an sich heran, dass sich ihre Nasenspitzen beinahe berührten.

»Sie will ihre Beine so lange nicht mehr für mich breit machen, bis ich den Vorfall habe aufklären lassen. Undankbares Weibsstück! Die gesamte Aussteuer habe ich für sie übernommen. Aber was tut man nicht alles für die Liebe«, seufzte er und grinste anzüglich.

Quentin nutzte die Gelegenheit, um einen Schritt zurückzutreten. Er bemühte sich, seinen Ekel hinter einer Maske angestrengten Denkens zu verbergen – was ihm auch nicht schwerfiel, denn der Name Steinsieber kam ihm bekannt vor.

»Dass die Tür offen stand, stimmt mich allerdings schon nachdenklich«, sagte er schließlich.

»Donnerwetter, da hat der gute Fenchelbrandt nicht zu viel versprochen!«, lobte Kröwald. »Einen echten Rätsler hat er mir angekündigt, und, beim Sonnenvater, Sie haben wirklich einen feinen Riecher.«

Peinlich berührt blickte Quentin zur Seite. Selbst die Büttel mussten diesen verdächtigen Umstand bemerkt haben. Vermutlich waren sie nur zu faul gewesen, der Sache nachzugehen.

»Damit wir uns verstehen«, fuhr Kröwald fort, »es ist mir einerlei, was Sie herausfinden. Hauptsache, Sie kommen zu einem Schluss, der mein Amalchen überzeugt. Es soll nämlich ungesund sein, wenn sich die Mannessäfte zu lange stauen. Und Sie sollten sofort mit Ihrer Untersuchung beginnen, denn bei Sonnenuntergang kommt der Totengräber und holt den alten Steinsieber ab.«

»Dann bleibt mir kaum mehr als eine Stunde«, stellte Quentin überrascht fest.

»Ganz richtig, aber bei dem Sümmchen, das ich Ihnen zahle, können Sie bei der Arbeit ruhig ein bisschen ins Schwitzen geraten!«, antwortete Kröwald barsch und warf dem Gelehrten einen prall gefüllten Geldbeutel zu.

Wie beiläufig zog Quentin die Schnur des Ledersäckchens auf und linste hinein. Ein Berg von Silbergroschen lachte ihn an.

»Sehen Sie, was ich für meine Holde zu zahlen bereit bin? Und was kriege ich dafür? Nichts als eine kalte Schulter. Lassen Sie sich einen Rat geben: Heiraten Sie nie! Der Weiber Launen ist die Ehe nicht wert.«

»Da haben Sie wohl recht«, antwortete Quentin mit einem Schmunzeln auf den Lippen. »Ich werde versuchen, mich daran zu halten.«

»So, da wären wir!« Kröwald blieb vor einem windschiefen Haus stehen und stieß die Tür auf. »Es ist die Kammer unterm Dach. Ihren Bericht können Sie mir oder Herrn Fenchelbrandt zukommen lassen. Und wenn sich nichts herausfinden lässt, dann denken Sie sich gefälligst etwas Gescheites aus, verstanden?«

Kröwald streckte ihm seine fette Hand zum Abschied entgegen. Widerwillig schüttelte Quentin sie. Dann stapfte sein Auftraggeber davon, und Quentin war endlich wieder allein.

Aus alter Gewohnheit staubte er seinen Frack ab, bevor er in den kühlen, fensterlosen Hausflur eintrat.

Irgendwo im Erdgeschoss wurde gerade klappernd der Abendbrottisch gedeckt. Zum Glück hatte er Kröwald nicht länger aufhalten und über den Toten ausfragen müssen, denn ihm war eingefallen, woher er ihn kannte.

Theoderich Steinsieber war bis vor wenigen Jahren als Aushilfskopist an der Universität tätig gewesen. Der Mann war ihm nur deshalb in Erinnerung geblieben, weil er damals für einen handfesten Skandal gesorgt hatte, indem er Abschriften von wichtigen Werken angefertigt und unter der Hand verkauft hatte. Hier endete also das Leben des Fälschers. *Trostlos.*

Erst jetzt merkte Quentin, dass er beim Eintreten die Luft angehalten hatte. Zaghaft atmete er ein und stellte erleichtert fest, dass es angenehm nach Brotsuppe duftete. Nachdem sich seine Augen an das Halbdunkel gewöhnt hatten, ging er weiter bis zu einer Holztreppe am Ende des Flures. Prüfend betrat er die unterste Stufe, indem er sie erst mit einem, dann mit beiden Beinen belastete. Als er sie für ausreichend stabil befunden hatte, stieg er die schmale Treppe empor.

Auf Höhe der ersten Etage schlug ihm bereits der Gestank entgegen. Süßlich. Schwer. Diese Angelegenheit war entschieden unter seiner Würde.

Am liebsten hätte Quentin auf der Stelle kehrtgemacht. Stattdessen zog er sein parfümiertes Schnupftuch aus der Manteltasche und hielt es sich vors Gesicht. Dann ging er weiter bis ins zweite Stockwerk. Von dort führte eine Stiege zum Dachboden, die er wie eine Leiter erklimmen musste. Er nahm das wohlriechende Tuch von Nase und Mund, um sich am Geländer festzuhalten, und hielt die Luft an. Dann hievte er sich eilig nach oben.

Kaum hatte er den obersten Treppenabsatz erreicht, atmete er begierig ein – so heftig, dass er ein halbes Dutzend Fliegen verschluckte, die dort umherschwirrten. Ekel packte ihn bei dem Gedanken daran, wo die Insekten eben noch gesessen und gefressen hatten.

»Pah, pah, pah!« Quentin spuckte und würgte. Dann presste er sich das Schnupftuch wieder fest auf die Nase. *Keine Hundert*

Groschen ist das Elend hier wert! Er würde nur einen kurzen Blick in die Dachstube werfen und sich eine plausible Erklärung für das Ableben des Mannes ausdenken.

Als er die Kammer betrat, kam ihm eine weitere Wolke Fliegen entgegen. Er kämpfte sich bis zur Dachluke vor und riss sie auf. *Der Sonnenvater sei gepriesen!* Ein Lüftchen wehte vom Ammsee her und trieb den Schwarm auseinander. Für ein paar Augenblicke verweilte er am offenen Fenster, dann sah er sich um.

Die Kammer war nur wenige Schritte groß, winziger als manche Zelle und karger eingerichtet obendrein. Er hatte Glück gehabt, dass er nicht über die Leiche gestolpert war, die bäuchlings in der Mitte des Raumes lag. Weder im Leben noch im Tod war Theoderich Steinsieber eine ansehnliche Gestalt. Er war von mittlerer Größe. Sein lichtes graues Haar klebte in verfilzten Strähnen an Schädel und Nacken. Aus einem fleckigen Hemd stachen zwei blasse Waden hervor. Ein Beinkleid war nirgends auszumachen, stattdessen lag der Nachttopf umgekippt neben ihm. Der Tote lag in seinen eigenen Exkrementen.

Quentin schüttelte es. Er legte keinen erhöhten Wert darauf, die Leiche genauer zu untersuchen.

Zur Rechten stand ein klappriges Bettgestell, auf dem sich ein Knäuel dreckiger Decken befand. Zur Linken ragte ein nacktes Brett aus der Wand, das als Schreibpult gedient haben mochte. Darauf lag lediglich ein leerer Schriftrollenbehälter, wie er üblicherweise für Landkarten verwendet wurde. Von dem Regalbrett bis zur Tür stapelten sich befleckte Papiere und Bücher auf dem Boden. Quentin würden keine zehn Pferde dazu bringen, den schäbigen Haufen zu durchstöbern.

Er fragte sich, ob er schon gehen sollte. Gut möglich, dass die fette Kröte noch unten herumlungerte, um sicherzugehen, dass er seine Arbeit ordentlich verrichtete. Quentin stellte sich auf die Zehenspitzen und versuchte, aus der Dachluke zu spähen, doch er konnte lediglich die Häuserdächer von der gegenüberliegenden Seite des Platzes sehen.

Zur Sicherheit würde er noch warten, bis der Totengräber erschien. Ihm wurde zwar schlecht bei dem Gedanken, solange in diesem Rattennest verweilen zu müssen, aber er könnte die Zeit damit totschlagen, eine glaubwürdige Geschichte über Steinsiebers Tod zu erfinden.

Gedankenverloren griff er dabei in seine Manteltasche – und ertastete einen Fetzen Stoff. Neugierig zog er daran und hielt zu seinem Erstaunen den Samtbeutel in der Hand, den ihm Herr Kreidl heute Mittag überreicht hatte. Der Blindschliff, dachte Quentin wehmütig. Er öffnete das Säckchen, um das glatte Glasstück zu betrachten. Prüfend hielt er es gegen die Abendsonne, deren Strahlen durch die Linse gebündelt wurden. *Eine wirklich feine Arbeit.*

Seufzend wollte er das Glas wieder in dem Beutel verstauen, als sein Blick auf einen seltsamen Fleck auf Steinsiebers Hemd fiel. Quentin bündelte die letzten Sonnenstrahlen in der Linse und richtete sie auf besagte Stelle.

Aus den vielen Schmutzflecken, die das Hemd des toten Kopisten zierten, stach einer zwischen seinen Schulterblättern besonders hervor: Er war daumengroß, rostbraun, und in seiner Mitte befand sich ein winziges Loch in dem Stoff. Neugierde überkam Quentin. Er holte tief Luft, dann beugte er sich zu der Leiche hinab. Der Fleck sah verdächtig nach geronnenem Blut aus, und das Loch könnte von einem Einstich herrühren.

Mit seinem spitzen Fingernagel riss er den Stoff etwas weiter auf und betrachtete die Wunde. Angesichts der geringen Blutmenge konnte sie keinesfalls zum Tode geführt haben – es sei denn, Steinsieber war ein letales Gift injiziert worden.

Als sich Quentin wieder erhob, um nach Luft zu schnappen, wurde ihm für einen Moment schwarz vor Augen. Er taumelte und stieß gegen den Nachttopf, der scheppernd durch die Kammer rollte. Schließlich bekam er das Schreibbrett zu fassen, auf dem er sich mit zitternden Armen abstützte, bis der Schwindel nachließ.

Mit wachsendem Interesse betrachtete er den Körper des Mannes. Handelte es sich hier etwa um einen Mord? Sein Blick fiel auf die rechte Hand des Toten, die unter dessen Kopf eingeklemmt war. Zwischen kohlschwarzen Fingerspitzen ragte ein zusammengeknülltes Blatt hervor. Das vergilbte Stück Papier war vermutlich aus einem der zahlreichen Bücher herausgerissen worden. *Ein letzter Hinweis?*

Quentin klemmte sich die Linse zwischen Braue und Jochbein fest und ging in die Knie. Gerade wollte er der Leiche das Blatt entwinden, da bemerkte er ein merkwürdiges Flimmern in der Luft. Dem Toten schien die Kuppe des Zeigefingers zu fehlen – doch im nächsten Moment tauchte sie plötzlich wieder auf. Quentin sah näher hin. Die Finger der Leiche waren vollzählig, alle Glieder vorhanden. Doch neben einer ordentlichen Portion Dreck befand sich ein farbloser schimmernder Faden unter dem Nagel des Zeigefingers.

Behutsam griff Quentin nach der Faser und musterte sie aufmerksam im Zwielicht, das mittlerweile hereingebrochen war. Eine Fliege umkreiste seine Hand und landete schließlich frech auf dem Fussel. Noch bevor Quentin sie verscheuchen konnte, war sie verschwunden, wie vom Erdboden verschluckt! Dann brummte sie plötzlich wieder und flog quer durch den Raum, so als wäre nichts gewesen.

Ein siegessicheres Lächeln machte sich auf den Lippen des Gelehrten breit. Der Mörder hatte ihm unfreiwillig eine Botschaft hinterlassen, und Quentin würde sie nutzen, um ihn zu entlarven. Wie viele Tarnumhänge konnte es in einem Kaff wie Tann schon geben?

Im Aufstehen zog er dem Toten das Blatt Papier aus der Hand und studierte es. Die ursprüngliche Schrift war so verblasst, dass sie nicht mehr zu entziffern war. Darüber war jedoch etwas mit einem Kohlestift gekritzelt worden. Der alte Steinsieber war also nicht sofort tot gewesen. Quentin schüttelte ungläubig den Kopf. *Noten?*

Leise begann er, vor sich hin zusummen, doch schon nach wenigen Tönen brach er ab. *Das kann nicht sein!*

Für ungeschulte Ohren mochte die Melodie schief klingen, aber Quentin hörte sofort eine fremdartige Harmonie heraus. Sie erinnerte ihn an Tonfolgen, wie sie die Assassinen der Salzlande in ihren kultischen Liedern nutzten. Außer ihm und ein oder zwei anderen Gelehrten dürfte es in Windfall kaum eine Menschenseele geben, die mit dieser Art Liedgut vertraut war. Dass Steinsieber eine derartige Kakophonie im Sterben frei erfunden hatte, schien höchst unwahrscheinlich. Das ließ nur den Schluss zu, dass es die Melodie war, die sein Mörder gesummt hatte. Doch welcher Assassine ließ sich dazu herab, einen einfachen Mann wie den Kopisten zu ermorden?

Gerade hatte er die Melodie zum zweiten Mal vor sich hin gesummt, da erklang wie zur Antwort Hufgetrappel von der Straße.

Rumpelnd kündigte sich der Totengräber mit seinem Karren an. Das war das Zeichen zum Aufbruch. Quentin hatte genug herausgefunden, um der fetten Kröte noch einen weiteren Beutel Silber aus den Rippen zu leiern. Diese Art von Arbeit schmeckte dem Gelehrten besser, als er erwartet hatte; und er war sich sicher, dass seine Nachforschungen gerade erst begonnen hatten. Ein Tarnumhang und eine Assassinen-Melodie – eine bessere Spurenlage konnte er sich kaum wünschen. Allerdings mochten die Ermittlungen dadurch auch um einiges gefährlicher werden.

Als er die Kammer des Kopisten verließ, warf er der Tür einen kurzen prüfenden Blick zu. Schloss und Riegel waren unversehrt. Wer auch immer Steinsieber einen letzten Besuch abgestattet hatte, hatte sich nicht gewaltsam Zutritt verschafft.

Humpelnd kam ihm der Totengräber auf der Treppe entgegen, sein taubstummer Geselle war ihm dicht auf den Fersen.

Quentin würdigte die Männer keines Blickes. Als er endlich wieder ins Freie trat, war das Licht nur noch ein blassroter Streifen am Horizont, und eine leichte Brise wehte vom Ammsee her. Ihm knurrte der Magen. Er hatte sich eine gute Mahlzeit redlich verdient. Er könnte unterwegs bei einer der Fischerwirtschaften am Ufer einkehren und sich eine Forelle mit Bärlauchbuttersoße und gebratenen Pastinaken gönnen. Dazu einen Humpen Weißentanner, und der Abend wäre vollkommen.

Quentin ging hinüber zum Brunnenbecken, um sich Dreck und Ekel abzuwaschen. Resigniert blieb er stehen. Der dreibeinige Hund trieb totgeprügelt im Wasser. Es war wahrlich höchste Zeit, dieser Stadt den Rücken zu kehren.

TUULIKKI

Langsam trudelte die Wurzel dem Grund entgegen. Das gewundene Holz hinterließ einen Strudel, der Ringe an die Wasseroberfläche malte. Für das bloße Auge war der sinkende Schemen kaum zu erkennen. Sie aber spürte, wie sich die Wurzel ihren Weg durch das trübe Nass bahnte.

Mit jeder Drehung des Holzes veränderte sich der Druck auf ihre Flanke. In einem schnelleren Fließ wäre diese winzige Veränderung untergegangen – nicht jedoch hier im Stummen Fluss.

Als sie näher an die Wurzel herantauchte, konnte sie den erdigen Lebenssaft schmecken, der sich aus ihren zerrissenen Enden ergoss. Luftblasen hatten sich auf dem Holz gebildet. Hin und wieder perlten einige von ihnen ab und bildeten kleine Verwirbelungen. Dort, wo sie zerplatzten und eins mit dem Unterwasser wurden, setzten sie den Geruch des Landgängers frei, der die Wurzel ausgerissen und in den Fluss geworfen hatte.

Drei von ihnen waren zum Stummen Fluss gekommen – alles paarungsfähige Männchen, doch keiner von ihnen war der Eine. Sie warfen tote Tiere ins Wasser, die sie an Schlingen festgebunden hatten. Und dann warteten sie. Ein Hell und ein Dunkel lang. Wenn ein Otter oder ein Karpfen an dem Aas geknabbert hatte, waren die Landgänger auf ihrem schwimmenden Baum herbeigekommen und hatten mit langen Dornen im Fluss gestochert. Dann hatten sie den Kadaver aus dem Wasser gezogen, ihn untersucht und kurz darauf wieder zurückgeworfen.

Die Landgänger unterschieden sich deutlich voneinander, vor allem in ihren Ausdünstungen. Der Älteste roch nach Angst und Verwesung. Es war der Geruch eines Sterbenden, der seinen baldigen Tod ahnte. Der Zweitälteste war ihr unheimlich. Eingehüllt in ein Aroma von Algen, Torf und Muschelkalk, roch er fast wie ein Wesen des Unterwassers. Der Jüngste hingegen weckte ihren Hunger, jedes Mal wenn er mit seinen blassen Flossen im Wasser paddelte.

Aus dem Überwasser sickerte noch ein weiterer Duft zu ihr hinab, der allen Männchen gemein war: Es war der Geruch von Wachsamkeit. Sie waren auf der Jagd nach ihr. Doch hier jagte nur eine, und das war sie selbst. Das Wasser war ihr Element und der Stumme Fluss ihr Revier. Es brauchte mehr als ein paar Landgänger mit langen Dornen, um sie zu fangen.

Unzählige Hell und Dunkel waren vergangen, seitdem sich ihre Schwestern auf die Suche nach ihrem Einen begeben hatten. Eine nach der anderen waren sie quell- oder salzwärts gezogen. Doch keine von ihnen war zurückgekehrt, um den Stummen Fluss mit neuem Leben zu füllen. Sie war nun die letzte Hüterin. Und sie allein konnte ihren Reigen vor dem Aussterben bewahren.

Es war an der Zeit, dass nun sie sich auf die Suche nach ihrem Einen begab – doch vorher würde sie sich stärken und sich den jungen Landgänger schnappen.

Es dämmerte. Die tief stehende Goldsonne hatte die Wasseroberfläche in einen bernsteinfarbenen Spiegel verwandelt, den kein Blick aus dem Überwasser zu durchdringen vermochte. Sie tauchte zu dem Kadaver, unter dem das Wasser am tiefsten stand. Mit einem gemächlichen Flossenschlag schwamm sie an dem toten Vierbeiner vorbei und brachte ihn zum Schwingen. Dann sank sie hinab in die Tiefe und wartete.

Es dauerte nicht lange, da setzte sich der schwimmende Baum in Bewegung. Sie spürte, wie er das Wasser in seinem Weg verdrängte. Wie immer würde der junge Landgänger mit den blassen Flossen einen Dorn in den Kadaver stecken und ihn aus dem Wasser ziehen.

Sie verharrte. Angespannt. Bewegungslos. Ihre Kiemen pumpten. Stillhalten. Noch ein Atemzug. Jetzt!

Ruckartig schoss sie in die Höhe. Ein, zwei schnelle Flossenschläge, und sie hatte den Kadaver erreicht, ein dritter, und sie durchbrach die Wasseroberfläche. Für einen Moment blickte sie den drei Landgängern in die weit aufgerissenen Augen. Schreie drangen aus ihren Mäulern.

Der junge Landgänger stand direkt vor ihr, am schmalen Ende des schwimmenden Baums. Sie wischte seinen Dorn mit einer Pranke beiseite, und beim Eintauchen schlug sie mit der Schwanzflosse hart aufs Wasser.

Die Woge brachte den Baum heftig zum Schaukeln, und keinen Kiemenschlag später fiel der Landgänger ins Wasser.

Schnell war sie bei ihm. Er trat wild um sich, doch sie wich ihm mühelos aus. Dann schlängelte sie sich an seinem Körper entlang und krallte sich fest.

Seine Haut zerriss unter ihren Pranken wie trockenes Laub. Seine Abwehrbewegungen wurden langsamer. Bläschen sprudelten ihm aus Mund und Nase. Sie schlug ihre Zähne in seine Wange und zog ihn hinab.

Er bäumte sich auf, versuchte verzweifelt, sich zu befreien, aber sie ließ nicht locker. Sie riss an seinem Fleisch, bis der Geschmack von Blut durch ihre Kiemen strömte. Gleichzeitig ließ sie ihr Gift in seinen Körper fließen. Ein letztes Mal krampfte er, als er Wasser schluckte, dann erschlaffte er in ihrer Umklammerung.

Und dann kamen die Bilder. Wie ein reißender Strom zog das Leben des Jungen an ihr vorüber. *Dankbarkeit für die eigene Koje … Angst, dem fremden Kapitän zu folgen … Müdigkeit nach jedem langen Tag der Feldarbeit … Verzweiflung, als die Oberin seinen Zuckerkringel zertritt … Hunger im Waisenhaus … Und nur ein einziges Mal: Geborgenheit, als ihn seine namenlose Mutter im Arm wiegt …*

Mit den Erinnerungen kam auch die Sprache zu ihr. Von nun an würde sie nicht mehr taub sein für das Rufen der Landgänger.

Ein jäher Schmerz riss sie aus ihrer Verbindung. Ein Speer, so nannten die Männer die langen spitzen Dornen, hatte sie in die Seite getroffen. Sie musste unbewusst gen Überwasser getrieben sein. Ruckartig löste sie sich von dem Jungen, um sich mit ein paar Schlägen ihrer Schwanzflosse in Sicherheit zu bringen.

Doch plötzlich senkte sich ein riesiges Netz auf sie herab. *Unten, nach unten!* Sie musste abtauchen. Dort hatte sie eine offene Stelle in dem Geflecht erspäht. Sie schoss hinab, auf die schmale Lücke zu. Doch wie von Geisterhand zogen sich die Maschen im letzten Augenblick zusammen. Sie war gefangen.

Panisch zappelte sie im Netz, als sie mit einem Ruck ins tödliche Überwasser gezogen wurde. Die beiden Männer starrten sie gleichzeitig angewidert und ehrfürchtig an, so als hätten sie noch nie zuvor eine ihrer Art gesehen.

»Wir haben sie! Wir haben die Nixe«, keuchte der Todgeweihte und klang dabei fast enttäuscht. »Das Vieh sieht mehr aus wie ein fetter Aal als wie eine Frau. Und sieh dir nur die Glubschaugen an!«

»Kaum zu glauben, dass das mickrige Ding den armen Jungen gefressen hat«, erwiderte der Mann mit dem Unterwassergeruch und umklammerte eine Kette aus Krebsscheren, die um seinen Hals baumelte. »Wir hätten nie hierherkommen sollen, Käpt'n. Einen Wassergeist zu fangen bringt Unglück.«

»Halt deinen Mund, Tobard, und pack mit an!«, befahl ihm der Kapitän. »Oder willst du dir die tausend Gulden entgehen lassen, die uns der Menagerist versprochen hat?«

Die Nixe hatte keine Ahnung, wovon die beiden redeten. Sie wusste nur eins: Sie musste hier raus! Mit ihren krallenbewehrten Pranken riss sie an den Maschen, doch sie verhedderte sich nur noch mehr in dem Netz.

Sie spürte, wie ihre Kräfte sie verließen, während ihre Kiemen vergeblich nach Wasser pumpten. Hatte die Suche ihrer Schwestern genauso geendet? Waren sie deshalb nie zurückgekehrt?

Sie schlug hart auf, als sie mit einem Ruck an Bord gehievt wurde. Sterne tanzten vor ihren Augen, und mit einem letzten vernebelten Blick verabschiedete sie sich vom Stummen Fluss.

BALDWIN

So redselig die junge Frau in der Lagerhalle gewesen war, so schweigsam gab sie sich auf ihrem Weg durch die nächtlichen Straßen von Windfall. Sie schien müde zu sein, ausgelaugt. Ihre Schritte waren schwerfällig. Ganz anders als am frühen Abend, als sie den Wachen wieselflink entkommen war. Den Umhang hatte sie dicht um sich geschlungen.

Baldwin spekulierte nur ungern, aber er war sich fast sicher, dass das Mädchen an Seelenfrost litt. Das musste mit dem Zauberkristall zusammenhängen, den sie in der Lagerhalle benutzt hatte, um Licht zu machen.

Zu besseren Zeiten hatte seine Kompanie genügend Gold in der Kriegskasse gehabt, um die Dienste von Magikern in Anspruch zu nehmen. Einer von ihnen hatte ihm damals erklärt, dass man sein inneres Seelenfeuer einsetzen musste, um Zaubersprüche aufzusagen oder Artefakte zu benutzen. War man in der arkanen Kunst jedoch nicht geübt, geschah es leicht, dass man sich überschätzte und völlig ausbrannte – seelenlos wurde. Was das bedeutete, wollte sich Baldwin nicht näher ausmalen. Da verließ er sich lieber auf seine Arkebuse. Sollte ihm einmal das Schwarzpulver ausgehen, konnte er immer noch mit dem Kolben der Hakenbüchse zuschlagen.

Auf dem Weg ins Burgviertel mieden sie die hell beleuchtete Hafenpromenade und nahmen stattdessen verwinkelte Seitengassen. Des Öfteren musste sich der alte Söldner die Augen reiben, denn ein ums andere Mal schien die Silhouette der jungen Frau auf völlig unerklärliche Weise mit den Schatten zu verschmelzen. Er würde auf der Hut bleiben müssen. Gerade nachts, wenn der Sonnenvater nicht über seine Kinder wachte, hatten Hexen mit ihren Verwünschungen leichtes Spiel.

Hin und wieder stoppte die Unbekannte urplötzlich. Dann zog sie Baldwin ohne erkennbaren Grund in einen Hauseingang, um dort für einige Herzschläge nach Atem ringend zu verharren. Dann wiederum lugte sie um die nächste Ecke, nur um den alten Söldner anschließend anzutreiben, zügig eine Kreuzung zu überqueren. Derartige Vorsichtsmaßnahmen waren begründet, wollte man nicht von der Nachtwache aufgegriffen werden. Andererseits mochten sie seiner Führerin auch dazu dienen, sich künstlich aufzuspielen. Schließlich hatte Baldwin in der ganzen Zeit weit und breit keine andere Menschenseele gesehen.

Nachdem sie das Hafenviertel mit den Lagerhäusern hinter sich gelassen hatten, liefen sie an den Rückseiten einiger Stadtpaläste entlang. Im Gegensatz zu den Häusern der Wohlhabenden in anderen Städten, waren die Windfaller Residenzen geradezu schlicht. Auf pompöse Kuppeln und Rotunden, wie in weiten Teilen des Süderfleets üblich, wurde verzichtet. Auch säulengesäumte Eingangsportale sah man kaum. Wie im Rest der Stadt überwog hier die ortsübliche Fachwerkbauweise, sodass die Häuser der Edlen kleinen Jagdschlösschen glichen.

Wenn ihn seine Ortskenntnisse nicht trogen, musste Baldwin anerkennen, dass es die junge Frau geschickt verstanden hatte, einen weiten Bogen um die Ratsburg und den großen Marktplatz zu schlagen. An jenen Orten war nachts verstärkt mit Patrouillen zu rechnen.

Zuletzt hatten sie einen Weg eingeschlagen, der den Burghügel in Serpentinen hinaufführte. Die kopfsteingepflasterte Straße wurde vor allem von Kaufmannsanwesen und besseren Gasthäusern gesäumt.

In so manchen der bunten Butzenfenster brannte noch Licht. Auch das Geräusch des einen oder anderen Trinkgelages drang an Baldwins Ohren. Gern hätte er sich mit einem Krug Met dazugesellt. Bei diesen Träumereien wäre er fast mit seiner Begleiterin zusammengestoßen, die ihren Schritt abrupt verlangsamte.

»Heute Nacht müsste Lothar der Wachhabende am kleinen

Nordtor sein«, flüsterte sie ihm über die Schulter zu. »Das sollte keine Schwierigkeiten geben.«

»Kennst du den Mann gut?«, fragte Baldwin.

Sie drehte sich zu ihm herum, und ihre Kapuze rutschte etwas nach hinten.

Baldwin blickte in das Gesicht einer jungen Frau, die vermutlich um die achtzehn Lenze zählte. Grüne Augen stachen aus einem kränklich blassen Gesicht hervor. Ein deutliches Anzeichen für Seelenfrost. Das blond gelockte Haar fiel ihr bis auf die Schultern. Sie war keine klassische Schönheit. Ihre Nase war ein wenig zu breit geraten, und ihr Lächeln entblößte eine kleine Lücke zwischen den Schneidezähnen. Die hohen Wangenknochen verliehen ihrem Gesicht jedoch eine Ausdrucksstärke, wie sie Baldwin selten bei einem so jungen Menschen gesehen hatte.

»Misstrauisch, alter Mann?«, entgegnete sie mit einem ironischen Lächeln. »Ihr seid mir bis hierher gefolgt, da könnt Ihr mir auf den letzten paar Schritten auch noch vertrauen.«

Wortlos musterte Baldwin sie, doch sie hatte sich bereits abgewandt. Wenn ein Mann einem nicht in die Augen blicken konnte, mochte es dafür mannigfache Gründe geben: Angst, Ehrfurcht oder gar Langeweile. Aber bei einer Frau gab es dafür nur zwei Gründe: Verlegenheit oder Verrat. Und dieses junge Ding war alles andere als ein scheues Reh. Baldwin war sich sicher, dass sie etwas verheimlichte. Nun, er würde auf der Hut sein, ermahnte er sich und umklammerte seine Arkebuse mit festem Griff.

Inzwischen hatten sie das Ziel ihres Anstiegs erreicht: einen weiten Platz an der Rückseite der Burg. Sie blieben jedoch im Schatten der Häuser stehen und beobachteten die gegenüberliegende Festungsmauer.

Ein kleines Tor stellte den einzigen Zugang dar, den er ausmachen konnte. Das Fallgitter war hochgezogen. Gähnend schwarz wie das zahnbewehrte Maul eines Seeungeheuers lag der Durchgang vor ihnen. Ein kleines rundes Erkertürmchen, schräg über dem ansonsten schmucklosen Tor, diente den Wachen als Ausguck und Unterstand bei schlechtem Wetter. Soldaten waren jedoch nirgends zu sehen. Das irritierte den altgedienten Söldner erheblich.

Schließlich brach das blonde Mädchen das Schweigen: »Um Euch zu beruhigen, ich kenne den Wachhabenden von Kindesbeinen an. Lothar ist ein guter Mann und mir wohlgesonnen … allerdings muss ich Euch beichten, dass ich nicht ganz ehrlich zu Euch war …«

Jetzt kommt es! Baldwin schnaubte wütend auf.

Die junge Frau hob beschwichtigend die Hände. »Nicht so laut, ich will es Euch ja erklären. Es gibt etwas auf der Burg, das ich unbedingt holen muss … aus den Gemächern meiner Mutter.« Bei diesen Worten zog sie einen verzierten Schlüssel unter dem Mantel hervor, der wahrscheinlich in eine Burgtür passte. »Insofern habe ich gelogen. Ich kann Euch keine Unterkunft für die Nacht anbieten. Wenn Ihr allerdings hier draußen wartet und mich anschließend sicher aus der Stadt bringt, dann soll Eure Mühe reich entlohnt werden. Was sagt Ihr? Ihr seid doch ein Söldner?«

Baldwin fragte lieber nicht, was genau sie holen wollte. Die Tatsache, dass ihre Mutter eine Kammer auf der Burg bewohnte, ließ vermuten, dass es bei der Sache nicht gänzlich mit unrechten Dingen zuging. Die Frage war nur, sollte er sich darauf einlassen? Den Zaster könnte er in jedem Fall gut gebrauchen.

Nachdenklich ließ der Arkebusier seinen Blick über den Burgplatz schweifen. Seltsam, noch immer konnte er im Torbereich weder eine Wache noch ein Licht ausmachen. Hatte dieses junge Ding das etwa so eingefädelt?

»In Ordnung, ich warte draußen«, stimmte er schließlich zu. Wenn die Sache zu heiß wurde, könnte er immer noch die Beine in die Hand nehmen.

Ein kurzes Nicken war die Antwort, und schon hatte sich die Unbekannte wieder von ihm abgewandt. Obwohl sie nun seine Auftraggeberin war, schien sie sich ihm nicht vorstellen zu wollen. Baldwin war das nur recht, im Zweifelsfall war es sicherer, keine Namen zu kennen.

Schnellen Fußes überquerten sie den Vorplatz bis zu dem Tor. Das leise Echo ihrer Schritte hallte durch die Nacht, und irgendwo in der Ferne schrie eine liebestolle Katze. Per Handzeichen bedeutete ihm die junge Frau zu warten. Dann ging sie durch den Torbogen und war plötzlich in dem schmalen Gang dahinter verschwunden.

Er zwinkerte ungläubig. *Bei allen Sieben Höllen!* Sie war einfach mit den Schatten verschmolzen. Er kniff sich in den Arm, was durch den dicken Mantel aber keine Wirkung entfaltete. Die Frau blieb verschwunden. Einzig ihre tippelnden Schritte ließen darauf schließen, dass sie noch dort war und dem finsteren Korridor folgte.

Baldwin hatte bereits eine gefühlte Ewigkeit beim Fallgitter gewartet, da vernahm er ein rüttelndes Geräusch. »Was ist denn los?«, raunte er in den Gang hinein.

»Das Innentor ist zu, und ich kann hier überhaupt nichts sehen«, erwiderte die junge Frau im Flüsterton. »Aber das haben wir gleich.«

Kurz darauf leuchtete der Kristall in ihrer halb geschlossenen Hand auf und tauchte den Gang in ein kaltes weißes Licht. Auf den Anblick war Baldwin jedoch nicht vorbereitet: Zu seinen Füßen, direkt hinter dem Eingang, lag eine Burgwache tot am Boden. Der Hals des Mannes war auf unnatürliche Weise verdreht. Seine glasigen Augen waren weit aufgerissen und starrten ihn erschrocken an.

Eingeschlagene Schädel setzten dem abgebrühten Söldner ebenso wenig zu wie aufgeschlitzte Bäuche. An die Augen der Verstorbenen konnte Baldwin sich jedoch nie gewöhnen. Es war nahezu zynisch, dass der Wachmann seinen Speer in einem Akt letzten Pflichtbewusstseins fest umklammert hielt. Wer den armen Kerl so zugerichtet hatte, musste über unheimliche Kräfte verfügen.

Das Mädchen schien von all dem nichts mitbekommen zu haben. Mit dem Rücken zu Baldwin und dem toten Wächter machte sie sich an dem eisenbeschlagenen Tor am anderen Ende des Ganges zu schaffen.

Plötzlich hörte Baldwin über sich ein Knirschen und dann das Schaben von Metall auf Stein. Instinktiv rammte er den Lauf seiner Arkebuse in den Boden und machte einen halben Schritt zurück. Das Fallgitter raste herab. Krachend kam es auf der Hakenbüchse zum Stehen. Der Kolben zerbarst. Holzsplitter flogen umher, doch die Büchse hielt stand. Baldwin spürte, wie Blut seine Wange hinunterlief. Ein Splitter hatte sich keinen Fingerbreit unter seinem Auge ins Gesicht gebohrt.

Er ignorierte den stechenden Schmerz und rief dem Mädchen zu: »Beeil dich! Das ist eine Falle!«

Sie fuhr herum und erschrak beim Anblick des toten Wächters. Der Kristall glitt ihr aus der Hand und zerbrach auf den harten Steinplatten.

Im Nachglühen des Zauberlichts sah Baldwin, wie das hintere Tor aufgeschoben wurde und sich eine hünenhafte Gestalt durch den Spalt zwängte. In der Hand hielt sie eine riesige Armbrust.

»Achtung! Hinter dir!«, brüllte Baldwin, um das Mädchen aus seiner Schockstarre zu holen. Keinen Augenblick zu früh rannte es los, und abermals verschwammen seine Konturen mit den Schatten.

Ein Bolzen surrte durch die Luft – haarscharf streifte er am Kopf der jungen Frau vorbei, prallte an die Wand, dass die Funken stoben, und fiel mit einem hohlen Klacken zu Boden. Die schlechten Sichtverhältnisse mussten ihr das Leben gerettet haben.

Mit langen Schritten erreichte sie das Fallgitter, warf sich zu Boden und schlitterte bäuchlings über die nassen Steinplatten, direkt unter dem Eisentor hindurch.

Hinter ihr, im Dunkel des Korridors, stürmte der riesige Armbrustschütze heran. Er ging vor dem Gitter in die Knie, streckte eine Pranke nach ihrem Knöchel aus – und griff ins Leere. Das Mädchen war bereits außer Reichweite.

Geschwind rappelte sie sich auf der anderen Seite des Tors auf. Dabei verhakte sich ihr Umhang in Baldwins Arkebuse und zog sie mit sich. Die Büchse kippte um, und das Fallgitter raste zu Boden.

Ein zorniger Schrei durchriss die Nacht. Eine der Eisenstangen hatte sich in die linke Hand des Hünen gebohrt. Der Anblick war nicht gerade appetitlich, aber Baldwin hatte schon Schlimmeres gesehen. Und außerdem war ihr Verfolger so wenigstens außer Gefecht gesetzt.

Energisch packte Baldwin die junge Frau am Oberarm und zog sie hinter sich her. Humpelnd hasteten sie über den Platz. Dabei fragte er sich, wer der Angreifer gewesen sein könnte. Mit Sicherheit gehörte er nicht zum Windfaller Hofstaat, sonst hätte er nach Verstärkung gerufen. Aber wer in drei Teufelsnamen wagte es, nachts in die Fürstenburg einzudringen, den Wachtposten zu töten und mit einer Armbrust um sich zu schießen?

Er warf keinen Blick zurück. Wenn dort oben auf der Wehrmauer jemand stand, der ihm eine Kugel in den Rücken jagen wollte, so würde er es ohnehin tun. Also hastete er weiter, die junge Frau im Schlepptau, bis sie endlich die gegenüberliegende Seite des Platzes erreichten und in einer dunklen Gasse verschwinden konnten.

*

Baldwins Atem ging schwer. Dort, wo die Wolkendecke aufriss, glänzten die regennassen Pflastersteine im Sternenlicht und verschwammen vor seinen Augen. Mit der Fremden an der Hand hetzte er durch die Straßen der Stadt. Teilnahmslos folgte sie ihm – wahrscheinlich stand sie unter Schock. An zwei Häuserecken, um die er besonders schnell und abrupt bog, rutschte sie auf ihren glatten Ledersohlen aus. Beide Male gelang es ihm mühelos, die zierliche Gestalt festzuhalten. *Ihre Sohlen sind vielleicht dazu geeignet, sich an alte Männer anzuschleichen, doch bei Regenwetter taugen sie nichts …*

Ein paar Häuserecken weiter konnte Baldwin die schwankende Laterne eines Nachtwächters ausmachen. Dumpf hallte seine tiefe Stimme durch die engen Gassen und wurde vom Regen fast verschluckt: »Hört her, Leute, lasst Euch sagen, es hat schon zwei Uhr geschlagen!«

Er entdeckte eine schmale Steintreppe, die hinunter zu einer überdachten Nische führte. Hier würden sie kurz verschnaufen und in Ruhe überlegen können, wie es weitergehen sollte.

Gemeinsam stiegen sie die Stufen hinab. Doch erst als sie unten angekommen waren, bemerkte Baldwin, dass es sich um den Zugang zu einer alten Felsenkirche handelte. Auf der verwitterten Tür waren die Umrisse eines Dreiecks zu erkennen. Hier hatten sich vor vielen Jahren die Gläubigen der Dreiheiligkeit heimlich getroffen, um der Verfolgung durch die Sonnenkirche zu entgehen.

Die junge Frau zitterte vor Kälte. Ob durch den Regen oder den Seelenfrost, konnte Baldwin nicht sagen. Halbherzig versuchte er, etwas Wärme in ihren schlanken Körper zu reiben. Ohne Erfolg. Da half nur ein guter Schluck aus dem Branntweinschlauch, den er ihr entkorkt in die Hand drückte und an den Mund führte. Ein heftiges Husten war die Antwort.

»Wollt Ihr mich umbringen, alter Mann?«, prustete sie.

»Wenigstens weißt du noch, wen du vor dir hast«, erwiderte Baldwin mit ironischem Unterton.

»Ich … ich kenne den Mann«, brachte sie hustend hervor, ohne auf Baldwins Kommentar einzugehen.

»Den Angreifer?«, entfuhr es ihm. Er war stinkwütend – mehr auf sich als auf sie. Wie gutgläubig er gewesen war, diesem jungen Ding blindlings zu folgen! Seine schlimmsten Befürchtungen hatten sich bewahrheitet. Wenn sie solch finstere Gestalten kannte, musste sie Verbindungen in die Windfaller Unterwelt haben.

Die junge Frau nickte indessen, völlig ungerührt vom Zorn, der Baldwin ins Gesicht geschrieben stand. »Er ist ein enger Vertrauter meines Bruders.«

»Na, da hast du aber feine Verwandtschaft«, knurrte Baldwin.

»Die meisten Windfaller würden mit Euch übereinstimmen, Arkebusier – aus dem einen oder dem anderen Grund.« Die letzten Worte sprach sie mit einem eigenartigen Lächeln auf den Lippen, so als würde sie einen geheimen Witz mit ihm teilen.

Baldwin wusste zwar nicht, worauf sie anspielte, doch zumindest hatte sie ihn zur Abwechslung mal keinen alten Mann genannt. Das war zumindest ein Anfang. Er hätte sich nun umdrehen und gehen sollen. Genau jetzt. Doch irgendetwas hielt ihn auf. Baldwin konnte das Gefühl nicht benennen. Er würde doch jetzt nicht damit anfangen, ein Verantwortungsgefühl zu entwickeln?

Oben auf der Straße näherte sich langsam der Nachtwächter. Seine Laterne durchbrach die Dunkelheit und zauberte unstete Muster aus goldgelbem Licht an die Häuserfronten. Baldwin hob seinen linken Zeigefinger an die Lippen, um der jungen Frau zu verstehen zu geben, dass sie schweigen sollte. Gleichwohl war dies unnötig, denn das einzige Lebenszeichen, das sie gerade von sich gab, war das Klappern ihrer Zähne. Und außerdem prasselte der Regen so laut auf die Straße, dass er sie ohnehin übertönt hätte. Trotzdem schwieg Baldwin noch eine Weile, bis der Schein der Laterne langsam wieder in der Dunkelheit verschwunden war.

»Also, wenn das vorhin ein Freund deines Bruders war«, begann er schließlich vorsichtig, »warum sollte er dir dann etwas anhaben wollen? Bist du dir wirklich sicher, dass er es war?«

»Todsicher. So ein Gesicht und eine solch hünenhafte Gestalt kann man nicht verwechseln, nicht einmal in finsterster Nacht. So ein Geschöpf gibt es kein zweites Mal in Windfall, vermutlich nicht einmal in ganz Oktanien.« Die junge Frau klang überzeugt.

Doch konnte Baldwin ihr glauben? Schließlich könnte der Seelenfrost ihre Sinne getrübt haben.

»Sicher«, brummte er. »Der Kerl war ziemlich groß, aber …«

»Groß?«, unterbrach sie ihn, leise lachend. »Siebeneinhalb Fuß nennt Ihr groß? Riesig ist wohl die richtige Bezeichnung für einen Kerl, der Oger zu seinen Ahnen zählt.«

Der alte Söldner gab sich unbeeindruckt. »Ich habe viele Männer kennengelernt, die behauptet haben, Ogerblut würde durch ihre Adern fließen. Alles nur Prahlerei, um ihren Gegnern Angst einzujagen, wenn du mich fragst. Gestorben sind sie am Ende alle.«

»Ich gebe Euch Brief und Siegel, dass dies keines Eurer Söldnermärchen ist. Aber nun haben wir Wichtigeres zu bereden, als den Stammbaum von Werron Ogerblut …«

»Moment, du meinst aber nicht *den* Werron, von dem erzählt wird, dass er den Schädel eines Mannes mit der bloßen Hand zerquetschen kann? *Den* Werron, der bei der Schlacht der brennenden Hügel allein ein Dutzend Aufständische erschlagen haben soll? Und soll er nicht auch einen gremlinschen Meisterjuwelier dazu gebracht haben, ihm ein Zauberschwert aus reinem Kristall zu schleifen?« Baldwin holte tief Luft, bevor er fortfuhr: »Soweit ich weiß, ist er als Leibwächter in den Dienst des Prinzen von Windfall getreten. Zu solchem Pack pflegt dein Bruder Beziehungen?« Baldwin versuchte, die Miene der Unbekannten zu ergründen.

»Mein Bruder *ist* der Prinz«, war alles, was sie entgegnete.

Ihre Antwort traf Baldwin wie ein Pferdetritt in die Magengrube. Sein Gehör war nicht mehr das Beste, aber sein Verstand und seine Erfahrung verrieten ihm, dass dies die Wahrheit war. Er zweifelte nicht an den Worten der jungen Frau – vielmehr, an den Worten der *Prinzessin*. Die Mosaiksteinchen passten einfach zu gut zusammen: ihre geschliffene Sprache, das ausgeprägte Selbstbewusstsein, ihre Bekanntschaft mit den Wachen und natürlich der Schlüssel zur Burg.

Baldwin fluchte innerlich. Nie wieder hatte er sein Schicksal mit jemand anderem verknüpfen wollen als mit den Kameraden seiner Kompanie. Und vor allem hatte er nie wieder mit dem Hause Ventrin zu tun haben wollen! Er hätte nie nach Windfall zurückkehren dürfen …

»Ich denke, es ist an der Zeit, dass wir uns vorstellen«, fuhr die Prinzessin fort. Trotz der widrigen Umstände klang ihre Stimme nun ruhig und gelassen. Sicher nicht, weil dies ihr Gemütszustand war, sondern weil sie als Dame von Stand von Kindesbeinen an gelernt hatte, ihre Emotionen im Zaum zu halten. »Sicher habt Ihr es schon begriffen, guter Mann. Mein Name ist Kaia, Kaia Ventrin. Und mit wem habe ich die Ehre?«

»Hochwohlgeboren, Ihr müsst auf mich keine Förmlichkeiten verschwenden«, antwortete er brummig. »Mein Name ist Baldwin, auch wenn es Euch – verzeiht meine forschen Worte – bisher nicht geschert hat, wen Ihr mit Eurer Scharade zum Narren haltet. Bin ja nur ein alter, schwerhöriger Mann. Und mit Verlaub: Ich würde es befürworten, wenn Ihr mich in dieser undurchsichtigen Angelegenheit aus dem Spiel lasst. Vielleicht solltet Ihr mit Eurem Bruder über diesen Werron sprechen. Er wird ihn schon zur Rechenschaft ziehen …«

»Ihr versteht nicht, Soldat«, unterbrach ihn Kaia Ventrin in würdevollem Ton. »Der Überfall war weder eine Verwechslung noch eine Schandtat, die sich Werron allein ausgedacht hat. Dazu wäre er gar nicht in der Lage. Nein, dieses Ungetüm unternimmt nichts, aber auch rein gar nichts aus freien Stücken. Er führt allein die Anweisungen meines Bruders aus.«

Baldwin grübelte über das Gehörte nach. Der Prinz sollte seine eigene Schwester ermorden lassen wollen? Da hatte er so seine Bedenken. »Seid Ihr mit Eurem Verdacht nicht etwas voreilig? Immerhin geht es um Euren eigenen Bruder, den künftigen Windfürsten. Und überhaupt – schon so mancher Diener hat sich gegen seinen Herren gewandt. Warum nicht auch Werron? Vielleicht geht es um irgendeine Schmach, die er nicht vergessen hat und sühnen will. Oder er wurde von jemandem bestochen.« Nach einer kurzen Pause fügte er schulterzuckend hinzu: »Oder das Rote Fieber ist einfach mit ihm durchgegangen. Schließlich fließt Ogerblut durch seine Adern, da kann man nie wissen.«

»Nein, das ist ausgeschlossen. Werron wurde gefügig gemacht. Was denkt Ihr denn? Dass man einen Halboger einfach so am Hofe herumlaufen lässt?«

Zu spät hatte Kaia gemerkt, dass sie sich im Eifer des Gefechts aus der Reserve hatte locken lassen. Daraufhin schwieg sie und erklärte sich nicht weiter. Doch Baldwin hatte schon verstanden, und er staunte über die Offenheit der Prinzessin. Zuzugeben, dass am Hofe von Windfall schwarze Magie ausgeübt wurde, konnte drastische Konsequenzen nach sich ziehen – auch wenn sie *nur* gegen einen Halboger gerichtet worden war.

Andererseits zeigte ihre offenherzige Aussage auch, dass sie ihm wohl vertraute. Denn jemand mit bösen Absichten könnte aus diesem dunklen Geheimnis Kapital schlagen und es gegen die Ventrins benutzen. Dazu müsste man die Information bloß an einen Sonnenwächter der solarischen Inquisition weiterleiten.

»Man bedient sich am Hofe also der Zwingzauberei?«, fragte der alte Söldner mit skeptischem Blick.

»Nein, es war ein Elixier des Thaumaturgen, das Werron gefügig gemacht hat«, entgegnete die Prinzessin. »Versteht Ihr jetzt, warum mein Bruder und sein Berater hinter dem Angriff auf mich stecken müssen?«

Baldwin war weiterhin nicht von Kaias Theorie überzeugt. Er konnte sich unzählige Ursachen für den Zwischenfall denken, die allesamt wahrscheinlicher waren als ein Mordkomplott unter Geschwistern.

»Hochwohlgeboren, welches Interesse sollte Euer Bruder denn daran haben, Euch tot zu sehen?«, fragte er in ruhigem Ton. »Nennt mir nur einen schlüssigen Grund.«

Kaia setzte zu sprechen an, doch sie brachte nur ein Stammeln hervor. Baldwin konnte förmlich spüren, wie sie nach den richtigen Worten rang. »Ich … ich kann nicht darüber reden. Doch so viel kann ich Euch sagen: Ich habe eine Warnung erhalten.«

Das klang in Baldwins Ohren nicht überzeugend. »Auch hinter gut gemeinten Ratschlägen können Lügner stecken«, erwiderte er. »Vielleicht will jemand einen Keil zwischen Euch und Euren Bruder treiben?«

Das Schweigen der Prinzessin ermutigte ihn fortzufahren.

»Geht zurück zur Burg. Natürlich wird Euer Bruder ob Eurer nächtlichen Wanderung nicht begeistert sein. Aber alles wird sich in Wohlgefallen auflösen, Ihr werdet schon sehen. Ogerblut sitzt wegen seines Amoklaufs bestimmt längst im Verlies. Vielleicht wurde er sogar schon hingerichtet.«

Die Prinzessin schüttelte erschöpft den Kopf. Tränen standen ihr mit einem Mal in den Augen. »Ihr versteht nicht, seitdem Karol sich mit diesem verfluchten Thaumaturgen abgibt, ist er wie verwandelt. Ich erkenne ihn kaum wieder. Aber es wird die Zeit kommen …«

Die Tränen der Prinzessin verunsicherten Baldwin. Hastig griff er daher ihren nicht zu Ende gebrachten Satz auf: »Welche Zeit wird kommen?«

»Die Zeit, in der alle verstehen werden, wie sie sich in Karol getäuscht haben«, antwortete sie tonlos.

Als sie in Richtung der Burg blickte, verhärteten sich ihre Gesichtszüge. »Dort oben, in der versiegelten Kammer unserer Mutter, liegt das Dokument, das seine Herrschaft wahrscheinlich beenden könnte, noch bevor sie überhaupt begonnen hat.«

Baldwin nickte abwesend, um sein Verständnis auszudrücken, obwohl er nicht genau wusste, von was für einem Schriftstück sie sprach. Ob es sich um das Testament der Fürstin handelte? Sollte die Prinzessin mit ihren Anschuldigungen recht haben, dann ging hier eine Verschwörung unvorstellbaren Ausmaßes vor sich.

»Lasst uns weitergehen, Hoheit«, schlug Baldwin vor. »Der Nachtwächter ist schon hinter der nächsten Ecke verschwunden, und der Regen hat auch nachgelassen.«

Kaia hielt ihn jedoch an der Schulter fest und sah ihn ernst an. »Ihr seid doch ein Söldner, nicht wahr, Baldwin?«

Er hielt kurz inne, dann nickte er.

»Dieses Amulett gehört Euch, wenn Ihr mich heimlich aus der Stadt herausbringt. Was sagt Ihr?«

In ihrer Hand baumelte ein Anhänger, der in der Dunkelheit golden funkelte, fast so als strahle ein Licht in seinem Inneren. Das Schmuckstück zeigte einen von Flammen umspielten Vogel – das persönliche Wappentier des alten Windfürsten Harold.

Baldwin kannte das Symbol nur zu gut. Prüfend griff er an seinen Gürtel. Die Stofffetzen waren immer noch fest um den verzierten Knauf seines Dolches geknotet. Erleichtert zog er den Mantel darüber.

Kaia hatte von seiner Handbewegung keine Notiz genommen und blickte ihm weiterhin fest in die Augen.

Baldwin grübelte. War das etwa ein Zeichen? Sollte er an Kaia wiedergutmachen, dass er ihren Onkel einst im Stich gelassen hatte? Die Wege des Sonnenvaters waren wahrlich unergründlich, und manchmal bekamen sogar alte Trottel wie er eine zweite Chance, sich zu beweisen.

Das Gesicht des Arkebusiers nahm einen entschlossenen Ausdruck an, der von mehr genährt wurde als der bloßen Aussicht auf einen fetten Sold.

»Ihr wollt also heimlich aus der Stadt?« Er musterte die Prinzessin nachdenklich. Ein Plan begann in ihm zu reifen.

»Damals während der Belagerung wurde Windfall über geheime Tunnel versorgt«, erklärte er mit ruhiger Stimme »Die meisten liefen durchs Alte Silberbergwerk und führten zum Ammsee. Und einige der Zugänge waren auch in den Felsenkirchen verborgen.« Um seine Aussage zu unterstreichen, wischte er die Spinnenweben von der morschen Kirchentür und klopfte auf das heilige Dreieck. »Ich denke, wir sollten hier unser Glück versuchen!«

QUENTIN

Quentin fühlte sich verwegen. Seit vorgestern früh hatte er sich nicht mehr rasiert, und das Haar hing ihm in nassen Strähnen herunter. Mit weit ausholenden Schritten stapfte er durch den Morast, in den der Dauerregen die Straßen Tanns verwandelt hatte.

Er hatte dem fetten Kröwald Bericht erstattet und ihn um ein weiteres Säckchen Silber erleichtert – für die anstehenden Ermittlungen natürlich. Einen Teil des Geldes hatte er genutzt, um sich für sein Unterfangen auszustatten. Es spielte keine Rolle, in welchen Kreisen man verkehrte, es kam allein auf ein angemessenes Auftreten an, wenn man erfolgreich sein wollte.

Der schwere Ledermantel, den er auf dem Markt von einem Postkutscher erstanden hatte, roch nach Imprägnierwachs. Harmlos perlte der Regen an ihm ab, und das Leder quietschte bei jedem Schritt. An einem anderen Tag hätte ihn das Geräusch wohl zur Weißglut getrieben. Heute Abend vermittelte es ihm Selbstvertrauen – ein Gefühl, zu dem auch der Degen beitrug, den er unter dem Mantel umgegürtet hatte und der ihm beim Gehen gegen sein linkes Knie schlug.

Vor einem doppelstöckigen Blockhaus am Rande der Stadt blieb Quentin stehen. Ein paar junge Fichten und Birken ragten hier in den Nachthimmel, Vorboten des Waldes, der gleich hinter dem Gasthaus begann. Die Rodung war die übelste Kaschemme in Tann. Auf Wilddiebe und Schleichhändler traf man hier ebenso wie auf zwielichtige Fremde, die nicht von der Obrigkeit behelligt werden wollten. Es war also durchaus wahrscheinlich, dass man Steinsiebers Mörder hier gesehen hatte.

Unter dem Vordach der Hütte hing eine große Stalllaterne. In ihrem fahlen Schein lungerte ein junger Bursche herum. Gelangweilt kaute er auf einem Strohhalm, während er ein Auge auf die Pferde warf, die dort angebunden waren. Bis auf ein wohlgenährtes Pony und einen edlen Rappen erweckten die Rösser einen bemitleidenswerten Eindruck. Und es kam Quentin verdächtig vor, dass die Pferde allesamt gesattelt waren. Entweder hatten die Reiter keine Übernachtung eingeplant oder sie wollten auf eine überhastete Abreise vorbereitet sein.

Der Stallbursche beäugte den jungen Gelehrten mit finsterer Miene, als dieser sich der Hütte näherte. Quentin verlangsamte seinen Schritt und erwiderte den Blick, was den Bengel jedoch nicht einzuschüchtern schien. *Was erlaubt sich diese Rotznase, so unverschämt zu starren?* Der Flegel hatte eine Lektion verdient.

Noch bevor er die Tür erreicht hatte, öffnete Quentin den Mantel und strich aufreizend über den Korb seines Degens. Dann hielt er an, zog die Klinge eine Handbreit aus der Scheide und machte einen raschen Ausfallschritt in Richtung des Burschen. Der Junge schien plötzlich Wichtigeres zu tun zu haben und sprang auf, um sich um die Pferde zu kümmern. *Und feige ist er obendrein …*

»Aus des Schauers nass Liebkosung riss sich los der stolze Recke«, erklang da eine raue Stimme aus der Dunkelheit.

Quentin fuhr zusammen und blickte um sich. Wer auch immer da sprach, war anscheinend mit der Dichtkunst vertraut. Wenn ihn nicht alles täuschte, stammte das Zitat aus dem ersten Band von Darions *Sonnenzeiten.*

Einen Augenblick später trat ein hutzeliges Männchen ins Licht der Laterne, das noch damit beschäftigt war, sich die Hose zuzuknöpfen. Es war kaum größer als ein Kind, mit eisenfarbener Haut und wasserblauen Augen, die an zwei Teiche erinnerten. Das spitze Gesicht wurde von einem schwarzen Backenbart und zwei zerfledderten Fledermausohren geziert. Gekleidet war die Gestalt in eine maßgeschneiderte Jacke aus weinrotem Brokat. Die vier Daumen hatte der Gremlin, der breitbeinig vor Quentin trat, in seinen Gürtel geklemmt, in dem eine doppelläufige Pistole steckte.

»Den Stallburschen konnten Sie mit Ihrem Auftritt vielleicht beeindrucken, aber dort drinnen würde ich das nicht wiederholen«, schnurrte der Gremlin. »Ihre Fuchtel taugt allenfalls zur Mensur, will ich meinen.«

»Vielen Dank für den Rat«, gab Quentin knapp zurück und hatte schon die Hand auf die Türklinke gelegt, als er sich eines Besseren besann. Gremlin oder nicht, der Kerl schien belesen zu sein und hatte ihm einen gut gemeinten Ratschlag erteilt. Konnte es einen besseren Informanten geben?

»Verzeiht, ich habe mich nicht vorgestellt. Mein Name ist Weißgerber, Quentin Weißgerber«, sagte er und streckte dem Gremlin die Hand entgegen.

»Sehr erfreut, Herr Weißgerber.« Wie lebendige Zweige legten sich die knorrigen Finger des Gremlins um seine Hand und schüttelten sie. »Ich könnte Ihnen sagen, wie ich heiße, doch müsste ich dafür sechs Groschen berechnen.«

Quentin lachte. »Ein guter Scherz! Bei dem Preis gibt es gewiss nur wenig Leute, die Sie mit Namen ansprechen, nicht wahr?«

»Schon wieder eine Frage, deren Beantwortung ich Ihnen in Rechnung stellen müsste«, erwiderte der Gremlin trocken.

»Sie sind mir ein rechter Spaßvogel«, sagte Quentin schmunzelnd. »Wenn Sie sich wirklich einen Groschen dazuverdienen wollen, dann seien Sie doch so gut und verraten mir, ob hier in den letzten Tagen jemand zu Gast war, der eine – sagen wir, auffällig unauffällige Robe trug.«

»Nicht einen, sondern *sechs* Groschen würde ich mir mit einer Antwort verdienen«, beharrte der Gremlin.

»Was haben Sie bloß mit Ihren sechs Groschen?« Quentin verlor allmählich die Geduld.

»Jede Auskunft wiegt sechs Groschen schwer, um sie dem Sonnenvater gefällig zu verbürgen«, antwortete der Gremlin und zeichnete mit seiner Rechten das Sonnenzeichen in die Luft.

Quentin schnaubte und wandte sich wieder der Tür zu. Das Hutzelmännchen mochte vieles sein, aber gläubig war es bestimmt nicht. Und sechs Groschen waren eine geradezu unverschämte Forderung!

»Dann eben nicht.« Gut gelaunt eilte der Gremlin herbei und öffnete die Tür zum Wirtshaus mit einer einladenden Geste. »Bitte nach Ihnen, Herr Weißgerber.«

Beim Eintreten hatte Quentin das Gefühl, gegen eine Wand zu laufen. Was Kneipengänge anging, war er kein Kind von Traurigkeit, doch die Rodung machte ihrem schlechten Ruf wahrlich alle Ehre. Tabakrauch, Zwiebelsuppendampf, Schweiß und andere unappetitliche Gerüche schwängerten die Luft im Schankraum. Nicht jeder der Gäste schien die vornehme Angewohnheit des Gremlins zu teilen und zur Verrichtung seiner Notdurft vor die Tür zu gehen. Auf dem Boden lagen Sägespäne ausgestreut. Zahlreiche dunkle Flecken deuteten darauf hin, dass hier schon so manche Nase geblutet hatte.

Quentin steuerte einen freien Ecktisch an und nahm auf einem klapprigen Hocker Platz, der unter Gertrude oder dem fetten Kröwald wohl zusammengebrochen wäre. Dicke Kerzenstümpfe sorgten für ein schummriges Licht. Ihr zerflossenes Wachs bedeckte große Teile der Tischplatte. Quentins Vorgänger hatten sich künstlerisch betätigt und einige Obszönitäten in das Wachs geritzt. Zumindest wusste er nun, dass Olbert einen kleinen Schwanz hatte und Waltar aus dem Maul stank wie ein Ochse aus dem Arsch.

Er blickte sich um. Das Wirtshaus war gut besucht. Bekannte Gesichter suchte er jedoch vergeblich. Selbst den geldgierigen Gremlin hatte er in dem Gewühl aus den Augen verloren. Vom anderen Ende des Raumes erklang die Melodie eines derben Volksliedes, begleitet von einer verstimmten Laute. Immer wenn der Refrain kam, wurde das Gejohle besonders laut. *»Ach wenn ich doch nur wüsste, wer deine Brüste küsste, als ich auf Reisen war, hey!«*

Am Nachbartisch steckten zwei finster dreinblickende Kerle die Köpfe zusammen und unterhielten sich flüsternd. Sicherlich besprachen sie nicht die bevorstehende Ernte. Quentin sah lieber weg, um sie nicht auf sich aufmerksam zu machen. Am Tresen hatte indessen eine Frau so laut zu kreischen begonnen, dass er nicht zu sagen vermochte, ob vor Wut oder vor Lachen. Vermutlich wusste sie es selbst nicht, so betrunken wie sie war.

Das Scheppern von zwei Bierkrügen, die auf seinem Tisch abgestellt wurden, riss Quentin aus seinen Beobachtungen.

»Du sitzt an meinem Tisch, Schneeweißchen«, ranzte ihn ein stiernackiger Glatzkopf an.

»Verzeihen Sie, das wusste ich nicht«, sagte Quentin höflich und machte Anstalten aufzustehen.

»Immer schön sitzen geblieben, ich mache doch nur Spaß!«, tönte der Mann und fing so laut an zu lachen, dass Quentin trotz der Anspannung ein kurzes Lächeln über die Lippen huschte. Währenddessen schnallte der Fremde in aller Ruhe seinen Säbel ab und ließ ihn auf den Tisch fallen. Dann setzte er sich zu Quentin. Er war in einen löchrigen Wollumhang gekleidet, unter dem ein Kürass hervorblitzte – eine Rüstung, wie sie von der Kavallerie getragen wurde. *Ob ihm das schwarze Ross draußen gehört?*

»Hier, trink!« Der Kürassier schob ihm einen der beiden Krüge zu. »Ich habe allen Grund zu feiern, mein Weib hat mir einen Jungen geschenkt.«

»Dann zum Wohl«, erwiderte Quentin und reckte den Humpen in die Höhe, »auf Sie und Ihren Sohn!«

»Nun, ob es meiner ist, weiß ich nicht.« Wieder lachte der Mann schallend, bevor er mit dem Gelehrten anstieß und einen kräftigen Zug nahm. Quentin tat es ihm gleich und stellte den Krug dann krachend auf dem Tisch ab. Das Bier schmeckte ein wenig schal, aber es wärmte von innen und nährte seine Zuversicht. Der Abend begann viel besser als erwartet. Sicher würde er hier so einiges in Erfahrung bringen.

Der Kürassier grinste breit und schien mit seinen Gedanken

für einen Moment weit weg zu sein. Dann wandte er sich wieder dem jungen Gelehrten zu. »Ich bin Issel, und wie heißt du, mein Freund? Ich glaube nicht, dass ich dich hier schon mal gesehen habe.«

»Angenehm, mein Name ist Quentin. Und richtig, es ist schon ein Weilchen her, dass ich das letzte Mal hier war«, log er. »Was gibt es denn so Neues?« Er schalt sich insgeheim für diese einfältige Frage, doch Issel schien daran keinen Anstoß zu nehmen.

»Ein neuer Wirt, aber die Plörre ist immer noch die gleiche. Doch wegen der guten alten Zeiten bist du sicher nicht hier, oder?«

»Nein, in der Tat. Die Angelegenheit ist etwas … nun, sagen wir, diffizil«, gab Quentin zu.

»Diffizil?«, schnaubte Issel. »Was auch immer das hübsche Wörtchen heißen mag, es klingt danach, als könnte man ein bisschen Geld damit verdienen.«

Quentin beugte sich mindestens ebenso verschwörerisch vor, wie er es bei den beiden Halunken am Nebentisch gesehen hatte, und flüsterte: »Ich suche nach einer Tarnkappe.«

Issel legte die Stirn in Falten. *Aus Sorge oder Angst?*

»Die Sache besprechen wir besser draußen. Hier drinnen gibt es zu viele Ohren«, raunte der Kürassier schließlich zurück und nickte kaum merklich in Richtung des Nachbartischs.

»Ich muss pissen wie ein Stier!«, brüllte er dann und stand auf, wobei er Quentin zuzwinkerte. Dann verließ er die Schenke.

Kurz darauf erhob sich auch Quentin und ging vor die Tür. Er streckte sich, als er ins Freie trat, und sog die frische Nachtluft ein, dann umrundete er die Blockhütte auf der Suche nach Issel.

Hinter dem Haus war es dunkel – und im nächsten Augenblick wurde es sogar noch dunkler. Ein dumpfer Schmerz ließ Quentins Schädel explodieren, als etwas Hartes auf seinen Hinterkopf donnerte. Er sackte zusammen und sank in die Knie. Verschwommen konnte er Issels Statur über sich ausmachen. Mit ein paar groben Tritten beförderte der ihn auf den Rücken wie ein Stück Schlachtvieh.

Dann beugte Issel sich zu ihm runter und schnitt ihm den Geldbeutel ab.

»Bitte, tu mir nichts«, krächzte Quentin wehrlos. »Zu Hause habe ich noch einen weiteren Beutel … voll mit Silber.«

»Halt die Fresse, Schneeweißchen! Du bist jetzt Schweinefutter …« Der Kürassier stand auf und hob seinen schweren Stiefel an, um ihm das Gesicht zu zertrümmern. Ein Knall, und Quentin verlor das Bewusstsein.

*

»… vier, fünf, sechs«, zählte eine krächzende Stimme.

Quentin erwachte zu dem Klimpern von Geld. Der Geruch von Schwarzpulver lag in der Luft. Ein Mann schwenkte eine Laterne über seinem Kopf.

»Ich glaube, er kommt zu sich«, murmelte er und wandte sich ab. Hinter ihm stand der Gremlin aus dem Gasthaus. Er war gerade dabei, ein paar Silbergroschen in seiner Brokatjacke zu verstauen, die er zuvor aus Quentins Börse entnommen hatte. Anschließend verschnürte er den Geldbeutel wieder und warf ihn Quentin zu. Der reagierte jedoch nicht flink genug, sodass die Börse auf seinen Bauch klatschte.

»Uff!«, entfuhr es ihm. Das Silber in seinem Beutelchen wog immer noch schwer. Anscheinend hatte der kleine Hutzelmann wirklich nur sechs Groschen entnommen.

»Auferstanden von den Toten und dem Diesseits zugewandt«, trug der Gremlin mit schnarrender Stimme abermals eine Zeile aus Darions *Sonnenzeiten* vor.

Es gab schlimmere Marotten, fand Quentin. Er war einfach nur froh, wieder die Augen geöffnet zu haben. Stöhnend stützte er sich auf seine Ellenbogen. »Ist er tot? Haben Sie ihn erschossen?«

»Den Glatzkopf? Nein, der erste ist immer ein Warnschuss«, antwortete der Gremlin bereitwillig und deutete auf seine doppelläufige Pistole. »Auf den zweiten warten die meisten Leute lieber nicht. Der Schlagetot hat die Beine in die Hand genommen. Inzwischen müsste er längst über alle Berge sein.«

Erleichtert richtete Quentin sich auf, auch wenn ihm der Schädel gewaltig brummte. Er griff nach einem Tuch und begann, sich damit die Hände zu säubern. Es dauerte eine Weile, bis er sie halbwegs vom Matsch befreit hatte.

Als er wieder aufblickte, wurde ihm zum ersten Mal bewusst, dass der Mann, der neben dem Gremlin stand, eine merkwürdige Ähnlichkeit mit dem Hutzelmännchen besaß, obwohl er um gut zwei Köpfe größer war. Das vernarbte Gesicht, die eingefallenen Wangen, der dunkle Backenbart und die weinrote Brokatweste ließen ihn zusammen mit der Reithose und den Stiefeln wie eine übergroße Ausgabe des Gremlins erscheinen. Allein in der Bewaffnung unterschieden sie sich, denn der Mann hatte eine mächtige Flamberge, ein Zweihandschwert mit gewellter Klinge, auf den Rücken geschnallt.

»Siehst du, Waltar, ich habe dir doch gesagt, dass mir Herr Weißgerber gleich eine Frage stellen wird. Also war das eben kein Diebstahl, sondern meine Bezahlung für die Auskunft, die ich ihm erteilt habe.« Wieder an Quentin gewandt, fuhr er fort: »Für die nächsten Antworten müssen Sie die Münzen schon selbst aus Ihrer Geldkatze rauskramen.«

»Auch wenn ich Ihre Vorstellungen, was Ihr Salär betrifft, absonderlich finde, haben Sie es sich in diesem Fall mehr als verdient.« Quentin reichte dem Gremlin zum zweiten Mal an diesem Abend die Hand, obwohl er das Gefühl, diese knöchernen Finger zu greifen, nicht gerade herbeisehnte. »Ich bin Ihnen zutiefst dankbar für Ihre Hilfe!«

»Oh, Ihr aufrichtiger Dank macht mich ganz verlegen«, antwortete der Gremlin mit gekünstelter Bescheidenheit. »Wie könnte ich Sie sehenden Auges in Ihr Unglück rennen lassen?

Und sollten Sie immer noch auf der Suche nach der Tarnkappe sein, dann können wir Ihnen womöglich weiterhelfen«, bot er an und knuffte seinem Kameraden in die Seite. »Fast möchte man meinen, wir wären echte Helden. Dabei sind wir lediglich zwei einfache Söldnerseelen, nicht wahr, mein zu groß geratener Freund?«

Waltar zuckte mit den Schultern.

»So sie denn redlich sind, kommen mir zwei Söldnerseelen in meiner jetzigen Situation sogar besser zupass als zwei waschechte Helden«, erwiderte Quentin, während er vorsichtig die Beule an seinem Hinterkopf betastete. »Vielleicht hätten die Herren Interesse daran, vorübergehend in meinen Dienst zu treten? Allein schon, um die ständige Albernheit mit den sechs Groschen aus der Welt zu räumen.«

»Ah, jetzt kommen wir langsam ins Geschäft«, sagte der Gremlin freudestrahlend und entblößte dabei eine Reihe kleiner spitzer Zähne. »Wenn Sie daheim tatsächlich noch ein weiteres Säckchen Silber haben, dann werden Sie eines davon sicher entbehren können. Im Gegenzug verraten wir Ihnen nicht nur, wo wir die Tarnkappe gesehen haben, sondern helfen Ihnen auch bei der Suche.«

Quentin schluckte. In jedem der Geldbeutel hatten sich 72 Groschen befunden. Er hatte die Münzen eigenhändig abgezählt. Ein wahrhaft fürstlicher Sold, aber der Gremlin schien zu wissen, wovon er sprach. Die Sache bereitete Quentin Bauchschmerzen, doch er sah keine andere Lösung. Zum dritten Mal an diesem Abend schüttelte der Gelehrte die Hand des Hutzelmännchens. Diesmal, um den Handel zu beschließen.

»Nun, da wir Partner sind, sollten wir keine Geheimnisse mehr voreinander haben«, erklärte der Gremlin, dessen Stimme sich förmlich überschlug. »Ich heiße Hodž, und dieser gefürchtete Landsknecht und Doppelsöldner hier ist mein Kompagnon Waltar. Wie bald können Sie aufbrechen? Ich hoffe doch schon morgen, solange die Spur noch heiß ist. Nach Erlmoor sollte man mindestens vier, eher fünf Tage einplanen, denn dorthin geht die Reise. Wenn es weiter so regnet, dann müssen wir jedoch den einen oder anderen Umweg durch den Tränenwald in Kauf nehmen. Mit dem Mantel sind Sie schon gut ausgestattet, aber auch ein Pferd wäre anzuraten. Sie haben doch eines? Proviant müssten Sie für uns natürlich auch noch besorgen, schließlich sind Sie der Auftraggeber. Waltar ist genügsam, aber er hat ein bisschen Schwierigkeiten beim Kauen, und mir bekommen Bohnen nicht. Nur damit Sie Bescheid wissen. Außerdem …«

Waltar trat vor seinen Gefährten und schnitt ihm mit einer kurzen Geste das Wort ab. »Die Stadt im Sumpf ist nichts für Grünschnäbel«, nuschelte er und entblößte dabei eine Reihe von braunen Stummeln in seinem Mund. Seine Stimme klang indes überraschend jung. »Die Schnaken … Die Fäule … Das ganze gottlose Pack. Ich hoffe, Sie wissen, wen Sie suchen, denn die Tarnkappe, die wir gesehen haben, trug kein Mann.«

Hodž stöhnte auf, als hätte man ihm das Geschäft seines Lebens vermasselt.

Quentin wusste nicht, was er darauf antworten sollte. Er wusste nur, dass der anonyme Künstler aus dem Wirtshaus recht hatte. Waltar stank aus dem Maul wie ein Ochse aus dem Arsch.

BALDWIN

Hundert Schritte unter der Erde war die Luft frei vom Lärm und Gestank der Stadt. Während sie vorsichtig durch die Tunnel des stillgelegten Silberbergwerks schlichen, hatte Baldwin Zeit, seine Gedanken zu sortieren.

Die Prinzessin machte einen angespannten Eindruck. Sie schien felsenfest davon überzeugt, dass ihr Bruder ein Mordkomplott gegen sie ausgeheckt hatte. *Aber warum, bei allen Sonnen, sollte der Thronerbe seine jüngere Schwester töten wollen?* Dafür wollte Baldwin kein gescheiter Grund einfallen. Es sei denn, Prinz Karol war gar nicht der rechtmäßige Thronfolger … Urplötzlich musste er an das denken, was Kaia vorhin gesagt hatte. *Dort oben liegt das Dokument, das seine Herrschaft beenden könnte, noch bevor sie begonnen hat.* Ob die Fürstin ihren Sohn enterbt hatte?

Er hätte die Prinzessin fragen können, doch das war im Grunde nicht seine Angelegenheit. Sein Auftrag war lediglich, sie heil aus der Stadt zu bringen – und das würde er auch tun. Dann könnte er ruhigen Gewissens behaupten, dass er weder Windfall noch der Fürstenfamilie etwas schuldig geblieben war.

Baldwin wurde aus seinen Gedanken gerissen, als Kaia abrupt stoppte und in einen schmalen Nebenstollen zu ihrer Rechten deutete. »Ist das der Tunnel, den Ihr gesucht habt?«

»Schon möglich«, antwortete er und blickte besorgt auf den Kerzenstumpf in seiner Hand. Lange würde er nicht mehr brennen. Dann leuchtete er in den grob behauenen Gang hinein, der gerade mal hoch genug war, dass man sich nicht den Kopf an der Decke stieß. Viel vermochte er in dem flackernden Licht nicht zu erkennen, außer dass der Tunnel nach unten führte.

»Sieht gut aus«, sagte Baldwin schließlich, um seine Orientierungslosigkeit vor der Prinzessin zu verbergen, und bog mit ihr in den Nebenstollen ein.

In den oberen Gängen waren sie noch auf das eine oder andere verwaiste Nachtlager von Herumtreibern und anderem Gesindel gestoßen. Je weiter sie jedoch in den Berg vordrangen, desto bedrückender wurde die Stille. Meist verlor sich der Hall ihrer Schritte in der Tiefe, doch manchmal wurde er auch von den Felswänden zurückgeworfen, sodass man nicht genau sagen konnte, ob sie die eigenen Schritte hörten oder die eines Fremden.

Baldwin hatte viele Geschichten darüber gehört, dass es im Bergwerk spuken sollte. Und so lächerlich sie allesamt waren, so langsam schaffte er es nicht mehr sie auszublenden. Zu den hartnäckigsten Gerüchten zählte die Legende vom Lodraak, der tief unter dem Ochsenkolm schlummerte. Viele Windfaller Schauermärchen rankten sich um das Ungeheuer mit dem Leib einer Seeschlange und dem Haupt eines Berglöwen.

Baldwin atmete flach. Er hatte das Gefühl, der Berg erdrücke ihn mit seinem ganzen Gewicht, und mit einem Mal durchdrang ein tiefes Summen seinen Leib. Er steckte sich die Finger in die Ohren, um das Geräusch zu vertreiben, was das Brummen jedoch nur noch verstärkte.

Kalter Schweiß rann ihm den Nacken herab. Ihm wurde schwindelig, und abermals schienen ihm seine Augen einen Streich zu spielen. Eben noch war Kaia an seiner Seite gewesen, und nun konnte er ihre Silhouette nur noch als dunklen Schemen im Gang vor sich erahnen.

Schnaufend lehnte sich der Söldner an einen Stützpfeiler. Er war überrascht, wie warm und glatt sich das dunkle Holz anfühlte. Er hatte kaum einen Atemzug getan, da wurde das dumpfe Dröhnen in seinem Schädel von einem sphärischen Säuseln unterbrochen: *K-e-h-r u-m!*

Erschrocken taumelte Baldwin rückwärts. Die Stimme war hinter dem Pfeiler ertönt. Wollte sich da jemand einen Scherz erlauben? Nicht mit ihm! Mit gezückter Klinge sprang er um den

Pfahl herum. Nichts. Er leuchtete jeden Felsvorsprung aus, aber er konnte niemanden entdecken.

Kaia war inzwischen weitergegangen. Hatte sie etwa nichts gehört? Er wollte ihr gerade folgen, als der Schein seiner Kerze auf die Rückseite des Pfeilers fiel. Eine längliche Teufelsfratze grinste ihn an, sie war tief in das dunkle Holz geschnitzt. Aus ihrem senkrechten Maul ragten unterschiedlich lange Zähne heraus, und darüber befand sich ein einzelnes kreisrundes Auge, das seinen Bewegungen zu folgen schien. Rund um die Schnitzerei waren verwirrende Runen und unzählige Striche eingeritzt.

Wie ein erlösender Weckruf erklang die helle Stimme der Prinzessin aus dem Gang: »Was führt Ihr da für einen Veitstanz auf, Baldwin? Wollt Ihr etwa die Kerze zum Erlöschen bringen, noch bevor sie abgebrannt ist?«

Ärgerlich schüttelte der Söldner den Kopf und verbarg den Dolch rasch wieder unter seinem Mantel.

»Habt Ihr nichts gehört?«, fragte er irritiert.

»Was soll ich denn gehört haben außer Eurem Schnaufen?«, erwiderte sie mit einem frechen Grinsen.

»Ach was«, grummelte Baldwin, »kommt lieber her und seht Euch das an!«

Kaia kam zu ihm zurück und blieb vor dem Pfeiler stehen. »Was um aller Sonnen willen ist das?« Neugierig streckte sie eine Hand aus, um die Teufelsfratze zu berühren.

»Halt, nicht anfassen! Das Holz ist verflucht!«

Die Prinzessin hielt inne. »Wie bitte? Das glaubt Ihr doch nicht wirklich?«

»Nicht anfassen! Die Fratze redet«, wiederholte er seine Warnung, auch auf die Gefahr hin, dass ihn die Prinzessin für verrückt halten könnte. Vielleicht war er es ja auch? Kein Wunder, es mussten Stunden vergangen sein, seitdem er das letzte Mal einen anständigen Schluck aus seinem Weinschlauch genommen hatte.

Kaia stieß jedoch nur einen leisen Pfiff beim Ausatmen aus.

»Diese Zeichen sind wirklich sonderbar. Und wisst Ihr was? Sie erinnern mich irgendwie an die Symbole aus den Marmorchroniken«, erklärte sie und deutete auf zwei ineinander verschlungene Spiralen, die von Strichmännchen gesäumt waren.

»Und wer soll diese Zeichen in den Pfeiler gekritzelt haben?«, gab Baldwin zu bedenken. »In dieser sonnenverlassenen Gegend kennt sich doch niemand mit den Marmorchroniken aus? Der Ewige Berg ist schließlich weit weg.«

»Ich weiß es nicht«, murmelte Kaia. »Aber die Gremlins in Windfall benutzen ganz ähnliche Schriftzeichen.«

»Wollt Ihr damit sagen, dass sich Gremlins in diesen Stollen herumtreiben?« Baldwin spuckte angewidert aus. »Diesen verlausten Fledermausohren kann man nicht weiter trauen, als ein Auerochse scheißt!«

Die Prinzessin funkelte den Söldner tadelnd an. »Was habt Ihr nur für ein beschränktes Weltbild? Gremlins zählen zu den weisesten Gelehrten und schlausten Erfindern in ganz Royum. Und nur für den Fall, dass es Euch entgangen ist: So ganz nebenbei sind sie auch für unser aller Schicksal verantwortlich! Oder wer legt die Marmorchroniken frei?«

»Ja, ja, Ihr sprecht von den Kristallgremlins, die außerhalb des Ewigen Berges so zahlreich sind wie vierblättrige Kleeblätter«, entgegnete Baldwin und winkte ab. »Einfache Leute wie ich bekommen sie nie zu Gesicht. Ich aber rede vom Tauschervolk. Diese Halunken reisen von Ort zu Ort, mit nichts anderem im Gepäck als Betrügereien und leeren Versprechungen, und das ist noch das Beste, was man von ihnen erwarten kann.«

»Wenn das Eure Meinung ist …«, sagte Kaia und schüttelte den Kopf, als ob er ihr leidtäte.

»Ihr habt sicher noch nie gestrecktes Schießpulver von einem Tauscher gekauft, nur um im Schützengraben festzustellen, dass Ihr Euren Kameraden keine Deckung geben könnt!«, erwiderte er wütend. »Eine schöne Scheiße ist das, hilflos mitanzusehen, wie die eigenen Männer abgeschlachtet werden.«

»Seid Ihr fertig?«, fragte Kaia plötzlich mit einer ungewohnten Strenge.

Der alte Söldner musste sich auf die Zunge beißen, um nicht mit der Schimpftirade fortzufahren. Schließlich nickte er nur und rieb sich nervös die Schulter, über die er normalerweise seine Hakenbüchse geschlungen hatte. Er war lauter geworden, als sich in Gegenwart einer Prinzessin geziemte, dachte er beschämt.

»Gut, dann können wir ja weitergehen.«

Missmutig folgte Baldwin ihr durch den Tunnel. Doch seine Laune hellte sich bald auf, denn je weiter sie sich von dem Pfahl mit der Teufelsfratze entfernten, desto leiser wurde das Brummen in seinem Schädel.

Ihr Weg führte sie weiter bergab. Zur Rechten und Linken gingen immer wieder Stollen ab, doch keiner von ihnen war auch nur annähernd hoch genug, dass sie aufrecht hätten darin stehen können. Sie hatten gerade eine Stelle erreicht, an der sich der Tunnel verjüngte, da flackerte die Kerze noch einmal auf und erlosch. Vollkommene Finsternis umgab sie. Der Geruch des abgebrannten Dochts war alles, was noch an die Helligkeit zuvor erinnerte.

»Was ist?«, fragte Kaia mit nervösem Unterton. »Worauf wartet Ihr? Macht eine neue Kerze an!«

»Das war die letzte«, gestand Baldwin.

»Großartig, und nun?«

»Bleibt am besten hinter mir und haltet Euch an meinem Rucksack fest«, empfahl Baldwin und ging weiter, sich vorsichtig an der rechten Stollenwand entlangtastend.

Die Prinzessin seufzte. »Ich wünschte, ich hätte noch den Leuchtkristall.«

»Ich hatte das Gefühl, dass Euch das Ding eher schwächt«, erwiderte Baldwin. »Ihr wart so blass um die Nasenspitze, und dann dieses plötzliche Taumeln … das war Seelenfrost, wenn Ihr mich fragt.«

»Ihr steckt voller Überraschungen, Baldwin«, entgegnete Kaia mit einem Lachen. »Ich hätte nicht gedacht, dass Ihr Euch mit Zauberei beschäftigt. Allerdings muss ich Euch enttäuschen. Ich habe den Kristall schon sehr oft benutzt, und er hat mir nie irgendwelches Unbehagen bereitet.«

»War nur so eine Idee«, murmelte Baldwin und zuckte die Schultern.

Er wusste nicht, wie lange sie schon durch die Dunkelheit gestolpert waren, als er vor sich ein Flimmern wahrzunehmen glaubte. War das ein Hirngespinst, oder tanzten dort tatsächlich Lichter in der Ferne?

»Seht«, flüsterte Kaia.

»Ja«, antwortete Baldwin und baute sich vor der Prinzessin auf. Er war also noch bei Sinnen. Ihnen näherte sich tatsächlich ein hellgrüner Lichtschein. Dann hörten sie das Summen.

Auf absonderliche Weise erinnerte das Geräusch gleichzeitig an einen betenden Sonnenmönch und einen wild gewordenen Insektenschwarm. Als das Licht näher kam, konnte man erkennen, dass es nicht einer einzelnen Quelle entsprang, sondern vielen kleinen Punkten, die unruhig umherflackerten. Hinter dem unsteten Schein war eine kleinwüchsige Gestalt auszumachen, die selbst der Prinzessin kaum bis zur Schulter reichen mochte.

Baldwin fluchte innerlich. Es war ein Gremlin, der ihnen dort entgegenschlurfte. Daran gab es keinen Zweifel. Die dürre Kreatur war in eine braune Kutte gehüllt, die von einer farbenprächtigen Kordel zusammengehalten wurde. In dem spärlichen Licht wirkte die Haut des Wesens genauso grau wie der Fels des Berges. Während der alte Söldner den Gremlin abschätzig musterte, wurde er sich einmal mehr der Fremdartigkeit dieser Geschöpfe bewusst.

Er war sich nicht sicher, ob es das Gesicht oder die Hände waren, die ihn mehr beunruhigten. Aus dem dreieckigen Schädel stachen gelb schimmernde Katzenaugen hervor. An den Spitzen der riesigen Ohren wuchsen dichte Haarbüschel – es musste sich also um einen männlichen Gremlin handeln. Die runzlige Haut und der weiße Backenbart ließen ihn auf eine kauzige Art weise erscheinen, und die feingliedrigen Hände, die aus zwei Fingern und zwei gegenüberliegenden Daumen bestanden, wiesen auf ein hohes Maß an Geschicklichkeit hin.

Im Schein der gläsernen Laterne, die der Gremlin vor sich her schwenkte, löste sich nun auch das Rätsel um die merkwürdigen Geräusche. Auf den Lippen des Fremden lag wahrhaftig der monotone Singsang der Sonnenmönche. Das Summen stammte indes aus der Glaskugel, die er trug, in der Dutzende von Glühwürmchen hin und her flogen.

Als der Gremlin bis auf vier Schritt heran war, rief ihm Baldwin entgegen: »He da, halt an! Wer bist du?«

»Wollt Ihr wissen, wer ich bin, oder reicht es Euch zu erfahren, wie ich heiße?«, zischelte der Fremde, ohne dass es unhöflich klang. Während er sprach, hatten sich die Glühwürmchen auf dem mit Moos ausgelegten Boden der Glaskugel niedergelassen, und ihr Leuchten erstarb.

»Was soll das!«, schrie Baldwin. »Mach gefälligst wieder Licht!«

»Verzeiht, aber ich kann nur eines – mit Euch reden oder summen, um die Käfer zum Fliegen zu bringen«, erklärte der Fremde. »Aber sollte Euch die Dunkelheit genauso wenig behagen wie mir die Gegenwart Eurer gezückten Klinge, dann versucht doch selbst Euer Glück, vielleicht trefft Ihr ja den richtigen Ton.«

Verdammte Gremlins! Es lag Jahrzehnte zurück, dass Baldwin das letzte Mal im Tempel bei der Andacht gesungen hatte. Er war sich nicht sicher, ob er sich der Melodie des Morgengebets noch recht entsann. *Sei es drum …* Baldwin räusperte sich und begann leise zu summen. Holprig, vorsichtig nach den richtigen Tönen tastend, erklang seine Stimme. Als sich das erste Glühwürmchen neugierig erhob, fasste er Mut und legte mehr Kraft in seinen Gesang. Ein Käfer nach dem anderen setzte zu fliegen an, bis der Gang um sie herum wieder in einem zartgrünen Schimmer leuchtete.

Der Gremlin stand noch immer an derselben Stelle wie zuvor.

Ein breites Grinsen lag auf seinen ledrigen Lippen und verwandelte sein Gesicht in eine raubtierartige Fratze – dem geschnitzten Teufelskopf nicht ganz unähnlich, fand Baldwin.

»Seid Ihr sicher, dass Ihr kein Sonnenmönch seid?« Der Gremlin gab klackende Geräusche von sich, die entfernt an ein Lachen erinnerten.

Als Zeichen seines guten Willens steckte der Söldner den Langdolch zurück in die Scheide. Dann holte er tief Luft und summte weiter. Die Prinzessin war derweil aus seinem Schatten vorgetreten. Zu Baldwins Überraschung verneigte sich der Gremlin vor ihr, als ob er wüsste, wer sie war.

»Wir haben uns verlaufen und sind auf der Suche nach dem Ausgang«, gestand Kaia.

Der Gremlin kniff die Augen zusammen und kratzte sich nachdenklich den Bart. »Davon gibt es viele. Welchen Ausgang meint Ihr?«

»Einen, der uns jenseits der Stadtmauern führt«, erwiderte sie.

»Auch davon gibt es mehrere. Aber wieso lauft Ihr eigentlich ohne Licht in den Berg? Das ist ziemlich leichtsinnig. Im Dunkeln weiß man nie, was der eigene Schatten gerade macht«, warnte sie der Fremde.

Der Gremlin war verrückt, dachte Baldwin. *Wer weiß, wie lange er schon allein hier unten lebt.*

»Habt Ihr Euch übrigens schon entschieden?« Der Gremlin musterte sie erwartungsvoll.

»In welcher Hinsicht?«, fragte Kaia.

»Ob ihr nun wissen wollt, wie ich heiße oder wer ich bin«, antwortete der komische Kauz mit ausgebreiteten Armen.

»Ich denke, Euer Name reicht fürs Erste«, antwortete die Prinzessin schmunzelnd.

»Kramer!«, krähte er, als hätte er die ganze Zeit nur darauf gewartet, endlich seinen Namen sagen zu dürfen.

»Verzeiht meine Unhöflichkeit, Kramer«, entschuldigte sie

sich, »aber es wäre mir im Gegenzug lieber, wir müssten unsere Namen nicht nennen. Das wäre sicher auch zu Eurem Besten, denn wir werden verfolgt. Wie gesagt, mein Oheim und ich sind auf der Suche nach einem Weg aus der Stadt.«

»Oh, ich habe gar nicht um Eure Namen gebeten«, erwiderte Kramer. »Und außerdem weiß ich schon viel mehr über Euch als das. Ihr seid Fliehende und Suchende, und ein starkes Band verbindet Euch obendrein – das sehe ich.«

Die Augen des Gremlins wanderten zwischen der Prinzessin und dem Söldner hin und her. Täuschte Baldwin sich, oder strich Kramers Blick tatsächlich erst über Kaias Amulett und dann über seinen Dolch? Nervös tastete er nach der Waffe. Das schmutzige Tuch war immer noch fest um den Knauf gewickelt.

»Der Grund für Eure Flucht muss gewichtig sein, sonst hättet Ihr meinen Wächterpfahl nicht so einfach passieren können. Aber was rede ich, Ihr seht erschöpft aus. Eine Rast und eine kleine Stärkung kämen uns allen gelegen«, schlug Kramer vor. »Was meint Ihr?«

Bei der Aussicht auf ein Bett und eine Mahlzeit wich Baldwins Anspannung schlagartig einer bleiernen Müdigkeit. Sein Magen knurrte. Er war den ganzen Tag gereist und hatte in dieser Nacht noch kein Auge zugetan. Wenn dieser Kramer ihnen einen gemütlichen Schlafplatz anbot, dann würde sein Misstrauen bis zum nächsten Morgen warten können.

»Kommt!«, forderte sie der Gremlin heiter auf und ging voran.

Kaia und Baldwin folgten ihm. Nach ein paar Schritten stimmte Kramer in den Mönchsgesang des Söldners ein, sodass die Glühwürmchen umso wilder umherflogen und einen gleißenden Schimmer an die Wände des Stollens zauberten. Selbst in die Tiefe sandte der Sonnenvater sein Licht, wenn auch auf Umwegen, dachte Baldwin. Er war zu müde, um sich zu merken, durch wie viele Gänge Kramer sie führte. Nur einer Sache war sich der Arkebusier sicher: Es ging stetig bergab. Und seine Beine wurden mit jedem Schritt schwerer. *Nur noch ankommen.*

Irgendwann spürte er eine raue Hand auf seinem Arm. »Wir sind gleich da«, krächzte Kramer. »Ihr könnt aufhören zu singen, auch wenn ich das Duett mit Euch sehr genossen habe.«

Baldwin verstummte, und die Laterne des Gremlins verdunkelte sich. Am Ende des Ganges konnte er jedoch ein helles Licht ausmachen. Kurz darauf betraten sie eine weitläufige Höhle. Leuchtmoos wuchs überall an der Decke, und in seinem Schein flatterten Nachtfalter über ein Meer aus blassen Pilzen. Der Arkebusier schüttelte ungläubig den Kopf. *Einbildung, alles nur Einbildung!*

Kramer führte sie zu einer Nische, in der eine gemütliche Schlafstatt aus Moosen und Flechten für sie bereitet war. Erschöpft ließen sich Baldwin und Kaia auf den weichen Untergrund fallen. Als der alte Gremlin ihnen anbot, ein kleines Mahl zuzubereiten, waren sie jedoch schon am Einschlafen.

*

Baldwin wusste nicht, wie lange er geschlafen hatte, als er ein leises Rascheln vernahm. Unwillkürlich stellten sich seine Nackenhaare auf. Er zog seinen Dolch und fuhr hoch.

In dem türkisfarbenen Licht des Mooses sah er, wie Kramer neben der Prinzessin hockte und neugierig ihren Umhang betastete. Der Gremlin starrte ihn mit seinen Katzenaugen an. Er schien von der schnellen Reaktion des Arkebusiers nicht überrascht zu sein.

»Finger weg von ihr!«, zischte Baldwin und hob drohend die Klinge.

Der Gremlin ließ den Stoff aus seinen Fingern gleiten und klopfte sich die Hände ab. Etwas Staub rieselte zu Boden.

»Welche Farbe hat der Umhang?«, fragte er den Söldner, dessen Drohung völlig ignorierend.

»W-was?«, stotterte Baldwin und sah den Gremlin verdutzt an. Ein Seitenblick verriet ihm, dass sich Kaias Brust in gleichmäßigem Takt hob und senkte. Sie schlief tief und fest, stellte er beruhigt fest.

Kramer erhob sich indessen und trat einen Schritt zurück. »Ich habe mich gefragt, welche Farbe dieser Umhang wohl hat. Ich dachte, vielleicht könnt Ihr es mir sagen. Ich habe schon viel zu lange kein helles Licht und keine klaren Farben mehr gesehen.« Der Gremlin hob entschuldigend die Hände.

Baldwin musterte den Umhang. »Na ja, gräulich, würde ich sagen, mit einem Schimmer Purpur und Grün.« Dann legte er den Kopf schief und blinzelte. »Oder doch eher bräunlich … mit einer Spur von Gelb?«

Wie sehr er es auch versuchte, es wollte ihm einfach nicht gelingen, das verwirrende Farbenspiel des Stoffes zu durchblicken. Mit einem Mal dämmerte es dem Arkebusier.

»Ein Tarnmantel, das ist ein Tarnmantel!«, entfuhr es ihm. »Kein Wunder, dass ich sie im Halbdunkel nie richtig sehen konnte!« Er klatschte sich mit der flachen Hand gegen die Stirn. »Ich Narr! Ihr Seelenfrost kam gar nicht von dem Leuchtkristall, sondern von dem verzauberten Umhang.«

Kramer nickte, als hätte er das alles bereits gewusst. »Ihr habt recht, wenn auch nicht ganz. Der Umhang ist aus gewöhnlichem Tuch genäht. Allerdings ist er von einem feinen Zaubersalz durchwirkt, einem Salz, das ich noch nie zuvor gesehen habe«, sagte der Gremlin nachdenklich und wischte sich die Hände an seiner Kutte ab. »Nach ein paar Regengüssen dürfte sich das Salz jedoch ausgewaschen haben, und der Umhang ist dann bedenkenlos zu tragen, zumindest was den Seelenfrost betrifft. Seelenfrost – ein passendes Wort, findet Ihr nicht auch?«

Baldwin zuckte die Schultern. Er hatte noch nie ein Artefakt besessen. *Der Sonnenvater bewahre!* Allerdings war er einmal Zeuge geworden, wie sich ein Magiker bei einem Zauber übernommen hatte. Seine Haut war ganz blass geworden und sein Atem kondensiert. Eine dünne Eisschicht hatte sein Kristallauge überzogen, und auf den Büschen und Gräsern ringsum hatte sich

Raureif gebildet. Dann war der arme Kerl leblos zusammengebrochen.

Was Baldwin in diesem Moment jedoch weit mehr interessierte als die Natur des Seelenfrosts, war die Aussage des Gremlins. Kramer hatte behauptet, dass der Umhang bald bedenkenlos zu tragen wäre. Aber hatte er nicht auch die Einschränkung *zumindest was den Seelenfrost betrifft* gemacht? Gab es etwa noch einen anderen Grund, warum man den Mantel nicht gefahrlos tragen konnte?

»Was hat es mit diesem Umhang auf sich?«, bedrängte der Söldner den Gremlin. Drohend ging er einen Schritt auf ihn zu. »Wie hast du das eben gemeint?«

Kramer zeigte sich von dem Gebaren des Arkebusiers unbeeindruckt. »Der Umhang birgt ein Geheimnis«, verkündete er in ruhigem Ton, als wäre es das Selbstverständlichste auf der Welt.

»Ein Geheimnis?«, fuhr Baldwin ihn an. »Was für ein Geheimnis? Und woher willst du das überhaupt wissen?«

»Zu Eurer ersten Frage: Ich weiß nicht, welches Geheimnis der Mantel bewahrt, denn es ist nicht an mir, dies in Erfahrung zu bringen. Zu Eurer zweiten Frage: Er hat es mir verraten – nicht mehr und nicht weniger«, antwortete Kramer nüchtern.

»Wer hat es dir verraten?«

»Er«, sagte der Gremlin und deutete auf den Umhang.

Baldwin stutzte: »Der Mantel?«

»Ich verstehe mich besser auf die Welt der Dinge, denn auf die der Menschen. Ich könnte nicht vorhersagen, ob Ihr mir im nächsten Moment die Kehle durchschneidet oder nicht«, sprach Kramer und zeigte auf Baldwins gezückte Klinge. »Aber ich vermag sehr wohl zu erkennen, dass der Dolch mehr ist, als er zu sein scheint, und dass er in enger Verbindung zu dem Anhänger steht, den die junge Dame trägt. Ihre Schicksale sind miteinander verwoben und somit auch die Euren«, beendete er seine Erklärung feierlich.

Baldwin musterte Kramer mit steinerner Miene. Ihm schmeckte das Ganze nicht. Was wusste der Gremlin über seine Klinge, über seine Vergangenheit? Oder hatte er hellseherische Kräfte, so wie die Enthüller vom Ewigen Berg.

Standhaft erwiderte Kramer seinen Blick. »Ihr seid ein wachsamer Mann und das trotz Eures Alters«, stellte er anerkennend fest. »Genau der richtige Begleiter für das Edelfräulein, denn ich ahne, dass ihre Reise gerade erst begonnen hat und noch viele Gefahren auf sie warten.«

Der Gremlin schien zu wissen, wen er vor sich hatte. Seine Ausführungen waren allerdings so kryptisch, dass im Vergleich dazu sogar Kaias Verschwörungstheorien an Glaubwürdigkeit gewannen. Baldwin beschlich eine Ahnung. Dieser fledermausohrige Geselle wollte den Tarnmantel sicher für sich selbst. Deshalb versuchte er ihnen Angst vor dem Artefakt zu machen. Aber nichts wäre leichter überprüft als das.

»Dann wäre es wohl das Beste, wir ließen den Fetzen einfach bei dir. Auf unserer Flucht ist uns der Umhang nur hinderlich. Er schwächt das Mädchen. Bei dir hingegen wären der Mantel und sein Geheimnis bestens aufgehoben«, schlug der Söldner vor.

»Nein!«, zischte der Gremlin aufgeregt, die Hände zu einer abwehrenden Geste erhoben. »Es ist nicht an mir, das Rätsel zu lösen. Das wäre falsch, völlig falsch! Wider das Schicksal!«

Kramers Reaktion überraschte Baldwin. Der Gremlin wirkte aufgelöst, geradezu ängstlich. Die Aussicht, in Besitz des Tarnmantels zu geraten, schien ihm mehr Furcht einzuflößen als Baldwins blanker Stahl.

»Dann verbrennen wird den Mantel einfach«, schlug der Arkebusier vor. »Ein Geheimnis, das man nicht kennt, kann einem auch nicht gefährlich werden.«

Kramer starrte ihn aus weit aufgerissenen Augen an. »Es spielt keine Rolle, ob Ihr das Geheimnis kennt«, zischelte er aufgeregt. »Entscheidend ist lediglich, dass andere *glauben*, Ihr kennt es. Es wäre töricht, den Umhang aus der Hand zu geben, bevor Ihr nicht sein Geheimnis ergründet habt. Nur wenn Ihr die Gefahr kennt, könnt Ihr sie auch bannen!«

Baldwin musste zugeben, dass an den Worten des Gremlins etwas Wahres dran war. *Verflucht! Einen Oger vor der Flinte ziehe ich diesen hinterfotzigen Ränkespielen allemal vor!*

»Welches Rätsel mag sich hinter einem Tarnumhang verbergen? Das könnte alles und nichts sein«, murmelte Baldwin nachdenklich. »Eher habe ich hinter allen sechs Sonnen nachgesehen, bevor ich das herausgefunden habe.«

»Nur sie hält des Rätsels Schlüssel in der Hand«, flüsterte Kramer und blickte hinab zu der schlafenden Kaia.

»Du meinst, sie weiß, welches Geheimnis sich hinter dem Mantel verbirgt?«, fragte Baldwin.

»Nicht, *welches* Geheimnis«, raunte Kramer dem Söldner vielsagend zu, »*wessen* Geheimnis!«

Die Prinzessin gähnte und streckte sich. Im Halbschlaf trat sie ein paar Ballen Moos beiseite, so als würde sie sich der Angriffe spukhafter Traumgestalten erwehren. Dann drehte sie sich auf den Bauch und schlief seelenruhig weiter.

»Wie spät es wohl sein mag?«, fragte sich Baldwin laut.

Kramers Antwort kam wie aus der Pistole geschossen: »Eine Stunde vor Sonnenaufgang.«

Der Söldner schüttelte verblüfft den Kopf. Woher wusste der Kerl das nur, so tief unter der Erde?

»Ruht noch ein Weilchen«, flüsterte Kramer fürsorglich. »Wenn Ihr wieder bei Kräften seid, könnt Ihr Euch über Euren weiteren Weg beraten, und wenn ich Euch dabei helfen kann, werde ich es gerne tun.« Und nach einer kurzen Pause fügte er geheimnisvoll hinzu: »Es gibt da nämlich etwas, was ich Euch noch unbedingt zeigen muss, bevor Ihr aufbrecht. Aber alles zu seiner Zeit.«

TUULIKKI

Drei Gerüche von Tod lagen im Wasser. Der erste und gleichzeitig schwächste drang von allen Seiten auf sie ein. Sobald sie nach nur einem halben Flossenschlag an das morsche Holz ihres Gefängnisses stieß, kam er ihr entgegen aus den groben Poren lebloser Bäume. Der Geruch war schwer und erdig, keineswegs unangenehm, aber er löste eine tiefe Traurigkeit in ihr aus, denn er erinnerte sie daran, wie endlich selbst das längste Leben war.

Der zweite Geruch brach stets mit der Plötzlichkeit eines Sommergewitters über sie herein, immer dann, wenn die Männer Fischfetzen zu ihr hinabwarfen, um sie zu füttern. Manchmal gelang es ihr, dem ranzigen Atem der Verwesung auszuweichen, der von den zu Boden trudelnden Leichenteilen ausging; doch später, wenn der Geruch mit faulig süßen Adern das stehende Wasser durchzogen hatte, war es ihr unmöglich, ihm zu entrinnen.

Der dritte Geruch war ihr ständiger Begleiter – so nah, dass sie bisweilen nicht zu sagen vermochte, ob er aus ihr selbst entsprang oder ob er sich von außen, wie ein öliger Film, auf ihre aalglatte Haut gelegt hatte. Von allen Gerüchen war er derjenige, der sie am meisten in die Verzweiflung trieb, denn es war nicht der gewöhnliche Duft von Moder oder Fäulnis, der vom Tod kündete, sondern es war vielmehr die Abwesenheit von Leben an sich. Es war ihr Lebenswille, der sie Tropfen für Tropfen verließ.

Zu Beginn ihrer Gefangenschaft war sie noch von einer wilden Zuversicht beseelt gewesen, und ihr Wille, diesem Gefängnis zu entfliehen, war ihr unbeugsam erschienen. Als sich das erste Mal eine johlende Menge am Rande des riesigen Fasses zusammengefunden und staunend durch die Gitterstäbe zu ihr hinabgeblickt hatte, war sie noch eingeschüchtert auf den Boden des Bottichs gesunken. Als sich das Spektakel am nächsten Tag wiederholt hatte, war sie jedoch vorbereitet gewesen. Mit urgewaltiger Kraft hatte sie das wenige Wasser unter sich genutzt und sich auf ihrer Schwanzflosse in die Höhe geschraubt, mit einer Pranke durch das Gitter gelangt und einem unvorsichtigen Landgänger das Bein zerfetzt. Kreischend waren die Leute auseinandergestoben. Selbst durch das tote Holz hatte sie ihre Angst gewittert und den kurzen Moment des Triumphs ausgekostet.

Doch tags darauf waren die Landgänger wieder in die Wandermenagerie gekommen, um sie zu bestaunen. Zahlreicher und lauter als zuvor. Von da an hatte sie sich so tief in das trübe Wasser zurückgezogen, wie es ihr nur möglich war, um den neugierigen Blicken der Schaulustigen zu entgehen. Aber selbst diese Ruhe war ihr nicht vergönnt gewesen.

Ihr Wärter, der sie den gaffenden Landgängern lauthals als Nixe ankündigte, hatte ein Loch in das tote Holz getrieben. Anschließend war das Wasser aus dem Fass gesickert, bis der Pegel gerade noch so hoch stand, dass es sie um eine halbe Körperlänge bedeckte.

Das war die Zeit gewesen, zu der sie begonnen hatte, sich in sich selbst zurückzuziehen. Mit jedem Wechsel von Hell und Dunkel war ihre Wut mehr und mehr erloschen und einer unendlichen Gleichgültigkeit gewichen.

Der Tag war gekommen, an dem sie ihre Gefangenschaft beenden würde. Zumindest so viel stand in ihrer Macht. Schon zuvor hatte sie es versucht, doch es war ihr nicht gelungen, den verkümmerten Rest ihres Lebenswillens zu überwinden. Heute jedoch, das wusste sie, würde sie sich dem immerwährenden Strom des Werdens und Vergehens hingeben.

Sie war eins mit dem Wasser. Ließ sich treiben. *Langsam. Stetig.* In Richtung des Überwassers. Der Leere entgegen. *Langsam. Stetig.* Durchbrach die Oberfläche. Die Kiemen aufgestellt, um das kalte Gift zu empfangen. *Langsam. Stetig.* Tiefer als das feinste Seidengarn schnitt die Luft in das nackte Fleisch unter ihren Kiemendeckeln. Bis sie jenseits des Schmerzes war. *Langsam. Stetig.*

Und leblos sank. Zurück zum Ursprung. Dem Grund entgegen – auch wenn es nur ein schäbiges Holzfass war.

Wie im Traum sah sie am Rande des Fasses zwei Gesichter auftauchen. Das länglichere, auf dessen Haupt ein Dreispitz saß, war das ihres Wärters – Direktor nannte er sich. Der andere war eines der vielen Helferlein aus seinem Schwarm. Sie sahen besorgt aus.

»Verfluchter Mist!«, schimpfte der Direktor. »Das Drecksvieh stirbt mir weg, noch bevor ich meine tausend Gulden wieder eingespielt habe.«

»Ihr könntet sie fürs Kuriositätenkabinett ausstopfen lassen«, schlug der andere vor. »Das bringt sicher noch etwas Geld ein.«

»Sei kein Narr!«, zischte der Direktor. »So schnell gebe ich nicht auf. Renn zu Marrok, dem alten Quacksalber, und kauf eine Flasche von seinem Wunderheilmittel.«

»Wird erledigt, Herr«, erwiderte der andere Landgänger und fügte noch kleinlaut hinzu: »Ihr könntet ihr ja eine Geschichte erzählen. Das mache ich auch immer, wenn mein Töchterchen krank im Bett liegt, und das hilft.«

»Quatsch nicht und lauf«, knurrte der Direktor wütend. »Geschichten erzählen, das wäre ja noch schöner.«

Sie schloss die Augen und wartete darauf, dass ihr Herz aufhörte zu schlagen. Lange herrschte Stille. Doch mit ihrem nächsten schwachen Herzschlag ertönte plötzlich wieder die Stimme des Direktors. Zunächst nur ein kurzes Räuspern, aber dann plätscherte sie beruhigend auf sie ein:

»Es war einmal ein alter Fischer, der lebte mit seinem Sohn in einer Hütte an einem See. Der See war so groß und weit, dass man selbst am klarsten aller Tage das andere Ufer nicht erblicken konnte. Jeden Morgen, bevor die Sonne aufging und ihren gerechten Lauf nahm, ruderte der Sohn des Fischers auf den See hinaus, um die Netze auszuwerfen, und stets ermahnte ihn der Vater, nicht zu weit hinauszufahren: ›Wenn du den Donner grollen hörst, mache rasch kehrt, mein Sohn, denn dann ist der Lodraak nicht mehr fern. Regnet es aber schon die ersten Blitze vom Himmel, so ist es um dich geschehen. Dann taucht er aus der Tiefe auf und verschlingt dich mit Haut und Haar.‹

Der Junge wollte von dem Aberglauben des Alten nichts wissen, aber er hatte ein gutes Herz, und weil er seinen Vater über alles liebte und ihm keinen Kummer bereiten wollte, versprach er ihm jeden Tag aufs Neue, den Rat zu befolgen. Alldieweil wuchs in seiner Brust auch eine brennende Neugier heran, und so fragte er das Väterchen eines Tages, was sich am jenseitigen Ufer des Sees befände. Der Vater aber schwieg beharrlich und blickte seinen Sohn nur gestreng an, bis dieser abermals beteuerte, nicht zu weit auf den See hinauszufahren.

An jenem Tag wollte dem Fischersohn die Arbeit gar nicht recht von der Hand gehen. Sehnsüchtig blickte er hinaus auf den weiten See, nach dem fernen Gestade Ausschau haltend, das er sich gar friedvoll in seinen Gedanken ausmalte. Ein hübsches kleines Häuschen inmitten wogenden Schilfes glaubte er zu gewahren, und davor eine junge Maid mit pechschwarzem Haar, wie sie in ihrem blütenweißen Kleid durch das glitzernde Wasser watete. Doch als er aus seinem Tagtraum erwachte, waren nur das Blau des Sees und das Funkeln der Sonne geblieben. Schwermütig holte er das Netz ein, in dem nur wenige Fische zappelten. Zu seiner Verwunderung hatte sich aber auch eine Muschel darin verfangen, deren Schale einen Spaltbreit offen stand und den Blick auf eine schimmernde Perle preisgab. Schon wollte der Fischersohn die Schale entzweibrechen und sich des Kleinods bemächtigen, als er eine flehende Stimme vernahm: ›Ach bitte, junger Fischer, verschone mich und wirf mich zurück in den See. Und wenn du mich nicht verrätst, dann soll es zu deinem Nachteil nicht sein.‹

Noch ehe er recht nachgedacht und verstanden hatte, wie ihm geschah, hatte der junge Fischer die Muschel zurück ins Wasser geschleudert, und wie sie ihn gebeten hatte, behielt er

Stillschweigen und erzählte dem Väterchen nichts von seinem kostbaren Fund.
Von jenem Tag an fuhr er stets an die gleiche Stelle des Sees, wo er sein Netz auswarf und sich von den Wellen in einen sanften Schlaf wiegen ließ, nur um von dem Häuschen im Schilf und dem wunderschönen Mädchen am fernen Ufer zu träumen. Auf diese Weise verstrich kein Tag, an dem er nicht eine Muschel samt Perle in seinem Netze fand, doch ein ums andere Mal kam er ihrem Flehen nach und übergab sie wieder den Fluten des Sees, denn sein Herz war frei von Habgier, aber dafür voll von einer Sehnsucht, die nur die süßen Träume zu stillen vermochten.
Drei Jahre vergingen so, da wurde das alte Väterchen plötzlich krank und starb. Bis in den Tod hinein hatte der junge Fischer seinem Vater Wort gehalten und war nicht weiter auf den See hinausgefahren, als es ihm erlaubt war. Nun aber weinte er bitterlich, denn er fühlte sich elend, weil er dem Väterchen nie das Geheimnis von den sprechenden Muscheln anvertraut hatte. An jenem Morgen stieg der junge Fischer wieder in sein Boot und fuhr hinaus auf den See, doch warf er nicht sein Netz aus, sondern ruderte weiter, als er je gerudert war, denn es gab nichts mehr, was ihn in der Hütte seines Vaters hielt. Als er schon einen halben Tag lang gerudert war, vernahm er mit einem Mal ein Donnergrollen, doch so weit er auch blickte, ein rettendes Ufer war nicht in Sicht. Es dauerte nicht lang, da zuckten die ersten Blitze am Himmel, und der See schlug gar wilde Wellen.
›Oh weh‹, klagte der Fischersohn, ›hätte ich doch nur auf das Väterchen gehört, dann würde es mir jetzt nicht so übel ergehen!‹ Und kaum hatte er seiner Sorge Luft gemacht, da teilte sich das Wasser und ein ungeschlachtes Wesen – halb Löwe, halb Drache – tauchte auf. Das Maul weit aufgerissen schwamm der Lodraak auf ihn zu, um ihn mitsamt des Bootes zu verschlucken. Der junge Fischer bekam es sogleich mit der

Angst zu tun und sprang vor Verzweiflung in den See. Als er sich aber in die Fluten stürzte, da geschah ihm ein Wunder, denn das Wasser war nicht kalt und nicht dunkel, sondern warm und hell, und inmitten des Lichts schwamm eine wunderschöne Nixe in einem Kleid aus blauen Schuppen.

›Komm, nimm meine Flosse‹, sagte sie mit glockenklarer Stimme, ›dann bringe ich dich zu dem fernen Gestade, von dem du immer träumtest!‹

Der Fischersohn tat nichts lieber als das, denn er hatte auf Anhieb Gefallen an der Nixe gefunden. Doch als sie ihn aus der Gefahr errettet und sicher ans Ufer geleitet hatte, wurde ihm mit einem Mal ganz schwer ums Herz, denn er wusste, dass sich ihre Wege nun unweigerlich trennen würden.

Die Nixe aber sprach: ›Dauere dich nicht, mein geliebter Fischersohn, sieh nur, welches Gewand du mir vermacht hast!‹

Und als sie aus dem See stieg, fielen Flossen und Schuppen von ihr ab, und zum Vorschein kam das schwarzhaarige Mädchen aus seinen Träumen, gehüllt in ein Kleid aus Hunderten von Perlen.

Da umschlang der Fischersohn seine Braut, denn keine andere wollte er zur Frau nehmen, und sie lachten und tanzten die ganze Nacht hindurch und alle Nächte, die darauf folgten. Und wenn man nach einem Gewitter ganz aufmerksam lauscht, dann hört man sie noch heute, wie sie lachen und tanzen – drüben am fernen Gestade, am anderen Ufer des Sees.«

Mit einem Ruck erwachte sie aus ihrem Todesschlaf. Sie schüttelte sich. Eine bittere Flüssigkeit wurde von oben ins Wasser geschüttet, die in ihren Kiemen stach. Über sich sah sie ein helles Licht, und in ihm schimmerte der Geist des Einen.

So wie in der Geschichte, so musste der Eine sein, der für sie bestimmt war. Und sie musste ihn finden! Wie der Schlag eines Zitteraals durchfuhr sie diese Erkenntnis. Dies war nicht das Ende, sondern erst der Anfang ihrer Reise.

MISKAR

Miskar griff in Willas kupferrotes Haar und riss sie leidenschaftlich an sich. Dann stöhnte er ein letztes Mal auf und kam. Schweißüberströmt brach er über ihr zusammen.

»Ich möchte mein Gesicht in deinen Flammen begraben«, flüsterte er atemlos, während er mit den Fingern durch ihre feurigen Strähnen fuhr. Ihr Haar roch nach Teer und Torfrauch. Dieser ganz besondere Duft hatte ihn schon an dem Abend betört, als er in Bergent angekommen war, und das war mittlerweile sieben Tage her.

»Momentan hast du wohl eher etwas anderes in mir begraben«, scherzte die Flößerin derb, bevor sie sich geschickt von der Last des Gossenzauberers befreite und ihm einen Klaps auf den Allerwertesten gab. Sie rollte sich auf den Bauch und genehmigte sich einen Schluck von dem Met, den sie auf dem Hocker neben ihrer Koje bereitgestellt hatte.

Fasziniert beobachtete Miskar, wie Willa sich die Haare mit einer Hand eindrehte und gleichzeitig den Honigwein schlürfte. Winzige Schweißperlen hatten sich auf der blassen Haut in ihrem Nacken gebildet. Nun freigelegt, glitzerten sie verführerisch im Kerzenschein. Es bedurfte nicht viel Kraft seines Seelenfeuers, um die Tropfen mit einem kaum hörbaren Zischen verdampfen zu lassen. Es war nicht das erste Mal, dass er sie auf diese Weise neckte.

»Au!«, rief Willa empört und schlug sich auf die Stelle, an der ihre Haut brannte. »Hör auf damit, du alte Hex!«

Aber schon im nächsten Moment lachte sie wieder und tat so, als wollte sie ihm den Inhalt des Bechers ins Gesicht kippen.

»Wie soll ich nur deinem Anblick widerstehen?«, entschuldigte sich Miskar mit einem entwaffnenden Lächeln. »Es gibt keinen

Flecken auf deinem lüsternen Leib, der mich im Gegenzug nicht schon tausendfach verhext hätte. Also wer steht hier mit übernatürlichen Kräften im Bunde?«

»Dann stoße ich wohl am besten auf mich selbst an, auf deine Muse und Teufelsbuhle«, erwiderte Willa grinsend.

Schelmisch zwinkernd prostete sie ihm zu, bevor sie den Krug bis auf den letzten Tropfen leerte. »Und nun sieh zu, wo du etwas zu trinken herbekommst, du Meister des Feuers. Du kennst ja den Weg zum Gasthaus.«

Miskar brannte in der Tat die Kehle. Dennoch stand ihm nicht der Sinn danach zu gehen – weder jetzt, noch überhaupt. Er fühlte sich wohl auf dem kleinen Hausboot der Flößerin. Am ersten Abend war sie ihm im Schleusenkrug über den Weg gelaufen. Eigentlich war er nur auf der Suche nach einem ortskundigen Führer gewesen, der ihn sicher durch den Tränenwald geleitete. Stattdessen hatte er mit Willa angebandelt, und seitdem hatten sie ihre Koje kaum mehr verlassen.

Er genoss ihre ungezwungene Art. Sie sprach und liebte selbstbewusst und nahm sich stets das, wonach ihr der Sinn stand. Sogar an das ständige Plätschern des Flusses, der glucksend die Planken des Kahns umspielte, hatte er sich inzwischen gewöhnt.

Den größten Teil seiner Reise hatte Miskar bereits bewältigt, doch der unangenehmste stand ihm noch bevor. Der Ritt über die Hochebene von A'Un, die sich von Oriza aus schier endlos in alle Himmelsrichtungen erstreckte, war eine staubige Angelegenheit gewesen – und für ihn eine äußerst schmerzhafte obendrein, denn er war alles andere als ein geübter Reiter. Allein bei dem Gedanken an die lange Strecke, die er im Sattel gesessen hatte, tat ihm der Hintern weh. Mit großer Erleichterung war er dann in Großwaldstadt an Bord einer Handelsbarke gegangen. Eine bequemere Möglichkeit zu reisen konnte er sich nicht vorstellen. Nach Umstiegen in Rukkenblick und Grehn hatte er schließlich sein jetziges Ziel erreicht. Mehr als ein halber royumischer Monat war vergangen, seitdem er von der Akademie aufgebrochen war.

Seine durchaus üppige Reisekasse hätte ihm einiges an Komfort ermöglicht, Luxus, den er nur zu gerne genossen hätte. Aus Vorsicht hatte er jedoch auf eine Einzelkabine und andere Extravaganzen verzichtet. Ein junger vermögender Mann ohne Namen oder Manieren hätte leicht den Argwohn der Zöllner und Büttel wecken können.

Übernervös wachte Miskar seit seiner Abreise aus Oriza über den prall gefüllten Geldbeutel. Neben einem Batzen Gold und Silber hatte ihm Meister Gregorius auch die Botschaft an Elachand anvertraut. Auf dem Kuvert prangte das Totenkopfsiegel des verwaisten Dritten Turmes. Zu gerne hätte er gewusst, was in dem Brief geschrieben stand. Die drei Meister der Türme hatten ihn gemeinsam hinter verschlossenen Türen verfasst. Aber selbst er war schlau genug zu wissen, dass man ein Siegel nicht leichtfertig brach – schon gar nicht das eines Magikers.

Wie Miskar auf seiner langen Reise herausgefunden hatte, wurde Elachands Ruf immer übler, je weiter man nach Osten gelangte. In Herzfelden und Hohenbaldacht nahm kaum jemand Notiz von ihm, aber schon im Fleet zerrissen sich Kaufleute, Flussschiffer und andere weit gereiste Leute das Maul über den angeblichen Hexenmeister, der zurückgezogen nahe Erlmoor lebte. Hatte man allerdings erst das Kointal erreicht, so hörte man das Volk nur noch hinter vorgehaltener Hand von dem Unhold aus dem Sumpf flüstern, als wäre er der Aschenmann in Person.

Erstaunlicherweise schien außer den Meistern der Türme niemand zu ahnen, dass die Schattenspieler in Elachands Diensten standen. Wenn Miskar Gregorius und Laïfour richtig verstanden hatte, dann zogen sie nicht nur durch die Lande, um die Menschen zu unterhalten, sondern auch um geheime Nachrichten zu überbringen. Bei einem Zwischenstopp in Grehn hatte er interessiert die Darbietung einer Schattenspielerin verfolgt. Die dürre Frau hatte mit ihren knochigen Fingern schier unmögliche Kreaturen an eine Leinwand gezaubert. Versteckte Botschaften hatte er aus ihrer Vorstellung allerdings nicht herauslesen können.

Von Bergent war es nur noch ein guter Tagesmarsch nach Erlmoor, seinem Bestimmungsort. Ohne die Hilfe eines Schiffers oder Moorläufers hatte Miskar allerdings kaum Hoffnung, die Stadt lebendig zu erreichen. Eher würde er sich in den nebligen Sümpfen verlaufen und als Moorleiche enden.

Willa war genau die richtige Frau für dieses Unterfangen. Mit ihrem Torfkahn fuhr sie regelmäßig von Bergent nach Erlmoor und zurück. Von ihr wusste er auch, dass sich der Koin auf halber Strecke zwischen den beiden Orten in den Weiten des Tränenwalds verlor und ihn in eine ausgedehnte Riedlandschaft verwandelte. Für gewöhnliche Boote gab es hier kein Vorankommen mehr. Doch Miskar fühlte sich alles andere als hingezogen zu dieser Stadt im Sumpf. Je länger er seinen Aufbruch aufgeschoben hatte, desto mehr Gefallen hatte er an der jungen Flößerin gefunden. Oder war es anders herum?

Plötzlich wurde er aus seinen Gedanken gerissen. Er spürte Willas Blick auf sich ruhen – wie lange sie ihn schon so ansah, vermochte er nicht zu sagen.

»Du bist mir ein Rätsel«, stellte sie nachdenklich fest. »Ich kenne niemanden, der mich so fürstlich dafür entlohnt, nicht ans Ziel gebracht zu werden.«

Wenn ich heute nicht gehe, dann gehe ich nie, dachte Miskar. Ein Mädchen zu verlassen war an sich immer eine seiner leichtesten Übungen gewesen. Warum klappte es diesmal nicht? Auch wenn es um das Schicksal Royums ging – er hatte sich nicht um die Aufgabe gerissen. Doch nun stand er bei den Meistern der Türme im Wort. Um den griesgrämigen Jenkylis und den finsteren Laïfour war es ihm egal, aber den alten Gregorius wollte er eigentlich nicht enttäuschen.

»Du redest wohl nicht mehr mit mir«, sagte Willa lachend und knuffte ihn in die Seite.

»Doch, aber ich muss vorher meine Kehle anfeuchten gehen, bevor ich es wieder mit dir aufnehmen kann«, erwiderte Miskar und stand kurzerhand auf.

Er schnappte sich seinen Rucksack und warf ihn sich über die Schulter. Dann öffnete er die Kajütentür und steckte den Kopf hinaus. Die Dämmerung hatte bereits eingesetzt. Der Fluss war in ein trübes Braun getaucht. Hunderte von Mücken schwebten still über dem Wasser. Nur auf den Hügelspitzen und den Dächern der Hütten flammte das rote Abendlicht der Sonne noch auf. Eine einzelne Krähe flog krächzend zu ihrem Nest irgendwo im Ried. Ein eiliger Nachzügler, so wie er.

»Ich bin gleich wieder da«, verabschiedete sich Miskar mit Grabesstimme. Dann kroch er aus der Kajüte und sprang an Land. Die morschen Bohlen fühlten sich kalt und verräterisch glatt unter seinen nackten Füßen an. Vorsichtig lief er den Steg entlang. Er hatte nicht vor, unfreiwillig baden zu gehen.

Am Ende der Anlegestelle blieb er kurz stehen. Zu seiner Linken lockten die Lichter des Dorfes. Der Geruch von Schmorkraut und verbranntem Torf lag in der Luft. Miskar entschied sich indes für die andere Richtung. Er wollte die Anhöhe zu seiner Rechten erklimmen. Dort befand sich ein Hünengrab, hatte Willa ihm erklärt. Es stammte noch aus der Zeit, als Oger bis in die Flusstäler vorgedrungen waren. Er bahnte sich einen Weg durch Farne und Brombeersträucher, hinauf bis zur Hügelkuppe, die von einer saftig grünen Wiese bedeckt war. Regenblumen wuchsen allerorten, und ein paar umgestürzte Findlinge lagen im Kreis. Irgendwie fühlte sich der Ort richtig an, um eine Botschaft an die Meister der Türme zu verschicken.

Es begann zu nieseln, als er sich gerade auf einen der Felsen setzte. Miskar hatte ganz vergessen, wie durstig er eigentlich war und streckte seine Zunge in den Regen. Das wenige Wasser reichte jedoch bloß aus, um ihm die Lippen zu benetzen.

Beinahe angewidert ließ er seinen Blick über den Tränenwald schweifen. Die Stämme der Bäume waren aufgebläht wie Wasserleichen und ihre Äste abartig verkrümmt. Erlmoor musste eine komplett versumpfte Stadt sein. Feuer war ihm fürwahr lieber als jedes andere Element – das wurde ihm bei der Aussicht klar.

Schließlich setzte er seinen Rucksack ab und kramte ein dickes Stoffbündel daraus hervor. Sogleich machte er sich daran, das Knäuel auszuwickeln, und eine kleine Kristallflasche kam zum Vorschein. Gregorius hatte sie ihm zum Abschied überreicht. Vehement hatte ihm der Erste Meister eingebläut, nur spärlich von ihr Gebrauch zu machen. Jetzt war ein solcher Moment gekommen.

Das Fläschchen sollte dazu dienen, Nachrichten an die Drei Türme zu übermitteln, doch Miskar hatte nur eine grobe Vorstellung von ihrer Wirkungsweise. Er musste einen Schluck trinken und seine Botschaft anschließend in die Luft hauchen, und wie jedes Artefakt würde auch dieses an seiner Seele zerren. Nachdenklich drehte er die Flasche in seinen Händen und hielt sie gegen das abnehmende Sonnenlicht. Ein schwarzer Dunst schien in dem Gefäß gefangen zu sein. Der Rauch war jedoch keineswegs träge, sondern wirbelte umher, als würde er vom Wind getrieben.

Ohne länger zu zögern, entkorkte Miskar die Flasche und drückte eine Handfläche schützend auf die Öffnung, damit der Rauch nicht entfleuchen konnte.

Der dunkle Dunst schoss augenblicklich empor und bohrte sich spitz in seine Haut. *Wie die Krallen eines Tiers*. Miskar schloss die Augen und führte das Gefäß an seine Lippen. Er nahm einen hastigen Schluck und stopfte den Pfropfen wieder auf die Flasche. Kalt breitete sich der Nebel in seinem Mund aus und wurde zu einem trockenen Staub. Feine Körner rieselten seinen Rachen hinab, als wollten sie sich einen Weg zu seinen Eingeweiden bahnen.

Panisch spie Miskar aus: »Morgen bin ich in Erlmoor!«

Eine dunkle Wolke strömte aus seinem Mund, er hustete und keuchte, doch der Reiz in seinem Hals ließ nicht nach. Seine Lungen krampften. Verzweifelt rang er nach Atem, bis er vornüber ins feuchte Gras kippte. Seine Finger krallten sich in den Boden und durchwühlten die Erde. *Das falsche Element*, schrie eine Stimme in seinem Hinterkopf. *Luft, Luft, du brauchst Luft!*

Mit letzter Kraft rollte er sich auf den Rücken und blickte in den Himmel über sich. Er konnte den Wind auf seinem Gesicht spüren … und bekam Luft. Sein Brustkorb hob und senkte sich, als wäre er stundenlang gerannt. Ein leichter Schwindel befiel ihn, dennoch konnte er sehen, wie der Rauch aufstieg, sich teilte und Form annahm. Aus den schwarzgrauen Schwaden bildeten sich fünf vogelhafte Schemen. Zunächst schwebten sie reglos, aber dann begannen sie wild flatternd mit den Flügeln zu schlagen. Für eine Weile kreisten sie stumm über ihm – fünf fleischgewordene Nebelkrähen, eine für jedes seiner Worte, das er ihnen anvertraut hatte. Dann gewannen sie rasch an Höhe und wandten sich gen Westen, dort wo die Drei Türme warteten.

Als die Vögel am Horizont verschwunden waren, stand Miskar auf. Er zitterte am ganzen Leib, und seine Kehle brannte. Einen besseren Grund, das Gasthaus aufzusuchen, konnte es eigentlich nicht geben, aber stattdessen ging er zurück zu Willa. Es war höchste Zeit, dass die Flößerin ihn nach Erlmoor brachte.

BALDWIN

Baldwin stellte klappernd den Zinnteller beiseite und streichelte sich genüsslich den Bauch. Er hätte nicht gedacht, dass er die Pilze anrühren, geschweige denn aufessen würde, doch sie hatten besser geschmeckt, als er erwartet hatte.

Auch Kaia hatte ihre ganze Portion verputzt, was keineswegs selbstverständlich war, denn die getrockneten Pilze hatten alle gleichermaßen blass ausgesehen. Im Geschmack unterschieden sie sich jedoch drastisch und das auf überraschende Art und Weise. Waren die einen fruchtig süß wie überreife Birnen, so schmeckten die anderen würzig, mariniertem Hähnchen nicht unähnlich.

Kramer blickte sie zufrieden an, wie eine Großmutter, die sich freute, dass es ihren Enkeln mundete. »Schön, ich denke, Ihr seid satt«, stellte er mit seiner schnurrenden Stimme fest. »Dann können wir also weitermachen. Wie ich gestern Nacht schon erwähnte, gibt es da nämlich etwas, das ich Euch unbedingt zeigen muss.«

Der alte Gremlin erhob sich aus seinem Schneidersitz. Feinsäuberlich schüttelte er seine Kutte aus, um sie von Moosbüscheln und Pilzresten zu befreien. Dann schritt er auf ein kleines Loch in der gegenüberliegenden Höhlenwand zu.

Baldwin und Kaia sahen sich fragend an. Keiner von beiden machte jedoch Anstalten, ihm zu folgen. Als der Gremlin dies bemerkte, blieb er stehen.

»Was ist?«, fragte er sichtlich erstaunt.

»Nun …«, begann die Prinzessin zögerlich, nach den richtigen Worten suchend.

»Wir haben keine Zeit für einen Ausflug«, sprang ihr Baldwin zur Seite. »Wir sind auf der Flucht, falls du das vergessen haben solltest. Und es sollte auch in deinem Interesse sein, dass uns die Wachen nicht bei dir antreffen.«

»Ich weiß, dass Ihr auf der Flucht seid. Aber vertraut mir: Ihr seid hier sicherer als an jedem anderen Ort in Windfall. Die Wächterpfähle werden mich warnen, sollte irgendjemand versuchen, in die unteren Stollen einzudringen.« Kramer blickte sie eindringlich an, als wollte er sie mit seinen gelben Katzenaugen hypnotisieren. »Ohne das gesehen zu haben, werdet Ihr nicht wissen, vor wem Ihr eigentlich weglauft oder wohin Ihr Euch wenden sollt.«

Abermals deutete er einladend auf das Loch im Fels.

Kaia zuckte die Schultern und ging dem Gremlin schließlich hinterher. Widerwillig stand Baldwin auf und tat es ihr gleich. Als sie den Durchgang erreichten, stellte er verblüfft fest, dass sich der schmale Spalt schon nach wenigen Schritten zu einem Gang weitete. Die Wände waren völlig unbearbeitet. Dennoch waren sie so glatt, als hätte ein Riese seine Axt in den Berg getrieben und den Fels gespalten. In den wenigen Furchen des Gesteins hatte sich Leuchtmoos eingenistet. Wasser tröpfelte durch die Rillen hinab und benetzte die urigen Gewächse, die den Tunnel in einen gespenstischen Schimmer tauchten.

Von Kramer geführt, folgten sie dem Tunnel. Nachdem sie ein gutes Stück zurückgelegt hatten, glaubte Baldwin zu spüren, wie der Fels zu zittern begann. Mit jedem Schritt nahm das Vibrieren zu, und nach einer kurzen Weile gesellte sich ein unterschwelliges Dröhnen hinzu.

Kaia drehte sich einige Male zu ihm um und warf ihm zweifelnde Blicke zu. Baldwin lächelte aufmunternd, auch wenn er alles andere als zuversichtlich war. Das Einzige, was ihn davon abhielt, in Panik zu geraten, war die Tatsache, dass Kramer in aller Seelenruhe weiterging. Ein Erdbeben würde es daher wohl kaum sein.

»Es ist nicht mehr weit«, rief ihnen der Gremlin zu, um das mittlerweile laute Tosen zu übertönen.

Die Luft im Gang war merklich kühler und feuchter geworden. Die Felswände glänzten in einem nassen Grau. Auf den Moosflechten hatten sich feine Tropfen gebildet, die das Licht der Pflanzen in unzählige Grüntöne brachen.

In dem Leuchten schillerte das Antlitz der Prinzessin in einem türkisfarbenen Mosaik, wie das geschuppte Gesicht einer Nixe – oder zumindest so, wie Baldwin sich eine vorstellte. Und bei dem Gedanken an das Fabelwesen wurde ihm klar: Es war das Rauschen von Wasser, das er hörte.

Mit einem Mal öffnete sich der Tunnel zu einer gigantischen Kaverne, in deren Mitte tatsächlich ein Fluss verlief, wild schäumend, eingezwängt in ein Bett aus Stein.

Sie standen am Rande eines schmalen Felsvorsprungs. Anderthalb Schritte unter ihnen floss der Strom, so tosend wild, dass die Gischt bis zu ihnen hinaufspritzte. Baldwin nahm den Hut ab und wischte sich das Wasser aus dem Gesicht, aber schon im nächsten Augenblick war es wieder feucht. Im Gegensatz zu dem Gang, aus dem sie gekommen waren, war die Höhle weitestgehend dunkel. Kein Moos schimmerte hier an den Wänden. Ihre wahren Ausmaße ließen sich daher nur erahnen. Selbst die Decke war so hoch, dass sie sich ihrer Sicht entzog. Doch das, was sie sehen konnten, war beeindruckend genug. Jenseits des Wassers ließen etliche dunkle Schemen darauf schließen, dass sich dort ebenfalls Öffnungen und Felszungen befanden. Dutzende von ihnen ragten sogar so weit vor, dass sie den Fluss in verschiedener Höhe überspannten. Eine von ihnen endete in ihrer Nähe, keine drei Manneslängen über ihren Köpfen.

Plötzlich zupfte Kramer ihn am Mantel und drückte ihm einen Ballen Leuchtmoos in die Hand, den er eben aus der Tunnelwand gekratzt hatte.

»Hier!«, schrie er, um das Tosen des Wassers zu übertönen. »Steckt Euch das unter die Hutschnur. Eine Weile wird es noch leuchten.«

Dann wandte sich der Gremlin der hinter ihnen liegenden Felswand zu. In das nasse Gestein waren dort in kurzen Abständen waagerechte Kerben hineingeschlagen worden, sodass sie einem Kind oder Gremlin gut als Stufen dienen mochten. Ohne sich noch einmal nach ihnen umzusehen, kraxelte Kramer die Wand hinauf. Nach ungefähr zwanzig Stufen hielt er an, bog einen Vorhang aus überlappenden Lederstreifen beiseite und verschwand im Fels.

»Tja, dann sehen wir uns gleich oben«, rief ihm Kaia zu. Dann trocknete sie sich die Hände am Mantel ab und stieg die Leiter ebenfalls flink hinauf.

Verflucht, wie sollte er mit seinem steifen Bein da hochkommen? Als das Leuchten seines Moosballens schwächer wurde, seufzte Baldwin laut auf und kletterte hinterher, so schnell er konnte. Doch schon nach den ersten paar Sprossen schmerzte sein Knie so sehr, dass er sich in Klimmzügen hinaufziehen musste.

Als er schon fast oben war, schielte Kaia ungeduldig zwischen den Lederfransen hindurch. Auf jeden der Streifen waren aufgerissene Mäuler gekritzelt, bemerkte Baldwin irritiert, als er sich in die Öffnung hineinhievte.

»Da seid Ihr ja endlich!«, schnurrte Kramer zur Begrüßung.

Der Gremlin wartete in einer kleinen trockenen Höhle, deren Decke allerdings so niedrig war, dass nicht einmal er aufrecht stehen konnte. In seinen knochigen Fingern hielt er eine dicke Kerze. Ihr goldenes Licht schmerzte Baldwin in den Augen, und es dauerte eine Weile, bis er sich an die Helligkeit gewöhnt hatte und sich umsehen konnte. Bis auf eine rostige Eisentruhe war die Höhle leer. Am anderen Ende gab es jedoch ein weiteres Schlupfloch.

Erst jetzt fiel Baldwin auf, wie ruhig es hier war. Das Tosen des Flusses war nicht mehr als ein fernes Rauschen.

Kramer schien seine Überraschung zu bemerken. »Lärmfresser«, murmelte er und deutete auf die verzierten Lederfransen. Dann watschelte er geduckt los und krabbelte tiefer in die Höhle hinein.

Ohne nachzudenken, stand Kaia auf und prallte prompt mit dem Schädel an die Decke. Von einem spitzen Schrei begleitet, setzte sie sich wieder auf den Hosenboden. Wimmernd hielt sie sich den Hinterkopf. Baldwin wollte nachsehen, ob sie blutete. Doch noch bevor er bei ihr war, ging ihr Wimmern in ein Lachen über, und sie sah ihn mit einem schmerzverzerrten Grinsen an.

»Ich hoffe, was auch immer er uns zeigt, ist unsere Blessuren wert«, sagte Baldwin grimmig.

»Das hoffe ich auch«, pflichtete sie ihm schmunzelnd bei.

Dann krochen sie Kramer gemeinsam hinterher. Wie Würmer mussten sie sich durch den Durchschlupf winden, aber schon nach einer Manneslänge gelangten sie in eine weitere kleine Höhle, in der man allerdings stehen konnte.

Kramer hatte seine Kerze vor einer wuchtigen Steintafel abgestellt, die dort an der Wand lehnte. Die Platte war beinahe höher als er selbst. Auf ihr prangte das gleiche Bildnis wie auf dem Pfeiler in der stillgelegten Silbermine: eine einäugige Teufelsfratze. So klein die Höhle auch war, hatte sie doch etwas Sakrales, fand Baldwin, und die Platte war der Altar. *Nur wen oder was betet der Gremlin hier an?*

Kramer war eifrig damit beschäftigt, an der Tafel zu rütteln, bis sie sich ihm gefährlich entgegenneigte. Auch wenn er Gremlins nicht besonders leiden konnte, war Baldwin zu weit gekommen, um nun dabei zuzusehen, wie das Kerlchen sich von der Steinplatte erschlagen ließ. Gleichzeitig machten er und die Prinzessin einen Schritt nach vorne, um dem Gremlin zu Hilfe zu eilen.

»Nein!«, stöhnte Kramer. »Nicht anfassen!« Trotz der offensichtlichen Anstrengung lag Autorität in seiner Stimme.

Verdutzt hielten Baldwin und Kaia inne und sahen ihm dabei zu, wie er mit der schweren Tafel rang. Wie die Klauen eines Greifvogels krallten sich seine Finger in den Stein. Langsam senkte sich die Platte, und er ging mit ihr in die Knie, bis er sie schließlich mit einem lauten »Uff« auf dem Boden ablegte.

»Und, was sagt Ihr?«, fragte Kramer voll verwegenem Stolz.

Die anschließende Stille wurde nur vom Knacken seiner Finger unterbrochen, die er genüsslich spreizte.

Baldwin betrachtete die kleine Aushöhlung im Fels, die der Gremlin soeben freigelegt hatte. Dort waren lediglich zwei Folianten und ein Metallkästchen zu sehen. Zwar waren die Einbände der Bücher noch gut erhalten und die Verzierungen an dem Kästchen durchaus filigran, aber den Atem raubte ihm der zur Schau gestellte Schatz nicht. Auch Kaia gab keinen Ton von sich. Als er in ihre Miene blickte, sah er jedoch keine Enttäuschung, sondern Faszination. Verwirrt blickte Baldwin erneut zu dem Geheimfach hinüber. Hatte er etwas übersehen?

Erst als sich die Prinzessin neben den Gremlin stellte, fiel ihm auf, dass ihr Interesse gar nicht der kleinen Schatzkammer, sondern der Steintafel galt.

Die Rückseite der Platte war von Runen und Glyphen übersät. Nur die Hände eines Wahnsinnigen hätten ein solches Wirrwarr von Zeichen entstehen lassen können. Baldwin wurde von dem Chaos ganz schummrig vor Augen. Die Symbole schienen sich zu überlagern und um jeden freien Fleck auf dem Stein zu streiten.

»Ist das … Ist es das, was ich denke?«, fragte Kaia atemlos.

Kramer nickte bedächtig.

Noch einmal versuchte Baldwin, die Zeichen auf der Steintafel zu mustern, diesmal jedoch aus dem Augenwinkel. Als Späher hatte er diesen Kniff häufiger angewandt, wenn er an einer hellen Lichtquelle vorbeigucken musste, um nicht geblendet zu werden. Es gelang ihm, das Gefühl von Benommenheit abzuschütteln, das er beim ersten Betrachten der Symbole verspürt hatte. Er vermochte sogar einige der Glyphen zu isolieren. Zu mehr war er jedoch nicht in der Lage, dafür waren die Zeichen zu kompliziert.

Auf einmal verneigte sich der weißbärtige Gremlin vor der Prinzessin. »Hoheit, ich weiß, wer Ihr seid! Und ich muss ein Geständnis ablegen. Ihr nennt mich zwar Kramer, doch eigentlich bin ich ein Dieb.«

Anders als seine theatralische Verbeugung vermuten ließ, klang er aufrichtig schuldbewusst, als er fortfuhr. Beinahe zaghaft deutete er in Richtung der Tafel. »Einst war ich ein Enthüller im Ewigen Berg.«

»Ihr wisst, dass ich Euch eigentlich auf der Stelle festnehmen lassen müsste.« Der Ton, in dem Kaia sprach, machte klar, dass sie keine Frage gestellt hatte.

»Ich weiß«, antwortete Kramer unerschrocken, »und ich werde Euch auch nicht daran hindern. Nur um eins möchte ich Euch vorher bitten.«

»Und das wäre?«, entgegnete Kaia kühl und trat einen Schritt zurück.

»Ich will die Inschrift für Euch übersetzen.«

Baldwin sog scharf die Luft ein. Er hatte eine unangenehme Ahnung. Die Enthüller bildeten eine eigene Kaste unter den Kristall-Gremlins. Nur sie verfügten über das geheime Wissen, um die Marmorchroniken auszugraben, die der Sonnenvater in den Fels des Ewigen Berges gebrannt hatte. In eben jenen prophetischen Inschriften waren die Geschicke aller Wesen Royums festgehalten, auch das seine. Gruben die Gremlins einmal zu schnell, kam es zu verheerenden Zeitenstürmen. Doch das kam glücklicherweise nur selten vor.

Soweit Baldwin wusste, war es den Enthüllern untersagt, den Ewigen Berg zu verlassen, bevor nicht alle Prophezeiungen eingetreten waren, die sie freigelegt hatten. Eine Tafel unerlaubt zu entfernen, kam in jedem Fall einer Todsünde gleich. Diesbezüglich kannte die Sonnenkirche keinen Spaß.

»Warum …«, durchbrach Kaia zögerlich das Schweigen, »warum wollt Ihr mir die Inschrift übersetzen?«

»Weil sie Eure Bestimmung enthält, die untrennbar mit dem Schicksal Royums verbunden ist – oder vielmehr mit dem, der es bedroht.«

»Mein Bruder?«, fragte sie.

»Nein, nicht Euer Bruder, auch wenn er eine Rolle darin spielen mag«, besänftigte Kramer sie. »Aber wenn Ihr gestattet, dann fange ich von vorn an.«

Kaia blickte zögernd zu Baldwin hinüber. Sein Schicksal zu erfahren, bevor es sich erfüllt hatte, war verhängnisvoll. Doch er konnte ihr diese Entscheidung unmöglich abnehmen. »Ich bin bei Euch«, war deshalb alles, was er sagte.

Seine Worte schienen der Prinzessin Mut zu machen. Sie räusperte sich und nickte bekräftigend. »Dann fahrt fort. Ich will wissen, was auf der Tafel geschrieben steht.«

Kramer taxierte Kaia einige Atemzüge lang. Fast hatte es den Anschein, er wollte ihr die Möglichkeit geben, ihre Entscheidung noch einmal zu überdenken. Doch sie schwieg, und so begann er seine Geschichte zu erzählen.

»Mehr als ein Jahrhundert ist es her, da gehörte ich zu den Enthüllern, die in den Stollen des Ewigen Berges nach den Zeichen des Sonnenvaters graben. Eines Tages – die Welt befand sich inmitten des Aufruhrs, den Ihr den Großen Erbfolgekrieg nennt – befreite ich diese Tafel aus dem Fels. Zunächst dachte ich, mir sei ein Fehler unterlaufen, denn die Inschrift bezog sich auf ein Ereignis, das erst in ferner Zukunft eintreten sollte. Doch dann sah ich, was auf und *in* dem Stein geschrieben stand.«

Kaia und Baldwin sahen Kramer abwartend an. Die Formulierung des Gremlins hatte sie sichtlich irritiert.

Ohne dass er Notiz von ihren Blicken genommen hätte, hockte er sich vor die Steinplatte. Fast liebevoll fuhr er mit seinen vierfingrigen Händen über die Symbole. »Wir sind nicht nur in der Lage, die Schrift von links nach rechts und von oben nach unten zu lesen, sondern auch von außen nach innen. Auf diese Weise ergeben sich für uns gänzlich andere Deutungsmuster – wesentlich komplexere als für die Weisen Eures Volkes«, fügte er hinzu und zuckte entschuldigend die Schultern.

Baldwin wusste, dass die Enthüller, die die Marmorchroniken aus dem Stein befreiten, allesamt Gremlins waren, aber dass sie *in* den Fels hineingucken konnten, war ihm neu. Eigentlich war es den Priestern der Sonnenkirche vorbehalten, die Schriften zu studieren und zu verkünden.

»Die erste Inschrift hatte ich sogleich verstanden«, fuhr Kramer fort und zeigte auf der Tafel von links nach rechts. »Es mag sogar sein, dass Ihr ihren Wortlaut kennt, denn, wie es meine Pflicht war, trug ich meinem Gesellen auf, die Sonnenwächter über meinen seltsamen Fund zu unterrichten. *Dunkle Zeit von Bann und Feuer in Sängen und in Rauch vergeht, wenn aus des Wassers tiefster Tiefe die reine Seele aufersteht. Türme, beugt euch vor dem Meister …*«

»*… wenn der Sturm des Schicksals weht*«, beendete Kaia seinen Vortrag. »Das ist die Inschrift der Gestohlenen Tafel!«

Wie jeder Sonnengläubige hatte auch Baldwin von diesem Frevel gehört. Vor langer Zeit war eine Platte aus dem Ewigen Berg verschwunden. Wer sie geraubt hatte oder wo sie sich befand, war bis heute ein Rätsel geblieben.

»Ganz recht«, erwiderte der Gremlin nüchtern, »das ist die Gestohlene Tafel, die von der Rückkehr des Meisters aller Türme kündet – von dem Auserwählten, der die Kaste der Magiker aus der Verbannung führt und Royum dabei in den Abgrund stürzt, in ein neues Zeitalter der Zeitenstürme. Was die Welt jedoch nicht weiß, ist, wie die beiden anderen Sprüche lauten, die in dem Stein verborgen sind. Als ich nämlich auf die Rückkehr meines Gesellen wartete, begann sich mir allmählich der Sinn der Prophezeiung zu erschließen.«

Bedeutungsvoll blickte Kramer die Prinzessin an, bevor er die zweite Inschrift vorlas:

»*Ein Haupt allein bleibt ungebeugt,*
aus dem Land von Berg und Winden,
und zwar eines von zwei gleichen,
sollst du suchen, sollst du finden.
Das Haupt, das ohne Krone ist,
wird ihm trotzen, wird ihn binden.«

Kaia erbleichte – soweit das angesichts ihrer Blässe überhaupt noch möglich war.

»Gut«, schnurrte Kramer zufrieden, »Ihr begreift, dass von Euch die Rede ist, Hoheit. Dann werdet Ihr auch verstehen, dass mir nur zwei Möglichkeiten blieben. Ich konnte die Tafel den Sonnenwächtern übergeben, damit sie sie, wie es ihr Kodex befiehlt, bis zur Erfüllung der Prophezeiung unter Verschluss halten. Oder aber, ich konnte sie, wie von der Wahrsagung verlangt, an mich nehmen, Euch ausfindig machen und Euch Eure Aufgabe zu gegebener Zeit enthüllen.«

»Woher wusstet Ihr eigentlich, dass ich hierherkommen würde?«, entgegnete Kaia.

»Ich habe es nicht gewusst. Und überhaupt, Wissen ist so ein absolutes Wort. Sagen wir lieber, ich habe es geahnt.«

»Und wer genau ist dieser Auserwählte?«, hakte die Prinzessin nach. »Was glaubt Ihr denn, wie ich es mit ihm aufnehmen soll? Ich bin zurzeit auf der Flucht vor meinem eigenen Bruder!« Erschöpft lehnte sie sich an die Höhlenwand.

»Hoheit, Ihr sollt nichts und Ihr könnt nichts anderes tun, als Euren Weg zu gehen. Er steht in den Chroniken geschrieben, in Marmor gemeißelt, und er wird in just diesem Augenblick von einem Enthüller freigelegt. Alles, was ich will, ist, einen Teil Eures Weges für Euch zu erhellen. Und um Eure Frage zu beantworten: Bei dem Auserwählten handelt es sich um niemand Geringeren als den Berater Eures Bruders, den Mann mit der goldenen Maske, aber das habt Ihr sicher schon vermutet.«

»Der Thaumaturg«, hauchte Kaia.

»Wenn Ihr ihn so nennt, dann ja, der Thaumaturg«, pflichtete ihr Kramer bei. »Ihr solltet davon ausgehen, dass auch er etwas von Eurer Bestimmung ahnt. Eure Wege sind eng verflochten. Ihr seid die Einzige, die seine Pläne durchkreuzen kann. Deshalb wird er nicht eher lockerlassen, bis er Euch zur Strecke gebracht hat …«

Baldwin hatte die dramatischen Worte des Gremlins gehörig

satt. Er hatte lange genug schweigend danebengestanden. »Und wenn Ihr all das wusstet«, fuhr er Kramer feindselig an, »warum habt Ihr die Prinzessin dann nicht früher gewarnt?«

»Der Umgang mit Prophezeiungen ist eine heikle Sache«, hielt der Gremlin ihm entgegen. »Selbst Euch müsste aufgefallen sein, dass ich nicht wissen konnte, welches von den beiden Zwillingsgeschwistern das Richtige, das Ungekrönte sein würde – bei all den Gerüchten, die sich um die windfall'sche Thronfolge gerankt haben.«

Verdammt, das Fledermausohr hat recht. Soeben wollte sich Baldwin zähneknirschend eine Entschuldigung abringen, als er eine leichte Erschütterung verspürte.

Auch Kaia und Kramer schienen die Vibration wahrgenommen zu haben. Der Gremlin blickte hastig auf die Tafel. *Unfassbar!* Die Platte zitterte.

»Sie kommen«, stellte Kramer grimmig fest.

In einem Akt der Verzweiflung klemmte er seine Finger unter die Platte und versuchte sie anzuheben. Die Muskeln und Sehnen an seinen dünnen Ärmchen spannten sich. Baldwin wusste nicht, wo der alte Gremlin die Kraft hernahm, aber wie durch ein Wunder gelang es ihm, die Tafel aufzurichten und gegen den Fels zu lehnen, sodass die einäugige Fratze wieder zu sehen war.

Einige der feinen Rillen, mit denen das Teufelsgesicht in den Stein gestochen war, schimmerten. Das Leuchten breitete sich rasch aus und erfasste immer weitere Kerben.

Kramer musterte die hellen Linien für einen Moment. »Wir sind hier«, sagte er schließlich und deutete auf ein dunkles Mal auf der Wange des Teufels. »Und ihr müsst dorthin!« Sein Finger wanderte mitten ins Auge der Fratze.

Nachdem Baldwin eine Weile auf das unheimliche Relief geblickt hatte, begriff er, dass die Rillen und Flächen in Wahrheit Tunnel und Höhlen darstellten. Das Teufelsantlitz war eine gut getarnte Karte.

Kramer wandte sich von der Tafel ab. »Ihr müsst sofort zurück zu der Höhle, in der Ihr gerastet habt«, wies er sie hastig an. »Dann nehmt Ihr den großen Ausgang hinter dem Pilzfeld und folgt dem Stollen, bis er sich gabelt. Dort, und bei jeder weiteren Kreuzung, wählt den Gang, der am meisten Wasser führt. Auf diesem Weg werdet Ihr irgendwann beim Kormoranfelsen, drüben auf der Fischerinsel, rauskommen. Und nun los! Ihr habt keine Zeit mehr zu verlieren!«

So schnell sie konnten, krabbelten sie zurück in die große Höhle. Das Tosen des Wassers begrüßte sie, als sie durch die Lederfransen schlüpften und die Leiter hinunterkletterten. Für einen kurzen Augenblick hoffte Baldwin, die Luft sei rein, aber dann sah er das unstete Licht von Fackeln in einem Stollen jenseits des Flusses.

»Weiter!«, trieb Kramer sie an, als er zu ihnen aufgeschlossen hatte.

Kaia hatte bereits den Eingang des Tunnels erreicht, durch den sie hergekommen waren. Das grüne Leuchten des Mooses umspielte ihre schlanke Silhouette, die beinahe mit dem Fels zu verschmelzen schien. Der Tarnmantel tat noch immer seinen Dienst, bemerkte Baldwin.

Plötzlich ertönte ein verzerrtes Heulen – so schrill, dass es dem Söldner das Blut in den Adern gefrieren ließ. Ein Blick zurück verriet ihm, dass ihre Verfolger näher kamen. Der Fackelschein war mittlerweile sogar hell genug, um ihre Umrisse als drohende Schatten an die Wand des Stollens zu werfen: Mehrere Männer und zwei sich über den Boden schlängelnde Wesen näherten sich. Nicht mehr lange und sie wären in Sichtweite.

Misstrauisch beäugte Baldwin die Felsvorsprünge, die den Fluss überspannten, und fluchte. Von dem Tunnel, in dem das Licht schien, führte eine Brücke direkt zu ihnen herüber und endete knapp über ihnen. Wenn ihre Häscher der steinernen Querung bis zum Ende folgten, mussten sie sich nur drei Schritte hinunterlassen, um auf ihre Ebene zu gelangen.

Nach seinen Blicken zu urteilen, war dies auch dem Gremlin nicht entgangen. Während er schnurstracks auf Baldwin zuwatschelte, zauberte er das verzierte Metallkästchen unter seiner Robe hervor, das in dem Geheimfach gelegen hatte. Ohne Umschweife drückte er es dem Arkebusier in die Hand.

»Ich denke, Schütze Baldwin, Ihr werdet damit etwas anzufangen wissen«, krächzte er.

Die kleine Kiste war überraschend schwer. Baldwin hatte einen Verdacht, was sich darin befand, und nickte entschlossen. Dann hinkte er weiter, dem grünlich schimmernden Tunnel entgegen.

Kramer überholte ihn jedoch mühelos mit zwei großen Sätzen. Bei der Prinzessin angelangt, stellte er sich auf die Zehenspitzen. Er formte einen Trichter mit seinen Händen und flüsterte ihr etwas ins Ohr und war erst fertig, als auch Baldwin den schützenden Gang erreicht hatte.

Kaia machte große Augen, als hätte sie soeben ein verbotenes Geheimnis erfahren. Ihre Lippen bewegten sich stumm, so als würde sie die Worte wiederholen, die der Gremlin ihr anvertraut hatte. *Die dritte Prophezeiung*, schoss es Baldwin durch den Kopf.

»Geht jetzt, ich werde sie aufhalten«, sagte Kramer ruhig, aber bestimmt. Im nächsten Augenblick zog er eine winzige Flöte aus seinem Ärmel heraus und begann auf ihr zu spielen, ohne dem Instrument jedoch einen einzigen hörbaren Ton zu entlocken. Dann hüpfte er zurück in die Höhle, wie ein Geier, der einem Rudel Löwen ein Stück von der Beute stibitzen wollte. Ebenso aussichtslos erschien Baldwin auch die bevorstehende Konfrontation.

Humpelnd lief der alte Arkebusier weiter und zerrte Kaia mit sich, die wie angewurzelt stehen geblieben war. Während sie tiefer in den Gang vordrangen, spürte Baldwin einen leichten Luftzug in seinem Nacken, der rasch stärker wurde. Hinter ihnen hatte ein regelrechter Sturm zu wüten begonnen, der sogar den reißenden Fluss übertönte.

Als der Tunnel plötzlich von einem hellen Pfeifen erfüllt wurde, drehte Baldwin sich um. In der großen Höhle konnte er Tausende und Abertausende von Flügelpaaren erahnen. Fledermäuse. Ein gigantischer Schwarm! Kramer, der alte Fuchs, musste sie mit der Flöte herbeigerufen haben.

Doch einige verirrten sich auch zu ihnen in den Gang. In dichten Wolken umschwirrten die panischen Tiere sie und verpassten ihnen Kratzer, überall dort, wo ihre Haut ungeschützt war. Kaia und er schlugen um sich. Doch für jede Fledermaus, die sie abwehrten, drangen zwei neue auf sie ein.

Kurz entschlossen breitete Baldwin seinen Mantel aus und warf sich schützend auf die Prinzessin. Für mehrere Atemzüge verharrten sie so auf dem Boden, bis das Flattern über ihnen endlich abebbte. Auch der Sturm in der Höhle hatte sich offensichtlich gelegt, denn das Rauschen des Flusses war wieder zu hören.

»Ich bekomme keine Luft«, keuchte Kaia, die unter ihm begraben lag.

»Verzeihung«, brummte Baldwin, »aber ein Federbett stand gerade nicht zur Verfügung, Eure Hoheit.«

Er wollte aufstehen, aber sein Bein versagte ihm den Dienst. Stattdessen rollte er einfach zur Seite und blieb mit dem Rücken an die Felswand gelehnt sitzen.

Kaia hatte sich bereits erhoben und reichte ihm die Hand.

Doch Baldwin winkte ab. »Geht schon, ich brauche nur einen kleinen Moment.«

Die Prinzessin wandte sich indessen in die Richtung um, aus der sie gekommen waren. »Kramer … ob wir nach ihm sehen sollten?«

»Ich glaube kaum, dass das Sinn macht«, entgegnete Baldwin. »Wer da draußen nicht vom Schwarm zerfetzt worden ist, der ist sicher in den Fluss gestürzt. Weiß der Teufel, mit welcher Art von Zauber der kleine Kerl das geschafft hat …«

Kaia ließ sich von seinem Einwand jedoch nicht aufhalten und ging zurück. *Verdammter Trotzkopf!*

Ächzend raffte Baldwin sich auf. Das Metallkästchen dicht an den Leib gepresst, hinkte er der Prinzessin hinterher. Sie war am

Ausgang des Tunnels stehen geblieben und blickte suchend in die finstere Höhle. Er trat neben sie und legte ihr die Hand auf die Schulter.

»Ob er tot ist?« Kaia sah ihn fragend an.

»Keine Ahnung«, antwortete Baldwin, obwohl er sich ziemlich sicher war, dass der Gremlin den Sturm nicht überlebt hatte. »Er war auf jeden Fall tapfer.«

Plötzlich schimmerte jenseits des Flusses ein kaltes Licht auf. Für einen Augenblick zeichnete sich eine zierliche Gestalt in dem blassen Schein ab, doch dann war es sofort wieder dunkel.

Aus Reflex zog Baldwin die Prinzessin zurück in den Gang. »Wir sollten jetzt gehen, denn das da drüben war bestimmt nicht Kramer. Und glaubt mir: Wenn er sich für Euch geopfert hat, dann nicht aus Nächstenliebe, sondern für Euer Schicksal, das Ihr noch zu erfüllen habt!«

QUENTIN

Quentins Stute schnaubte aus, und ein leichter Sprühnebel streifte seinen Nacken. Nicht zum ersten Mal fragte der junge Gelehrte sich, welchen Sinn es gemacht hatte, für teures Geld ein Ross zu erstehen, wenn er es die meiste Zeit hinter sich herführen musste. Dabei hatte er nur den Rat seiner beiden berittenen Söldner befolgt. Schneller voran kamen sie dadurch jedenfalls nicht.

Quentin hatte es mittlerweile aufgegeben, sich die Pferderotze von der Schulter zu wischen. Eigentlich nahm er sie kaum noch wahr, so klamm waren seine Kleider, so feucht sein Haar und so aufgeweicht seine Haut. Der Sumpf hatte ganze Arbeit geleistet. Seit sie in Tann aufgebrochen waren, regnete es beinahe ununterbrochen. Rinnsale und Tümpel hatten sich an Stellen gebildet, die vor kurzer Zeit noch trockenen Fußes passierbar gewesen sein mussten. Doch auch dort, wo gut verborgen der Schleichweg verlief, war der Boden vollkommen matschig. Mehr als einmal waren ihre Pferde bereits in dem Morast versunken und hatten gedroht stecken zu bleiben. Deshalb waren sie abgestiegen.

»Anhalten, ich muss scheißen«, kündigte Waltar unmissverständlich an und drückte Hodž die Zügel seines Rappen in die Hand. Dann schlug sich der sonst so einsilbige Söldner in die Büsche, um sein Geschäft zu verrichten.

Ob er seine Flamberge dabei abnimmt? Quentin malte sich aus, wie der Kämpe sein Zweihandschwert vor sich in den Boden rammte und sich daran festhielt, um in seiner Rüstung nicht hintenüberzukippen. Die Vorstellung musste ein amüsiertes Lächeln auf seine Lippen gezaubert haben, das Hodž dazu animierte, eine Unterhaltung zu beginnen.

»Ich sehe, Sie können sich schon wieder freuen. Ist doch alles halb so schlimm. Das bisschen Wetter wird uns schon nicht umbringen, was?«, fragte der Gremlin, gefolgt von einem meckernden Lachen. »Und wegen des Pferdes machen Sie sich mal keine Sorgen. Das war keine Fehlinvestition. Man muss ja nicht immer reiten. Ich versichere Ihnen, allein dass die Tiere unsere Säckel tragen, macht die Reise um vieles bequemer. Und falls wir uns im Sumpf verlaufen, dann können wir sie zur Not immer noch schlachten und braten.« Abermals brach Hodž in Gelächter aus.

Quentin unterließ es zu erwähnen, dass die Feuer, die sie bisher in den Sümpfen zustande gebracht hatten, noch nicht einmal ausgereicht hätten, um eine Wachtel zu garen.

»Aber damit konnte ja auch keiner rechnen … mit dem Wetter, meine ich«, bemühte sich der kleine Söldner, das Gespräch in Gang zu halten.

Als Quentin darauf nicht einging, wechselte der Gremlin das Thema. »Kaum zu glauben, dass Ihr Auftraggeber zwölf Dutzend Groschen springen lässt, nur um bei seiner Frau mal wieder ranzudürfen. Dafür könnte er einen Monat lang die Nutten von ganz Tann wundvögeln«, schnarrte er.

»Dafür müsste er zunächst einmal entsprechend ausgestattet sein«, entgegnete Quentin trocken.

Hodž kicherte wie ein Kind, das zum ersten Mal einen unanständigen Witz gehört und auch verstanden hatte. »Zu schade, dass Waltar so ein sturer Bock ist und Sie nicht mit der Klinge unterrichten will. Bei Ihrer Schlagfertigkeit hätten Sie sicher die eine oder andere überraschende Riposte parat. In Erlmoor kann es nämlich nicht schaden, zu wissen, wie man sich seiner Haut erwehrt.«

»Dafür hat er ja uns«, unterbrach Waltar seinen Kompagnon. »Einen Anfänger, der mir aus Versehen in den Rücken sticht, kann ich nicht brauchen.« Der Doppelsöldner zurrte seinen Waffengurt fest, bevor er dem Gremlin die Zügel aus der Hand nahm. »So, wir können weiter.«

Im Gänsemarsch setzten sie ihre Wanderung fort. Waltar als Sumpfführer vorneweg, dann Quentin und schließlich Hodž, der die Nachhut bildete.

»Viel interessanter als mein Mandant ist doch die Person, die ich suche«, kam Quentin zum wiederholten Mal auf das Thema, das ihn am meisten beschäftigte. »Seien Sie doch so gut und beschreiben Sie sie noch einmal.«

»Na schön«, seufzte Hodž und legte einen Schritt zu, um zu Quentin aufzuschließen. »Wenn es Ihnen so viel Freude bereitet, die gleiche Geschichte zum fuffzigsten Mal zu hören, dann will ich mich nicht zum Spielverderber Ihres Vergnügens machen. Waltar und ich waren im Hinkenden Karpfen abgestiegen und hatten uns einen Krug Leshmaroner mit auf die Stube genommen, um unsere anstehende Reise nach Tann zu planen. Das muss so vor zehn Tagen gewesen sein.«

»Zehn?«, fragte Quentin nach. »Es waren doch schon sechs Tage, als wir aufgebrochen sind, und nun sind wir bereits fünf Tage unterwegs. Also sollten es …«

»… ja, ja, elf Tage sein«, korrigierte Hodž genervt seine Aussage. »Dann sind es eben elf.«

»Verzeihung, ich wollte nicht besserwisserisch erscheinen. Ich wollte Sie lediglich darauf aufmerksam machen, dass es eine Abweichung in Ihrer Geschichte gibt. Es geht mir nicht darum, recht zu haben. Im Gegenteil, ich will, dass *Sie* recht haben, wenn Sie von der Begegnung berichten. Nur so kommen wir der Wahrheit näher.«

»Vor elf Tagen also, auch wenn es mir eher wie zehn vorkommt«, schnurrte der Gremlin. »Es war ziemlich stickig bei uns auf der Bude, und deshalb haben wir die Kerzen gelöscht und das Fenster aufgerissen. Mir machen die Mücken ja nichts aus.« Hodž kniff sich demonstrativ in den Unterarm, der von einer schuppenartigen Haut überzogen war. »Waltar hat da mehr zu leiden als ich.«

»Ich weiß«, erwiderte der Gelehrte mit gesenkter Stimme, »sein

Schweiß zieht die Insekten an. Ich habe ihm bereits empfohlen, sich gründlich zu waschen und zu parfümieren, aber …«

»… eher wird er mit einer Nixe baden, bevor er das über sich ergehen lässt«, beendete Hodž den Satz.

»Wie dem auch sei … unser Zimmer lag in einem ruhigen Teil des Gasthauses. Vor dem Fenster waren nur ein paar Tränenerlen zu sehen, aber zwischen den Bäumen stand eine Gestalt, die sich an einem Bündel zu schaffen machte. Irgendwelche Sore aus einem Bruch oder Raub, dachte ich mir. Was geht's mich an? Wer in Erlmoor zu neugierig ist, macht sich nicht viele Freunde. Aber dann geschah etwas Merkwürdiges. Die Gestalt hüllte sich in das Stoffbündel und verschwand von einem Moment auf den nächsten – nicht vollständig, doch sie wurde blasser, und ihre Konturen ähnelten mit einem Mal der einer jungen Erle. Hätte ich sie nicht schon vorher gesehen gehabt, dann hätte ich sie auf die Distanz kaum von den anderen Bäumen unterscheiden können. Also, wenn das kein Tarnmantel ist, habe ich zu Waltar gesagt, dann soll mich auf der Stelle ein Oger fressen! Ich weiß ja nicht, wie das bei Ihnen ist, aber ich kriege solche Artefakte nicht allzu oft zu Gesicht. Na ja, irgendwann lief die Person dann jedenfalls los. Das war fast so, als ob ein Wind durch die Zweige wehte, und als er sich legte, war sie verschwunden.«

Quentin wartete eine Weile ab, ob der Gremlin seiner Ausführung noch etwas hinzufügen wollte. Doch als Hodž schwieg, hakte er nach. »Dass es sich um einen Tarnmantel handelt, steht für mich außer Frage. Mich interessiert vielmehr, wie die Gestalt aussah, *bevor* sie den Umhang angelegt hat.«

»Tja …«, zögerte Hodž, »da sind Waltar und ich nach wie vor nicht ganz einer Meinung.«

»Was ich höchst erstaunlich finde«, warf Quentin ein, »denn Eure Beschreibungen gleichen sich fast bis aufs Haar.«

Abermals beschrieb Hodž die besagte Gestalt, allerdings knapper als in seinen früheren Schilderungen: »Sie war nicht ganz einen Klafter groß, vielleicht ein oder zwei Handbreit kleiner.

Schlank gebaut, kurze Haare, dazu Hosen und ein eng anliegendes Wams.«

Der Gelehrte gab sich damit aber noch nicht zufrieden. »Und deshalb ist Waltar überzeugt davon, dass es sich um einen Jüngling gehandelt hat?«

»Ja, genau«, pflichtete ihm Hodž inzwischen hörbar gelangweilt bei.

»Sie jedoch nicht«, stellte Quentin fest, »Sie glauben, dass es eine junge Frau war. Warum?«

»Falsch!«, schoss der Gremlin zurück. »Hodž glaubt nicht! Hodž *weiß!*«

»Fein«, konstatierte Quentin übertrieben freundlich. Von seiner Zeit an der Universität kannte er eine Menge bornierter Leute, die von sich in der dritten Person sprachen, um ihrem Mittelmaß an Intellekt Autorität zu verleihen. »Und was macht Hodž da so sicher?«, fragte er schließlich, gespannt auf dessen Antwort.

»Mein Instinkt für alles, was nicht ganz koscher ist«, behauptete der Gremlin im Brustton der Überzeugung. »Ist doch ganz einfach: Es war eine Frau, die für einen Jungen gehalten werden wollte.«

Jüngling oder Frau – über diese Frage war der Gelehrte in der Sache nicht hinausgekommen. Wem sollte er glauben? Hodž oder Waltar? Zugegeben, ihm gefiel der Ansatz des kleinen Söldners, dass es sich bei der Person um eine verkleidete Frau handelte. Dem Gedanken war etwas Verschwörerisches zu eigen, das für Quentins Geschmack gut zu einem Giftmord passte. Doch konnte er sich wirklich auf das Augenmaß eines so fremdartigen Wesens verlassen? Mussten für Hodž nicht alle Menschen ebenso gleich aussehen, wie für ihn alle Gremlins?

»Lichter«, kündigte Waltar lautstark von vorne an.

Und tatsächlich, zwischen den immer dichter stehenden Tränenerlen waren mit einem Mal viele bunte Lichtflecken zu erkennen: die berühmten Laternen von Erlmoor. An allen Stegen,

Wegen und Plattformen der Stadt hingen die farbenprächtigen Lampions.

»Also wirklich, Waltar!«, rief Hodž begeistert. »Du hast dich mal wieder selbst übertroffen. Entweder die Stadt ist gewandert, seit wir das letzte Mal dort waren, oder du hast einen neuen Schleichweg entdeckt.«

BALDWIN

Trübes Licht schien durch den langen Spalt in den Tunnel hinein. Baldwin war sich nicht sicher, ob bereits der Abend nahte oder ob es einfach nur ein bewölkter Tag war. Seitdem sie in den Berg gegangen waren, hatte ihn sein Zeitgefühl verlassen. Von draußen war zu hören, wie die Wellen des Sees in regelmäßigen Abständen gegen den Fels schwappten, begleitet vom kehligen Rufen der Kormorane.

Das Wasser stand ihnen in dem überfluteten Tunnel bis zur Hüfte, und auch wenn es schon fast Hochsommer war, froren die beiden in dem kalten Nass. Doch das war nebensächlich. Sie waren endlich jenseits der Stadtmauern. Kramer hatte ihnen den richtigen Weg gewiesen.

»Hoheit, am besten Ihr lasst mich erst einmal hinausgehen und nachsehen, ob die Luft rein ist«, schlug Baldwin vor und wollte sich schon auf den Weg machen, da hielt ihn Kaia am Mantel fest.

»Verzeiht, Baldwin, aber könntet Ihr mir vorher Euren Dolch leihen?«

Der Söldner wurde aschfahl. Wusste sie etwa Bescheid über seine Vergangenheit?

»Wenn Ihr mir Eure Klinge nicht anvertrauen wollt, dann könnt Ihr auch gern selbst Hand anlegen«, schlug sie vor, als sie sein Zögern bemerkte, und hielt eine blonde Strähne hoch. »Mit kurzen Haaren würde ich nicht so sehr auffallen, oder was meint Ihr?«

Baldwin atmete erleichtert aus. »Haare schneiden? Eine meiner leichtesten Übungen. Dann dreht Euch mal ins Licht.«

Mit ruhiger Hand setzte er den Dolch an und begann damit, ihr die Haare abzusäbeln.

Bei Tageslicht sah die Prinzessin ihrer Mutter zum Verwechseln ähnlich, fand er, auch wenn er der Windfürstin nur ein einziges Mal begegnet war. Damals, nach dem tödlichen Anschlag auf ihren Bruder, hatte sie ihm den Wappendolch zum Dank überreicht. Nicht ganz zu Recht. Doch das hatte er lieber unaufgeklärt gelassen und das Weite gesucht, bevor sie herausfinden konnten, dass er seinen Wachtposten verlassen hatte. Fürst Harold war jedoch nicht der Einzige gewesen, den er damals im Stich gelassen hatte …

Eine Strähne nach der anderen fiel ins Wasser. Die ganze Zeit über gab die Prinzessin keinen Laut von sich, auch wenn er manchmal fest an ihren Locken ziehen musste.

»Er hat unsere Mutter getötet«, sagte sie plötzlich in die Stille hinein.

Die Aussage traf Baldwin so unvorbereitet, dass ihm beinahe die Klinge abgerutscht wäre.

»Seit er sich mit dem Thaumaturgen umgibt, traue ich ihm alles zu«, fuhr die Prinzessin fort. »Gestern, am frühen Abend, hat mich unsere Hofpriesterin aufgesucht. Sie war ganz außer sich. Eine Dienstmagd hatte ihr gebeichtet, dass sie den Thaumaturgen dabei belauscht habe, wie er über meine Mutter gesprochen hat: ›Es ist vollbracht, der alte Sturmvogel ist tot‹, soll er gesagt haben.«

Der Sturmvogel, dachte Baldwin und nickte, das Wappentier der Ventrins. So langsam begannen die Verschwörungstheorien der Prinzessin Sinn zu machen.

»Vielleicht hatte er Angst, dass sie mich zur Erbin benannt hat oder es zumindest vorhatte?«, grübelte Kaia laut. »Ich wollte einfach nur in ihrem Gemach nachsehen, ob mit dem Testament alles in Ordnung ist. Dort wird es bis zum Vorabend der Krönung aufbewahrt. Aber noch bevor ich die Kammer überhaupt betreten konnte, haben mich die Wachen der Prinzengarde festgenommen und zu meinem Bruder gebracht. Doch Karol hat mich warten lassen, während er nebenan in aller Seelenruhe gebadet hat. Irgendwie hat mich die Sache beunruhigt, und da habe ich mir einfach den Mantel geschnappt, der auf seinem Bett lag, und bin durch den Dienstbotenaufgang verschwunden.« Um ihre Erzählung zu untermalen, zupfte Kaia an dem Umhang.

Baldwin musste plötzlich an das nächtliche Zwiegespräch mit Kramer denken. Was hatte der Gremlin noch mal über den Tarnmantel gesagt? Doch bevor er sich daran erinnern konnte, redete die Prinzessin schon weiter.

»Und dann bin ich schleunigst zum Nordtor raus und ab in die Stadt, wo wir uns über den Weg gelaufen sind.« Kaia stockte für einen Moment der Atem, als ihr dämmerte, was sie mit ihrer Flucht ausgelöst hatte. »Oh Kordelia, ich habe Lothar umgebracht. Es ist meine Schuld, dass er tot ist! Wenn ich nicht durch dieses Tor geflohen wäre, dann würde er jetzt noch leben. Karol muss geglaubt haben, dass er mein Mitwisser ist und mir bei der Flucht geholfen hat.«

»Nein, dafür könnt Ihr nichts«, widersprach ihr Baldwin mit sanfter Stimme. »Das alles ist allein die Schuld Eures Bruders … und die von Ogerblut.«

Und in dem Moment fiel Baldwin wieder ein, was Kramer über den Tarnmantel gesagt hatte. »Nur Ihr haltet den Schlüssel zu dem Rätsel in der Hand, nur Ihr wisst, *wessen* Geheimnis sich hinter dem Tarnmantel verbirgt«, wiederholte er nachdenklich die Worte des Gremlins.

Kaia blickte ihn mit großen Augen an.

»Das war es, was Kramer gesagt hat«, erklärte Baldwin. »Der Mantel, wessen Mantel ist das?«

»Er muss wohl meinem Bruder gehören«, vermutete die Prinzessin. »Wobei … es ist schon merkwürdig … ich habe ihn den Umhang nie tragen sehen.« Sie strich nachdenklich mit den Fingern über den Stoff und hielt plötzlich inne. »Seht, eine Stickerei.«

Fürwahr, in die Innenseite des Mantels war auf Höhe des Saumes eine zierliche Rune eingestickt. Baldwin hatte ein solches

Symbol noch nie gesehen, Kaia anscheinend schon. »Das ist das Zeichen des Thaumaturgen«, stellte sie stirnrunzelnd fest.

»Verzeiht, Hoheit, aber wenn das stimmt, dann geht es in dieser ganzen Sache nicht um Euch, Euren Bruder oder die windfall'sche Thronfolge, sondern um das Geheimnis des Thaumaturgen«, brummte Baldwin und rieb sich das Kinn. »Und Ihr habt die Sache erst ins Rollen gebracht, als Ihr diesen Tarnmantel an Euch genommen habt.«

Kaia ließ seine Ausführungen eine Weile auf sich wirken. Dann stellte sie die offensichtliche Frage: »Was genau ist das Geheimnis des Thaumaturgen?«

»Keine Ahnung«, gab Baldwin zur Antwort. »Aber das ist es wohl, was wir herausfinden müssen.«

»Rätsel über Rätsel«, klagte die Prinzessin. »Und dann auch noch die dritte Strophe der Gestohlenen Tafel. Kramer hat sie mir im letzten Moment verraten. Besser, ich trage sie Euch vor, bevor ich sie vergesse:

Fünfe dir zur Seite steh'n:
des Verräters Klinge alt,
die Flamme, die voll Leben wallt,
des Weisen Rat, der klug erschallt,
der Traute, der da schwankt alsbald
und des Untiers Kuss so kalt.

Nun, was meint Ihr, Baldwin? Wer sollen diese fünf sein, die mir zur Seite stehen?« Auffordernd musterte sie ihn.

Der Arkebusier sagte jedoch nichts, denn er hatte eine unangenehme Ahnung, in welcher Zeile von ihm die Rede war.

»Was ist eigentlich in der Schatulle, die Euch Kramer gegeben hat?«, fuhr Kaia indes ungerührt fort. »Wollt Ihr sie nicht mal öffnen und nachsehen?«

»Nicht hier, dafür ist es zu feucht«, erwiderte er ablehnend. »Da ist nämlich eine Pistole drin – und Schwarzpulver.«

»Oh, wie nützlich. Wo doch Eure Arkebuse zu Bruch gegangen ist, meine ich.«

»Wir werden sehen«, war alles, was Baldwin sagte. Er hielt nicht viel von Gremlins, aber die Radschlosspistolen aus ihren Büchsenschmieden waren legendär. Dennoch hoffte er, sie nicht einsetzen zu müssen, denn sollte es dazu kommen, war es vermutlich zu spät und ihre Flucht gescheitert.

»Habt Ihr schon eine Ahnung, wohin wir nun gehen sollten?«, fragte Baldwin.

»Wir?« Kaia sah ihn überrascht an.

»Ich mag zwar ein Söldner sein, aber Ihr glaubt doch nicht, dass ich Euch allein lasse, so wie die Dinge stehen – nur weil vielleicht mein Auftrag erledigt ist.«

»Nun gut«, erwiderte sie, »wenn Euch die letzten Ereignisse nicht abgeschreckt haben, dann wäre ich sehr froh über Eure Begleitung. Eigentlich hatte ich vor, mich auf den Weg zu meiner Tante nach Ehrendaal zu machen. Sie ist mit dem Onkel des Herzfürsten verheiratet.«

»Hm«, machte Baldwin. »Die Herzritter hatten noch nie viel übrig für Windfall – was in diesem Fall nicht schlecht ist. Wenn Ihr von Karols Verbrechen berichtet, werden sie Euch bestimmt zur Seite stehen.«

Nachdem Kaias letzte Strähne ins Wasser gefallen war, steckte Baldwin seinen Dolch wieder unter den Mantel. Dann befreite er sich von seinem Rucksack und hielt ihn der Prinzessin hin. »Könntet Ihr den kurz nehmen, während ich draußen nach dem Rechten sehe?«

»Nein«, entgegnete sie knapp. »Weil ich nämlich mitkommen werde!«

So, wie ihn die Prinzessin ansah, ahnte Baldwin, dass es zwecklos war, mit ihr zu streiten. Also wateten sie gemeinsam los und traten ins Freie.

Über ihnen ragte der Kormoranfelsen mindestens dreißig Schritt in die Höhe. In den zahlreichen Nischen der Klippe nisteten Hunderte von Vögeln. Ein empörtes Krächzkonzert setzte ein, als die Kormorane sie erblickten. Einige der Elterntiere stürzten sich wütend auf sie hinab und flogen Scheinangriffe. Baldwin hoffte, dass sie es dabei beließen. Ihre langen Schnäbel sahen nämlich alles andere als harmlos aus.

Vor der Steilklippe vorgelagert, ragten Scheren aus dem Wasser, die der Brandung des gewaltigen Sees die Kraft nahmen. Zwischen den spitzen Felsen schaukelte ein kleines Segelboot auf und ab, etwa fünfzig Schritt entfernt von ihnen. Erleichtert stellte Baldwin fest, dass niemand an Bord war.

»Na, das nenne ich mal ein Geschenk!«, rief er erfreut und legte seinen Rucksack auf einem halbwegs trockenen Felsen ab. »Dann schwimme ich mal rüber und hole das Boot hierher.«

»Nicht!«, zischte Kaia plötzlich und deutete auf den Bug.

Tatsächlich, das Boot bewegte sich im Gegenrhythmus zu den Wellen, so als würden sich dort zwei Menschen miteinander vergnügen, schloss Baldwin grinsend.

»Eine bessere Gelegenheit, von hier wegzukommen, werden wir nicht kriegen. Ich glaube, es ist an der Zeit für ein bisschen Seeräuberei«, kündigte er an und kramte das Kästchen mit der Pistole aus dem Rucksack hervor.

Ihm klappte die Kinnlade runter, als er die Schatulle öffnete. Vom verzierten Elfenbeingriff, über das filigrane Radschloss, bis hin zu dem makellosen Lauf war die Waffe ein einzigartiges Kunstwerk: eine Scorpio! Von ihnen gab es nicht einmal ein Dutzend in ganz Royum.

Mit der Pistole in der Hand begab sich Baldwin ins Wasser.

»Aber die Waffe ist nicht geladen«, raunte ihm Kaia aufgeregt hinterher.

»Das hätte auch nichts gebracht bei der Feuchtigkeit«, erwiderte er über die Schulter. »Aber ich werde es denen nicht verraten, wenn Ihr es nicht tut.«

*

Das sanfte Auf und Ab der Wellen hatte etwas Einschläferndes. Baldwin hatte es allein seinen nassen Kleidern zu verdanken, dass er noch nicht eingenickt war – im Gegensatz zu Kaia, die zusammengerollt im Bug des kleinen Fischerbootes schlummerte. Ein Berg von Netzen diente ihr als Schlafstatt.

An den Mast gelehnt und mit der Pistole im Schoß, behielt Baldwin derweil das junge Pärchen im Auge, das er zuvor beim Liebesspiel überrascht hatte. Der Bursche saß am Steuerruder. Sein Mädchen hielt sich ängstlich an ihm fest. Er hatte fast ein wenig Mitleid mit den beiden. Vor Kurzem hatten sie sich noch vergnügt, und nun waren sie seine Gefangenen.

Baldwins Trick mit der Pistole hatte funktioniert. Trotzdem bereitete ihm der Kerl Sorgen. Für sein Alter hatte er einen harten Blick, und sein Körper war durch die tägliche Arbeit auf dem See gestählt. Es war nicht gut, dass sich das kleine Ding so fest an ihn klammerte und ihn mit Rehaugen ansah. Junge Männer neigten oft zu tollkühnen Handlungen, wenn sie ihr Mädel in Gefahr wähnten. Und Ärger konnte Baldwin an Bord nicht gebrauchen.

Bislang hatte der Bursche noch artig all seine Anweisungen befolgt. Nachdem er sie heil durch das Scherenlabyrinth manövriert hatte, hatte er das Sprietsegel gesetzt und, wie befohlen, Kurs in Richtung Nordwesten genommen. Baldwin war es wichtig gewesen, möglichst bald das offene Wasser zu erreichen. Das dicht besiedelte Südufer wollte er um jeden Preis meiden. Nur einmal hatten sie am Horizont den Mast eines anderen Fischerbootes ausgemacht. Daraufhin waren sie noch weiter Richtung Norden abgedreht. Je nachdem wie der Wind stand, würden sie entweder Kurs auf Tann nehmen und sich dann durch den Wald nach Ehrendaal durchschlagen, oder aber, was Baldwin vorzog, am Südwestufer des Sees landen und durch die Sümpfe zunächst nach Erlmoor marschieren.

So schnell wie möglich wollten sie Windfall hinter sich lassen. Dann müssten sie zumindest nicht mehr mit offiziellen Truppen des Fürstentums rechnen. Dass sich ein Werron Ogerblut oder die Schergen des Thaumaturgen von einfachen Landesgrenzen aufhalten ließen, glaubte er indes nicht.

Die letzte Stunde des Tages war inzwischen angebrochen. Das goldene Licht der Sonne erblasste langsam und machte der kühlen Nachtluft Platz. Baldwin streckte sich, um die Müdigkeit abzuschütteln, die ihn in immer kürzeren Abständen überkam. Ein Fehler, denn sein Knie schmerzte mittlerweile bei der geringsten Bewegung. Baldwin hatte dem Fischerjungen gegenüber keine Schwäche zeigen wollen, doch der hatte seine Erschöpfung und seine Schmerzen längst registriert, wenn er den lauernden Blick des Burschen richtig deutete.

Eine Sache, die er dem Jungen hingegen voraushatte, war sein Alter und die damit einhergehende Erfahrung, seine Grenzen zu kennen. Sein Körper schrie nach Schlaf, und er schämte sich nicht, diesem Bedürfnis nachzugeben. Vernunft ging vor Eitelkeit.

»Ablösung!«, grunzte Baldwin deshalb und schlug gegen die Bordwand, um Kaia zu wecken.

»Hä?«, war die wenig damenhafte Antwort der Prinzessin – durchaus passend für die Knabenrolle, die sie mit ihren kurzen Haaren spielte. Sie wischte sich den Schlaf aus den Augen und sah den Arkebusier benommen an.

»Hier«, brummte Baldwin und drückte ihr die Pistole in die Hand, »deine Wache.« Behutsam rutschte er rückwärts, um sein Knie nicht zu belasten. Als er im Bug direkt neben Kaia war, flüsterte er ihr zu: »Sollte irgendetwas sein, schlagt mit dem Griff zu … und weckt mich!«

Die Prinzessin schien mit einem Mal hellwach zu sein und nahm seinen Wachtposten am Mast ein. Wenn sie dem Pärchen gegenüber genauso forsch auftrat, dann machte er sich keine Sorgen, dass sie die beiden im Zaum halten würde. Vor allem mit der beeindruckend aussehenden Waffe.

Es dauerte keine drei Atemzüge, da hatte Baldwin sein Haupt auf die Netzen gebettet. Der Geruch von Fisch und Algen strömte ihm in die Nase, und nach drei weiteren Atemzügen war er im Reich der Träume.

*

Ein kalter Nebel war aufgezogen, als er wieder erwachte. Die Schwaden standen so dicht, dass Baldwin kaum die Hand vor Augen sehen konnte. Die Sonne war inzwischen untergegangen. Das Boot lag vollkommen still im Wasser. Selbst als er aufstand, um prüfend sein Knie zu belasten, schwankte es nicht. *Ob wir auf Grund gelaufen sind?*

Vorsichtig tastete er sich in Richtung Heck vor und stellte dabei zufrieden fest, dass sein Bein nicht mehr schmerzte. Die Rast hatte wahre Wunder gewirkt. Endlich gewahrte er Kaias Silhouette. Sie saß in ihren Umhang gehüllt, mit dem Rücken an den Mast gelehnt. Doch es war nicht ihre Stimme, die dann zu ihm sprach.

»Du trinkst ja immer noch, Baldwin. Solltest wirklich damit aufhören. Das Zeug wird dich noch eines Tages umbringen.«

Er erstarrte. Das war unmöglich. Er kannte diese Stimme, nur hatte er sie seit über dreißig Jahren nicht mehr gehört.

»Hast recht, alter Freund«, stimmte er seinem Vorredner zu, »ich hab wohl nie den richtigen Anlass gefunden, um mit dem Saufen aufzuhören.«

»Wenn das hier kein Anlass ist?« Die Gestalt breitete ihre Arme aus, ohne sich zu erheben oder zu ihm umzudrehen. »Bist ja in piekfeiner Gesellschaft unterwegs.«

»Verdammt, Revar«, erwiderte der Arkebusier, »pass auf, dass du dich nicht verplauderst! Die beiden sollen nicht erfahren, wer sie ist.«

»Beruhige dich, mein Freund. Für das Fischerpärchen ist die Reise hier ohnehin zu Ende, oder willst lieber du an ihrer Stelle über Bord gehen?«

»W-was?«, fragte Baldwin verdattert.

»War schön, mal wieder mit dir geplaudert zu haben, Baldwin, aber du solltest jetzt wirklich aufwachen!«, warnte ihn der Vermummte und drehte sich zu ihm um.

Sein Gesicht war so, wie Baldwin es in Erinnerung behalten hatte – auch wenn er es am liebsten vergessen hätte. Blutleer und leblos. Ein tiefer Schnitt verlief quer über die Kehle des jungen Mannes. Nur seine Augen waren heller und wacher als damals, und sie blinzelten ihm zu. Einmal, zweimal, dreimal. Schnell, langsam, schnell.

*

Schnell, langsam, schnell schien ein Licht auf. *Die Lampe!*

Baldwin fuhr hoch. Der Nebel war wesentlich dünner als noch einen Augenblick zuvor, und Kaia saß weiterhin an den Mast gelehnt. Aber das Fischermädchen, das inzwischen das Ruder übernommen hatte, blickte ihn erschrocken an, denn ihr Freund war damit beschäftigt, mit der Laterne Lichtzeichen zu geben.

»Hey, Bürschchen, lass das!«, brüllte Baldwin zornig und sprang auf. Einmal mehr zuckte der fiese Schmerz durch sein Knie. Der junge Fischer ließ die Messinglampe sinken, ohne sie jedoch aus der Hand zu legen.

Die Prinzessin schreckte auf und wandte sich überrascht zu Baldwin um. »Petar muss nur die Flamme richtig einstellen«, versuchte sie ihn zu beschwichtigen. »Wir brauchen doch Licht, damit wir nicht auf eine Sandbank auflaufen.«

»Verfluchte Höllenscheiße«, schimpfte der Arkebusier, »wo soll es denn hier Sandbänke geben? Das waren Signale!«

Kaia entglitten die Gesichtszüge, als sie begriff, dass der Fischer sie zum Narren gehalten hatte.

Plötzlich begann das Boot heftig zu schwanken. Baldwin hatte sich einen Moment zu lange ablenken lassen, denn schon preschte der junge Bursche heran. Geschickt sprang er über die hölzernen Querverstrebungen und duckte sich unter dem Segel hinweg. Baldwin wappnete sich, den Angriff abzuwehren. Keinen Herzschlag zu früh. Der Junge holte weit aus und schlug mit der Laterne nach ihm. Scherben klirrten, als sie Baldwin an der Schulter traf. Er taumelte rückwärts, doch zum Glück war seine Kleidung zu feucht, um zu entflammen.

Der Fischerjunge wirbelte weiter mit der Laterne um sich. Er wollte ihn in Richtung Bug treiben und aus dem Boot werfen. Baldwin hatte beim Rückwärtsgehen Mühe, das Gleichgewicht zu halten – so sehr, dass er nicht einmal seinen Dolch ziehen konnte. Der Bursche hatte eindeutig die besseren Seebeine.

Kaia hatte sich dem Fischer unterdessen von hinten genähert. Sie versuchte, ihm in den Arm zu fallen, aber ein erneutes Schaukeln ließ auch sie straucheln und fast über Bord gehen.

Baldwin stieß sich mit seinem gesunden Bein ab und hechtete an dem Burschen vorbei. Mit der Rechten wehrte er den nächsten Schlag ab, während er mit der Linken nach dem Mantel der Prinzessin griff. Dabei stolperte er jedoch über ein Tau – und anstatt sie zu festzuhalten, versetzte er ihr einen Stoß. Ihr Umhang riss und sie landete rücklings in den schwarzen Fluten.

Entsetzt starrte Baldwin ins Wasser. Sie mussten umkehren! Aber das Boot glitt unaufhaltsam weiter. Im nächsten Moment verspürte er einen kräftigen Tritt in den Rücken. Er torkelte, fiel aber nicht.

Der Söldner ballte die Fäuste. *Genug ist genug …* »Na gut, dann komm her, du kleiner Scheißer!«, forderte er den Burschen grimmig auf.

Abermals schwang der Fischerjunge mit der Laterne nach ihm. Diesmal prallte sie jedoch nutzlos gegen das Segel. Geistesgegenwärtig schoss Baldwin vor und pinnte den Arm des Angreifers mit seiner Linken gegen den Mast. Mit seinem rechten Ellenbogen versetzte er dem Burschen einen Schlag gegen die Schläfe. Hart getroffen ging er nieder und mit ihm die Laterne, die zum Glück weiterbrannte.

Doch schon spürte Baldwin einen dumpfen Hieb auf den

Hinterkopf. Er glaubte, sein Schädel explodierte. *Verflucht!* Er hatte das Fischermädchen vergessen. Mit einem Knüppel in der Hand stand sie hinter ihm und setzte nach. Er hob abwehrend die Arme, doch unzählige Schläge hagelten auf ihn ein, bis er letztlich in die Knie ging. Erst dann hörten die Hiebe auf.

Baldwin fühlte sich wie betäubt. Seine Sicht war verschwommen, und um alles, was er betrachtete, lag ein heller Lichtkranz. Er wollte gerade aufstehen, da drückte ihm jemand mit beiden Händen die Kehle zu – der Bursche war wieder bei Bewusstsein. Panisch tastete Baldwin nach seinem Dolch. Er hatte die Klinge gerade zu fassen bekommen, da stürzte sich auch das Mädchen auf ihn und packte seinen Arm. Verzweifelt versuchte er, sich aus dem Griff der beiden zu winden … erfolglos.

Vier Arme waren mindestens einer zu viel. Langsam wurde es dunkel um Baldwin. Er hatte das Gefühl, die Augen würden ihm aus dem Schädel treten und seine Schläfen platzen. In jedem Aufbäumen lag weniger und weniger Kraft.

Rums! Eine heftige Erschütterung brachte das Boot in Schräglage. *Eine Sandbank? Egal!* Für einen Wimpernschlag verloren seine Angreifer das Gleichgewicht und lockerten ihren Griff. Baldwins Waffenarm schoss wie eine gespannte Feder in die Höhe. Der schlanke Dolch bohrte sich durch den Unterkiefer direkt in das Hirn des Fischermädchens. Sie war auf der Stelle tot. Der Arkebusier zog die Klinge aus ihrem Kopf, und ein Schwall warmen Blutes ergoss sich über seine Brust. Er wälzte ihren schlaffen Körper beiseite und sog begierig die kalte Nachtluft ein. *Verflucht, was hat sich das dumme Gör nur gedacht?*

Dem Burschen stand das Entsetzen ins Gesicht geschrieben, als er begriff, was gerade geschehen war. Er sank auf die Knie und bettete das Haupt des Mädchens in seinen Schoß.

»Walli?! Walli, halte durch, wir sind bald an Land!«, rief er verzweifelt, während er ihr die blutigen Strähnen aus der Stirn strich. Doch das Mädchen regte sich nicht mehr.

In diesem Moment knirschte der Rumpf erneut, als das Boot

über eine weitere Sandbank glitt. Die leichte Erschütterung riss den Fischerjungen aus seiner Trauer, und sein Blick richtete sich nun hasserfüllt auf Baldwin. Als er aufstand, hatte er den Knüppel in der Hand und den Arm zum Schlag erhoben.

»Ich bringe dich um«, zischte er. »ICH BRINGE DICH UM!«

Der Zorn des Jungen spielte dem Arkebusier in die Karten. Seine blinde Wut mochte zwar ungeahnte Kräfte freisetzen, aber sie machte ihn auch unaufmerksam.

Baldwin wechselte den Dolch in seine linke Hand. Er musste nur dem ersten Schlag ausweichen, um eine Gelegenheit zu bekommen, dem Ganzen ein Ende zu bereiten. *Jetzt!*

Der Bursche stürzte sich auf ihn. Im letzten Augenblick lehnte sich der Söldner nach hinten, und der Knüppel sauste ins Leere. Wie erwartet riss sein Gegner den Waffenarm erneut in die Höhe. Der Junge hatte seine Deckung preisgegeben. Baldwin machte einen raschen Schritt nach vorn und stieß zu. Mühelos drang die Klinge durch die Achselhöhle ein, bis tief in die Lunge. Blut gurgelnd sank der Fischerjunge zusammen und starb.

Es war eine ganze Weile her, dass Baldwin einen Menschen aus nächster Nähe getötet hatte. Und dies hier war sicher nicht sein ruhmreichster Zweikampf gewesen. Doch er hatte keine Zeit, um zu verschnaufen. Er warf die Leichen über Bord – *möge mir der Allsehende verzeihen …* – und holte eilig das Segel ein. Die Laterne hängte er an einen Haken im Mast. Dann griff er nach den Rudern und wendete das Boot. Irgendwo dort draußen in den dunklen Wassern trieb Kaia, wenn sie nicht schon ertrunken war.

Er legte sich mit voller Kraft in die Riemen. Das Steuerbordruder schabte erneut über die Sandbank. Still dankte er den Seegeistern für die Untiefe, denn ohne sie wäre er jetzt tot … und ohne die Traumwarnung seines alten Freundes ebenso.

Als er schließlich glaubte, die Stelle erreicht zu haben, an der die Prinzessin über Bord gegangen war, holte er die Ruder ein und ließ das Boot treiben. Er nahm die Lampe vom Haken und schwenkte sie hin und her.

»Prinzessin!«, rief er, während sein Blick dem Lichtkegel folgte, aber er konnte nichts im Wasser entdecken.

Trotz des ruhigen Sees begann das Boot jedoch urplötzlich zu schaukeln. Weiße Hände legten sich um die Bordwand und klammerten sich fest. Sofort eilte er hinüber und zog Kaia an Deck.

»Habt Ihr mich … nicht gehört?«, prustete sie außer Atem. »Ich habe nach Euch gerufen!«

Baldwin tippte sich entschuldigend an die Ohren, dann nahm er ihr kurzerhand den nassen Umhang ab und legte ihr seinen eigenen Mantel um die Schultern.

»Das war knapp, Hoheit«, sagte er und bot ihr seinen Weinbrandschlauch an. Zu seiner Überraschung zögerte sie nicht und nahm einen kräftigen Schluck.

»Wo sind die Fischersleute?«, fragte die Prinzessin, als sie wieder bei Kräften war.

»Ins Wasser gesprungen … weggeschwommen«, murmelte Baldwin und wandte sich ab. Er wollte ihr weder ins Gesicht lügen noch die grausame Wahrheit sagen. Doch wenn sie nicht blind war, musste sie das Blut auf seinem Hemd sehen. Sie sagte jedoch nichts.

Zur Ablenkung wrang Baldwin den Tarnmantel aus und legte ihn zum Trocknen aufs Deck. Dabei bemerkte er, dass der Stoff gerissen war und aus dem Schlitz ein Stück dünnen Leders hervorlugte, kaum stärker als ein Briefbogen. Er pfiff leise durch die Zähne. Dann riss er die Naht weiter auf und zog das Schriftstück vorsichtig heraus – es war eine Landkarte.

TUULIKKI

Es war noch früh am Morgen. Trotzdem brannte die Goldsonne bereits mit voller Wucht auf die Erde hinab. Der Zug der Schausteller bahnte sich langsam einen Weg gen Norden, entlang des Treidelpfads, der den Koin wie ein treuer Hund begleitete. Weiße Kränze um die goldene Himmelsscheibe deuteten darauf hin, dass die heißeste Zeit des Jahres kurz bevorstand. Schon in wenigen Tagen würde die Sonne ihre Farbe vollends geändert haben und als silbern gleißender Flammenball am Himmel stehen.

Der Teer in den Fugen des Fasses hatte zu schmelzen begonnen, und ein unangenehm bitterer Geschmack durchzog das lauwarme Wasser. Sie wusste nicht, wie viele Wechsel von Hell und Dunkel vergangen waren, seit ihr der Eine zum ersten Mal erschienen war – und wenn auch nur als gehauchter Schatten aus dem Munde des Direktors. Seine kurze Geschichte hatte ausgereicht, um ihren Lebensmut wieder zu wecken. Sie musste den Umständen nur lange genug trotzen, dann würde sie für ihre Ausdauer und Hoffnung schon belohnt werden.

Von der Spitze des Zuges ertönte ein schriller Pfiff. Die Ochsen brüllten vor Protest, als die Zügel hart angezogen wurden. Mit einem bedrohlichen Knarzen blieb der Karren stehen.

Der plötzliche Halt hatte das Wasser in Bewegung gebracht. Laut schmatzend schwappte es gegen die Innenwand des Fasses und erweckte sie aus ihrer Starre. Sie hatte von dem Einen geträumt. Wie immer ohne ein konkretes Bild von ihm vor Augen zu haben. Mal war er eine ferne Nebelbank am Flussufer, mal eine Strömung, die sie erfasste und davontrug. Heute war er nicht mehr als ein süßer Geschmack unter ihren Kiemendeckeln gewesen.

Nachdem sich das Wasser beruhigt hatte, versuchte sie wieder in ihren Traum einzutauchen, doch der Weg zurück blieb ihr versperrt. Die stinkende Brühe um sie herum war dafür allgegenwärtiger denn je.

Dumpf drangen die Stimmen der Landgänger zu ihr durch Wasser und Holz.

»Hier ist eine gute Stelle zum Wässern!«, rief einer von ihnen.

»Gut gesehen, Melchor«, lobte der Direktor. »Trommel die Männer zusammen, holt euch die Eimer von der Baderin und bildet eine Kette. Ein wenig Frischwasser kann nicht schaden, wenn wir den Leuten in Bergent nachher ein ordentliches Schauspiel bieten wollen.«

Draußen begann ein eifriges Treiben. Einige Landgänger fluchten über die harte Arbeit in der prallen Sonne; andere stimmten jedoch ein fröhliches Liedchen an, in das bald alle mit eingefallen waren. Es dauerte nicht lange, da erblickte sie ein krebsrotes Gesicht an der Öffnung des Fasses. Naserümpfend sah der Landgänger zu ihr hinunter.

»Bäh, das stinkt ja erbärmlich! Höchste Zeit für einen Wasserwechsel.«

Keine drei Herzschläge später hatte er einen Eimer in der Hand und kippte ihn über ihr aus. Das frische Flusswasser traf sie wie ein kalter Blitz aus heiterem Himmel. Überall um sie herum verwirbelte das trübe Nass und formte milchig grüne Schwaden. Feine Bläschen prasselten auf sie ein, perlten an ihr ab und drangen in ihre Kiemen. Sie schmeckte Weite und Freiheit, und irgendwo dort draußen musste auch der Eine sein. Der Fluss gab ihr Kraft und stachelte sie an: Heute würde sie aus ihrem hölzernen Gefängnis ausbrechen.

Die Sonne stand schon im Zenit, als sie wieder aufbrachen. Die Landgänger hatten es gut mit ihr gemeint – zu gut. Das Wasser in dem Fass stand nun so hoch wie seit dem ersten Tag ihrer Gefangenschaft nicht mehr. Es hatte aller Hände und eines zusätzlichen Ochsengespanns bedurft, um den Wagen wieder in Bewegung zu setzen. Nun holperte er langsam vor sich hin. Doch bei jeder Wegbiegung und jedem Schlagloch begann das Wasser im Bottich gefährlich zu schwappen. Sie kannte die Kräfte ihres Elements. Das tote Holz würde ihnen nicht lange standhalten.

Plötzlich ging es polternd bergab. Darauf hatte sie gewartet. Sie bewegte sich im Gegentakt zu den Wellen, was diese noch mehr auftürmte. Ihr Gefängnis schwankte. Ein letztes Mal peitschte sie das Wasser mit der Schwanzflosse auf, dann kippte das Fass. Mit voller Wucht prallte es auf den Kutschbock. Holz krachte, Dauben barsten. Wasser schoss hervor. Die Trümmer des Bottichs begruben alles unter sich, was in ihrem Weg war.

Sie holte Schwung und sprang in die Welle hinein. Es gab nur diese eine, auf der sie würde reiten können. Wenn sie es so nicht in den Fluss schaffte, dann war sie verloren – wie ein Fisch auf dem Trockenen. Sie folgte ihrem Gefühl und ließ sich treiben. Das Gesicht des Geschichtenerzählers rauschte an ihr vorüber. Aus weit aufgerissenen Augen starrte er sie an – ein großer Splitter steckte tief in seiner Brust. Seine Reise war zu Ende, die ihre begann.

Von der Gischt getragen, schlängelte sie über den Boden, hindurch zwischen den Beinen der Zugtiere, dann schlug sie hart auf, als das Wasser versiegte.

Einen Kiemenschlag lang lag sie auf dem staubigen Pfad. Doch schon preschten die Ochsen weiter voran. Einer stampfte ihr dabei auf die Schwanzflosse, dass sie vor Schmerz fauchte.

Sie blickte sich hektisch um und sah den Wagen auf sich zukommen. Rechts von ihr war jedoch ein Abhang, der zum Fluss hinunterführte. Mit voller Kraft hechtete sie auf die abschüssige Wiese und rollte hinunter.

Schneller, immer schneller drehte sie sich, dem rettenden Wasser entgegen … Sie würde ihren Einen finden, ihn zerreißen, ihn sich einverleiben. Und sie würde eins mit ihm werden und an Land gehen, um ihren Reigen am Leben zu erhalten!

BALDWIN

Tock, tock, tock, tönte es hölzern, und einmal mehr flogen Baldwin Holzsplitter ins Gesicht. Er kam sich vor wie ein verdammter Specht, während er mit dem Fischhaken auf die Planken des Bootes einhämmerte. Die Bretter waren dicker, als ihm recht sein konnte, und so würde es wohl noch ein Weilchen dauern, bis er ein Loch in den Rumpf getrieben hätte. Er gedachte Karols Männern keinen Hinweis zu hinterlassen, dass sie hier an Land gegangen waren.

Sie waren die ganze Nacht über gen Südwesten gesegelt – oder zumindest in die Richtung, die Baldwin anhand der Gestirne dafür gehalten hatte. Die Morgendämmerung hatte gezeigt, dass er mit seinem Kurs nicht ganz falschgelegen hatte, denn schließlich konnten sie in der Ferne erste Gräser und Farne ausmachen: die Ausläufer des Sumpfes. In dem Morast würden es ihre Verfolger schwerer haben, ihre Fährte aufzunehmen, und Baldwin kannte die Gegend gut. *Tock, tock, tock …*

Er stand auf, um sich zu strecken. Seine Knochen knackten. *Gut, wenigstens sind sie noch alle da …* Zum Schutz vor der tief stehenden Sonne kniff er die Augen zusammen und sah hinüber zu Kaia.

Die Prinzessin hatte es sich im Schatten einer verkrüppelten Tränenerle gemütlich gemacht, dem einzigen trockenen Flecken an dem morastigen Ufer. Sie war in das Studium der Landkarte vertieft, die er in der Nacht zuvor aus dem zerschlissenen Tarnmantel herausgezogen hatte. An der Karte an sich war nichts besonderes gewesen, außer, dass sie alt war, an die hundert Jahre wahrscheinlich. Sie stammte wohl noch aus der Gründerzeit Oktaniens.

Baldwin graute es davor, wieder in die Knie zu gehen und auf die Planken einzudreschen, doch das Boot so gut sichtbar zurückzulassen kam nicht infrage.

»Seht nur, ich glaube, ich habe etwas entdeckt!«, rief Kaia ihm plötzlich zu, noch bevor er sich wieder an die Arbeit machen konnte. Sie hielt die Karte hoch und deutete mit dem Zeigefinger aufgeregt auf die rechte obere Ecke.

Baldwin knurrte. Wie sollte er auf die Entfernung irgendetwas erkennen? »Was gibt's denn zu sehen?«, fragte er deshalb nach.

»Da hat jemand eine Sieben auf der Versunkenen Stadt eingetragen!«

Bevor er darauf etwas antworten konnte, spürte Baldwin, wie seine Füße nass wurden. Verwundert blickte er nach unten. Es dauerte einen Augenblick, bis er begriff, dass bereits Wasser in den Rumpf eindrang. Er bückte sich ein letztes Mal und trieb den Fischhaken mit voller Wucht in das Holz. Ein gewaltiges Glucksen war die Antwort, und das Wasser strömte noch schneller in den Rumpf. Endlich sank das verdammte Boot!

Zufrieden mit seinem Werk, sprang Baldwin über Bord und schwamm hinüber zu der Uferböschung. Nach ein paar Zügen hatte er die Stelle erreicht, an der die Tränenerle stand. Er griff nach den wuchernden Wurzeln des Baumes und zog sich an Land. Dann wrang er sein Hemd aus und stellte sich zu Kaia, um ihr über die Schulter zu blicken.

»Hier«, sagte sie und tippte erneut auf die Karte. »Seht Ihr die Ziffer direkt über der Versunkenen Stadt? Diese Sieben sieht anders aus als die anderen Schriftzeichen – so als hätte sie jemand anderes hinzugefügt.«

Die Prinzessin hatte recht. Die Zahl unterschied sich von der übrigen Beschriftung. Sie war von einem tieferen Schwarz und auch nicht annähernd so kunstvoll geschrieben.

»Hoheit, darf ich Euch bitten, die Karte einmal gegen die Sonne zu halten?«

Kaia streckte die Arme in die Höhe, und Baldwin musterte die dünne Tierhaut genauer.

»Ja, tatsächlich. Die Zahl ist nachträglich aufgetragen worden. Die übrige Schrift ist in dem Leder eingeschlossen, als sei sie eintätowiert. Darum ist sie auch blasser.«

Plötzlich begann die Prinzessin jedoch zu lachen.

Baldwin sah sie verwirrt an. »Was ist denn so lustig?«

Kaia fasste ihn bei der Schulter und drehte ihn um die eigene Achse. Er staunte nicht schlecht. Gut zwölf Schritt weiter, dort, wo eben noch das Boot gewesen war … war immer noch das Boot. Der Rumpf war zwar weitestgehend unter Wasser, aber der Mast ragte immer noch stolz in die Höhe.

»Eure ganze Arbeit war wohl umsonst.«

Baldwin schüttelte grimmig den Kopf und musste dann doch lächeln. »Ja, schon eher auffällig. Wie ein toter Baum sieht der Mast nicht gerade aus.«

Kaia schmunzelte kurz, dann wandte sie sich jedoch wieder der Karte zu und betrachtete sie stirnrunzelnd. »Hm, ich würde nur zu gerne wissen, was diese Sieben zu bedeuten hat.«

»Das muss warten«, beschloss Baldwin. »Wenn der verdammte Kahn schon nicht gesunken ist, dann sollten wir jetzt besser unsere Sachen packen und uns auf den Weg machen. Über dieses Rätsel können wir unterwegs immer noch nachgrübeln.«

Der alte Söldner hob einen Ast vom Boden auf, befreite ihn von Laub und Zweigen und stützte sich schließlich prüfend auf ihn. Zufrieden mit seinem neuen Wanderstab schulterte Baldwin seinen Rucksack. »Auf nach Ehrendaal!«, rief er und stapfte entschlossen in Richtung des Sumpfes.

»Welchen Weg nehmen wir?«, wollte Kaia wissen, während sie ihm schmatzenden Schrittes folgte.

»Tja«, erwiderte er, »ich denke, es wäre am schlausten, über Erlmoor zu reisen.«

»Ist das Euer Ernst?«

»Sicher, von dort aus führen Wege überallhin. Und der Sumpf kennt keine Grenzen.«

»Aber auch keine Gesetze!«, mahnte die Prinzessin. »In der

Stadt wird uns der Erstbeste mit Freuden verraten und verkaufen.«

»Wunderbar, Hoheit, dann seid Ihr mit genau dem rechten Maß an Misstrauen ausgestattet, das man dort zum Überleben braucht. Sollte uns also etwas zustoßen, dann wird es nicht aus mangelnder Vorsicht sein.« Der alte Söldner ließ seine Worte eine Weile wirken, bevor er fortfuhr: »Außerdem liegt Erlmoor direkt auf unserem Weg nach Ehrendaal. Es gibt keinen besseren Ort, um uns mit Proviant und Nachrichten zu versorgen.«

Gut, er schien Kaia überzeugt zu haben, denn sie nickte wortlos und lief weiter hinter ihm her. Wenn es hart auf hart kam, war es besser, dass sie ihm vertraute.

Schon nach einer kurzen Weile hatten sie das schilfbewachsene Ufer des Sees hinter sich gelassen. Vor ihnen erstreckte sich der Sumpf in schier unendlichen Weiten, durchzogen von Gruppen pilzüberwucherter Bäume. Sie gingen querfeldein, denn es gab weder Wege noch Wildwechsel, denen sie folgen konnten. Der Sumpf verschluckte alles. Auch ihre Spuren, stellte Baldwin zufrieden fest, als er hinter sich blickte und sah, wie sich seine Fußstapfen innerhalb kürzester Zeit mit schlammigem Wasser füllten.

Mit jeder Wegstunde, die sie zurücklegten, wurde der Untergrund fester, doch dafür auch umso trügerischer. Mehr als einmal mussten sie kehrtmachen, weil sich das trockene Stückchen Land, auf das sie geradewegs zugesteuert waren, als ein von Entengrütze bedeckter Tümpel entpuppt hatte. Es war schwül. Den ganzen Tag über hatte kein Lüftchen geweht. Inzwischen war Baldwin sogar zu träge, um nach den Stechfliegen zu schlagen, die ihm um die Ohren surrten. Auch wenn sie eine Rast dringend nötig hatten, wollte er um nichts in der Welt haltmachen. Er wollte das verteufelte Moor so schnell wie möglich hinter sich lassen.

Inzwischen hatte ein leichter Nieselregen eingesetzt, und in der Ferne zogen sich dichte Regenwolken zusammen. Baldwin dankte dem Sonnenvater für ihr Glück, als sie am späten Nachmittag eine Turmruine am Horizont erblickten. Wie es aussah, würden sie heute Nacht ein festes Dach über dem Kopf haben.

»Was ist das für ein Turm dahinten?«, fragte die Prinzessin, als hätte sie seine Gedanken gelesen.

»Ich schätze, das ist einer der alten Wachtürme. Aus der Zeit, als Erlmoor noch einen König hatte und in den Windlanden nur Wilde und Oger lebten.«

»So ändern sich die Zeiten«, stellte Kaia nüchtern fest. »Die Oger sind in die Berge vertrieben, die Wilden leben im Sumpf, und das Windgeschlecht herrscht.«

Baldwin wusste nicht, ob sie scherzte oder ob es ihr ernst mit ihrem Patriotismus war. Wahrscheinlich wollte sie nur seinen Sinn für Humor testen. Doch darauf hatte er keine Lust.

Als er nichts erwiderte, fragte sie ihn schließlich: »Wäre der Turm nicht ein geeigneter Platz für ein Nachtlager?«

»Ich denke schon, Hoheit. Daher wäre es gut, wenn wir ihn vor Sonnenuntergang erreichen. Dann können wir uns auch noch einen Überblick verschaffen – natürlich nur, wenn er bis dahin nicht schon in sich zusammengefallen ist.«

Kaia antwortete mit einem müden Lächeln.

Erst jetzt, wo sie ein klares Ziel vor Augen hatten, wurde Baldwin bewusst, wie quälend langsam sie vorankamen. Immer wieder wanderte sein Blick von dem tückischen Boden in Richtung des Turmes. Doch die Ruine wollte einfach nicht näher rücken. Sein Knie hatte zwar bislang durchgehalten, aber dafür hatte er nun Blasen an der Hand, mit der er sich auf den Wanderstock stützte.

Ironischerweise hörte es gerade dann auf zu regnen, als sie endlich den Wachturm erreichten. Rund um die Ruine war ein flacher Erdwall aufgeschüttet worden. Offenbar hatte der Deich den Turm bis heute erfolgreich vor Überflutungen geschützt. Die Mauern des gut zehn Schritt hohen Bauwerks schienen weitestgehend intakt zu sein. Baldwin sah eine steinerne Treppe, die hinauf zu einer von Grünspan befallenen Holztür führte. Der

Torbogen war von einem Relief geschmückt, das schwer gerüstete Krieger im Kampf gegen Sumpfdrachen, Nachtmahre und andere unheimliche Fabelwesen zeigte. Von einem Eisenhaken über dem Eingang hing eine merkwürdige Laterne herab, in der weder Kerzen noch Lampenöl Platz gefunden haben konnten. Ihre untere Hälfte war mit einer grauweißen Kruste überzogen.

Im Gleichschritt erklommen die beiden die glitschigen Stufen. Vor der verwitterten Tür blieben sie stehen. Die Prinzessin legte den Kopf in den Nacken.

»Seht nur, wie fein die Rüstungen der Ritter herausgearbeitet sind«, stellte sie bewundernd fest.

Baldwin kniff die Augen zusammen, um das Steinrelief genauer zu betrachten. Dafür, dass die Ungeheuer in überraschend naturgetreuen Proportionen dargestellt waren, wirkten die Menschen geradezu klobig. Daran konnten auch die detaillierten Verzierungen ihrer Harnische nichts ändern.

»Das sind keine Ritter«, sagte Baldwin schließlich.

»Keine Ritter?« Kaia wirkte irritiert.

»Nein, das sind keine Männer in Rüstungen. Dafür sind sie viel zu breit. Das sind Golems!«

Kaia atmete aus und pfiff dabei durch die Zähne. »Ihr habt recht, Baldwin. Ihre Körper sind viel zu stämmig für echte Menschen. Aber der Turm muss doch schon einige Hundert Jahre alt sein. Mir war nicht bewusst, dass es damals schon Golems gab. Ich dachte, sie wären erst im Erbfolgekrieg von den Magikern erschaffen worden.«

Der alte Söldner zuckte die Schultern. »Ich kann nur sagen, was meine Augen sehen. Für die Geschichte sind gescheitere Leute zuständig als ich.«

Er griff nach der Laterne, schabte etwas von der weißen Kruste ab und zerrieb sie zwischen den Fingern. Dann leckte er an seinem Daumen.

»Salz!«, entfuhr es ihm. »Natürlich, mit Salz hält man Feen und

Geister fern. Das macht Sinn in diesem verwunschenen Landstrich.«

»Alles Aberglaube«, spottete die Prinzessin. »Aber zum Glück sind wir keine Sumpfgeister, sondern nur zwei erschöpfte Wanderer. Also, lasst uns endlich hineingehen.«

Der verrostete Riegel quietschte erbärmlich, als Kaia ihn beiseiteschob. Dann lehnte sie sich mit ihrem ganzen Gewicht gegen die Tür und drückte sie auf. Stickige Luft schlug ihnen entgegen. Sie mussten die Ersten sein, die diesen Turm seit Jahrzehnten betraten. Im Innern des Gemäuers war es unerträglich schwül.

Baldwin verharrte für einen Moment im Türrahmen, bis sich seine Augen an das Zwielicht gewöhnt hatten. Das Erdgeschoss bestand aus einer einzigen großen Kammer, und der Boden war von Gerümpel übersät.

Auseinandergefallene Tische, Stühle und Regale lagen quer im Raum verteilt. Das Mobiliar von einst war kaum mehr als solches zu erkennen. Anscheinend war es aus weit weniger wetterfestem Holz gefertigt worden als die Eingangstür. Zu seiner linken Seite führte eine schmale Steintreppe den Turm hinauf. Ein Film aus feuchtem Staub hatte sich auf die Stufen gelegt. Die Luft schmeckte abgestanden und stank nach alldem, was je im Sumpf verrottet war. Die Prinzessin neben ihm atmete flach. Er musste aufpassen, dass sie nicht noch in Ohnmacht fiel.

»Hoheit, lasst uns rasch nach oben gehen. Dort gibt es frische Luft, und vielleicht reicht das Licht sogar, um noch etwas von der Umgebung zu erkennen.«

Das ließ sich Kaia nicht zweimal sagen. Geschwind eilte sie die Treppe hinauf. Baldwin wollte es ihr gleichtun, doch sein Knie erinnerte ihn auf schmerzhafte Weise daran, dass er besser eine Stufe nach der anderen nahm. Er war kurz vor dem ersten Treppenabsatz, als die Tür hinter ihnen mit einem lauten Rums in den Raum hineinkrachte. Sofort hatte Baldwin seinen Dolch in der Hand.

»Was ist los?«, rief Kaia die Treppe hinunter.

»Nichts, alles in Ordnung!« Er war sich jedoch alles andere als sicher. Falls dort unten jemand die Tür eingetreten hatte, dann sollte er ruhig glauben, dass man ihn nicht erwartete. Der Arkebusier machte zwei weitere Schritte und verschanzte sich hinter einer Biegung. Von oben hörte er lediglich das Trippeln von Kaias Füßen, dann ein Knarzen und schließlich Stille. Um sich zu beruhigen, zählte er seine Atemzüge.

Einundzwanzig …,

zweiundzwanzig …,

dreiundzwanzig …

Nachdem er das vierte Mal Luft geholt hatte, begann er sich damit abzufinden, dass die Tür wohl durch einen Windstoß umgefallen war. *Kein Wunder, bei den rostigen Angeln.*

Er steckte den Dolch wieder in die Scheide und humpelte weiter die Treppe hinauf. Als er seinen Kopf schließlich durch die Dachluke steckte, wehte ihm ein angenehm frischer Wind um die Nase. Kaia stand bereits an einer der Fensteröffnungen und hielt Ausschau.

»Und? Was gibt es dort zu sehen?«, keuchte Baldwin. Die paar Stufen hatten ihm beinahe mehr zugesetzt als der Marsch durchs Moor.

»Nichts, außer Sumpf und Wasser und Berge«, antwortete sie. »Was war denn das da unten für ein Lärm?«

»Oh, das war nur die Tür«, erwiderte er und winkte ab. »Die ist einfach aus den Angeln gekippt. Wenn wir übrigens etwas Glück haben, dann können wir gleich in der Dunkelheit schon die Lichter von Erlmoor sehen.«

Während er redete, hatte Baldwin sich die Zeit genommen, sich hier oben umzuschauen. Massive hölzerne Eckpfeiler und zahlreiche Querbalken stützten das noch größtenteils intakte Dach. Die weiten Fensterfronten ließen eine gute Rundumsicht zu. Unbemerkt bis an den Turm zu gelangen war demnach so gut wie unmöglich.

In der Mitte des Raums lag ein Felsbrocken. Der grobe Stein

war kaum größer als ein kleiner Beistelltisch. Die sechs Jahreszeiten hatten ihn über die Jahre verwittern lassen, aber die Gravuren auf seiner Oberfläche waren immer noch zu erkennen – zumindest dort, wo sie nicht von Moos überwuchert waren. Vom Zentrum des Felsens gingen etwa ein Dutzend verschieden lange Linien ab, strahlenförmig, wie bei einer Sonnenuhr. Am Ende der Striche war jeweils ein verziertes Symbol in den Stein gemeißelt.

Ein Wegweiser, schoss es Baldwin durch den Kopf. Er trat näher heran und versuchte, die Zeichen zu entziffern. Auch wenn er in drei Jahren Klosterschule nur das verkürzte Alphabet der Handelssprache gelernt hatte, erkannte er die Symbole auf Anhieb. Sie ließen sich den Wappen der umliegenden Städte und Flecken zuordnen.

Als der Arkebusier den Wegstein fast ganz umrundet hatte, blieb er stehen. Das Bild, das er an jener Stelle fand, war ihm auf besondere Weise vertraut – es stellte eine Tränenerle dar, die sich um ein verziertes »E« rankte, das Hoheitszeichen der Stadt Erlmoor. Genau diese Richtung würden sie am nächsten Morgen einschlagen.

Dann trat er neben Kaia und blickte hinaus in die Dämmerung. Im Abendlicht sah das Moor friedvoll aus. Teiche wie von flüssigem Kupfer durchzogen die Landschaft, und mit ihren krummen Ästen wirkten die Bäume wie des Weges müde Wanderer. Das Zirpen der Insekten klang wie ein besinnliches Schlaflied, und die Berührung des Windes war wie ein sanftes Tuch, in das er sich hüllen wollte. So jäh, wie ihn die Prinzessin jedoch unterbrach, schien die idyllische Stimmung an ihr vorbeigegangen zu sein.

»Ist die Decke in Eurem Rucksack noch trocken? Ich muss unbedingt das nasse Zeug loswerden.« Kaia zupfte angewidert an dem schmuddeligen Kragen ihrer Bluse.

»Ich muss nachsehen«, antwortete er mit einem Gähnen.

»Wisst Ihr, Baldwin, manchmal glaube ich fast, dass ich beginne, Gefallen an unserer Reise zu finden. Auch wenn die letzten Ereignisse furchtbar waren, so bin ich wenigstens frei. Wäre das alles nicht geschehen, wäre ich bestimmt an irgendeinen Fürstensohn verheiratet worden, genau wie meine Tante. Ein Leben umgeben von gackernden Hühnern, die sich für nichts anderes interessieren als Zitronentörtchen und Spitzenstickerei … das ist nichts für mich. Ich sollte Karol dankbar sein. Ohne es zu wissen, hat er die Tür zu meinem goldenen Käfig aufgestoßen, und ich bin hinausgeflogen!« Ihre Augen strahlten bei diesen Worten. »Wenn all das vorüber ist, Baldwin, dann lasst uns gemeinsam die Welt bereisen! Ich war noch nie in Æstarya und habe noch nie das Weiß der Salzmeerwüste gesehen.«

Der alte Söldner lächelte versonnen bei der Vorstellung, doch er brachte es nicht übers Herz, die Träume der Prinzessin zu zerstören. Sie beide reisten nur gemeinsam, weil das Schicksal sie zusammengeführt hatte. War es erst einmal erfüllt, dann würden sich ihre Wege rascher wieder trennen, als ein Ferkel blinzelte. Adler flogen eben nur mit Adlern und Krähen nur mit Krähen.

»Aber jetzt«, fuhr die Prinzessin mit einem Lachen fort, »gebt mir verflixt noch mal die Decke!«

Baldwin schnürte den Rucksack auf, holte die Decke heraus und reichte sie ihr. Der Stoff war klamm, aber allemal trockener als ihre Kluft. Als er anschließend seinen Mantel ablegte, stellte er griesgrämig fest, dass sein blutverschmiertes Hemd der einzig trockene Fetzen war, den er am Leibe trug.

Ein Räuspern der Prinzessin erinnerte Baldwin an seine Manieren. Er drehte sich um, lehnte sich an die Brüstung und blickte suchend gen Süden, in der Hoffnung, irgendwo bereits die Laternen Erlmoors aufblitzen zu sehen. Dabei belauschte er Kaia, wie sie sich auszog. Ihre nassen Kleider gaben schmatzende Geräusche von sich, als sie sich aus ihnen herausschälte. Sicher hatte sie sich schon in die Decke gehüllt, dachte Baldwin, und außerdem würde ihn ein kurzer Anblick nackten Fleisches schon nicht erblinden lassen …

Langsam drehte er sich wieder um. Die Prinzessin stand dicht bei dem Felsbrocken in der Mitte des Raums. Für einen Atemzug sah er tatsächlich ihre halb bekleidete Silhouette – dann wurde es auf einen Schlag gleißend hell.

Kaia schrie vor Schreck auf, und Baldwin schloss aus Reflex die Augen. Als er sie wieder öffnete, hatten sich trotzdem schwarzweiße Schattenbilder auf seiner Netzhaut eingebrannt, so als hätte er direkt in die Sonne gesehen.

»Wo kam das Leuchten her?«, rief er der Prinzessin zu.

»Der Fels, ich habe nur kurz den Felsen berührt«, erwiderte sie mit schwacher Stimme.

Baldwin rieb sich die Schläfen gegen den stechenden Schmerz in seinem Kopf. Dann ging er näher an den Wegstein heran: Er war mit einem Mal von unzähligen silbrig glänzenden Adern durchzogen, die langsam wieder verblassten.

»Warum ist mir plötzlich so kalt?«, fragte die Prinzessin, am ganzen Leib zitternd. »Als wäre ich in Eiswasser gesprungen.«

Tatsächlich war die Luft um sie herum merklich kühler geworden. Misstrauisch beäugte Baldwin den Fels, bis sein silberweißes Licht vollends erloschen war.

Wie zur Antwort ertönte ein kaltes Heulen in der Nacht … und dann ein zweites, weiter entfernt. Das Geräusch ging Baldwin durch Mark und Bein.

»Waren das Wölfe?« Kaia sah ihn mit großen Augen an.

»Was auch immer es war«, erwiderte er, »es weiß, dass wir hier sind. Schlüpft rasch in Eure Kleider! Wir müssen weg.«

Voll Unbehagen musste Baldwin an die Schreie denken, die sie bei ihrer Flucht aus Kramers Höhle gehört hatten. Er war sich fast sicher, dass sie von den schlängelnden Schatten stammten. Das konnten nur Chimären gewesen sein, doch wie in aller Teufels Namen hatten sie den Fledermaussturm überlebt?

Während er darüber nachgrübelte, kramte er die Pistole hervor und begann damit, ihr Radschloss aufzuziehen. Das metallische Klicken in seiner Hand hatte etwas ungemein Beruhigendes. Und er hatte eine Ahnung, dass er eine ruhige Hand brauchen würde, noch bevor die Nacht vorüber war.

MISKAR

»He, Feuerjunge!«, rief Willa lachend, während sie ihren Kahn vertäute. »Bist du dir sicher, dass das der richtige Ort für dich ist?«

Miskar sah sich niedergeschlagen um. *Nein*, wollte er ihr antworten, doch er schwieg. Selbst die gute Laune der Flößerin konnte ihn jetzt nicht aufmuntern. Egal, in welche Richtung er blickte – er sah Wasser, nichts als Wasser. Und dort, wo es nicht in Tümpeln stand oder in Flussarmen träge vor sich hin floss, da hing es als Nebel in der Luft.

Erlmoor war weitläufiger, als er gedacht hatte. Einige der von trübem Wasser umspielten Werder waren groß genug, um ganze Gehöfte zu beherbergen, andere waren selbst für die kleinste Hütte zu klein. Fast alle waren jedoch durch ein Wirrwarr von schwimmenden Stegen und hölzernen Hochwegen verbunden, die mit bunten Laternen geschmückt waren. Einige brannten sogar noch, obwohl die Sonne schon seit ein paar Stunden aufgegangen war.

»Und muss ich dich jetzt über Bord werfen, oder gehst du von alleine?«, scherzte Willa und hüpfte auf und ab, bis der Kahn zu schwanken begann. Als Miskar wieder kein Wort herausbrachte, stöhnte sie laut auf. »Weißt du, was ich glaube? Dass du mir den Abschied mit deiner miesepetrigen Art nur leichter machen willst.«

»Nein«, entgegnete er schließlich mit matter Stimme. »Ich habe nur eine Verabredung vor mir, auf die ich mich nicht besonders freue.«

»Ich wusste gar nicht, dass deine Frau hier wohnt«, spottete Willa und hakte sich bei ihm ein.

Miskar sah sie irritiert an. »Ich bin doch gar nicht verhei…«, begann er und merkte erst dann, dass sie ihn auf den Arm genommen hatte. Sie war tatsächlich anders als die Mädchen in Oriza. Er würde sie vermissen.

»Also, ich mache dir ein letztes Angebot, mein Hübscher«, sagte sie und zwinkerte ihm zu. »Ich muss nur eine Fuhre Torf aufnehmen, aber ich könnte meine Abfahrt auch auf morgen Mittag verlegen. Was meinst du?«

»Warte nicht auf mich«, erwiderte er und schüttelte den Kopf. »Ich glaube, es kann länger dauern.«

»Gut, Reisende soll man nicht aufhalten«, sagte sie leichthin, ohne beleidigt zu klingen. Dann drückte sie ihm einen Kuss auf die Wange und sprang an Land. »Also, ich kehre jetzt erst einmal ein. Von einer Bootsfahrt durch den Sumpf kriege ich immer einen Mordshunger.«

Miskar sah ihr hinterher, wie sie eine Strickleiter zu einem Hochweg emporkletterte und diesem eine Weile folgte, bis sie schließlich hinter einer ausladenden Tränenerle im Nebel verschwand.

Sie hatte ihn nicht einmal gefragt, was er hier in Erlmoor überhaupt wollte. Also hatte er es ihr auch nicht gesagt. Es war ohnehin besser, wenn niemand von seiner Mission erfuhr. Schließlich trug er ein Schreiben mit dem Siegel des Dritten Turmes in der Tasche, das er an Elachand überbringen sollte. Eine mehr als heikle Angelegenheit.

Es schmatzte und knarzte leise zu seinen Füßen, als der Torfkahn gegen den Steg stieß und an ihm entlangrieb. Erst jetzt wurde Miskar bewusst, dass er noch gar nicht an Land gegangen war. Um ehrlich zu sein, wusste er ohnehin nicht, wohin er sich wenden sollte.

Die Leute in den Gasthäusern wollte er lieber nicht nach Elachand fragen, denn er konnte sich noch zu gut an die Reaktionen erinnern, die seine Nachforschungen in Bergent ausgelöst hatten. Die Flüche der aufgebrachten Menschen dort klangen Miskar immer noch in den Ohren. Allein der Name des Schattenflüsterers hatte ihnen erst die Blässe und dann die Zornesröte ins Gesicht getrieben. Und als er ihnen sein Reiseziel – Elachands Eiland – offenbart hatte, hatten sie ihn angestarrt wie einen Todgeweihten. Leider gab es keinen Anlass zu glauben, dass die Erlmoorer ein weniger abergläubisches Völkchen waren.

Miskar erwischte sich bei dem Gedanken, Willa vielleicht doch ins Wirtshaus zu folgen – immerhin konnte ein gutes Mahl nicht schaden –, da glitt plötzlich ein schlankes Boot aus dem Dunst heran. Vollkommen geräuschlos steuerte es auf ihn zu. Der Bug erinnerte an einen Spinnenkopf mit acht glimmenden Augen, die in Wahrheit winzige Laternen waren. Am Steuerruder stand ein einzelner Mann. Er war in einen rotbraunen Umhang gehüllt. Die Krempe seines Hutes hatte er tief ins Gesicht gezogen.

»Seid Ihr Miskar?«, rief er ihm zu, als er auf eine gute Bootslänge heran war.

»Und wenn dem so ist?«, erwiderte er misstrauisch.

»Dann kommt an Bord. Mein Herr hat mich gebeten, nach Euch Ausschau zu halten.«

»Dann sagt, guter Mann: Wer ist Euer Herr, und wer seid Ihr?«

»Meister Elachand schickt mich.«

Mehr brauchte Miskar nicht zu wissen – auch wenn ihm das Ganze ein wenig unheimlich war. Er schmiss seinen Ranzen hinüber und ging an Bord.

*

Ein leises Klopfen riss Miskar aus seinen wirren Träumen. Verschlafen rieb er sich die Augen. Es musste noch früh sein, denn der Himmel war noch grau. Es dauerte einen Moment, bis er sich orientiert hatte. Die lichte Kammer. Das hohe Spitzfenster. Der Geruch des wilden Rosengestrüpps, das draußen überall wucherte. Er wusste wieder, wo er war: auf Elachands Eiland, im Haus des Schattenflüsterers.

»Ich komme ja gleich.« Das raue Krächzen in seiner Stimme verriet, dass er gerade erst aufgewacht war.

Die letzten Tage waren alle nach demselben Muster abgelaufen. Der einsilbige Hausknecht – anscheinend der einzige Bedienstete des mysteriösen Schattenflüsterers – weckte ihn zum Frühstück. Dann geleitete er ihn vom Gesindehaus hinüber zum Herrenhaus und führte ihn weiter in einen großen Saal, von dessen rußgeschwärzter Decke bereits der Putz bröckelte. Die Halle war mit Wandschirmen verschiedener Höhe und Machart zugestellt. Ihr Sinn hatte sich Miskar bislang nicht erschlossen.

Die Leinwände bildeten ein Labyrinth, in dessen Mitte ein runder Tisch und zwei unbequeme Stühle mit harten, hohen Lehnen standen. Der Weg dorthin war jeden Tag ein anderer gewesen, und Morgen für Morgen hatte ihm der Hausdiener dort ein üppiges Mahl serviert. Pfefferschinken und Gänseschmalz, Mandelmilch und Birkensaft, Butterkuchen und Sesambrot, Winteräpfel und Kirschkompott – ein Frühstück, das eines Königs würdig war. Das zweite Gedeck blieb jedoch stets unberührt. Sein Gastgeber war nie erschienen.

Dieser Elachand erlaubte sich ein übles Spiel mit ihm, fand Miskar. Er hatte es satt, sich von dem Knecht ständig vertrösten zu lassen. Stünde er nicht bei Meister Gregorius im Wort, dann hätte er schon längst das Weite gesucht, doch er hatte versprochen, das Schreiben nur Elachand persönlich zu übergeben, und darum wartete er, tagein, tagaus.

Das könnte er allerdings auch, wenn er sich noch einmal umdrehte und weiterschlief, dachte Miskar trotzig. Auf der kleinen Insel gab es für ihn ohnehin nichts mehr zu entdecken. Moorrosensträucher an allen Ufern, das heruntergekommene Herrenhaus, in dem sich nur Ratten und Spinnen wohlfühlen konnten, und der pechschwarze Tümpel in der Mitte des Werders. Da lobte er sich sein sauberes Bettchen in der kleinen, aber feinen Kammer.

Wieder klopfte es. Diesmal energischer.

»Ja doch, ich komme ja schon.«

Zu seiner Überraschung antwortete der Knecht: »Es eilt! Mein Herr erwartet Euch in einer dringenden Angelegenheit.«

Die Neugierde spornte Miskar nun an. Im Nu hatte er sich sein Hemd übergeworfen und seine Hose angezogen. Dann stürzte er aus der Tür, den Flur hinunter und hinaus ins Freie. Der Knecht erwartete ihn bereits mit ausdrucksloser Miene. Es fiel Miskar schwer, das Alter oder die Herkunft des Mannes einzuschätzen. Er dachte kurz darüber nach, ihn nach seinem Namen zu fragen, doch er entschied sich dagegen.

Draußen schien sich ein Gewitter zusammenzubrauen. Der Himmel war schwärzer als schwarz. Dennoch wehte kein Wind, nicht der geringste Hauch, stellte Miskar verwundert fest. Nach einem kurzen Spaziergang – vorbei an dem dunklen Tümpel und unter einer gestutzten Rosenhecke hindurch – betraten sie das von Efeu und Spinnweben überwucherte Atrium des Herrenhauses. Wie an jedem Morgen öffnete der Diener die schwere Doppeltür, die in die Halle mit den Wandschirmen führte. Dieses Mal geleitete er ihn jedoch nicht zur Mitte des Saals.

»Geht nur, Ihr werdet den Weg heute selbst finden«, sprach der Knecht und zog sich zurück.

Miskar blieb für einen Moment stehen, dann machte er einen zögerlichen Schritt vorwärts. Er schreckte auf, als die Tür hinter ihm ins Schloss fiel. Ein dumpfer Schlag verriet ihm, dass der Balken von außen vorgelegt worden war.

»He, was soll das?«, protestierte Miskar und fuhr herum. Doch schon in der Bewegung sah er einen grauen Schatten über eine der Leinwände huschen. Verwirrt blickte er vom Ausgang zu dem Wandschirm. Da war er wieder, der Schatten. Diesmal sah er deutlich, wie er über die Leinwand huschte – tiefer in das Labyrinth hinein. Was in aller Sonnen Namen war das? Ein Lichtreflex? Dafür schien die Sonne viel zu fahl durch die schmalen Oberlichter.

Geistesabwesend zog der Gossenzauberer seinen Gürtel enger.

Erst jetzt fiel ihm auf, dass er das Schreiben für Elachand in der Eile in seiner Kammer hatte liegen lassen. Er ging zurück zur Tür und hämmerte mit der Faust gegen das schwere Holz.

»Aufmachen! Hört Ihr? Aufmachen! Ich muss noch die Nachricht holen.«

Doch er bekam keine Antwort. Zumindest nicht von draußen. Stattdessen drang ein körperloses Flüstern an seine Ohren.

»Komm, komm zu mir, Miskar. Die Nachricht kann warten.«

Es klang, als hätte der Wind selbst zu ihm gesprochen.

Ihm behagte die Situation ganz und gar nicht. Aber was blieb ihm anderes übrig? Er folgte den grauen Schatten, die immer wieder an ihm vorbeihuschten und von einem Wandschirm auf den nächsten sprangen, so wie Eichkatzen von Baum zu Baum. Er blieb ihnen auf der Spur. Bald führten sie ihn nach links und bald nach rechts, dann geradeaus und schließlich wieder zurück. Miskar wurde ganz schummrig vor Augen.

War er nicht eben erst an dieser Stelle gewesen? Er ging im Kreis! Abermals drehte er sich um die eigene Achse, taumelte und stand plötzlich in der Mitte des Saals. Tisch und Stühle fehlten diesmal jedoch. Die Schatten flossen indes von allen Seiten auf einer großen Leinwand zusammen, wo sie eine wabernde, tiefschwarze Masse bildeten. Hier und da lösten sich einzelne Schattenfetzen aus dem Pulk, nur um gleich darauf wieder aufgesogen zu werden. Immer neue und abenteuerlichere Muster bildeten sich, nie standen die Schatten still. Dort, wo es doch einem Fetzen gelang, der pulsierenden Masse zu entfleuchen und den Wandschirm zu verlassen, stieg er als schwarzer Rauch empor.

»Willkommen, Miskar«, hauchte ihm eine brennend kalte Stimme entgegen, »willkommen in meinem Haus! Es wird Zeit, dass wir miteinander reden, doch zunächst brauche ich deine Hilfe.«

Im nächsten Augenblick wehte der schwarze Nebel in dünnen Schwaden auf ihn zu, umkreiste ihn, umhüllte ihn und drang in ihn ein – durch Nase, Mund und Ohren und durch jede noch so kleine Pore seiner Haut. Er versuchte dagegen anzukämpfen, und tatsächlich trat der dunkle Dunst an manchen Stellen wieder rauchend aus seinem Körper auf.

»Entspanne dich«, erklang die kalte Stimme abermals. »Ich werde auch nur kurze Zeit in dir sein – versprochen!«

TUULIKKI

Sie weigerte sich zurückzublicken. Ihr Leben lag vor ihr. Also beachtete sie auch nicht ihre schmerzende Schwanzflosse, obwohl sie spüren konnte, dass ihr Schuppenkleid zerrissen und einige Gräten gebrochen waren. Bei jedem dritten Flossenschlag musste sie ihren Hinterleib verkrümmen, um Kurs zu halten. Das war der Preis für ihre Freiheit. Ein Andenken an die gehörnten Vierbeiner, die sie beinahe zerstampft hatten. Doch sie war ihrem hölzernen Verlies entkommen und war nun wieder auf der Suche.

Es gab nichts Belebenderes, als entgegen der Strömung zu tauchen. Vorbei an Forellenschwärmen und einsamen Krebsen, unter Brücken aus Stein und treibendem Laub hindurch. Der aufgewirbelte Grund und seine ausgewaschenen Salze erzählten ihr die Geschichte des Flusses. Das Wurzelwerk der Uferbäume und die wehenden Algen sogen alles auf und berichteten von dem, was quellwärts geschah. Sie wollte nicht länger im trüben Teich der Gegenwart versauern. Gegen den Strom zu schwimmen war so, als würde sie ihrer eigenen Zukunft entgegeneilen.

Und unter alldem, was ihr der Fluss flüsternd und gurgelnd anvertraute, war auch immer wieder der Geruch des Einen – als Luftbläschen perlte er unter dem Gefieder der Enten hervor, wenn sie aus Angst vor ihr davonflatterten, und er lag ebenso im Quaken der Frösche, die sich im sicheren Schilf aufbliesen und lauthals krakeelten. Doch je näher sie der Quelle kam, desto trüber und seimiger wurde der Fluss. Das Überwasser drohte die Oberhand zu gewinnen und ließ den Strom allmählich verlanden.

Der Sumpf machte ihr das Vorankommen schwer. Oft musste sie stundenlang nach einem wasserführenden Arm suchen, und dort, wo es keinen gab, schlängelte sie sich wie eine Moorschleiche durch den Morast. Die Witterung des Einen wurde schwächer und schwächer und drohte schließlich in dem toten Schlick zu ersticken. Zum ersten Mal, seitdem sie aufgebrochen war, verspürte sie Hunger. Ihre Flucht hatte sie ausgezehrt.

Vor lauter Verzweiflung vergrub sie sich im Schlamm des flachen Flussbetts und lauerte ... auf Beute ... auf einen Hauch ihrer Fährte. Sie versuchte, in der schwachen Strömung zu lesen, aber das sandige Wasser scheuerte nur qualvoll über ihre Kiemen, ohne die geringste Spur des Einen zu hinterlassen.

Platsch!

Unmittelbar vor ihr war eine fette Wanderkröte in den Bach geplumpst. Sie verabscheute die schmerbäuchigen Lurche. Sie schlug Welse und Riesenotter. Selbst vor jungen Sumpfdrachen machte sie nicht halt, doch Kröten mied sie wie die Wasserpest. Ihre warzige Haut und ihre aufgedunsenen Leiber waren ungenießbar für sie, und die Lurche wussten das, wenn sie sich dreist und feist vor ihr niederließen, nur um sie zu necken. In ihrer Wut hatte sie schon so manche Unke mit der Schwanzflosse erschlagen. Heute hingegen musste sie ihre Gräten schonen.

Erleichtert stellte sie fest, dass die Wanderkröte nicht gekommen war, um zu verweilen. Ungelenk, beinahe hektisch strampelte das ekelhafte Tier mit seinen Beinen, um vorwärtszukommen.

Und wieder plumpste es ... und wieder ... und wieder. Eine Kröte folgte auf die nächste und durchquerte den Wasserlauf. Eine ganze Schar von Lurchen paddelte durch den Fließ.

Mit ihren glucksenden Stimmen warnten sie einander vor Eindringlingen. Doch es war nicht sie, vor der sie sich fürchteten. Dafür kamen sie ihr viel zu nahe. Das Gift aus ihren Drüsen sprach eine klarere Sprache als ihre hässlichen Laute. Aus dem bitteren Sekret schmeckte sie die Präsenz von widernatürlichen Wesen heraus – Wesen, die hier im Sumpf nichts verloren hatten. Und umsponnen von den feindseligen Dünsten, gewahrte sie den Geruch des Einen: Er war in Aufregung. Er floh in Furcht.

Er war in Gefahr. Sie würde es nicht zulassen, dass ihm etwas zustieß, bevor sie ihn gefunden hatte!

Sie schnellte aus ihrem sandigen Versteck hervor und nahm Fahrt auf. Kraftvoll wühlte sie sich durch Wasser und Schlamm. Dann durchbrach sie den Zug der Wanderkröten. Mit ihrer Flosse peitschte sie die stinkenden Lurche beiseite, dass es sie nur so durch die Luft wirbelte. Ihre Leiber zerplatzten, dort wo sie gegen Bäume und Felsen schlugen. Sie hinterließ eine Spur des Todes. Eine weitere lag vor ihr.

BALDWIN

Arruuu! Arru-uuu! Arruuu!

Baldwin vermochte nicht zu sagen, wie weit ihre Verfolger entfernt waren. Er wusste nur: Das Heulen kam näher, und es verfehlte seine Wirkung nicht. Zischend wie ein glühendes Eisen schnitt es durch den Regen. Dem Klang wohnte etwas Böses inne. Er ließ Baldwin erschauern und lähmte seine Glieder. Auch Kaia ließ es nicht ungerührt. Immer wieder starrte sie ihn mit angstgeweiteten Augen an. Er wich ihrem Blick aus und suchte stattdessen das nächtliche Moor ab, doch alles, was er sehen konnte, waren die Umrisse von kahlen, knorrigen Bäumen. Wie Waldschrate umzingelten sie ihn und die Prinzessin. Und hinter ihren Ästen wartete undurchdringliche Finsternis. Nachdem der letzte Schrei verhallt war, gingen sie weiter.

Die toten Bäume standen stummes Geleit für ihren nächtlichen Marsch. Schritt für Schritt, Atemzug für Atemzug. Baldwin musste sich zusammenreißen, um seine Aufmerksamkeit weiter auf den Weg zu richten. Nur weil ihnen ein namenloser Schrecken im Nacken saß, hieß das nicht, dass der Sumpf direkt vor ihnen mit einem Mal an Gefährlichkeit verloren hatte. Überall lauerten tiefe Wasserlöcher und tückische Schlammgruben.

Plötzlich blitzte ein Silberstreifen am Horizont auf. Ihre Jäger mussten den alten Wachturm erreicht und dort ebenfalls den Wegstein berührt haben. Ein lang gezogenes Heulen folgte. Diesmal klang es noch wilder, geradezu wütend. *Arruuu! Arru-uuu!*

Baldwins Beine versagten mit einem Mal, als sein Stock im Matsch stecken blieb. Er sackte zusammen und musste sich im Schlamm aufstützen, um nicht vollends zu stürzen. Für ein paar Atemzüge verweilte er in dieser Stellung und sammelte seine Kräfte. Als das Geheul endlich verstummte, klang das Prasseln des Regens irgendwie anders. Es dauerte einen Augenblick, bis er begriff, dass nicht allzu weit von ihnen entfernt ein Bach plätschern musste. Baldwin wischte sich den Regen aus den Augen und starrte angestrengt in die Nacht, während Kaia ungeduldig neben ihm wartete.

»Dort hinten fließt Wasser«, sagte er.

»Und? Was nützt uns das?«

»Wir könnten so unsere Fährte besser verwischen«, antwortete er.

»Gut«, erwiderte die Prinzessin und bot ihm ihre Hand an, »worauf warten wir dann?«

Baldwin ließ sich von ihrer Entschlossenheit anstecken. Er griff nach ihrem ausgestreckten Arm und raffte sich auf. Schon nach wenigen Schritten war der kurze Hoffnungsschimmer jedoch verflogen. In der Schwärze der Nacht wäre Baldwin fast in den breiten Wasserlauf hineingestolpert, so plötzlich hatten sie sein Ufer erreicht. Der vermeintliche Bach entpuppte sich leider als sprudelndes Flüsschen, das durch den Regenguss noch weiter angeschwollen war. Ihn zu durchwaten war so gut wie unmöglich. Eine tückische Strömung oder eine kleine Unebenheit würden ausreichen, um sie von den Beinen zu holen und davonzuspülen.

»Und jetzt?« Kaia schien die Lage ähnlich riskant einzuschätzen wie er.

Baldwin drehte sich um. Es beunruhigte ihn, dass keine Schreie mehr erklangen. Wie sollte er jetzt abschätzen, wie dicht ihnen die Chimären auf den Fersen waren?

»Wir folgen dem Flusslauf«, sagte er schließlich. »Er sollte uns nach Erlmoor führen.«

Die Prinzessin hatte keine Einwände, und so setzten sie ihren Weg schweigsam fort, immer am Ufer des Flusses entlang. An vielen Stellen war das feuchte Erdreich bereits weggebrochen. Gierig fraß sich das Wasser einen Weg durch das Sumpfland und verband Tümpel um Tümpel zu einem immer breiteren Gewässer, bis der eigentliche Verlauf des Flusses bald kaum mehr zu erkennen war.

Inzwischen hatte Kaia die Führung übernommen. Der alte Söldner hatte Mühe, mit ihr Schritt zu halten, und das, obwohl sie alle naselang aus unerfindlichen Gründen anhielt. Almosen, dachte Baldwin grimmig. Sie wollte ihn nur nicht schlecht aussehen lassen und ihm Gelegenheit geben aufzuholen. Doch immer häufiger versank sein Wanderstab im aufgeweichten Boden, und immer widerwilliger gab ihn der schmatzende Sumpf wieder frei. Er verfluchte das Moor und sein verdammtes Knie. Baldwin hasste es, das zugeben zu müssen, aber er hielt sie nur auf.

»Hoheit«, rief er und blieb stehen. »Es hat keinen Sinn. Geht ohne mich weiter.«

»Wollt Ihr Euch etwa als Held aufspielen? Wahrlich, Baldwin, die Rolle des Märtyrers steht Euch schlecht.« Kaia versuchte aufheiternd zu klingen, aber der Schütze erwiderte ihr Lächeln mit standhaftem Blick.

»Macht Euch keine Sorgen um mich. Ich bin ein alter Hase. Ich mag zwar nicht mehr der Schnellste sein, aber ich weiß immer noch, wie man Haken schlägt. Sei es drum, wenn Ihr in Erlmoor ankommt, dann …«

»Verschont mich mit Abschiedsreden«, unterbrach ihn die Prinzessin. »Ihr habt mir mehr als einmal zur Seite gestanden, ohne dass ich Euch dazu gezwungen hätte. Ihr habt den Wachen ein Bein gestellt, Werron die Hand zertrümmert, und die Fischersleute …« Für einen Herzschlag hielt sie inne. »Jedenfalls ist es an der Zeit, dass Ihr Euch jetzt einmal auf mich verlasst!«

Beinahe andächtig strich Baldwin über den verhüllten Knauf seines Dolches. Wenn sie seine wahre Geschichte kennen würde, dann würde sie nicht so nobel von ihm reden und sich ihre Loyalität für jemand anderen aufsparen.

Kaia baute sich indes zu ihrer vollen Größe vor ihm auf, sodass sie dem angeschlagenen Arkebusier fast bis zur Stirn reichte. »Hört gut zu, Soldat, denn ich erteile Euch den Befehl nur einmal: Ihr begleitet mich bis zur nächsten Flussbiegung, und wenn wir herausgefunden haben, was der leuchtende Nebel zu bedeuten hat, dann könnt Ihr von mir aus tot umfallen, aber bis dahin habt Ihr zu tun, was ich Euch sage! Haben wir uns verstanden?«

Es war offensichtlich, dass sie keinen Widerspruch dulden würde. Doch das war Baldwin einerlei, denn es war nicht ihr Befehl, der ihn beschäftigte. *Leuchtender Nebel?* Er hatte das letzte Stück des Weges solche Mühe gehabt, nicht zu stolpern oder auszurutschen, dass er seine Augen stur auf den Boden gerichtet hatte. Alles, was weiter als eine Schrittlänge vor ihm lag, hatte er ausgeblendet. Nun starrte er geradeaus. Für einen kurzen Moment hoffte er, die bunten Laternen Erlmoors zu erblicken, aber das Licht dort vorne war weder warm, noch schien es aus vielen kleinen Quellen. Es war ein unheimliches Leuchten. Grün und ölig durchzog es den Dunst, der dicht über dem Fluss hing.

»Moorlichter.« Baldwins Lippen fühlten sich taub an, als er sprach. »Wo sie aus dem Sumpf aufsteigen, da ruhen die Toten.«

Kaia lachte kurz auf. »Ihr und Eure Märchen! Können wir unseren Weg jetzt fortsetzen?« Ohne auf seine Antwort zu warten, ging sie weiter. Nachdem sich der alte Söldner erst dreimal mit der rechten und dann dreimal mit der linken Hand bekreist hatte, folgte er ihr.

Der Wasserlauf wurde nun breiter, und seine Strömung verlor zusehends an Kraft. Dort, wo der grünliche Nebel still in der Luft hing, weitete sich der Fluss zu einem kleinen See. Die Luft stank unerbittlich – faulig, wie der Odem eines Moordrachen, zumindest so, wie Baldwin sich die Ausdünstungen eines solchen Ungetüms vorstellte. Mit jedem Glucksen, das dem Wasser entwich, nahm der Gestank an Stärke zu.

»Pfui Teufel«, näselte Kaia, »wie kann etwas, das so schön aussieht, nur so übel riechen?«

Auch Baldwin hielt sich die Nase zu, während er die Schultern zuckte. »Keine Ahnung«, klang die Stimme des Söldners dumpf durch seine Hand hindurch. »Auf jeden Fall komme ich jetzt mit. Hier bleibe ich auf keinen Fall, sonst ersticke ich noch.«

Sie hatten erst wenige Schritte getan, als das grässliche Heulen abermals die Stille der Nacht zerriss: *Arruu! Arruu!*

Dieses Mal war der Schrei weniger unheimlich verzerrt, aber dafür umso wirklicher … und näher! Baldwin wirbelte herum. Er sah etwas Helles hinter sich. Es war das Flackern einer Laterne, und das Licht kam rasch näher. *Arruu! Arru-uuu!*

Als Baldwin sich wieder umwandte, sah er, wie Kaia bereits losrannte. Mit weiten Schritten sprang sie durch den Schlamm, doch mit jedem Satz sank sie tiefer in den Morast ein. Sie war langsam, so unendlich langsam.

Hinter sich konnte er nun schon den Laternenträger ausmachen: Der drahtige Mann trug einen Köcher mit Wurfspießen auf dem Rücken, und das Gesicht hatte er mit einem Tuch verschleiert. Im Schein der Lampe war zu sehen, dass sein nackter Oberkörper von rituellen Narben übersät war. Er war ein Salzkrieger, und an der Kette in seiner Hand zerrten zwei wilde Bestien: die Chimären!

Die Wesen reichten dem Salzkrieger zwar nur bis zum Knie, aber aus ihren langen Schnauzen ragten furchteinflößende Hauer. Mit dem borstigen Rücken und den krummen Beinen erinnerten sie Baldwin an eine groteske Mischung aus einem Eber und einem Waran. Solche Kreaturen konnten nur dem Geist eines wahnsinnigen Zauberers entsprungen sein.

Die Chimären schnüffelten die ganze Zeit aufgeregt im Matsch. Schließlich reckten sie die langen Hälse in die Höhe und stießen ein triumphierendes Heulen aus. Wie zur Antwort blitzten weitere Lichter in der Dunkelheit auf.

Noch waren Kaia und er außerhalb der Sichtweite ihrer Verfolger, noch hatten sie die Lichtkegel der Laternen nicht erreicht, doch ihnen blieb nicht mehr viel Zeit. In dem Geheul rief Baldwin der Prinzessin hinterher, so laut er es sich traute: »Bleibt stehen! He, bleibt stehen!«

Zu seiner Erleichterung hatte Kaia ein scharfes Gehör. Sie hielt an und drehte sich um. Angst stand ihr ins Gesicht geschrieben. Sie hatte begriffen, dass sie ihren Häschern nicht würden entkommen können.

Baldwin hinkte ihr durch den Morast entgegen. »Schwimmen, tauchen. Könnt Ihr das?« Es gab keine Zeit für Höflichkeiten.

Die Prinzessin nickte zögerlich. Sie schien zu ahnen, was er im Sinn hatte.

»Gut.« Der Arkebusier deutete auf den grünen Dunst, der über dem See lag. »Wir müssen durch den Nebel hindurchwaten … oder schwimmen, wenn das Wasser zu tief ist. Bei dem Gestank können sie unmöglich unsere Fährte halten.« Er reichte Kaia die Hand, und die Prinzessin umklammerte sie mit festem Griff.

»Auf drei halten wir die Luft an! Eins … zwei … drei!«

Gemeinsam atmeten sie tief ein – durch den Mund, um den üblen Geruch zu meiden. Die feuchte Nachtluft füllte klebrig Baldwins Lungen. Dann schritten sie in den Nebel.

Der Boden gab schmatzend unter ihren Füßen nach, und schon nach wenigen Schritten hatte die grüne Wolke sie fest umschlungen. Je weiter sie vorankamen, desto schlechter wurde die Sicht. Die Laterne des Salzkriegers flackerte in dem Dunst wie eine blasse Purpursonne an einem bedeckten Himmel.

Mit all ihrer Kraft kämpften sie sich durch das nun hüfttiefe Wasser, da erklang das Chimärengeheul erneut. Und zwar näher als je zuvor. Ein Schulterblick verriet Baldwin, was er befürchtet hatte. Man hatte sie entdeckt! Sie waren anscheinend zu spät in dem giftgrünen Nebel verschwunden.

Der Salzkrieger ließ die Bestien von der Kette. Zähnefletschend sprangen sie los und preschten auf sie zu, ihr Meister dicht hinter ihnen.

Baldwin reagierte instinktiv – genau diese Gabe hatte ihn so viele Schlachten überleben lassen. Er machte einen Satz nach vorn und riss die Prinzessin mit sich. Im Fallen sah er, wie der Salzmann in die Nebelwolke trat und suchend die Laterne hob.

Ein tödlicher Fehler in diesen Gasen … Nur einen Wimpernschlag später verwandelte sich der trübe Dunst in ein gleißendes Inferno. Eine grüne Feuerwalze rollte auf sie zu, doch da tauchten sie auch schon in die Fluten des Sees ein.

Der Söldner ließ Kaias Hand los. Er ruderte wild mit Armen und Beinen, wehrte sich gegen den Auftrieb seines Mantels, strampelte weiter und tauchte tiefer. Nur weg von der Hitze. Selbst durch mehrere Handbreit Wasser spürte er, wie der Nebel über ihm brannte.

Sein letzter Atemzug verließ in dünnen Bläschen seinen Mund, und seine Schwimmzüge wurden zu einem spastischen Zucken. Er gierte nach Luft, aber über ihm tobte immer noch eine Hölle aus grünem Feuer. Baldwin spannte alle Muskeln an im Kampf gegen den Drang aufzutauchen … und verlor. Nur für einen Atemzug, schwor er sich, und schwamm Richtung Oberfläche.

Als er auftauchte und den Nachthimmel sah, schnappte er japsend nach Luft. Er konnte sein Glück kaum fassen. Dort, wo eben noch der grüne Feuernebel gewütet hatte, hing nun lediglich kalter Rauch über dem See. Der Gestank von verbranntem Fleisch war allgegenwärtig.

Baldwin streckte die Füße aus und tastete nach dem Grund. Er konnte stehen.

Er war fast auf der anderen Seite des Sees angelangt, obwohl er sich nicht daran erinnern konnte, so weit getaucht zu sein. Irgendwo am Ufer hinter ihnen, jenseits des Qualms, loderten Fackeln. Ihre Häscher mussten zahlreich sein. Mindestens ein Dutzend Gestalten wanderte durch das unstete Zwielicht, unter ihnen auch ein Berg von einem Mann. *Werron Ogerblut!*

Der Leibwächter des Prinzen blieb stehen und machte sich gerade daran, seine Armbrust zu spannen. Die Waffe ähnelte eher einer kleinen Ballista, dachte Baldwin ehrfürchtig. Seine Hand schien dem Halboger jedoch immer noch Schwierigkeiten zu bereiten, denn nach mehreren Versuchen gab er es auf und schmiss die Armbrust zu Boden.

Werrons Wutschrei vibrierte in Baldwins Brust: »Die Kleine überlebt die Nacht vielleicht, aber dich, alter Mann, kriege ich, und dann breche ich dir jeden Knochen zweimal! Ich reiß dir deinen Schwanz ab und stopf ihn dir ins Maul! Und deine Ohren und deine Nase und deine Zunge auch!«

Je länger die Flüche, desto verzweifelter war die Lage. Das wusste Baldwin aus eigener Erfahrung. In diesem Fall, dachte er erleichtert, konnte der Anfall des Halbogers nur eines bedeuten: Er wusste nicht, wo sie waren. Der Rauch und die Nacht gewährten ihnen ausreichend Deckung.

»Los, Leute«, donnerte Werron mit tönender Stimme, »bewegt eure faulen Ärsche und sucht den See ab!«

Sie mussten schnellstmöglich fort von hier – doch wo war Kaia? Baldwin bemühte sich flach zu atmen und lauschte. Verzweifelt hielt er nach einem Lebenszeichen der Prinzessin Ausschau. *Hat sich da gerade das Wasser bewegt?*

Glucksend stiegen einige Blasen auf. Ein milchig grüner Nebelschwaden wehte zu ihm herüber, und ein fauliger Gestank machte sich breit. Die Toten atmeten wieder … Ein lautes Platschen ließ ihn zusammenzucken.

Wenige Schritte vor ihm teilte sich das Wasser – und Kaia schoss prustend in die Höhe.

Doch Baldwins Freude währte nicht lang.

Er traute seinen Augen nicht. Auch die beiden Chimären hatten die Feuersbrunst überstanden. Beinahe zu spät hatte er bemerkt, wie die Bestien im Dunkeln auf sie zuschlängelten. Ihre muskelbepackten Leiber schoben eine kleine Bugwelle vor sich her. Nur ihre langen Hälse ragten drohend aus dem Wasser.

Entgegen jeder Hoffnung zückte Baldwin seine Waffe und zielte mit der tropfenden Pistole auf das erste Untier. Er wartete, bis er das Glühen in den Augen der Chimäre sehen konnte. Dann drückte er ab.

Hebel klickten, Räder surrten, der Hahn schnappte zu, und eine gelbe Rauchwolke stob aus der Mündung hervor.

Gremlin-Hexerei! Die feuchte Ladung hatte tatsächlich gezündet! Vielleicht musste er seine Meinung über die Fledermausohren doch noch ändern.

Der Arkebusier hatte sein Handwerk indes nicht verlernt. Die Kugel traf ihr Ziel genau zwischen die Augen. Keinen Augenblick später ging die Bestie in den Fluten unter.

Baldwin hatte keine Zeit zu verlieren. Er musste das zweite Untier aufhalten, das sich Kaia von hinten näherte. Doch er hatte keine Zeit, die Pistole neu zu laden. Kurzerhand ließ er sie fallen und griff nach seinem Dolch, aber seine Hand glitt ins Leere. Er tastete seinen Waffengurt ab, aber die Klinge blieb verschwunden. *Verflucht!* Er musste sie unter Wasser verloren haben.

Rasch begann er, in Kaias Richtung zu schwimmen, doch die Chimäre war schon bei ihr und riss fauchend das Maul auf.

Kaia schrie und verschränkte die Arme vor dem Gesicht. Dies würde sie jedoch nicht vor den spitzen Hauern retten. Hilflos musste Baldwin mitansehen, was geschah.

Die Chimäre setzte zum tödlichen Sprung an. Doch plötzlich jaulte sie gequält auf. Quiekend und wild um sich schnappend versank sie im dunklen Wasser. Und Kaia war gerettet.

TUULIKKI

Raubtiere waren dankbare Opfer. Sie waren so geblendet von ihrer eigenen Stärke und so versessen darauf, selbst Beute zu machen, dass sie ihre Umgebung sträflich vernachlässigten.

Das abartige Ding, das vor ihr durchs Wasser pflügte, war zweifellos ein Räuber, und ein besonders ekelhafter obendrein. Es stank wie ein Schwein und hatte die Silhouette eines deformierten Lurchs. Das allein war jedoch nicht sein Todesurteil gewesen. Das Untier hatte sich eingemischt. Es hatte sich zwischen sie und ihren Einen gestellt.

Der Duft ihres Erlösers war schwächer, als sie es in seiner Gegenwart vermutet hätte. Doch das musste an den blubbernden Blasen und dem grünen Feuer liegen, die das Unter- und Überwasser mit einem üblen Geruch verdarben.

Die schlichte Anwesenheit des Einen war genug, um ihr zusätzliche Kräfte zu verleihen. Pfeilschnell schoss sie auf das widerliche Vieh zu und bohrte ihre spitzen Zähne in seinen Schlangenhals. Die Haut war jedoch so ledrig und zäh, dass sie daran zweifelte, ob ihr Gift seinen Weg in den Leib des Ungetüms finden würde. Sie müsste es niederringen und ersäufen, und dabei war es mindestens doppelt so schwer wie sie.

Das Wesen schwang seinen Kopf wild hin und her. Es versuchte, sie abzuschütteln, doch mit jeder Bewegung biss und krallte sie sich nur noch fester. Das Ding war gerissener, als sie gedacht hatte, und zu allem Übel auch noch ein passabler Schwimmer. Es ließ sich auf den Boden sinken, um sie mit seinem Gewicht zu erdrücken.

Schon lag sie auf dem Grund. Faulige Blasen blubberten aus dem Schlick hervor und drangen mit jedem Atemzug in ihre Kiemen. Ihr wurde schwindlig. Sie lockerte ihren Biss, schlängelte und wand sich, bis der weiche Boden unter ihr nachgab. Mithilfe ihrer Vorderflossen zwängte sie sich unter dem massigen Leib des Untiers hervor. Für einen Herzschlag schwebten sie einander umklammernd im schmutzigen Wasser des Sees – Auge in Auge.

Das Scheusal hatte einen flachen Kopf mit einer ausdruckslosen Fratze. Winzige Vertiefungen in der furchigen Lederhaut deuteten auf Augen, Nase und Ohren hin. *Unendliche Hässlichkeit …*

War es das, was die Menschen auch in ihr sahen?

Das Ungetüm holte mit seinem Schädel aus, um ihr seine Hauer in die Flanke zu jagen, aber sie war flinker und biss sich in seinem Gesicht fest.

Das Tier wollte aufbrüllen vor Pein, doch stattdessen schluckte es Wasser. Sein Körper begann hektisch zu zucken. Sie roch seine Panik und schmeckte sein Auge, das in ihrem Maul zerfloss. Dann mahlte sie mit den Zähnen, bis sie Knochen spürte und ließ ihr Gift direkt in den Kopf des Ungetüms strömen.

Nach wenigen Herzschlägen war seine Gegenwehr versiegt. Der Kampf war zu Ende.

Sie ließ ab von dem toten Körper und schwamm schnelle Kreise, um das Faulgas aus ihren Kiemen zu spülen. Dabei durchsuchte sie das trübe Nass. Da war der Eine! Sie sah nur noch seine Beine. Er war gerade dabei, das Unterwasser zu verlassen! Eigentlich wollte sie den Geschmack ihres Erlösers nicht mit dem des Ungetüms vermengen, den sie immer noch in sich trug, aber sie durfte ihn nicht entkommen lassen. Sie eilte ihm hinterher, und nach zwei Flossenschlägen war sie bei ihm.

Sie zwickte sanft in seinen Fuß – und schrak zurück. Dieser Landgänger trug zwar den Geruch des Einen an sich, aber er schmeckte nicht nach ihm. Wie konnte das sein?

Der spitze Schmerzensschrei aus dem Überwasser verstärkte ihr Entsetzen. Es war die Stimme eines Weibchens, nicht die eines Männchens. *Nein … nein … nein … das ist unmöglich!*

Sie verstand nicht, wie ihr geschah. Ihr Kopf war wie leergefegt. Zum ersten Mal seit vielen Tagen wog der Schmerz in ihr schwerer als die Hoffnung. Völlig taub ließ sie sich von der Strömung ergreifen und tiefer in den Sumpf treiben.

BALDWIN

Mit einem Ruck fuhr Baldwin herum, als er die Prinzessin hinter sich schreien hörte.

»Was ist?«, raunte er besorgt.

»Ich muss in irgendetwas reingetreten sein.« Die Prinzessin humpelte aus dem Wasser, bis sie festen Boden unter den Füßen hatte. Nach ein paar Schritten stützte sie sich an einer jungen Birke ab, um ihre Sandale auszuziehen. Prüfend drückte sie an ihrer Ferse herum.

»Nicht der Rede wert«, sagte sie, während sie sich ihre Finger besah. »Tut nicht mal weh. Ist nur etwas Blut.«

»Könnt Ihr auftreten?«

Kaia belastete vorsichtig den Fuß. Dann stampfte sie zweimal kräftig auf und nickte zufrieden.

Baldwin atmete erleichtert durch. »Gut, denn was auch immer da draußen auf dem See geschehen ist, so eine Chance kriegen wir nicht noch einmal. Solange es dunkel ist, können sie uns hier drüben nicht sehen.« Er deutete auf Werron und seine Mannen, die das andere Ufer mit Fackeln absuchten. »Auch wenn Oger eine feine Nase haben, ohne die Chimären werden sie uns nicht so schnell aufspüren können.«

Für einen Moment glaubte er am Rande des Suchtrupps ein blasses Funkeln auszumachen. An irgendetwas erinnerte ihn das kalte Licht, doch bevor es ihm einfiel, war es schon wieder erloschen. Er war wohl schon zu lange nüchtern – das war seinem Gedächtnis nicht zuträglich.

Baldwin legte den Kopf in den Nacken und suchte den Himmel nach einem wolkenfreien Flecken ab. Er hatte Glück: Das Große Einhorn war einwandfrei zu sehen. Zugegeben, es war eines der wenigen Sternbilder, die er kannte, aber es war eine zuverlässige Orientierungshilfe, denn sein Horn zeigte stets gen Norden, zum Land der Nullten Stunde. Erlmoor lag jedoch im Süden. Also mussten sie einfach die entgegengesetzte Richtung einschlagen.

Baldwin schickte ein stummes Stoßgebet zum Allsehenden. *Herr, bitte weise uns den kürzesten Weg … und lass ihn frei von Halbogern und Mücken sein, denn ich habe weder Büchse noch Klinge bei mir.*

Seinen Dolch hatte er abgeschrieben. Der lag nun irgendwo auf dem Grund des sumpfigen Sees. Und vielleicht war das auch besser so. Er selbst hatte es nie übers Herz gebracht, sich der Klinge zu entledigen und auf diese Weise mit der Vergangenheit abzuschließen. Im Gegenteil, er hatte sie vielmehr als Mahnmal seiner alten Schuld angesehen – einer Schuld, die er sich gerade anschickte zu begleichen.

Ein letztes Mal blickte Baldwin auf das stille Wasser, dann ging er los. Sein Knie war inzwischen vollkommen steif, sodass er sein linkes Bein bei jedem Schritt nachziehen musste.

Kaia schlüpfte rasch in ihre Sandale und folgte ihm. »Wisst Ihr, wo wir langmüssen?«

»Immer da lang, wo das Einhorn scheißt«, grummelte der alte Söldner und hinkte weiter.

Die Landschaft um sie herum veränderte sich. Die Zahl der Tümpel und Pfützen nahm ab und machte einem Geflecht von Bächen und Rinnsalen Platz. Farne und Schilf wichen Tränenerlen und Birken. Statt tristem Nebel lag ein fröhliches Plätschern in der Luft.

Baldwins Stimmung besserte sich. Er war beinahe gut gelaunt, hätte er nicht immer öfter auf Kaia warten müssen. Fast könnte man meinen, dass nicht er, sondern sie diejenige war, die das Marschgepäck schleppte und auf einem Bein lahmte.

Als er sich zum zigsten Mal nach ihr umdrehte, war bereits ein zarter Schimmer am Himmel zu sehen. Er humpelte zurück, der Prinzessin entgegen.

»Hoheit, ich verspreche Euch, dass wir eine Rast einlegen, sobald wir das nächste Wäldchen erreichen. Aber wir brauchen erst Deckung.«

Kaia reagierte nicht auf seine Worte. Es bereitete ihr offensichtlich große Mühe, einen Fuß vor den anderen zu setzen. Er schaute ihr direkt ins Gesicht und erschrak. Ihre Augen waren glasig und blutunterlaufen. Dann wankte sie mit einem Mal und fiel in seine Arme.

Behutsam ließ er sie zu Boden gleiten und lehnte sie an einen umgestürzten Baum.

»Hoheit«, tadelte er sie, »warum habt Ihr mir nicht gesagt, dass Euch unwohl ist?«

»Wollte nicht anhalten …«, lallte Kaia, »… so kurz vor den Lichtern … sind doch … fast da.«

Sie streckte eine Hand aus und schien nach irgendetwas in der Ferne zu greifen. Sie halluzinierte.

Baldwin strich ihr das Haar aus dem Gesicht und befühlte ihre Stirn. Ihr Kopf glühte. Ob sie das Sumpffieber befallen hatte? Allerdings sah keiner ihrer Mückenstiche besonders gerötet oder geschwollen aus.

Sein Blick glitt an Kaia herunter und fiel auf ihre Füße. Ihre linke Ferse war fast vollständig schwarz. Das war alles andere als ein gutes Zeichen. Sie brauchte Hilfe, und zwar schnell!

Mit einem Mal wurde die Prinzessin unruhig und begann, an ihrem Umhang rumzunesteln.

»Hier«, hauchte sie schließlich und lächelte matt. Sie hielt Baldwins Dolch in Händen. »Den wollt ich Euch heut Abend im Gasthaus überreichen. Ganz feierlich. Bei einem Bier. Hab ihn vorhin im Wasser gefunden. Als wir getaucht sind.«

Baldwin erschrak. Das Lumpentuch hatte sich gelöst und den prächtigen Griff entblößt, der in Form eines Flammenvogels gearbeitet war. Er bezweifelte, dass die Prinzessin in ihrem Zustand etwas davon mitbekommen hatte. Trotzdem nahm er die Klinge hastig an sich und versteckte sie unter seinem Mantel.

Als er damit fertig war, legte er Kaias Arm um seine Schultern und stand auf. Es gab zwei Dinge, die er in der Kompanie noch vor dem Schießen gelernt hatte: unermüdlich zu marschieren und nie einen Kameraden zurückzulassen. Baldwin gedachte, sich an beide Grundsätze zu halten.

Sie waren schon ein gutes Stück vorangekommen, da überraschte er sich selbst, als er plötzlich zu summen begann. Zunächst stimmte er den Mönchsgesang an, den er schon in der Silbermine zum Besten gegeben hatte, doch als ihm der zu schwermütig erschien, wechselte er zu einem fröhlicheren Wanderlied.

Baldwin hatte die Melodie zum vierten oder fünften Mal angeschlagen, als ihm die Umgebung endlich bekannter vorkam. Unter vielen Bäumen war die Erde von Schweinen aufgewühlt worden, und zu seiner Rechten lag ein löchriges Bootswrack auf dem Trockenen. Es dauerte nicht lang, da roch er die Stadt, noch bevor er sie sah.

Der würzige Rauch von Torffeuern lag in der Luft. Mittlerweile gab es sogar einen schmalen Pfad, dem er folgen konnte, und schon hinter der nächsten Wegbiegung erblickte er die ersten Anzeichen der Siedlung.

Erlmoor lag über viele Werder verteilt, die mit Seilbrücken und Knüppeldämmen verbunden waren. Auf den meisten der kleinen Inseln standen Holzhütten, die auf dicken Pfählen errichtet worden waren, um dem alljährlichen Hochwasser zu trotzen. An den Häusern, Brücken und Kähnen hingen bunte Lampions, die sanft im Wind schaukelten.

Der Hinkende Karpfen war das zweite Haus, direkt hinter dem Ortseingang und hatte ein Inselchen ganz für sich allein. Der Gasthof war aus Lehmziegeln erbaut und stand auf einem hohen Wall. Seine Wände, Türen und Fensterläden waren in schillernden Grün- und Blautönen gestrichen, und auf dem Schilfdach nistete, wie jedes Jahr, ein Königsreiherpaar.

Baldwin hoffte nur, dass Berdych sie, so wie sie aussahen und rochen, nicht gleich wieder vor die Tür setzte. Der Karpfenwirt war ein entschlossener Mann, der sich gegen zwielichtige Gäste zur Not auch mit seiner berüchtigten Dornenkeule durchzusetzen wusste. Andererseits mochten ihnen ihre ungewaschenen Gesichter und zerschlissenen Kleider auch zum Vorteil gereichen. Denn wer würde hinter zwei derart abgerissenen Gestalten schon eine Prinzessin und ihren Leibwächter vermuten?

*

Baldwin stöhnte, als er die schwere Holztür zum Hinkenden Karpfen aufzog und sich mit der Prinzessin durch den schmalen Spalt zwängte.

Die Fenster der Gaststube waren weit geöffnet, sodass ein kräftiger Windstoß durch den Raum fegte und die Tür von alleine hinter ihnen zuschlug. Die Luft war allemal besser, als er von seinen nächtlichen Saufgelagen gewohnt war. Der helle Sonnenschein verzieh jedoch nichts. An den Abenden wirkte der Schankraum überaus anheimelnd. Doch im Tageslicht sah man den Tischen und Stühlen an, wie wacklig sie waren, und auf den hell getünchten Wänden schien ein grauer Schleier zu liegen.

Für die frühe Mittagsstunde herrschte schon ein recht munteres Treiben, fand Baldwin. Selbst in seinem Dämmerzustand gehörte es zur Routine des alten Söldners, sich einen Überblick zu verschaffen, bevor er sich niederließ.

An einer langen Tafel in der Mitte der Stube hatte eine Gruppe von Flößern Platz genommen, die sich eine Schüssel Grütze und kalten Fisch zum Frühstück teilten. An einem Ecktisch saß ein junger Mann mit schlohweißem Haar, der sich gerade ein Einglas vor das Auge klemmte, als sie den Raum betraten. Und vor dem Kamin lag eine schnarchende Schnapsleiche, die einen feinmaschigen Schleierhut trug, die traditionelle Kopfbedeckung der Moorläufer. In seinem Arm hielt der Trunkenbold einen kleinen Rattenhund, der jeden anknurrte, der seinem Herrchen zu nahe kam.

Noch bevor er und Kaia sich hatten setzen können, fuhr sie der Wirt lauthals an: »He, ihr da! Wir sind hier zwar mitten im Moor, aber das heißt nicht, dass ihr den halben Sumpf mit hereinschleppen dürft. Wascht euch gefälligst draußen und kommt dann wieder, sonst kracht's!«

Baldwin ignorierte das Geschimpfe und legte die Prinzessin auf der nächsten Bank ab. Ein Poltern verriet ihm, dass der Wirt seine Dornenkeule hinter dem Tresen hervorgeholt hatte. Berdych war kein Mann leerer Drohungen.

Jetzt musste es schnell gehen. Baldwin beugte sich zu Kaia hinunter, riss ihren Geldbeutel auf und nahm einen der drei Gulden heraus. Mit einem deutlich hörbaren Klacken legte er die Münze auf den Tisch neben sich.

»Wir brauchen eine Kammer, Speis und Trank und vor allem einen Heiler für meinen Sohn!«, sagte Baldwin im Befehlston. »Und das Ganze etwas plötzlich!«

Berdych stoppte und ließ die Keule sinken. Er fuhr sich nachdenklich mit der Hand über sein breites Kinn. Wenn ihm der Sinn danach stünde, könnte der lange Kerl ohne Weiteres Hackfleisch aus ihnen beiden machen. Immer wieder blickte er misstrauisch von Kaia, die mit ihrem kurzen Blondschopf wirklich aussah wie ein Junge, zu Baldwin.

Ob ihn der Wirt unter all dem Schmutz und den Mückenstichen erkannte? Zumindest ließ er sich nichts dergleichen anmerken.

Er griff nach dem Goldstück, prüfte es kurz mit seinen braunen Zähnen und ließ es anschließend in seiner Schürze verschwinden.

»Nehmt die letzte Kammer auf der rechten Seite«, grummelte der Wirt. »Ich bringe euch gleich eine Schüssel warmes Wasser und etwas zu essen. Was den Heiler betrifft, sieht's leider schlecht aus. Unsere Hebamme ist schon seit ein paar Tagen unterwegs, und Trodahn, den tatterigen Zahnreißer, würde ich noch nicht mal einen Furunkel an meinem Allerwertesten ausdrücken lassen.«

Baldwin ließ die Schultern sinken. *Verdammt!* Er hatte sie beide auf einem Bein bis hierhergeschleppt, und nun das.

Dem Wirt schien es einerlei zu sein, denn er hatte sich längst wieder hinter seinem Tresen verkrochen.

»Entschuldigung? Ähm, verzeiht mir?«, erklang da eine zaghafte Stimme neben Baldwin.

Erst beim zweiten Mal merkte er, dass er gemeint war.

»Verzeiht, dass ich Sie so geradeheraus anspreche, aber ich kam nicht umhin, Ihr Gespräch zu belauschen. Womöglich kann ich Ihnen und Ihrem Sohn behilflich sein. Mein Name ist Quentin, Quentin Weißgerber. Und mit wem habe ich die Ehre?«

»Sind Sie ein Magiker?«, fragte Baldwin barsch. »Sie sehen aus wie ein Æstaryaner.«

»Nein, das nicht«, antwortete der junge Mann, nicht ohne Stolz, »aber ich bin Gelehrter und verstehe mich auch auf die Kunst der Medizin.«

»Ein feiner Pinkel, was?« Baldwin musterte den Mann abschätzig.

»Wenn Sie das sagen … Aber ein feiner Pinkel, der sich nicht zu schade ist, mit anzupacken, wo Hilfe vonnöten ist«, erwiderte Quentin und schickte sich an, Kaia anzuheben. »Wir bringen ihn am besten auf meine Stube, da habe ich gleich meine Sachen zur Hand.«

Baldwin brummte sein Einverständnis. Was blieb ihm auch anderes übrig? Irgendjemand musste sich die Verletzung der Prinzessin ja ansehen.

Kaum hatten sie Kaia auf dem Bett des Gelehrten abgelegt, da stand auch schon der Wirt mit einer Schüssel dampfenden Wassers und einem sauberen Tuch in der Tür.

»Oh, ausgezeichnet«, sagte Quentin mit wichtigtuerischer Miene, »stellen Sie die Sachen am besten dort auf dem Hocker ab.«

Berdych tat, wie ihm geheißen. »Essen kommt gleich«, murmelte er und verschwand so schnell es eben ging, ohne unhöflich zu erscheinen.

»Sie wirken erschöpft, werter Herr, sicherlich wollen Sie sich in der Schankstube bei einem Krug Met stärken, während ich mich um Ihren Jungen kümmere.« Quentin sah ihn freundlich an.

»Den Teufel werde ich tun!«, raunzte Baldwin und ließ sich auf eine breite Kleidertruhe fallen. Er würde Kaia keine Handbreit von der Seite weichen … nicht, dass der Schnösel durch seine Untersuchung noch dahinterkam, dass sie gar kein Knabe war. »Wollen Sie denn gar nicht wissen, was ihr … äh … ihm fehlt?«

»Doch, doch, natürlich«, erwiderte der Gelehrte. »Was ist denn geschehen?«

»Er hat sich was am linken Fuß eingefangen«, erwiderte Baldwin und zog Kaia die Sandale aus.

Ihre Ferse war kohlrabenschwarz, und die Haut hatte begonnen, sich zu schuppen. Das Mädchen hatte die Augen noch immer fest geschlossen und atmete flach. Schweiß stand ihr auf der schmutzverschmierten Stirn, und alle paar Atemzüge zitterte sie so arg, dass es ihren zarten Leib nur so schüttelte.

»Nun denn, dann werde ich mal …«, kündigte Quentin an und wollte gerade sein Einauge einsetzen. Doch da öffnete sich mit einem Ruck die Tür, und der Gelehrte fuhr zusammen. Das Glas fiel ihm herunter und drehte wilde Kreisel auf den Holzdielen, bis es schließlich unter dem Hocker liegen blieb.

Berdych war zurückgekommen und duckte sich durch den Türrahmen. In der einen Hand hielt er einen großen Humpen Met und in der anderen eine Platte mit Schinken und Brot.

Baldwin nahm ihm den Teller ab und stellte ihn neben sich auf die Truhe; den Krug setzte er jedoch nicht ab, bevor er ihn in einem Zug geleert hatte. Nach dem harten Marsch stieg ihm der Met schneller zu Kopf als gewöhnlich.

Er versuchte, die Augen offen zu halten, um dem ziemlich angespannt wirkenden Gelehrten auf die Finger zu schauen, der gerade damit anfing, ihre Verletzung zu betasten. Doch es dauerte nur ein paar Atemzüge, bis Baldwin in sich zusammengesackt war und aus tiefster Seele schnarchte.

QUENTIN

Quentin schaute angespannt über seine Schulter. Der alte Säufer war schneller eingeschlafen, als er zu hoffen gewagt hatte. Sein metgeschwängerter Atem wehte mit jedem Schnarchen zu ihm herüber.

Endlich konnte er sich in Ruhe dem vermeintlichen *Jungen* und seinem Mantel widmen. Er ging zum Fenster und öffnete es einen Spalt weit, gerade genug, damit etwas Tageslicht auf den Umhang fiel. Dann holte er ein sorgfältig zusammengefaltetes Stück Papier aus seiner Hosentasche, öffnete es und nahm den Fussel heraus, den er unter dem Fingernagel des toten Kopisten gefunden hatte. Er platzierte ihn fein säuberlich auf dem Mantel und wischte noch einmal über seine Linse, bevor er sie sich vor das Auge hielt.

Sein Verdacht bestätigte sich: Die Stoffe waren identisch! Schon in der Gaststube hatte er so ein Kribbeln in der Bauchgegend verspürt, als er den merkwürdig schimmernden Mantel gesehen hatte und den Jungen, der – angesichts seiner feinen Gesichtszüge – auch leicht ein Mädchen sein könnte. Für gewöhnlich gab Quentin nichts auf derlei Ahnungen.

Entweder weiß man Dinge oder nicht …

Doch so viel war nun klar, der Faden gehörte zu diesem Umhang, auch wenn er in seinem beklagenswerten Zustand rein gar nicht mehr wie ein Tarnmantel anmutete.

Bliebe noch ein Rätsel zu lösen. Quentin beugte sich über den angeblichen Sohn des Säufers und lüpfte mit spitzen Fingern seine dreckige Hose. Zwischen seinen Beinen baumelte nichts, was ihn zum Mann oder auch nur zum Jüngling gemacht hätte.

Der Körper der jungen Frau war kalt, ihre Atmung unregelmäßig. Schon vor einer Weile hatte sie aufgehört zu zittern. Sie lag im Sterben, erkannte Quentin, und es gab nichts, was er für sie tun konnte, selbst wenn er gewollt hätte.

Er war zwar in vielen Künsten bewandert, die Medizin gehörte jedoch, entgegen seiner Behauptung, nicht dazu. Blut, Urin und Galle waren nun einmal nicht die Flüssigkeiten, mit denen er sich gerne befasste. Um seinem Mandanten einen weiteren Bonus zu entlocken, war es außerdem unerheblich, ob er die Mörderin des Kopisten tot oder lebendig nach Tann zurückschaffte.

Wenn die junge Frau nicht mehr zu Bewusstsein käme, dann könnte er zumindest noch ihren Begleiter verhören und ihn nach ihrer Herkunft und ihrem Motiv befragen. Denn sie sah keineswegs so aus, wie Quentin sich eine Assassine aus Athanor oder den Salzlanden vorstellte. Um ehrlich zu sein, sah sie eher aus wie ein einfaches Mädchen aus dieser Gegend.

Doch bevor er den Kerl weckte, wüsste er lieber Hodž und Waltar an seiner Seite. Wo waren die beiden eigentlich, wenn man sie brauchte? Seitdem sie sich gestern Abend abgemeldet hatten, um Erkundigungen irgendwelcher Art einzuholen, hatte er sie nicht mehr gesehen.

Unruhig schritt Quentin in der kleinen Kammer auf und ab. Der Mann und das Mädchen hatten keinerlei Gepäck bei sich. Zu gerne hätte er sie einer gründlichen Leibesvisitation unterzogen, doch das Risiko, dass sie dabei aufwachten, erschien ihm zu groß – ganz zu schweigen davon wäre es eine schmutzige Angelegenheit. Allein der Gedanke ekelte ihn so sehr, dass er sich die Hände in der Schüssel wusch.

Nachdem er sich vergewissert hatte, dass der Alte immer noch schlief, stahl er sich heimlich aus der Kammer und ging in Richtung Gaststube.

Schon auf dem Flur kam ihm ein lautes Rumoren entgegen. Zwei mit Arkebusen bewaffnete Soldaten hatten sich im Schankraum aufgebaut. Ihre Uniformen wiesen sie als windfall'sche Truppen aus, aber es waren keine gewöhnlichen Grenzer oder Zöllner, die dort standen, sondern Wachen der Prinzengarde.

Was hatten sie bloß in der Freistadt Erlmoor zu schaffen? Dem Anschein nach hatten sie eine ungemütliche Reise hinter sich, denn ihre Stiefel und Wappenröcke waren dreckbesudelt. Die Flößer waren derweil von ihren Stühlen aufgesprungen, und der Wirt wanderte langsam um den Tresen herum. Mit der Dornenkeule über der Schulter stellte er sich den Windfallern entgegen. Selbst der kleine Rattenhund hatte sein warmes Plätzchen am Kamin verlassen und kläffte die Soldaten unerschrocken an. Die Erlmoorer waren ein freiheitsliebendes Völkchen. Sie schätzten es gar nicht, wenn sich Leute von außerhalb in ihre Belange einmischten, so viel hatte Quentin von Hodž gelernt.

»Haltet ein, gute Leute«, rief einer der Uniformierten und senkte seine Arkebuse. »Wir kommen in friedlicher Absicht.«

»Und in der könnt ihr auch gleich wieder gehen«, entgegnete Berdych.

»Das werden wir, aber nicht, ohne Euch nicht vorher kundgetan zu haben, dass Ihr im Handumdrehen reiche Männer werden könnt.«

»Hört, hört!«, erklang es vom Tisch der Flößer.

Der Soldat ließ sich nicht zweimal bitten und hob mit tönender Stimme zu sprechen an: »Kaia aus dem Hause Ventrin, Prinzessin von Windfall und einzige Tochter der verstorbenen Fürstregentin, hat sich der Verschwörung gegen ihren Bruder und rechtmäßigen Thronerben, Prinz Karol, schuldig gemacht. Im Angesicht des Allsehenden und seiner Drei Heiligen hat sie die Totenruhe ihrer Mutter gestört und sich wider Treu und Glauben des Testaments bemächtigt. Die Gesuchte reist in Begleitung eines heimtückischen und gefährlichen Kriegsmannes und wurde zuletzt in den Sümpfen um Erlmoor gesehen. Im Namen seiner Gnaden, des Windmarschalls und Verwesers, Vistell von Zedern, lobe ich eintausend Gulden für denjenigen aus, der sie ergreift oder Hinweise beibringt, die zu ihrer Ergreifung führen.«

»Wir wollen kein Windfaller Gold«, donnerte der Wirt zur Antwort, »und nun packt euch!«

Der Soldat, der gesprochen hatte, blickte ernst in die Runde. Dann verließen er und sein Kamerad das Gasthaus. In dem Moment, da die Tür mit einem lauten Poltern ins Schloss fiel, setzte ein aufgeregtes Gemurmel unter den Flößern ein.

Sogar der alte Moorläufer war aus seinem Rausch erwacht und blinzelte verschlafen in die Runde. »Habe ich recht gehört? Eintausend Gulden?«

Eine wilde Diskussion entbrannte, in der die einen schon darüber nachdachten, was sie mit so viel Gold anfangen würden, während die anderen noch heftig darüber stritten, ob man mit Windfallern überhaupt Geschäfte machen dürfte, schließlich waren sie Vasallen der oktanischen Krone.

Mal laut, mal leise, mal aufbrausend und mal beschwichtigend verkamen die Stimmen der Männer in Quentins Ohren zu einem Rauschen. Den jungen Gelehrten beschlich ein unangenehmes Gefühl. Vorsichtig trat er an eines der offenen Fenster und blickte den Soldaten hinterher, wie sie über den Steg zum nächsten Haus stapften, um ihre Nachricht zu verbreiten.

Er wollte keine unnötige Aufmerksamkeit auf sich lenken und eilte zurück zu seiner Stube. Als er das schmale Türchen öffnete, erschrak er fast zu Tode.

Hodž saß auf der Fensterbank und grinste ihn breit an. Quentin vermochte hinter dem Lächeln des Gremlins jedoch kein Anzeichen von Freundlichkeit zu entdecken. Es wirkte eher raubtierhaft, und er fragte sich, wie so viele nadelspitze Zähne überhaupt in ein einziges Gesicht passen konnten.

Die Dielen knarzten, als Waltar hinter der Tür hervortrat und ihn mit einem Ruck in die Kammer zog. Der Doppelsöldner wirkte vollkommen ruhig. Wie fast immer kaute er genüsslich auf einem Stück Tabak herum.

»Meine Güte, Sie haben mir einen ganz schönen Schrecken eingejagt!«, empörte sich Quentin.

»Verzeihung, Herr Weißgerber«, zischte Hodž, während er auf das Mädchen und den alten Mann deutete, »ich wusste nicht, dass Sie Gäste haben. Sie können froh sein, dass wir gerade eben mucksmäuschenstill durchs Fenster gekommen sind, um den Kuttenträgern zu entgehen. Andernfalls hätten wir die beiden noch geweckt, auch wenn das kaum möglich scheint, wenn ich sie mir so betrachte. Aber was in aller Sonnen Namen machen die hier?«

»Das«, sagte Quentin, nicht ohne eine gewisse Portion Genugtuung, »ist die Mörderin, nach der wir suchen.«

»Die Mörderin, he?« Hodž kniff seine Katzenaugen zusammen und musterte den Gelehrten skeptisch. »Ich sehe nur ein fieberndes Elend und einen verwahrlosten Alten, der seinen Rausch ausschläft.«

»Nun … ich habe Beweise. Der Fussel des Tarnmantels, den ich am Tatort gefunden habe, stimmt mit den Fasern dieses Umhangs exakt überein. Und außerdem hatten Sie recht«, fügte Quentin hinzu, um dem Gremlin zu schmeicheln, »der Träger der Tarnkappe ist tatsächlich eine Frau, die sich als Jüngling ausgibt.«

»Schön und gut«, nörgelte Hodž, »aber haben Sie sich die beiden Langbeine schon mal näher angesehen?«

»Wie meinen?« Quentin verstand nicht, worauf der Gremlin hinauswollte.

»Er will wissen, ob Sie sie gefilzt haben«, brummte Waltar.

»Nein, dafür habe ich ja Sie, und außerdem habe ich gefunden, was ich brauche, um meinen Verdacht zu bestätigen«, entgegnete Quentin und wedelte mit dem Faden in der Luft herum.

Hodž starrte ihn an, als ob er nicht ganz bei Trost wäre. »Na, dann wollen wir uns mal an die Arbeit machen«, schnurrte er schließlich und hüpfte vom Sims herunter.

Zielstrebig watschelte er zum Bett hinüber und machte sich daran, die junge Frau zu durchsuchen.

»Ts, ts, ts … Sieht gar nicht gut aus für die Kleine. Was hat sie bloß mit ihrem Fuß gemacht?«

Quentin zuckte gleichgültig die Schultern. »Wer weiß schon, was sie sich in den Sümpfen eingefangen hat?«

Hodž gab ein knackendes Lachen von sich, während seine Hände unbeirrt den Umhang abtasteten. Wenige Augenblicke später zog er einen Plan aus dem Mantelfutter heraus und reichte ihn an Quentin weiter.

Der Gelehrte nahm das Dokument – eine historische Karte Oktaniens – kurz in Augenschein und legte sie dann beiseite. Ordentlich zusammengerollt hätte die Landkarte gerade so in das leere Futteral gepasst, das er bei dem toten Kopisten in der Kammer gesehen hatte. Ein weiteres Indiz dafür, dass dies wohl die Täterin war … In der Zwischenzeit hatte der Gremlin die beiden letzten Gulden aus der Börse des Mädchens gefischt.

»Nicht, dass ihr mir verloren geht«, murmelte er zu sich selbst und verstaute die Münzen in seinem Brustbeutel.

Nach ein paar weiteren Handgriffen stieß er einen leisen Pfiff aus. Ein goldener Anhänger baumelte zwischen seinen knochigen Fingern. Das Amulett zeigte einen Flammenvogel mit ausgebreiteten Flügeln. Die Federspitzen waren mit Rubinstaub besprenkelt, und in den Augen des majestätischen Tiers ruhten zwei tiefrote Steine.

Quentins Herz pochte wie wild. Das war beileibe kein gewöhnliches Geschmeide. Wer auch immer dieses Kleinod trug, hatte eine besondere Geschichte zu erzählen – oder zu verschweigen. Wenn er sich recht entsann, dann war der Feuervogel das Wappen des vor vielen Jahren ermordeten Windfürsten. Konnte es sein, dass sie hier die verschwundene Prinzessin vor sich hatten? Aber was sollte sie mit dem Mord des Kopisten zu tun haben? Quentins Gedanken überschlugen sich …

»Tja«, hauchte Hodž derweil, »Goldtopf oder Nachttopf, wo haben wir hier reingegriffen, das ist die Frage. Ich denke, jetzt könnte es nicht schaden, mit dem Alten ein Schwätzchen zu halten.«

Auf ein Zeichen des Gremlins nahm Waltar dem Mann seinen Waffengurt ab. Der regte sich nur kurz, brabbelte irgendein unverständliches Zeug und drehte sich anschließend zur Seite.

Bis auf einen Dolch war sein Gürtel leer. Doch das Heft der kurzen Klinge ließ sie alle die Augen aufreißen – es war ebenfalls in der Form eines Flammenvogels gearbeitet und sah dem Amulett zum Verwechseln ähnlich.

Waltar hatte sich als Erster von der Überraschung erholt. Ohne viel Federlesens schnappte er sich die Wasserschüssel und leerte sie über dem Schnarchenden aus.

BALDWIN

»Hey, Baldwin, du wirst es nicht glauben!« Revar ließ sich außer Atem neben ihm ins Gras fallen.

Er musste den ganzen Hügel hinaufgestürmt sein, in voller Montur, und das bei der Hitze. Sein Übereifer würde ihm eines Tages eine Beförderung bescheren oder ihn ins Grab bringen, dachte Baldwin.

Der Zopf seines jungen Kameraden hatte sich beim Rennen aufgelöst. Das braune Haar hing ihm quer übers Gesicht, doch sein breites Grinsen konnte es nicht verbergen.

»Na los!« Baldwin knuffte seinem Waffenbruder in die Seite. »Nun spuck schon aus, was dich getrieben hat? Der Vater der Marketenderin oder waren's die Brüder des rolligen Waschweibs?«

»Du solltest nicht immer von dir auf andere schließen«, erwiderte Revar schmunzelnd. »Nein, jetzt mal im Ernst, unser Trupp muss bei der letzten Schlacht ordentlich Eindruck geschunden haben.«

»Schlacht? Ich nenne das eher Abschlachten. Dieser ganze Oger-Feldzug ist eine Farce«, höhnte Baldwin. »Sind doch nur noch unorganisierte Haufen, die hier in den Bergen umherstreunen, oder zahnlose Alte, die sich in den hintersten Höhlen verkrochen haben.«

Revar zuckte die Schultern. »Auf jeden Fall sind wir beide mit Uroš und Petrian zur Zeltwache beim Windfürsten eingeteilt. Weißt du, was das bedeutet?«

»Eine unbezahlte Sonderschicht«, antwortete Baldwin missmutig, »und eine schlaflose Nacht obendrein.«

»Nein, Ruhm und Ehre!«, entgegnete Revar begeistert.

»Falls du's vergessen hast, wir sind Söldner und leben davon, unsere Büchsen zu vermieten und nicht von Ruhm und Ehre oder so einem Quatsch.« Baldwin schüttelte amüsiert den Kopf. Revar war ein unverbesserlicher Romantiker, der selbst auf dem Schlachtfeld noch an seinen ritterlichen Tugenden festhielt. »Aber gut«, lenkte er schließlich ein, »vielleicht fällt wenigstes eine anständige Mahlzeit für uns ab.«

Revar sprang indes auf, furzte ihm ins Gesicht und rannte feixend davon – so viel zu seinen ritterlichen Tugenden.

Baldwin erhob sich ebenfalls, schulterte seine Arkebuse und machte sich auf den Weg zum Fürstenzelt. Es war kurz vor Sonnenuntergang, und ihre Wache würde bald beginnen.

Auf dem Weg kam er nicht umhin, sich zu wundern, warum nicht die fürstliche Leibgarde mit der Zeltwache betraut worden war. War ihnen eine Sonderaufgabe zuteilgeworden, oder war tatsächlich etwas dran an den Gerüchten, dass der Windfürst seinen eigenen Männern nicht mehr traute?

Es wäre wahrlich kein Wunder, dachte Baldwin, als sich Fürst Harold ohne zu grüßen in sein Zelt zurückzog. Der Mann war kalt wie eine Hundeschnauze und nicht mal halb so beliebt bei seinen Leuten wie die kläffenden Flohschleudern, die dem Tross bettelnd und schwanzwedelnd folgten.

Die Gedanken an Intrigen und Verschwörungen waren jedoch rasch verflogen, als sich die mannstolle Wäscherin mit einem Krug Leshmaroner zu ihnen gesellte. So wie sie schwankte, schien sie sich selbst schon einen guten Schluck gegönnt zu haben. Das Luder hatte sich noch nicht einmal die Mühe gemacht, ihr Mieder zuzuschnüren.

»Sind meine Lieblingssoldaten gar nicht durstig?«, fragte sie und schüttete sich Wein über ihre Brüste.

Baldwin ließ sich nicht lange bitten. Er begrub sein Gesicht zwischen ihren Titten und leckte so viel von dem süßen Rebensaft auf, wie seine Zunge erhaschen konnte.

»Kommt«, lallte sie, während sie ihren Rock anhob und ihnen ihren blanken Hintern entgegenstreckte, »da gibt's ein lauschiges Plätzchen hinter dem Zelt.«

Baldwin sah seinen Kumpan auffordernd an, aber der winkte nur lachend ab.

»Du verpasst die Nacht deines Lebens«, waren die letzten Worte, die er je an Revar richten sollte.

*

Platsch!

Ein Schwall Wasser klatschte Baldwin ins Gesicht. Er prustete, doch noch bevor er lauthals protestieren konnte, biss er auf ein hartes Stück Eisen.

»So ist's gut«, zischelte der Gremlin, der ihn aus nicht einmal zwei Fuß Entfernung anvisierte. »Immer schön *Ah!* sagen.«

Baldwin schnaubte. Sein Sabber lief an dem Doppellauf der Pistole runter, die ihm das verwanzte Fledermausohr in den Mund geschoben hatte.

»Ich werde meinen kleinen Freund gleich ganz langsam aus deiner Fresse rausziehen. Solltest du Lärm machen, dann macht er auch welchen, kapiert?«

Baldwin nickte zum Zeichen, dass er verstanden hatte. Der Lauf der Pistole klackte metallisch gegen seine Zähne, als der Gremlin sie herauszog. Endlich konnte er erleichtert ausatmen. Er schnitt ein paar Grimassen, um seine Mundwinkel zu entspannen.

Erst jetzt fiel ihm auf, dass der weißhaarige Schnösel hinter dem Fledermausohr stand. Mit welchem Namen hatte er sich noch gleich vorgestellt? Quintus oder Quentin, auf jeden Fall irgendetwas mit K …

Neben dem Gelehrten hatte sich ein narbengesichtiger Kerl aufgebaut, dessen weinrote Brokatweste so gar nicht zu seiner gemeinen Visage passen wollte. Doch damit nicht genug, er maßte es sich auch noch an, sich mit Baldwins Dolch die Fingernägel zu säubern. *Na warte, Kerlchen …*

Baldwins Blick suchte und fand die Prinzessin. Kaia lag vollkommen ruhig auf dem einzigen Bett in der Stube. Ihr Fuß war nicht verbunden und genauso schwarz wie zuvor. Ging es ihr besser, oder … Er wollte den Gedanken nicht zu Ende bringen.

Das brachte ihn zu der anderen Frage. Was, bei allen sieben Höllen, wollten diese Leute von ihm? Oder waren sie hinter der Prinzessin her? Wie Schergen dieses Thaumaturgen sahen sie nicht gerade aus.

Der Gremlin machte einen Schritt zur Seite, ohne dabei die Waffe zu senken. Stattdessen trat der weißblonde Schnösel vor und musterte ihn abfällig. »Wer sind Sie?«, fragte er schließlich.

»Der, der dir den Hintern versohlt, wenn uns deine Eltern mal für einen Moment alleine lassen«, knurrte Baldwin und nickte in Richtung des Gremlins und des Narbengesichts.

Die Antwort folgte auf dem Fuße. Der große Kerl verpasste ihm einen Hieb mit dem Handrücken, dass es ihm in den Ohren nur so klingelte.

Das hielt Baldwin jedoch nicht davon ab, ihn weiter zu reizen: »Lass mich raten, so wie du zuhaust, musst du die Mutter sein.«

Das Narbengesicht lief rot an, bis seine Wangen fast den gleichen Farbton angenommen hatten wie seine lächerliche Weste. Er ballte die Hand zur Faust und holte weit aus.

»Lass dich nicht provozieren, Waltar«, krächzte der Gremlin und fiel seinem Kompagnon in den Arm. »Der will nur viel Lärm machen. Hofft, dass ihn jemand hört und zur Hilfe kommt. Aber ich denke, der gute Wirt weiß, dass wir die solventeren Gäste sind. Außerdem, Waltar, wird bei uns niemand für einen guten Witz geschlagen, nur für falsche Antworten.«

Das Narbengesicht warf dem Gremlin einen bösen Blick zu. Der Schnösel schien hingegen sichtlich erleichtert, dass keine Nase gebrochen worden war.

Baldwin hätte fast gekotzt, so übel stank dieser Waltar aus dem Maul, als der ihn am Kragen packte und finster anfunkelte. Er hielt die Luft an – lieber wollte er ersticken, als zu erstinken. Erleichtert atmete er ein, als ihn der Kerl endlich wieder losließ.

Der junge Mann machte eine beschwichtigende Geste in Richtung des Narbengesichts. »Ich denke, wir können das wie zivilisierte Menschen regeln, nicht wahr?«

Der alte Söldner zuckte bloß mit den Schultern. »Kommt ganz darauf an.«

Sollten die Leute ruhig erst mal ins Reden kommen, damit er herausfand, wer sie waren und was sie wollten, und er müsste sie vor allem dazu bringen, Kaia zu helfen.

Baldwin musterte die drei abschätzend aus dem Augenwinkel. Der Anführer konnte kein Blut sehen, der Quatschkopf hatte nichts zu sagen, und der Schläger war jähzornig und humorlos. *Denk nach, Alter, das muss sich doch nutzen lassen!*

Er entschied sich für den direkten Weg. »Wenn ihr einen Heiler für meinen Jungen herbeigeholt habt, dann können wir gerne weiterreden.«

Der Gelehrte sah ihn tadelnd an. »Nun, dass dies nicht Ihr *Sohn* ist, haben wir bereits herausgefunden. Dafür fehlt ihr etwas ganz Entscheidendes, nicht wahr? Und außerdem: Glauben Sie wirklich, eine Mörderin hat unser Mitgefühl oder unsere Hilfe verdient?«

»Sie? Eine Mörderin? Dass ich nicht lache!« Baldwin schüttelte entrüstet den Kopf.

»Wenn Sie uns sagen, wer sie ist und wie Sie zu ihr stehen, dann könnte ich mir … vielleicht einen Ruck geben.« Der weißhaarige Schnösel nickte ihm bedächtig zu, während er sprach.

Baldwin verschränkte jedoch die Arme vor der Brust und schwieg. Es musste eine andere Möglichkeit geben, Kaia hier rauszuholen; einen Weg, bei dem er ihre Identität nicht preisgab. Allein es fehlte ihm die zündende Idee.

»Nun gut«, bemerkte der Gelehrte schließlich achselzuckend, »ich glaube nicht, dass das Mädchen die Nacht überleben wird. Viel Glück trotzdem. Wir werden uns in der Zwischenzeit ein wenig stärken und geben Ihnen die Möglichkeit, in aller Ruhe nachzudenken. Fesselt und knebelt ihn!«

Das Narbengesicht nahm die Decke von Kaias Bett und wickelte Baldwin darin ein. Wieselflink half ihm das Fledermausohr dabei, ihn mit Leinen und Gürteln festzuzurren, bis er weder Arme noch Beine rühren konnte. Anschließend beförderten sie ihn wenig zimperlich zu Boden.

Zu guter Letzt stopfte ihm das katzenhafte Kerlchen sein Schnupftuch in den Mund. Dann verließen die drei die Kammer. Ein Schlüssel wurde von außen ins Schloss geschoben, und es klackte zweimal. Die Dielen knarzten leise im Flur, als sich ihre Schritte entfernten.

*

Baldwin hatte sich in seinem Leben schon aus so mancher scheinbar ausweglosen Lage befreit. Doch diese Situation bedurfte der Künste eines echten Magikers.

Der alte Söldner blickte an sich hinab. Die beiden Schurken hatten ihn wahrhaft meisterlich verschnürt. Keine Frage, er war auf fremde Hilfe angewiesen. Doch die Prinzessin fiel dabei aus. Immer wieder hatte er prüfend zum Bett hinübergeschielt, doch sie hatte sich keinen Fingerbreit gerührt. Um ehrlich zu sein, wusste er nicht einmal, ob sie überhaupt noch lebte.

Selbst wenn er nicht gefesselt gewesen wäre, hätte er kaum davonrennen können. Sein Knie pochte im Takt der Pauken, Fiedeln und Schalmeien, die in der Gaststube erklangen. Eine Gruppe von Spielleuten war wohl dabei, sich ihr Abendmahl zu verdienen. Dem hellen Jauchzen und festen Stampfen nach wurde auch ausgiebig getanzt. Sämtliche Laute, die er von sich gab, würden in dem Lärm untergehen. Niemand würde ihn hören und zur Hilfe eilen.

Wie hatte noch gleich das alte Söldner-Sprichwort geheißen? Wer nicht kämpfen konnte, musste fliehen, und wer nicht fliehen konnte, musste sich verstecken. Nur wo?

Baldwin winkelte die Beine an, so weit es eben ging, und

streckte sie wieder, um sich vom Boden abzustoßen. Fuß um Fuß robbte er sich auf dem Rücken bis zu Kaias Bett vor. Als er es erreicht hatte, rollte er sich seitwärts darunter und blieb erschöpft liegen.

Es roch muffig. Der Lattenrost war morsch, und dunkle Flecken zeichneten sich auf der Strohmatte über ihm ab. Genauso erbärmlich wie das Bett war im Grunde auch seine Idee. Er wettete keinen Groschen darauf, dass die drei auf seinen Trick hereinfallen und glauben würden, er sei entkommen. Also konnte er dieses Schauspiel auch gleich sein lassen. Er wollte gerade wieder unter dem Bett hervorrollen, als er hörte, wie jemand im Schloss herumstocherte.

Nach ein paar Herzschlägen ertönte ein sattes Klicken. Die Tür wurde einen Spalt weit geöffnet, ein Schatten schob sich herein, dann wurde sie wieder geschlossen. *Das ist die Rettung!* Selbst ein Einbrecher wäre besser als dieser Schnösel und seine Handlanger.

Baldwin wollte gerade auf sich aufmerksam machen, als ein kaltes Licht aufschien – nicht gleißend hell, aber dennoch durchdringend und klar. Es erinnerte ihn an das blasse Funkeln, das er schon im Sumpf gesehen hatte … und auch in der Höhle der Silbermine, fiel es ihm wie Schuppen von den Augen. Wer auch immer hinter dem Leuchten steckte, war also kein Freund, sondern gehörte zu den Leuten von Prinz Karol und dem Thaumaturgen.

Kaia schwebte in Gefahr. Nur was sollte er tun? Er war von Kopf bis Fuß gefesselt. Angespannt spähte er in den Raum. Dank des Lichtschimmers konnte er ein paar dünne Beine erkennen, die in einer weiten Hose und dreckverkrusteten Stiefelchen steckten. Die meisten Kinder hatten größere Füße, dachte Baldwin.

Die zierliche Person ging direkt auf Kaia zu und blieb am Bett stehen.

»Etharvesh«, hauchte eine raue Frauenstimme überrascht, beinahe ehrfürchtig. »Jemand Würdiges hat meine Arbeit für mich erledigt. Ruht in Frieden, Prinzessin. Schon bald werdet Ihr für immer schlafen.«

Etharvesh? Baldwin grübelte. Das klang Ambrosisch. Die Dame war anscheinend weit gereist. Ihrem Akzent nach stammte sie aus Athanor, dem Land der Alchemisten. Wenn ihn nicht alles täuschte, bedeutete das Wort so viel wie *Kuss der Nixe* – kein Ausdruck, mit dem er etwas anfangen konnte.

Die Frau wandte sich um und leuchtete die Kammer ab. Schließlich verharrte der Lichtkegel in der hinteren Ecke des Zimmers, dort, wo der Tisch stand. Zielstrebig ging die Unbekannte in diese Richtung. Kurz darauf raschelte es leise, und das Funkeln erlosch. Sie musste die Landkarte und ihren Leuchtkristall eingesteckt haben. Dann huschte sie hinüber zum Fenster, öffnete es und stieg, eine seltsame Melodie pfeifend, hinaus in die Nacht.

Baldwin verfluchte den Sonnenvater siebenfach. Er schiss auf die Marmorchroniken und all ihre Prophezeiungen. Er verdammte die elende Sumpfkrankheit, die das Mädchen befallen hatte. Der Thaumaturg musste noch nicht einmal Hand anlegen, um Kaia den Garaus zu machen.

Doch er weigerte sich hinzunehmen, dass er sie die ganze Nacht durch den Tränenwald geschleppt hatte, nur damit sie in dieser schäbigen Kammer verreckte. Das hatte sie nicht verdient – und er auch nicht.

Wenn er Kaia retten wollte, schien er keine andere Wahl zu haben, als mit dem Schnösel zusammenzuarbeiten. Baldwin hasste es, nüchtern Entscheidungen zu fällen. Zumal die anstehende von einer Tragweite war, deren Folgen er nicht im Geringsten abzuschätzen vermochte. Krampfhaft versuchte er, sich an die dritte Strophe der Weissagung zu erinnern, die ihm Kaia vorgetragen hatte. Er war selbst verblüfft, dass es ihm gelang, trotz Knebel und voller Blase.

Fünf werden dir zur Seite stehen … des Verräters Klinge alt … die Flamme, die voll Leben wallt … des Weisen Rat, der klug erschallt … der Traute, der da schwankt alsbald … und des Untiers Kuss so kalt.

Wer waren diese fünf Auserwählten, denen die Prinzessin vertrauen konnte? Dass er der *alte Verräter* war schien außer Frage, auch wenn er gerne darauf verzichtet hätte, Teil einer solchen Prophezeiung zu sein.

Er konnte sich nur schwer vorstellen, dass der weißhaarige Schnösel oder einer der beiden Halunken ebenfalls zu den Auserwählten zählen sollten. Andererseits war dieser Quentin, oder Quintus, zumindest nach eigener Aussage, ein Gelehrter.

Machte ihn das nicht auch zu einem Weisen? *Des Weisen Rat, der klug erschallt …*

Darauf zu hoffen, dass dem so war, war die einzige Karte, die er spielen konnte. Die Schergin des Thaumaturgen schien sich sicher gewesen zu sein, dass Kaia bald sterben würde, andernfalls hätte sie sie nicht einfach so liegen lassen. Das hieß, er musste schnell handeln.

Etharvesh. Baldwin ließ sich das fremde Wort noch einmal auf der Zunge zergehen. Was um aller Sonnen willen sollte Kaias Fieberkrankheit mit einem Nixenkuss zu tun haben?

QUENTIN

Quentin wusste nicht mehr, wie lange sie schon schweigend an dem Tisch gesessen hatten. Es kam ihm wie eine halbe Ewigkeit vor. Trotz der fröhlichen Musik sehnte er sich nach seinem Salon, seiner Bibliothek und seinem Federbett zurück, obwohl er sich vorgenommen hatte, die spießige Kleinstadt nicht zu vermissen. Was Terenio wohl gerade machte? Er verbannte den Gedanken und starrte missmutig in seinen Krug.

Ein hohles Klopfen ließ Quentin aufblicken. Hodž schnippte mit der Kralle seines Daumens gegen den leeren Tonbecher.

»Waltar, holst du uns noch drei?«

Ohne etwas zu sagen, stand der Doppelsöldner auf und schlurfte hinüber zum Tresen.

»Ich dachte, unter vier Augen können wir ein bisschen besser plaudern«, schnurrte der Gremlin und starrte ihn mit seinen Katzenaugen an. »Oder sind Sie der Meinung, dass es nichts gibt, über das wir reden sollten? Dann wären Sie dümmer, als ich dachte.«

Quentin wusste genau, worauf der Gremlin hinauswollte: ihre Gefangene. »Glauben Sie, sie ist es?«, fragte er schließlich so leise, dass ihn nur Hodž mit seinen Fledermausohren hören konnte.

»Schwer zu sagen«, antwortete er. »Es gibt einiges, was dafür spricht. Das Amulett, die suchenden Soldaten, ihre Begleitung mit dem Windfaller Dolch.«

»Ja«, erwiderte Quentin, »aber ich kann mir einfach nicht vorstellen, dass sie sich selbst die Finger schmutzig macht und diesen Kopisten ermordet – selbst bei all den Intrigen, derer sie bezichtigt wird. Andererseits sprechen die Indizien eine klare Sprache. Es war ein Faden ihres Tarnmantels, den ich an dem Opfer gefunden habe, und ich würde mein gesamtes Silber darauf verwetten, dass ihre Landkarte aus der Sammlung des Kopisten stammt.« Der Gelehrte wirkte ratlos. »Ich sollte mir den Plan mal näher ansehen, vielleicht verbirgt sich irgendetwas dahinter, was uns weiterhilft.«

Hodž zuckte die Schultern. »Vielleicht, vielleicht auch nicht. Aber worauf Sie sich verlassen können, ist, dass Waltar und ich Mittel und Wege haben, den Alten zum Sprechen zu bringen.«

Quentin sah den Gremlin düster an. »Folter? Ohne mich!«

»Sie müssen daran ja auch nicht … teilhaben«, bot Hodž an.

»Wichtiger ist es, sie nicht sterben zu lassen«, erwiderte Quentin barsch, »sonst …«

»… sehen wir kein Gold«, unterbrach ihn der Gremlin mit glänzenden Augen. »Schön, dass Sie den gleichen Gedanken hatten wie ich.«

Quentin wand sich auf seinem Stuhl. Misstrauen plagte ihn, denn tausend Gulden waren ein beträchtliches Vermögen, selbst wenn man es durch drei teilte. Nur befürchtete er, dass die beiden Söldner danach trachten könnten, seinen Anteil des Kopfgeldes mit einzustreichen.

Die Zweifel schienen ihm auf die Stirn geschrieben zu stehen, denn Hodž versuchte sogleich, ihn zu beruhigen. »Die Entscheidung liegt natürlich ganz bei Ihnen, Herr Weißgerber, schließlich sind Sie unser Auftraggeber. Darauf haben Sie mein Söldnerehrenwort! Und falls Sie erlauben, möchte ich anmerken, dass man nie ein Geschäft tätigen sollte, bevor man nicht wenigstens einen zweiten Interessenten gefunden hat«, empfahl Hodž grinsend. »Sonst lernt man nie den wahren Wert der Ware kennen.«

»Und an wen hätten Sie da gedacht?« Quentin musterte den Gremlin mit hochgezogenen Brauen. Er war neugierig auf die Antwort des geschäftstüchtigen Kerlchens. Könnte noch jemand Interesse an der Prinzessin haben, der mehr zu zahlen bereit war?

»Nun, als Gelehrter sind Sie mit den Feinheiten der oktanischen Politik sicher besser vertraut als ich, aber aus dem Bauch heraus würde ich sagen, wir sollten nach einem Rivalen suchen, der Windfall schaden möchte.«

Quentin nickte zustimmend. »Nun mal angenommen, sie ist es«, flüsterte er, »dann sollten wir zuallererst jemanden finden, der sie am Leben hält. Und das dürfte schwierig sein. In diesem Sumpfloch gibt es noch nicht einmal einen anständigen Arzt.«

»Das vielleicht nicht, aber dafür einen wahren Hexenmeister«, raunte Hodž geheimnisvoll.

Quentin zuckte unwillkürlich zusammen. Der Gedanke an Elachand rief bei ihm eine Gänsehaut hervor. Und niemand anderen als den Schattenflüsterer konnte der Gremlin meinen. Früher im Waisenhaus hatten sie oft Springschatten gespielt. Wer auf einen schwarzen Umriss getreten war, den hatte Elachand ins Immerdunkel entführt, zumindest in ihrer Vorstellung. Als er älter wurde, war ihm rasch klar geworden, dass der Mann nur ein Scharlatan war. Doch für einen Moment hatte ihn der Schauer der kindlichen Erinnerung noch einmal überkommen.

»Elachand lebt noch?«, fragte er schließlich erstaunt.

»Ich habe nicht gehört, dass er gestorben wäre«, antwortete Hodž nüchtern.

»Und ich habe von niemandem gehört, der ihn in den letzten Jahren besucht hätte«, entgegnete der junge Gelehrte. »Ich dachte, sein Werder sei längst verlassen.«

»Nein, nein«, versicherte der Gremlin, »es gibt noch einen alten Diener. Manchmal sieht man ihn des Nachts oder bei Nebel mit seinem Spinnenkahn aufbrechen und durch die Wasser von Erlmoor staken. Wohin er fährt, weiß niemand. Und ich glaube auch nicht, dass bisher jemand auf die Idee gekommen ist, ihn danach zu fragen.«

*

Quentin betrat seine Kammer mit einem roten Lampion in der Hand. Hodž zwängte sich ebenfalls in das kleine Zimmer und schloss die Tür hinter sich. Waltar hatten sie bewusst mit einer anderen Aufgabe betraut, denn Quentin fand, dass der Doppelsöldner mit seinem rauen Auftreten für ein so wichtiges Gespräch nicht geeignet war.

Merkwürdigerweise lag der alte Mann halb unter dem Bett festgeklemmt und hatte einen hochroten Kopf. Mit vereinten Kräften zogen sie ihn hervor.

Der Gremlin zupfte ihm das vollgesabberte Tuch aus dem Mund, und Quentin versuchte ihm einen Schluck Wasser einzuflößen.

Der Mann verschluckte sich jedoch und brachte nur ein unverständliches »Zum Deibel …« heraus. Als sein kurzer Hustenanfall vorüber war, bückte Quentin sich zu ihm hinunter.

»Ich schulde Ihnen eine Erklärung, guter Mann«, sagte Quentin in kühlem Ton, während er die Gürtel und Schnüre zu lösen begann.

Für alle Fälle hatte Hodž schräg hinter ihm Stellung bezogen, die Hand auf dem Pistolengriff ruhend.

»Die Sachlage war einfach zu eindeutig«, erklärte er. »Sie müssen verstehen, ich bin auf der Suche nach einer Mörderin, und der Mantel Ihrer Begleiterin steht mit dem Verbrechen in Zusammenhang … und Ihre Karte vermutlich auch.«

»Welche Karte meinen Sie?«, fragte der Alte spöttisch. »Die, die gestohlen wurde, während Sie sich mit Ihren Spießgesellen den Wanst vollgeschlagen haben?«

»Unsinn«, entgegnete Quentin ungehalten, »ich habe sie vorhin hier auf den Tisch gele–« Er brach mitten im Satz ab und musterte seinen Gefangenen scharf.

»Ich hatte Besuch, als sie weg waren. Von einer Giftmischerin, wie es scheint, doch sie hielt das Mädchen wohl für todgeweiht. Zum Glück lag ich unter dem Bett, sonst könnten Sie jetzt mit einer Leiche plaudern. Aber für weitere Erklärungen ist keine Zeit! Sehen Sie lieber zu, dass Sie mich ausgewickelt kriegen. Ich muss …«

»… die Prinzessin retten«, beendete Quentin seinen Gedanken. »Ich weiß.«

Dem alten Mann entglitten die Gesichtszüge, und es verschlug ihm für einen Moment die Sprache. Ein wissendes Lächeln machte sich auf Quentins Lippen breit. Er hatte mit seiner Vermutung wohl ins Schwarze getroffen.

»Beim Allerwertesten des Allsehenden«, polterte der Alte nach einer Weile. »Woher wissen Sie …?« Dann glitt sein Blick hinüber zu dem nackten Hals der Prinzessin, und er schien zu verstehen. »Ah, Sie haben das Amulett gefunden. Nun gut, das arme Mädchen ist Kaia Ventrin. Ein ganz und gar unbescholtenes Edelfräulein. Und mein Name ist Baldwin. Seit Tagen schon setzen uns die Häscher des Thaumaturgen nach.«

»Ihr meint den Berater des Prinzen, den Mann mit der goldenen Maske?«

»Ja, ja und nochmals ja!«, fluchte Baldwin. »Man trachtet ihr nach dem Leben. Nicht wegen irgendeiner Krone oder der Herrschaft über ein Fürstentümchen am Arsch der Welt. Es geht um mehr … viel mehr. An ihrem Leben hängt das Schicksal von ganz Royum, und wenn Sie neben Ihrem Verstand auch einen Funken Ehrgefühl im Leib haben, dann helfen Sie mir dabei, die Prinzessin zu retten!«

»Wie es die Umstände wollen«, antwortete Quentin zögerlich, »gibt es nur eine einzige Hoffnung für sie …«

Baldwin sah ihn auffordernd an. »Na, immer raus mit der Sprache!«

Dem Gelehrten war sichtlich unwohl dabei, einen Vorschlag zu unterbreiten, den er selbst für Humbug hielt. Deshalb war er nicht undankbar, als Hodž den Namen ins Spiel brachte.

»Elachand«, zischte der Gremlin.

Baldwin lachte auf, als hätte er einen schlechten Scherz gehört. »Elachand, ja? Weiß alles, sieht alles, aber niemand kennt ihn oder hat ihn je zu Gesicht bekommen. *Der* Elachand? Verzeihen Sie, aber der Mann ist eine fixe Idee, ein fliehender Schatten, der nicht zu greifen ist. Was meinen Sie, wie oft ich schon an seinem Werder vorbeigeschippert bin. Öfter, als Sie sich am Tag das Näschen pudern. Hinter dem Namen verbirgt sich nur ein Gerücht. Darauf können Sie getrost einen lassen.«

Dann rappelte sich der Alte ächzend auf und sah nach der Prinzessin.

Sie atmete flach, und der schwarze Fleck an ihrem Fuß war noch größer geworden.

Für eine Amputation war es zu spät, vermutete Quentin, denn von der Ferse lief nun ein dunkel glitzernder Strang die Wade hinauf, der beinahe aussah wie ein Schuppenkleid.

»Etharvesh«, murmelte Baldwin.

Quentin horchte auf. »Was haben Sie da gerade gesagt?«

»Dieses Wort hat die zierliche Diebin von sich gegeben«, antwortete er.

»Wissen Sie, was das heißt?«, fragte Quentin mit drängendem Unterton.

Baldwin nickte. »Kuss der Nixe.«

»Richtig«, pflichtete Quentin ihm bei. »Und wer sich mit so seltenen Giften auskennt, ist ganz sicher keine gewöhnliche Giftmischerin. Die Assassinen haben dieses hochwirksame Toxin früher benutzt, als es noch Nixen in den Flüssen gab.« Dann trat er neben den alten Mann, um das Bein der Prinzessin mit dem Lampion anzuleuchten. In dem orangeroten Licht wirkte sie weniger kränklich als bei Tage. Er ging in die Hocke, um sich die betroffene Stelle aus der Nähe anzusehen.

Behutsam betastete er die schuppige Haut. Faszination lag in seiner Stimme, als er seine Diagnose stellte: »Das ist ein Nixenbiss. Sehen Sie die feinen Bissspuren?«

»Unsinn«, entfuhr es Baldwin, »Nixen greifen nur Männer an. Und überhaupt, wann sollte sie von so einem Wassergeist gebissen worden sein?« Er hielt plötzlich inne und schien nachzudenken. »Es sei denn … im Sumpf, im Faulsee, da hat sie darüber geklagt, dass sie irgendwo hineingetreten sei.«

»Ich denke, in diesem Fall«, stellte Quentin mit unbewegter Miene fest, »sollten Sie besser darauf hoffen, dass sich der fliehende Schatten ganz schnell manifestiert und weiß, was zu tun ist. Sonst ist sie morgen tot.«

Baldwin brachte zunächst nur ein zerknirschtes Knurren hervor. Dann willigte er jedoch mit einem Nicken in den Vorschlag des Gelehrten ein. »Allerdings brauchen wir noch einen Kahn und jemanden, der ihn steuert, ohne uns zu verraten«, gab er zu bedenken.

»Ich denke, Waltar, der alte Seeräuber, kümmert sich schon darum«, erwiderte Hodž und lachte dreckig.

»Wenn wir schon von Räuberei sprechen«, griff Quentin die Bemerkung des Gremlins auf, »dann wäre es nur rechtens, wenn wir Baldwin und Ihrer Hoheit ihre Habe wieder aushändigen, nicht wahr?«

Hodž fummelte widerwillig an der Kette des Amuletts herum, das er aus seiner Hosentasche zog. Dann holte er auch den Dolch hervor und übergab dem alten Mann beides.

»… win … alwin … Baldwin …«

Es war nicht mehr als ein Hauch, der an ihre Ohren drang, aber es war die Stimme der Prinzessin.

Sie alle wirbelten herum. Kaia hatte sich im Bett aufgerichtet und starrte Baldwin aus fiebergeweiteten Augen an.

»Was hast du da in deiner Hand? Das … das ist der Dolch meines Onkels«, flüsterte sie aufgeregt.

Ein heftiges Zittern durchfuhr ihren Leib. Dann bäumte sie sich auf und spie einen Schwall schwarzen Wassers aus. Nach wenigen Wimpernschlägen war der Spuk wieder vorüber, und sie sank ausgelaugt aufs Bett zurück.

Ihr Mund bewegte sich kaum wahrnehmbar, als ein letztes Flüstern ihre Lippen verließ: »Wer … bist … du?«

*

Ja, wer war der alte Mann eigentlich? Quentin wurde das Gefühl nicht los, dass ihm dieser Baldwin noch gewaltig in die Quere kommen würde.

Sollte die Prinzessin überleben, dann würde er alles daran setzen, dass sie ihren Bruder, diese willenlose Marionette, vom Thron stieß und selbst zur Herrscherin von Windfall würde. Durch seine jetzt erwiesene Treue könnte er zu ihrem Vertrauten und Berater aufsteigen. Dann endlich würde man ihn ernst nehmen – und er könnte auf Terenio und all die anderen Spießbürger von Tann herabblicken!

Wenn Kaia Ventrin erst einmal Fürstin war, konnte er allerdings niemanden gebrauchen, der zwischen ihnen stand. Ihre Worte und Taten sollten allein *seine* Handschrift tragen. Er wäre die Feder und sie das Papier. Angewidert spuckte Quentin aus. Ein daumengroßer Nachtfalter war in seinen Mund geflattert und hatte ihn aus seinen Träumen gerissen.

Der Gelehrte hockte in der Mitte eines kleinen Floßes. Er hatte nicht nachgefragt, wo Waltar das morsche Gefährt zu so später Stunde aufgetrieben hatte. Und es war ihm einerlei, solange sie rasch und unbehelligt auf der Insel des Schattenflüsterers ankämen.

Die Fahrt war alles andere als gemütlich. Immer wieder blubberte Sumpfwasser zwischen den Stämmen hindurch und durchnässte seine Hose. Trotz der kühlen Nacht war die Luft immer noch unangenehm schwül. Der Schweißfilm auf seiner Haut sorgte dafür, dass ihm seine Kleider eng und feucht am Leib klebten.

Direkt neben ihm hatte Baldwin Platz genommen, den Kopf der Prinzessin sanft in seinen Schoß gebettet. Der alte Mann hatte niemand anderen an sie herangelassen und sie sogar selbst zum Floß getragen, obwohl er sich kaum auf den Beinen zu halten vermochte. Fürsorglich tupfte er ihr Kinn und Lippen ab, denn mit jedem rasselnden Atemzug lief schwarzes Wasser aus ihrem Mund. Er hielt sie fest, als wäre es sein Leben, an das er sich klammerte, als besäße er kein eigenes mehr. Seit jenem Augenblick, als die Prinzessin erwacht war und zu ihm gesprochen hatte, wirkte der alte Mann gebrochen.

Die bunten Laternen der Stadt rückten in immer weitere Ferne, bis sie schließlich ganz verblassten. Die beiden Söldner sorgten dafür, dass sie sicher durch die Nacht kamen – Waltar, indem er mit ruhiger Hand die Ruderstange führte, und Hodž, indem er mit seinen leuchtenden Katzenaugen die Dunkelheit erforschte und ab und an hektische Anweisungen zischelte. Das Plätschern des Wassers und das knarrende Quaken der Kröten waren für lange Zeit die einzigen Geräusche, die sie begleiteten.

Scheinbar orientierungslos kreuzten sie durch das Moor. Quentin erschrak ein ums andere Mal, wenn die dünnen Zweige der Tränenerlen plötzlich sein Gesicht streiften. Je länger die Floßfahrt dauerte, desto mehr verkroch er sich in seinem Mantel.

Der Morgen graute bereits, als sie vor sich einen Werder ausmachten, dessen Ufer von dichten Wildrosensträuchern bewachsen waren. Ein düsterer Nebel hing über dem Wasser. Überall dort, wo ihn der erste fahle Schimmer von Tageslicht berührte, wich der Dunst, doch im Schatten der Hecke lungerte er weiter – beinahe boshaft, anders vermochte Quentin es nicht zu umschreiben.

Waltar hielt auf einen Punkt am Ufer zu, an der ein umgestürzter Baum aus dem Gestrüpp ragte. Erst im letzten Moment bemerkte Quentin, dass es sich um eine von Algen und Ranken zugewucherte Anlegestelle handelte. In einem Spinnennetz am Rande des Stegs hatte sich ein Eisvogel verfangen. Seine einst prächtigen Farben waren verblichen. Kein gutes Omen, dachte der junge Gelehrte.

Auf ein Zeichen von Hodž sprang Waltar an Land. Mit seiner Flamberge hieb der Doppelsöldner eine breite Schneise in die Dornenhecke.

»Sollten wir uns nicht besser ankündigen?«, fragte Quentin unsicher.

»Hehe«, meckerte der Gremlin, »tut Waltar das nicht gerade?« Dann deutete er auf die dunkelgrauen Schwaden und wisperte: »Außerdem weiß unser Gastgeber längst, dass wir da sind. Er ist der Nebel!«

Mit einem Ausdruck grimmiger Entschlossenheit stand Baldwin auf und schulterte die Prinzessin. Ihre Mundwinkel waren inzwischen von schwarzem Schlamm verkrustet. Ihre Brust hob sich kaum noch, so flach ging ihr Atem. Sie hatten die Insel keinen Moment zu früh erreicht.

Hodž hoppelte seinem Kameraden und dem alten Mann hinterher. Widerwillig tat Quentin es ihm gleich und schlängelte sich durch das Dickicht. Gleich hinter der Hecke lag ein Pfad, der zu einem heruntergekommenen Herrenhaus führte.

Eine einzelne barfüßige Gestalt trat ihnen entgegen. Es war ein junger Mann von elegantem Wuchs. Helle Locken zierten sein Haupt, doch seine Augen waren schwarz wie die Nacht. Das konnte unmöglich Elachand sein. Der Schattenflüsterer müsste längst ein Greis sein, wenn die Gesetze der Natur auch für ihn galten.

»Seid gegrüßt, Reisende!«

Fetzen aus schwarzem Rauch lösten sich aus dem Mund des jungen Mannes und stiegen in den wolkenverhangenen Morgenhimmel. Das Echo seiner Stimme rauschte wie der Wind selbst. »Ich habe Euch erwartet, wenn auch nicht herbeigesehnt. In Eurer Not kommt Ihr zu mir, doch das Unglück folgt Euch auf dem Fuße. Eine Todgeweihte ist unter Euch, und Ihr verlangt, dass ich das Unmögliche vollbringe. Aber was, frage ich Euch, habe ich im Gegenzug zu erwarten, außer ein paar warmen Worten des Dankes?«

Quentin erschrak, als er seine eigene Stimme im Chor mit denen der anderen hörte: »Alles, was Ihr verlangt, Elachand!«

MISKAR

Der alte Mann war unter der Last des Mädchens beinahe zusammengebrochen. Dennoch hatte er sie nur widerwillig in fremde Obhut übergeben. In Miskars Armen war sie hingegen leicht wie eine Feder. Ihr Blut und ihre Knochen hatten kein Gewicht, denn das Fleischliche war in seinem Zustand ohne Belang. Allein die Seele wog schwer, doch von ihr war nur noch wenig im Leib der jungen Frau verblieben.

Mit traumwandlerisch sicheren Schritten setzte Miskar einen Fuß vor den anderen, obwohl sich eine undurchdringliche Schwärze in ihm eingenistet hatte. Sein Gast hatte ihn mit seiner schattenhaften Präsenz gefüllt und ihn in die äußersten Winkel seines eigenen Körpers zurückgedrängt.

In Miskars Fingerspitzen pochte und prickelte es mit der vollen Hitze seiner Seele, die sich sonst über seine gesamte Gestalt verteilte. Seine Gedanken erstickten nahezu. Er war blind für das, was um ihn herum geschah. Doch immer wenn es ihm gelang, den Eindringling für einen Wimpernschlag zu verbannen, wurde die Finsternis von hellen Blitzen durchzuckt. Kurz und schemenhaft brannten sich ihm dann die Eindrücke der Außenwelt ein.

Die fremden Männer waren gegangen. Er musste irgendetwas gesagt haben, um sie wegzuschicken, doch er erinnerte sich nicht daran.

Sein Blick fiel auf die Frau. Eben hatte er sie noch in seinen Armen gehalten. Nun lag sie regungslos vor ihm auf dem Boden. Dass sie noch nicht zum Ewigen Berg entschwebt war, grenzte an ein Wunder. Wie die Klauen eines sterbenden Vogels hatte sie die Hände in den eigenen Leib geschlagen, als wollte sie ihre Seele festhalten.

Miskar legte seine Hände auf ihre Brust und spürte, wie der letzte Seelenfunke ihren Leib verließ. Was sollte er bloß tun?

Öffne deinen Körper, öffne deinen Geist und lass es fließen, erklang ein monotoner Singsang in seinem Kopf.

Öffne deinen Körper, öffne deinen Geist und lass es fließen! Öffne deinen Körper, öffne deinen Geist und lass es fließen! Öffne deinen Körper, öffne deinen Geist und lass es fließen! Gebetsmühlenartig wiederholte sich die Wortfolge, trommelte auf ihn ein und durchströmte ihn, bis sie ganz von ihm Besitz ergriffen hatte.

Miskar spürte, wie er im Takt des Mantras wippte. *Öffne deinen Körper, öffne deinen Geist und lass es fließen!* Der Satz wuchs zu einem unerträglichen Kreischen an. Er wollte sich die Ohren zuhalten, doch seine Hände waren zu schwer. Angeschwollen und glühend heiß ruhten sie auf der Brust der jungen Frau. *Öffne deinen Körper, öffne deinen Geist und lass es fließen!*

Seine Fingerkuppen platzten, und Blut quoll hervor. Dort, wo sich der Lebenssaft über den Leib des Mädchens ergoss, zischten Flammen in die Höhe. *Öffne deinen Körper, öffne deinen Geist und lass es fließen!*

Das Geschrei wurde zu einem hysterischen Lachen. Vor seinem inneren Auge sah der Gossenzauberer eine menschliche Silhouette inmitten einer Feuersbrunst. Elachand brannte. Nein, Elachand *war* verbrannt. Er war einen Flammentod gestorben. Miskar begann zu begreifen: Der Schattenflüsterer war nur kalter Rauch, der Überrest eines längst erloschenen Seelenfeuers, körperlos.

ÖFFNE DEINEN KÖRPER, ÖFFNE DEINEN GEIST UND LASS ES FLIESSEN! Das Kreischen drohte ihn um den Verstand zu bringen.

Er senkte den Blick, darum bemüht, seine Aufmerksamkeit auf die blonde Maid zu richten.

Atemzug um Atemzug beruhigte sich sein Herzschlag. Je konzentrierter er sich seiner Aufgabe widmete, desto leiser wurde die schrille Stimme in seinem Kopf. *Öffne deinen Körper, öffne deinen Geist … und lass es fließen!*

Miskar hielt nicht länger an sich. Er ließ alle Wärme aus seinem Leib strömen und fühlte doch keine Kälte. Unglaubliche Hitze strömte von der Frau zurück zu ihm. Gemeinsam brannten sie. Seine Finger zerflossen und verschmolzen mit ihrer Haut. Sie waren eins. Die Nähe zu ihr war inniger als alles, was er je in seinem Leben verspürt hatte. Vertrauter konnte er mit keinem Menschen sein: eine Flamme, ein Fleisch, ein Atem, eine Seele …

Miskar schrie vor Wut und Enttäuschung auf, als ihn die fremde Kraft zurückriss und die Verbindung unterbrach.

»Vorsicht«, hauchte der Wind, »sonst verzehrt Euch Euer beider Feuer!«

Seine Pein kannte keine Grenzen. Das musste der Tod sein. Nein, schlimmer noch, die Rückkehr in ein Leben, das fad und einsam wäre, nach all dem, was er gerade empfunden hatte.

Miskar brach zusammen und schluchzte bitterlich. Erst als er keine Tränen mehr in sich hatte und alle Hoffnung aus ihm herausgeschwemmt war, spürte er die sanfte Berührung an seiner Seite.

Er öffnete die Augen. Die Schwärze war von ihnen genommen. Die Hand des Mädchens lag auf seinem Schenkel. Sie schlief tief und fest. Wie es aussah, würde sie überleben. Ihr schiefes Lächeln, ihr pfeifender Atem, ihre zersprungenen Lippen – all das war ihm Trost. Miskar fror, aber es war kein Seelenfrost, der ihn schüttelte, sondern kühle Morgenluft.

Verwundert bemerkte er, dass seine Finger heil waren. Kein Blut klebte an ihnen. Was für eine Art Zauber war das nur gewesen?

Halb benommen erhob er sich und stolperte hinaus ins Tageslicht. Die Wolken hatten sich verzogen, und die Strahlen der Sonne kamen ihm kalt und feindselig vor gegen das Feuer, in dem er noch Augenblicke zuvor gebadet hatte.

Er zuckte zusammen, als die Tür des Herrenhauses hinter ihm zuschlug. Staunend stellte er fest, dass er wie von fremder Hand gesteuert in Richtung des schwarzen Tümpels geschlendert war.

Auf seiner dunklen Oberfläche zeichneten sich Kreise ab, als ob gerade erst ein Stein hineingeworfen worden wäre.

Mit einem Mal war sich der Gossenzauberer sicher, dass er beobachtet wurde – nicht von außen, sondern von *innen*. Ihm war, als wäre jemand in seinem Kopf, in seiner Brust und in seinem Bauch, als würde jeder noch so dunkle Winkel seiner Seele durchleuchtet.

Miskar wünschte sich zurück an die Seite des Mädchens. Er rief sich die wohlige Wärme in Erinnerung, die er verspürt hatte, als er ihre Seele wieder entfacht hatte – und einen Herzschlag später war das Gefühl, beobachtet zu werden, verschwunden.

Ein Glucksen ließ ihn aufblicken.

Eine menschenartige Gestalt aus Algen, Schlamm und schwarzem Wasser hatte sich aus dem Tümpel erhoben. Ihr fauliger Odem schlug ihm entgegen. Das triefende Wesen deutete auf die steinernen Bänke, die rund um den Teich standen.

»Nimm Platz, Miskar«, ertönte seine gurgelnde Stimme. »Die anderen werden gleich hier sein.«

QUENTIN

»… und das ist Miskar, Gesandter der Drei Türme«, beendete Elachand die Vorstellung der Anwesenden mit einem Glucksen. »Ohne ihn wäre Prinzessin Kaia verloren gewesen. Doch dank seiner Hilfe steht zu hoffen, dass sie sich rasch erholt.«

Der Schattenflüsterer thronte inmitten des Tümpels. Nur im Entferntesten erinnerte seine Statur an einen Menschen. Seine ständig fließende Silhouette war von Algen und verfaultem Laub durchwirkt. Ab und an quollen fette Kaulquappen aus seinem wässrigen Leib hervor und plumpsten zurück in den trüben Teich.

Mit einer Mischung aus Furcht und Ekel wandte Quentin sich ab. Er zog es vor, den jungen Mann zu beäugen. Neben ihrem unheimlichen Gastgeber, dem zerschundenen Arkebusier und dem katzbuckligen Gremlin war seine Erscheinung eine willkommene Abwechslung. Sein weites Hemd und die wilde Lockenpracht ließen ihn eher wie einen Lustknaben denn wie ein ordentliches Mitglied der Drei Türme aussehen. Obendrein fehlten ihm jegliche Insignien, die ihn als Magiker ausgewiesen hätten. Weder prangte eine goldene Hand an seinem Arm, noch zierte ein Kristallauge sein schönes Antlitz.

Eigentlich hieß es, dass der Seelenfrost Zauberer von innen zerfraß und sie früh alt und hässlich werden ließ. Für Miskar galt dies nicht, stellte Quentin versonnen schmunzelnd fest. Der junge Mann war geradezu ein Quell von Lebenskraft und Zaubermacht. Er täte wohl daran, sich mit ihm gut zu stellen.

Um nicht ungebührlich zu starren, ließ der Gelehrte seinen Blick über den Ort ihrer kleinen Versammlung schweifen. Der schwarze Tümpel lag inmitten eines kleinen Erlenwäldchens. Vier angeschmutzte Marmorbänke säumten den Teich. Auf ihrem grauen Stein musste seit Jahrzehnten niemand mehr Platz genommen haben. Quentin sah prüfend gen Himmel. Der Wind wehte so schwach, dass er den Baumkronen nicht mehr als ein müdes Flüstern entlockte. Nur wenige Sonnenstrahlen drangen durch das dichte Blätterwerk zu ihnen herab, und schon bald wären auch sie erloschen. Voll Unbehagen dachte er an die Myriaden von Mücken, die mit der einsetzenden Dämmerung über sie herfallen würden.

Die Sorge um die Prinzessin schien Baldwin zu zermürben. Beinahe unbeteiligt saß er auf einer Bank, das Gesicht müde und eingefallen. Oder war es das düstere Zwielicht des Erlenhains, das ihnen allen aufs Gemüt schlug? Quentin konnte sich nicht daran erinnern, wann er Hodž' meckerndes Lachen zum letzten Mal vernommen hatte. Dass Waltar schwieg, war hingegen keine Überraschung; der Eloquenteste war der Doppelsöldner schließlich noch nie gewesen.

»Wir sind hier nicht zufällig zusammengekommen«, durchbrach Elachands plätschernde Stimme die Stille. »Es war vorherbestimmt, eingebrannt in die Marmorchroniken, wenn auch verborgen in der Gestohlenen Tafel.«

»Die Gestohlene Tafel?«, wiederholten Hodž und Quentin wie aus einem Mund.

Miskar stieß einen leisen Pfiff aus, während Waltar nur ungläubig die Stirn runzelte. Der alte Arkebusier hob müde sein Haupt.

»Woher wisst Ihr davon?«, raunte Baldwin und klang zornig dabei. Sein Blick bohrte sich in die wässrige Gestalt, als ob er sie zum Kochen bringen wollte.

Der Mann hatte Nerven, Elachand auf seinem eigenen Eiland so anzufahren. Nein, er war lebensmüde, korrigierte sich Quentin. Unruhig rutschte er auf der Steinbank hin und her, jederzeit bereit, einer wütenden Wasserfontäne auszuweichen.

Doch nur ein kaum hörbares Murmeln war die Antwort: »Selbst in die tiefsten Tunnel dringen Schatten vor.«

Baldwin schien diese Andeutung zu verstehen. Seine Knöchel

wurden weiß, so fest umklammerte er den Sitz der Steinbank. Seine Lippen bebten, bis es schließlich aus ihm herausbrach: »Wieso *Ihr* Eure schattigen Finger im Spiel habt, ist mir ein Rätsel, aber eines weiß ich: Ich traue keinem der hier Anwesenden auch nur einen Arschbreit über den Weg! Gefangen genommen und geknebelt wurden wir, wie zwei gemeine Diebe.«

»Ja, und sie haben Euch hierhergebracht, wo man Ihrer Majestät das Leben gerettet hat«, gurgelte Elachand nun so laut, dass Wassertropfen bis zu ihnen hinüberspritzten. Baldwin verzog die Mundwinkel, doch er schwieg angesichts dieser Wahrheit.

Geduldig wartete Quentin ab. Er hatte das Gefühl, dass er kurz davor war, in ein großes Geheimnis eingeweiht zu werden.

»Mich dünkt, es ist nur recht und billig, dass wir offen über Kaias Bestimmung sprechen«, fuhr Elachand fort. »Und wenn Ihr mir genau zugehört habt, Baldwin, dann dürfte Euch nicht entgangen sein, dass ich sie *Ihre Majestät* und nicht Prinzessin oder Hoheit genannt habe. Somit dürfte selbst Euch klar sein, auf wessen Seite ich stehe.«

Baldwin wusste darauf nichts zu erwidern und deutete mit einem kraftlosen Nicken an, dass er begriffen hatte. Wie dieser Jämmerling der Prinzessin derart nahestehen konnte, war dem Gelehrten unbegreiflich. Kaia verdiente jemanden an ihrer Seite, der aus *Ihrer Hoheit* auch tatsächlich *Ihre Majestät* machte.

»Verzeihung, dass ich dazwischenfahre«, murrte Miskar. Es klang indes keineswegs danach, als täte ihm seine Unterbrechung wirklich leid. »Wie Ihr selbst sagtet, haben wir ein Recht darauf, dass nicht um den heißen Brei herumgeredet wird. Und von all den Witzfiguren hier wohl ich am allermeisten.«

Waltar knurrte gereizt und reckte seine massige Faust in die Höhe. »Witzfiguren? Na warte, du kleiner Pisser! Wenn wir hier fertig sind …«

Doch Miskar zwinkerte dem Doppelsöldner nur provozierend zu. Dessen Muskelberge schienen ihn nicht im Geringsten zu beeindrucken. Dann wandte er sich wieder an Elachand. »Ich habe

Euch meinen Leib überlassen und das Feuer meiner Seele gespendet, um den sicheren Tod von dem Mädchen abzuwenden, und das, obwohl ich nicht mal wusste, wer sie ist.« Seine Gesichtszüge wurden mit einem Mal sanfter, dann fuhr er fort: »Bäuerin, Prinzessin … ist mir ohnehin schnuppe. Ich will nur, dass Ihr mir jetzt diese eine Frage beantwortet, wegen der ich eine halbe Ewigkeit gereist bin: Wer steckt hinter der Maske des Thaumaturgen?«

»Der Name ist schnell genannt«, gluckste Elachand spöttisch, »doch das, was mit ihm in Verbindung steht, bedarf einer längeren Erklärung.«

Quentin, der Gremlin und die anderen drei Männer sahen den Schattenflüsterer erwartungsvoll an.

Ein kurzes Gurgeln erklang, als würde er sich räuspern, dann begann Elachand zu erzählen: »Aleas ist sein Name. Ich selbst habe ihn vor vielen Jahren am Ufer des Sees gefunden – halb ertrunken und erfroren. Einige von Euch waren damals noch nicht einmal geboren. Doch das tut nichts zur Sache.

Es war eine stürmische Nacht, und Aleas konnte von Glück sagen, dass ihn weder Blitz noch Donner erschlagen hatten. Ich wusste gleich, dass er etwas Besonderes war. Vielleicht sogar die reine Seele, die aus des Wassers tiefster Tiefe auferstehen soll, so wie es in der Gestohlenen Prophezeiung heißt. Ja, alles deutete darauf hin, dass *er* der Auserwählte war, auf den die Magiker Royums seit Generationen gewartet hatten. Die Hoffnung ihrer ganzen Kaste ruhte auf seinen Schultern. Mit ihm sollte die Zeit der Verbannung und der Scheiterhaufen ein für alle Mal beendet werden.

Auf geheimen Wegen kamen die Meister der Türme zu mir in den Sumpf gereist, um dem wachsamen Auge der Sonnenwächter zu entgehen. Sie wollten sich davon überzeugen, dass Aleas auch tatsächlich der Auserwählte war. Er bestand all ihre Prüfungen und kehrte mit ihnen nach Oriza zurück. Seitdem habe ich ihn nie wieder gesehen.«

Ein heftiges Blubbern unterbrach die Ausführungen des Schattenflüsterers. Die Bäume hatten gerade die letzten Sonnenstrahlen verschluckt, und es wurde dunkel im Hain. Mit einem Platschen fiel die Wassersäule in sich zusammen, und aus der Gischt trat ein rauchiger, gesichtsloser Schatten. Ihr Gastgeber hatte seinen Schleier abgelegt.

Ein Schauder lief Quentin über den Rücken, und auch den anderen schien der unheimliche Anblick zuzusetzen. Elachands Stimme klang nun klarer, beinahe säuselnd, als er fortfuhr.

»Es gefiel nicht allen Meistern, dass Aleas sich zum Erzmagiker aufschwingen und die Herrschaft über alle Drei Türme antreten sollte. Aber ich bin schon viel zu lange fort, um mir ein Urteil darüber zu erlauben, was sich damals wirklich zugetragen hat, als er abtrünnig wurde … Doch es wird gemunkelt, dass er das Siegel des Dritten Turmes brechen wollte. Jenes Turms, in dem all die Kreaturen erschaffen worden waren, die den streitenden Fürsten im Erbfolgekrieg das Töten erleichtern sollten: Golems aus unzerbrechlichem Stahl und grauenhafte Chimären – halb Mensch, halb Tier. In diesen Turm wollte Aleas eindringen, um seine Prophezeiung in Gänze zu erfüllen und Meister der Türme zu werden.

Er scheiterte jedoch, denn einige Magiker waren wachsam und durchschauten ihn. Hätten sie ihn daraufhin nicht aufs Härteste bestraft, dann wäre wohl ihre gesamte Kaste auf ewig geächtet worden. Seine Strafe war aber weder der Galgen noch der Scheiterhaufen. Nein, sie raubten ihm die Zauberkraft. Sie brannten seine Seele aus und ertränkten sie, sie steinigten und verwehten sie, um sie schließlich von seinem Körper zu trennen und in den Ewigen Berg zu bannen!«

Eine kurze Stille folgte, in der Elachands Worte unheimlich nachhallten, so als wäre der Hain eine Kaverne, tief unter der Erde, abgeschnitten vom Rest der Welt.

»Erst am Ende der Zeit«, sprach er weiter, »wenn alle Stollen im Herzen des Berges aufeinandertreffen, wird seine Seele wieder frei sein. Bis dahin ist sein Leib nichts als eine leere Hülle. Ein genialer Geist – uneingeschränkt von Gefühlen oder einem Gewissen.«

Zwischen dem Thaumaturgen und dem Schattenflüsterer gab es eine seltsame Verwandtschaft, fand Quentin. *Dem einen fehlt die Seele und dem anderen der Körper …*

»Ihr habt recht«, zischte Elachand, »wir sind beide unvollkommen. Nur habe ich mich damit abgefunden.«

Quentin erschrak. Hatte er unterbewusst vor sich hin gemurmelt – oder konnte der Schattenflüsterer Gedanken lesen?

»Ich verstehe ihn besser als jeder andere«, fuhr Elachand fort. »Deshalb will ich Euch auch beraten, wie ihr Kaia Ventrin am besten unterstützen könnt. Denn nur sie kann ihn davon abhalten, Unheil über ganz Royum zu bringen!«

»Verzeiht, wenn ich Eure großen Pläne durchkreuze«, unterbrach Baldwin den Schattenflüsterer brüsk, »aber meine Pflicht ist es, dafür zu sorgen, dass Kaia überlebt! Scheißt der Hund drauf, ob sie nun Prinzessin oder Fürstin ist!«

Quentin stöhnte innerlich auf. Der alte Mann hatte nicht nur Mut und Stimme, sondern auch seine schlechten Manieren wiedergefunden. In einem Punkt hatte ihn sein Gefühl jedoch nicht getrogen: Baldwin hatte keinerlei Ambitionen, weder für sich noch für die Prinzessin.

»Eure Sorge um Kaias Wohl ehrt Euch«, bemerkte Elachand, »doch sie macht Euch auch blind für einen entscheidenden Vorteil, der auf unserer Seite ist. Als die Dienerin des Thaumaturgen Kaia zum letzten Mal sah, lag sie im Sterben. *Etharvesh*«, hauchte er, und für einen Moment klang es so, als würde die Stimme einer Frau durch den Sumpf hallen. »Ein Nixenkuss bedeutet gemeinhin den sicheren Tod. Das hat die Assassine ganz recht erkannt. Nur konnte sie nicht ahnen, dass Kaia jemand zur Hilfe eilen würde, der ihr einen Funken seiner Seele spendet und sie rettet. Der Thaumaturg wird also glauben, sie sei tot – und das sollte auch möglichst lange so bleiben.«

Dünne Nebelschwaden lösten sich von Elachands finsterer Gestalt und wehten zu ihnen herüber. Nasskalt umspielten sie ihre Beine.

»Diese Zeit solltet Ihr nutzen! Ihr könnt Kaia in Sicherheit bringen, Allianzen schmieden und herausfinden, was genau der Thaumaturg vorhat.«

»Das auch«, platzte es aus Quentin heraus. »Aber was hat es eigentlich mit dieser Karte auf sich?«

Aller Augen richteten sich auf ihn und dann auf Baldwin, als sie merkten, dass er die Frage an ihn gerichtet hatte.

Der alte Mann hatte Mühe, die richtigen Worte zu finden. »Ja … die Karte. So genau wissen wir das auch nicht. Sie hat in dem Tarnmantel gesteckt, den Kaia von ihrem Bruder geklau… äh, mitgenommen hat. Vermutlich hat ihn der Thaumaturg gefertigt, wegen der merkwürdigen Rune, die eingestickt war.«

Er musste den Umhang seiner Dienerin gegeben haben, bevor sie den Kopisten ermordet und dessen Karte geraubt hat, schlussfolgerte Quentin. Es ging also nicht nur um die Prinzessin, sondern auch um das Schriftstück; deshalb war die Assassine im Gasthaus gewesen.

»Gut, gut«, hakte er darum nach. »So viel zu dem Tarnmantel, aber was war das für eine Karte? Was war darauf abgebildet?«

»Es war eine alte Landkarte, noch aus Kriegszeiten«, antwortete Baldwin. »Ach ja, und es war eine Sieben eingezeichnet worden, direkt über der versunkenen Stadt.«

»Tharsin?«, rief Hodž erstaunt. »Du meinst, die alte Kaiserstadt?«

»Ja«, erwiderte Baldwin, »genau die meine ich.«

»Also kennt er das Geheimnis«, keuchte Elachand entsetzt.

Nun wandten sich alle wieder der wabernden Rauchgestalt zu und warteten gespannt auf eine Erklärung. Quentin fragte sich, welches Geheimnis so gefährlich sein konnte, dass es ganz Royum bedrohte und obendrein dem Schattenflüsterer die Sprache verschlug?

Erst nach einer ganzen Weile brach Elachand sein Schweigen:

»Die Siebte Armee ist die letzte Golem-Armee, die im Erbfolgekrieg gekämpft hat. Seit der Schlacht um Tharsin ist sie verschollen. Das ist nun über hundert Jahre her. Es gab immer wieder Gerüchte, dass sie irgendwo in einem versteckten Tal in den Eiskoppen verborgen liegt, doch sie wurde nie gefunden … Wie ich höre, kann der Thaumaturg wahre Wunderdinge vollbringen – Dinge, die an Zauberei grenzen. Aber die ganze Armee zu bergen und zu dirigieren, dürfte auch für ihn eine unlösbare Aufgabe sein. Dazu fehlt ihm das Wissen der Sekundanten: der Soldaten, die die Golems einst lenkten. Es sei denn, er kennt einen anderen Weg, die Golems zu steuern …«

Für einige Atemzüge herrschte beklommenes Schweigen. Eine ganze Golem-Armee in den Händen des Thaumaturgen war in der Tat ein furchterregender Gedanke.

»Er sollte diese Armee auf keinen Fall in die Finger kriegen«, brummte Baldwin schließlich.

Waltar stimmte ihm lauthals zu: »Ja, diese Mordmaschinen sind unbezwingbar.«

»Stimmt«, fügte Hodž wichtigtuerisch an, als hätte er die Golems selbst konstruiert, »ihre Panzer können weder von Bolzen noch Kugeln durchschlagen werden.«

»Nein, nein, nein!« Miskar schüttelte vehement den Kopf. »Begreift ihr Holzköpfe es denn nicht? Er plant keine Feldzüge. Die Golem-Armee braucht er, um seine Prophezeiung zu erfüllen. Er will den verfluchten Dritten Turm öffnen und Meister aller Türme werden.«

»Und wie soll er ohne Seele Zauber wirken?«, entgegnete Quentin scharfzüngig. »Nein, ich denke nicht, dass es den Thaumaturgen nach Armeen oder Zaubermacht dürstet. Wenn Ihr mich fragt, dann will er einfach nur seine Seele zurückhaben.«

»Ja«, seufzte Elachand, »und eben darin liegt die Gefahr. Die Golems könnten für ihn in den Ewigen Berg eindringen, um seine Seele zu befreien. Das wird sein Ziel sein. Doch die Folgen wären fatal, noch nie ist es einem Wesen gelungen, bis zum

Herzen des Ewigen Berges vorzustoßen. Allein schon der Versuch wird den Lauf der Marmorchroniken durcheinanderbringen und ganz Royum in einen Zeitensturm stürzen!« Der Schattenflüsterer hielt inne. Dann wandte er sich an den alten Söldner. »Baldwin, was habt Ihr sonst noch aus den Gestohlenen Prophezeiungen erfahren?«

Er zuckte die Schultern. »Nicht viel.«

»Nicht viel?«, gellte eine empörte Stimme zu ihnen herüber.

Eine gespenstische Erscheinung betrat die Lichtung. Es war Kaia. Sie trug ein weißes Gewand. Der Saum war mit feuchter Erde beschmutzt. Ihre Augen waren glasig, ihre Haut wächsern.

Barfuß schritt sie über den aufgeweichten Boden auf sie zu. »*Nicht viel* ist alles, was Ihr zu sagen habt, Baldwin? *Des Verräters Klinge alt* würde mir spontan einfallen. Ich habe nicht vergessen, was ich erblickt habe: den Dolch meines Onkels in Euren Händen! Ihr habt wohl gehofft, dass ich das nur für einen Fiebertraum halten würde?«

»Ich … nein«, stotterte der alte Mann. »Aber ich kann alles erklären …«

Die Prinzessin schnitt ihm das Wort ab. »Auf Eure Ausflüchte kann ich getrost verzichten. Zeigt mir einfach Euren Dolch, Baldwin. Ist es nicht so, dass Euch die Klinge in gutem Glauben von meiner Mutter überreicht wurde? Als Anerkennung für etwas, das Ihr – wie sich herausstellte – nicht nur nie getan, sondern auch noch selbst *verschuldet* habt? Habt Ihr ernsthaft geglaubt, Euer Verrat sei in Windfall in Vergessenheit geraten? Ihr habt Euch genauso in mein Vertrauen geschlichen wie in das meines Onkels zuvor. Wann hattet Ihr vor, mich zu verraten?« Tränen der Wut standen Kaia in den Augen. »Schert Euch fort, ich will Euch nie wieder sehen! Ich hoffe, der Sonnenvater brennt Euren Namen aus meinem Gedächtnis!«

Baldwin erhob sich schwankend.

Aus dem Augenwinkel sah Quentin, dass Hodž und Waltar zu ihren Waffen griffen, aber von dem Alten war nichts zu befürchten. Er war nun ein gebrochener Mann. Die Worte der Prinzessin hatten ihn sichtlich schwer getroffen. Zitternd zog er die Klinge und legte sie auf der Bank ab.

»Wie Ihr wünscht, Hoheit«, erwiderte Baldwin. »Noch bis vor Kurzem hätte ich Euch in all dem recht gegeben, was Ihr über mich gesagt habt. Doch wenn ich nun um mich blicke, dann sehe ich niemanden, dem Ihr mehr trauen könnt als mir. Passt gut auf Euch auf«, sagte er zum Abschied und humpelte mit gesenktem Haupt davon.

»Habt Ihr nicht etwas vergessen?«, rief ihm Kaia hinterher.

Baldwin drehte sich um. Ein blasser Hoffnungsschimmer lag auf seinem Gesicht.

»Hier, Euer Lohn, Söldner!« Die Prinzessin warf ihm das Amulett vor die Füße. »Ich stehe zu meinem Wort.«

Das war der letzte Stich in das Herz des alten Mannes. Er machte keine Anstalten, sich zu bücken. Niedergeschlagen und aller Kraft beraubt schlich er von dannen.

Sie alle blickten ihm nach, bis er zwischen den Tränenerlen verschwunden war.

Quentin lehnte sich indes zufrieden zurück. Es schien so, als würden sich manche Probleme ganz von selbst erledigen. Baldwins Stern war gesunken, und mit ihm hatte sich sein Einfluss auf die Prinzessin in nichts aufgelöst.

»Eure Majestät, es freut mich zu sehen, dass es Euch besser geht«, sagte Elachand schließlich. »Es scheint fast, dass Ihr vor Lebenskraft nur so strotzt. All dies ist umso besser, da Ihr uns nun höchstselbst darüber aufklären könnt, was Ihr als Nächstes zu tun gedenkt.«

»Ich werde, wie geplant, zu meiner Tante nach Ehrendaal ziehen«, verkündete Kaia entschlossen. »Sie muss ein gutes Wort für mich beim Herzfürsten einlegen, denn ich werde ein Heer brauchen, um den Thaumaturgen aufzuhalten und den Windthron zu erobern. Ihr alle, die Ihr hier seid, seid herzlich eingeladen, Euch mir anzuschließen. Natürlich sollt Ihr für Eure Mühen entlohnt werden, so gut es mir möglich ist und in dem Umfang, der Euch zusteht.«

Für mehrere Herzschläge sah sie ihnen fest in die Augen, dann wandte sie sich an ihren Gastgeber. »Nur, was treibt Euch an, Elachand? Ihr seid nicht dafür bekannt, den Menschen Eure Hilfe aus reiner Barmherzigkeit angedeihen zu lassen.«

Ein unsteter Wind kam auf, dessen Heulen entfernt an ein Lachen erinnerte.

»Nun, zu wissen, dass Ihr lebt und in Windfall alles zum Besten steht, soll mir Lohn genug sein. Allerdings … gibt es doch noch etwas, das Ihre Majestät für mich tun könnte. Wenn alles zu Ende ist, dann bringt mir den Leib des Thaumaturgen.«

Quentin stockte der Atem. Er hatte eine düstere Ahnung, was der körperlose Schattenflüsterer vorhatte, und der Gedanke gefiel ihm ganz und gar nicht.

Kaia starrte derweil lange in die wabernde Finsternis. »Wir werden sehen, was ich tun kann«, sagte sie schließlich.

Daraufhin verbeugte sich Elachand vor der Prinzessin und raunte: »Das soll mir als Antwort genügen.«

TEIL ZWEI

DIE VERGESSENE ARMEE

INTERMEZZO

Gregorius biss die Zähne zusammen. Seine Hand zitterte und mit ihr die Sandale, die er in seinen krummen Fingern hielt. Nur ein kleines bisschen noch, und er hätte das störrische Stück Leder übergestreift. Schon konnte er die Schuhsohle unter seinem nackten Fuß spüren. Ächzend beugte er sich vor und zog an der Lederschlaufe. Doch die Riemen blieben an seinen Zehen hängen, und die Sandale landete auf dem Bettvorleger. Die lachenden Gesichter eines Spielmannszugs starrten ihn von dem fein gewebten Teppich an, als wollten sie ihn verhöhnen. *Du bist der ält'ste Narr im Land, barfuß geh'n ist keine Schand'*, schienen sie zu singen.

Für einen Augenblick dachte der Erste Meister daran, nach dem Dienstboten zu klingeln. Aber er verbannte den Gedanken. Das Ankleiden und die Morgentoilette hatte er noch immer selbst erledigt. Nur, weil ihm heute einmal seine Knochen einen Strich durch die Rechnung machten, hieß das nicht, dass er davon Abstand nehmen würde. Außerdem war barfuß zu gehen in der Tat keine Schande – ein wenig kalt vielleicht auf dem nackten Steinfußboden, aber seinem Unterfangen durchaus zuträglich. Heimlichkeit war vonnöten.

Seit jeher hatte er es sich zum Spaß gemacht, sich in aller Frühe in die Küche zu schleichen. Es freute ihn jedes Mal diebisch, wenn Koch und Küchenjungen den Schlaf der Gerechten schliefen, während er unbemerkt einen Krug Milch stibitzte.

Ganz abgesehen davon wurde er erwartet. Wenn es etwas Schlimmeres gab, als einen ungeduldigen Magiker zu vertrösten, dann war es, sich bei der Verabredung mit einer Katze zu verspäten. Seit dreizehn Jahren führten Murr und er jeden Morgen dasselbe Ritual durch. Sie frühstückten gemeinsam auf dem Balkon seiner Studierstube.

Gregorius schwang sich aus den Federn – so ungestüm, dass er kurz ins Taumeln geriet und sich an den Bettpfosten klammern musste, um nicht zu stürzen. Nachdem er einmal tief durchgeschnauft hatte, machte er ein paar halbherzige Kniebeugen. Er ignorierte das Knacken in seinen Gelenken und ging – nun festen Schrittes – hinüber zur Tür.

Er streckte den Kopf in den Flur hinaus und blickte nach links und rechts. Als die Luft rein war, huschte er über den Gang und stahl sich die breite Treppe hinunter. Es waren 64 Stufen bis ins Erdgeschoss.

Murr schloss sich ihm, wie immer, im ersten Stockwerk an. Der schwarz-weiße Kater strich ihm zur Begrüßung um die Beine. Als die Zärtlichkeit nicht mit einem Streicheln erwidert wurde, miaute Murr aus Protest.

»Pst!«, machte Gregorius und fuhr sich mit der Hand über den Rücken. »Mein Kreuz, weißt du. Aber nun sei ruhig, oder willst du, dass man uns erwischt? Wenn du brav bist, dann gibt's etwas von dem guten Rahm.«

Gebückt stapfte der alte Magiker die letzten Stufen hinab. Sein Bestechungsversuch hatte anscheinend gefruchtet. Der Kater folgte ihm auf den Fersen, lautlos wie ein Schatten.

Gregorius schob die schwere Küchentür einen Spaltbreit auf und linste in den Raum hinein. Ein Feuerchen prasselte bereits im Kamin und warf rötliche Schatten auf die von Ruß und Bratenfett geschwärzten Wände. Zum Glück hatte es sich der Küchenjunge noch einmal gemütlich gemacht und war vor dem Herd eingedöst.

Zielstrebig schlurfte Gregorius auf eine große Steinplatte zu, die in die rechte Küchenwand eingelassen war. Auf der Fliese prangte eine Winterrune, deren purpurne Farbe schon beinahe verblasst war. Ein kühles Kribbeln durchströmte seinen Finger, während er die Rune nachzeichnete. Als er damit fertig war, schwang die Tafel auf. Eisige Luft trat leise zischend aus, und sein Kristallauge beschlug für einen Moment. Halb blind griff

Gregorius in die Öffnung und holte ein Krüglein Sahne heraus.

Beim Verlassen der Küche griff er nach einer Trüffelwurst, die von der Decke baumelte, und steckte sie unter seine Robe. Mitsamt ihrer üppigen Beute schlichen Murr und er zurück.

Als sie auf den Balkon seiner Studierstube traten, begrüßten sie die ersten Sonnenstrahlen. Welch wohlige Wärme für seine müden Knochen. Das silberweiße Licht tauchte die Dächer von Oriza in einen gleißenden Schimmer und ließ die Schatten der Häuserschluchten noch schwärzer erscheinen.

Gregorius legte die Wurst beiseite und goss einen guten Schluck Rahm in ein Schälchen, das stets für seinen vierbeinigen Freund bereitstand. Genüsslich schleckte der Kater die Sahne. Das leise schmatzende Geräusch zauberte dem Ersten Meister immer wieder ein Lächeln aufs Gesicht – egal, wie lästig die Kollegen gerade waren oder wie sehr der Rücken zwickte.

Nachdem er das flinke Spiel der Katzenzunge eine Weile beobachtet hatte, ließ er sich in einen alten Korbstuhl nieder. Dieses besondere Exemplar erforderte einiges an Geschick. Er durfte sein Gewicht nur auf einen kleinen Bereich verlagern, wenn er nicht durchbrechen oder beim Aufstehen an einem der losen Weidenzweige hängen bleiben wollte. Er hätte ohne Weiteres einen der Handwerker beauftragen können, den Stuhl auszubessern. Doch er betrachtete dies als eine Prüfung seines Gleichgewichtssinns und seiner Aufmerksamkeit.

Gregorius hatte noch keinen Bissen von der Trüffelwurst gegessen, als sich der Himmel verfinsterte. Eine Wolke hatte sich vor die Sonne geschoben, und sie kam schnell näher. Er hielt sich das Kristallauge zu, in dem sich das helle Licht brach wie in einem Kaleidoskop. Erst jetzt bemerkte er, dass es keine Wolke, sondern ein Vogelschwarm war. Krähen. Nebelkrähen. Und sie hielten direkt auf ihn zu.

Murr verlor ganz plötzlich das Interesse an der Sahne und flüchtete sich zurück in die Stube. Der Erste Meister blieb jedoch sitzen. Er wusste, was auf ihn zugeflogen kam. Nur hatte er keinen Schwarm dieser Größe erwartet.

Dutzende Vögel landeten auf der Balkonbrüstung. Ihre Krallen klackten hektisch auf dem nackten Stein. Die, die keinen Platz mehr fanden, wichen auf das Dach des benachbarten Erkertürmchens aus. Der Junge musste die ganze Flasche ausgetrunken haben, dabei hatte er ihn gewarnt, nur kleine Schlucke zu nehmen. Er mochte kaum glauben, dass Miskar so viel von dem Rauch inhaliert und auch noch Worte herausgebracht haben sollte.

Als das Flattern schließlich ein Ende hatte und die letzte Krähe gelandet war, begann eine nach der anderen ihre Botschaft zu krächzen: »Es ist Aleas … *krah* … Er will die letzte Golem-Armee aus der Versunkenen Stadt bergen … *krah* … Ich gehe nach Ehrendaal … im Gefolge von Prinzessin Kaia … *krah* … Sie ist auf der Flucht vor dem Thaumaturgen … Laut der zweiten Strophe der Gestohlenen Prophezeiung … *krah*… kann nur sie ihn aufhalten und Royum vor dem Zeitensturm bewahren … Er will nicht die Türme … *krah* … Er will seine Ssss… *kraaah* …«

*

»So lautet die Botschaft«, verkündete Gregorius erschöpft. Ihm brummte immer noch der Schädel von dem Krähenkonzert.

»Seine *Ssss…* – was soll das heißen?«, fragte Jenkylis mürrisch und verzog die Mundwinkel.

Gregorius starrte den Zweiten Meister ungläubig an. Stellte er sich dumm, oder war er tatsächlich noch fantasieloser, als er all die Jahre gedacht hatte?

»Nun«, erklärte der alte Magiker schließlich, »ich gehe davon aus, dass er *Seele* sagen wollte, aber ihm die Puste ausgegangen ist.«

»Er will seine Seele«, wiederholte Jenkylis nachdenklich. »Ja, das macht Sinn. Ob die Nachricht danach noch weitergehen sollte? Abgehackte Botschaften – das hat man davon, wenn man einen Heckenzauberer beauftragt. Den Umgang mit solchen Artefakten beherrscht eben nur ein echter Magiker.«

»Schön, dass Ihr Euch auch Sorgen um Miskars Wohlbefinden macht«, entgegnete Gregorius mit sarkastischem Unterton. »Zumal es den Anschein hat, dass er in ein Netz politischer Intrigen geraten ist.«

»Kein Wunder«, stellte Jenkylis beißend fest, »immerhin habt Ihr ihn zu Elachand geschickt. Dieser Spinne ist nicht zu trauen. Es gibt gute Gründe, warum er seinerzeit auf dem Scheiterhaufen gelandet ist. Wollen wir nur hoffen, dass der Bursche weiß, wem seine Loyalitäten zu gelten haben.«

Gregorius schwieg. Ihn plagten Gewissensbisse, auch ohne dass sein Kollege darauf pochte. Hatte er einen weiteren Jungen in sein Unglück geschickt?

Jenkylis schien seine innere Zerrissenheit nicht zu bemerken. Entschlossen reckte der Zweite Meister das Kinn in die Höhe. »Was auch immer uns dieser Bursche noch sagen wollte, eines ist klar: Der Thaumaturg ist Aleas, und Aleas muss sterben!«

»N-nein«, stotterte Gregorius entsetzt, »das können wir nicht tun. Wir haben schon einmal versucht, Öl mit Wasser zu löschen.«

Jenkylis zog eine Augenbraue hoch, was seinem kantigen Gesicht noch mehr Strenge verlieh. »Hört auf, in Rätseln zu sprechen! Was wollt Ihr damit sagen?«

»Wir haben Aleas' Seele ausgebrannt und ihn verbannt. Wir haben uns schon einmal in das Schicksal eingemischt. Und was hat es uns gebracht? Wir stehen vor einem Scherbenhaufen. Also sollten wir nun das einzig Richtige tun: uns in Zurückhaltung üben und die von den Marmorchroniken Auserwählte gewähren lassen. Wir«, sagte Gregorius mit matter Stimme, »können nur zum Allsehenden beten, dass sie ihr Schicksal erfüllt und ihn aufhält.«

»Alte Prophezeiungen, gestohlene Tafeln. Das ist doch alles Gewäsch von Gremlins und Sonnenpriestern«, zischte Jenkylis zornig. Mit seiner goldenen Hand deutete er anklagend auf Gregorius. »Wir können nicht untätig bleiben, *Ihr* könnt nicht untätig bleiben. Aleas war Euer Schüler, also ist es auch Eure Verantwortung! Nicht die irgendeines Mädchens!«

Das Kristallauge des Ersten Meisters flammte auf. Sein Blick bohrte sich in die von Brandnarben entstellte Wange seines Kollegen. »Sagt gerade heraus, was Euch durch den Kopf geht, aber wagt es ja nicht, Euch über mich zu erheben! Ihr selbst wärt der Verlockung des Dritten Turmes beinahe erlegen, wenn ich Euch erinnern darf. Oder habt Ihr nicht auch versucht, seine Pforte zu öffnen? Ist es nicht sein schwarzes Feuer, das Euch entstellt hat? Ich habe damals zu dem Vorfall geschwiegen, doch so langsam beginne ich zu glauben, dass das ein Fehler war.«

Jenkylis wandte sich von ihm ab und gab vor, die Wandteppiche der Ratskammer zu studieren.

Gregorius atmete tief durch. Entgegen aller Antipathie, die er für den Zweiten Meister hegte, wollte er das Gespräch zu einem versöhnlichen Abschluss bringen. Wenn er ihn nicht von der Weisheit der Gestohlenen Prophezeiung überzeugen konnte, dann musste er an seinen politischen Verstand appellieren.

»Wie stünde unsere Zunft da, wenn wir des Mordes an einem fürstlichen Berater bezichtigt würden? An einem Mann, der sich in den Augen der Allgemeinheit nicht mehr hat zuschulden kommen lassen, als eine unheimliche Maske zu tragen? Wollt Ihr, dass die Scheiterhaufen wieder brennen?«

»Gut«, erwiderte Jenkylis zerknirscht. »Was schlagt Ihr stattdessen vor?«

»Wir warten ab«, gab Gregorius zur Antwort. »Wenn erst die Stürme wüten, wird das Volk so laut um Hilfe schreien, dass der Voxant nicht anders kann, als uns um Beistand zu bitten. Bis dahin, ehrenwerter Jenkylis, Meister des Zweiten Turmes, Herr der Elemente, Bewahrer des Äußeren und Träger der Goldenen Hand, bereitet Euch und Eure Adepten darauf vor, den Zeitenstürmen Einhalt zu gebieten.«

»Betrachtet mich als kampfbereit«, stieß Jenkylis aus und erhob sich. Blaue Flammen umzüngelten seine Hand, als er ging.

Um die entfesselten Elemente zu zähmen, bedürfte es mehr als halbstarker Gesten, dachte Gregorius. Seine wahre Sorge teilte er lieber nicht mit seinem ungestümen Kollegen.

»Türme, beugt Euch vor dem Meister, wenn der Sturm des Schicksals weht«, murmelte er leise vor sich hin.

Doch was, wenn der Thaumaturg gar nicht wollte, dass sie ihr Haupt vor ihm beugten? Was, wenn es einzig und allein sein Ziel war, die Türme zum Einsturz zu bringen?

TUULIKKI

Sie hatte die Augen geschlossen und lauschte dem Plätschern des Wassers. Träge schwappte es gegen ihre rechte Flanke. Sie lag immer noch dort, wo die Strömung sie an Land gespült hatte, und ruhte auf einem Bett aus Kieseln irgendwo inmitten des Sumpfes. Anfangs hatte sie jeden einzelnen Stein gespürt, der sich spitz in ihren Leib bohrte. Indes hatte eine dumpfe Taubheit von ihr Besitz ergriffen. Das Gefühl durchzog ihren Körper vom Kopf bis zur Flosse, schwer wie ein Anker, der sie festhielt.

Schon seit Stunden glühte die Sonne am Himmel. Dennoch hatte sie keinerlei Anstrengung unternommen, sich vom Fleck zu bewegen. Gnadenlos schien die weißgoldene Scheibe auf sie herab. Sie verdorrte. Ihre Haut trocknete und riss. Fliegenschwärme belagerten sie, und Käfer krabbelten in ihr wundes Fleisch. Das Wasser stand inzwischen so niedrig, dass es nur noch an ihre rechte Kieme drang. Sie atmete wie durch einen Schleier aus Sand. Die Elemente stritten um sie. Von oben brannten Feuer und Luft, und von unten sogen Wasser und Erde. Die Urkräfte rangen um ihren Leib und ihre Seele. Sie war die Letzte ihres Reigens.

Fast genoss sie das Gefühl, im Mittelpunkt dieses tödlichen Kampfes zu stehen – gleichzeitig verbrannt, erstickt, erdrückt und ertränkt zu werden. Zwischen den Elementen hin und her gerissen, driftete sie immer wieder in denselben Traum. Sie schmeckte den Einen in der Strömung des Flusses, sah seinen langen Schatten auf dem funkelnden Wasser tanzen, aber jedes Mal, wenn sie die Oberfläche durchbrach, erschallte der gleiche spitze Schrei – die Stimme der Landgängerin war der Quell ihrer Verzweiflung.

Sie war einer falschen Fährte gefolgt. Hatte es je eine richtige gegeben? War das der Grund, warum ihre Schwestern nie zurückgekehrt waren? Gab es keine Erlösung mehr für sie und die ihren?

Ein plötzlicher Schmerz ließ sie die Augen aufreißen. Eine Aasmöwe hatte ihr in die Flosse gezwickt. Der braun gesprenkelte Vogel machte einen Satz zurück. Die kurze Bewegung ihres Kopfes hatte ausgereicht, um ihn aufzuscheuchen, nicht jedoch, um ihn zu vertreiben. Ein Blick gen Himmel verriet ihr, dass weitere Möwen bereits im Anflug waren. Ihre Schreie gellten durch die Luft, wie gehässiges Gelächter.

Das Geräusch erinnerte sie an die gaffenden Landgänger und an die Zeit ihrer Gefangenschaft. Der Gedanke machte sie zornig. Sie wünschte sich an eine tiefere Stelle, damit sie lautlos an die Vögel herangleiten könnte. Erst im letzten Augenblick würde sie aus dem Wasser springen und das garstige Federvieh zerfetzen … Der Wunsch musste ihren Flossen Kraft verliehen haben, denn unbewusst hatte sie sich von der Uferbank abgestoßen und war in einen feuchteren Teil des Sumpfes geglitten.

Die Möwen kreischten vor Aufregung. Ihre Beute lebte noch, und sie bewegte sich. Die Aasvögel gaben jedoch nicht auf. Mit ein paar kräftigen Flügelschlägen schwangen sie sich in die Lüfte und folgten ihr, in der Hoffnung auf eine leichte Mahlzeit.

Sie hatte nicht länger vor, ihnen diesen Gefallen zu tun, aber das war leichter gesagt als getan. Immer wieder stürzten die Möwen auf sie herab und hackten ihr in den Rücken.

Dünne Blutfäden rannen ihr an den Flanken hinab und mischten sich mit dem schlammigen Wasser. Begierig sog ihre spröde Haut das kühle Nass auf. Sie war zu langsam, um die Angriffe der Möwen abzuwehren. Um den wütenden Attacken zu entkommen, musste sie das Unterwasser erreichen. Nur dort konnte sie hoffen, die brütende Hitze zu überleben. Doch wohin? Ihre Kiemen waren so ausgedörrt, dass sie das Wasser nicht mehr zu lesen vermochte …Wie sie sich auch drehte und wendete, alle Wege schienen ihr gleich aussichtslos. Dann, in einem Moment des Aberwitzes, beschloss sie, es mit der Sonne aufzunehmen. Sie schlängelte und wühlte sich durch den Morast, dem brennenden Ball entgegen.

Unermüdlich sausten die Vögel auf sie herab und pickten ihr das Fleisch aus dem Leib. Fauchend fuhr sie herum und schnappte nach ihnen. Zu langsam. Die abrupte Drehung brachte nur neuerlichen Schwindel. Zu Recht lachten die Möwen sie aus. Sie war nur noch ein kümmerlicher Schatten ihrer selbst.

Mit jedem Flossenschlag wurde der Untergrund trockener. Sie blickte auf. Einige Längen vor sich sah sie eine umgestürzte Tränenerle. Sie witterte Wasser. Schwerfällig robbte sie durch den Morast auf den Baum zu. Hatte er das Fließ gestaut? Wurzeln zerkratzten ihr den Bauch, Vögel hackten ihr in den Rücken. Doch all das konnte sie nicht mehr aufhalten. Sie weilte längst in einer Welt jenseits des Schmerzes. Mit einem Mal erkannte sie, dass die Möwen Boten des glühenden Himmels waren – gesandt, um sie aufzuhalten.

Stück für Stück kämpfte sie sich an die tote Erle heran.

Noch drei …

noch zwei …

noch ein Zug.

Endlich konnte sie die Klauen in das morsche Holz schlagen. Die Borke bröckelte unter ihrem Gewicht, aber sie krallte sich fest. Ihre glitschige Haut half ihr dabei, sich hochzuziehen und über den Stamm zu gleiten.

Ohne zu sehen, was sie auf der anderen Seite erwartete, ließ sie sich fallen … und tauchte ein in einen tiefen kühlen Tümpel.

MISKAR

Miskar brachte sein Pferd zum Stehen. Er stellte sich in die Steigbügel und rieb sich den Steiß. Sein Hintern schmerzte von den vielen Stunden im Sattel. Seine einzige Freude war, dass es Quentin, diesem aufgeblasenen Schnösel, keinen Deut besser erging.

Seit sie nach Ehrendaal aufgebrochen waren, klebte der Gelehrte wie eine Klette an Kaia. Und das Schlimmste war, dass der Prinzessin sein aufgeblasenes Getue auch noch zu gefallen schien. Sie schmunzelte über seine Scherze und lauschte seinen Ausführungen andachtsvoll. Zugegeben, Quentin wusste, wie man mit einem Edelfräulein zu reden hatte. Inzwischen hörte Miskar gar nicht mehr hin, wenn der Gelehrte sprach, denn zu seinem Verdruss verstand er nur die Hälfte von dem, was er sagte.

Der Gossenzauberer hatte in den letzten Tagen kaum ein Wort mit Kaia wechseln können. Immer, wenn er auch nur einen Wimpernschlag zu lange in ihre Richtung geguckt hatte, war Quentin wie aus dem Nichts erschienen und hatte ihn mit unbewegter Miene angestarrt. Auf der Straße bedeutete ein solcher Blick für gemeinhin Ärger. Den hätte der Schnösel auch gerne haben können, aber leider hatte er Hodž und Waltar an seiner Seite. Als Söldner gaben sich die beiden aus, dabei waren sie bestenfalls zwei bewaffnete Gauner im Samtrock.

Nur zu gerne hätte Miskar sich ungestört mit Kaia unterhalten – nicht, dass ihm etwas Geistreiches eingefallen wäre. Prinzessinnen waren nun mal keine Bäckerinnen oder Wäscherinnen, die man mit ein wenig Süßholzgeraspel oder ein paar Taschenspielerticks beeindrucken konnte. Er wollte nur wissen, ob sie sich auch an das Ritual erinnerte, an die Verbindung, die sie eingegangen waren, und ob sie auch dieselbe Hitze in ihrer Seele verspürt hatte wie er.

Nachdem er sich mit einem Griff vergewissert hatte, dass seine Eier unversehrt waren, setzte sich Miskar wieder in den Sattel und blickte in die Ferne.

Waltar ritt schweigsam auf seinem Rappen voran, das mächtige Zackenschwert über den Rücken geschnallt. Schon war er zwischen den dunklen Tannen verschwunden, die den Fuß der Wolkenfänge säumten. Er kannte einen unauffälligen Weg nach Ehrendaal, zumindest hatte er das behauptet. Auf dem nächsten Gipfel sollte Burg Wysenstein liegen, die südlichste Grenzfeste von Herzfelden.

Quentin und Kaia folgten dem Söldner, ins Gespräch vertieft. Miskar sah ihnen hinterher, bis auch sie das Wäldchen erreicht hatten. Er konnte seine Augen einfach nicht von der Prinzessin abwenden. Selbst in ihrer jungenhaften Tracht war sie bezaubernder als jedes Mädchen, das er kannte.

Hodž bildete mit seinem Pony die Nachhut. Ein lang gezogener Furz verriet Miskar, dass das stämmige Tier herangekommen war. Angesichts der Blähmusik mutete es geradezu irrwitzig an, dass der Gremlin, wie so oft, irgendwelche alten Balladen vortrug: »Es dräute ein Schatten tief im Wald, doch des Weisen Warnung ließ ihn kalt …«

»Was soll das nun wieder heißen?«, fragte Miskar.

»Dass du besser vorsichtig sein solltest, wohin du glotzt. Wenn sie erst zurückschaut, geht's dir nämlich an den Kragen. Seit wir von Elachand los sind, kleben deine Augen an ihrem Arsch wie die Fliegen an der Scheiße.«

»Ich starre ihr nicht auf den Ar–«, wollte Miskar sich beschweren, doch er verschluckte rasch den Rest des Wortes. So über eine Prinzessin zu reden, geziemte sich sicherlich nicht. »Außerdem, was geht's dich an?«, raunte er stattdessen. »Mit jemandem wie dir rede ich nicht über ein solch nobles Wesen wie Prinzessin Kaia.«

Er fand, dass nobel ein durchaus passendes Wort war, um sie zu beschreiben, und war stolz, dass es ihm eingefallen war. Hodž meckerte jedoch nur vor Lachen, was Miskar umso wütender machte.

»Mit dem weißhaarigen Schnösel nehme ich es allemal auf«, schimpfte er. »Sein Schwert …«

»Degen«, unterbrach ihn der Gremlin.

»Wie auch immer, seine Klinge macht mir keine Angst. Und an deiner Stelle wäre ich vorsichtig, sonst lasse ich dir deine Pistole beim nächsten Schuss in der Hand explodieren!«

Anstatt sich einschüchtern zu lassen, lachte Hodž nur noch lauter. »Junge, wie kann man nur so blind sein – und das sage ich nur aus Höflichkeit, denn eigentlich meine ich blöd.«

Miskar starrte den Gremlin verdutzt an. Er vergaß sogar, sich über die Beleidigung aufzuregen.

»Lass es mich so sagen«, erklärte Hodž schließlich mit einem Lächeln auf den Lippen, »unser weißhaariger Freund wäre an einem kleinen Ringkampf mit dir mehr interessiert als an einem Kuss der Prinzessin.«

Miskar begann langsam zu verstehen … und auch wieder nicht. »Was meinst du damit?«

Hodž verdrehte die Augen. »Hier draußen in den Wäldern kannst du der Kleinen verliebte Blicke zuwerfen. Aber in einer Woche, wenn wir am Hof von Ehrendaal sind, wird man dir dafür das Fell über die Ohren ziehen. Oder glaubst du, dass ihre Tante oder der Herzfürst von einem Verehrer deines Kalibers begeistert sein werden? So einer wie du und die Prinzessin, nein, wie köstlich«, spottete Hodž. Dann schnalzte er mit der Zunge und trieb sein Pony an. »Los, junger Magiker! Wenn wir beizeiten durch den Wald kommen, dann gibt's heut Abend Braten und Bier und sicher auch eine willige Magd, die dir deine Flausen austreibt. Bist ja ein ganz hübsches Kerlchen für ein Stelzbein.«

Miskar ließ die Worte des Gremlins sacken. Sie schmeckten bitter. Wie Medizin. Wie die Wahrheit.

Er drückte seinem Pferd die Fersen in die Flanken und ließ es antraben, da hallte ein gewaltiger Knall aus dem Wald heraus. Seine Ohren dröhnten, als würden alle Himmelsdrachen zugleich auf ihn herabfahren. Seine Stute stellte sich auf die Hinterbeine und machte einen Satz nach vorn. Miskar riss die Zügel an sich, doch sein Ross spurte nicht. Voller Panik floh es am Fuße des Berges entlang, direkt auf eine mannshohe Dornenhecke zu. Mit jedem Galoppsprung schleuderte es ihn mehrere Handbreit in die Höhe.

Sollte er versuchen im Sattel zu bleiben oder sich fallen lassen? Ein Blick hinab zu den stampfenden Hufen reichte ihm, um seine Wahl zu treffen. Er lehnte sich vor und klammerte sich verzweifelt an den Hals seiner Stute. Unbeirrt preschte sie weiter – bereit für den Sprung. Doch je näher sie dem Gestrüpp kamen, desto mehr schien sie ihr Mut zu verlassen. Aus dem kühnen Galopp wurde ein lockerer Trab und schließlich ein zögerlicher Schritt.

Der Gossenzauberer schnaufte durch und wischte sich den Angstschweiß von der Stirn. Da ertönte plötzlich ein zweiter Donnerschlag. Und erneut galoppierte die Stute los.

Miskars Hände waren so schwitzig, dass ihm die Zügel durch die Finger glitten. Im letzten Moment krallte er sich in ihrer Mähne fest. Dann setzte sie über die Hecke. Er schloss die Augen und betete, dass er im Sattel bleiben oder wenigstens weich fallen würde. Zweige knickten und Triebe knackten, als sie mitten im Dickicht landeten. Dornen ratschten an seinen Beinen entlang und rissen blutige Kratzer in seine Waden.

Ängstlich öffnete Miskar die Augen. Sie hatten das Gebüsch hinter sich gelassen, aber dafür rasten sie jetzt auf einen Steilhang zu. Immer wieder zog er an der Mähne des Tiers. Vergebens. Das Pferd rannte nur umso schneller, gänzlich blind für die Gefahr, die vor ihnen lauerte.

Bum!!!

Ein dritter Kanonenschuss erklang. Sein Ross hetzte weiter, dass ihm der Schaum aus dem Maul trat. Eine Ehrensalve, schoss es Miskar durch den Kopf, obwohl er beileibe andere Sorgen hatte: Der Steilhang kam näher. Um dem Absturz zu entgehen, müsste er sich doch fallen lassen. Soeben hatte er seine Füße von den Steigbügeln befreit, da nahm er eine rasende Silhouette zu seiner Rechten war.

Es war Prinzessin Kaia, die im gestreckten Galopp neben ihm herritt. Schnell wie der Wind brauste sie auf ihrem Fuchs heran. Im Gegensatz zu ihm, hockte sie sicher im Sattel und bildete eine Einheit mit ihrem Ross. Jeden Sprung und jeden Satz fing sie federnd mit ihren Schenkeln ab. Als sie fast bei ihm war, beugte sie sich vor und streckte eine Hand nach seinen Zügeln aus.

Beim ersten Mal griff sie ins Leere, doch dann hatte sie die Lederriemen in der Hand. Die Gegenwart ihres Pferdes schien seine Stute zu beruhigen, und schon bald kamen sie gemeinsam zum Stehen – keine zehn Schritte vor dem Abgrund.

»Ihr seid ein schneller Reiter, aber kein guter«, stellte Kaia außer Atem fest und grinste. »Eine eher unvorteilhafte Mischung.«

»Vielleicht habe ich die ganze Sache ja nur eingefädelt, um mit Euch allein zu sein«, erwiderte Miskar schelmisch.

»Ach, wirklich?« Kaia sah ihn mit hochgezogener Augenbraue an. »Nun ja, ich bin nur froh, dass Ihr von der Arkanen Kunst mehr versteht als von der Reiterei.«

Ist das ein versteckter Dank dafür, dass ich sie von den Toten zurückgeholt habe? Plötzlich fuhr Miskar ein Brennen durch den Arm, als sie ihm die Zügel reichte. Ihre Hand hatte kurz die seine gestreift. Die Prinzessin verzog jedoch keine Miene. Hatte sie etwa nichts gespürt? Das konnte er sich nicht vorstellen, doch er würde ihre glatte Fassade schon noch zum Bröckeln bringen. Bislang hatte noch kein Mädchen seinem Charme widerstehen können, zumindest nicht lange.

»Kommt«, sagte Kaia nüchtern und wendete ihr Pferd. »Ein nächtlicher Ritt durch den Tann ist kein Zuckerschlecken.«

Dieses Mädchen könnte allerdings ein harter Brocken werden, dachte Miskar und folgte ihr.

QUENTIN

Quentin hatte sich zusammenreißen müssen, um die Prinzessin nicht zu rügen. Sie hatte Kopf und Kragen riskiert – und das für einen Gossenzauberer? Es gab Dinge unter den Sechs Sonnen, die er wohl nie verstehen würde. Kaum war sie Baldwin losgeworden, da verlor Kaia ihr Herz an den nächsten Trottel. Sie schien eine Schwäche für Versager zu haben.

Andererseits war sie loyal. Es stand also zu hoffen, dass sie auch seine Hilfe nicht vergessen würde, und Quentin hatte Großes mit ihr vor. Er bezweifelte, dass Kaias Tante ihr die Armee verschaffen konnte, die sie für ihren Feldzug benötigte. Schließlich war sie nicht mit dem Herzfürsten, sondern nur mit einem seiner Onkel verheiratet. Hinzu kam, dass Fürst Ardegast ein Monarch alten Schlages war. Seit der Thronbesteigung von Kaias Mutter hatte er keinen Hehl daraus gemacht, dass er für die Weiberwirtschaft, wie er Windfall abfällig nannte, nur wenig übrighatte.

Von dieser Abneigung würde er sich jedoch bestimmt verabschieden, wenn er ein gewichtiges Wörtchen bei der Herrschaft über das Nachbarreich mitzureden hätte, dachte sich Quentin. Was also, wenn Prinzessin Kaia den ersten Sohn des Herzfürsten ehelichte? Und was, wenn dessen Truppen Windfall zurückeroberten? Dann würden Kaia und ihr Mann auf zwei Thronen zugleich sitzen. Der nächste Schritt konnte nur das Voxantariat sein. *Kaia I., Königin von Oktanien,* klang es verheißungsvoll in seinen Ohren – und *er* wäre ihr Berater.

Ratsch!

Tannenzweige schlugen Quentin ins Gesicht. Waltar, dieser Grobian, hatte einen Ast beiseitegebogen und ihn ohne Vorwarnung zurückschnellen lassen.

»He!«, protestierte Quentin aufgebracht. Er fuhr sich mit der

Hand über die Lippen und beäugte seine Finger. Sie waren feucht und klebrig, aber nicht vor Blut, sondern vom Baumharz, wie ihm der Geruch verriet.

Der Doppelsöldner hob den Arm, zum Zeichen, dass sie anhalten sollten. Ihre Pferde schnaubten und blieben stehen. Anstatt sich in aller Form zu entschuldigen, rotzte Waltar nur auf den Boden. »Sind da«, nuschelte er und schob sich einen neuen Streifen Kautabak in den Mund.

Sie hatten eine Straße erreicht, die in weitem Bogen parallel zum Grat des Berges verlief. Im Gegensatz zu den unwegsamen Passagen, die sie bereits durchquert hatten, waren hangaufwärts große Teile des Waldes gerodet. Im abendlichen Zwielicht konnten sie zudem einen schmalen Weg ausmachen, der von der Straße abzweigte. Zwischen Baumstümpfen und jungen Fichten führte der Pfad bergauf zu einem trutzigen Turm.

»Das soll Burg Wysenstein sein?«, fragte Miskar enttäuscht.

»Das ist nicht die Festung«, knurrte Waltar, »das ist ein Wachturm.«

»Die eigentliche Grenzfeste liegt weiter oben auf dem Gipfel«, sprang Hodž für seinen maulfaulen Kameraden ein. »Aber dieser Weg führt uns direkt dorthin.«

»Wie weit ist es noch?«, wollte Kaia wissen, während ihr Blick der Straße folgte.

»Eine Stunde vielleicht«, mutmaßte der Gremlin.

Waltar nickte zur Bestätigung.

»Also werden wir erst nach Sonnenuntergang ankommen«, hielt die Prinzessin fest. Sie drehte sich im Sattel um und blickte ihnen prüfend in die Augen.

Quentin lächelte matt. Er fühlte sich mindestens ebenso müde, wie der Gossenzauberer aussah.

»Was haltet Ihr davon, wenn wir heute Nacht im Turm rasten?«, schlug Kaia vor. »Ist er eigentlich bewirtschaftet?«

»Nicht, dass ich wüsste«, antwortete Hodž zögerlich.

»Nun denn, worauf warten wir noch? Auf zum Turm! Dann

haben wir auch noch Zeit, uns zu besprechen, bevor wir dem Burgherren morgen früh unsere Aufwartung machen.«

»Leonfried II., Vizemarschall von Herzfelden« fügte Quentin leise, aber deutlich an. »Mich deucht, er legt Wert auf Namen und Titel.«

Kaia lachte auf. »Wie ich sehe, brauche ich mir um Anstand und Etikette keine Sorgen zu machen. Am besten, Ihr übernehmt das Reden.«

Quentin war sich nicht sicher, ob die Prinzessin spaßte oder ob sie es ernst meinte. Ihm blieb jedoch nicht viel Zeit, darüber nachzugrübeln, denn schon hatten sie ihre Pferde wieder in Gang gebracht und auf den kleinen Trampelpfad gelenkt.

Der Ritt zwischen Felsen und Beerensträuchern hindurch erforderte seine ganze Aufmerksamkeit. Er hatte nicht vor, so kurz vor dem Ziel aus dem Sattel zu fallen.

Sie waren erst ein kurzes Stück des Weges geritten, als Waltar plötzlich absaß. Der Doppelsöldner hockte sich auf den Boden und zerrieb einen Pferdeapfel zwischen seinen Fingern. Quentin verzog angewidert das Gesicht.

»Is' noch warm«, brummte Waltar. »Hier ist vor Kurzem jemand langgeritten.«

»Muss uns das sorgen? So nah bei der Festung wird sich ja wohl kein Räuberpack eingenistet haben«, unkte Kaia. »Wer weiß, vielleicht ist der Turm ja doch wieder bemannt. Wie auch immer: Sagt niemandem, wer ich bin!« Sie fuhr sich nachdenklich durch das kurze Haar. Dann sah sie Quentin an. »Falls nötig, stellt mich als Euren Dienstjungen vor. Nennt mich Farn. Und Ihr … Ihr seid ein Gesandter Windfalls.«

»Meinetwegen«, druckste Quentin, »aber ohne offizielles Geleit und ohne fürstliches Siegel ist die ganze Sache ein wenig unglaubwürdig, meint Ihr nicht auch, Hoheit?«

»Wie wäre es hiermit?«, schnurrte Hodž. Ein goldgeflammter Vogel an einer Kette baumelte von seiner Hand. Es war der Anhänger des alten Windfürsten. »Als er da neulich so im Matsch lag, da konnte ich nicht anders, als ihn aufzuheben. Nur zur Sicherheit, nicht um ihn mir anzueignen. Weder Ihr noch Baldwin wollten sich seiner erbarmen, und für den Schattenflüsterer erschien mir das Schmuckstück zu schade. Allein zu sein, tut keiner Seele gut und gewiss auch keinem Ding.« Schließlich überreichte ihm der Gremlin den Anhänger mit amüsiertem Blick. »Wollt Ihr, Windgesandter Quentin, das Würdenzeichen des Hauses Ventrin an Euch nehmen?«

Waltar hustete, um sein Lachen zu überspielen – mit mäßigem Erfolg. Selbst die Prinzessin strahlte, als würde sie sich auf das Possenspiel freuen.

Die Sache schien beschlossen. Somit blieb Quentin nichts anderes übrig, als das Amulett anzunehmen. »Gut, so machen wir es«, stimmte er zähneknirschend zu.

»Ach«, krächzte Hodž und hielt der Prinzessin den verzierten Dolch ihres Onkels hin. »Den habe ich auch noch. Hatte ich ganz vergessen. Wie gesagt, ich lasse ungern etwas liegen.«

Kaia nahm die Klinge kommentarlos an sich. Sie gürtete sie sich jedoch nicht um, sondern verstaute sie tief in einer Satteltasche, so als wollte sie die Waffe nie wieder sehen.

Dann ritten sie weiter, bis sie ein kleines Lagerfeuer ausmachen konnten. Der Geruch von ausgelassenem Speck stieg ihnen in die Nase.

Unter dem Vordach des Turms standen zehn Pferde angebunden. Daneben waren sechs Lanzen und Harnische fein säuberlich im Kreis aufgestellt. Um das Feuer hatten sich ebenso viele Männer versammelt. Sie alle waren in die roten Mäntel der herzfürstlichen Reiterei gekleidet. Einer von ihnen, der Jüngste, wie es den Anschein hatte, trat auf sie zu. Sein schwarzes Haar wehte ihm ins Gesicht. Der Jüngling mochte kaum älter als die Prinzessin sein. In seinem Gürtel steckte eine Pistole mit ungewöhnlich langem Lauf.

Auch die anderen Lanzenreiter hatten sich inzwischen erhoben. Nur einer war beim Lagerfeuer verblieben, um im Topf herumzurühren. Durch den Dampf beäugte sie der Koch neugierig. Mit seinem Dreitagebart wirkte er fast wie ein Räuber im Nebel, auch wenn er ansonsten sehr gepflegt war – beinahe zu gut, dachte Quentin.

»Wer stört?«, forderte sie der junge Krieger auf, sich auszuweisen. Obwohl seine Hand auf dem Griff der Pistole ruhte, wirkte er entspannt. Er schien keinen Ärger zu erwarten.

»Wir fangen schon mal ohne dich zu essen an, Elwing!«, rief der größte der Soldaten in heiterem Ton dazwischen. »Du kannst mir dann die Reste aus dem Bart zupfen.«

Allgemeines Gelächter folgte.

Quentin wartete mit ihrer Vorstellung, bis wieder Ruhe eingekehrt war. »Mein Name ist Quentin Weißgerber, Gesandter Windfalls. Und dies sind meine Bediensteten Miskar und Farn sowie meine Wachen Waltar und Hodž. Eigentlich sind wir auf der Reise nach Ehrendaal via Festung Wysenstein. Wir haben eine Nachricht für den Herzfürsten. Aber nun sind wir des Weges müde und hatten gehofft, hier eine Rast einlegen zu können.«

»Den Halt in Wysenstein würde ich mir schenken«, spottete der Lanzenreiter mit dem Bübchengesicht. »Dort würdet Ihr nur schlecht versorgt.«

»Na, na, na!«, ermahnte ihn der bärtige Riese mit aufgesetzter Strenge. »Der Vizemarschall ist kein schlechter Mann. Er macht sich eben nur nichts aus Kräuterwein und Speckwurst.«

»Und auch nichts aus Lagerfeuern und guten Geschichten«, rief ein rotgesichtiger Kerl dazwischen.

Lauthals pflichteten ihm seine Kameraden bei.

»Na, dann immer runter von den Rössern und zu uns gesetzt«, lud sie der Lanzenreiter mit dem Rauschebart ein. »Wie es der Allsehende will, sind auch wir unterwegs nach Ehrendaal. Aber wo bleiben meine Manieren? Ich bin Bärnwald von Bannersleben, Rittmeister der dritten Kavallerie, und dies sind meine besten Mannen.«

»Ja, und wenn Ritter Bärnwald seinen Bauch einzieht, dann dürfte es nachher für alle reichen«, scherzte der rotwangige Soldat mit einem lustigen Funkeln in den Augen.

Sie taten es den Herzfeldern gleich und setzten sich an das Lagerfeuer. Zu Quentins Erleichterung ließ sich Kaia direkt neben ihm nieder, sodass er sich im Notfall im Flüsterton mit ihr austauschen könnte. Schon bald kreisten die ersten Weinschläuche, und die Stimmung lockerte sich auf. Es versprach, ein geselliger Abend zu werden, auch wenn er die Unterhaltung mit beleseneren Männern vorgezogen hätte.

Einzig Miskar schien die Anwesenheit so vieler Uniformierter nervös zu machen. *Kein Wunder, schließlich ist er ein Gossenzauberer.* Entgegen seiner sonstigen Abneigung für die großen Tiere zog er es sogar vor, sich um die Pferde zu kümmern.

»So, so, aus Windfall kommt Ihr also«, sagte Ritter Bärnwald zwischen zwei Schlucken. »Dann verpasst Ihr ja die Krönung. Sollte die Zeremonie nicht gerade im vollen Gange sein?«

»Ja, leider«, antwortete Quentin mit einem aufgesetzten Lachen. »Ich bin untröstlich, aber wir reisen nun mal in einem wichtigen Auftrag … für das Fürstentum Windfall.«

»So viel sagtet Ihr bereits«, entgegnete der Rittmeister und sah ihn prüfend an.

»Ihr zweifelt an meinem Wort?« Quentin blickte in gespannte Gesichter. Die Herzfelder schienen ihm in der Tat nicht zu glauben – eine Vermutung, die sich sogleich bestätigte.

»Ihr wärt nicht die Ersten, die sich eine Mahlzeit und ein Dach über dem Kopf erschleichen«, mutmaßte Elwing. »Nur tragen die Leute für gewöhnlich nicht so dick auf.«

Daraufhin zog Quentin das Amulett unter seinem Hemd hervor und hielt es hoch, sodass alle den Feuervogel deutlich sehen konnten.

»Hmm«, machte Ritter Bärnwald schließlich und nickte, »dann überbringt Ihr wohl eine Protestnote an den Herzfürsten.«

»Bitte?« Quentin war verwirrt, denn er wusste nicht recht, worauf der Rittmeister hinauswollte.

»Seine Hoheit, Fürst Karol, will also nicht wissen, warum kein Herzfelder Würdenträger zu seiner Krönung erschienen ist?« Der bärtige Ritter sah ihn mit ernster Miene an.

Aus dem Augenwinkel nahm Quentin wahr, dass Waltar nach einem Ast gegriffen hatte und im Feuer herumstocherte. Funken stoben auf. Rauch qualmte. Er hatte ein ungutes Gefühl.

Nervös lugte er zu Kaia. Die Prinzessin nickte ihm kaum merklich zu, was er als Zeichen verstand weiterzureden.

»Ich bin leider nur befugt, mit Fürst Ardegast persönlich über den Inhalt der Botschaft zu sprechen«, log Quentin und hoffte, dass die Soldaten sich damit zufriedengeben würden.

»Nicht mal einem Mitglied des Hofrates oder der Fürstenfamilie dürft Ihr Euch mitteilen?«, hakte der junge Elwing nach.

»Nein!«, erwiderte Quentin, so entschieden wie möglich. Das Herz pochte ihm bis zum Hals, und seine Augen brannten von dem Qualm. Mit einem Mal war ihm sogar der Duft der Würste zuwider.

Da kam ihm ausgerechnet der Koch zur Hilfe. Beschwichtigend legte er seinem Kameraden eine Hand auf die Schulter. »Die Speckwürste sind fertig. Wer will Kraut?«, fragte er laut in die Runde.

Unter lautem Klappern kramten die Soldaten Schüsseln und Besteck hervor. Auch Miskar holte ihr Geschirr aus den Satteltaschen.

»Na, dann wollen wir das Kriegsbeil mal ganz rasch unter Kraut und Würsten begraben«, tönte der Rittmeister. »Wenn unsere Herren streiten, dann muss uns das ja nicht kümmern.«

»Hört, hört!« und »Mahlzeit!« riefen die Männer durcheinander. Dann stürzten sie sich aufs Essen. Selbst Quentin hatte seinen Appetit wiedergefunden. Nur der Ritter hinter dem Kochtopf musterte sie eine Spur zu nachdenklich, wie er fand.

»Die Würste sind lecker. Schön fettig«, schmatzte Hodž. »Aber was war das vorhin eigentlich für eine höllische Kanonade, die wir bis ins Tal gehört haben? Wären wir nicht so verteufelt gute Reiter, wären uns die Pferde durchgegangen.«

»Ach, das war nur eine Salve zu Ehren des Erbprinzen«, antwortete Ritter Bärnwald knapp.

»Prinz Delanbredh?«, platzte es so schrill aus Kaia heraus, dass Quentin zusammenzuckte.

»Euer Bursche scheint sich sehr für das Haus Steinershag zu interessieren«, bemerkte der Rittmeister neugierig.

»Ja, in der Tat«, gestand Quentin, um die Situation zu retten. »Er ist kaum von den Stammbüchern der Fürstenhäuser wegzukriegen, und etwas vorwitzig ist er obendrein. Verzeiht.«

Die Prinzessin blickte schuldbewusst zu Boden.

»Nun denn, mit so munteren Gefährten verspricht es doch eine unterhaltsame Reise zu werden«, erklärte Ritter Bärnwald. »Ihr erlaubt uns doch, Euch nach Ehrendaal zu geleiten? Fürst Ardegast würde es uns nie verzeihen, wenn ihn Eure Botschaft nicht erreichte.«

»Eine solche Offerte können wir wohl kaum ausschlagen«, bedankte sich Quentin, wobei er Mühe hatte, ein grimmiges Lächeln zu unterdrücken.

Eines war sicher. Das Angebot diente nicht ihrem Schutz, sondern allein ihrer Überwachung.

BALDWIN

Das kalte Echo seiner Schritte hallte durch die steinerne Halle. Baldwin blickte an den massiven Wänden hinauf. Der Dom zu Windfall war riesig – weniger prächtig als die Paläste in den Salinaten und nicht so weitläufig wie die Gildenhalle zu Grendl, aber immer noch der größte Raum, den er je betreten hatte.

Draußen hatte die Dämmerung eingesetzt, doch an diesem Abend war das Lichterspiel der Kristallkuppel getrübt. Schon den ganzen Tag über hatten graue Wolken am Himmel gehangen. Dennoch konnte der Söldner weit über sich die Kuppel in allen Sonnenfarben schimmern sehen. Scharen von feurig goldenen Engeln strömten einem weißen Licht entgegen, das an der Spitze eines purpurnen Berges schien. Selbst bei diesem Wetter hatte das Lichterspiel nichts von seiner Heiligkeit und Reinheit verloren.

Doch das war nicht der Grund, warum er hier war, ermahnte sich Baldwin. Prinzessin Hedda, die Schwester des ermordeten Fürsten, hatte ihn einbestellt. Es war der Abend vor ihrer Krönung. Nervös richtete er sich den Kragen und überprüfte, ob alle Knöpfe an seinem Mantel geschlossen waren. Bislang hatte seine Geschichte allen Befragungen standgehalten. Auch dieses Mal? Er nahm seinen ganzen Mut zusammen und schritt weiter voran.

Zu seiner Rechten öffneten sich schmale Nischen, wie düstere Schlunde, die alles Licht verschluckten. Erst im letzten Augenblick, wenn er direkt vor ihnen stand, konnte er die Statuen sehen, die sich in ihnen verbargen: Sankt Caputh, Sankt Immaniel und Santa Kordelia in ständig wechselnden Posen. Für die einen waren es Ketzer, für die anderen die Dreiheiligen. Baldwin hielt es mit der Sonnenkirche, aber im Grunde ging ihm der Glaubensstreit am Arsch vorbei. Schließlich waren sie alle im Lichte des Allsehenden geboren.

Baldwin glaubte bereits den Altar am Ende der dunklen Halle zu erspähen, als sich die Statuen plötzlich veränderten. Einigen fehlten Arme, anderen die Beine. Ihre Leiber waren bleich und rußverschmiert. Aus weit aufgerissenen Augen starrten sie ihn an.

Sein Puls ging mit einem Mal schneller. Er kannte die Gesichter. Ihm war, als träte er in eine dunkle Wolke. Er hörte Schüsse und Schreie. Der Geruch von Schwarzpulver lag in der Luft. Er duckte sich aus Reflex, so wie er es vom Schlachtfeld gewohnt war. Der Sonnenjährige Krieg, der Alchemistenaufstand, die Belagerung von Windfall … Es waren die Toten, die er auf dem Gewissen hatte.

Baldwin verlangsamte seinen Schritt. Er wusste, wen er als Nächstes sehen würde. *Revar, guter Freund.* Sein nussfarbenes Haar war von Schlamm besudelt, sein Kragen getränkt vom eigenen Blut. Selbst im Ewigen Schlaf lag ihm ein sanftes Lächeln auf den Lippen.

»Ich habe das nicht gewollt«, hauchte Baldwin im Vorübergehen, doch schon hatte er seinen Kameraden hinter sich gelassen.

Fürst Harolds strenges Antlitz erwartete ihn in der nächsten Nische. Mit unnachgiebigem Blick musterte ihn der tote Monarch. Stumm fällte er sein Urteil. *Schuldig!* Und recht hatte er. Baldwin hatte seine Kameraden im Stich gelassen, er hatte Windfall verraten. Während er sich vergnügt hatte, waren andere gestorben. Der süße Wein … die Wäscherin … seine schweren Lider … und dann Dunkelheit.

Es war noch mitten in der Nacht gewesen, als er wieder zu sich gekommen war. Ein vertrauter Geruch hatte in der Luft gelegen – süßlich und schwer. Die Wäscherin hatte leblos in seinen Armen gelegen, die Kehle aufgeschlitzt, die Brust blutüberströmt. Benommen hatte er sich aufgerafft und war um das Zelt herumgetorkelt. Keine Spur von seinen Kameraden. Entgegen der Anweisungen hatte er den Vorhang beiseitegeschlagen und einen Blick in das Fürstenzelt geworfen. Dort hatten sie gelegen. Auf einem Haufen. Uroš, Petrian, Revar und der Windfürst. Alle tot.

Er war losgerannt, hatte seinen Rausch, den Fürsten und den ganzen Krieg verflucht. Und dann hatte er das getan, was er am besten konnte. Außer Atem hatte er die Geschichte von einem chimärenhaften Schatten erzählt, der mit seinen schwarzen Klauen über sie hergefallen war. Der einzige Schatten war jedoch der, der seit jenem Tag auf seiner Seele lastete. Erst hatte er seine Pflicht verletzt und dann gelogen.

Baldwins Stiefel stießen gegen die unterste Stufe des Altars. Er sah auf. Oben vor dem Opfertisch stand Prinzessin Hedda. Die künftige Fürstin Windfalls hatte sich in einen nachtblauen Umhang gehüllt. Unter der Kapuze stachen ihre fein gezeichneten Gesichtszüge hervor, schön und klar wie der Morgenstern am Ende einer finsteren Nacht. Ihre Silhouette war zart und zerbrechlich. In ihrer Stimme aber lag eine Kraft, die ihn den Blick senken ließ.

»Hier werde ich morgen gekrönt werden. Der Truchsess wird mir den Schlüssel zur Burg überreichen, und die Hohepriesterin wird ihren dreiheiligen Segen aussprechen.«

Für einen trügerischen Augenblick glaubte Baldwin zu sehen, wie er der Monarchin die Krone aufs Haupt setzte, aber es klebte Blut an seinen Fingern, und egal, wie oft er die Hände an seinem Mantel abwischte, es rannen immer neue Tropfen an ihnen herab und benetzten ihr goldenes Haar …

»Ihr seid der einzige Überlebende des Mordanschlags. Ihr habt Euer Leben riskiert, um das meines Bruders zu retten. Und auch wenn es Euch, zu unser aller unendlichen Betrübnis, nicht gelungen ist, so möchte ich Euch meinen tiefsten Dank aussprechen. Baldwin, Ihr wart Windfall von großen Diensten, oder aber«, sagte sie, während sich ihre Stimme veränderte, »Ihr werdet es sein … Baldwin!«

Erschrocken blickte er auf. Es war plötzlich Kaia, die die

Treppe zu ihm hinabstieg. In ihren schlanken Händen hielt sie eine kurze Klinge: den Wappendolch des Fürsten.

»Nehmt dies als Zeichen meiner Dankbarkeit.«

Ohne es zu wollen, griff Baldwin nach der Waffe, dem Symbol seiner Schuld. Dann drehte er sich um und rannte und rannte und rannte, doch die Halle wollte nicht enden. Die Nischen zogen an ihm vorüber, wie Schatten in einem bösen Traum. Er wollte nur noch vergessen, alles hinter sich lassen: die Gesichter der Toten, Windfall, seinen Namen. Aber es gab kein Licht, auf das er zueilte – und der Dolch würde ihn für immer erinnern.

*

»Kaia, Kaaaia!«, lallte Baldwin. Er wollte der Prinzessin alles erklären, doch es rüttelte ihn so sehr, dass er keinen klaren Gedanken fassen konnte.

»Nun gib endlich Ruh, du alter Suffkopp!«, fuhr ihn Berdych an. Der Wirt des Springenden Karpfens hatte ihn am Kragen gepackt und schüttelte ihn. »Wenn du weiter so blökst, dann schreist du noch das ganze Gasthaus zusammen. Würde mich nicht wundern, wenn dich nicht schon jemand bei den Windfallern verpfiffen hat.«

Baldwin schaute sich um. Er lag auf einem Mehlsack. Den fetten Schinken, der über seiner Nase baumelte, konnte er in dem schummrigen Licht eher riechen denn sehen. Er musste sich in der Speisekammer der Schenke befinden.

»Hattest du mich nicht gestern Abend rausgeworfen?«, fragte er verwirrt.

»Das wäre vorgestern gewesen«, verbesserte ihn der Wirt. »Aber wie es scheint, hast du einen Gönner. Nur hast du sein Silber schneller versoffen als ein durstiger Haufen Oger. Wenigstens bist du wieder bei Sinnen, sodass man vernünftig mit dir reden kann.«

»Das mit dem Reden würde ich gerne noch ein wenig aufschieben«, erwiderte Baldwin, denn sein Schädel brummte gewaltig. »Sei so gut und bring mir erst mal eine Schüssel Wasser und zwei Eier im Becher.«

»Dafür wird das Geld gerade noch reichen«, grummelte der Wirt und ging. In der Tür blieb er jedoch stehen und drehte sich noch einmal zu dem alten Söldner um. »Wo habe ich nur meinen Kopf. Dein Gönner hat noch etwas anderes für dich dagelassen. Steht dahinten in der Ecke.« Keinen Atemzug später hatte Berdych die Tür hinter sicher zugezogen.

Baldwin stand auf. Von jetzt auf gleich begann sich der kleine Raum zu drehen. Schinken, Würste und Zwiebelzöpfe schwangen um seinen Kopf herum. Krüge und Töpfe tanzten in den Regalen. Er verlor sein Gleichgewicht und plumpste zurück auf den Mehlsack, dass es nur so staubte. Als sich sein Schwindel und die weiße Wolke wieder gelegt hatten, sah er ein längliches Bündel an der Fensterwand lehnen.

Keine falsche Hast, wies sich Baldwin an. Er hatte aus seinem Fehler gelernt. Vorsichtig tastete er sich vor, streckte den Arm aus und zog das Paket auf seinen Schoß. Woher stammte es bloß, und wer, zur Hölle noch mal, hatte seine Zeche übernommen?

Rasch hatte er das Bündel aufgeschnürt. Ein Gehstock, ein Schießeisen und ein breiter Ledergurt kamen zum Vorschein. Außerdem lag dem Päckchen ein Brief bei. Baldwin wusste, dass es der Anstand geboten hätte, zunächst das Schreiben zu lesen. Doch er konnte nicht anders, als die Pistole mit einem ungläubigen Schmunzeln zu bestaunen.

Zum zweiten Mal innerhalb weniger Tage hielt er eine echte Scorpio in den Händen – eine von zwölf Einzelstücken. Anhand der Verzierungen musste diese hier für einen wohlhabenden Kaufmann aus Rukkenschwing angefertigt worden sein. Bis auf das Radschloss und die beweglichen Teile war sie komplett in Elfenbein eingefasst. Die geschwungenen Linien der feinen Zierschrift stellten eine Wüstenlandschaft dar, durch die eine Karawane vom Griff bis zur Mündung zog. *Ein wahres Meisterwerk der Büchsenmacherei.* Andächtig legte er sie beiseite und öffnete den Brief.

Im Angesicht eines leibhaftigen »Skorpions«
sei es Euch verziehen, dass Ihr das Schriftstück mit nachrangigem Interesse behandelt habt.
Möge Euch der Stab Stütze und Wehr zugleich sein.
Geht Euren Weg.
E.

P.S. Solltet Ihr je meine Hilfe benötigen, dann wendet Euch an einen Schattenspieler mit der Losung: »Auch die weißeste Lilie wirft einen schwarzen Schatten.«

Die Buchstaben entflammten, nachdem er sie gelesen hatte. Erschrocken ließ Baldwin den Brief los und beobachtete, wie er zu Boden segelte. Das Papier war zu Asche zerfallen, noch bevor es die Dielen der Kammer berührte. *Elachand, der alte Hexenmeister …*

Entschlossen legte er sich den Waffengurt um und steckte die Pistole ein. Angenehm überrascht stellte er fest, dass der Gürtel von innen mit Groschen gefüttert war. Dann schnappte er sich den Stock und zog einmal heftig an dem Griff. Seine Vermutung bestätigte sich. Das Holz war hohl und bot einer schlanken Klinge Platz, einem Degen nicht unähnlich.

Wenn Kaia seine Hilfe nicht wollte, dann würde er auf eigene Faust losziehen. Schließlich stand er ursprünglich bei Fürstin Hedda in der Pflicht, nicht bei ihrer Tochter. Und Baldwin hatte vor, sein Wort zu halten. Er würde Windfall zu Diensten sein. Dazu musste er mehr über den Thaumaturgen herausfinden – und er wusste genau, wo er mit der Suche beginnen würde.

MISKAR

Miskar stapfte barfuß über den Kies. Er mochte das klackende Geräusch der Steine und genoss das kühle Gefühl an seinen Sohlen. So ähnlich musste sich das Meer anfühlen, wenn man durch die Brandung watete.

Sein Ziel war die Feldkirche am Ende des Weges. Kaia war dort hingegangen, vermutlich um in Ruhe zu beten. Aber wollte sie wirklich allein sein? Hatte sie ihm nicht einen zweideutigen Blick zugeworfen? Er würde es gleich herausfinden.

Draienfels hieß das Kaff, in dem sie Rast machten. Außer einer Poststation mit Schmiede und der verlassenen Feldkirche gab es hier nicht viel zu sehen. Es würde mindestens bis zum späten Nachmittag dauern, bis der Schmied alle Pferde beschlagen hatte. Ob sie dann noch aufbrachen, wagte er zu bezweifeln, auch wenn die Herzfelder bislang ein hartes Tempo angeschlagen hatten.

Miskar drehte sich noch ein letztes Mal um und vergewisserte sich, dass ihm auch keiner seiner Reisegefährten folgte. Nein, die anderen waren alle beschäftigt. Die Herzritter kümmerten sich selbst um ihre Pferde, denn die Kriegsrösser ließen niemand anderen an sich heran als ihre Reiter. Quentin hatte sich sofort in den Schatten der Poststation zurückgezogen – seine blasse Haut war von den vielen Tagen im Sattel ganz verbrannt. Hodž und Waltar standen indes unter einer hölzernen Stiege hinter dem Haus, so als ob sie nicht gesehen werden wollten. Dort unterhielten sich die beiden Söldner angeregt mit einem Boten.

Gut, dachte Miskar und ging weiter, das hieß, dass Kaia und er endlich einmal ungestört wären.

Er blieb ein paar Schritte vor dem offenen Eingang stehen und betrachtete die Feldkirche. Einen romantischeren Ort konnte er sich für ein heimliches Treffen kaum vorstellen. Im Giebel nisteten Schwalben, und die schweren Mauern boten angenehme Abkühlung gegen die flimmernde Hitze. Er spannte noch einmal all seine Muskeln an und richtete sich auf, um einen selbstbewussten Eindruck zu vermitteln. Dann betrat er den Tempelbau.

Die Prinzessin kniete nicht vor dem Sonnenaltar, sondern saß auf einer Bank in der Mitte des Saals und hatte den Kopf in den Nacken gelegt. Miskar folgte ihrem Blick und sah nach oben. Sonnenstrahlen schienen in dichten Bündeln durch die Kuppel, dort wo das Kristallglas fein säuberlich entfernt worden war.

»Was für Banausen, selbst hier haben sie zugeschlagen«, sagte Kaia, als sie ihn bemerkt hatte und schüttelte empört den Kopf. »Haben die Leute gar keinen Anstand mehr?«

Miskar wusste nicht, was er dazu sagen sollte. Das bisschen Diebstahl würde die Kirche seiner Meinung nach schon verkraften angesichts der Schätze, die in der Sonnenwart gehortet wurden. Die Prinzessin schien jedoch ehrlich entsetzt zu sein, deshalb erwiderte er lieber nichts. Die Hoffnung auf ein paar romantische Augenblicke hatte er jedenfalls bereits begraben.

Nachdem sie lange genug wütend an die Decke gestarrt hatte, stieß Kaia einen Seufzer aus und wandte sich ihm zu. Statt Ärger lag nun Neugierde in ihrem Blick.

»Und Ihr?«, fragte sie ihn trocken. »Warum seid Ihr hier? Um zu beten oder weil Ihr um meine Hand anhalten wollt?«

»Oh, ich wollte nur … ich dachte …« Miskar bekam keinen weiteren Ton heraus. Bei der Frage hatte es ihm glatt die Sprache verschlagen.

»Ah, Ihr habt recht«, erwiderte Kaia mit einem breiten Grinsen. »Ich halte das auch für ein wenig überstürzt.«

Miskars Gesichtszüge entspannten sich, und er lachte. Die Prinzessin hatte ihn zum Narren gehalten, und er war einfältig genug, darauf reinzufallen.

»Aber nun im Ernst«, fuhr Kaia fort, »warum seid Ihr hier?«

»Ich dachte, es wäre an der Zeit, dass wir uns in Ruhe unterhalten«, erwiderte Miskar. »Und uns näher kennenlernen«, fügte er raunend hinzu.

»Also wollt Ihr doch um meine Hand anhalten«, scherzte Kaia und runzelte dabei die Stirn.

Diesmal lachten sie beide. Eigentlich wollte er ihr von dem leeren Fleck in seiner Seele erzählen, der sich jedes Mal mit einer wohligen Wärme füllte, wenn er sie ansah, und von seiner Angst, sie aus den Augen zu verlieren, wenn sie erst am Hofe von Ehrendaal wären. Wäre sie ein gewöhnliches Mädchen, dann hätte er sie wohl einfach an sich gezogen und geküsst. *Drauf geschissen, ich mach's! Kein Mädchen hat sich hinterher beschwert …*

Er rückte gerade ein Stück näher an sie heran, da legte ihm die Prinzessin einen Finger auf die Lippen.

Draußen knirschte der Kies. Es waren Schritte zu hören. Zwei Männer waren in ein Gespräch vertieft. Ihre Stimmen drangen durch das Fenster hinein. Die tiefere war unverkennbar die des Rittmeisters, die andere musste einem seiner Leute gehören. Instinktiv zog Miskar Kaia hinter eine Bank in Deckung.

»Ihre Finger sind ganz wund von dem bisschen Arbeit. Hast du das nicht gesehen, Bärnwald? Das sind weder die Hände eines Dienstburschen noch die einer Magd!«

»Dass der Bursche ein Mädchen ist, ist mir nicht entgangen«, brummte der Rittmeister zur Antwort. »Ich bin ja nicht blind.«

»Aber warum gibt sie sich als Jüngling aus?«

»Keine Ahnung«, erwiderte Bärnwald. »Bei der trockenen Möse der Kordelia, es gibt andere Dinge, über die du dir den Kopf zerbrechen solltest. Morgen erreichen wir die Furt des Oron. Von da sind es nur noch fünf Tage bis Ehrendaal, drei, wenn wir ohne den Windfaller und seine Mischpoke reiten würden.«

»Vielleicht erinnerst du dich, Bärnwald, wir haben unser Wort gegeben, dass wir sie und ihre Botschaft sicher nach Ehrendaal geleiten«, gab der andere Ritter zu bedenken.

Der Rittmeister schien nicht einverstanden. »Was könnte wichtiger sein, als deine eigene Nachricht schnell zu überbringen?«

»Ich denke, dass sich die Sehnsucht nach dem verlorenen Sohn in Luft auflösen wird, wenn man den Grund für seine Rückkehr erfährt«, erwiderte der andere tonlos.

»Trotzdem«, beharrte Bärnwald. »Wäre es nicht klüger in Ehrendaal anzukommen, bevor sich die Neuigkeiten herumgesprochen haben? Ich bitte dich ja schon gar nicht mehr, dir die Sache mit der Sonnenweihe noch mal zu überlegen. Aber der Anstand gebietet es, die Kunde wenigstens selbst zu überbringen. Das bist du deinem Vater schuldig – egal, ob er der Fürst ist oder nicht.«

»Gut, Bärnwald, mach dem Schmied Dampf«, befahl der andere. »Wir brechen auf, sobald das letzte Eisen sitzt, und zwar mit den Windfallern. Wir überqueren den Oron bei Nacht. In Ehrendaal soll niemand wissen, dass wir kommen.«

Die Schritte der beiden Männer entfernten sich. Kaia schlich zum Fenster und blickte ihnen hinterher. Über ihre Schulter sah Miskar, wie sich Ritter Bärnwald und der Koch auf den Rückweg zur Schmiede machten.

»Das ist nicht gut«, murmelte er. »Sie wissen, dass Ihr eine Frau seid, Hoheit.«

»Aber im Gegensatz zu ihnen wissen wir jetzt, mit wem wir es zu tun haben«, erwiderte die Prinzessin triumphierend.

Miskar war ratlos.

Mit einem breiten Grinsen löste Kaia das Rätsel auf. »Der Koch ist niemand Geringeres als Erbprinz Delanbredh von Herzfelden. Und wie es scheint, hat er schlechte Neuigkeiten für seinen Vater. Das müssen wir unbedingt Quentin berichten.«

Entschlossen stand die Prinzessin auf und lief auf den Ausgang zu. Im Türrahmen blieb sie jedoch noch einmal stehen und sah ihn mit ernster Miene an. »Danke für das, was Ihr für mich getan habt … bei Elachand. Aber mehr als meinen Dank kann ich Euch nicht geben«, sagte sie leise und ging.

Miskar fluchte innerlich. Das Rendezvous war gründlich ins Wasser gefallen. Aber so leicht gab er nicht auf. Die Jagd hatte gerade erst begonnen.

TUULIKKI

Das Wasser des Sees war wie das Licht der Sterne. Kalt, klar und still. Zwei Hell und Dunkel hatte sie auf dem Grund des tiefen Tümpels gelegen – ohne zu denken, ohne zu fühlen. Im Schutz des schlammgetrübten Nasses hatte sie ihre Kräfte gesammelt, hatte Molche und Wasserspinnen vertilgt, ohne wirklich satt zu werden, hatte ihre Wunden mit Schlamm bedeckt, ohne dass sie verheilt waren.

Dann endlich hatte sie sich aus dem modrigen Tümpel herausgewagt und war durch das Sumpfland geschwommen. Ein brennendes Hell lang war sie durch Farnwälder geschlängelt und unter Algenfeldern hindurchgetaucht, bis sie schließlich das Weite Wasser erreicht hatte. Schwärme von kleinen Fischen hatten sie wie eine Königin empfangen und ihr den Dreck aus den Wunden gesaugt. Die unendliche Weite berauschte sie. Noch fiel es ihr schwer, sich zu orientieren, so sehr unterschied sich der See von den Bächen und Flüssen, die sie kannte.

Hier war das Wasser kein Gefangener von Stein und Erde. Es musste nicht wühlen, um sich sein Bett zu schaffen. Es gab keine Richtung, es gab keine Wege. Weder schnellte es vor, noch wurde es gebremst, es verlor sich in unzähligen Strömungen. Dort, wo ihn das Überwasser küsste, war der See jedoch launisch. Wenn die Winde wild und heulend herabsausten, dann ließen sie das Wasser tanzen und türmten es zu endlosen Reihen von Bergen auf.

Nur auf dem Grund, wo der See alles Licht verschlang, war es immer ruhig. Wie ein Krake umschlang sie das tiefe Wasser. Es drückte, erdrückte, zerdrückte sie auf zärtlichste Weise.

Oft war es nur ein Zucken ihrer Schwanzflosse oder eine Krümmung ihres Körpers, die darüber entschied, ob sie genau die Mitte des Unterwassers fand. In jener Zwischenwelt zu schweben, in der sie die Launen des Windes erahnte und die stille Umarmung der Tiefe fühlte, war ein Gefühl von Vollkommenheit.

Ein stechend süßlicher Duft holte sie aus ihrer Ekstase. Der Geruch war schwerer, fremder, appetitanregender als der eines toten Fischs: Es war das aufgeweichte Fleisch eines Landgängers. Sie folgte der Spur, entgegen der Strömung, die ihr die Botschaft überbracht hatte.

Gegen das funkelnde Licht des Überwassers sah sie schließlich zwei dunkle Schemen an der Oberfläche treiben, die Gliedmaßen weit von sich gestreckt. Ihre Haare wiegten wie Seegras in den Wellen. Es trat kein Lebenssaft mehr aus ihren Leibern. Katzenfische rissen Fetzen aus ihrem Fleisch. Sie mussten schon eine Weile tot sein. Für den Bruchteil eines Kiemenschlags meinte sie, den Geruch des Einen zu erahnen. *Nur der trügerische Duft, den so viele Landgänger verströmen* … Es gab keine Erlösung für sie, das wusste sie nun. Der Eine lebte nur noch in den Liedern ihres Reigens.

Dennoch zogen sie die aufgeblähten Leiber der Toten an. Es waren ein Männchen und ein Weibchen. Gewaschen in den Wassern des Sees waren sie ihr ein willkommener Schmaus. In immer engeren Bahnen umkreiste sie die beiden, bis die Katzenfische von ihnen abließen. Als sie zwischen ihnen hindurchglitt, hatte sie das Gefühl, ein unsichtbares Band durchtrennt zu haben – ein Band, das über den Tod hinaus gehalten hatte.

Neugierig tauchte sie an dem Weibchen entlang. Ein großes Loch klaffte in ihrem Unterkiefer. Krebse hatten sich in ihrer Mundhöhle eingenistet und ihre Zunge zerfressen. Wie waren die Landgänger hierhergekommen, mitten in den See, weit weg vom Überwasser?

Abermals verspürte sie den falschen Hauch des Einen – leise wie das Trippeln eines Wasserkäfers, zart wie das Streicheln einer Seerosenwurzel, aber ebenso störend wie das Jucken an einer Stelle, an der sie sich nicht kratzen konnte. Sie konnte den Geruch einfach nicht verdrängen.

Mit einem wilden Schrei riss sie schließlich ihr Maul auf und schlug ihre Fänge in das Fleisch des Männchens. Sie zerrte es hinab in die schwarze Tiefe, weg von seinem Weibchen. Sie wollte allein sein mit ihm. Dort, wo es nichts gab außer ihrem unstillbaren Hunger. Wenn der Eine schon nicht existierte, dann wollte sie ihn sich im Dunkel erträumen. Und mit jedem Bissen, den sie aus dem Leib des Landgängers riss, spürte sie, wie er ein Teil von ihr wurde … wie sie eins wurden …

Das Weibchen sollten die Fische fressen.

BALDWIN

Baldwin fuhr sich mit der Hand über das glatte Kinn. Eine einfache Rasur hatte ausgereicht, um ihn gepflegter erscheinen zu lassen als die meisten Menschen um ihn herum.

Den Einwohnern und Gästen Windfalls waren die Nachwehen der Krönungsfeier immer noch anzumerken. Ein Blick in den Rinnstein genügte, wenn man wissen wollte, was sich an den Tagen nach der Thronbesteigung zugetragen hatte. Verwelkte Blüten schwammen in Kotze und Pisse – genau die Huldigung, die Fürst Karol, dieses Arschloch, verdiente. Es gab nur wenige Leute, die am dritten Morgen der Festlichkeiten noch nüchtern waren. Und dazu gehörte, was erstaunlich war, auch Baldwin.

Nach der Reise über die staubige Landstraße hatten sich seine Stiefel eine gründliche Reinigung verdient. Darum hatte er sich auf ein leeres Fass gehockt und einen Schuhputzer herbeigewunken. Während der Knabe eifrig damit beschäftigt war, das Leder seiner Stiefel auf Hochglanz zu polieren, starrte der Arkebusier auf den Eingang des gegenüberliegenden Gasthauses. Er hatte sich selbst davon überzeugt, dass Renno an einem der Tische hockte. Der Rotschopf war der Grund, warum Baldwin nach Windfall zurückgekehrt war. Im Schankraum hatte er ihn jedoch nicht ansprechen wollen. Die Angelegenheit war zu heikel für fremde Ohren.

Es kam ihm vor, als ob der Abend, an dem ihm Kaia über den Weg gelaufen war, schon Jahre zurückläge. Dabei waren es allenfalls zehn Tage. Wenn es stimmte, was Renno damals im Finckenkrug von sich gegeben hatte, dann war seine Schwägerin die einzige Frau, die den Thaumaturgen je ohne Maske gesehen hatte. Und wer weiß, vielleicht wusste sie noch mehr über ihn zu berichten.

Der Knabe tunkte seinen Lappen noch einmal in den Fetttopf und verpasste Baldwins Stiefeln die letzte Politur.

»So, fertig«, rief er, »da kann sich der Sonnenvater selbst drin spiegeln!«

In der Tat glänzte das dunkle Leder wie neu. Der Junge hatte seine Arbeit ordentlich gemacht. Allerdings hatte sich der Rotschopf noch immer nicht blicken lassen. Alleine und untätig auf der Straße zu warten, kam nicht infrage, sonst griffe man ihn womöglich noch wegen Herumlungerns auf. Baldwin konnte darauf verzichten, erneut mit den Windfaller Wachen Bekanntschaft zu machen. Mit seinem Stockdegen wirbelte er etwas Straßendreck auf und wartete ab, bis sich dieser in feinen Wolken auf seinen Stiefeln niedergelassen hatte.

»Die sind noch ganz staubig«, bemerkte der Arkebusier beiläufig und schnippte einen Viertelgroschen in den Münzbecher des Knaben. »Fang noch mal von vorn an.«

»Sehr wohl, der Herr«, grummelte der Junge kleinlaut und machte sich von Neuem daran, die Stiefel zu putzen.

Das gleichmäßige Schrubben der Schuhbürste ließ Baldwin eindämmern. Im Halbschlaf ging er noch einmal seinen Plan durch. Glatt rasiert und mit frisch gewichsten Schuhen würde er in die Rolle eines Advokaten schlüpfen. Im Gepäck hatte er das vermeintliche Testament eines Onkels dritten Grades, das er an Rennos Schwägerin zu überbringen habe. Da er jedoch nur kurz in der Stadt weile, würde er seine Hilfe benötigen, um die Dame ausfindig zu machen. Bei unangenehmen Gegenfragen wollte er sich einfach auf seine Verschwiegenheit berufen. Besonders stolz war Baldwin auf das gefälschte Siegel. Es bestand aus einem verschnörkelten S und Palmwedeln, die er mit dem fein ziselierten Griff seiner Pistole in das Wachs gepresst hatte.

Erst als ihm der Geruch von Jauche in die Nase stieg, öffnete er wieder die Augen. Ein buckliger Mann kam mit einem Handkarren die Gasse hinuntergepoltert. Zu allem Unglück blieb er genau vor ihnen stehen und betrat das Gasthaus. Auf dem Karren standen zwei große Tonkrüge, von denen der penetrante Gestank ausging. Baldwin verzog angewidert das Gesicht.

»Das ist Ludo«, murmelte der Knabe durch sein Hemd, das er sich rasch über die Nase gezogen hatte. »Der trinkt hier immer sein Feierabendbier.«

»Feierabend zur dritten Tagesstunde?«

»Ja, er sammelt jeden Morgen die Nachttöpfe der Leute ein und bringt sie zu den Gerbern«, entgegnete der Junge.

Baldwin vergegenwärtigte sich mit Unbehagen, dass auch das Leder an seinen Füßen in einer ähnlich miefenden Brühe geschmort hatte. Er hatte gerade erwogen, seinen Standort zu wechseln, als sich prompt die Tür der Schenke öffnete. Ein Mann mit feuerroten Haaren trat heraus, besser gesagt, er torkelte. Endlich hatte das Warten ein Ende.

»Das reicht«, grummelte Baldwin.

Der Schuhputzer blickte verdattert zu ihm hoch. »Aber ich bin doch noch gar nicht fertig.«

»Wird's bald?« Baldwin verlor die Geduld mit dem Knaben. Er nahm seinen Gehstock und klopfte ihm auf die Finger. »Verschwinde, habe ich gesagt!«

Der Junge packte eilig Bürste und Lappen zusammen und machte sich von dannen. Baldwin hatte sich derweil erhoben und war zu Renno hinübergeschlendert. Das Gesicht des jungen Mannes leuchtete fast ebenso rot wie sein Haarschopf.

Baldwin räusperte sich. »Guter Mann, ich …«

Noch bevor er weitersprechen konnte, schubste ihn Renno zur Seite. »Ach, lass mich in Ruh!«, lallte der junge Hitzkopf und zog in Schlangenlinien davon.

Wohlan, dann musste es eben anders gehen. Humpelnden Schrittes folgte Baldwin dem Mann. Als er fast zu ihm aufgeschlossen hatte, holte er aus und zog ihm den Griff seines Stocks über den Schädel. Der Rotschopf ging wie ein nasser Sack zu Boden.

Der Arkebusier sah sich um. Niemand schien Notiz von der

kurzen Auseinandersetzung genommen zu haben. Er hielt die Luft an und hob die beiden stinkenden Krüge von dem Karren. Dann packte er Renno an den Armen, hievte ihn auf die Ladefläche und machte sich mit dem Wagen auf den Weg. Mit einer Schnapsleiche im Schlepptau würde er an einem Tag wie diesem gewiss nicht auffallen.

*

Baldwin zog das Tor der verlassenen Lagerhalle hinter sich zu. Er war wieder hier. Im Zwielicht sah er, dass die Kisten noch genauso standen, wie er sie in jener Nacht zusammengeschoben hatte. Dieses Mal suchte er jedoch nicht vor dem Regen Schutz, sondern vor neugierigen Blicken. Schließlich hatte er einen Karren gestohlen und einen Mann entführt.

Ein kurzer Blick verriet ihm, dass Renno immer noch bewusstlos war. So, wie er stank, würde er einen ganzen Tag brauchen, um seinen Rausch auszuschlafen. Langsam schob Baldwin den Karren unter den Kran, um seinen Gefangenen nicht zu wecken. Dann stellte er sich an die Winde und begann zu kurbeln. Die Zahnräder und Flaschenzüge quietschten erbärmlich, doch nach einigen Umdrehungen bewegte sich die Kette. Schon bald baumelte der Haken direkt über dem Kopf des Rotschopfs. Baldwin verlor keine Zeit und befestigte ihn am Kragen des Mannes. Dann zog er ihm den Gürtel aus der Hose und band ihm die Hände hinter dem Rücken zusammen. Der alte Söldner ächzte, als er Renno Stück für Stück bis unter das Dach der Lagerhalle hinaufzog.

Zum Glück wachte der Rotschopf erst auf, als er mit beiden Beinen über dem Boden schwebte. Der junge Mann wurde plötzlich ganz grün im Gesicht, sodass Baldwin lieber einen Schritt zurückwich. Er hatte keine Lust, sich vollkotzen zu lassen. Statt sich zu übergeben, entwich dem Rotschopf jedoch nur ein kläglicher Schrei.

Der Arkebusier hob mahnend die Scorpio, als wäre ihr langer

Lauf sein Zeigefinger. Wie es schien, war Renno wach genug, um die Geste zu verstehen. Er hielt die Klappe. Baldwin räusperte sich laut. »Ich will dir nicht den Mund verbieten, aber wenn du hier heil rauskommen willst, dann möchte ich ausschließlich Antworten auf meine Fragen hören, verstanden?«

»Alles, ich sage alles! Alles, was Sie wollen!« Der arme Bursche nickte so hektisch, dass die Kette zu schwingen begann. Nun war es doch um ihn geschehen. Ein Schwall von Erbrochenem regnete auf den Hallenboden nieder.

Dass man immer erst so drastisch werden musste, dachte Baldwin angewidert und senkte die Pistole. Schließlich fixierte er den Rotschopf mit zusammengekniffenen Augen. »Wo finde ich deine Schwägerin?«

*

Baldwin drehte sich um und blickte zum Eingang. Noch immer strömten Menschen in den Tempel. Es schien, als wollten die Leute Buße tun für die wilden Nächte, die hinter ihnen lagen. Tja, das Haus der Heiligen Kordelia stand eben allen Sündern offen. Vom Sonnenvater hätten sie weit weniger Milde für ihre Ausschweifungen zu erwarten.

Die Frau, wegen der Baldwin hier war, saß drei Reihen vor ihm. Hoch aufgeschossen, braune Locken und vornehm blass, bis auf die Wangen, die voller Sommersprossen waren. So hatte Renno seine Schwägerin Lilia beschrieben. Draußen setzte derweil die Dämmerung ein. Das Lichterspiel der Tempelkuppel zauberte bunte Flecken auf die ansonsten kargen Wände. Die letzten Gläubigen huschten auf ihre Plätze, während die Kreisdiener hinter ihnen die Tore schlossen. Die Andacht konnte beginnen.

Die Priesterin trat vor auf die runde Kanzel und musterte ihre Gemeinde. Fast kam es Baldwin so vor, als würde sie dabei jedem Einzelnen in die Augen blicken, auch ihm.

Dann endlich begann sie: »Auf 61 Tage Trauer folgen 3 Tage Freude. So steht es im Sechsten Buch der Sonne. Warum, mögen wir uns fragen, sollen wir der Trauer und dem Schmerz so viel mehr Platz in unserem Leben einräumen? Ist das nicht ein ungerechtes Schicksal?«

Die Stimme der Priesterin drang bis in den letzten Winkel des Tempels vor.

»Wer so denkt, dem sagt die Heilige Kordelia: *Du denkst zu kurz!* Schon in unserer Trauer steckt Freude, auch wenn wir sie nicht gleich erkennen mögen. Denn was geschieht, wenn wir gemeinsam trauern? Wir gedenken derer, die von uns gegangen sind. Wir tauschen und sammeln Erinnerungen an die, die uns lieb und teuer waren. Diese gemeinsamen Erinnerungen spenden uns nicht nur Trost, nein, sie schaffen den von uns Gegangenen auch einen Platz mitten unter uns. Und indem sie mitten unter uns sind, befreien sie unsere Herzen vom Kummer des Verlusts und öffnen sie für neue Hoffnung und Zuversicht.«

Ein heller Sonnenstrahl kitzelte Baldwins Nasenspitze. Für einen Augenblick gelang es ihm, gegen das Kribbeln anzukämpfen, doch dann musste er niesen. Entschuldigend deutete er nach oben, wo an einigen Stellen Mosaiksteine in der Kristallkuppel fehlten, sodass die Sonne ungehindert hindurchscheinen konnte.

»In der Zeit unserer Trauer schaffen wir also bereits das Fundament für unsere Freude …«

Baldwin lehnte sich mit geschlossenen Augen zurück und ließ die Worte der Priesterin auf sich einprasseln wie einen warmen Sommerregen. Er atmete im Rhythmus ihrer Predigt, bis es still und dunkel und friedlich um ihn wurde.

Ein sanftes Rütteln riss den Arkebusier aus seinem Schlummer.

»Hallo? Die Andacht ist zu Ende«, wisperte eine helle Stimme. Baldwin öffnete die Augen und blickte in das Gesicht eines jungen Messdieners, der ihm eine Hand auf die Schulter gelegt hatte. Hektisch sprang er auf und eilte den Leuten hinterher, die gerade dabei waren, den Dom zu verlassen. Zu seinem Glück war Lilia so groß, dass sie aus der Menge herausragte.

Baldwin legte einen Schritt zu und schloss zu der Dienstmagd auf, als sie gerade durch das Tempelportal trat. Dabei fasste er in seine Hosentasche, um sich davon zu überzeugen, dass Rennos Locke immer noch dort war. Er hatte sie dem Rotschopf abgeschnitten, zum Beweis, dass er ihn tatsächlich in seiner Gewalt hatte.

Nur was sollte er dem Fräulein jetzt sagen? *Ich habe Ihren Schwager entführt … Er hängt an einem Haken in einer verlassenen Lagerhalle, und wenn Sie mir nicht alles verraten, was Sie über den Thaumaturgen wissen, dann baumelt er dort bis zum Sanktnimmerleinstag!*

Er hatte sich für den direkten Weg entschieden. »Lilia, bitte warten Sie einen Moment.«

Die junge Frau wandte sich um und sah ihn überrascht an. »Verzeihen Sie, der Herr, kennen wir uns?«

»Sagen wir so, wir haben … vielmehr *hatten* eine gemeinsame Bekannte.« Baldwin setzte alles auf eine Karte. Er wollte das Vertrauen der Dienstmagd gewinnen, ohne Kaia zu erwähnen. »Die Dreiheiligen haben sie selig«, murmelte er traurig und deutete gen Himmel.

Es dauerte einige Herzschläge, bis sich Lilias Gesichtszüge entspannten. Argwohn wurde zu Zweifel, Zweifel zu Erstaunen und Erstaunen zu Hoffnung – zumindest einem Schimmer davon.

»Sie kannten Fürstin Hedda?«, riet die junge Frau im Flüsterton.

»Ganz recht«, antwortete Baldwin. Er musste noch nicht einmal lügen. »Aber lasst uns doch am besten einen kleinen Spaziergang machen. Vielleicht kann ich Euch zurück zur Burg begleiten?«

Lilia sah ihn unsicher an. Doch sie traute sich anscheinend nicht, ihm zu widersprechen, und so folgte sie ihm hinaus auf die Straße.

Die Hellsonne war bereits untergegangen, und der Abendhimmel schimmerte in einem tristen Grau. Baldwin klopfte mit dem Knauf seines Stocks gegen das steinerne Tempelportal. »Meine Töchter sind hier eingesegnet worden«, log er mit einem aufgesetzt verträumten Lächeln. »Ist allerdings schon ein paar Jährchen her.«

Eine familiäre Anekdote mochte helfen, das Fräulein zu beruhigen und ihre Zweifel zu zerstreuen. Der Arkebusier deutete eine Verbeugung an – tief genug, um höflich zu sein, aber nicht so tief, dass sie glauben mochte, er sei ein gewöhnlicher Mann. »Verzeihen Sie, dass ich mich nicht eher vorgestellt habe. Revar Winbald, zweiter Hauptmann der Burgwache … zu Zeiten des alten Fürsten Harold, sollte ich wohl sagen«, fügte er mit einem Schmunzeln hinzu. Auch das war nicht ganz gelogen, fand Baldwin. Der Sonnenvater würde sicher ein Einsehen mit ihm haben. Glatt rasiert und mit dem Spazierstock in der Hand konnte er durchaus als altgedienter Offizier durchgehen.

»Oh«, entfuhr es Lilia, die nun ihrerseits einen Knicks machte.

»Sie erinnern mich wirklich sehr an meine jüngste Tochter«, sagte Baldwin. »Ach, aber was erzähl ich? Sie fragen sich sicherlich: Was will der alte Mann nur von mir?«

Die Dienstmagd lächelte verlegen und blickte zu Boden. Jetzt war der geeignete Moment gekommen. Baldwin legte ihr väterlich einen Arm um die Schultern und trat die Flucht nach vorn an.

»Mir sind unschöne Dinge zu Ohren gekommen«, flüsterte er, »Dinge, die den Tod unserer Fürstin betreffen.«

Lilia befreite sich aus seiner Umarmung und sah ihn mit angstgeweiteten Augen an. Die arme Magd zitterte wie Espenlaub. Hatte er etwas Falsches gesagt? Glaubte sie etwa, er sei mit den Mördern im Bunde? Er hob beschwichtigend die Hände.

»Sie brauchen keine Angst zu haben. Mich schickt niemand. Ich bin nur ein alter Narr mit einem Gerechtigkeitsfimmel. Am Totenbett habe ich Fürst Harold geschworen, auf seine Schwester aufzupassen.« Eine weitere Lüge, die ihm beim Gang zur Seelenwaage hoffentlich nachgesehen würde. Er zuckte die Schultern. »Tja, für Männer meines Berufsstandes hat man ab einem gewissen Alter keine Verwendung mehr.« Ein Funken Bitterkeit hatte sich in seine Stimme geschlichen, ohne dass er es gewollt hätte.

Fast meinte er, einen mitleidigen Blick in den Augen der jungen Frau zu erkennen. Nun, wenn er sich von ihr bedauern lassen musste, um sein Ziel zu erreichen, dann würde er auch das tun. Baldwin seufzte inniglich, als ob er den gesamten Weltschmerz in sich tragen würde.

»Ich kann verstehen, wenn Sie Angst haben«, sagte er schließlich in ernstem Tonfall. »Alle Welt erzählt sich unheimliche Geschichten über diesen Thaumaturgen. Doch welche sind wahr und welche erlogen?« Der Arkebusier sah die Magd eindringlich an. »Letzten Endes wollen wir doch beide das Gleiche: Gerechtigkeit für die Tote.«

Es dauerte keine drei Atemzüge, bis sich Lilia bei ihm eingehakt hatte. »Sie sind wahr«, flüsterte sie aufgeregt. »Die Geschichten sind wahr. Er hat kein Gesicht! Deshalb trägt er die Maske.«

»Kein Gesicht?«, entfuhr es ihm. Er war sich nicht ganz sicher, was die junge Frau meinte.

»Ich wusste, dass Sie mir nicht glauben würden.«

»Nicht doch«, versuchte er sie zu besänftigen. »Es ist nur … Er hat keine Nase?«

»Nein«, hauchte Lilia tonlos.

»Keine Augen, keine Ohren, keinen Mund?« Baldwin war fassungslos.

Wieder und wieder schüttelte die Magd den Kopf.

»Nur Schlitze«, sagte sie mit zitternder Stimme.

Schweigend gingen sie nebeneinanderher, während die Massen von den Gottesdiensten nach Hause und in die Gasthäuser strömten. Die Leute schwatzten, freuten sich auf ihr Abendbrot oder erinnerten sich gut gelaunt an die Festlichkeiten der letzten Tage. Schon morgen würde für die meisten wieder der Alltagstrott einsetzen. Unter all den Menschen gaben die Magd und der Arkebusier das einzige betrübte Paar ab. Und so dauerte es eine ganze Weile, bis sie ihre Sprache wiedergefunden hatten.

»Ich habe sein Spiegelbild in seiner Maske gesehen. Er hat mit ihr gesprochen, als wäre sie ein lebendiges Wesen«, wisperte Lilia ängstlich. Und allein vom Zuhören lief Baldwin ein Schauer über den Rücken.

»Was kann er nur vorhaben?«, wunderte er sich laut.

Die Magd sah ihn mit Rehaugen an. »Ich weiß es nicht. Ich habe ihn nur das eine Mal gesehen, als ich in seiner Kammer sauber machen sollte. Seit er in seine neuen Gemächer im Pulverturm gezogen ist, habe ich ihn nicht mehr zu Gesicht bekommen.«

Für eine Weile spazierten sie schweigend weiter. Dann hielt Baldwin plötzlich an und raunte ihr mit einem Augenzwinkern zu: »Sie könnten mir doch sicher helfen, wenn ich mich mal kurz in seinen Gemächern umschauen will – oder?«

»Nein!«, entfuhr es Lilia entsetzt. »Bitte glauben Sie mir, ich habe die Windfürstin sehr gemocht. Sie war immer gut zu mir. Aber das ist unmöglich. Niemand darf den Pulverturm betreten, nicht mal seine eigenen Leute.«

Baldwin seufzte. Er ließ die Schultern hängen und versuchte, einen niedergeschlagenen Eindruck zu erwecken. Vielleicht konnte er sie so umstimmen.

»Ich könnte Ihnen aber seine *alte* Kammer zeigen«, bot Lilia eifrig an. »Natürlich nur, wenn Ihnen das bei Ihren Nachforschungen weiterhilft. Um die Wachen müssen wir uns keine Sorgen machen, die haben sich bei der Krönungsfeier nicht gerade zurückgehalten. Wenn ich ihnen noch einen Krug ausgebe, könnte ich Sie bestimmt durch den Dienstboteneingang in die Burg schmuggeln.«

Baldwins Augen glänzten. »Nun, das, liebe Lilia, wäre wirklich ganz famos!«

QUENTIN

»Alle Mann aufgesessen!«, erklang die kräftige Stimme des Rittmeisters. »Wir brechen auf!«

»Es ist reiner Wahnsinn, den Fluss bei Nacht zu überqueren!«, protestierte Hodž lauthals.

Doch Ritter Bärnwald ließ diesen Einwand nicht gelten. »Es war lange genug trocken. Die Strömung ist nicht besonders stark.«

Der Gremlin weigerte sich weiter beharrlich, sein Pony zu satteln. »Niedrigwasser ist umso schlimmer«, schimpfte er, »da brechen sich unsere Pferde noch die Beine, wenn sie in irgendein verdammtes Loch treten.«

Ein lautes Schmatzen ließ Quentin aufhorchen. Waltar hatte sich breitbeinig neben ihm aufgestellt und grinste ihn an. Sogleich schlug ihm der faule Atem des Söldners entgegen.

»Ein Wort von Ihnen«, raunte Waltar, »und ich prügle die Hälfte von denen aus ihren Harnischen …«

»Und die andere Hälfte?«

Waltar blickte verschwörerisch zu Hodž hinüber und nickte in Richtung der beiden Pistolen, die in dem breiten Bauchgurt des Gremlins steckten. Zu guter Letzt klopfte er Quentin auf die Schulter. »Dann könnten Sie auch beweisen, was Ihre Fuchtel taugt.«

Die Gedanken des Söldners gefielen Quentin ganz und gar nicht. »Ich glaube nicht, dass Fürst Ardegast viel Verständnis für Prinzenmörder hat«, tuschelte er aufgeregt. »Haben Sie vergessen, weshalb wir nach Ehrendaal reisen? Wir … ich meine … die Prinzessin braucht die Unterstützung des Herzfürsten.«

Waltar spuckte ein ausgelutschtes Stück Kautabak aus und zurrte den Sattelgurt seines Rappen fest. »War nur 'n Vorschlag.

Aber wenn Sie die Hosen voll haben, wollen wir mal lieber spuren.«

Quentin atmete erleichtert aus und schwang sich auf sein Pferd. Die Prinzessin und Miskar saßen bereits im Sattel – viel zu dicht beisammen für seinen Geschmack. Ihm gefiel nicht, wie der Gossenzauberer sie ansah – und manchmal lächelte sie sogar zurück. Für ihre Verhandlungsposition wäre es wahrlich vorteilhafter, wenn Kaia Prinz Delanbredh solche Blicke zuwerfen würde. An der Seite des Erbprinzen zu reiten war ein Geschenk, und sie trat es mit Füßen. Was für ein dummes Gör! Wie würde Delanbredh erst von ihr denken, wenn er erfuhr, wer sie war?

Hodž wetterte indes unablässig vor sich hin. Quentin verstand nicht, was der Gremlin sagte, aber es klang alles andere als freundlich. Nachdem er sich viele Male verzweifelt an den fransigen Ohren gezogen hatte, gab der kleine Söldner seinen Widerstand gegen den nächtlichen Ritt auf, und sie konnten endlich aufbrechen.

Sie ritten über weite, sternenbeschienene Auen. Dort wo sich eigentlich saftige Wiesen erstrecken sollten, hinterließen die Hufe ihrer Pferde silbergraue Staubwolken. Die Blätter an den Bäumen hingen herab, als ob sie trauerten. Nur vereinzelte Pfützen deuteten darauf hin, wie breit der Fluss noch vor einigen Tagen gewesen sein musste.

Die Uferbank des Oron lag bereits weit hinter ihnen, als sie in morastiges Gelände kamen. Der weiche Untergrund schmatzte bei jedem Schritt, den ihre Pferde taten. Überall roch es nach morschen Wurzeln und vertrockneten Algen. Der stolze Strom mochte an dieser Stelle kaum mehr als hundert Schritte an Breite messen. Er schien seicht wie ein Bach zu sein, allerdings ohne dessen munteres Plätschern zu verbreiten. Das Wasser glänzte matt im Sternenlicht. Müde floss der Oron an ihnen vorüber.

Der Rittmeister hob seinen Schwertarm, zum Zeichen, dass sie anhalten sollten. Einer seiner Männer stieg ab, nahm sein Pferd am Zügel und durchquerte vorsichtig den Fluss. Die anderen folgten ihm im Gänsemarsch.

»Dann lasst uns der hochgeschätzten Ritterschaft unser Vertrauen schenken und uns in die Fluten stürzen«, schnurrte Hodž spöttisch und drehte sich im Sattel um. »Wenigstens können wir die Durchquerung nutzen, um uns ungestört zu unterhalten.«

In der Tat hatte Quentin Mühe, die Stimme des Gremlins zu vernehmen. Das gleichmäßige Rauschen des Wassers verschluckte fast jedes seiner Worte. Der Gelehrte bezweifelte, dass außer ihnen beiden jemand hören konnte, was sie sprachen.

»Es ist nicht mehr weit bis Ehrendaal«, bemerkte Hodž. Seine Stimme klang wie die eines Händlers, der seine Waren auf dem Basar anpries. »Sollten wir da nicht unsere Erwartungen abgleichen?«

Quentin hatte sich schon gewundert, dass der Gremlin so lange stillgehalten hatte. Das Feilschervolk war nicht gerade für seine Freigiebigkeit bekannt. Das Säckchen Silber, das Hodž und Waltar von ihm erhalten hatten, entsprach wohl kaum der Bezahlung, die die beiden Söldner für dieses Unterfangen erwarteten. Und er sollte recht behalten.

»Mein lieber Herr Weißgerber«, sagte Hodž in kumpelhaftem Ton, »machen wir uns nichts vor, wir sind doch alle darauf aus, die Kuh zu melken.«

Der Gelehrte sah den Gremlin pikiert an. »Eine äußerst widerwärtige Weise sich auszudrücken.«

»Sie haben recht«, ulkte Hodž. »Schließlich haben wir es mit einem Edelfräulein zu tun. Wäre es Ihnen genehmer, wenn ich sage, dass wir alle darauf aus sind, die *Stute* zu melken?«

Quentin stöhnte innerlich auf. Er würde sechs Kreise machen, wenn er sich nicht mehr mit derlei Geschmeiß abgeben musste. Aber wer weiß, vielleicht könnten ihm die Söldner noch dienlich sein.

»Was ich eigentlich meine«, fuhr Hodž fort, »ist, dass die Gefahren, die wir wegen der Prinzessin auf uns nehmen, auch anständig entlohnt werden sollten. So viel hat sie ja selbst versprochen. Wie diese Belohnung allerdings aussehen soll, da gehen unsere Vorstellungen sicher auseinander.« Er sah den Gelehrten vielsagend an. »Ihr wollt ihr ins Öhrchen flüstern und Euren Einfluss mehren. Miskar will ihr ans Mieder, und mein Kamerad und ich bevorzugen klingende Münzen – wobei ich für Waltar nicht die Hand ins Feuer lege, dass er nicht auch mal gern von ihrem Schatzkästchen naschen würde.«

Quentin musterte den Gremlin naserümpfend. Hodž war wirklich ein unangenehmer Zeitgenosse. Seine Einschätzungen waren jedoch durchaus zutreffend. Der Umgang mit ihm war zwar weit unter der Würde des Gelehrten, aber so verschlagen wie der kleine Söldner war, konnte er noch einiges von ihm lernen.

»Mösen, Macht, Moneten«, säuselte Hodž verträumt. »Das ist es, was wir begehren. Aber was ich mich die ganze Zeit schon frage – was wollte oder besser gesagt *will* Baldwin, dieser alte Haudegen, eigentlich von unserem Prinzesschen?«

Das, dachte Quentin, war in der Tat eine interessante Frage. Die andere Sache, die ihn beschäftigte, war das beharrliche Schweigen der Ritter. Kaia hatte ihm von dem Gespräch berichtet, das sie bei der Kirche belauscht hatte. Die Herzfelder schienen zu wissen, dass sie eine Frau war, doch bislang hatten sie sie nicht offen darauf angesprochen. Womöglich weil sie selbst ein Geheimnis hatten, das sie bewahren wollten – schließlich ritt Prinz Delanbredh unter ihnen. Und wenn das bis zu ihrer Ankunft in Ehrendaal so bliebe, wäre es vielleicht nicht das Schlechteste.

*

»Ich dachte immer, Ehrendaal läge in einem Tal«, bemerkte Kaia, ohne einen Hehl aus ihrer Enttäuschung zu machen.

Tatsächlich erstreckte sich vor ihnen eine weite triste Ebene. Im Licht der Hellsonne waren die Reiter die einzigen schwarzen Flecken in einer grellweißen Landschaft. Hinter dem Hitzeflimmern am Horizont konnte man bereits die Zinnen der Stadt erahnen. Im Norden und Süden war das Grasland von Ausläufern des Herzwaldes umgeben. Hügel oder gar Berge suchte das Auge vergeblich.

Elwing ließ sich zurückfallen und reihte sich neben Kaia und Quentin ein. Der junge Ritter zog seinen Panzerhandschuh aus und deutete nach links und rechts. »Siehst du die Bäume dort?«

Die Prinzessin nickte.

»Wenn du sie dir wegdenkst, dann kommen darunter ein paar Bodenwellen zum Vorschein«, scherzte Elwing. »Früher sollen es mal Hügel gewesen sein, aber die Feen und Wichtel haben dort so wild getanzt, dass sie sie ganz platt getreten haben.«

Kaia konnte sich ein Lächeln nicht verkneifen. Aus dem Augenwinkel sah Quentin, dass Miskar die beiden finster anstarrte. Offensichtlich gefiel ihm nicht, dass sich die Prinzessin mit Ritter Elwing unterhielt – ja, vielmehr vergnügte. Gut so, dachte Quentin, der Gossenzauberer sollte sich besser daran gewöhnen, dass er in Zukunft nur noch wenig von ihr zu sehen bekommen würde.

»Wo hast du eigentlich so gut reiten gelernt, *mein Junge?*«, erkundigte sich Elwing neugierig. »Deine Gefährten sitzen auf ihren Pferden ja eher wie mein Väterchen auf dem Donnerbalken.«

Seit Tagen hatte es sich der schwarzhaarige Ritter zum Spaß gemacht, Kaia betont mit »mein Junge« anzusprechen. Die Prinzessin ließ sich jedoch nichts anmerken. »Mein Vater ist Zureiter«, antwortete sie knapp.

»Das glaube ich gerne«, erwiderte Elwing mit einem dreckigen Grinsen.

Besorgt drehte Quentin sich zu Miskar um – keinen Moment zu früh. Der Gossenzauberer ballte die Faust. Dann kniff er die Augen zusammen und fixierte den Ritter mit einem Blick, der nichts Gutes verhieß: Er war drauf und dran ihn zu verzaubern.

Quentin konnte den jungen Heißsporn nicht leiden, aber auf

dem Scheiterhaufen wollte er ihn auch nicht sehen. Mit einem Handzeichen machte er Hodž, der neben Miskar ritt, auf die Situation aufmerksam. Geistesgegenwärtig legte der Gremlin eine Hand auf Miskars Arm und riss ihn mit seiner meckernden Stimme aus der Konzentration.

»Hehe, wusstest du, dass Hexen in Herzfelden verbrannt werden?«

»Was?«, fragte Miskar irritiert und öffnete die Faust. Ein dickes Goldstück glitt ihm durch die Finger und fiel zu Boden.

»Ja, ja«, fuhr Hodž im Plauderton fort. »Was Zauberei angeht, sind die Leute hier noch rückwärtsgewandter als die Sonnenwächter. Und das will schon was heißen.«

Plötzlich fasste sich Miskar an die Schläfen, taumelte und fiel aus dem Sattel wie ein nasser Sack. Einige der Ritter lachten über sein Missgeschick – Elwing am lautesten. Doch der Rittmeister brachte sie mit einem strengen Blick zum Schweigen.

Quentin stieg indessen von seinem Pferd ab und eilte dem Gossenzauberer zur Hilfe, doch der hob abwehrend die Hände.

»Nur ein Sonnenstich«, murmelte er.

»Wohl eher Seelenfrost«, zischte Quentin leise und drückte ihm das angesengte Goldstück wieder in die Hand. »Das hast du eben verloren. Behalte es als Erinnerung daran, dass du lernen musst, dich zu zügeln … und dass ich es gut mit dir meine.«

*

Ohne zu rasten, waren sie durch die staubige Mittagshitze geritten. Seit einiger Zeit säumten Kornfelder ihren Weg. Quentin konnte förmlich riechen, wie die weißgoldenen Ähren in der Hellsonne verbrannten. Grillen zirpten, und das Wasser stand stinkend schwarz in den Bewässerungskanälen. Er würde sechs Kreise machen, wenn er endlich aus dem Sattel kam.

Unaufhaltsam näherten sie sich der Stadt. Wobei Stadt nicht das richtige Wort war, um Ehrendaal zu beschreiben. Auf den ersten Blick glich die Heimat der Ritter eher einem riesigen Dorf. Flache Bauten aus Holz und Lehm reihten sich aneinander, so weit das Auge reichte. Weder Türme noch Tempelkuppeln ragten in den Himmel. Selbst die Stadtmauer war nicht mehr als ein niedriger, überdachter Wall. Zwischen den Häusern stachen jedoch immer wieder Hochsitze hervor, die allenfalls ein oder zwei schwindelfreien Männern Platz boten. Die spindeldürren Konstruktionen überragten selbst die ältesten Rottannen, dachte Quentin verblüfft. Dass sie nicht einfach umfielen, war eine architektonische Meisterleistung.

Mittlerweile konnte er zwei steinerne Brücken ausmachen, die über einen breiten Wassergraben führten. Der Kanal schien die ganze Stadt zu umrunden, und er war so breit, dass sogar Boote auf ihm fuhren. Sein Pferd wieherte freudig auf, als ihnen eine frische Brise entgegenschlug.

Seltsame Schreie gellten durch die Luft. Quentin sah über den Dächern der Stadt weiße Vögel im Wind kreisen.

»Sind das Möwen?«, fragte Miskar verwundert.

»Schätze schon«, gab Hodž zur Antwort. »Erlmoor ist nicht die einzige Stadt, die am Wasser liegt.«

»Stadt?«, spottete der Gossenzauberer. »Ehrendaal hat ja noch nicht einmal eine richtige Mauer!«

»Die braucht es auch nicht«, polterte Ritter Bärnwald großspurig. »Kein Feind kann sich uns unbemerkt nähern. Über das Ackerland sehen wir ihn schon viele Weiten, bevor er die Stadt erreicht. Bis dahin ist unsere Reiterei längst kampfbereit. Unter den Sechs Sonnen gibt es keine Streitmacht, die unseren Panzerreitern auf freiem Feld standhalten kann.« Der Rittmeister spornte sein Ross an. Ganz offensichtlich hielt er die Unterredung für beendet.

»Wir nehmen die Kaiserbrücke!«, rief er ihnen über die Schulter zu und trabte voran.

Quentin blickte skeptisch zu den dunklen Wipfeln in der Ferne. »Und was, wenn sich jemand durch die Wälder anschleicht?«

»Das würde niemand wagen«, schnurrte der Gremlin. »Die Herzfelder haben vor langer Zeit ein Bündnis mit den Geistern des Waldes geschlossen.«

»Was für ein Bündnis?«, wollte Miskar wissen.

»Jedes Jahr schicken sie sieben Jungfrauen in den Wald«, erzählte Hodž, »und kaum eine kommt wieder.«

»Jungfrauen«, grunzte Waltar lüstern. »Die werden es schwer haben, welche zu finden, wenn wir erst mal da waren.«

»Ammenmärchen und amouröse Träume«, stöhnte Quentin kopfschüttelnd. »Wie werde ich Eure Gesellschaft nur vermissen. Aber kommt, wie es aussieht, werden wir erwartet.«

Eine berittene Eskorte begrüßte sie auf der breiten Steinbrücke. Die Soldaten trugen das Wappen des Fürstenhauses Steinershag: drei goldene, gekreuzte Speere vor einem roten Herz, darüber eine Krone. Quentin beneidete die Männer nicht. Trotz der Hitze trugen sie schwere Plattenpanzer. Ihre Helme aus poliertem Silber funkelten in der Sonne, und ihre Rösser schnaubten unter dem Gewicht ihrer Harnische. So gleichmütig, wie die Schwergerüsteten die Hitze ertrugen, konnte es sich nur um die Ehrengarde des Fürsten handeln.

Einer der Reiter klappte sein Visier hoch, als sie vor ihnen haltmachten. Der Mann hätte glatt sein Großvater sein können. Sein grauer Bart war so lang, dass er ihn in seinen Gürtel hätte stecken können. Die Stirn war von tiefen Furchen durchzogen. Nur seine rosigen Wangen ließen ihn lebendig wirken.

»Treu, Ehr und Glaube!«, grüßte sie der alte Gardist. »Wir sind gleichsam erfreut und überrascht ob Eurer Ankunft, Prinz Delanbredh.«

»Nicht überrascht genug, um uns nicht einen würdigen Empfang zu bereiten«, entgegnete der Prinz munter. »Aber Treu, Ehr und Glaube auch mit Euch, alter Freund.«

Kaia hatte also recht behalten, dachte Quentin. Der Koch war tatsächlich der Erbprinz.

»Hoheit, Euer Vater schickt mich«, sprach der Gardeoffizier

geradeheraus. »Eure unverhoffte Anreise bereitet ihm Anlass zur Sorge – eine Sorge, die er rasch ausgeräumt wissen möchte.«

Delanbredh nickte dem alten Mann zu. Dann drehte er sich im Sattel zu Kaia und Quentin um. Trotz der Müdigkeit, die sie alle nach dem langen Ritt verspürten, klang seine Stimme erhabener als an den Tagen zuvor.

»Meine Dame, meine Herren, bitte verzeihen Sie mir den Mummenschanz. Ich hatte gehofft, schnell und unerkannt nach Ehrendaal zu reisen. Wie man sieht, war meine Hoffnung vergebens.«

»Ritter Thorian«, bat der Erbprinz daraufhin den Gardeoffizier, »seid bitte so gut und tragt dafür Sorge, dass die Herrschaften ein angemessenes Quartier in der Inneren Burg beziehen. Sie bringen meinem Vater Kunde aus Windfall. Und es scheint mir, sie muss wichtig sein, wenn sie dafür sogar der Krönung ihres eigenen Fürsten fernbleiben.«

»Sehr wohl, Hoheit!«, erwiderte der Offizier und salutierte.

Noch bevor er und seine Männer die Pferde gewendet hatten, ergriff Kaia selbstbewusst das Wort: »Ich würde es bevorzugen, wenn Ihr uns zu meiner Tante geleitet, Ihrer Hoheit Ibrynn Steinershag. Sagt ihr, ihre Nichte, Kaia Ventrin, würde sie gerne sehen.«

Für einen langen Moment herrschte Stille. Der Erbprinz, sein Gefolge und die Gardisten gafften sie erstaunt an.

Kaia wandte sich derweil Delanbredh zu. »Verzeiht, Eure Hoheit, aber Ihr seid nicht der Einzige, der gerne Mummenschanz betreibt.«

Quentin konnte sich ein spöttisches Lächeln nicht verkneifen. Nur zu gerne hätte er die dummen Blicke der Herzfelder eingefroren.

BALDWIN

Baldwins und Lilias Schritte hallten über den schmalen Innenhof. Im unsteten Schein der Laternen erinnerten die Gebäude vor ihnen an das Werk eines wahnsinnigen Riesen. Der hintere Bereich der Burg war vollkommen verschachtelt, zugebaut mit Häusern und Türmen aus verschiedensten Epochen. Ihre Mauern standen dicht an dicht, und dort, wo sich kein Platz mehr geboten hatte, waren sie sogar übereinander errichtet worden.

Der Arkebusier drehte sich um und blickte ungläubig zurück. Er konnte nicht fassen, wie einfach sie an den Torwachen vorbeigekommen waren. In der Ferne hörte er immer noch ihr ausgelassenes Lachen. Wie leicht sie mit einem Weinkrug zu bestechen gewesen waren. Doch wer im Glashaus saß, sollte nicht mit Steinen werfen, ermahnte Baldwin sich. Wie oft er seine Wachdienste mit einem Zechgelage verbracht hatte, konnte er nicht einmal schätzen.

Lilia winkte ihm, ihr zu folgen, und führte ihn durch einen weiteren Torbogen, den fünften, wenn er richtig gezählt hatte. Dieses Mal durchquerten sie jedoch nicht den angrenzenden Hof, sondern betraten einen langen Stufengang zu ihrer Linken.

Als sie fast das Ende der Treppe erreicht hatten, kam ihnen von oben ein Diener in einer königsblauen Livree entgegen.

»Oh nein, der Kämmerer!«, flüsterte Lilia.

»Wir gehen einfach weiter«, raunte Baldwin und schob die junge Frau voran. »Jetzt umzudrehen wäre zu auffällig.«

Die Magd gehorchte und begrüßte den grau melierten Mann mit einer tiefen Verbeugung: »Guten Abend, Herr Sandel!«

»Guten Abend, Lilia!«, erwiderte der Kämmerer kühl, bevor er sich mit fragendem Blick dem Arkebusier zuwandte.

»Und das ist … «

»… der Rattenfänger«, vollendete Baldwin den Satz und deutete eine knappe Verbeugung an. »Stets zu Diensten, mein Herr.«

»Um diese Zeit?« Sandel zog die Augenbrauen hoch und musterte ihn misstrauisch.

»Tagsüber ratzen die Viecher«, erklärte Baldwin. »Man erwischt sie am besten abends, wenn sie rumlaufen, dann führen sie einen direkt zu ihren Nestern. Schnipp, schnapp, Rübe ab. Ich werde die ganze Brut ausräuchern …«

»Gut, gut«, unterbrach ihn der Kämmerer angewidert. »Die Tiere sind fürwahr eine Plage. Gute Nacht, und viel Erfolg bei der Jagd.«

Erleichtert gingen sie weiter und erreichten endlich den Kopf der Treppe. Von dort zweigte ein langer Flur ab. Die Fenster zum Hof standen weit offen, um die kühle Nachtluft hineinzulassen. Auf der gegenüberliegenden Seite reihte sich Tür an Tür aneinander. Bei der vierten hielten sie an.

»Da wären wir«, flüsterte Lilia. »Einen Augenblick noch.« Sie lief leise den Gang hinunter, während sie mit den Fingern über die steinerne Bordüre strich. Nach ein paar Schritten blieb sie stehen, tastete die Wand ab und hielt plötzlich einen Schlüssel in der Hand. Das kleine Ding musste doch tatsächlich in dem Mosaik versteckt gewesen sein.

»Hier«, hauchte sie und reichte ihm den Schlüssel. »Ich warte draußen auf Sie und halte Ausschau, ob jemand kommt.«

Baldwin nickte der jungen Frau zum Dank zu. Dann öffnete er die Tür und betrat das ehemalige Gemach des Thaumaturgen.

Der Raum mochte ungefähr zwanzig Rechtschritt messen. Zu seiner Enttäuschung war er jedoch so gut wie leer. Ein Kleiderschrank und ein Schreibtisch waren das einzige Mobiliar. Was sollte er hier noch finden? Alle Dinge von Belang schien der Thaumaturg mit in den Pulverturm genommen zu haben.

Baldwin schlenderte hinüber zum Schreibtisch. Die Schubladen standen offen. Ein kurzer Blick genügte; sie waren leer. Beiläufig blätterte er durch einen Stapel Papiere, der auf dem

Tisch lag. Die Seiten waren so blank und jungfräulich wie der Hintern der Heiligen Kordelia. Er drehte sich um, um sich den Schrank anzusehen. Das exotische Möbelstück stammte allem Anschein nach aus Athanor. Ein Spannerschrank, dachte Baldwin grinsend. Ungefähr auf Augenhöhe waren kleine Löcher in das schwarze Holz der Türen geritzt worden. Die Schnitzereien stellten eine riesige Vogelschar dar, sodass die Gucklöcher nicht weiter auffielen.

Ein dumpfes Geräusch ließ ihn aufhorchen. Kamen da etwa Schritte vom Gang? Warum hatte Lilia ihn dann nicht gewarnt?

Tatsächlich näherte sich jemand dem Zimmer ... Kurzerhand öffnete Baldwin den Schrank, stieg hinein und zog die Tür hinter sich zu. Ein leises Klacken ertönte. *Verdammt!* Der Riegel war zugefallen, und er saß fest!

Er wollte gerade die Tür eintreten, als er ein Schaben von Stein auf Stein vernahm. Rasch löschte er die Laterne und versuchte, durch die fein geschnitzten Löcher in den Raum zu spähen. Er musste nicht lange im Dunkeln warten. In der gegenüberliegenden Wand öffnete sich plötzlich ein Spalt, und eine schlanke Gestalt betrat die Kammer. Sie war in eine braune Robe gehüllt. In der Hand hielt sie eine dicke Kerze mit drei Dochten, und unter der Kapuze schimmerte es golden. *Der Thaumaturg!*

Baldwins Puls ging schneller. Seine Kehle war mit einem Mal so trocken, als wäre er tagelang durch die Wüste geirrt. Die Schrankwände schienen sein Herzpochen zu verstärken, wie der Bauch einer Laute den Klang ihrer Saiten. Was wollte der Berater des Prinzen in seinem alten Gemach? Baldwin sah, wie der Thaumaturg die Kerze auf dem Tisch abstellte und das Fenster öffnete. Das Papier raschelte kurz, als der Nachtwind durch die Kammer fegte. Für einen Moment sah es so aus, als würden die drei Flammen erlöschen, doch dann loderten sie umso heller auf.

Baldwin ertappte sich dabei, wie er über den Griff seiner Pistole strich. Er stieß eine stumme Verwünschung aus. Am liebsten hätte er dem Kapuzenmann eine Kugel in den Kopf gejagt und die dunkle Prophezeiung hier und jetzt beendet. Doch in dem engen Schrank konnte er die Waffe unmöglich ausrichten. Sei es drum, vielleicht erfuhr er nun wenigstens etwas über die Pläne dieses Mannes und könnte sie dann verhindern … und die Prinzessin warnen.

Der Thaumaturg wandte sich derweil um. Er machte drei Schritte und blieb exakt in der Mitte des Raumes stehen – kerzengerade, vollkommen regungslos. Ein Nachtfalter kam durch das Fenster hineingeflogen. Der Berater des Fürsten hatte ihn unmöglich sehen können. Dennoch schoss seine linke Hand in einem bizarren Winkel nach hinten und schnappte sich den Schmetterling. Jeder andere Mensch hätte sich bei einer solchen Bewegung die Schulter ausgekugelt, dachte Baldwin. Der Thaumaturg formte mit den Fingern in aller Ruhe einen Käfig, in dem der Falter eine Weile flatterte. Dann drückte er zu und ließ das Insekt tot zu Boden fallen.

Im nächsten Moment flog die Tür auf, und Lilia stolperte in die Kammer. Ihr folgte eine zierliche Gestalt – eine Frau mit kurzen dunklen Haaren und einer Springklinge am Unterarm, die sie der Magd in den Rücken bohrte.

»Die hat draußen rumgelungert!«

Die Stimme und die Pluderhose der Bewaffneten kamen Baldwin bekannt vor. Es war die Assassine aus dem Gasthaus in Erlmoor!

»Ist das so?«, flüsterte der Thaumaturg und wandte sich Lilia zu. Seine Stimme klang kalt, beinahe gleichgültig. »Was hattest du vor meiner Tür zu schaffen?«

Die junge Frau bibberte am ganzen Leib, sichtlich um Fassung bemüht. »Ich … ich wollte nachsehen, ob das Gemach auch gründlich gesäubert wurde, mein Herr«, stammelte sie.

»Tritt vor und sieh mich an!«, befahl der Thaumaturg.

Die Magd tat, wie ihr geheißen.

»Früher hätte es niemand gewagt, mich anzulügen. Ich mag meine Zauberkraft verloren haben und keine Gedanken mehr lesen können. Aber ich rate dir, unterschätze nicht die Macht, die immer noch in meinem seelenlosen Körper steckt …«

Lilia stand mit dem Rücken zu Baldwin, aber in der Spiegelmaske konnte er ihr angsterfülltes Gesicht sehen. Er wollte ihr helfen, doch bis er sich aus dem Schrank befreit hätte, hätte ihn die Assassine schon zweimal erstochen.

Plötzlich sah er, wie Lilia die Augen aufriss. Ihre Gesichtsmuskeln zuckten, als hätte sie die Gewalt über sie verloren. Dann begannen ihre Augen aus den Höhlen zu triefen. Sie riss den Mund auf, bis ihr Kiefer krachte. Doch noch bevor sie schreien konnte, zerfloss ihre Haut, und erst als ihr Antlitz zu einer einzigen ebenen Fläche verschmolzen war, brach sie zusammen.

»Temez, eigentlich hätte ich dich ebenso töten müssen«, verkündete der Thaumaturg ohne jede Regung.

Die Assassine, die das grausame Schauspiel in aller Ruhe mitangesehen hatte, ging auf ein Knie und verbeugte sich. »Verzeiht Herr, aber worin habe ich gefehlt?«

»Fürst Karol ist außer sich vor Wut. Er hat eine äußerst interessante Nachricht erhalten: Prinzessin Kaia lebt. Sie ist mit einem kleinen Gefolge auf dem Weg nach Ehrendaal. Einer ihrer Begleiter bietet an, sie für das doppelte Kopfgeld zu töten.« Der Thaumaturg wandte sich von Temez ab und sprach nun zu der Wand, ohne dass seine Worte dabei an Deutlichkeit verloren. »Ich gehe davon aus, dass du mir die Sache erklären kannst.«

Die Assassine hob den Blick und sah ihren Meister an. »Ich versichere Euch, dass Nixengift in ihrem Blut war«, antwortete sie mit fester Stimme.

Eines musste man dem Weib lassen, dachte Baldwin, Mut hatte sie. Zumindest mehr als das unehrenhafte Pack, das sich der Prinzessin angeschlossen hatte. Der Gelehrte, der Gossenzauberer oder die Söldner – wer von ihnen war das Verräterschwein?

»Es war nur eine Frage von Stunden, bis sie sterben würde«, beharrte Temez. »Ich habe keine Ahnung, wo und wie sie sich vergiftet hat, aber ihr Tod hätte auf diese Weise natürlich ausgesehen. Man hätte ihn weder uns noch dem Fürsten anlasten können. Das war ein Geschenk, das ich nicht ausschlagen konnte.«

»Ja, aber nur so lange die Tote nicht wiederaufersteht«, entgegnete der Thaumaturg trocken. »Aber wir werden deine Nachlässigkeit zu unserem Vorteil nutzen, ebenso wie die Unbeherrschtheit des Windfürsten. Karol wird morgen alle waffenpflichtigen Männer aus den Bergen und Tälern einberufen. In spätestens sechs Tagen will er mit dem Heer gen Ehrendaal ziehen, um die Auslieferung der Prinzessin zu erzwingen.«

Der Thaumaturg hielt einen Moment lang inne. Dann wirbelte er auf dem Absatz herum und fixierte die Assassine. »Du wirst dich dem Tross der Windarmee anschließen und dich dann unterwegs mit deinen Leuten absetzen – so wie wir es besprochen haben. Ihr müsst schnell sein. Ich kann nicht dafür bürgen, dass ich Karol lange genug zügeln kann. Es gibt noch immer einen Funken Willen in ihm und diese ewige Ungeduld. Am letzten Tag der Hellsonne muss es geschehen. Die Sieben muss befreit werden!«

»Ja, Herr!«, erwiderte sie entschlossen. »Ich werde Euch nicht noch einmal enttäuschen.«

»Davon gehe ich aus«, erwiderte der Thaumaturg knapp.

Kurz darauf hatte er einen breiten Gürtel unter seiner Robe hervorgeholt. In den Schlaufen des Leders steckten fingerdicke Glasröhrchen. »Nutze sie sparsam«, warnte er. »Eine Ampulle reicht aus, um einen Stier einzuschläfern.«

»Das werde ich«, versprach Temez.

»Gut«, sagte der Thaumaturg, nahm die Kerze vom Tisch und verschwand in dem Loch in der Wand. Noch bevor sich die Geheimtür knirschend hinter ihm geschlossen, warf er einen letzten Blick auf die leblose Lilia.

Die Assassine verstand das stumme Zeichen ihres Meisters. »Ich lasse sie abholen und an die Chimären verfüttern«, flüsterte sie. Dann legte sie sich den Gürtel um, trat auf den Gang hinaus und schloss die Tür zu der Kammer hinter sich.

Auf einen Schlag wurde es dunkel und still um Baldwin herum. Ihm war schlecht. Er wollte nur noch raus aus dem Schrank, aus der Kammer, aus der Burg. Trotzdem riss er sich zusammen und wartete zwei Dutzend Atemzüge. Dann warf er sich gegen die Schranktür. Schon beim zweiten Mal gab das Holz knirschend nach, und er stolperte in den Raum.

Als sich seine Augen an die Dunkelheit gewöhnt hatten, ging der Arkebusier zur toten Lilia hinüber, kniete sich neben sie und strich ihr sanft über das Haar.

»Es tut mir leid, dass ich dich angelogen habe, Mädchen«, brummte der alte Söldner. »Ich habe gar keine Tochter. Aber hätte ich eine, dann wünschte ich, sie hätte das Herz am rechten Fleck, so wie du.«

Baldwin erschrak. Was fühlte er da unter seinen Fingern? Er tastete das Gesicht der Toten genauer ab und tatsächlich: Nase, Augen, Mund und Ohren waren da, wo sie hingehörten. Aber das war unmöglich! Er hatte mit eigenen Augen gesehen, wie ihr Gesicht zerschmolzen war. Nein, verbesserte er sich, das war nur das, was ihm die Maske gezeigt hatte.

»Verzeih mir, Lilia«, flüsterte er ein letztes Mal und stand auf. Er hätte sie gerne anständig begraben, aber dann hätte die Assassine gewusst, dass jemand hier drin gewesen war. Und er konnte sich nicht leisten, seinen Vorteil aufzugeben. Er kannte nun den Plan des Thaumaturgen, zumindest einen Teil davon, und er würde ihn vereiteln!

Als er den ersten Schritt in Richtung Tür tat, hörte er plötzlich ein leises Klirren. Er musste mit dem Fuß irgendwo gegengetreten sein. Tastend suchte er den Boden ab und fand einen kleinen funkelnden Gegenstand. Es war eine der Ampullen, die der Thaumaturg der Assassine übergeben hatte. Baldwin hob sie auf und ließ sie in seiner Manteltasche verschwinden. Auch wenn er nicht vorhatte, einen Stier zu töten, mochte dieses Fläschchen vielleicht irgendwann nützlich sein.

Dann stahl er sich aus der Kammer. *Die Sieben muss befreit werden*, tönte es immer wieder in seinem Kopf. Das konnte nur eines bedeuten: Wie Elachand es vermutet hatte, war der Plan des Thaumaturgen, die Siebte Armee der Golems zu befreien! Er hatte wahrlich mehr erfahren, als er zu hoffen gewagt hatte, und das zu einem höheren Preis, als ihm lieb war.

TUULIKKI

Die Weite des Wassers bedrückte sie. Was wie grenzenlose Freiheit geschmeckt hatte, war zu einem unendlichen Verlies geworden. Die Strömungen des Sees flossen so zahlreich und tückisch, dass sie sich immer wieder aufhoben und sich letztlich zu einem einzigen großen Nichts vermengten. Es gab keine Bewegung und keine Richtung. Sie konnte sich nicht vom Lauf des Wassers treiben lassen, nicht gegen Stromschnellen ankämpfen, um zu spüren, dass sie noch lebte. Der See war ihr ein nasses Grab.

Das wahre Leben fand im Überwasser statt, dort wo Wind und Wetter tobten. Nie war ihr Verlangen stärker gewesen, ihr Element zu verlassen und unter den Menschen zu wandeln. Doch gleichzeitig war dieser Wunsch noch nie unerfüllbarer gewesen. Einsam zog sie ihre Kreise durch den See. Sein klares Wasser kannte keine Geheimnisse. Gelangweilt ließ sie den Blick schweifen. *Seltsam.*

Krebse und Aale vergruben sich hektisch im Sand. Fischschwärme schwammen ziellos von hier nach dort. Irgendetwas war dabei zu geschehen. Doch nicht hier unten, sondern weiter oben.

Neugierig tauchte sie gen Überwasser. Von unten sah sie die Rümpfe zahlreicher Boote. Große und kleine, schmale und breite. Sie alle glitten in dieselbe Richtung – dorthin, wo der See jeden Abend die Sonne löschte. Ihre Ruder durchpflügten das Wasser und schäumten es auf. Tiefe Stimmen sangen im Takt dazu. Der Geruch von Eisen und kaltem Feuer sickerte zu ihr hinab. Sie musste lange warten, bis alle vorübergezogen waren.

Als sie endlich mit dem Kopf durch die Wasseroberfläche stieß, fühlte sie eine sanfte Brise auf ihrer schwartigen Haut. In der

Ferne vernahm sie ein Grollen. Die steinernen Riesen am Rande des Wassers hatten sich in finstere Wolken gehüllt.

Ein Unwetter zog auf, und in der Welt der Menschen bedeutete das Krieg. In sicherem Abstand folgte sie den Booten. Sie wollte wissen, was der Sturm für sie bereithielt.

MISKAR

Die Hufe ihrer Rösser donnerten über den festgetretenen Sandboden. Die beiden Gardisten, die Prinz Delanbredh für sie abkommandiert hatte, schlugen ein hohes Tempo an.

Miskar konnte es immer noch nicht fassen. Beim Betreten der Stadt hatten sie nicht einmal absitzen müssen. In Æestarya war es nur dem Voxanten und seinem Hofstaat erlaubt, auf den Prachtstraßen zu reiten. Hier waren sogar die Seitengassen breit genug, dass zwei Fuhrwerke sie nebeneinander passieren konnten. Von überallher war Hufgetrappel zu vernehmen. Aus jedem Hinterhof erklang das Wiehern von Pferden, wie andernorts das Gebell von Hunden. Schwalben segelten kunstvoll durch die Straßen, zischten dicht an ihren Köpfen vorbei und verschwanden in den Mauern der Fachwerkhäuser. Die Vögel waren auf der Jagd nach Fliegen, die zu Hunderten über den Pferdehaufen surrten.

Nach einer kurzen Weile trabten sie unter einem hohen Torbogen hindurch. Nur ein verblasstes Wappenschild wies darauf hin, dass sie sich nun in den fürstlichen Gärten befanden.

Miskar sah sich verblüfft um. Er konnte weit und breit keine Wachen entdecken. Hodž, der neben ihm ritt, schien dies jedoch in keiner Weise zu erstaunen.

»Wie kann es sein, dass hier Tür und Tor so einfach offen stehen?«, fragte der Gossenzauberer.

»Hast du nicht die Kornfelder gesehen?«, erwiderte der Gremlin. »Hier muss niemand hungern, und wer nicht hungert, macht auch keinen Unfug. Außerdem werden Diebe und Hexen einfach aufgeknüpft. Hab ich doch schon gesagt!«

Miskar lief ein kalter Schauer über den Rücken. Dann hatte ihn Hodž vorhin tatsächlich vor großem Ärger bewahrt. Zum

Glück war ihm der Gremlin bei seiner kleinen Hexerei in die Parade gefahren.

Wenn man es genau nahm, waren die fürstlichen Gärten nicht viel mehr als einfaches Weideland, durchzogen von breiten Alleen. Pferde grasten im Schatten von Ahornbäumen. Zu ihrer Linken erstreckte sich in einiger Entfernung eine flache Anhöhe. Zwei verschlungene Wege führten zu einer schmucklosen Burganlage hinauf. Die lang gestreckte Feste kam ohne Bergfried und Wehrtürme aus. Dafür waren die Stallungen befestigt. Miskar schüttelte verständnislos den Kopf. Die Herzfelder gaben wahrlich mehr auf das Wohl ihrer Rösser als auf das ihrer Bürger.

Die Terrassengärten am Hang der Burg blühten in einem blassen Gelb. Limonenblumen waren die einzigen Pflanzen, die der Hellsonne trotzten und im Hochsommer ihre Farbe beibehielten. Miskar schloss die Augen und atmete tief ein. Fast meinte er den Duft von Zitronen zu riechen, doch viel zu schnell war die willkommene Brise vorüber.

Die Reiter hielten stur auf ein Wäldchen zu. Immer wieder glitzerte es zwischen den Ästen und Zweigen hindurch. Hinter den Bäumen musste sich ein großes Gewässer befinden.

Die Umgebung veränderte sich auf einen Schlag, als sie in das kleine Gehölz hineinritten. Es wurde kühler. Das Laub filterte die grellen Strahlen der Hellsonne und verwandelte sie in ein weiches Grau. Doch ab und an, wenn der Wind die Blätter zum Rascheln brachte, umgab sie ein leicht stechender Geruch.

Seine Stute blähte die Nüstern auf. Auch sie witterte, dass etwas Seltsames in der Luft lag.

Ihr Weg führte sie auf eine Waldwiese, auf deren anderer Seite das Ufer eines langen Sees zu sehen war. Inmitten der Lichtung stand ein Jagdschloss mit einem spitzen, von Efeu umrankten Turm, der so hoch war, dass er sogar die umliegenden Bäume überragte. Das Gemäuer wirkte irgendwie düster und unheimlich. Im obersten Turmfenster meinte Miskar, einen Schatten zu sehen. Sie wurden beobachtet.

Erst als sie auf die Lichtung hinausritten und ihnen ein Lüftchen vom See her um die Nase wehte, konnte Miskar den merkwürdigen Geruch zuordnen. Es roch nach Eisen – so als hätte er ein Geldstück zu lange in der schwitzenden Hand gehalten. Was mochte das nur bedeuten?

Auf dem Vorplatz des Schlösschens waren einige Knechte damit beschäftigt, Wasserfässer von einem Fuhrwerk zu laden und in den Keller zu rollen. Ein Hausdiener beaufsichtigte sie bei der Arbeit. Als er sie kommen sah, trat ihnen der schmächtige Mann entgegen. Ein dünner grauer Schnauzbart zierte sein Gesicht. Die Wangen waren eingefallen. Sein schütteres Haar hatte er zu einem Zopf zusammengebunden.

Miskar hatte zwar keine Ahnung von derlei Dingen, aber die hochgerollten Ärmel verstießen sicher gegen die höfische Kleiderordnung.

»Was kann ich für den Herzfürsten tun?«, wollte der Hausdiener mit fiepsiger Stimme wissen.

Zu Miskars Überraschung salutierten die Gardisten vor dem Kerlchen, als wäre er der Wahlkönig höchstpersönlich.

»Besuch für Ihre Hoheit Ibrynn von Steinershag«, antwortete der vordere Soldat wie aus der Pistole geschossen und deutete auf Kaia.

Daraufhin machte der kleine Mann einen Schritt nach vorn und blinzelte sie gegen die Sonne an. »Und Ihr seid?«

»Kaia von Ventrin.«

»Die kleine Kaia! Welch' Überraschung! Das letzte Mal, als ich Euch sah …«

»… war er auch schon ein Greis«, witzelte Hodž leise.

»… wart Ihr noch ein kleines Mädchen«, beendete der Alte den Satz verzückt.

Die Prinzessin sah den Hausdiener etwas ratlos an.

»Ich bin es, Glendart«, half er ihr auf die Sprünge. »Euer Onkel Glen, der Mann Eurer Tante. Aber steigt doch ab! Ihr müsst eine lange Reise hinter Euch haben, und das bei dieser Hitze.«

Die anderen schwangen sich scheinbar mühelos aus ihren Sätteln. Miskar jedoch brannten die Oberschenkel. Sein Hintern war ganz taub von dem harten Ritt, und seine Knie gaben nach, als er mit den Füßen den Boden berührte. Er musste sich für einen Moment an seiner Stute festhalten, bis er wieder Kraft in den Beinen hatte. Sein missglückter Zauber und der anschließende Sturz hatten ihm wohl mehr zugesetzt, als er sich eingestehen wollte.

»Mein herzliches Beileid! Eure Mutter ist viel zu früh von uns gegangen. Sie war immer so resolut. Kaum vorstellbar, dass sie nicht mehr unter uns weilt.«

»Ja, in der Tat. Wir … ich … vermisse sie sehr«, entgegnete Kaia erschöpft.

»Schlimme Dinge sind uns zu Ohren gekommen«, raunte Glendart seiner Nichte zu. »Eure Tante und ich waren in größter Sorge um Euch. Zunächst hieß es, Ihr wäret an einer Verschwörung gegen Euren Bruder beteiligt und später sogar, dass Ihr auf der Flucht gestorben seid. Aber nun steht Ihr quicklebendig vor mir. Dann wird der erste Teil des Gerüchts wohl ebenso unwahr sein.«

»Deswegen bin ich hier«, verkündete die Prinzessin eindringlich. »Um mit meiner Tante und dem Herzfürsten zu reden – über das, was geschehen ist und das, was zu geschehen hat.«

»Das sollt Ihr auch«, beruhigte Glendart sie. »Aber alles zu seiner Zeit. Leider fürchte ich, dass Ihr Euch ein wenig in Geduld üben müsst. Meine teure Ibrynn ist derzeit ans Bett gefesselt. Nichts Ernstes, nur ein leichtes Fieber«, fügte er rasch hinzu.

»Und vor allem nichts, was mich davon abhalten würde, meine geliebte Nichte in die Arme zu schließen!«, gellte es schrill über den Vorhof. »Komm an meinen Busen, Schwestertochter!«

Eine Frau mittleren Alters torkelte aus dem Turm ins Freie, geradewegs auf sie zu. Ihre Hochsteckfrisur hatte sich aufgelöst. Ihr luftiger Morgenrock bedeckte nur spärlich ihre schlanken Beine. Eine Dienerin eilte der Dame hinterher und versuchte händeringend, ihr ein züchtigeres Tuch überzuwerfen. Ibrynn stieß sie jedoch nur verärgert beiseite.

Miskars Blick glitt ihre Schenkel hinauf. Es war unmöglich, nicht hinzusehen, wenn man kein Gremlin oder Schwanzlutscher war.

»Du solltest eigentlich ruhen«, ermahnte Glendart seine Frau kleinlaut.

»Wenn Kaia den weiten Weg auf sich nimmt«, tönte Ibrynn mit schwerer Zunge, »dann werde ich ja noch die paar Treppen steigen können. Solltest du nicht schon längst auf dem Weg zu deiner Ratssitzung sein? Ardegast ruft, und du springst. Er ist dein Neffe, und du kriechst vor ihm, als hätte er die Sechs Sonnen ausgeschissen.«

Kaia musterte ihre Tante erschrocken. Ihr Onkel machte indes einen gefassten Eindruck. Er schien daran gewöhnt zu sein, dass sie so mit ihm redete.

»Richte dein Hemd, bevor du gehst«, schimpfte Ibrynn. »Und bring Limonenblumen mit. Ich kann den Eisengestank nicht mehr ertragen!«

»Ich werde sehen, was sich tun lässt«, erwiderte Glendart unsicher lächelnd. Dann rollte er seine Ärmel runter und verabschiedete sich mit einer angedeuteten Verbeugung.

Miskar und die anderen taten es ihm gleich, nur senkten sie ihre Häupter ein wenig tiefer – so wie es seiner Stellung gebührte.

»Endlich kann ich mich um meine Gäste kümmern!« Mit einem lauten Seufzer wandte die Hausherrin sich ihnen zu.

Kaia wirkte angespannt. Zu recht, fand Miskar, denn ihre Tante schien mehr als unberechenbar zu sein. Während sie ihre Nichte an sich drückte, taxierte ihn die Dame des Hauses mit innigen Blicken – ob vom Wein verklärt oder einfach nur lüstern, vermochte er nicht zu sagen.

»Eines solltest du dir hinter die Ohren schreiben, mein Kind«, nuschelte sie mit erhobenem Zeigefinger. »Alles Rufmord, was über uns Ventrin-Frauen verbreitet wird. Verschwörungen …

Verrat … Papperlapapp!« Ibrynn machte eine ausladende Geste in Miskars und in Quentins Richtung. »Wer in so schöner Begleitung reist, kann nichts Unrechtes im Schilde führen.«

»Das tue ich auch nicht«, wollte Kaia ihrer Tante versichern, doch die hörte ihr gar nicht zu.

»Deine Mutter hat sich nie was anmerken lassen. Die war hart wie das Eisen aus diesem stinkenden See. Ihr zum Dank bin ich hier gelandet. Um den Reichsfrieden zu wahren. Ficken für den Frieden«, lallte sie kichernd, »obwohl hier nicht besonders viel gefickt wird.«

Die Dienerin blickte beschämt zu Boden, und die Knechte hatten plötzlich andere Arbeiten zu erledigen. Auf den Nachtmärkten von Oriza waren derlei Gefühlsausbrüche keine Besonderheit. Aus dem Mund einer edlen Dame hatte Miskar solche Schlüpfrigkeiten allerdings noch nie vernommen.

»Tante, Ihr fühlt Euch nicht wohl. Lasst uns hineingehen«, bat Kaia. »Die Sonne bekommt Euch nicht.«

»Du hast recht«, antwortete Ibrynn mit glasigen Augen. »Und du steh hier nicht so unnütz rum!«, fuhr sie ihre Dienerin an. »Hol einen der Burschen und sieh zu, dass die Männer im Gesindehaus untergebracht werden!«

Die Dienstmagd war dankbar dafür, sich entfernen zu dürfen, und nahm die Beine in die Hand.

»Er ist mein Vertrauter«, sagte Kaia und deutete auf Quentin. »Er sollte mich ins Schloss begleiten, wenn es Euch gefällt.«

Der Gelehrte sah den Gossenzauberer mit einem triumphierenden Lächeln auf den Lippen an. Doch schon im nächsten Augenblick war es ihm wieder vergangen.

Die Prinzessin zeigte mit dem Finger auf Miskar. »Ihm vertraue ich auch. Er hat mein Leben gerettet.«

Ihre Tante schien keinerlei Einwände gegen ein wenig männliche Gesellschaft zu haben. »Kommt nur, kommt nur alle mit«, lud Ibrynn sie ein. »Willkommen auf Schloss Rotwasser, dem stinkendsten Schloss in ganz Herzfelden!«

BALDWIN

Die Felder vor den Toren Windfalls quollen über vor Schaulustigen, denn niemand wollte es verpassen, wenn die Windarmee in den Krieg zog.

Seit einigen Tagen waren Bewaffnete aus allen Tälern herbeigeeilt, um sich Fürst Karols Streitmacht anzuschließen. Pikeniere machten den mit Abstand größten Truppenteil aus, darunter mischten sich kleinere Einheiten von Arkebusieren und sogar einige Kürassiere. Heute Morgen war zudem ein Regiment der gefürchteten Tanner Bogenschützen eingetroffen. Sogar Speerwerfer von der Fischerinsel waren dem Ruf zu den Waffen gefolgt – zum ersten Mal seit Menschengedenken. Die Insulaner schrien nach Rache.

Es hieß, die Prinzessin habe auf der Flucht einen Enkel des Fischerkönigs getötet. Kriegshacken schwingende Felsenmänner – mehr Oger als Mensch – waren von den Gipfeln des Leshmaron hinabgestiegen. Mit ihrem Gebrüll würden sie nicht nur in den feindlichen Reihen für angsterfüllte Gesichter sorgen. Einige eher unbedeutende Söldnerhaufen wie die Schwarzdornen oder die Eherne Bruderschaft hatten sich ebenfalls dem Windfürsten angeschlossen. *Dummköpfe!* Anscheinend hofften sie auf fette Kriegsbeute.

Am Rande des Sammlungsplatzes tummelten sich Wanderschmiede und Zahnreißer, Baderinnen und Huren. Spielleute, darunter sogar ein Schattenspieler, sorgten für Unterhaltung. Über allem wehte jedoch der Sturmvogel, das Banner des Hauses Ventrin. Insgesamt mochten es kaum mehr als fünftausend Soldaten sein, die sich hier und heute versammelt hatten. Zu wenige, dachte Baldwin, viel zu wenige, um den Rittern Herzfeldens die Stirn zu bieten. Allein ihre schwere Kavallerie mochte aus ebenso vielen Männern bestehen. Ein kleiner Teil von ihnen würde ausreichen, um die Windfaller niederzureiten und in alle Himmelsrichtungen zu versprengen. Jeder andere Kriegsherr würde beim Anblick eines derart unterlegenen Gegners in Gelächter ausbrechen, nicht so Fürst Ardegast. Er war ein ernster Mann, ein Ritter alter Schule. Er würde die unwürdige Herausforderung als Beleidigung empfinden.

Sollte es tatsächlich zu einer Schlacht kommen, dann bräuchte es ein Wunder, wenn die Windfaller obsiegen wollten. Oder eine Golem-Armee, schoss es Baldwin durch den Kopf. Doch eine Armee dieser Größe zu bergen und mit einer Stimme zu befehligen, war unmöglich, egal, über welche düsteren Kräfte der Thaumaturg gebot. Elachand hatte es selbst gesagt, man bräuchte Sekundanten – und zwar einen für jeden Golem. Vielleicht war der Plan des Thaumaturgen, die Sieben zu befreien, also nichts als ein Hirngespinst. Das würde er herausfinden müssen.

Fanfaren, Trommeln und Berghörner ertönten mit einem Mal im Chor. Uneins war ihr Klang, doch eins ihre Botschaft: Endlich setzte sich die Armee in Bewegung. Auch auf dem Ammsee wurden Anker gelichtet, denn einige Truppenteile setzten mit dem Boot nach Westen über. Keiner der Grünschnäbel wusste jedoch, warum sie wirklich loszogen – da war sich Baldwin sicher. Um die Prinzessin zu befreien, sagten die einen, um sie als Verräterin aufzuknüpfen, die anderen. Die Wahrheit war, sie marschierten gegen ihr eigenes Schicksal.

Fürst Karol hatte sich an die Spitze des Heerzuges gesetzt, begleitet von Werron Ogerblut und seiner Leibgarde. Den Thaumaturgen hatte Baldwin jedoch nicht ausfindig machen können. Der Berater des Fürsten war in Windfall verblieben.

Der Arkebusier setzte den Handkarren ab. Bei der Bullenhitze bräuchte er zwei Diener – einen, der ihm einen Sonnenschirm hielt und einen, der ihm Luft zufächelte. Besser noch wäre ein kräftiger Knecht, der den Wagen für ihn zog, während er es sich auf der Ladefläche bequem machte. Die war allerdings schon voll. Er hatte sich als fliegender Händler getarnt, um sich dem Tross anzuschließen. Den Karren hatte er mit all dem beladen, was der Kriegsmann begehrte und käuflich erwerben konnte – abgesehen von Weibern und Schlachtenglück. Nadel und Garn für löchrige Socken und zerrissene Fahnen gehörten ebenso dazu wie ein halbes Dutzend Fässchen Tafelwein.

»He, Junge!«, rief Baldwin einem kleinen Knirps zu, der am Straßenrand hockte und den marschierenden Soldaten zuwinkte. »Möchtest du dir ein paar Münzen verdienen?«

Der Bube nickte eifrig.

Baldwin beugte sich zu ihm runter und drückte ihm einen Groschen in die Hand. »Kennst du die alte Lagerhalle gegenüber von der Aalräucherei?«

Abermals nickte der Junge. »Da haben wir früher manchmal Verstecken gespielt.«

»Gut«, fuhr der Arkebusier fort, »wenn du dorthin gehst, dann wirst du einen Freund von mir sehen, dem ich einen kleinen Streich gespielt habe. Er baumelt an einem Haken von der Decke. Sei so gut und lass ihn runter. In seiner Hosentasche hat er noch einen Groschen für dich.«

Wie vom Skorpion gestochen sprang der Junge auf und flitzte los. Baldwin blickte ihm traurig hinterher. Kaum zu glauben, er war auch einmal jung und unschuldig gewesen. Er versuchte, sich an das Gefühl zu erinnern, doch gab rasch auf. Er hatte gehofft, endlich seinen Frieden zu finden, etwas Gutes, etwas Richtiges zu tun, doch es war anders gekommen. Wieder klebte Blut an seinen Händen. Erst das des jungen Fischerpaars und nun auch noch das der armen Hausmagd. Baldwin hatte lange nachgegrübelt – so wie er es aus dem Gespräch zwischen dem Thaumaturgen und der Assassine herausgehört hatte, gab es einen Verräter in den Reihen der Prinzessin. Doch er hatte sich trotzdem dagegen entschieden, nach Ehrendaal aufzubrechen und Kaia persönlich zu warnen. Er bezweifelte ohnehin, dass ihm die Prinzessin glauben würde, so wie sie ihn fortgeschickt hatte.

Nein, sein Entschluss stand fest: Er würde dem Tross folgen und sich der Assassine und ihren Leuten an die Fersen heften, wenn sie sich absetzten. Vielleicht könnte er ihr Vorhaben vereiteln ... Ob es nun wahrscheinlich oder unwahrscheinlich war, dass sie die Golem-Armee befreien konnte, das Risiko ihres Erfolgs wollte er auf keinen Fall eingehen.

Trotzdem würde er Kaia natürlich nicht im Ungewissen lassen, und deshalb suchte er den Schattenspieler auf. Der sommersprossige Kerl saß vor seinem Zelt und erfreute ein paar Kinder, indem er die wildesten Grimassen schnitt. Im Gegensatz zu den meisten seiner Kollegen war er anscheinend ein sehr offener Geselle, der sich auch vor seinem Wandschirm wohlfühlte. Als Baldwin das Warten leid war, fragte er laut in die Runde: »Findet Ihr nicht auch, dass selbst die weißeste Lilie einen schwarzen Schatten wirft?«

Die Kinder schenkten ihm keine Aufmerksamkeit, aber dem Schattenspieler froren für einen Augenblick die Gesichtszüge ein. Dann streckte er die Zunge heraus und verscheuchte seine kleinen Zuschauer.

»Was kann ich für den Herren tun?«, fragte er mit unverhohlener Neugier.

Baldwin stand nicht der Sinn nach viel Gerede. Daher reichte er dem Schattenspieler einen kleinen Zettel und raunte: »Präg dir diese Nachricht ein, und überbringe sie so schnell wie möglich an die genannte Person.«

»Dein Wille ist sein Wille und mein Befehl«, antwortete der Mann, als wäre es eine feste Formel.

Zufrieden drehte Baldwin sich um. Er hatte seine Warnung auf den Weg gebracht. Dann ging er zurück zu seinem Handkarren und spähte in die Menge, die sich gerade in Bewegung setzte. Schnell hatte er die beiden bunt bemalten Wagen ausfindig gemacht. Maskierte Gaukler saßen auf den Kutschböcken oder trotteten nebenher. Sechzehn Männer und Frauen zählten zu der Truppe sowie zehn stämmige Bergponys. Sie redeten auf Ambrosisch miteinander. Einige sprachen mit einem athanorischen Akzent ebenso wie die Assassine Temez, die auch unter ihnen war. Die meisten waren jedoch Salzleute, wie man an ihrem großen Wuchs und den überlangen Armen erkennen konnte.

Ächzend setzte sich Baldwin mit seinem Karren in Bewegung. Von jetzt an würde er sie nicht mehr aus den Augen verlieren, sagte er sich, und folgte dem Windbanner in seine voraussichtlich letzte Schlacht.

*

Fünf Tage waren vergangen, seit sie in Windfall aufgebrochen waren. Das Heer war am Ufer des Ammsees entlanggezogen und hatte den nördlichen Rand des Tränenwalds gestreift. Nie war es leichter gewesen, das Moor zu durchqueren. Die Hellsonne hatte gnadenlos gebrannt und weite Teile der Sümpfe ausgetrocknet. Der Gestank von toten Fischen war tagelang ihr Begleiter gewesen, ebenso wie das Würgen der Männer, die den Geruch nicht ausgehalten hatten. Sie alle hatten sechs Kreise gemacht, als sie endlich die westlichen Ammauen erreicht hatten.

Die langen Märsche waren schon immer der Teil des Krieges gewesen, der Baldwin am meisten auf den Sack gegangen war. Mit dem Tross zu reisen hatte dabei seine Vorteile. Man wurde nicht dafür bestraft, wenn man zu den Nachzüglern zählte.

Zudem war sein Karren von Tag zu Tag leichter geworden. Die Männer waren durstig, und ihr Durst bedeutete leere Fässer. Es wurde gewürfelt, gelacht und gesoffen. Bis auf ein paar handfeste Raufereien war es jedoch friedlich geblieben. Unter den Soldaten herrschte Ausflugsstimmung. Baldwin vermisste die Anspannung, die er bei seinen Kriegszügen verspürt hatte. Wie er herausgehört hatte, hofften die Windfaller auf die Einsicht des Herzfürsten und eine rasche Herausgabe der Prinzessin. Anscheinend kannten die Männer den Herzfürsten schlecht.

Während des Marsches hatte sich Fürst Karol nur einmal seinen Gefolgsleuten gezeigt. Mit Ogerblut an seiner Seite war er den gesamten Heereszug abgeritten, um die Truppen zu begutachten. Auf flammende Reden und Säbelrasseln hatte er dabei verzichtet. Die Männer hatten ihm nur zaghaft zugejubelt, seine Mutter dafür aber umso lauter hochleben lassen. Des Volkes Liebe sah wahrlich anders aus.

Es war Abend, und der Tross hatte angehalten. Baldwin stellte seinen Karren ab und setzte sich auf die Ladefläche. Seine Stiefel schmatzten laut, als er sie auszog. Aus ihnen stank es, als wäre irgendetwas in ihnen gestorben, und zwar nicht erst heute. Angewidert warf sie der alte Söldner hinter sich. Dann stand er wieder auf. Der feuchte Boden war angenehm kühl unter seinen Füßen. Er watete durch das tiefe Gras und schlug sich ins Gebüsch. Erleichtert pfiff er vor sich hin, als es endlich zu plätschern begann.

Der Geruch von Lagerfeuern lag in der Luft, als er sich auf den Rückweg machte. Die Männer sangen bereits ausgelassen das Lied vom Treuen Fahrensmann – *Ach wenn ich doch nur wüsste, wer deine Brüste küsste, als ich auf Reisen war, hey!* –, und schon bald würden die falschen Gaukler aus dem Trupp der Assassine Temez mit dem Feuerwerk beginnen. So viel musste man ihnen lassen, ihre abendlichen Darbietungen hatten es in sich.

Wie jede Nacht wählte er seinen Schlafplatz so, dass er Temez und ihre Schergen gut beobachten konnte – stets bereit, ihnen zu folgen, wenn sie sich heimlich aus dem Staub machen sollten. Irritiert blickte Baldwin nun hinüber zu ihrer Lagerstatt. Wo war das Podest, das sie sonst immer für ihre Aufführungen aufgebaut hatten? Und ihre Wagen standen mit einem Mal auch viel dichter beisammen als gewöhnlich, beinahe wie ein Sichtschutz. Hinter einem ihrer Zelte konnte er allerdings den Schatten eines Ponys erkennen, das gerade in den Wald geführt wurde. Verflucht, sie setzten sich ab!

Eilig raffte Baldwin seine Sachen zusammen, griff nach Mantel, Stock und Proviantbeutel, nur wo waren seine Botten? Einen fand er zwischen den leeren Fässern, den anderen unter dem Karren. Er musste sich sputen, wollte er sie nicht aus den Augen verlieren.

Baldwin schlüpfte hastig in einen Stiefel, während er auf einem Bein über den Lagerplatz hüpfte und – zur Erheiterung der Umstehenden – der Länge nach ins Gras fiel. Er hatte sich gerade wieder aufgerafft, da gewahrte er eine riesige Gestalt, die den Gauklern in sicherem Abstand folgte. Werron Ogerblut! So wie er sich bewegte, wollte auch er nicht gesehen werden.

Der alte Söldner dankte dem Allsehenden mit einem Stoßgebet für seine schlechte Blase. Wäre er nur einen Moment früher von seiner Pinkelpause zurückgekommen, dann wäre er dem Hünen direkt in die Arme gelaufen. Oger hatten einen hervorragenden Riecher, einen fähigeren Mitjäger als Werron konnte sich Baldwin daher nicht wünschen. Er durfte sich nur nicht von ihm erwischen lassen.

Vorsichtig schlich er Ogerblut hinterher. Was in aller Sieben Höllen Namen ging hier bloß vor? Misstrauen unter seinen Feinden, dachte Baldwin grinsend, was konnte es besseres geben?

MISKAR

Die Münze rollte über den verzierten Holztisch. Langsamer und langsamer zog sie ihre Kreise, bis sie schließlich zu trudeln begann und mit einem satten Geräusch liegen blieb – geradewegs vor der Lanze eines fein geschnitzten Ritters.

Zu Miskars Unmut zeigte die Krone nach oben. Er hatte auf den Vogel gehofft. Aus Reflex griff der Gossenzauberer nach dem angesengten Goldstück und wollte es noch einmal drehen. Doch noch bevor er den Gulden aufgehoben hatte, erinnerte er sich an einen Rat, den ihm ein alter Spieler in Oriza erteilt hatte: *Kannst du dich zwischen zwei Dingen nicht entscheiden, dann wirf eine Münze. Gefällt dir nicht, wie sie gefallen ist, so weißt du, was du willst.*

Miskar beherzigte den Rat. Er stand auf und ging zum Fenster. Noch nie hatte er eine so großzügige Kammer bewohnt. Das Bett war bequem und frei von Ungeziefer. Auf dem kunstvoll geschnitzten Tisch standen zwei Karaffen – eine mit Wasser und eine mit Wein. Sogar über einen eigenen Kamin verfügte die Stube, und ihr Boden war mit Schafsfellen ausgelegt. Er setzte sich auf die Fensterbank und musste das Efeu beiseiteschieben, um einen Blick aus dem Turm werfen zu können. Zwischen den Bäumen sah er das Rotwasser.

Selbst in der weißgelben Abendsonne glänzte die Oberfläche des Sees in einem tiefen Schwarz. Er war so lang und schmal, dass man ihn leicht für einen Fluss halten könnte, wenn er nicht so abrupt vor den Toren des Schlosses enden würde. Die zahlreichen Linien im Ufergestein ließen erahnen, wie hoch das Wasser einst gestanden hatte. Zurückgeblieben waren Schichten von rostbraunem Sand. Eisenerz, dachte Miskar, daher kam der Geruch.

Ein leises Klopfen ließ ihn plötzlich aufhorchen. Ehe er antworten konnte, wurde die Tür auch schon geöffnet.

»Ich hoffe, ich störe nicht«, säuselte Ibrynn und kam in den Raum stolziert. Ihre Wangen waren rot vom Wein, die Haare glatt gekämmt und offen. In der Hand hielt sie eine Lampe aus buntem Glas, die einen angenehmen Duft von Sandelholz verströmte. Im Gegensatz zu ihrem ersten Treffen war die Dame in eine beinahe keusche Abendrobe gekleidet. Nur an der Seite war der Stoff hochgeschlitzt.

Miskars Seele gehörte einer anderen, aber sein Blick wanderte kurz ihre schlanken Beine entlang. *Was sie wohl darunter trägt?*

Ibrynn bemerkte sein Interesse und lächelte. »Das Alter lässt so einiges verwelken, Brüste hängen, Hals und Hände faltig werden. Nur meine Beine werden immer noch gern angesehen. Eine Frau meines Alters muss es verstehen, ihre Vorzüge ins rechte Licht zu rücken.«

»Meine Dame«, schwor Miskar, »wenn Ihr keine Schönheit seid, dann möge mich der Allsehende auf der Stelle blenden!«

»Bin ich das?«, fragte Ibrynn heiter. »Du bist nicht nur ein Lebensretter, sondern auch noch ein charmanter Lügner. Redest du mit Kaia auch so? Wobei es keiner Schmeicheleien bedarf, um ihre jugendliche Schönheit zu preisen.«

Miskar wusste nicht recht, was er darauf erwidern sollte, und so tat er, was er in den letzten Tagen zu Genüge gelernt hatte: Er hielt seinen Mund.

Ibrynn zwinkerte ihm zu und trat neben ihn ans Fenster. »Ich hatte den Eindruck, du wärst mit deinen Blicken und Gedanken anderswo gewesen. Oder worüber hast du nachgegrübelt, als ich hereinkam?«

Der Sandelholzduft stach Miskar in die Nase. Im Licht der Laterne konnte er sehen, wie Ibrynns Schenkel glänzten, eingesalbt mit Rosenöl. Die Wärme, die von ihr ausging, machte ihm Angst. Es war nur die Lampe, versuchte er sich einzureden.

»Vor einer Schlacht baden die Ritter im Rotwasser«, hauchte sie ihm ins Ohr und legte ihm eine Hand auf die Brust.

Miskar wurde stocksteif. Was sollte er nur tun? Es wäre unhöflich, ihren Arm beiseitezuschieben. Unbewusst spannte er seine Muskeln an.

»Ja, genau so«, bemerkte Ibrynn lüstern. »Sie glauben, es macht ihre Haut hart. Wie Eisen. Sie glauben, es macht sie unverwundbar.« Ihre Finger wanderten langsam seinen Bauch hinab. »Und während sie Krieg führen und saufen und Dirnen schwängern, lassen sie uns in ihren Burgen vergammeln, bis wir alt und grau sind.«

Erst als sie ihre Hand von ihm nahm, merkte Miskar, dass er aufgehört hatte zu atmen. Begierig sog er die eisengeschwängerte Luft ein.

»Aber wir edlen Damen ertragen unser Los mit Anstand«, sagte sie bitter lachend. »Wir warten und langweilen uns zu Tode, während sich unsere Männer die Köpfe einschlagen. Sag mir, Miskar, was ist qualvoller? Wer sind die wahren Helden?«

Miskar schluckte nervös und schwieg weiter.

»Wenn nur ein Funken von ihrer Mutter in Kaia steckt, dann wird sie hier eingehen«, bemerkte Ibrynn kühl.

»Warum sollte sie hierbleiben?«, fragte er mit rauer Stimme. »Sie will den Windthron erobern und hat eine Prophezeiung zu erfüllen. Sie muss den Meister der Türme aufhalten!«

»Oh, das kann sie auch den furchtlosen Herzrittern überlassen«, spottete Ibrynn. »Bist du wirklich so naiv? Was glaubst du wohl, wird die Bedingung des Herzfürsten dafür sein, dass er ihr eine Armee zur Verfügung stellt?«

Miskar zuckte ratlos die Schultern.

»Fürst Ardegast ist ein Mann von Ehre, aber er ist kein Mann, der die Frauen schätzt. Er hat auf meine Schwester gespuckt. Nicht, dass ich es nicht auch getan hätte – die Schlampe hat mich an einen alten Mann verkauft, der ein verwittertes Schloss an einem rostigen See sein Eigen nennt.« Ibrynn sah ihn kopfschüttelnd an. »Begreifst du immer noch nicht? Der Herzfürst wird Kaia an seinen Sohn verheiraten. Er will selbst die Hand nach dem Windthron ausstrecken. Ihr Schicksal wird Kaia nur als braves Eheweib erfüllen.«

Miskar hatte es geahnt, nur hatte er es nicht wahrhaben wollen. Ob die Prinzessin wusste, worauf sie sich eingelassen hatte? Mit einem Mal stieg eine unbändige Wut in ihm auf, eine innere Hitze, die nur darauf wartete, entfesselt zu werden. Er wollte etwas verbrennen. Irgendetwas. Er wollte Asche regnen lassen.

Ibrynn stellte die Laterne auf dem Tisch ab. Wie beiläufig spielte sie mit der angesengten Münze. Als sie schließlich sprach, war es kaum mehr als ein Flüstern: »Ich bin mir sicher, ein Mann mit deinen Talenten wird einen Weg finden …«

Zum zweiten Mal an diesem Abend pochte es an der Tür.

»Herein!«, rief Miskar ungehalten.

Es war Quentin. Ein Anblick, der seine Stimmung noch weiter vermieste.

»Ich möchte die Herren nicht stören«, entschuldigte sich Ibrynn eilig. »Sicher haben Sie einiges zu besprechen.«

Gemeinsam sahen sie der Dame hinterher, als sie den Raum verließ. Dann trafen sich ihre Blicke. Schweigend starrten sie sich an – der Gelehrte belustigt, der Gossenzauberer voller Zorn.

»Was willst du?«, fragte Miskar gereizt.

»Eigentlich nichts, nur eine Kleinigkeit«, entgegnete Quentin, scheinbar bester Laune. »Ich wollte dich nur wissen lassen, dass wir morgen eine Audienz beim Herzfürsten haben. Bemüh dich nicht. Ich denke, Kaia und ich werden alleine zurechtkommen.«

Miskar sah rote Flammen vor seinen Augen auflodern. Es bedurfte all seiner Kraft, sie zu zügeln, bis die Tür hinter Quentin zugefallen war.

*

Es war mitten in der Nacht. Miskar hatte das Feuer in sich bis zur Glut niederbrennen lassen. Das war das einzig Richtige gewesen. Er wusste nicht, warum er sich mit einem Mal so ungewöhnlich vernünftig verhielt. Dem Einfluss des Ersten Meisters war diese Weisheit wohl kaum geschuldet, denn Gregorius wartete etliche Tagesreisen entfernt auf seine Rückkehr.

Schüler des Ersten Turms zu werden – war es das, was er wirklich wollte? Unter dem Schutz der Akademie müsste er sich nie wieder vor den Sonnenwächtern oder irgendwelchem abergläubischen Volk verstecken. Er würde lernen, seine Kräfte bewusst und kontrolliert einzusetzen. Er würde wahre Macht erlangen.

Miskar schüttelte sich. Noch immer glühten seine Hände in der Dunkelheit, doch seine Knochen froren, als hätte er sie die ganze Nacht in Eiswasser gebadet. Er spürte, wie ihn sein Seelenfeuer verließ. Durch die Fingerkuppen strömte es wie Blut aus einer offenen Wunde. Er konnte nicht länger warten. Er verlor zu viel Kraft. Er brauchte endlich Gewissheit! Nur *sie* könnte die Wunde schließen und den schwelenden Brand in ihm löschen.

Der Gossenzauberer trat auf den Korridor hinaus, der in schummriges Kerzenlicht getaucht war. Dann stieg er die breite Eichentreppe hinab und begab sich zu Kaias Gemach im unteren Stockwerk.

Er klopfte leise an ihre Tür und wartete mehrere Herzschläge lang, doch es kam keine Antwort. Miskar griff nach dem Riegel und schob ihn beiseite. Dort wo seine immer noch heiße Hand das Türblatt streifte, hinterließ sie schwarze Spuren und den Geruch von verkohltem Holz.

Auf leisen Sohlen schlüpfte er hinein. Das Gemach der Prinzessin war großzügiger als das seine. Die Fensterläden waren von innen mit Blattgold besetzt. Über dem Kamin hing der Kopf eines riesigen Keilers und daneben eine Halterung für zwei sich kreuzende Schwerter. Eine der beiden Klingen fehlte jedoch. Im Licht der Nachttischlampe konnte er sehen, dass das Bett verwaist war.

»Keinen Schritt weiter!«, zischte da eine Stimme hinter ihm, und etwas Spitzes bohrte sich zwischen seine Schulterblätter. Es war Kaia. Anscheinend hatte sie das zweite Schwert.

»Ich bin es, Hoheit, Miskar«, flüsterte er aufgeregt.

»Und das gibt Euch das Recht, Euch des Nachts in meine Kammer zu schleichen?« Noch einmal pikte ihn die Klinge ins Fleisch. Dann wurde sie gesenkt.

»Nein, natürlich nicht, Eure Hoheit. Es ist nur …«

»Es ist nur *was?*«, wollte Kaia wissen.

Er drehte sich um und sah die Prinzessin an. Allein ihr Anblick besänftigte das Feuer in ihm. Einmal noch glühten seine Hände auf, dann erloschen sie und ließen Ruhe in ihn einkehren.

»Eure Tante hat mich besucht.«

»Das wundert mich nicht«, schnaufte Kaia verächtlich.

»Nein, nicht was Ihr denkt«, verteidigte sich Miskar. »Sie wollte mich warnen, oder besser gesagt *Euch.*«

»Warum kommt sie dann nicht zu mir?«, fuhr ihn Kaia an.

»Ich weiß nicht«, grübelte er und musste innerlich schmunzeln. *Ist sie eifersüchtig?*

»Nun denn, muss ich Euch jedes Wort einzeln aus der Nase ziehen? Wovor wollte sie mich warnen?«

»Wenn Ihr morgen den Herzfürsten um eine Armee bittet, so wird er eine Gegenleistung von Euch verlangen, Hoheit.«

Kaia kniff die Augen zusammen und musterte ihn.

»Er wird sie Euch wahrscheinlich nur gewähren, wenn Ihr seinen Sohn heiratet«, sagte Miskar tonlos.

Die Prinzessin drehte ihm den Rücken zu und ging zum Kamin, um das Schwert wieder aufzuhängen. Sie schien keine Angst vor der blanken Klinge zu haben. Mit sicherer Hand befestigte sie die Waffe in der Halterung. Währenddessen würdigte sie ihn keines Blickes. Nein, sie wich seinen Blicken aus. Sie hatte es gewusst.

Miskar fasste sie sanft an der Schulter. »Hoheit, Ihr müsst das nicht tun. Geht mit mir weg. Weit weg. Noch bleibt uns Zeit.«

Kaia wirbelte herum. »Ist das Eure Antwort auf alles? Einfach verschwinden? Als Gossenzauberer könnt Ihr Euch das vielleicht erlauben. Ich aber bin die Tochter von Berg und Wind. Ich habe eine Verantwortung meinem Volk gegenüber, dem Schicksal gegenüber. So steht es in den Marmorchroniken!«

»Es gibt immer mehr als ein Schicksal«, antwortete Miskar ruhig, ohne zu wissen, woher er die Gelassenheit nahm. »Jeder wählt das Seine. Und als ich mich entschieden habe, einen Funken meiner Seele herzugeben, da habe ich Euch gewählt, Hoheit – ganz gleich, für welchen Weg Ihr Euch entscheidet.«

Kaia schüttelte traurig den Kopf. »Miskar, glaubt mir, Ihr seid einem Hirngespinst erlegen. Macht Euch frei davon, sonst wird es übel mit Euch enden. Und um Euch wachzurütteln: Wenn ich momentan nachts träume, dann nicht von Euch, sondern immer wieder, dass ich in einer Ritterrüstung feststecke und in ihr ertrinke.«

»Von Traumdeutung verstehe ich nichts«, entgegnete Miskar trotzig. »Aber ich werde morgen Abend am Rotwasser bis zur Dämmerung auf Euch warten – dann reite ich fort.«

Kaia machte einen Schritt auf ihn zu und hauchte ihm einen Kuss auf die Wange, nur um ihn im nächsten Moment aus dem Zimmer zu schieben. Er wurde nicht schlau aus der Prinzessin. Doch das war nicht das Schlechteste. Es hieß, dass immer noch ein Funken Hoffnung bestand.

BALDWIN

Im grellen Licht der Hellsonne war der Wald eine Welt aus Schwarz und Weiß. Düster ragten Tannen und Fichten in die Höhe, und die Sonnenstrahlen, die zwischen ihnen hindurchbrachen, sorgten für Korridore aus gleißendem Licht.

Baldwin mied die hellen Stellen, wo immer es ging, denn er wollte nicht von Ogerblut entdeckt werden. Er hatte sich an seine Fersen geheftet – eine ganze Nacht und einen halben Tag lang, und dabei musste er sehr vorsichtig sein. Denn Menschenfresser hatten eine gute Nase. Ihnen einen Hinterhalt zu legen, war nahezu unmöglich, und ihnen unbemerkt zu folgen ebenso, wenn man nicht den richtigen Abstand hielt. Einige seiner Kameraden hatten diese tödliche Erfahrung bereits machen müssen. Bislang war ihm der Wind hold gewesen, doch wenn er drehte, dann gnade ihm der Allsehende!

Tannennadeln knisterten unter Baldwins Füßen. Fliegen schwirrten ihm um Nacken und Stirn. Der alte Arkebusier hielt an und lehnte sich an einen Baum. Er mochte den Duft von frischem Tannenharz – ihm wohnte etwas Belebendes inne. Er presste seine krumme Nase gegen die Borke und sog die würzige Luft ein. Dann nahm er seinen Wasserschlauch und trank die letzten Tropfen. Erst vor ein paar Stunden hatte er sein Trinkleder zum letzten Mal an einem Rinnsal gefüllt. Das Wasser war so langsam hineingeflossen, dass er eher mit dem Pissen fertig gewesen war, und das bei seiner Blase.

Der Wanderstock war eine große Hilfe, aber ein gesundes Bein vermochte er nicht zu ersetzen. Noch einen solchen Tagesmarsch würde das geschwollene Knie kaum aushalten. Glücklicherweise fiel es nicht ins Gewicht, dass er nur langsam vorankam. In jungen Jahren war er ein geübter Späher gewesen. Er verstand es, am

Rande der Sichtweite zu lauern, dort, wo man den Feind nicht sah, sondern nur erahnte. Baldwin machte sich keine Sorgen, sein Ziel zu verlieren. Die Spur, die Ogerblut und die Schergen des Thaumaturgen mit ihren Ponys hinterließen, war kaum zu übersehen. Ab und an hörte er sogar Stimmen in der Ferne. Mal war es ein Rufen, mal ein Singen, das sich unter das Wispern der Zweige mischte. Die Assassine und ihre Salzkrieger waren sich ihrer Sache anscheinend ziemlich sicher. Zumindest schienen sie keine Verfolger zu fürchten.

Baldwin war ein ganzes Stück weitergewandert, da vernahm er einen gedämpften Schrei. Geduckt schlich er zur nächsten Fichte und versteckte sich unter ihren ausladenden Ästen.

Vor ihm lichtete sich der Wald ein wenig. Er wurde von einem flachen Graben durchzogen, einem trockenen Bachbett womöglich. Einige Dutzend Schritte entfernt sah er eine halb verfallene Hütte. Rauch stieg aus dem löchrigen Dach auf. An der ihm zugewandten Seite befand sich ein Mühlrad, beziehungsweise die paar Schaufeln, die davon übrig geblieben waren. Ein altes Sägewerk, schoss es Baldwin durch den Kopf.

Er kniff die Augen zusammen und hielt nach der Assassine und ihren Leuten Ausschau. Vor dem Eingang der Mühle waren zwei Maultiere angeleint. Bergponys oder vermeintliche Gaukler konnte er jedoch weit und breit nicht entdecken. Sie mussten schon weitergezogen sein – Ogerblut auch?

Er wollte herausfinden, was in der Hütte vor sich ging. Wenn er nah genug herankäme, könnte er durch eines der Löcher ins Innere spähen. Baldwin eilte ein paar Schritte vor und ließ sich auf alle viere nieder, um durch den trockenen Bachlauf zu krabbeln. Mit dem Stock in der Hand und dem Sack auf dem Rücken musste er ein selten dämliches Bild abgeben. Wie ein altersschwacher Mistkäfer.

Er hatte ungefähr die Hälfte des Weges zurückgelegt, als die Tür der Mühle aufflog. Ein Mann stürzte heraus und hastete auf die Bäume zu. Seine Lederweste und Lederkappe glänzten speckig im Sonnenschein. Keine zwei Atemzüge später duckte sich Werron durch den Türrahmen. Der Hüne hatte einen weiteren Mann am Schopf gepackt und zerrte ihn wie ein Spielzeug hinter sich her. Er war es, der geschrien hatte. Blutige Haarbüschel von ihm klebten bereits an der Kluft des Halbogers.

Werron stieß den spindeldürren Kerl zu Boden und drückte ihn mit seinem Fuß in den Dreck. Währenddessen spannte er in aller Seelenruhe seine Armbrust und legte einen Bolzen ein. Der Fliehende hatte schon die ersten Tannenbüsche erreicht. Doch anstatt im Zickzack zu laufen, rannte der Narr weiter geradeaus.

Ogerblut legte an und drückte ab. Zischend schnellte der Bolzen durch die Luft und bohrte sich in den Schenkel des Mannes.

»Aaah!«, gellte es durch den Wald.

Der Bursche brach zusammen und blieb wimmernd liegen.

Der Dürre nutzte den Moment der Ablenkung, krümmte sich unter Werrons Stiefel und zog ein Messer aus seinem Gürtel. Er holte aus und stach nach der Wade des Hünen. Doch zu kurz und zu kraftlos. Die Klinge hinterließ nur einen blutigen Kratzer. Wütend drosch Ogerblut auf den Mann ein und schlug ihm mit der Armbrust das Messer aus der Hand. Dann bückte er sich grunzend, steckte dem Kerl seine Finger in den Mund und zerrte ihn am Kiefer hoch.

Das Handgemenge gab Baldwin die Gelegenheit, sich der Mühle unbemerkt zu nähern. Er ließ den Rucksack von den Schultern gleiten, zog seine Pistole auf und klappte den Deckel der Pulverpfanne beiseite. Mit dem Rücken an der Hüttenwand schob er sich Fuß um Fuß vor.

»So ein Bolzen im Bein muss höllisch wehtun«, grölte Ogerblut höhnisch. »Damit kommst du nicht weit.«

Baldwin konnte schon das Schnaufen des schlaksigen Kerls vernehmen. Es waren nur noch wenige Schritte bis zur Ecke.

»Ich sag dir was«, rief Werron. »Wenn du zurückkommst und mir sagst, was ich wissen will, dann lass ich dich leben. Allerdings nur, wenn du es schaffst, bevor dein dürrer Freund hier singt.

Dürfte ihm allerdings schwerfallen, mit meinen Fingern in der Fresse.«

Dann wandte er sich dem anderen zu: »Na los, Klapperstorch«, raunte er. »Wenn du singen willst, dann beiß ruhig zu. Meine Hand ist schon zertrümmert und durchbohrt worden. Deine Zähne wird sie auch noch aushalten.«

Baldwin hörte ein schleifendes Geräusch und ein undeutliches Murmeln. Was für ein makabres Spiel. Die beiden Männer krochen und sabbelten um die Wette.

»Tut mir leid«, sagte Werron mit gespieltem Mitleid, »ich kann dich leider nicht verstehen, und dein Freund ist schon fast hier.«

»Die haben … einen Wagen abgeholt«, keuchte kurz darauf der herbeikriechende Mann mit schmerzverzerrter Stimme. »Da waren Fässer drauf. Wir sollten nur aufpassen. Mehr weiß ich nicht. Ich schwöre!«

»Warum nicht gleich so?«, donnerte Ogerblut. »Du hast gewonnen! Und du … hast verloren!«

Ein lautes Knacken ertönte, gefolgt von einem gurgelnden Kreischen. Die Maultiere schrien und scharrten ängstlich mit den Hufen. Baldwin lugte vorsichtig um die Ecke. Der dürre Kerl, den Werron gepackt hatte, lag nun zuckend wie ein Wahnsinniger am Boden. Sein Gesicht war eine entstellte Fratze. Blut schoss aus seinem Hals, bis es schließlich versiegte und seine Qual ein Ende hatte.

Für einen Augenblich hielt Werron den Unterkiefer des Mannes wie eine Trophäe in der Hand. Dann warf er ihn achtlos weg und wandte sich hämisch grinsend dem Kappenträger zu. Der arme Bursche kauerte mit geschlossenen Augen vor dem Halboger. Das hölzerne Geschoss ragte spitz aus seinem Schenkel.

»Soll ich dir den Pfeil rausziehen?«, fragte der Hüne, sodass es wie eine Drohung klang.

»Genug!«, rief Baldwin und trat mit seiner Pistole in der Hand hinter der Mühle hervor. Werron war ein großes Ziel, versuchte er sich zu beruhigen. Den Hünen konnte er kaum verfehlen.

Ogerblut wirbelte herum. »Der alte Mann ist zurück«, dröhnte er lachend. »Ich wusste doch, dass du nur ein gemeiner Dieb bist. Schleichst dich gern von hinten an, was?« Er ließ den blutigen Kieferknochen fallen und wischte sich die Hände an seinem Eisenmantel ab. »Wollen wir mal sehen, wie mutig du bist, wenn kein Gitter zwischen uns ist.«

»Lass den Burschen in Ruhe«, sagte Baldwin mit fester Stimme.

»Oh, unser Verschwörer hat ein Herz für Gesindel. Einen Schuss hast du frei. Aber dann zerreiß ich dich wie ein Kaninchen!«

»Wenn du glaubst, dass du den Stich eines Skorpions überlebst, nur zu«, brummte Baldwin, während er dem Hünen zwischen die Augen zielte. Er visierte die breite Stirn des Halbogers an, sah jede einzelne blasse Runzel.

Er würde schießen – so oder so. Langsam sog er Luft durch die Nase ein, baute Spannung in Schulter, Arm und Abzugsfinger auf. Und beim nächsten Ausatmen würde er abdrücken.

Da grollte plötzlich Donner in der Ferne, und ein frischer Wind fegte durch den Tann. Verdammt, wenn er jetzt etwas nicht gebrauchen konnte, dann war es ein beschissener Wolkenbruch! Schon in ein paar Stunden würde der Regen alle Spuren verwischt haben, und ein guter Fährtenleser war nicht gerade an ihm verloren gegangen. Baldwin hasste das Schicksal. Er war auf die Nase des Menschenfressers angewiesen.

Der Arkebusier riskierte einen kurzen Blick über die Schulter. Die Tür zur Mühle stand immer noch offen. Ein Kessel hing über einem Feuer, und auf einer Werkbank lagen die bunten Kostüme der Gaukler. Daneben stapelten sich Taue und rostige Ketten. Vermutlich waren sie früher genutzt worden, um Baumstämme durch den Wald zu schaffen.

»He, du!«, rief er dem Burschen mit der Kappe zu. »Wie heißt du?«

»Orrick«, antwortete er.

»Gut, Orrick. Meinst du, du kannst aufstehen?«

»Ich weiß nicht …«

»Dann versuch es!«, befahl Baldwin und warf ihm seinen Wanderstock zu.

Ächzend raffte sich der Schlaks auf.

»So, und jetzt schnapp dir ein paar Ketten und fessel das Monster!«

Orrick wurde leichenblass und rührte sich nicht vom Fleck. Schweiß quoll unter seiner Lederkappe hervor und lief ihm in Strömen das Gesicht herab.

»Oder soll ich dich allein mit ihm lassen?«, drohte Baldwin.

Ogerblut lachte heiser. In ungeahntem Tempo humpelte Orrick zur Hütte und holte die Ketten. Dann nahm er Werron die Waffen ab und legte ihn in Fesseln. Zu guter Letzt schlang er ein Seil um seinen Stiernacken.

Der Hüne fletschte die Zähne wie ein wildes Tier, aber er hielt still. Die schwere Scorpio schien ihn doch zu beeindrucken.

Die ersten Regentropfen fielen. Schon bald würde es in Strömen gießen, deshalb galt es, keine Zeit zu verlieren. Baldwin reichte Orrick seinen Trinkschlauch und nickte in Richtung des dampfenden Kessels. »Füll mir was von der Suppe ab. Und meinen Stock brauche ich auch wieder.«

Dann schnappte sich der Arkebusier die Leine, mit der Werron um den Hals gefesselt war und schwang sich auf eines der Maultiere. Er schnalzte mit der Zunge und zog an der Schlinge. »Auf geht's, Menschenfresser! Wir haben ein gemeinsames Ziel: diese Assassine und ihre Bande …«

Knurrend trottete Ogerblut los. »Ich werde dich im Schlaf erschlagen … Nachdem ich dir die Augen rausgequetscht habe!«

»Ich habe nicht vor zu schlafen«, erwiderte Baldwin gleichmütig, »dafür bin ich zu alt.«

QUENTIN

Quentin ging zwei Schritte hinter Kaia und ihrem Onkel her. Seit sie die Herzburg betreten hatten, schwafelte Glendart ohne Punkt und Komma. Als Erster Schätzer des Landes war er für den Haushalt des Fürstentums zuständig und kannte viele höfische Anekdoten, die sich an Belanglosigkeit überboten.

»Dies hier ist der Witwenflügel«, erklärte er gerade mit bedeutungsvollem Blick. »Fürst Hergaard der Dritte ließ ihn für die Frauen und Kinder der gefallenen Ritter erbauen, damit sie eine Zuflucht und ein sicheres Auskommen haben.«

Quentin blendete die näselnde Stimme aus und sah sich um. Der flache Bau war rechtwinklig angelegt. Schlichte Flure und lichtdurchflutete Kolonnaden verbanden die zahlreichen Innenhöfe. Allen war gemein, dass sie breit und hoch genug waren, um einem Reiter bequem Platz zu bieten. Zudem wurde er das Gefühl nicht los, dass es überall nach Mist roch.

»Seht Ihr den Teich dort hinten?« Glendart deutete durch einen hohen Torbogen. »Dort hat Prinz Ulart beim letzten Erntefest eine Entenjagd veranstaltet. Einigen Vögeln war jedoch das Gefieder nicht ordentlich gestutzt worden, und als sie vor Aufregung in die Luft flatterten, haben sie sich über der Jagdgesellschaft erleichtert. Köstlich, nicht wahr?« Der Erste Schätzer stieß ein spitzes, abgehacktes Lachen aus.

Die Prinzessin rang sich ein müdes Lächeln ab. Kein Wunder, dass ihre Tante ihren Kummer im Wein ertränkte.

Kampfeslärm erklang, als sie den nächsten Hof betraten. Zwei Männer übten sich im Schwertkampf. Der kleinere von beiden war ein Jüngling von vielleicht fünfzehn Lenzen. Während er mit blitzendem Stahl focht, hielt sein Gegner – ein gestandener Krieger – nur ein Holzschwert in Händen.

»Wenn man vom Teufel spricht«, säuselte Glendart. »Da ist er, der junge Prinz!«

Der Jüngling schlug so ungestüm um sich, dass er ein ums andere Mal das Gleichgewicht verlor. Sein Gegenüber parierte spielend jeden seiner Hiebe und deutete selbst nur kurze Ausfälle an. Quentin verstand nicht viel vom Klingenspiel, doch es war leicht zu erkennen, wer hier die Oberhand hatte.

Unter einem Sonnensegel saß ein breitschultriger Mann, der sich mit Melonenscheiben vollstopfte und dem Kampf zusah. Der Saft lief ihm die Mundwinkel runter, während er den Jüngling anfeuerte: »Jawohl, mein Prinz! Achtet auf Eure Beinarbeit! Und immer die Hüfte eindrehen! Nicht mit dem Arm schlagen, mit dem ganzen Körper!«

»Ja, ja, jaaa!«, schrie der Prinz, während er immer ungestümer auf seinen Gegner eindrosch. Unter einem letzten beidhändigen Hieb zerbrach dessen Holzschwert. Sogleich setzte der Jüngling nach und hielt dem Entwaffneten seine Klinge an die Kehle. »Nimm dich in Acht, Herzfelder Stahl durchbohrt alles!«

Prinz Ulart verharrte für einen Augenblick in dieser Stellung, bevor er sein Schwert zurück in die Scheide steckte und sich triumphierend seinem Lehrmeister zuwandte. »Was sagt Ihr nun, Meister Ambert?«

»Ganz vortrefflich«, log dieser schlürfend. »Ihr seid schon fast so gut wie Euer Bruder.«

Der Jüngling strahlte über das ganze Gesicht und wandte sich seinem Übungsgegner zu. »Fang mir ein paar streunende Katzen und stopf sie in einen Sack. Ich will mich an der Armbrust üben.«

Kaias Blick drückte deutlich aus, was Quentin verspürte: Abscheu und Ekel.

»Der junge Prinz«, meinte Glendart kopfschüttelnd, »ein echter Krieger durch und durch. Kann nicht genug davon kriegen, Blut fließen zu sehen.«

»Ich wette, er fällt ohnmächtig um, sobald es sein eigenes ist«, erwiderte Kaia trocken.

Ihr Onkel zuckte verlegen die Schultern und führte sie weiter in eine große Halle hinein. Ihre Wände wurden von bunten Bannern geziert, die von Lanzen herunterhingen.

»Die zwölf Ritterorden Herzfeldens stellen je einen Mann für die fürstliche Ehrengarde ab«, erzählte er im Plauderton, während sie an den Stoffbahnen vorübergingen. »Die Söhne der Sonnen, der Orden des Steins von Meander, die Stille Bruderschaft …«

»Zu der Ihr sicher nicht zählt«, scherzte Ritter Thorian, der ihnen im Stechschritt entgegenkam. Der Hauptmann der Ehrengarde trug seinen Helm unter dem Arm. Sein weißer Rauschebart steckte, wie immer, in seinem Waffengurt.

»Und zu welchem Orden gehört Ihr?«, fragte Kaia neugierig.

»Zur Gemeinschaft der Ehernen Hand, Eure Hoheit. Wenn Ihr mir folgen wollt: Fürst Ardegast erwartet Euch in der kleinen Ratskammer.«

Hinter dem Thron führte eine schmale Tür zu einem fensterlosen Saal. Der erste Raum, der nicht zu Pferd zu erreichen war, schoss es Quentin durch den Kopf. Fackeln brannten an den Wänden. In der Mitte standen acht Stühle um einen ovalen Eichentisch herum. Ihre Rückenstützen waren so hoch, dass man sogar den Kopf an sie hätte anlehnen können.

»Eure Majestät!«, salutierte Ritter Thorian und knallte die Hacken zusammen. »Eure Gäste.«

Glendart verbeugte sich, und Quentin tat es ihm gleich, während Kaia einen leichten Knicks andeutete. Am Kopfende des Tisches saß der Herzfürst, der die Neuankömmlinge eindringlich aus eisblauen Augen musterte. Der Mann sah asketisch aus, fand Quentin. Sein Gesicht war schmal, seine Wangen eingefallen. Das lange graue Haar hatte er streng zurückgekämmt. Sein einziger Schmuck war ein fein gearbeitetes Kettenhemd.

Zu seiner Rechten saß der Marschall von Herzfelden, ein kräftig gebauter Glatzkopf. Er war in einen weinroten Umhang gehüllt, der von einer goldenen Pferdebrosche zusammengehalten wurde – das Zeichen seines Amtes. Sein buschiger Backenbart ließ ihn noch breiter wirken, als er ohnehin schon war. Ein Wunder, dass er überhaupt in den Stuhl passte.

Der Sitz zur Linken des Herzfürsten war frei. Daneben hatte allerdings ein sonderbarer Mann Platz genommen. Seine in Rot, Gold, Weiß und Purpur gehaltene Robe wies ihn als Sonnenpriester aus, der die höchsten Weihen empfangen hatte. Sein grauweißes Haar trug er kurz geschoren, und sein Haupt war sonnenverbrannt. Hieß es nicht, dass die Diener des Sonnenvaters seine Strahlen nicht zu fürchten hätten?, fragte sich Quentin. Das wirklich Beunruhigende waren jedoch die beiden Armstümpfe des Mannes, die unbewegt auf dem Tisch vor ihm ruhten. Zu seinen Füßen hockte ein Knabe auf einem Schemel. Der Junge hielt Federkiel und Papier in seinen Händen und blickte aufmerksam in die Runde.

Glendart zwirbelte nervös an seinem Schnurrbart. »Wenn ich vorstellen darf? Das ist die Nichte meiner Gemahlin, Prinzessin Kaia Ventrin von Windfall; und ihr Berater, der ehrenwerte Quentin Weißgerber. Und dies, werte Gäste, sind Ihre Majestät Ardegast Steinershag, Fürst von Herzfelden und Beschützer des Reiches, sowie Feldmarschall Lodowain vom Thale und seine Gnaden Läpius der Zweite, der Sonnvikar von Ehrendaal.«

Fürst Ardegast musterte sie nach wie vor mit ernster Miene. Der Marschall nickte kurz. Nur der rotköpfige Priester schenkte ihnen ein offenes Lächeln.

»Verzeiht meinen martialischen Aufzug«, sagte der Herzfürst schließlich und deutete auf sein Kettenhemd, »aber ich sehe es als körperliche Ertüchtigung an, mich stets in Rüstung zu gewanden.«

»Wem stünde es eher an?«, erwiderte Kaia höflich. »Ihr seid der Fürst von Herzfelden, Erster unter den nobelsten Rittern des Reiches.«

»Wohl gesprochen, Mädchen. Doch genug der Höflichkeiten. Mit Eurer Mutter habe ich auch nie welche ausgetauscht. Nicht, dass ich sie jemals in Ehrendaal empfangen hätte …«

Quentin zuckte innerlich zusammen. Der Herzfürst war ein harter Brocken. Ihn vom Anliegen der Prinzessin zu überzeugen, würde nicht leicht werden.

»Aber nun steht Ihr vor mir«, fuhr Ardegast fort. »Mit eingezogenem Schwanz seid Ihr geflohen, wie ein geprügelter Hund. Und Euer Bruder ist Euch auf den Fersen, heißt es. An der Spitze einer Armee, um Euch zu holen.«

Jetzt schon? Quentins Augen wurden groß. Woher wusste Prinz Karol, dass seine Schwester noch lebte und hier war? Die Assassine hatte sie doch in dem Glauben zurückgelassen, dass sie im Sterben lag. Irgendjemand musste sie verraten haben!

Kaia ließ sich jedoch nichts anmerken. Glendart blickte mit einem Mal stumm zu Boden, und auch die anderen Männer schwiegen. Nur der Knabe des Priesters war zu hören, wie er eifrig etwas auf das Papier kritzelte.

»Sagt mir«, fragte der Herzfürst schließlich mit donnernder Stimme, »warum sollte ich Euch nicht an den Windfürsten ausliefern? Ihr seid des Hochverrats angeklagt. Es heißt, Ihr hättet Euren Bruder bei der Thronfolge übergehen wollen!«

»Auf die Gerüchte solltet Ihr nicht zu viel geben, Hoheit. Und um Eure Frage zu beantworten: Ihr solltet mir helfen, weil es Euer ritterlicher Eid verlangt«, entgegnete Kaia. »Und weil es das ist, worauf Euer Land und Euer Glaube fußen. Ihr habt geschworen, den Schwachen und Wehrlosen zur Seite zu stehen und stets der gerechten Sache zu dienen.«

Marschall Lodowain nickte bedächtig, beinahe zustimmend. Den Fürsten schienen ihre Worte jedoch nicht zu erweichen.

Er räusperte sich und wandte sich an den Priester. »Sagt, Vater Läpius, gehört Windfall zu Oktanien?«

»Gewiss, Majestät.«

»Und steht es somit nicht unter dem Frieden des Voxanten?«

»Sehr wohl, Majestät.«

Daraufhin wandte sich der Herzfürst wieder der Prinzessin zu. Ein dünnes Lächeln lag auf seinen Lippen. »So sind mir die

Hände gebunden, und ich muss meinem fürstlichen Bruder aus dem Windland beistehen. Ein Verrat an ihm ist auch ein Verrat an jedem der acht Fürstentümer!«

»Es sei denn, es ist gar kein Verrat«, platzte es aus der Prinzessin heraus. Zum ersten Mal sah Quentin eine Zornesfalte auf ihrer Stirn.

»Ich wünsche, keinen weiteren Atemzug mehr in dieser Sache zu verschwenden!«, sagte Ardegast in kühlem Ton.

Doch Kaia reckte trotzig das Kinn in die Höhe. »Der Thaumaturg, der Ratgeber meines Bruders, hat die Fürstin ermordet. Er ist der Meister der Türme. Der, dem sich die Welt laut Prophezeiung wird beugen müssen. Und wenn Euch sonnengläubigen Rittern schon Eure Schwüre nichts mehr wert sind, dann sollte es Euch wenigstens missfallen, ihn an der Spitze eines Golem-Heeres zu sehen! Ich bin neugierig, wie Eure Lanzenreiter eine eiserne Armee durchbohren wollen.«

»Genug!«, hallte es wütend durch den Saal. Zu Quentins Erstaunen war es nicht der Fürst, sondern Lodowain, der geschrien hatte. Der Marschall war aufgesprungen und lehnte sich drohend über den Tisch. »Es gibt keine Golems mehr«, geiferte er, »schon seit dem Erbkrieg nicht!«

Ardegasts Augen funkelten indes kalt, als er sprach: »Lasst sie ausreden. Ich hatte das Gefühl, sie wollte gerade zum Punkt kommen.«

»Es steht in der Gestohlenen Prophezeiung«, rief Kaia. »Ich bin die Auserwählte, die Einzige, die den Thaumaturgen aufhalten kann, bevor er die Golem-Armee findet und mit ihrer Hilfe seine Seele aus dem Ewigen Berg befreit. Und wenn es so weit kommt, wird Royum in Zeitenstürmen untergehen!«

»Das ist Ketzerei!«, fuhr sie der Feldmarschall unwirsch an.

Der Herzfürst hob jedoch die Hand und bedeutete ihm zu schweigen. »Was wollt Ihr, junges Fräulein, über solche Dinge wissen?«, fragte er skeptisch. »Die Marmortafeln sind seit den Tagen meines Urgroßvaters verschwunden.«

»Ich habe sie gesehen«, beharrte Kaia.

»Wo? In Euren Träumen?« Ardegast fixierte die Prinzessin mit seinen eisblauen Augen. »Ihr behauptet also, der Hofrat Eures Bruders soll der Meister der Türme sein. Was meint Ihr, Vater Läpius?«

»Eure Ahnen haben mit Blut dafür gezahlt, dass der Dritte Turm versiegelt und seine Schwarzzauberei gebannt wird. Und ich habe mich dem Schwur Eurer Väter angeschlossen, indem ich dem falschen Weg entsagt und auf das Gold der Magiker verzichtet habe.« Mahnend hob der Priester seine händelosen Arme. »Wenn dieser Thaumaturg der verderbte Meister der Türme ist, dann sind wir es Euren Ahnen, dem Fürstentum und ganz Oktanien schuldig, uns ihm mit aller Entschlossenheit entgegenzustellen.«

»Und das Mädchen?«, wollte Fürst Ardegast wissen. »Was ist mit dem Mädchen?«

Quentins Hoffnung ruhte nun auf dem Pfaffen. Was auch immer er jetzt sagte, würde die Weichen für ihre, für *seine* Zukunft stellen.

»Ich denke, wir sollten das Sonnenorakel befragen. Wenn sie im Recht ist, hat sie nichts zu befürchten.«

Quentin lief ein heißkalter Schauer über den Rücken. »Das ist blanker Wahnsinn«, mischte er sich ein. »Das Ritual dauert sechs Stunden, und wir haben Hochsommer. Die Hellsonne wird Euch verbrennen, Hoheit«, warnte er Kaia.

»In ihrem gleißenden Licht wird die Wahrheit dafür umso klarer erscheinen«, hielt Vater Läpius nüchtern dagegen.

Kaia schien weder ihn noch den Priester zu hören. »Gut«, sagte sie lediglich und blickte dem Herzfürsten fest in die Augen. »Ich bin bereit.«

*

Unerträgliche Hitze schlug Quentin entgegen, als er durch den Torbogen trat. Der Hof hinter der Kapelle glich einem Glutofen. Die Mittagssonne tauchte die grauen Felswände in ein strahlendes Weiß. Lediglich der schwarz getünchte Kreis in der Mitte des Platzes war so finster, dass er alles Licht verschluckte. Der Herzfürst, der Feldmarschall und Kaias Onkel hatten gewusst, warum sie sie nicht begleiteten. Auch Quentin hätte einen Becher Eiswein irgendwo im Schatten vorgezogen.

Kaia schritt ohne Aufforderung in das Zentrum des Kreises und legte sich auf den Rücken. Ihre ungeschützte Haut an Händen und Waden musste auf dem heißen Untergrund versengen, dachte Quentin und verzog dabei das Gesicht. Doch die Prinzessin zeigte keinerlei Regung von Schmerz oder Pein.

Vater Läpius ging an dem Rand der stilisierten Sonne auf die Knie. Sogleich war sein Knabe da und band ihm ein Tuch aus dunklem Purpur vor das Gesicht. Die Jünger des Sonnenvaters waren abgehärtet. Schon lange bevor sie ihre ersten Weihen empfingen, übten sie sich in derartig selbstmörderischen Ritualen.

Vor Quentins Augen begann es jedoch zu flimmern. Er atmete tief ein, aber die ozongeschwängerte Luft verschaffte ihm keine Linderung. Binnen kürzester Zeit würde seine Haut verbrannt sein, wenn er nicht schon vorher umfiel. Doch er wollte Kaia unbedingt imponieren. Nicht wie Miskar, dieser Schwerenöter, durch fade Liebesschwüre. Nein, er wollte ihr seine unerschütterliche Loyalität beweisen, ihr Vertrauen gewinnen, sich unverzichtbar machen …

Quentin lehnte sich an die Wand und schloss die Augen. Der Singsang des Sonnenpriesters hatte etwas Beruhigendes – etwas, das ihn die Hitze leichter ertragen ließ. Er dämmerte vor sich hin, als der Gesang urplötzlich abbrach. Noch nicht einmal eine Viertelstunde mochte vergangen sein.

»Was ist, Vater Läpius?«, fragte der Knabe besorgt.

»Dergleichen habe ich noch nie gesehen! Ihr Geist ist flüchtig, als wäre er erst gestern in sie gefahren. Dabei ist sie eine Frau von achtzehn Sommern. Nimm mir das Tuch ab, Junge!« Ungläubig rieb sich der Priester mit den Armstümpfen über die Augen. »Sie wurde wiedergeboren. Das Seelenfeuer ist stark in ihr. Und in dem Rauch, der aus ihm aufsteigt, kann ich keine Lügen entdecken. Lauf, Junge! Lauf zum Fürsten und sag ihm, dass die Prinzessin die Wahrheit spricht!«

*

Die kleine Kammer war angenehm kühl. Trotzdem brannte Quentins Haut immer noch von der Sonne. Kaia hingegen stand unversehrt und entschlossen vor dem Herzfürsten und seinen beiden Beratern. Ihre Gesichter waren ausdruckslose Masken.

»Also ist es nicht der Windthron allein, um den Ihr streitet«, stellte Ardegast letztendlich fest. »Ihr spürt das Gewicht der Marmorchroniken auf Euren Schultern. Als Auserwählte tragt Ihr die Bürde der Gestohlenen Prophezeiung. Und wenn Euer Bruder auf der Seite des Thaumaturgen steht, dann hat er sich des Verrats schuldig gemacht.« Der Fürst machte eine bedeutungsvolle Pause. »Herzfelden kann Euch von Eurer Last befreien. Sie wiegt zu schwer für eine so junge Maid allein. Ihr wollt meine Ritter? Ihr wollt meine Rösser? Ihr könnt sie haben. Wir werden Euren Bruder im Felde vernichten und Euch auf den Windthron setzen … Aber nur an der Seite meines Sohnes. Durch Blut und Schwur verbunden wird Euer Schicksal auch zu dem unseren.«

Quentin konnte sein Glück kaum fassen. Sein Plan ging auf. Eine bessere Dramaturgie hätte selbst Darion nicht für seine Sonnenzeiten ersinnen können.

»Ihr wollt also, dass ich Prinz Delanbredh heirate?«, fragte Kaia mit stoischer Miene.

Quentin spürte, wie Glendart neben ihm zusammenzuckte.

Fürst Ardegasts Miene versteinerte. »Ich will diesen Namen nie wieder hören«, presste er so leise zwischen den Zähnen hervor, dass man ihn kaum verstand. »Und Ihr solltet froh sein, dass

Ihr ein Mann der Sonne seid«, zischte er Vater Läpius an. »Andernfalls würde ich Euch die Zunge herausschneiden lassen, für die Flausen, die Ihr meinem Erstgeborenen in den Kopf gesetzt habt!«

Glendart tippelte nervös von einem Fuß auf den anderen. Selbst der riesige Feldmarschall war etwas kleiner in seinem Sitz geworden. Vater Läpius hatte indessen nur schweigend sein Haupt gesenkt – ob aus Demut oder um sich seinen Widerwillen nicht ansehen zu lassen, vermochte Quentin nicht zu sagen. Nur langsam wich die Spannung aus dem Raum.

Schließlich wandte sich der Herzfürst mit ruhiger, aber fester Stimme erneut an die Prinzessin: »Nein, Ihr werdet meinen einzigen *wahren* Sohn heiraten, Prinz Ulart!«

Bei dem Gedanken an den verzogenen Jüngling zog sich Quentin der Magen zusammen. Und Kaia schien es nicht anders zu ergehen, denn sie lief rot an und presste die Lippen aufeinander.

»Ich werde darüber schlafen«, gab sie schließlich barsch zur Antwort. Dann stürmte sie aus dem Saal, ohne sich zu verabschieden.

Glendart stammelte eine Entschuldigung und machte Diener um Diener, während er rückwärts Richtung Tür ging. Auch Quentin empfahl sich und eilte der Prinzessin hinterher. Als er bei den Pferden ankam, sah er, dass sich Kaia bereits auf ihr Ross geschwungen hatte und im gestreckten Galopp davonritt.

MISKAR

Miskar saß im Schatten einer Linde und wartete. Der klebrige Saft des Baumes tropfte auf ihn herab, doch das störte ihn nicht. Wenigstens überlagerte der süße Duft den Eisengeruch des Rotwassers.

Er lehnte sich an seinen Rucksack und blickte in die Ferne. Ob Kaia kommen würde? Es war nicht mehr lang bis zur Abenddämmerung. Miskar spielte mit der angesengten Münze in seiner Tasche. Er überlegte, ob er sie noch einmal werfen sollte, als er hinter sich leise Schritte vernahm. Es war Ibrynn, die mit einem Korb im Arm auf ihn zuschlenderte. Zum Schutz gegen die grelle Sonne hatte sie sich in ein Tuch gehüllt.

»Ich hoffe, ich störe nicht«, sagte sie mit einem Lächeln auf den Lippen.

Verdammt, wie konnte er sie nur loswerden, ohne als Rüpel dazustehen? »Hier ist es ziemlich klebrig«, warnte er sie.

»Oh, meine Wäscherinnen haben ohnehin zu wenig zu tun«, entgegnete Ibrynn leichthin und setzte sich neben ihn auf den Boden. »Du wartest auf meine Nichte, nicht wahr?«

»Und wenn dem so wäre?«

»Dann würde ich dir raten, dir nicht zu viel Hoffnung zu machen«, erwiderte sie in verbittertem Ton, »dann kann man auch nicht enttäuscht werden.«

Miskar schwieg. Das war nicht die Antwort, die er hatte hören wollen.

»Wegen gestern«, fuhr Ibrynn zögernd fort. »Ich war nicht ganz Herrin meiner Sinne. Das Wetter … es bekommt mir nicht.«

Wohl eher der Wein, dachte Miskar, doch er winkte ab. »Es gibt nichts, wofür Ihr Euch entschuldigen müsstet.«

»Gut«, sagte sie erleichtert und holte eine Karaffe aus dem

Korb. Schnell hatte sie zwei Becher eingeschenkt und reichte ihm einen.

Miskar machte eine abwehrende Handbewegung, doch sie bestand darauf: »Einen kleinen Schluck kannst du mir nicht ausschlagen. Entweder, um deinen Kummer zu ertränken oder um dich für deine Flucht mit Kaia zu stärken. Such es dir aus.«

Sie hatte recht – so oder so gab es einen Grund zu trinken. Also zuckte er die Schultern und stieß mit ihr an. Der Wein schmeckte überraschend süß. Beinahe so, als ob etwas von dem Lindensaft hineingetropft wäre.

»Vielleicht kommt ihr zwei ja eines Tages wieder und besucht mich in meinem goldenen Käfig«, träumte Ibrynn laut. »Dann könnt ihr mir von euren Reisen und Abenteuern erzählen.«

»Das könnte schwierig werden«, gab Miskar zu bedenken. »Ich glaube kaum, dass man uns dann hier noch willkommen heißen würde.«

»Bis dahin bist du ein mächtiger Magiker und kannst dir ein anderes Gesicht zaubern«, scherzte sie und schnitt eine Grimasse.

Miskar musste bei der Vorstellung schmunzeln. Er würde viele Jahre bei Gregorius lernen müssen, um solche Verwandlungskünste zu beherrschen.

»Ich glaube nicht, dass ich zurück nach Æstarya gehe. Frauen sind an der Akademie nicht erlaubt. Und ohne Kaia gehe ich nirgendwohin …«

Miskars Zunge wurde mit einem Mal schwer, und die Augen fielen ihm zu. Sicher hatte Ibrynn nichts dagegen, wenn er ein kleines Nickerchen machte – nur bis Kaia käme. Im Halbschlaf bekam er mit, wie sie eine Duftkerze entzündete.

»Gegen die Mücken«, raunte sie ihm zu. Dann wurde es dunkel um ihn.

*

Es roch angebrannt. Irgendwo in weiter Ferne hörte Miskar Hufgetrappel. Er versuchte, die Augen zu öffnen, doch seine Lider waren zu schwer. Er spürte, wie sich jemand zu ihm legte. Kaia? Nein, dachte er, es duftete nach Rosenöl.

Haare kitzelten seine Wange, als ihm Ibrynn ins Ohr hauchte: »Hast du wirklich geglaubt, ich lasse das kleine Vögelchen fliegen? Doppelt und dreifach soll sie leiden, für das, was mir ihre Mutter angetan hat! Ich freue mich auf ihre Gesellschaft im goldenen Käfig.«

Während sie redete, hatte sie sich immer enger an ihn geschmiegt. Miskar sträubte sich dagegen, aber seine Arme versagten ihm den Dienst.

Nur langsam kehrte Leben in seine Glieder zurück. Er hörte Pferde in seiner Nähe schnauben und blinzelte. Vor sich sah er Glendart und zwei berittene Wachen. Dahinter konnte er Quentin und die Prinzessin erkennen. Und Ibrynn lag in seinem Arm, fast völlig entkleidet.

»Was in aller Teufels Namen treibt ihr hier?« Glendarts Stimme überschlug sich.

»Er hat mich mit seinem Feuer verhext!«, antwortete Ibrynn aufgelöst und hielt ihr angesengtes Tuch in die Höhe. »Seht selbst, was mir seine Flammen angetan haben!«

Der Adlige deutete in Richtung des Gossenzauberers. »Ergreift ihn!«, befahl er seinen Männern mit bebender Stimme.

Miskar schüttelte sich. *Das ist eine Falle*, wollte er Kaia zurufen, doch er war immer noch wie gelähmt und bekam kein Wort heraus. Als er den Blick der Prinzessin sah, wusste er, dass sie ihm ohnehin nicht glauben würde.

Blinde Wut brachte sein Blut zum Kochen. Mit einem Ruck riss er Ibrynn das Tuch aus den Händen und pustete über den geschwärzten Stoff, bis er entflammte. Funken stoben den Wachen ins Gesicht. Damit haben die Bastarde nicht gerechnet, freute sich Miskar innerlich und ließ das brennende Tuch fallen. Dann zog er sich an dem Baum hoch und torkelte los.

Doch schon im nächsten Augenblick zwang ihn ein Schlag in die Knie, und ein zweiter streckte ihn zu Boden. Verschwommen sah er Hodž hinter sich stehen. Der Gremlin hielt einen Ast in der Hand und lachte. »Merkt Euch, Jungs, Zauberer nie von vorne angreifen!«

Miskar schüttelte sich und blickte hinauf zu Kaia. Er wollte ihr erklären, was geschehen war, aber er brachte immer noch keinen Ton hervor. Sein Hals zog sich zusammen, als hätte er einen Eisblock verschluckt. *Ich Idiot!* In der Hast hatte er sein Seelenfeuer fließen lassen, ohne sich vorher zu erden, und so spürte er, wie er langsam von innen erfror.

Stumm und eisig erwiderte die Prinzessin seinen Blick. Dann wandte sie sich ab und ging. Es schien, als hätte sie ihre Entscheidung getroffen.

BALDWIN

»So!«, schnaufte Baldwin und zurrte den letzten Knoten fest. Werron Ogerblut saß nun festgeschnürt an einem Baum, das Gesicht wutverzerrt. Ein Seilende hatte Baldwin zur Sicherheit am Schwanz seines Reittiers befestigt.

»An deiner Stelle würde ich heute Nacht keine falsche Bewegung machen«, warnte er seinen Gefangenen. »Maultiere sind nicht so schreckhaft wie Pferde. Die keilen ordentlich aus.«

»Erst fresse ich das Vieh und dann dich!«, drohte Ogerblut, und tatsächlich knurrte sein Magen vernehmlich.

»Nur zu, wenn du meinst, dass dir Hufe und Kugeln bekommen.« Baldwin tippte gegen die Pistole und zog sich den Hut ins Gesicht. »Und jetzt gute Nacht!«

Seit heute Mittag schiffte es ununterbrochen. Unter der dichten Baumkrone, wo sie ihr Lager aufgeschlagen hatten, war es zumindest halbwegs trocken. Werron behauptete, sie wären noch auf der richtigen Fährte. Immer wieder hatte er angehalten, sich in den Dreck gekniet und herumgeschnüffelt. Baldwin blieb leider nichts anderes übrig, als sich auf Ogerblut zu verlassen, denn er selbst konnte in dem Matsch keine Spuren entdecken.

Es war eine unruhige Nacht. Der Regen trommelte auf das Blätterdach, und der Wind pfiff durchs Geäst. Immer, wenn er zu Werron hinüberblickte, glotzte ihn der Halboger aus starren Augen an. Es dauerte lange, bis Baldwin endlich eindämmerte.

Er wusste nicht, wie lange er geschlafen hatte, als er plötzlich hochfuhr. Etwas grollte im Dunkeln. Er griff nach seiner Pistole und starrte in die Finsternis. Doch es war nur Ogerblut, der in sich hineinlachte.

»Was ist so verdammt komisch?«, ranzte er den Hünen an.

»Sieh dich doch an!« Werron zog den Rotz hoch und spuckte aus. »Du lässt ein Maultier für dich Wache halten.«

»Und du hast dich von einem alten Mann gefangen nehmen lassen«, erwiderte Baldwin trocken. Jetzt musste er sich von dem Kerl auch noch verspotten lassen. Am liebsten hätte er ihm gleich eine Kugel in den hässlichen Schädel gejagt. Aber nein, der Allsehende hatte ja andere Pläne. Doch sobald sie auf die Assassine und ihre Leute stießen, würde er ihn umlegen. Ob Werron eine ganze Kerbe auf seinem Kolben wert war? Schließlich war er nur ein Halboger.

»Wo ist eigentlich dein berühmtes Kristallschwert?«, fragte Baldwin, da er ohnehin nicht mehr schlafen konnte.

»Eine gute Geschichte, nicht wahr?« Ogerblut grinste breit. »Schindet Eindruck bei den Leuten und lässt mich wie einen echten Helden aussehen. Aber mal ehrlich, das Ding hat's nie gegeben. Ich traue keinem Material, mit dem die Pfaffen ihre Tempelkuppeln bauen. Selbst wenn's noch so magisch ist.«

»Kann ich verstehen«, meinte Baldwin und rieb sich nachdenklich das Kinn. »Was meinst du, wohin will die Assassine des Thaumaturgen?«

»Wenn ich's wüsste, wäre ich wohl kaum hinter ihr her«, polterte Werron.

Baldwin nickte beruhigt. Er wusste tatsächlich mehr als der Halboger. Aber wenn er sich geschickt anstellte, konnte er ihm vielleicht noch ein paar Einzelheiten entlocken. »Sieht fast so aus, als würde dein Meister seinem Berater nicht mehr trauen.«

»Karol ist nicht mein Meister«, brummte Werron, »nur ein feines Bürschchen, das mir Gold zahlt.«

»Oh, und ich dachte, du wärst durch Blutzauber an ihn gebunden.«

Der Hüne knurrte so laut, dass das Maultier unruhig mit den Hufen scharrte. »Karol traut dem Maskenmann schon lange nicht mehr«, spie er zornig aus. »Er versteckt sich ständig in seinem Labor, und nachts schleppen seine Leute irgendwelche Säcke an.«

»Und was ist in den Säcken drin?«, wollte Baldwin wissen.

Ogerblut fletschte die Zähne. »Keine Ahnung. Ich würde es dir glatt sagen, wenn ich's wüsste. Du lebst sowieso nicht mehr lang genug, um es jemandem zu verraten.«

In Baldwins Magen machte sich ein flaues Gefühl breit. Irgendwo, tief in seinem Innern, fühlte er, dass Werron recht hatte.

*

Baldwin verzog das Gesicht. Selbst verdünnt schmeckte die Brühe noch so salzig, dass er beinahe brechen musste. Er wunderte sich, wie die beiden Ganoven die Plörre runtergekriegt hatten. Mit fragendem Blick hielt er Werron den Trinkschlauch hin.

Der Halboger schüttelte den Kopf. »Vergiften kann ich mich alleine«, grummelte er und trottete weiter.

Baldwin ritt ihm hinterher. Seine Finger umklammerten den Griff der Scorpio, während er in die Ferne starrte. Es regnete immer noch. Schon seit einer Weile quälten sie sich eine flache Steigung hinauf. Sein Maultier sackte immer wieder in den aufgeweichten Boden ein, und auch Werron schnaufte heftig. Zwischen den Fichten und Tannen ragten schroffe Felsen in die Höhe – wie Finger von Riesen, die sich aus ihren Gräbern wühlten.

An einer Felsnadel blieb Werron plötzlich stehen. »Da«, raunte er und deutete mit gefesselten Händen an dem Stein vorbei.

Baldwin folgte dem Blick des Hünen. Vor ihnen stand ein verlassener Planwagen. Die Räder waren bis zur Hälfte im Matsch versunken. Das musste der Karren sein, den die Assassine im Wald abgeholt hatte.

»Na schön«, sagte Baldwin, »dann wollen wir doch mal sehen, was uns die Dame zurückgelassen hat.«

Er schnalzte mit der Zunge und zog an der Schlinge um Werrons Hals. Im Gleichschritt kämpften sich Maultier und Hüne bis zum Wagen vor. Mit einem Ruck riss Ogerblut die Plane beiseite. Vom Rücken seines Tieres aus konnte Baldwin nichts Auffälliges entdecken. Bis auf einen zerrissenen Sack war der Innenraum leer. Werron beugte sich jedoch vor und schnüffelte an der Ladefläche.

»Schwarzpulver«, brummte er, »und nicht zu knapp.«

Baldwin zog die Augenbrauen hoch. Was zum Henker hatten sie mit dem Zeug vor?

Ogerblut lehnte sich erschöpft an den Wagen und atmete tief durch. »Jetzt könnte ich doch einen Schluck von der Pisse vertragen.«

Baldwin griff nach dem Trinkschlauch und warf ihn dem Hünen zu.

Im selben Moment stieß sich Werron vom Wagen ab und schmiss sich gegen das Muli. Das Tier rutschte weg und begrub Baldwin unter sich. Zu dritt wühlten sie sich durch Schlamm. Das Maultier war als erstes wieder auf den Beinen. Wütend keilte es aus, und Ogerblut schrie. Aber Baldwin duckte sich unter den Tritten hinweg. Dann machte er sich lang und rollte den Hang hinab – durch Matsch und Tannenzapfen.

Etwas knackte, als er ein Stück weiter unten gegen eine Fichte prallte. Nur Zweige zum Glück, keine Rippen. Für Schmerzen war ohnehin keine Zeit. Baldwin raffte sich auf und blickte zurück zu Ogerblut. Der hatte sich inzwischen aufgerappelt und rieb seine Fesseln an einer Felskante auf. Mit freien Händen wäre er ein tödlicher Gegner …

Im Laufen zog Baldwin seine Pistole. Er war noch zu weit weg für einen sicheren Schuss. Darum eilte er mit langen Schritten den Hang wieder hinauf. Die Pranken des Hünen fuhren immer schneller an dem Stein entlang. Die Fesseln mussten gleich durchgewetzt sein.

Baldwin fluchte und schwankte weiter. Beim nächsten Baum hielt er an und stützte sich ab. »Noch eine Bewegung, und es war deine letzte!«, keuchte er mit letzter Kraft und zielte auf den Halboger.

Werron drehte sich um und grinste breit. Blut troff aus einer Wunde an seiner Stirn. »Bist schneller, als du aussiehst, alter Mann.«

»Ich schwöre dir, das nächste Mal erschieße ich dich!«, knurrte Baldwin. Nachdem er ein wenig verschnauft hatte, deutete er mit der Pistole in den Matsch. »Leg dich hin, mit dem Gesicht nach unten!«

Widerwillig ließ sich Ogerblut nieder. Als er endlich ausgestreckt auf dem Boden lag, ging Baldwin rückwärts zum Wagen. Er wollte noch einen letzten Blick unter die Plane werfen. Suchend tastete er nach dem leeren Sack, da spürte er plötzlich einen Stich. Irritiert zog er die Hand zurück. In seinem Finger steckte ein durchsichtiger Splitter. Das Licht brach sich in allen Sonnenfarben in der kleinen Scherbe. Das war kein gewöhnliches Glas, schoss es Baldwin durch den Kopf, das war ein Kristall. Er zog den Splitter mit den Zähnen raus und spuckte ihn aus. Dann griff er nach dem Beutel und untersuchte ihn. Der grobe Stoff wies einen langen Riss auf. An seiner Innenseite hatte sich schimmernder Staub festgesetzt.

Beim Allsehenden, die Assassine und ihre Leute transportierten Kristallglas! Baldwin verwettete seine Eier darauf, dass es das Diebesgut aus den Tempelrauben der letzten Monate war … Ein solcher Frevel stünde dem Thaumaturgen nur zu gut zu Gesicht. Er schüttelte den Kopf. Schwarzpulver und Kristallsplitter, was für eine merkwürdige Mischung. Quentin, dieser eitle Fatzke, hätte sich darauf bestimmt einen Reim machen können. Baldwin würde der Sache jedoch Schritt für Schritt nachgehen müssen. Also humpelte er zu seinem Maultier, das immer noch geduldig wartete, und hievte sich ächzend in den Sattel.

»Zeit aufzustehen«, rief er Ogerblut zu, »wir haben noch ein ganzes Stück Weg vor uns!«

QUENTIN

Im Verlies des Jagdschlosses stank es wie auf einer Latrine. Wasser tropfte von der Decke – zumindest hoffte Quentin, dass es Wasser war.

Er folgte einem kurzen Gang bis zum Ende und blieb vor einer eisenverstärkten Holztür stehen. Das Guckfenster quietschte, als er es beiseiteschob. In der Zelle dahinter war es so dunkel, dass er nichts erkennen konnte.

»Miskar?«, raunte er durch das parfümierte Tuch vor seinem Mund. Doch er erhielt keine Antwort. Daraufhin nahm er eine Fackel von der Wand und leuchtete in das finstere Loch hinein. Er fuhr vor Schreck zurück, als das Gesicht des Gossenzauberers plötzlich vor ihm auftauchte – mitten in den Flammen.

»Was willst du?«, zischte Miskar. Seine Augen glühten wie zwei Kohlen. »Du hast ganz schön Nerven, hier aufzutauchen. Du steckst doch mit Ibrynn, dieser falschen Schlange, unter einer Decke!«

»Nein«, entgegnete Quentin mit sanfter Stimme, »sonst wäre ich wohl kaum hier. Ich wollte sehen, wie es dir geht und ob ich etwas für dich tun kann.«

»Mich hier rauszuholen wäre ein Anfang.«

»Was weit außerhalb meiner Kompetenzen liegt«, belehrte Quentin den Gossenzauberer. »Ich bin froh, dass der Kerkermeister offen für eine kleine Zuwendung war und mich überhaupt passieren ließ.«

»Dann hol Kaia her«, forderte Miskar entschlossen, »ich kann ihr alles erklären!«

»Hierher? Ich glaube nicht, dass das der geeignete Ort für sie ist. Außerdem habe ich bereits mit ihr gesprochen«, log er. »Ich habe Kaia gesagt, dass ihre Tante ein falsches Spiel mit dir spielt.

Aber sie hat mir verboten, deinen Namen auch nur zu erwähnen.« Quentin seufzte. »Du solltest dir lieber Sorgen um dein eigenes Wohl machen. Glendart will dich wegen Unzucht auspeitschen lassen, und wenn du Pech hast, wirst du auch noch wegen Hexerei angeklagt. Es sieht so aus, als hättest du nicht allzu viele Freunde in Ehrendaal.«

Im Fackelschein sah er, wie Miskar trotzig die Arme verschränkte. Der arme Tor hatte es nicht verdient, im Verlies zu schmoren. Aber wer bekam im Leben schon das, was ihm zustand? Er war eben ein Bauernopfer. Sein Techtelmechtel mit Ibrynn hatte Kaia davon abgehalten, eine große Dummheit zu begehen. Nur verheiratet und in Amt und Würden konnte die Prinzessin ihre Prophezeiung erfüllen. *Und nur so ist sie mir von Nutzen. Schließlich will ich nicht der Berater einer verarmten Exilantin sein.*

»Gedulde dich«, sagte Quentin schließlich. »Ich werde sehen, wie ich dir helfen kann. Ich werde Kaia beizeiten daran erinnern, dass du es bist, dem sie ihr Leben verdankt.«

»Ja«, erwiderte Miskar energisch und umklammerte die Gitterstäbe. »Sag ihr, dass ich sie nicht hintergangen habe! Das würde ich nie tun. Sie soll ihre Seele erforschen – die ihre ist auch meine.«

Quentin bluteten die Ohren von solch törichten Liebesschwüren. Doch er nickte Miskar aufmunternd zu. »Ich werde ihr alles ausrichten«, versprach er. Es war nützlich, einen Zauberer zu kennen, aber noch nützlicher war es, wenn dieser glaubte, ihm noch einen Gefallen zu schulden.

*

Quentin klopfte an die Tür und trat ein ohne abzuwarten.

Kaia stand am offenen Fenster ihres Schlafgemachs und fütterte zwei Elstern mit Essensresten von ihrem Teller. Empört ob der Störung krächzten die Vögel auf und flatterten davon.

»Eure Hoheit, wir müssen reden«, begann Quentin, bevor ihn die Prinzessin zurechtweisen oder hinausschicken konnte.

Kaia kniff die Augen zusammen und musterte ihn, während sie sich in aller Ruhe die Hände am Vorhang abwischte. »Was gibt es?«

»Es geht um Euren Onkel«, seufzte Quentin und hob entschuldigend die Arme. »Es tut mir leid, Euch schon wieder damit zu behelligen, aber er sitzt mir seit Tagen im Nacken. Fürst Ardegast erwartet Eure Antwort, und er scheint dem guten Glendart die Hölle heißzumachen. Ihr hattet ihm versprochen, über sein Angebot zu schlafen.«

»Dann sagt ihm, dass ich immer noch schlafe.«

»Seit drei Tagen?« Quentin sah die Prinzessin skeptisch an.

Kaia stolzierte quer durch die Kammer, machte auf dem Absatz kehrt und ging wieder zurück. Das Hin und Her machte Quentin ganz nervös. Es gab keine Alternative zu der Hochzeit. Doch er wollte nicht der Verkünder dieser schlechten Nachricht sein. Die Prinzessin sollte von selbst darauf kommen. Also schwieg er und geduldete sich.

»Das fühlt sich alles so falsch an«, stöhnte Kaia und raufte sich die Haare, »vollkommen falsch. Ich bin es, die den Meister der Türme aufhalten soll! Und was mache ich? Mich hinter Mauern verstecken? Mich mit einem Bübchen vermählen und darauf hoffen, dass er die Prophezeiung für mich erfüllt?« Es loderte in ihren Augen, als sie zu ihm herumfuhr. »Verdammt noch mal, es muss einen anderen Weg geben!«

Kaia griff nach dem Teller, der auf ihrem Tisch stand, und schmetterte ihn gegen die Wand. Der Aufprall hinterließ eine Spur aus Bratensoße und Krautfetzen.

»Der junge Prinz wird es nicht leicht mit Euch haben«, bemerkte Quentin trocken. »Ihr habt einen starken Willen und einen harten Wurf.«

Kaia schüttelte den Kopf und musste dennoch schmunzeln. »Das ist nicht komisch!«

»Nein, das ist es nicht«, befand Quentin verständnisvoll. »Aber wenn ich eines gelernt habe, dann, dass man mit den Karten spielen muss, die man auf der Hand hat. Ihr wisst nicht, was morgen sein wird. Das Schicksal ist launisch, und die Marmorchroniken sind ungewiss. All das ist nur der Anfang, Hoheit. Und jetzt geht es allein darum, dass Ihr im Spiel bleibt. Seid wachsam. Seid bereit Euch das zu nehmen, was Euch zusteht, wenn sich die Gelegenheit bietet.«

Kaia nickte bedächtig bei jedem seiner Worte. »Ihr seid ein guter Ratgeber, Quentin. Ihr scheut nicht davor, mir Dinge zu sagen, die ich nicht hören will.« Die Prinzessin musterte ihn, als sähe sie ihn zum ersten Mal. »Wie alt seid Ihr eigentlich?«

»Sechsundzwanzig, Hoheit, aber nicht weitersagen.«

»Meine Mutter hätte Euch gemocht«, stellte sie mit trauriger Stimme fest.

Quentin senkte demütig sein Haupt, doch innerlich jubilierte er. Das war der Moment, auf den er hingearbeitet hatte. Er hatte das Vertrauen der Prinzessin gewonnen, und er würde ihr nicht eher von der Seite weichen, bis er sie zur einflussreichsten Frau Oktaniens gemacht hatte.

»Ich wäre ein schlechter Ratgeber«, fuhr er fort, »wenn ich nicht offen zu Euch spräche. Im Übrigen denke ich, dass es einen besseren Eindruck macht, wenn Ihr Fürst Ardegast von allein aufsucht und Euch nicht von seinen Lakaien vor den Thron zerren lasst. Zumal es Nachricht von Eurem Bruder gibt: Er hat mit einem Heer den Großen Tann durchquert, um Eure Auslieferung zu fordern. Ich möchte dem Herzfürsten nichts Übles unterstellen. Aber es wäre gesünder, wenn Ihr Euch vergegenwärtigt, dass er Euch jederzeit ausliefern könnte, solange ihr der Heirat nicht zustim–«

»Was?«, unterbrach ihn Kaia. »Karol steht kurz vor der Grenze, und das sagt Ihr mir erst jetzt? Geht runter und lasst die Pferde satteln! Wir werden Ardegast einen Besuch abstatten.«

Quentin verbeugte sich tief und wandte sich um. Im Türrahmen hielt er jedoch noch einmal inne und drehte sich zu der Prinzessin.

»Es gibt da noch etwas: Miskar hat nach Euch gefragt.«

»Ihr wart bei ihm?« Kaia starrte ihn entgeistert an.

»Ja«, entgegnete er und zog unschuldig die Brauen hoch, »der Kerkermeister hat mich nicht daran gehindert.«

Für einen Augenblick herrschte Schweigen. Quentin konnte sein Herz schlagen hören. Das ferne Krächzen der Elstern drang durch das Fenster hinein.

»Was hat er gesagt?«, fragte Kaia schließlich so leise, dass ihre Stimme fast vom Wind verschluckt wurde, der draußen wehte.

»Er will Euch sehen«, erwiderte Quentin. »Was sonst? Ich habe ihm jedoch ausgerichtet, dass Ihr zu beschäftigt seid. Ich hoffe, das war in Eurem Sinne.«

»Ja ... natürlich«, sagte die Prinzessin, doch der Blick in ihren Augen wirkte leer.

BALDWIN

Der Große Tann lag schon seit Tagen hinter ihnen. Fichten und Felsen hatten einer weiten Heidelandschaft Platz gemacht. Im Licht der Hellsonne zeichneten sich die Sträucher scharf gegen den weißen Horizont ab, wie die Figuren bei einem Schattenspiel. Das Grenzland zwischen Windfall und Herzfelden war trist und trocken. Nur ab und zu waren sie an einem Tümpel vorbeigekommen und hatten ihre Wasserschläuche auffüllen können.

Baldwins Reiseproviant war rasch zur Neige gegangen. Schließlich musste er auch Ogerblut durchfüttern, damit er ihm unterwegs nicht schlappmachte. Sie folgten der Fährte der Assassine, und das bedeutete, sie reisten querfeldein, abseits von Gasthäusern und Bauernhöfen. Noch nicht einmal auf einen Schäfer waren sie gestoßen, der ihnen zähes Hammelfleisch hätte verkaufen können. Nur Beeren gab es in Hülle und Fülle.

Luzia, so hatte Baldwin das Maultier getauft, konnte sich als einzige mit der kargen Kost anfreunden. Ihm hingegen hing der Magen in den Kniekehlen. Zusammen mit dem trüben Wasser sorgten die Früchte für einen ordentlichen Dünnschiss. Er war ausgelaugt und übermüdet, trotz der guten Wachdienste, die Luzia leistete. Doch so schlau und gutmütig das Tier auch war, sein Gang war bei Weitem nicht so bequem wie der eines echten Rosses.

Baldwin musste die Augen zusammenkneifen. Es war Abend, und sie reisten der Sonne entgegen. Werron schleppte sich müde voran. Seine Muskelberge brauchten noch dringender etwas Nahrhaftes zu beißen als Baldwins alte Knochen. Den Hünen hungrig zu halten, war jedoch nicht das Schlechteste. Es machte ihn zwar übellaunig, aber es schwächte ihn auch und nahm ihm die Lust auf einen weiteren Fluchtversuch.

Im Zwielicht konnte Baldwin in der Ferne einen gelbgrün schimmernden Laubwald ausmachen. Selbst bei dem Schneckentempo würden sie seine Ausläufer noch vor Sonnenuntergang erreichen. Und wo es Bäume gab, da war Wasser nicht weit. Ob sie schon in der Nähe des Oron waren? An seinen Ufern gab es zahlreiche Dörfer und Städte. Vielleicht verbarg sich hinter dem Wald ja sogar eine Siedlung.

Doch je näher sie dem Forst kamen, desto mehr schwand Baldwins Hoffnung auf ein behagliches Nachtlager. Vor ihnen tat sich zwar ein überwucherter Trampelpfad auf, nach weiteren Anzeichen von Zivilisation suchten sie indes vergeblich. Weit und breit waren keine Felder zu sehen. Nirgendwo stieg Rauch auf. Wenigstens war es angenehm kühl unter dem Laubdach, dachte er, als Luzia jäh anhielt. Die Maultierdame streckte den Kopf in den Wind und blähte die Nüstern. Hatte sie etwas gewittert?

Auch Werron war stehen geblieben. Der Halboger beugte sich vor und schnüffelte an einem Baumstamm. Kurz darauf grinste er – so breit, dass man seine Eckzähne sehen konnte.

»Was ist?«, wollte Baldwin wissen.

»Sie sind hier lang«, brummte der Hüne.

»Mitten durchs Dickicht?« Baldwin spähte ungläubig in den Wald hinein. Die Äste hingen dort so niedrig, dass er schon nach wenigen Schritten von seinem Maultier absteigen müsste. »Bist du dir sicher?«

»Habe ich uns je in die Irre geführt?«, knurrte ihn Ogerblut an.

»Das kann ich nicht sagen«, entgegnete Baldwin trocken. »Bislang haben wir die Assassine und ihre Begleiter jedenfalls noch nicht zu Gesicht bekommen.«

»Ob du's glaubst oder nicht, alter Mann, sie sind da lang.« Werron deutete mit dem Kopf tiefer in den Wald hinein.

Fluchend schwang sich Baldwin aus dem Sattel. Er ließ die Leine los, an die der Hüne gefesselt war, und zog seine Pistole.

»Dann geh mal schön voran!«, befahl er dem Halboger und folgte ihm in sicherem Abstand.

Sie duckten sich unter Ästen hindurch und bogen Sträucher beiseite. Nachdem sie sich eine ganze Weile durchs Gelände gekämpft hatten, blieb Werron stehen und sog prüfend die Luft ein. Er drehte sich zu dem Arkebusier um und sah ihn fragend an. »Kennst du die Geschichte von den Pilgern und dem Bären?«

Baldwin schüttelte genervt den Kopf. »Nein, aber du wirst sie mir sicher gleich erzählen.«

»Man muss nicht schneller sein als der Bär. Nur schneller als der langsamste Gefährte.« Indem er diesen Satz ausgesprochen hatte, rannte Werron los, mitten in den Wald hinein.

»He!«, rief ihm Baldwin hinterher. Doch im selben Augenblick zerrte Luzia an den Zügeln und riss sich von seiner Hand los.

Direkt vor ihm brach ein schwarzes Ungetüm aus dem Unterholz hervor. *Ein Bär – Ogerblut, dieses Schwein, hat ihn die ganze Zeit gerochen!* Die Bestie stellte sich auf die Hinterbeine und brüllte, dass es ihm durch Mark und Bein fuhr. Kurz darauf war sie wieder auf allen vieren und rannte auf ihn zu.

Ohne Muli hatte Baldwin keine Chance zu entkommen. Ob eine Kugel das wütende Tier stoppen könnte? Er bezweifelte es. Trotzdem humpelte er los. Im Laufen streckte er den Arm aus und zielte auf Werron. Ein Schuss zerriss die Stille des Waldes, und keinen Wimpernschlag später stolperte Ogerblut und hielt sich die Seite. Jetzt würden sie ja sehen, wer von ihnen der langsamere Gefährte war …

Baldwin holte rasch auf. In seinem Rücken hörte er, wie das Brummen des Bären lauter wurde. Also biss er die Zähne zusammen und hetzte weiter. Schritt um Schritt machte er Boden gut und näherte sich Werron, der sichtlich angeschlagen vorwärtsstolperte. Es knackte hinter ihm, als der Bär durchs Dickicht walzte. Die Bestie war fast heran.

Zweige schlugen ihm ins Gesicht. Doch er hastete weiter. Und dann hatte er es endlich geschafft: Er war vorbei an dem Hünen. Weiter, immer weiter rannte er. Baldwin wusste nicht, wann er das letzte Mal so schnell gelaufen war.

Ein plötzliches Krachen ließ ihn herumfahren. Dort, wo eben noch Werron gewesen war, tat sich ein Loch in der Erde auf. Er konnte es nicht fassen: Ogerblut war in eine Wolfsgrube gestürzt. Und der Bär anscheinend gleich mit ihm. Bei dem Anblick konnte Baldwin nicht länger an sich halten. Er pfiff auf das Brennen in seinen Lungen und brach in schallendes Gelächter aus. Nachdem er wieder bei Atem war, verschwand er hinkend zwischen den Bäumen und machte sich auf die Suche nach Luzia.

Hinter ihm tönte derweil ein wildes Brüllen durch den Wald. Manchmal, so schien es, erledigten sich die Probleme doch tatsächlich von selbst. Zumindest würde er den Teufel tun und Werron aus der Grube helfen. Da vertraute er lieber dem Schicksal – er würde die Assassine auch ohne den Halboger finden.

Als Baldwin zurück auf den Trampelpfad stolperte, traute er seinen Augen nicht. Luzia stand mitten auf dem Weg und knabberte in aller Ruhe an einem Strauch. Er fiel der Maultierdame um den Hals und kraulte ihr die Ohren.

»Bist ein gutes Mädchen«, flüsterte er ihr zu und hievte sich in den Sattel. Er ritt ein kurzes Stück den Pfad entlang, bis er an eine Kreuzung gelangte. Verflucht, drei Wege waren zwei zu viel. Wohin sollte die Reise gehen? Heute nirgendwo mehr hin, dachte er sich, während er prüfend in den Abendhimmel blickte.

»Hier könnten wir unser Nachtlager aufschlagen, was meinst du?«, schlug er seiner Gefährtin vor und ließ sich am Wegesrand nieder.

Doch es dauerte nicht lange, da hörte er im Halbdunkel ein fröhliches Pfeifen. Ein Zimmermannsgeselle kam des Weges samt Hut und Wanderstab. Die Locken fielen ihm bis in den Nacken und wippten im Takt der Melodie. Als er den Arkebusier sah, blieb der junge Bursche stehen.

»Guter Mann, Ihr habt mir einen ganz schönen Schreck eingejagt. Ist Euch nicht wohl, oder warum sitzt Ihr hier am Wegesrand herum?«

»Ich wollte Euch nicht erschrecken«, antwortete Baldwin, »ich war nur gerade dabei, mein Lager aufzuschlagen.«

»Hier?« Der Zimmermann schien überrascht.

»Warum nicht?«, entgegnete Baldwin.

»Weil es nur ein Katzensprung bis zum nächsten Gasthaus ist, aber Ihr seid wohl nicht aus dieser Gegend.«

»Das nenne ich mal gute Nachrichten«, stöhnte Baldwin, während er sich aufraffte. »In der Tat bin ich nur auf der Durchreise. Aber sagt, auf der Walz sind Euch nicht zufällig ein paar auffällige Gestalten begegnet, oder?«

»Doch«, erwiderte der Zimmermann prompt, »erst gestern ist mir eine Gruppe von Männern entgegengekommen. Fremdländisches Volk war das, irgendwie unheimlich. Haben nicht mal gegrüßt. Und ihre Ponys haben sie geschunden wie Ackergäule. Die armen Tiere waren mächtig bepackt. Glaubt mir, mit den Leuten wollt Ihr nichts zu tun haben.«

»Und wo war das?«, fragte Baldwin, ohne sich seine Aufregung anmerken zu lassen.

»Am Oron«, erklärte der Bursche und deutete in die Richtung, aus der er gekommen war.

Mehr musste Baldwin nicht wissen. Im Norden gab es nur ein Ziel – Dammtor. Er widerstand dem ersten Impuls, sich auf das Muli zu schwingen und durch die Nacht zu reiten.

»Besten Dank«, sagte er stattdessen ruhig. Er brauchte zuerst einen guten Schluck und eine Mütze voll Schlaf, wenn er der Assassine auf den Fersen bleiben wollte. »Wie weit, sagtet Ihr, ist es bis zum Gasthaus?«

*

Dammtor hieß also sein nächstes Ziel. In der kleinen Fleetstadt wohnten Hunderte Arbeiter, die das ganze Jahr über damit beschäftigt waren, den Staudamm auszubessern. Und waren sie damit fertig, fingen sie wieder von vorn an.

Die Reise entlang des Flussufers war angenehm. Obwohl der Oron Niedrigwasser führte, wehte stets ein frischer Wind vom Strom herüber. Nur der Gestank von Schlick und verfaulten Algen vermochte es, ihm ein wenig die Laune zu verderben. Er war schon den zweiten Tag auf der Flussstraße unterwegs, da überholte ihn ein Herold. Der Bote trug das Wappen des Fleets: einen Brückenturm über Wellen.

»Eilt Euch«, warnte ihn der Reiter, »Windtruppen marschieren auf Dammtor!« Und im nächsten Augenblick war er schon in einer Staubwolke verschwunden.

Entgeistert schaute Baldwin ihm hinterher. Was, in aller Sieben Höllen Namen, wollte der Windfürst in Dammtor? Der Herold musste sich irren. Karol hatte vorgehabt gegen Herzfelden zu ziehen, schließlich wollte er Kaia, die sich dort aufhielt, freipressen. Den Fleet herauszufordern wäre dabei das Dümmste, was er tun könnte. Einzeln waren die Freistädte vielleicht schwach, doch zusammen geboten sie über eine Söldnerstreitmacht, die den Heeren der Fürstentümer ebenbürtig war. Darüber grübelte Baldwin nach, als er in der Ferne zum ersten Mal das Gebirge erahnen konnte.

Am nächsten Morgen wurde seine Ahnung zur Gewissheit. Er näherte sich den Eiskoppen. Ihre Gipfel glitzerten so weiß, dass sie mit dem Himmel zu verschmelzen schienen. Es dauerte noch bis zum späten Nachmittag, bis er Dammtor erreichte. Schon vor den Toren der Kleinstadt konnte er ein stetes Rauschen vernehmen, das die Luft erfüllte.

Die Talsperre war ein beeindruckendes Bauwerk. In rund einhundert Schritten Höhe erstreckte sich die breite Mauer quer über eine Felsspalte. Das Wasser strömte durch eine Schleuse in der Mitte der Staumauer und teilte sich in zwei Kaskaden, die aus einer Reihe von Überlaufbecken bestanden. Aus den Mäulern von Dutzenden riesiger Fabelwesen ergoss sich der künstliche Wasserfall in die Tiefe hinab bis zu einem Talsee, der in den Oron mündete.

Die Wachen am Tor beäugten Baldwin misstrauisch, als er

sich näherte. Kein Wunder, bei den Neuigkeiten, die der Herold verbreitet hatte. Eine anrückende Armee würde ihn auch nervös machen. Es fehlte noch, dass man ihn für einen Windfaller Spion hielt. Doch manchmal zahlte sich das Alter auch aus. Denn bei den Wachleuten obsiegte offensichtlich das Mitleid, und sie winkten ihn durch.

Baldwin ließ vorsichtig den Blick schweifen, als er die Stadt betrat. Er traute der Assassine zu, dass sie Spitzel abgestellt hatte, um nach Verfolgern Ausschau zu halten. Ob der Bettler dort zu ihr gehörte, oder der Mann, der sich gerade am Brunnen wusch? Vielleicht hatte sie auch die Stadtwachen bestochen? Baldwin verzichtete besser darauf, sich nach Neuankömmlingen zu erkundigen, und sah sich auch nicht weiter um. Er machte sich auf den Weg zur nächsten Herberge, so wie man es von einem müden Wandersmann erwartete.

Es gab einen unauffälligeren Weg herauszufinden, wo sich die Assassine und ihre Begleiter aufhielten. Er würde nicht nach ihnen selbst, sondern nach ihren Pferden Ausschau halten. Unterwegs hielt er deshalb bei einem Mietstall an – allzu viele konnte es in dem Städtchen ja nicht geben – und klopfte an das Tor. Schon nach ein paar Herzschlägen öffnete ihm ein strohblonder Knecht und führte ihn und Luzia auf den Innenhof. In den offenen Verschlägen des Stalls standen nicht acht oder neun, sondern zehn Bergponys. Das konnte kein Zufall sein.

»Schöne Tiere«, bemerkte Baldwin beiläufig. »Sollen die auf dem Rossmarkt verkauft werden?«

»Weiß nicht«, murmelte der Knecht, »kann schon sein. Mein Herr hat sie erst gestern von ein paar merkwürdigen Leuten erstanden. Die waren nur auf der Durchreise. Konnten sie nicht mit in die Berge nehmen.«

»Was es nicht alles gibt. Seid so gut und kümmert Euch um meine Luzia, ja?«, sagte Baldwin beiläufig und drückte dem Knecht zwei Münzen in die Hand. »Ein Apfel für die Dame und ein Bier für Euch.«

Daraufhin verließ er den Stall und blickte die Gasse hinunter in Richtung der Talsperre. Er musste seine Augen mit der Hand abschirmen, um die Mauerkrone zu erkennen. Bewegte sich dort oben nicht jemand? Baldwin konnte es nicht mit Sicherheit sagen. Nachdem er eine ganze Weile gegen die Sonne gestarrt hatte, gab er seufzend auf. Er würde es nur herausfinden, wenn er dort hinaufkraxelte.

QUENTIN

Die fürstlichen Gärten glichen einem Tollhaus. Überall tummelten sich Leute. Die meisten standen am Rande der Alleen und jubelten der Hochzeitsprozession zu, die in Richtung des Rotwassers zog. Winkend und blütenwerfend ließen sie Braut und Bräutigam hochleben.

Hoch zu Ross führte die Prinzessin den Festzug an. Ihr Onkel geleitete sie zum See. Glendart schien die Aufmerksamkeit sichtlich zu genießen. Er wendete sich abwechselnd nach links und rechts und grüßte die Menge mit erhobenem Arm. Kaia hingegen saß regungslos im Sattel, als wäre sie aus Eis. Der Prinz bildete das Ende der Prozession. Quentin jedoch befand sich mittendrin, und an seiner Seite ritt Ritter Thorian, der Hauptmann der herzfürstlichen Wache.

Der alte Gardeoffizier strich sich ein paar Limonenblüten aus dem Bart und lehnte sich zu ihm hinüber. »Habt Ihr so etwas schon mal erlebt?«

Quentin schüttelte den Kopf. »Nein, aber es ist eine prächtige Veranstaltung.«

»Prächtig?« Thorian wirkte überrascht. »Ich hätte Euch für schlauer gehalten. Aber vermutlich wollt Ihr nur höflich sein. Das Volk ist dumm«, bemerkte der Ritter in resigniertem Tonfall. »Im Krieg wird gestorben. Aber die Leute glauben, eine Schwerthochzeit bringe Glück, vor allem die eines Thronfolgers. Sie hätten mal lieber den Darion lesen sollen, dann wüssten sie, was mit Faramon und Dhalia geschehen ist.«

Ertrunken sind sie, dachte Quentin und musterte den Gardeoffizier anerkennend. »Ihr seid ein belesener Mann, Ritter Thorian.«

»Ein scharfer Verstand ist genauso wichtig wie ein scharfes

Schwert, und je mehr Soldaten man befehligt, desto wichtiger wird er«, erwiderte Thorian und deutete auf die hochgerüstete Ritterschar, die sie eskortierte. »Das vergessen einige dieser Herren gerne.«

»Ihr habt recht«, pflichtete ihm Quentin bei. »Es gibt viele Heerführer, von denen man lernen kann. Brindibœurs Aufzeichnungen aus dem Erbfolgekrieg zum Beispiel sind äußerst aufschlussreich. Auch wenn ich das über einen Æstaryaner hier in Herzfelden vielleicht besser nicht sagen sollte.«

»Wieso?« fragte Thorian zwinkernd. »Der Staubritter war ein listiger Fuchs, und die Geschichte wird nun mal von den Siegern geschrieben.«

Quentin betrachtete ihn nachdenklich. »Man sagt, auch Eure Reiterei habe noch nie eine Schlacht verloren ...«

»Ja, aber den Erbfolgekrieg«, entgegnete Thorian trocken, ohne ihn eines Blickes zu würdigen. Ihr Gespräch schien fürs Erste beendet zu sein, und so ritten sie schweigend weiter durch den Blütenregen.

Schmeicheleien waren also an dem alten Mann verloren. Gut zu wissen. Quentin stand ohnehin nicht der Sinn nach Geplauder. Er dachte an die drohende Auseinandersetzung mit Karol. Späher hatten berichtet, dass sein Heer nur ein zusammengewürfelter Haufen war, der aus Bogenschützen und halb wilden Bergkriegern bestand. Was um aller Sonnen willen wollte der Windprinz mit dieser kümmerlichen Streitmacht bloß erreichen? Oder hatte der Thaumaturg bereits einen anderen Plan ausgeheckt, der ihnen bislang verborgen geblieben war?

Quentin wandte sich erneut dem Ritter zu. »Auf freiem Feld werdet Ihr die Windarmee doch sicher leicht niedermachen, oder?«

»Sicher ist im Krieg gar nichts«, erwiderte Thorian mit ernster Miene. »Aber keine Sorge. Unsere Tradition verlangt es zwar, dass ein Steinershag die Truppen in die Schlacht führt, doch das wahre Kommando liegt nicht bei Prinz Ulart, sondern beim

Feldmarschall.« Der alte Ritter kniff die Augen zusammen und musterte ihn. »Warum seid Ihr eigentlich so begierig darauf, Eure Landsmänner bluten zu sehen?«

»Als solche habe ich sie nie betrachtet«, antwortete Quentin tonlos, »und sie mich auch nicht.«

Dann blickte er starr geradeaus, denn sie hatten endlich den Ort der Trauung erreicht. Die Allee öffnete sich zu einer halbkreisförmigen Lichtung am Ufer des Sees. Direkt am Wasser war ein mit Sonnensegeln überspanntes Holzpodest aufgebaut worden, und auf der obersten Stufe erwartete Vater Läpius das Brautpaar.

Schwerthochzeit – Quentin ließ sich das Wort auf der Zunge zergehen. Was für ein martialischer Begriff. So wurden Vermählungen, die im Krieg stattfanden, seit alters her genannt. Wie es der sonnengefällige Brauch wollte, hatten sich Braut und Bräutigam sechs Tage vor dem Gelübde nicht mehr gesehen – was vielleicht auch besser war, sonst hätte Kaia womöglich noch einen Rückzieher gemacht.

Prinz Ulart schloss zu ihnen auf und stieg vom Pferd. Quentin erkannte ihn kaum wieder. Neulich im Schloss war er ihm nur wegen seiner maßlosen Selbstüberschätzung aufgefallen. Doch ohne dieses Gebaren war der Jüngling unscheinbar – weder breit noch schmächtig, weder ansehnlich noch hässlich, eben Mittelmaß. Mit dem weißen Kettenmantel, den er trug, wirkte er geradezu verkleidet; wie ein Bübchen, das Krieg spielte, und nicht wie ein junger Ritter, der in die Schlacht zog.

Quentin ließ den Blick über die Menge schweifen. Im Schatten eines mächtigen Ahornbaumes saßen Fürst Ardegast und sein Hofstaat, darunter auch Ibrynn, die seltsam abwesend wirkte. Der Stuhl zu ihrer Rechten war frei.

Nachdem Glendart die Prinzessin bis zum Festplatz gebracht hatte, kämpfte er sich durch die Massen zurück zu seiner Frau. Die Schaulustigen wichen dabei keinen Schritt zur Seite. Hodž, dieses Schlitzohr, hatte es derweil irgendwie geschafft, sich in die erste Reihe vorzudrängeln – mit bester Aussicht auf die Zeremonie.

Kaia erklomm als Erste die Holzstufen. Sie hielt ein blankes Schwert in Händen. An einer Kette um ihre Taille hing eine leere Scheide, die allerdings viel zu klein für die Klinge war. Erst als sie unter das Zeltdach trat, konnte man sehen, dass ihr Kleid nicht weiß, sondern himmelblau war. Ihr kurzes Haar wurde von einem blutroten Schleier verdeckt.

Am Fuße des Podests hatten sich weitere Brautpaare eingefunden und standen dem Prinzen Spalier. Gemessenen Schrittes stolzierte er an ihnen vorüber. Auf einem Samtkissen trug er einen Dolch vor sich her; die Schwertscheide an seiner Seite war leer. Ulart stieg die Treppe empor und stellte sich neben den Priester. Der Prinz lächelte Kaia kurz zu, doch sie verzog keine Miene.

Vater Läpius bedeutete den beiden, näher zusammenzurücken. Dann begann er mit der Zeremonie.

»Wir sind heute und hier zusammengekommen, um Schwerthochzeit abzuhalten. In Zeiten der Not und des Krieges bitten wir Dich, Allsehender, um Deinen Segen für diese jungen Paare. Schenke ihnen von Deinem sechsfarbigen Licht. Scheine auf sie herab mit werdender und sterbender Goldsonne, mit werdender und sterbender Blutsonne, mit Hell- und mit Purpursonne.«

Der Priester machte eine kurze Pause und blickte nach rechts. »Ich möchte die Bräute nun bitten vorzutreten und ihren Männern die Schwurschwerter zu überreichen.«

Die Frauen folgten seiner Aufforderung – bis auf Kaia. Die Prinzessin rührte sich nicht von der Stelle. Vater Läpius nickte ihr noch einmal zu, aber sie machte keine Anstalten, sich zu bewegen.

Aufgeregtes Gemurmel setzte ein. Ulart trat nervös von einem Bein aufs andere. Dann ruckte Kaia plötzlich vor und wirbelte die Klinge durch die Luft, dass den Leuten der Atem stockte. Der Prinz wurde ganz blass um die Nase. Noch bevor er wusste, wie ihm geschah, hatte Kaia das Schwert in seine Scheide gesteckt.

Ein erleichtertes Raunen ging durch die Menge. Der Sonnenpriester musste sich allerdings zweimal räuspern, ehe er den jungen Männern den Segen aussprechen konnte: »Möge Euer Schwertarm niemals müde werden und Euer Stahl niemals bersten – nicht im Kampf und nicht im Leben.« Eilig fuhr Vater Läpius fort, sichtlich darum bemüht, die Zeremonie rasch zu beenden. »Und nun bitte ich die Herren, vorzutreten und den Damen die Schwurdolche zu überreichen.«

Dieses Mal gelang die Übergabe ohne Zwischenfall.

»Möge Eure Tugendhaftigkeit ewig währen und Euch der Mut nicht verlassen, wenn Ihr Euch der Klinge hingebt, um der Schande zu entgehen.«

Was für ein makabrer Segen, fand Quentin. Die Männer wurden als Kriegshelden gepriesen, doch starben sie im Feld, sollten ihnen ihre Frauen ins Grab folgen – und das nur, um ihre Unschuld zu bewahren.

»Treu, Ehr und Glaube mit Euch!«, donnerte der Priester zum Abschluss und streckte seine händelosen Arme in den Himmel.

»Treu, Ehr und Glaube!«, schallte es wie aus einem Munde, als die Gemeinschaft den Gruß wiederholte.

Die Schwerthochzeit war eine schnelle und schnörkellose Angelegenheit. Das Wort Liebe hatte in der Predigt gefehlt. Es ging auch ohne sie, dachte Quentin, und oft sogar besser. Während er in Gedanken noch bei Terenio war, wateten die Paare in den See. Die Bräute nahmen dort ihre Schleier ab, um ihre Männer damit zu waschen, auf dass sie unverwundbar würden. Was für ein Humbug. Quentin rümpfte die Nase. Das Ritual brachte ihm den Eisengeruch in Erinnerung, den er schon fast verdrängt hatte.

»Ich bereue nicht, dem entgangen zu sein«, hauchte ihm eine Stimme ins Ohr. Es war Prinz Delanbredh, gewandet in die Purpurkutte eines Sonnenadepten. »Früher oder später hätte es mich auch getroffen – obwohl Kaia dabei sicher nicht das schlechteste Los gewesen wäre.«

Quentin sah dem einstigen Erbprinzen in die Augen, und mit einem Mal verstand er. Er hatte sich nicht des Glaubens wegen für das Priesteramt entschieden, sondern um der Ehe zu entgehen.

Delanbredh legte ihm eine Hand auf die Schulter und lächelte traurig. »Wisst Ihr, ich wäre für die Prinzessin in die Schlacht geritten, auch ohne diesen Mummenschanz.«

»*Mit* ihr«, erwiderte Quentin nüchtern, »Ihr hättet mit ihr in die Schlacht reiten sollen.«

*

Die Hochzeitsgesellschaft hatte sich in den Schlossgarten zurückgezogen, und auch in den angrenzenden Höfen und Sälen wurde gefeiert. Fürst Ardegast ließ Bier an die Herzritter und ihre Gefolgsmänner ausschenken. Überall roch es nach Holzfeuer und gegrilltem Fleisch. Es mochte der letzte friedliche Abend für eine ganze Weile sein, obwohl jeder, den Quentin fragte, an einen raschen Triumph über die Windfaller glaubte. Und die Siegessicherheit nahm mit jedem Schluck zu.

Ulart und Kaia hatten den ganzen Abend über kaum mehr als zwei Sätze miteinander gewechselt. Und das lag nicht am mangelnden Einsatz des Prinzen. Der Junge konnte einem fast schon leidtun.

»Mehr Bier!«, rief er ungeduldig, und sofort sprang ein Diener herbei und goss dem Prinzen ein. Wenn er so weitertrank, dann würde er Ibrynn noch Konkurrenz machen.

Der Herzfürst stand auf und blickte streng in Richtung seines Sohnes. »Hochzeiten und Kriege machen durstig, aber ich denke, es ist Zeit für die Gaben.« Ardegast klatschte in die Hände, und die beiden Wachen am Tor schmetterten eine Fanfare.

Ein Gast nach dem anderen machte dem Paar nun seine Aufwartung und überreichte ihm seine Geschenke. Geschmeide und gute Wünsche waren darunter die häufigsten.

Die Ritter Bärnwald und Elwing traten im Gleichschritt vor und verneigten sich. »Euer Bruder Delanbredh lässt Euch grüßen«, sagte der Ältere der beiden, »aber leider ist er verhindert.«

Wohl eher von den Feierlichkeiten ausgeschlossen, dachte Quentin, und blickte hinüber zum Tisch des Fürsten.

»Sagt ihm recht herzlichen Dank«, erwiderte Ulart höflich. »Seine Getreuen sind auch mir jederzeit willkommen.«

Vater Läpius ließ dem Brautpaar von seinem Burschen zwei Sonnenanhänger aus Kristall überreichen. »Auf dass Euer Licht stets im Einklang scheinen möge«, sagte er und verbeugte sich.

Glendart schleppte einen Folianten an, der beinahe größer war als er selbst. »Ein Buch mit Weisen aus Eurer Heimat, Prinzessin Kaia. Es stammt aus der Sammlung Eurer Tante. Sie hätte es Euch gerne selbst überbracht, nur ist es ein wenig zu schwer für eine Dame.«

So wie Ibrynn über dem Tisch hing, hätte sie jedoch noch nicht mal ein einzelnes Blatt Papier nach vorne bringen können.

Als Nächstes kniete Feldmarschall Lodowain vor dem Paar nieder und legte sein Schwert zu Ularts Füßen. »Mein Prinz, ich schwöre Euch Treue und gelobe, ein würdiger Heerführer zu sein. Und Euch, meiner Dame, verspreche ich, gut auf Euren Gemahl aufzupassen.«

Prinz Ulart winkte gelangweilt mit der Hand. »Steht auf, steht auf, Lodowain. Euer Schwur in allen Ehren, aber ich bin es, der die Armee in die Schlacht führen wird. Ich werde die Krone für meine Holde erstreiten. Nicht wahr, Meister Ambert?«

»Gewiss!«, tönte der Schwertmeister, während er sich den Bierschaum vom Mund wischte.

»Selbstverständlich werdet Ihr die Ehre haben, an meiner Seite zu reiten«, verkündete der Prinz spöttisch und gab Lodowain sein Schwert zurück.

Dem Feldmarschall stieg die Zornesröte ins Gesicht. Es kam

sicherlich selten vor, dass es jemand wagte, dem gestandenen Ritter zu widersprechen. Er drehte sich zu Ardegast um, doch der Fürst beobachtete das Schauspiel nur mit unbewegter Miene.

Kaia schien von den Ereignissen um sie herum unbeeindruckt. Wie gebannt starrte sie in das Freudenfeuer. Quentin folgte ihrem Blick, und trotz der Hitze lief ihm plötzlich ein kalter Schauer über den Rücken. Mitten in den Flammen glaubte er, rotgold schimmernd, das Gesicht des Gossenzauberers zu sehen.

Er fuhr zusammen, als sich ein Arm um seine Schultern legte. Dem Gestank nach konnte es nur Waltar sein. Der Doppelsöldner grinste ihn breit an. Zu seinem Mundgeruch hatte sich eine anständige Bierfahne dazugesellt.

»Komm, trink mit mir!«, lallte er und hielt ihm einen Humpen hin.

Quentin nahm den Krug entgegen und blickte eilig zurück in die Flammen, aber Miskars Gesicht war verschwunden.

»Die Kleine hat den Prinzen vorhin ordentlich gefickt«, feixte der Söldner. »Wenn ich gewusst hätte, wie gut sie mit Schwertern umgehen kann, dann hätte ich sie mit meinem üben lassen.«

Quentin verzog das Gesicht und sah sich um. Was, wenn man sie hörte? Er versuchte, sich aus dem Griff des Doppelsöldners zu winden, doch dessen Arme waren wie zwei Schraubstöcke.

»Nicht doch«, drängte Waltar, »nicht, bevor wir angestoßen haben!«

Halbherzig prostete er dem Grobian zu. Dann war die Tortur endlich vorbei.

Quentin rieb sich immer noch den Nacken, als der letzte Gratulant schließlich vor das Brautpaar trat. Mit seinem roten Schopf und den Sommersprossen sah der kleine Mann aus wie ein Kobold. Ein besticktes Band zierte seine Stirn – das Abzeichen der Schattenspieler. Auf dem Stoff waren Menschen, Tiere und Fabelwesen abgebildet, all jene Figuren, dessen Darstellung er bereits gemeistert hatte. Es war nicht mehr viel Platz auf dem Band, bemerkte Quentin beeindruckt.

Der Schattenspieler verbeugte sich tief vor Kaia. »Eure Hoheit, als ich von Eurer Vermählung erfuhr, eilte ich sogleich nach Ehrendaal. Euer Onkelchen Baldwin bat mich, Euch mit meiner bescheidenen Kunst zu unterhalten.«

Zum ersten Mal an diesem Abend wirkte die Prinzessin geistesgegenwärtig. Sie fixierte den Mann mit klarem Blick und nickte ihm zu fortzufahren.

»Ich hoffe, Ihr werdet Gefallen an meiner Darbietung finden«, sprach der Schattenspieler weiter. »Möge sie Euch das Dunkel erhellen.«

Mit diesen Worten zog sich der Rotschopf hinter die Leinwand zurück, die seine Helfer rasch aufgestellt hatten. Die beiden Männer griffen zu ihren Instrumenten und nahmen vor dem Wandschirm Platz. Ein vielstimmiges Trällern ertönte, als einer von ihnen in eine Doppelflöte blies. Wie ein Vogelkonzert in der Morgendämmerung, dachte Quentin. Im selben Augenblick glühte eine Scheibe am oberen Rand der Leinwand auf.

Das Publikum verstummte, als der Schatten eines geflügelten Löwen herangeflogen kam. Auf dem Rücken des Fabeltiers saß ein Mann. Der Schattenspieler trug die Legende von Prinz Faramon vor, zumindest in Auszügen. Immerhin hatte Darion sechs Bände gebraucht, um die *Sonnenzeiten* niederzuschreiben.

Zuerst kaum merklich, setzte ein sanftes Trommeln ein, wie von Tropfen, die auf ein Zeltdach prasselten. Es klang so echt, dass die Leute kurz nach oben sahen, um sich zu vergewissern, dass es nicht regnete. Die künstliche Sonne verblasste zusehends und mit ihr Faramon und sein Himmelslöwe.

Begleitet von einem Trauermarsch zog nun eine schlanke Schattengestalt über die Leinwand. Es war Dhalia, Faramons Gemahlin. Hinter ihr ging gebückt ihr treuer Ratgeber, der Zauberer Æstaryan. Und ihm auf den Fersen folgten Elkki, der Zwerg und Gorm, der Riese. Sie alle blickten suchend gen Himmel. Dorthin, wohin Faramon entschwunden war.

Wie konnte der Kerl nur vier Figuren gleichzeitig spielen?

Hatte er sich zwei zusätzliche Hände wachsen lassen, oder versteckte er ein paar Helfer hinter dem Wandschirm?

Urplötzlich sah man einen menschlichen Schatten aus dem Himmel herab ins Meer stürzen. Wellen umschlangen ihn und zogen ihn in die Tiefe. Dies war der letzte Akt der *Sonnenzeiten*. Dhalia eilte verzweifelt zu den Finsterklippen, doch sie kam zu spät, sie konnte nur noch den Tod ihres Liebsten beweinen. Jede einzelne Träne war ein kleines Kunstwerk, das als schwarzer Tropfen ins Meer fiel. Jählings und ohne Vorwarnung hackte Elkki seiner Königin von hinten in die Beine. Dann schlug Gorm ihr den Schädel ein, und als sie endlich am Boden lag, bohrte ihr Æstaryan seinen Stab in die Brust.

Obwohl die Leute die Legende kannten, schrien sie entsetzt auf, so dramatisch und lebendig war das Schauspiel vor ihren Augen. Dhalias Schatten zuckte noch einige Male, bis er als regloser Fleck auf der Leinwand zurückblieb.

Zwerg, Riese und Zauberer – drei Verräter. Quentin zog sich der Magen zusammen – fast wie wir drei, dachte er, während er Hodž und Waltar beobachtete, die am Lagerfeuer standen. Der Doppelsöldner überragte den Gremlin tatsächlich um mehrere Köpfe. Und dann spürte er plötzlich, wie sich ein kalter Blick in seinen Rücken bohrte.

Kaia starrte ihn an. Eine Mischung aus Erstaunen und Entsetzen stand ihr ins Gesicht geschrieben. Sie hatte verstanden: Die Darbietung war nicht irgendein Schauspiel, sie war eine Warnung. Doch sollte sie ihr glauben? Die Prinzessin schien zu zweifeln. Sie fixierte ihn noch immer, als plötzlich ein Bote des Herzfürsten in den Garten gestürzt kam.

»Die Windtruppen!«, keuchte er außer Atem. »Die Windtruppen haben den Oron erreicht, sie marschieren auf Dammtor!«

Unruhe brach aus. Kaia sprang auf und wollte etwas ausrufen, doch sie besann sich ihrer neuen Position und hielt inne. Stattdessen blickte sie auffordernd in Richtung des Prinzen.

Ularts Wangen waren rot vom Wein und seine Augen glasig.

Zunächst schien es, als hätte er Kaias stille Aufforderung nicht verstanden. Dann erhob er sich jedoch torkelnd und zog sein Schwert. »Wir ziehen los!«, brüllte er in die Menge. »Wir ziehen in die Schlacht!«

BALDWIN

Das Felsbräuhaus war gut besucht, und das lag bestimmt nicht am Bier, dachte Baldwin und verzog das Gesicht. Er hatte es sich am Fenster der Schankstube gemütlich gemacht und ließ sich den Abendwind um die Nase wehen. Die Einheimischen hingen über ihren Humpen und tuschelten aufgeregt, wie Marktweiber, die den neuesten Tratsch austauschten. Die Leute glaubten immer noch, dass es der Windfürst auf ihre Stadt abgesehen hatte. Baldwin versuchte, gar nicht erst hinzuhören. Es waren ohnehin nur Gerüchte. Bei einigen besonders hanebüchenen Geschichten musste er jedoch schmunzeln.

»Ich sag's Euch schon seit Jahren«, behauptete ein drahtiges Kerlchen aufgeregt, »da liegt Gold auf dem Grund des Stausees!«

»Und unser grundgütiger Stadtmeister hat sich noch nicht daran gemacht, den Schatz zu heben?«, witzelte ein anderer.

»Tut er ja, aber heimlich, damit er nichts teilen muss. Mein Bruder hat gesehen, wie er nachts auf den See rudert.«

»Oh Mann«, stöhnte jemand, »das sind die Hüter des Konzepturats, du Hornochse.«

»Sag noch einmal Hornochse!«

»Alles Unfug«, unterbrach der Wirt den Streit. »Die Prinzessin von Windfall versteckt sich in der Stadt. Und ihr Bruder kommt, um sie zu holen.«

»Ausliefern sollte man das Weib!«, forderte einer der Gäste. »Die Oktanier mit ihren Rittern und Fürsten können sich ruhig gegenseitig verhauen. Aber uns sollen sie damit gefälligst in Ruhe lassen!«

»Genau!«, riefen alle Mann im Chor, als plötzlich die Tür aufgestoßen wurde.

Eine Stadtwache trat ein, und ihr folgten zwei finstere Gestalten, ohne Livree und städtisches Siegel. Dafür steckten Pistolen und Totschläger in ihren Gürteln. Während sich die Männer in der Mitte des Schankraums aufbauten, durchforsteten sie die Menge mit stechenden Blicken. Baldwin kannte die Sorte. Das waren Werber, echte Bluthunde, die Männer in den Heeresdienst pressten.

Er war geistesgegenwärtig genug gewesen und hatte seine Scorpio mit dem Mantel bedeckt. In seinem Alter hatte er eigentlich nichts mehr zu befürchten, aber die Waffe würden sie ihm trotzdem abnehmen, wenn sie sie sahen.

»Morgen früh erscheint ihr alle zur ersten Stunde auf dem Exerzierplatz!«, verkündete die Stadtwache. »Und ab jetzt wird kein Schnaps mehr ausgeschenkt, haben wir uns verstanden?«

Der Wirt brummte missmutig und nickte, während er sich die Hände an der Schürze abwischte.

Die beiden Werber grinsten nur wölfisch und sahen weiter in die Runde. »Sind heute irgendwelche Fremden hier?«, fragte schließlich einer von ihnen.

Der Wirt nickte in Baldwins Richtung. »Nur der Alte dort.«

Baldwin stützte sich auf seinen Stock und stand unendlich langsam auf. »Wenn ich dem Fleet behilflich sein kann«, sprach er mit zittriger Stimme, »ich habe auf den Grehnfeldern gegen den Ogerkönig gekämpft.« Er hatte mit Absicht die unbedeutendste Schlacht des schon lange verjährten Krieges erwähnt. Und sein Auftritt verfehlte seine Wirkung nicht.

Der Gardist warf den Werbern einen fragenden Blick zu, doch die winkten ab. Dann verabschiedeten sich die drei vom Wirt mit einem kurzen Nicken und verließen das Gasthaus.

Baldwin atmete erleichtert aus ob seines erfolgreichen Schauspiels. Dann kam er allerdings ins Grübeln. Die Windtruppen rückten also tatsächlich gegen Dammtor vor? Was, zum Teufel, war hier los?

Er hatte sich gerade wieder auf seinen Schemel gehockt, da sah er durch das Fenster einen langen Schatten in der Gasse –

länger als der eines gewöhnlichen Mannes. Baldwin zuckte mit den Schultern. Das lag nun mal in der Natur der Sache: Schatten waren fast immer größer, als der, der sie warf. Müde fuhr er sich mit der Hand übers Gesicht und gähnte. Es war Zeit, ins Bett zu gehen. Morgen würde ein langer Tag werden, das spürte er in seinen Knochen.

*

Es war noch früh am Morgen, als sich Baldwin aus dem Gasthaus stahl. Seine Schritte hallten einsam durch die Gassen. Dammtor lag wie ausgestorben vor ihm – noch. Er musste sich sputen, denn schon bald würden die Massen zum Exerzierplatz strömen, um die Verteidigung der Stadt vorzubereiten.

Der Oron rauschte leise in der Ferne, verdeckt von steinernen Mauern und Häuserzeilen. Erst als Baldwin die nächste Kreuzung erreichte, wurde das Tosen lauter. Die Stichstraße vor ihm lief geradewegs auf die Talsperre zu. Er folgte ihr bis zu dem künstlichen See am Fuße des Staudamms. Nur unter der Brücke, wo der Talsee in den Oron abströmte, schäumte das Wasser auf. Ansonsten war die Oberfläche des Gewässers spiegelglatt.

Baldwin blickte an der Staumauer empor. Kein Wunder, dass es so ruhig war, dachte er. Die beiden Kaskaden waren nahezu versiegt. Aus den Wasserspeiern, die die Überlaufbecken verbanden, tröpfelte es, anstatt zu sprudeln. Hoch droben über der Mauerkrone segelten Aasmöwen im Wind, und die Hellsonne brannte trotz der frühen Stunde gnadenlos. Ob der Stausee ausgetrocknet war? Der Gedanke schien abwegig, doch er hatte keine andere Erklärung für den plötzlichen Wassermangel.

Er schloss für einen Moment die Augen und ließ sich die Sonne ins Kreuz scheinen. Die Wärme tat seinen alten Knochen gut, und in Gedanken war er schon oben auf den Zinnen des Staudamms angekommen und sah hinab in die Tiefe.

Mit einem Mal hörte er Stimmen in seiner Nähe und sah, dass

eine Gruppe von Männern auf ihn zukam. Es waren keine Rekruten der Bürgerwehr, sondern Dammarbeiter, bewaffnet mit Rohren, Stangen und Stahlbürsten. Fluchend schlurften die Männer an ihm vorüber.

»Scheiße noch mal«, schimpfte der Vorarbeiter, »hätte die zweite Kolonne ihre Arbeit richtig gemacht, dann müssten wir jetzt nicht hoch!«

»Wenn da oben etwas verstopft ist«, sagte ein Spatenträger, »warum kümmern sich dann nicht die Dammwachen darum?«

»Was weiß ich?«, zürnte der Vorarbeiter. »Befehl ist Befehl. Kannst dich ja gerne beim Stadtmeister beschweren.«

Der Spatenträger hielt darauf die Klappe, und so steuerten die Männer schweigend auf die Staumauer zu. Zu Baldwins Verdruss entschieden sie sich für die westlichen Kaskaden. Das hieß, dass er den längeren Weg nehmen musste, wenn er ihnen nicht in die Quere kommen wollte.

Missmutig begann er, den Talsee in die entgegengesetzte Richtung zu umrunden. Immer tiefer drang er dabei in die zerklüftete Schlucht vor. Er hatte noch nicht einmal die Hälfte der Strecke zurückgelegt, da überquerten die Dammarbeiter auf der anderen Seite bereits die Oronbrücke, und kurz darauf machten sie sich schon an den Anstieg entlang der Kaskaden.

Baldwin folgte derweil weiter dem Uferweg, der nun immer schmaler und verwinkelter wurde. Der Pfad schmiegte sich eng an den Berg und schlängelte sich um einen Felsvorsprung nach dem anderen.

Dann kam er an eine Spalte, die das Wasser tief ins Gestein gefressen hatte, und über die eine kurze Hängebrücke führte. Aus der Kluft drang ein unheimliches Schmatzen hervor, wie von einem riesenhaften Wesen, das an Knochen lutschte. Baldwin zögerte nicht lange und betrat die Brücke. Doch auf halbem Wege spürte er plötzlich ein Kribbeln in der Magengrube.

Verdammt, was war das bloß für ein Geräusch? Er fuhr herum, doch es war niemand zu sehen – nur sein Schatten auf dem Fels, der im Takt der Hängebrücke schaukelte. Er eilte weiter und war heilfroh, als er wieder festen Boden unter den Füßen hatte.

Hinter dem nächsten Felsvorsprung wartete eine unangenehme Überraschung. Der Weg vor ihm war von Geröll versperrt. Hier musste vor Kurzem eine Lawine abgegangen sein. Baldwin blickte hinüber zum See. Das Wasser war schwarz und sicher viel zu tief, um einfach an dem Hindernis vorbeizuwaten. Er seufzte auf. Nach einem Bad stand ihm nicht gerade der Sinn.

Kurzerhand stieg er auf einen der größeren Brocken und griff in zwei Felsspalten. Ob der Geröllhaufen hielt, würde er nur beim Klettern herausfinden. Vorsichtig tastete er sich mit Händen und Füßen vor. Die Kraxelei war ein echter Balanceakt. Einige Steine wackelten, und immer wieder knirschte es beunruhigend. Es waren nur noch anderthalb Schritte bis zum Gipfel des Schuttberges. Baldwin streckte sich und ruckelte an dem obersten Felsstück. Der Brocken bewegte sich keinen Fingerbreit. Er holte Schwung, warf sein Bein in die Höhe und hievte sich hoch. Auf dem Bauch liegend lugte er dann die andere Seite hinunter. Hier war das Gefälle des Geröllhaufens wesentlich flacher, mit etwas Geschick könnte er sogar zu Fuß hinunterspazieren.

Er hatte sich gerade auf den Rücken gedreht, da begann der Fels zu schwanken. Er wollte alles – nur nicht lebendig begraben werden! Rasch stieß er sich von dem Brocken ab und rutschte auf dem Hintern hinunter. Seine Füße traten dabei eine kleine Lawine los, und er schlug hart auf dem Steiß auf. Völlig unkontrolliert schlidderte er nach unten … und kam trotzdem heil an. *Schwein gehabt!*

Der wacklige Felsbrocken blieb oben auf dem Geröllhaufen liegen. Nur ein paar kleinere Steine polterten ihm in den Rücken. Baldwin rückte sich entschlossen den Hut zurecht. Dann stemmte er sich in die Höhe und ging weiter, begleitet vom Klacken seines Wanderstabs.

Kurz hinter der nächsten Biegung blieb er wie angewurzelt stehen. Er starrte in das Gesicht eines steinernen Karpfens, der größer war als ein Pferd. Seine Barteln waren mit Algen überwuchert, und aus seinem Maul tröpfelte trübes Wasser in den See. Baldwin stand direkt vor den Kaskaden. Es war das unterste der vierundzwanzig Überlaufbecken, die in Terrassen angelegt waren.

Die Treppe, die am Rande der Kaskaden nach oben führte, war steil und schmal. Zur Sicherheit lehnte sich Baldwin so weit vor, dass er die Stufen eher hochkrabbelte als ging. Auf dem ersten Absatz angekommen, machte er halt.

Der Wasserspeier des nächsten Beckens glich einem einäugigen Keiler. Aus seinem Schlund sickerten nur wenige Tropfen hervor, die sich am Boden des darunterliegenden Bassins zu einem schmalen Rinnsal sammelten.

Baldwin wischte sich den Schweiß von der Stirn und sah hinüber zu den westlichen Kaskaden. Er hatte die Arbeiter aus den Augen verloren und sie ihn hoffentlich auch.

Plötzlich krachte es irgendwo hinter ihm. Steine klackten, Wasser platschte, und kurz darauf schlug der See Wellen. Baldwin konnte zwar nicht sehen, was geschehen war, aber es gab nur eine Erklärung: Der Geröllhaufen musste eingestürzt sein. Er bekreiste sich und dankte dem Sonnenvater, dass ihn die Felsen noch getragen hatten. Dann holte er tief Luft und machte sich auf den Weg – ein langer Anstieg lag noch vor ihm.

Je höher er kam, desto bröckliger wurden die Stufen. Er achtete auf jeden seiner Schritte und hatte kaum noch Augen für die monströsen Wasserspeier. War er gerade an einem Basilisk oder an einer Harpyie vorbeigekommen? Zumindest waren die letzten Becken alle ausgetrocknet gewesen. Die Hellsonne glühte silberweiß am Himmel. Sein Hemd war klitschnass, doch er war fast da, nur noch zwei oder drei Treppenfluchten.

Baldwin hielt an und schnaufte kurz durch. Hinter sich hörte er das Echo von Schritten. Das konnte unmöglich von ihm kommen. Oder spielte der Berg seinen Ohren einen Streich? Er schlich zurück zum Rand des Beckens und spähte hinunter.

Die Treppe war leer, und auch weiter unten konnte er niemanden entdecken. Allerdings gab es genügend tote Winkel, in denen man sich verstecken könnte.

Er blieb für einen Moment stehen und wischte sich den Schweiß aus den Augen. Die Stadt unter ihm erwachte. Menschen riefen, Fanfaren schmetterten. Er sah den Fluss, wie er sich durch die Schlucht fraß und schließlich das weite Grasland teilte, bevor er am Horizont verschwand. In der Ferne, am Ostufer des Oron, stieg Rauch auf. Zwischen den einzelnen Schwaden blitzte und funkelte es jedoch immer wieder hell auf. *Zelte und Standarten, dort lagert die Armee!* Er konnte zwar keine Wappen erkennen, aber es mussten die Truppen des Windfürsten sein!

Von Westen her sah er indes eine riesige Staubwolke heranrasen. Wie es schien, waren die Herzritter im Anmarsch, und schon bald würden die beiden Heere aufeinandertreffen. Doch das war nicht seine Schlacht. Seine Aufgabe war es, die Assassine aufzuhalten, was genau sie auch immer hier oben vorhatte.

Baldwin drehte sich um und trottete weiter, an einem steinernen Einhorn vorbei. Schon auf der Mitte der nächsten Treppe hörte er wieder ein regelmäßiges Tappen hinter sich, wie von Schritten … oder waren es Tropfen? Gleichzeitig stieg ihm Verwesungsgeruch in die Nase. Er erklomm die letzten Stufen und machte sich auf einen grausamen Anblick gefasst.

Am Ende des nächsten Beckens sah er einen Wasserspeier, der geformt war wie eine Ogerfratze. Aus dem Maul des Unholds ragten menschliche Körperteile heraus, als wäre er gerade dabei, sie zu verschlingen. Baldwin hoffte, dass dies kein böses Omen war … Aasmöwen hockten auf den Häuptern der Toten und hackten ihnen das Fleisch aus dem Leib.

An den zerfetzten Uniformen erkannte er, dass es Dammwachen waren. Es gehörte nicht viel Fantasie dazu, sich auszumalen, wer sie auf dem Gewissen hatte – die Assassine musste mit ihren Mannen hier vorbeigekommen sein. Er war also auf der richtigen Fährte.

Eine dunkle Brühe aus Wasser und Blut tropfte in regelmäßigen Abständen von den Gliedmaßen der Toten herab. War das etwa das Geräusch, das ihn verfolgte? Nein, schoss es ihm durch den Kopf, und seine Nackenhaare stellten sich auf. Jetzt hörte er es ganz deutlich: schlurfende Schritte, die sich von unten näherten.

Baldwin eilte zu der nächsten Treppe und hetzte hinauf. Das Schlurfen kam näher. Er drehte sich um, strauchelte und rutschte aus. Im letzten Moment konnte er sich festhalten, doch dafür schlitterte sein Stab die Stufen hinunter. Seine Knie und Hände pochten, als er sich wieder aufrappelte. Der Schmerz trieb ihn an, hoch bis zum nächsten Treppenabsatz.

Im Gegensatz zu den vorherigen Becken war dieses Bassin zu seiner Linken knietief mit Wasser gefüllt. Die Leichen der Wachen, fünf oder sechs an der Zahl, verstopften den Wasserspeier, der als Abfluss diente. Baldwin humpelte ein paar Schritte voran und drehte sich dann um. Er zog die Scorpio und zielte auf die Treppe unter sich. Wessen Kopf auch immer dort gleich erscheinen würde, er würde ihm eine Kugel verpassen.

Statt eines Schädels schoss jedoch ein massiger Arm in die Höhe. Schnell wie ein Skorpionstachel schnellte er vor und schleuderte ihm Steine und Sand entgegen.

Ein Klumpen traf Baldwins Hand, und die Pistole fiel scheppernd zu Boden. Der Staub trübte ihm die Sicht. Er bückte sich, um die Waffe aufzuheben, doch Werron Ogerblut kam wie eine Furie herangeschossen.

Der Hüne rammte Baldwin mit voller Kraft. Gemeinsam taumelten sie und stürzten in das Becken unter sich – drei Schritte in die Tiefe.

Wasser spritzte auf. Doch so flach, wie es stand, nahm es nur wenig von der Wucht des Aufpralls. Die Luft wich Baldwin pfeifend aus den Lungen. Er wollte atmen, aber Werron lag auf ihm und zerquetschte ihn mit seinem Gewicht. Er trommelte mit seinen Fäusten gegen die Schläfen des Halbogers, vergebens.

Dann endlich wälzte sich der Hüne von ihm herunter, und der

Druck ließ nach. Baldwin setzte sich keuchend auf. Doch Ogerblut stand drohend über ihm, die Kluft zerrissen, das Gesicht zerbeult.

»So sieht man sich wieder«, knurrte Werron und grinste ihn an. »Hättest mich töten sollen, als du die Gelegenheit hattest. Entkommen kannst du mir jedenfalls nicht! Deine Pisse und Angst rieche ich zehn Meilen gegen den Wind.«

Ohne Waffen war Baldwin verloren. Der Hüne hatte einen Bären mit bloßen Händen besiegt! Hier endete also seine Reise. Ogerblut hob sein Bein, und Baldwin schloss die Augen. Hoffentlich zermalmte Werron ihm den Schädel schon mit dem ersten Tritt.

Er zuckte zusammen, als er den Fuß des Halbogers auf seinem Brustkorb spürte. Langsam, ganz langsam drückte dieser ihn unter Wasser. Das durfte nicht wahr sein! Nur eine Handbreit über ihm gab es frische Luft, und er würde in dieser stinkenden Pfütze ersaufen! Er zerrte an Werrons Hose, versuchte ihn aus dem Gleichgewicht zu bringen, aber sein Bein war schwer wie ein Baumstamm. Genauso gut hätte er von einer Lawine begraben sein können. Es gab kein Entrinnen.

Baldwins Rippen schmerzten unter dem Gewicht des Hünen, und seine Lunge brannte. Erste Bläschen bildeten sich an seinem Mund und perlten nach oben. Er riss sich zusammen, er durfte auf keinen Fall einatmen …

Doch Panik übermannte ihn, als die letzte Luft mit einem Schwall aus seinen Lungen strömte. Und dann riss er doch den Mund auf, um zu atmen.

QUENTIN

Die Reiter verlangsamten ihr Tempo und lenkten die Pferde in den Wald hinein. Die Flanken von Quentins Wallach bebten immer noch zwischen seinen Schenkeln. Das Fell des Tieres glänzte nass, und Fliegen surrten um seine Ohren.

Zwei Tage waren sie beinahe ununterbrochen geritten. Angeführt von Delanbredh, hatten sich Kaia, Waltar, Hodž und er heimlich an die Fersen der Herzarmee geheftet – denn natürlich stand es der Gemahlin des Prinzen nicht zu, ihn in die Schlacht zu begleiten. Doch noch immer hatten Ulart und seine Ritterschar einige Wegstunden Vorsprung. Warum sie nun durch den Herzwald ritten, anstatt dem Heer auf direktem Wege zu folgen, wollte sich Quentin nicht erschließen. Auf freiem Feld würden sie sicher schneller Boden gutmachen, und in Sichtweite wären sie noch lange nicht.

Delanbredh ließ sich zurückfallen, bis er zwischen Kaia und Quentin ritt. Der ehemalige Erbprinz hatte seine Purpurkutte gegen Kürass und Kettenhemd eingetauscht. An seiner Seite baumelten nun Reiterschild und schwerer Säbel anstatt Sonnenkranz und Gebetsbuch. Delanbredh wischte sich den Schweiß von der Stirn. Trotz der Anstrengung war sein Blick entschlossen und seine Haltung immer noch so aufrecht wie zu Beginn des Ritts. Nur der Ansatz eines Stoppelbarts deutete darauf hin, dass er den Großteil der letzten dreißig Stunden im Sattel verbracht hatte.

Mit einem ernsten Gesichtsausdruck wandte er sich schließlich an die Prinzessin: »Ihr wisst, dass Ihr diesen Ausritt Eurem Ratgeber zu verdanken habt?« Er nickte in Quentins Richtung. »Ich hätte *mit* Euch in die Schlacht reiten sollen, hat er mir gesagt. Das heißt, natürlich nur wenn Ihr meine Frau geworden wärt«, fügte er mit einem Lächeln hinzu.

Kaia sah überrascht hinüber zu dem Gelehrten. »Nein, ich hatte keine Ahnung. Aber es scheint, dass das Schicksal auf meiner Seite ist und mir die richtigen Gefährten zur rechten Zeit geschickt hat.«

Die Prinzessin musterte Delanbredh mit zusammengekniffenen Augen. »Nun bin ich nicht Euer Eheweib und trotzdem sind wir hier. Warum, frage ich mich?« Für einen Augenblick herrschte Schweigen.

»Ich dachte, die Prophezeiungen des Ewigen Berges sollte man nicht leichtfertig in den Wind schlagen«, antwortete der Prinz schulterzuckend, »und die Worte eines Weisen ebenso wenig, auch wenn er so jung ist wie unser Quentin hier.«

Quentin verzog die Mundwinkel. Er hasste es, wenn man in seiner Gegenwart über ihn redete, als wäre er nicht anwesend.

»Allerdings«, fuhr Delanbredh fort, »bin ich auch niemand, der seine Pflichten vernachlässigt.«

»Und was soll das heißen?«, fragte Kaia irritiert.

»Dass ich bei meinem Bruder im Wort stehe.«

»Ihr seid jetzt ein Adept der Sonnenkirche und dem Herzthron gegenüber zu nichts mehr verpflichtet«, entgegnete Kaia. »Oder irre ich mich?«

»Nein, Ihr irrt nicht«, antwortete Delanbredh, in die Ferne blickend. »Aber ich habe unserer Mutter am Sterbebett geschworen, immer auf Ulart zu achten. Sie hat damals schon geahnt, dass kein Eisen in seinen Adern fließt. Er ist kein schlechter Kerl, nur etwas übermütig und ungeschickt mit dem Schwert. Doch Vater scheint das nicht wahrhaben zu wollen. Ich werde es jedenfalls nicht zulassen, dass Ulart auf dem Schlachtfeld stirbt. Und wenn ich ihm zur Seite stehe, kann ich mich nicht auch noch um Euch kümmern. Deshalb bringe ich Euch zum Feenhügel, von dem Ihr das Kampfgeschehen aus sicherer Entfernung verfolgen könnt.«

»Der Schwur eines Jungen bindet den Mann an gar nichts«, wandte Kaia schnippisch ein.

Delanbredh schüttelte jedoch den Kopf. »Das mag vielleicht in

Windfall gelten, aber bei uns hält man sich an Schwüre, die man den Toten geleistet hat – auch wenn man sich dafür gegen den Willen des eigenen Vaters auflehnen muss.«

»Ihr glaubt, Ihr müsst auf mich aufpassen?« Kaias Stimme klang spöttisch. »Ich reite besser als die meisten Ritter, und besser fechten als mein Bruder kann ich allemal.«

Quentin hoffte, dass Delanbredh jetzt nicht einknicken und Kaia ihren Willen lassen würde. Er hatte nämlich kein Interesse daran, sich an der Seite der Prinzessin ins Gefecht zu stürzen. Er wollte lieber Schlachtpläne ausarbeiten und anderen das Kämpfen überlassen.

»Ihr mögt eine gute Reiterin und Fechterin sein«, entgegnete der Prinz schließlich, »aber in wie vielen Kriegen habt Ihr schon gekämpft? Auf dem Schlachtfeld gibt es keine Regeln. Es geht ums nackte Überleben, und es wird keiner Rücksicht auf Euch nehmen, nur weil Ihr eine Fürstentochter seid. Und außerdem seid Ihr ungerüstet. So überlebt Ihr in dem Gemetzel keine drei Atemzüge.«

Für einen Augenblick starrte Kaia Delanbredh zornig an, als wäre er der Feind. Dann entspannten sich ihre Gesichtszüge. »Warum habt Ihr mich überhaupt mitgenommen, wenn Ihr mich doch nicht kämpfen lasst?«

»Damit Ihr unter der gleichen Sonne wandelt und den gleichen Pulverdampf einatmen werdet wie die Soldaten, die für Euch sterben«, erwiderte der Prinz. »Und damit Ihr ihre Schreie hören und ihr Blut riechen könnt. Das sollte dem Schicksal genügen, meint Ihr nicht auch?«

Quentin machte sich auf eine schnippische Antwort der Prinzessin gefasst, doch die nickte nur und schwieg. Allerdings sah er auch, wie sie Hodž einen verschwörerischen Blick zuwarf. Der Gremlin jammerte sogleich laut los, als wollte er die Situation überspielen.

»Meine schönen Pistolen, die habe ich nur wegen Euch und Eurem Aberglauben zurücklassen müssen!«

»Das ist kein Aberglaube«, sagte Delanbredh. »Es ist ein alter Pakt mit den Feen: Solange wir kein Feuer oder Schwarzpulver in den Herzwald tragen, dürfen wir auch ihre Pfade nutzen.«

»Ja«, spottete Hodž, »die so schmal und verschlungen sind, dass sich mein Kamerad ducken muss, damit ihn die Äste nicht vom Pferd hauen. Außerdem dachte ich, dass wir es eilig haben – oder wollt Ihr Euren Bruder gar nicht einholen?«

»Das hätten wir schon längst geschafft«, entgegnete Delanbredh trocken, »wenn Ihr Eure Pferde nicht so schwer bepackt hättet. Was ist es überhaupt, das ihr so dringend mitnehmen musstet?«

»Nur das Nötigste«, mischte sich Waltar grummelnd ein.

Quentin wunderte sich, wie nervös Kaia bei dem Thema plötzlich wurde. Unruhig rutschte sie im Sattel hin und her. Irgendetwas war hier faul.

»Verflucht«, zischte Hodž, »ich hätte meine beiden Lieblinge mitnehmen sollen, aber stattdessen schleppe ich diese olle Armbrust mit mir rum. Wir haben im ganzen Wald noch keine einzige Fee gesehen, nicht mal einen Schmetterling. Pst, hört Ihr das?«, der Gremlin hielt sich eine Hand ans Ohr. »Ach nein, das war doch nur der Wind und nicht der Faun, der seine Flöte bläst. Vielleicht sollte ich meinem Pony eine Karotte auf die Stirn binden, damit wir wenigstens ein Einhorn zu Gesicht kriegen.«

»Und ich hatte immer gedacht, dass wir Menschen die größten Zweifler sind«, bemerkte Delanbredh und sah den Gremlin kopfschüttelnd an. Doch Quentin musste bei Hodž' Worten grinsen. Der Gremlin hatte recht: Der Aberglaube des Prinzen war wirklich der reinste Unfug.

»Wie dem auch sei«, fuhr Delanbredh ungerührt fort. »Ihr könnt selbst sehen, was uns die Feen gewährt haben.«

Mit einem Mal wurde der Wald lichter, und Quentin stellte erstaunt fest, dass sie sich auf einer Hügelkuppe befanden, auch wenn er sich nicht erinnern konnte, dort hinaufgeritten zu sein. Überall standen moosüberwachsene Findlinge. Als sie den ersten

Stein passiert hatten, stieg Delanbredh vom Pferd und trat an den Rand der Anhöhe. Die anderen folgten seinem Beispiel.

In Richtung Osten, am Fuße des Hügels sahen sie die Flutwiesen: ein weites Stück Grasland, das vom Oron in sanften Schleifen durchzogen wurde. Das Flussbett war jedoch weitestgehend trocken und der breite Strom zu einem schmalen Wasserlauf verkommen.

Quentins Blick wanderte gen Westen, von wo sich eine große Staubwolke näherte. »Seht!«, rief er und deutete hinunter auf die Ebene.

»Heiliges Kanonenrohr!«, grunzte Waltar überrascht, und Hodž schien es bei dem Anblick ausnahmsweise die Sprache verschlagen zu haben.

»Prinz Ulart und die Herzritter«, sagte Kaia erstaunt, »wie haben wir sie überholen können?«

»Der Regen, der dich nicht nässt, ist trotzdem da«, raunte Delanbredh leise. »Wir müssen den Geistern des Waldes für dieses Geschenk danken, aber das muss warten.«

»Sind das nicht Zelte dort drüben auf der anderen Seite des Flusses?«, unterbrach Kaia den Prinzen.

»Ja, das ist ein Lager«, pflichtete Waltar ihr bei. »Kannst du erkennen, wie viele es sind, Hodž?«

Der Gremlin kniff die Katzenaugen zusammen. Seine fransigen Lippen bewegten sich stumm, während er die Zelte zählte. Sie alle warteten schweigend, denn sie wollten Hodž nicht durcheinanderbringen. Nach einer gefühlten Ewigkeit sagte er schließlich: »Fünfmal hundert – mindestens. Und sie haben Kanonen.«

»Wenn jedes Zelt mit zwölf Mann belegt ist, dann sind es sechstausend Krieger«, überschlug Delanbredh die Truppenstärke der Windarmee.

»So viele?«, entfuhr es Quentin.

»Keine Sorge«, beruhigte ihn der Herzprinz, »die Wiesen sind trocken, und das Wasser steht niedrig. Es könnte kaum besser sein. Unsere Ritter können im Galopp durch den Fluss reiten und sie niedermachen. Doch jetzt muss ich los und mich meinem Bruder anschließen. Und Ihr«, ermahnte er die Prinzessin, »wartet hier oben das Ende der Schlacht ab – zu Eurer eigenen Sicherheit!«

Quentin war einmal mehr erstaunt darüber, wie ruhig Kaia blieb, denn Befehle entgegenzunehmen war eigentlich nicht ihre Stärke, selbst wenn sie guten Absichten dienten.

»Viel Glück Euch und vielen Dank«, erwiderte sie ernsthaft. »Und passt gut auf Euren Bruder auf.«

»Auf Euren *Mann*«, entgegnete Delanbredh und ritt los.

Die vier sahen dem Prinzen hinterher, wie er sein Pferd geschickt den Hang hinunterlenkte. Kaia schien dabei besonders aufmerksam darauf zu achten, welchen Weg er wählte.

Als er sicher unten angekommen war, drehte sie sich zu Waltar und Hodž um. »So, dann lasst mal sehen, was Ihr eingepackt habt!«

Die beiden Söldner gingen sofort zu ihren prall gefüllten Satteltaschen und holten aus ihnen Brustplatten, Helme und Säbel hervor. Kaia begutachtete die Rüstungen und warf Quentin eine Eisenkappe zu.

Der Gelehrte sah sie entgeistert an. »Ihr wollt, dass ich die aufsetze – warum?«

Die Prinzessin ließ als Antwort den Blick über die weite Ebene schweifen, dorthin, wo Delanbredh dem Heer seines Bruders entgegenritt.

»Das, das sollten wir nicht tun …«, stotterte er, während er nebenbei den Helm auf dem Kopf zurechtrückte. »Wir sollten hier oben bleiben!«

Doch die Prinzessin war bereits dabei, eine Brustplatte anzulegen.

»Daraus wird leider nichts«, knurrte Hodž. »Wir werden Euch nämlich auf die andere Flussseite bringen. Dort warten zweitausend Gulden auf uns.«

»Was?«, fragte Quentin verwirrt und wandte sich zu ihm um.

»Nimm's nicht persönlich, aber du bist nicht gemeint«, entgegnete der Gremlin trocken. Im nächsten Moment hob er seine Armbrust und drückte ab.

Der Bolzen raste auf Quentin zu, doch der blieb starr stehen wie ein Kaninchen vor der Schlange. Dann schepperte es, als das Geschoss gegen seinen Helm prallte. Quentin spürte einen Schmerz, als hätte ihm ein Pferd gegen die Stirn getreten. Sein Blick trübte sich, doch seine Ohren funktionierten noch gut.

»Nein!«, hörte er Kaia schreien. »Nein!«

Erst da bemerkte Quentin, dass er zu Boden gegangen war und mit dem Rücken an einem Findling lehnte. Er konnte es kaum fassen – er lebte noch! Feenglück, schoss es ihm durch den Kopf.

Verschwommen sah er, wie Hodž sich von ihm abwandte. Offenbar war auch der Gremlin davon überzeugt, dass er tot sein müsste. Doch nein, Quentin hatte sich geirrt, der kleine Söldner spannte nur seelenruhig seine Armbrust, um ihm den Gnadenschuss zu verpassen.

Das Geschrei der Prinzessin war indessen verstummt. Nur vage konnte Quentin zwei größere Gestalten erkennen, die miteinander rangen. Plötzlich ertönte ein wütender Schmerzensschrei. »Au! Das Miststück hat mir ins Bein gestochen!«

Er blinzelte zweimal, und seine Sicht wurde schärfer. Tatsächlich sah er eine kurze Klinge in Waltars Oberschenkel stecken – Baldwins Prunkdolch. Die Waffe, die Kaia nicht mehr hatte anrühren wollen.

»Tu ihr nicht zu sehr weh«, mahnte Hodž und drehte dem Gelehrten den Rücken zu. »Wir wollen noch das Kopfgeld kassieren.«

Waltar packte die Prinzessin am Hals und drückte sie gegen einen Felsen. Ihr Gesicht lief rot an, und sie trommelte mit den Fäusten auf den Söldner ein, doch der machte keine Anstalten sie loszulassen.

»So, du kleine Schlampe!«, rief Waltar und verpasste ihr eine

Ohrfeige. »Erste Söldner-Lektion: Man hat immer eine Ersatzwaffe dabei!«

Sein Griff lockerte sich, und Kaia rang keuchend nach Atem. Dann spuckte sie ihm ins Gesicht. »Das hab ich doch. Ich bin eine verheiratete Frau. Schon vergessen?« Damit zog sie ihren Schwurdolch unter dem Hemd hervor und rammte ihn mit kurzen Stößen in Waltars Seite. Immer und immer wieder.

Der Doppelsöldner sah ungläubig an sich hinab. Dann spuckte er Blut und brach zusammen.

»Scheiße noch mal!«, rief Hodž. »Du lässt dich von der Kleinen abstechen? Na gut, dann muss ich wenigstens nicht teilen …«

Der Gremlin zielte mit der Armbrust auf Kaia. »Waffe runter, Prinzesschen!« Doch sein Befehl endete in einem Gurgeln.

Quentin konnte sich kaum daran erinnern, aufgestanden zu sein, doch im nächsten Moment hatte er Hodž seine Fuchtel von hinten durch den Hals gestoßen. Erschrocken zog er die Klinge wieder heraus und ließ sie fallen. Erst als das Blut in dünnen Fäden am Körper des Gremlins hinunterfloss, verstand er, was geschehen war: Er hatte zum ersten Mal getötet.

Quentin war noch ganz benommen und sank gerade auf die Knie, als er in der Ferne Fanfaren hörte. Pferde wieherten, und Ritter stießen Schlachtrufe aus, die bis hier oben zu hören waren. Das Donnern von Kanonenschüssen erfüllte die Luft um sie herum.

Die Schlacht auf den Flutwiesen hatte begonnen.

BALDWIN

Ogerbluts Fuß lag schwer wie ein Amboss auf seiner Brust. Baldwin trat um sich wie ein Wahnsinniger, doch seine Tritte gingen ins Leere. Seine Lunge krampfte, als er noch mehr Wasser schluckte, und sein ganzer Körper erbebte, trotzdem tastete er immer noch suchend über seinen Waffengurt.

Verflucht! Er hatte keine Klinge mehr, nicht mal ein Obstmesser. Aber was war das? Er fühlte etwas Längliches. Das Glasröhrchen mit Gift, das er beim Thaumaturgen an sich genommen hatte! Baldwin riss die dünne Phiole aus seinem Gürtel und rammte sie dem Hünen in die Wade. Das Glas zersprang, und mehrere Splitter blieben tief in Werrons Fleisch stecken.

Baldwin ließ kraftlos die Arme sinken, darauf wartend, dass irgendetwas geschah. Doch er fühlte nur, wie sich der Druck auf seinen Brustkorb verstärkte. Eine Rippe knackte. Und dann war er plötzlich frei!

Das Wasser spritzte auf, als wäre neben ihm ein Baum gefällt worden. Er spürte eine unendliche Leichtigkeit und fuhr hoch wie eine Feder. Sein Gesicht durchbrach das trübe Nass. Die Sonne grüßte ihn mit blendenden Strahlen, während er würgte und spuckte und keuchend nach Luft rang, bis er wieder bei Atem war.

Neben ihm lag Werron erstarrt im Wasser, wie eingefroren. Der Halboger war eindeutig tot. Das Gift hatte seine Muskeln verkrampfen lassen. Die Sehnen und Adern waren hervorgetreten und verzerrten sein Gesicht zu einer noch hässlicheren Fratze.

Baldwins Blick wanderte hinüber zu den toten Wachen, die den Abfluss verstopften. Er selbst war keine Wasserleiche – dank dem Thaumaturgen, stellte er grimmig fest, und wischte sich die

Hand sicherheitshalber noch mal am Mantel ab. Von diesem Gift wollte er lieber nichts an seinen Fingern haben.

Er drehte sich um und watete durch das knietiefe Wasser bis zu den Sprossen, die in die Beckenwand getrieben waren. Mit zitternden Armen erklomm er die Leiter. Baldwin hatte eine Ahnung, dass diese kurze Kletterpartie länger dauern würde als der gesamte Anstieg zuvor.

Als er schließlich aus dem Becken stieg, wurde ihm für einen Moment schwarz vor Augen. Er lehnte sich gegen einen Felsen und verschnaufte für einen Moment. *Bloß nicht hinsetzen, Junge, sonst machst du noch schlapp.*

Erst als er sich wieder sicher auf den Beinen fühlte, ging er zu der Stelle zurück, wo er mit Ogerblut hinuntergestürzt war, und hob seine Pistole auf. Ein Stück Elfenbein war vom Lauf der Scorpio abgeplatzt, doch der Lauf war zum Glück nicht verzogen; selbst das Radschloss war unbeschädigt. Zufrieden lächelnd steckte Baldwin das Schießeisen in den Gürtel. Dann nahm er auch den Stockdegen an sich und trottete weiter, der Mauerkrone entgegen.

Sein Stab klackte leise auf dem Stein, als er die Stufen hinaufstieg. Holz und Klinge bogen sich jedes Mal gefährlich, wenn er sich mit seinem Gewicht darauf abstützte. Sein Atem rasselte, und seine Schritte wurden schwerer. Die gebrochene Rippe drückte ihm auf die Lunge. Wie sollte er es da mit den zwanzig Salzkriegern aufnehmen, die die Assassine begleiteten?

»Das musst du auch nicht, alter Freund«, raunte er sich selbst aufmunternd zu, »du musst nur das Weibsstück ausschalten.« Sicherlich war das ausreichend, denn die Söldner waren bestimmt nicht in die Einzelheiten des Plans eingeweiht worden.

Baldwin strauchelte und blieb schnaufend stehen. Selbst seine Kluft war ihm mit einem Mal zu schwer. Er legte den Mantel ab, quetschte die letzten Tropfen aus seinem Wasserschlauch heraus und warf ihn dann in das ausgetrocknete Becken neben sich.

Von seinem Ballast befreit, blickte er nach oben. Es waren nur noch zwanzig Stufen bis zum Gipfel der Talsperre. Die Fluttore waren geschlossen. Der zweiköpfige Lindwurm spie kein Wasser – weder in die westlichen noch die östlichen Kaskaden. Dort oben auf den Zinnen erwartete ihn allerdings ein großer steinerner Bau, und das bedeutete vor allem eines: Schatten. Baldwin zog die Pistole und schleppte sich die Treppe hoch. Seine letzten Schritte hallten verräterisch, als er den Steinbau betrat.

Es dauerte einen Moment, bis sich seine sonnengeblendeten Augen an das Zwielicht gewöhnt hatten. Er spähte an den Ketten, Hebeln und Rädern vorbei, die große Teile des Innenraums ausmachten. Dann stieß er einen erleichterten Seufzer aus – er war allein.

Von seinem Aufbau her erinnerte ihn das Gebäude an einen Sonnentempel. Die vier Öffnungen orientierten sich an den Himmelsrichtungen. Im Westen und Osten führten Treppen zu den beiden Katarakten, im Norden gelangte man durch einen Torbogen hinaus auf den Staudamm, und nach Süden hin gewährte eine breite Fensterfront eine wunderbare Aussicht.

Baldwin warf einen Blick hinaus in Richtung Oron. Die Staubwolke im Westen hatte sich gelegt und, wie erwartet, die Banner von Herzfelden enthüllt. Die Ritter hatten am Westufer des Flusses Stellung bezogen. So niedrig, wie das Wasser stand, würde es für die Herzfelder ein Leichtes sein, durch den Oron zu reiten und die Windfaller niederzumähen wie Gras. Die Assassine hatte Karol einen Bärendienst erwiesen, indem sie die Schleusen der Talsperre geschlossen hatte.

Baldwin sah kurz über die Schulter. Die gewaltigen Räder der Apparatur ließen jeden Mühlstein wie einen mickrigen Taler aussehen. Er machte sich keine Hoffnung, dass er sie in seinem Zustand bewegen und die Schleusentore öffnen könnte – warum sollte er auch?

Im Tal schmetterten plötzlich Fanfaren, und die Reiterei setzte sich in Bewegung. Wie zur Antwort erschallte das Echo von Tausenden Schüssen, und der Fluss verschwand in einem Nebel aus

Rauch und Schwarzpulver. Baldwin wandte sich ab. Er hatte genug Schlachten in seinem Leben gesehen.

Langsam hinkte er durch den Torbogen und trat hinaus auf die Staumauer. Eine frische Brise schlug ihm sogleich entgegen. Das Glitzern des Wassers blendete ihn. Er schirmte seine Augen mit der Hand ab und schaute sich um. Der Damm erstreckte sich mindestens fünfzig Schritte in beide Richtungen und endete in zwei kleinen Türmchen, die direkt in den Fels hineingehauen worden waren. Der Stausee schmiegte sich in die Berge hinein, und seine silberschwarzen Fluten füllten das Hochtal soweit das Auge reichte.

Schließlich gewahrte Baldwin ein Boot, das auf das westliche Seeufer zuhielt, keine zweihundert Schritte von ihm entfernt. Wenn er richtig sah, waren die Leute an Bord gerade damit beschäftigt, ein Netz auszurollen und ins Wasser zu lassen.

»Sieben … acht … neun«, zählte Baldwin leise. *Wo sind die anderen Salzkrieger, und wo ist diese verdammte Assassine?*

Plötzlich tauchten neben dem Boot ein zehnter und elfter Mann aus dem Wasser auf – und mit einem Mal befiel Baldwin ein unheimlicher Gedanke: Was, wenn auf dem Grund des Sees tatsächlich etwas verborgen war – kein Gold, wie der Mann in der Schenke behauptet hatte, sondern die legendäre Golem-Armee? *Die Sieben muss befreit werden …*

Deshalb auch das ganze Schwarzpulver! Die Assassine wollte den Staudamm in die Luft jagen! Er musste runter von der Mauer – er saß auf einem verdammten Pulverfass. In der Ferne donnerten immer noch die Kanonen und Arkebusen, als Baldwin auf den westlichen Turm zuhumpelte. Schon nach ein paar Schritten verzogen sich seine Lippen zu einem zynischen Grinsen. Manchmal hasste er es, wenn er recht behielt: Vor dem Eingang des Turms stapelten sich mehrere Pulverfässer.

In der Zwischenzeit hatten die Männer das Boot ans Ufer gerudert. Sie sprangen an Land und vertäuten das Netz an mehrere Pfosten. Nachdem sie damit fertig waren, schwenkte einer von ihnen ein weißes Tuch – dreimal hin und her, genau in Baldwins Richtung. Hatten sie ihn etwa gesehen? Eigentlich konnten sie ihn unmöglich hinter den Zinnen erspäht haben.

Kurz darauf sah er, wie eine helle Fahne durch das Fenster im Turm direkt vor ihm gestreckt und ebenfalls dreimal geschwenkt wurde. Baldwin konnte jedoch niemanden hinter der Schießscharte erkennen. Aus Reflex drehte er sich um. Auch aus dem anderen Turm hing jetzt eine Flagge. Was auch immer diese Zeichen bedeuteten, sie verhießen bestimmt nichts Gutes. Eilig hinkte er weiter.

Als er auf zwanzig Schritte an den Turm heran war, erschienen zwei Gestalten in der Tür – die eine groß, mit narbenübersäter Haut und einer Fackel in der Hand, die andere klein und in weite Tücher gehüllt – es war die Assassine Temez.

Die beiden staunten nicht schlecht, als sie den Arkebusier erblickten.

»Avar tes Navar?«, fragte der Salzkrieger und deutete auf Baldwin.

Temez zuckte gleichgültig die Schultern. »Keine Ahnung, hab ihn noch nie gesehen.«

Das war seine Chance! Baldwin zog seine Waffe und richtete sie auf die Frau. Doch die war schneller, als er erwartet hatte, und hechtete hinter eines der Pulverfässer. Rasch wechselte Baldwin sein Ziel und drückte ab. Die Kugel traf den Salzkrieger mitten in der Brust, und er brach ohne einen Schrei zusammen. Dabei rutschte ihm die Fackel aus der Hand und rollte brennend über die Steinplatten. Plötzlich schoss eine Stichflamme empor, und eine Reihe sprühender Funken kam Baldwin zischend entgegen.

Böses ahnend schaute er nach unten: Die Rille zwischen seinen Füßen war mit Schwarzpulver gefüllt. Einige Mannslängen vor ihm waren zwei Löcher in die Steinfuge gebohrt worden – womit sie gestopft waren, konnte er sich nur zu gut vorstellen. Die Funken sausten knisternd die Spalte entlang, geradewegs auf das erste Loch zu.

Baldwin ließ die Schultern hängen und bekreiste sich ein letztes Mal. Es gab nichts, was er noch tun konnte.

Die erste Explosion schüttelte ihn ordentlich durch. Stein knirschte, und Splitter flogen. Ein schrilles Pfeifen erklang in seinen Ohren. Die Luft war mit einem Mal von dem Geruch von Schwarzpulver geschwängert. Er wartete darauf, dass sein Leben an ihm vorbeiziehen würde, doch die Bilder wollten nicht kommen.

Die zweite Explosion schleuderte ihn hoch über den Staudamm und dann hinab in die Tiefe. Er fiel in absoluter Stille; seine Trommelfelle waren längst geplatzt.

Die Wasserspeier verfolgten ihn mit ihren toten Augen. Über sich sah er die Mauer unter dem Druck des Stausees bersten. Wasser und Felsbrocken rasten auf ihn zu. Das Letzte, was er zu Gesicht bekam, war eine Nixe aus Stein – eine hässliche Fratze statt eines holden Antlitzes. Nur einmal hatte er edelmütig und selbstlos sein wollen, und dies war der Dank. Er hätte es besser wissen müssen, schalt sich Baldwin: Gute Taten blieben nie ungesühnt. Letztendlich hatte er recht behalten. Das Leben war nichts weiter als ein Haufen vermaledeiter Krähenscheiße.

QUENTIN

Quentin hockte noch immer auf dem Boden, vor ihm eine Pfütze aus Erbrochenem. Er spuckte ein letztes Mal aus und wischte sich den Mund mit einem Taschentuch ab.

»Hier«, sagte Kaia sanft und reichte ihm den Trinkschlauch. »Gegen den schlechten Geschmack.«

Quentin konnte es nicht fassen. Auf den Lippen der Prinzessin lag tatsächlich ein entspanntes Lächeln, und das nach all dem, was geschehen war. Ihre Abgeklärtheit war ihm unheimlich. Dann setzte er zu trinken an und verschluckte sich fast, als sie ihm völlig unverhofft auf die Schulter klopfte.

»Könnt Ihr das glauben?«, rief sie überschwänglich. »Wir haben gerade zwei Söldner besiegt, zwei waschechte Krieger!«

»Nein«, antwortete Quentin matt. »Aber ich muss zugeben, dass es sich noch nie so gut angefühlt hat, sich schlecht zu fühlen.« Vorsichtig betastete er die Delle an seinem Helm, dort wo ihn der Bolzen getroffen hatte.

»Zweitausend Gulden für meinen Kopf?«, fragte Kaia, als könnte sie es nicht fassen, für diese Summe verraten worden zu sein.

»Ja, es scheint so«, entgegnete Quentin. »Dabei hatten die Soldaten in Erlmoor damals nur von tausend Goldmünzen gesprochen.«

»Dann haben die beiden also eine eigene Vereinbarung ausgehandelt«, folgerte die Prinzessin.

»Tja, zweitausend Gulden sind eben mehr als tausend«, erwiderte Quentin trocken.

»Nicht jeder denkt so«, murmelte Kaia traurig. »Das Schattenspiel bei der Hochzeitsfeier war eine Warnung von Baldwin. Sonst hätte ich seinen Dolch … den Dolch meines Onkels niemals angelegt.« Dann versagte ihr die Stimme, und sie wandte sich von dem Gelehrten ab, um den Blick über das Schlachtfeld ziehen zu lassen.

Quentin gönnte ihr den Moment der Ruhe, ihm selbst war auch nicht zum Reden zumute. Betreten blickte er hinüber zu Hodž. Auf gewisse Weise hatte er den kleinen Kerl gemocht, nicht zuletzt wegen seines beißenden Spotts.

Plötzlich riss ihn die Stimme der Prinzessin aus seinen Gedanken. »Geht es wieder?«

Quentin sah sie verwirrt an.

»Euer Kopf«, erklärte Kaia und tippte sich an die Stirn.

»Ja, ich denke schon.«

»Gut, dann können wir aufbrechen«, sagte sie entschlossen. »Ihr müsst mir nur mit den Spangen und Lederriemen helfen, sonst kriege ich die Brustplatte niemals angezogen.«

»Wie bitte?«, fragte Quentin fassungslos.

»Wir wollen los, in die Schlacht!«, drängte Kaia energisch. »Ich werde das Schicksal bestimmt nicht betrügen und mich hier oben verstecken, während dort unten gekämpft wird.«

Während er mit zitternden Fingern begann, die Rüstung der Prinzessin festzuzurren, blickten sie gemeinsam hinunter auf die Flutwiesen. Die ersten Rauchwolken hatten sich inzwischen verzogen, und nur noch vereinzelt fielen Schüsse. Die Schlacht war ins Handgemenge übergegangen. Reihen von Pikenieren versuchten die Herzritter in den Oron zurückzudrängen. Ein Pfeilhagel ergoss sich vom jenseitigen Ufer über die Herztruppen, die noch nicht über die Furt hatten nachrücken können. Auf dem linken Flügel jedoch, ein kleines Stück abseits der eigentlichen Kampfhandlung, brach eine Schar von Reitern durch und zersprengte die Reihen der Windsoldaten in wildem Ritt.

Während er mit den Riemen beschäftigt war, suchte Quentin auf dem Schlachtfeld nach dem Herzbanner. Am Westufer des Flusses entdeckte er es schließlich, rot leuchtend. Der Prinz lebte also noch, und er war dabei, mitten ins Gedränge zu reiten, dorthin wo die Schlacht am heftigsten tobte. Schreie gellten über die Flutwiesen – Schreie von Wut, Schmerz und Angst. Quentin sah bereits, wie Dutzende Männer und auch einige Pferde leblos flussabwärts trieben. Ihr Blut färbte das Wasser des Oron dunkel.

Ein gewaltiger Donnerschlag, der die Erde zum Beben brachte, ließ Kaia und ihn plötzlich zusammenzucken. Der Knall kam aus den Bergen im Norden, doch nirgendwo waren Gewitterwolken zu erkennen. Dann folgte eine weitere Explosion – denn nichts anderes konnte es gewesen sein, dachte Quentin.

Für einen Augenblick herrschte eine unheimliche Ruhe auf dem Schlachtfeld. Männer und Waffen schwiegen. Dann wurden die Kämpfe mit unverminderter Härte fortgesetzt, so als wäre nichts geschehen.

»Was war das?«, wollte Kaia wissen.

»Ich habe nicht die leiseste Ahnung.« *Nur ein ungutes Gefühl*, fügte Quentin in Gedanken hinzu. »Bei den Sechs Sonnen!«, rief er entsetzt, als er in Richtung der Berge blickte. »Seht, dort!«

Die Prinzessin hatte sich gerade ihren Harnisch zum letzten Mal zurechtgerückt und folgte nun seinem Blick.

Aus dem Norden kam eine gigantische Flutwelle angerollt. Das Wasser schob Trümmer und entwurzelte Bäume vor sich her, als wären es Kiesel und Zweige. Die Kämpfenden waren jedoch so beschäftigt, dass sie sie noch nicht mal bemerkt hatten.

»Verfluchte Hexerei!«, keuchte die Prinzessin. »Was ist das?«

»Der Thaumaturg hat den Staudamm gesprengt«, erwiderte Quentin blitzartig und ohne nachdenken zu müssen. Wer sonst sollte dahinterstecken?

»Aber die Flut wird auch seine eigenen Truppen treffen. Mein Volk, das Windvolk!« Kaias Stimme bebte vor Wut.

»Das ist ihm wohl egal«, sagte Quentin mit bitterem Unterton, »solange er die Herzarmee vernichten und seine Hand nach Euch ausstrecken kann.«

Und dann war die Welle heran. Still. Breit. Gewaltig. Das dunkle Wasser verschlang die panisch fliehenden Männer, die

Rüstungen waren ihr Untergang. Die Flut wälzte unaufhaltsam über die Wiesen. An einigen Stellen türmten sich Bäume und Steinquader auf, die vermutlich aus dem Mauerwerk des Staudamms stammten. Noch mehr Leichen von Rössern und Reitern trieben flussabwärts.

Quentin blickte fassungslos auf das Chaos, das die Welle hinterließ. »Ihr wollt doch nicht allen Ernstes jetzt dort hinunter, Hoheit – oder?«

Die Prinzessin schien mit sich zu ringen. Doch noch bevor sie ihm eine Antwort gegeben hatte, erbebte der Boden erneut unter ihren Füßen.

»Spürt Ihr das auch?«, fragte sie.

»Ja«, entgegnete Quentin düster, denn er ahnte bereits, was dieses gleichmäßige Beben bedeutete. Es besaß einen schrecklichen Rhythmus – wie von Schritten Tausender Krieger. »Das sind die Golems, Hoheit, eine ganze Legion.«

»Das ist unmöglich!«, protestierte Kaia. »Elachand hat gesagt, dass jeder Golem einen Sekundanten braucht, der ihn steuert. Sie können nicht einfach so marschieren!«

»Braucht es das wirklich?«, murmelte Quentin und blickte erwartungsvoll gen Norden. »Anscheinend nicht.«

Eine breite Phalanx näherte sich von dort im donnernden Gleichschritt. Die Sonne spiegelte sich nur an wenigen Stellen auf den Eisenkörpern der Golems, denn sie waren von Schlamm und Algen überzogen. *Haben sie etwa im Stausee gelegen?*

Den Soldaten um Prinz Ulart war die Golem-Armee nicht entgangen, denn die Automaten marschierten geradewegs auf sie zu. Quentin beschlich eine üble Ahnung. Ulart sei übermütig, das waren Delanbredhs Worte gewesen, und sie sollten sich bewahrheiten. Die Ritter bliesen tatsächlich zum Angriff.

»Das ist doch Wahnsinn!«, rief Kaia außer sich.

Aber die Ritter preschten scheinbar furchtlos voran, und die Golems stapften ihnen entgegen. Dann prallten beide Heere mit Wucht aufeinander, doch nicht wie zwei ebenbürtige Gegner.

Rosse und Reiter zerplatzten wie reife Trauben an den eisernen Kolossen. Ihre Lanzen zerbrachen, und die Kugeln aus ihren Karabinern blieben wirkungslos.

Der ungleiche Kampf währte nicht lange. Mit einer schrecklichen Gleichgültigkeit zermalmten und zerquetschten die Automaten jeden, der sich ihnen in den Weg stellte. Es war ein einseitiges Schlachtfest. Einige Ritter versuchten zu fliehen, doch die Golems waren schnell, und nur wenige entkamen.

»Wir sollten umkehren«, sagte Quentin tonlos. »Jemand muss die Menschen in Ehrendaal warnen.«

»Ja«, pflichtete Kaia ihm mit brüchiger Stimme bei. »Ihr habt recht. Vielleicht ist das meine erste Aufgabe. Aber glaubt mir, Quentin«, fuhr sie trotzig fort, »wenn es einen Weg gibt, diese Kreaturen aufzuhalten, dann werde ich ihn finden!«

Damit bestiegen die Prinzessin und der Gelehrte ihre Pferde und kehrten den Blutwiesen, wie sie seit jenem Tage genannt wurden, den Rücken zu.

TEIL DREI

IM AUGE DES STURMS

INTERMEZZO

»Habt Ihr jemals etwas Schöneres gesehen?« Lestaad Vi'Guhns Frage war bloß ein Flüstern.

Jenkylis polierte ungeduldig seine goldene Hand und zog es vor, den Mund zu halten, denn er wusste nicht, worauf der königliche Gesandte hinauswollte. Meinte er das verlassene Gemäuer, auf dessen Dach sie sich befanden, oder die Aussicht, die sie von dort genossen?

Alles in allem verabscheute der Zweite Meister unnützes Geplauder. In seinen Augen war jede Konversation, die nicht dem Gewinn von Erkenntnissen galt, verschwendete Zeit. Zu seinem Missfallen schien sich das Gespräch mit dem königlichen Gesandten jedoch in genau diese Richtung zu entwickeln. Angesichts der beschwerlichen Anreise hatte er sich mehr von dem Treffen erhofft, zu dem ihn der Gesandte des Voxanten eingeladen hatte.

Seufzend lehnte sich Lestaad an die steinerne Brüstung und blickte hinab in die Tiefe. Jenkylis stellte sich neben ihn – nur den Seufzer verkniff er sich.

Irritiert stellte er fest, dass der Gesandte nach Rosenwasser roch. Sein Gesicht war eine blasse Maske, so glatt, dass man ihm die fünfzig Jahre, die er schon auf dem Buckel haben sollte, nicht ansah. Die jugendliche Erscheinung verdankte er jedoch keinem Puder, sondern seiner Abstammung. Man sagte reinblütigen Æstaryanern nach, dass sie die ersten siebzig Jahre ihres Lebens so gut wie gar nicht alterten, an den letzten sieben Tagen dafür jedoch so rasch, dass man ihnen regelrecht dabei zusehen konnte, wie sie zu Staub zerfielen. Lestaad, jedenfalls erweckte den Eindruck, noch bei bester Gesundheit zu sein.

Der schlanke Mann trug eine Esca, einen leichten, ärmellosen

Mantel aus weißem Rosshaar, der vor der Brust und dem Bauch durch zwei Silberkoppeln zusammengehalten wurde. Das traditionelle Kleidungsstück des æstaryanischen Adels ging Ton in Ton mit dem silberweißen Schopf des Gesandten.

Sein eigenes weißgraues Haar hatte er sich, ebenso wie seine Falten, mit harter Arbeit verdient, dachte Jenkylis abschätzig. Währenddessen ließ er den Blick an dem stufenförmigen Turm hinunterwandern. Burg Staubfall war nur eine von vielen Tempelfestungen, die das östliche Ende der Hochebene von A'Un markierten. Allen Anlagen war gemein, dass sie aus geschmolzenem Stein bestanden. Wer die uralten Zikkurate errichtet hatte, war hingegen nicht bekannt. Schon die ersten menschlichen Siedler hatten sie in ihren Aufzeichnungen erwähnt. So glatt und sanft geschwungen wie die Mauern und Gänge waren, war der Zweite Meister fast geneigt, den Leuten zu glauben, die behaupteten, dass der Sonnenvater selbst die Zikkurate in Form gegossen hatte.

Ein leichter Westwind war über dem Plateau aufgezogen und sorgte für das Phänomen, dem die Burg ihren Namen verdankte. Der Schiefersand der trockenen Ebene wurde als feiner Staub in die tiefer gelegenen Landstriche hinabgeweht. So dicht waren die Staubbahnen, dass sie an Wasserfälle erinnerten, wenn sie, im Sonnenlicht glänzend, über die Felskanten glitten. Jenkylis kniff die Augen zusammen. Durch den Dunst konnte er am Horizont die verschwommene Silhouette des Ewigen Berges erahnen. Ein stetes rötliches Leuchten umgab seinen Gipfel. Mit einem Räuspern brach Lestaad endlich sein Schweigen.

»Hier stehen wir nun am Ende der Ewigkeit«, raunte er vielsagend.

Jenkylis hatte gehofft, den Spinnern und Philosophen des Ersten Turmes entkommen zu sein, und nun das. »Wie meinen?«, entgegnete er daher etwas wirscher, als er eigentlich wollte.

»Stein«, antwortete der Gesandte ruhig, »die meisten Menschen halten Stein für ein Material, das für die Ewigkeit gemacht ist, doch hier werden wir Zeuge davon, wie der Wind es abträgt – mit jedem Atemzug, an jedem Tag, bei jeder Sonne.«

»Hm«, machte Jenkylis und nickte. Er war darum bemüht Interesse vorzutäuschen. Schließlich war Lestaad Vi'Guhn nicht irgendwer, sondern die rechte Hand des Voxanten. Trotzdem konnte er seine Ungeduld nicht länger im Zaum halten. Er wollte wissen, warum er hier war. »Wir sind an diesem Ort aber sicher nicht wegen der imposanten Aussicht zusammengekommen, oder?«

»Nein, das sind wir nicht«, erwiderte der Gesandte säuerlich und richtete sich zu seiner vollen Größe auf. Er war sichtlich verstimmt darüber, dass Jenkylis die Höflichkeitsfloskeln so jäh unterbrochen hatte.

Lestaad zupfte beiläufig seine Esca zurecht. Dann trug er sein Anliegen ohne weitere Umschweife vor: »Wovon ich Euch jetzt berichte, mag abenteuerlich klingen, aber die Nachricht ist verlässlich. Der Voxant hat sie aus verschiedenen Quellen erhalten – von Händlern des Fleets ebenso wie von Agenten der oktanischen Krone.«

Jenkylis sah den Gesandten mit gespielter Erwartung an, denn er ahnte bereits, was nun kommen würde: der Thaumaturg und seine Untaten.

»Windfall und Herzfelden befinden sich im Krieg«, erklärte Lestaad. »Ein Erbschaftsstreit unter Geschwistern, so dachten wir zunächst, doch es scheint mehr dahinterzustecken. Die Truppen des neuen Windfürsten haben den Oron-Damm zerstört und eine verschollen geglaubte Golem-Armee vom Boden des Stausees geborgen. Anscheinend ist Fürst Karols Berater dafür verantwortlich – die Leute in Windfall nennen ihn *den Thaumaturgen.*«

Lestaad hielt kurz inne, um Jenkylis einen bedeutungsvollen Blick zuzuwerfen, dann fuhr er fort: »Niemand kennt die Identität des Mannes, denn er verbirgt sein Gesicht hinter einer goldenen Maske. Es heißt, er sei es, der die Eisenkolosse kontrolliert – mindestens tausend an der Zahl. Tatsächlich befindet sich jedoch nur ein kleiner Teil der Armee unter seinem Kommando. Der größere marschiert herrenlos auf den Ewigen Berg zu, der schon seit Tagen von Zeitenstürmen heimgesucht wird. Und die Unwetter breiten sich aus …«

Jenkylis jubelte innerlich. Der Voxant würde sie um Hilfe bitten, so wie es Gregorius, der alte Wirrkopf, vorausgesagt hatte.

»Mit Schwertern und Schwarzpulver ist den Kräften der Elemente nicht beizukommen«, meinte der Zweite Meister und konnte sich ein selbstzufriedenes Grinsen nicht verkneifen. »Aber seid versichert: Wir Magiker sind bereit, Royum vor dem Schlimmsten zu bewahren. Natürlich können wir nicht überall gleichzeitig sein, aber unsere Bannzauber sind immer noch mächtig … Allerdings nicht mächtig genug, um unseren eigenen Bann aufzuheben«, schloss er ironisch.

Der Gesandte blickte etwas betreten drein und schwieg.

Jenkylis ließ sieben lange Atemzüge verstreichen, bevor er seine Anspielung konkretisierte: »Ich denke, klare Worte sind an dieser Stelle nicht fehl am Platz. Wenn wir Magiker uns in den Dienst des Reiches stellen, was wir, das versichere ich Euch, sehr gerne tun, dann wären wir dem Voxanten und den acht Fürstenhäusern höchst verbunden, wenn sie die Acht aufheben könnten, mit der unsere Kaste belegt worden ist.«

»Ich habe Euren Wink schon beim ersten Mal verstanden«, erwiderte der Gesandte und machte eine Handbewegung, als ob er eine lästige Fliege vertreiben wolle. »Ich hatte nur gehofft, dass Euch auch *mein* versteckter Hinweis nicht entgangen wäre. Das hätte mir plumpe Drohgebärden erspart. Nun denn, hört mir gut zu: Der Voxant weiß, dass der Thaumaturg ein Mitglied Eurer Akademie gewesen ist. Wie würde es Euch gefallen, wenn auch die Fürsten und die Sonnenkirche davon erführen?«

Jenkylis fühlte eine wütende Hitze in sich aufsteigen, bis seine Narbe auf der Wange brannte. »Gut«, knurrte er schließlich zähneknirschend, »was verlangt Ihr?«

»Zunächst einmal keine Bauernhandel«, entgegnete Lestaad

trocken, »nur Eure Dienste, und zwar genau hier. Bemannt Burg Staubfall und die fünfzig anderen Anlagen am Rande des Hochplateaus. Laut der Aufzeichnungen in unseren Archiven liegen die Zikkurate auf alten Kraftlinien. Korrigiert mich, falls ich falschliege, aber es dürfte keinen besseren Ort geben, um einen magischen Schutzwall gegen die Zeitenstürme zu errichten.«

»Nein, das nicht – aber was ist mit den anderen Fürstentümern?«, wollte Jenkylis wissen. »Sollen die Menschen dort ungeschützt bleiben?«

»Euer Gewissen ehrt Euch, aber das soll die Sorge der Fürsten vor Ort sein. König Zandrian ist zunächst einmal Fürst von Æstarya und hat das zu tun, was für sein Volk am besten ist. Und habt Ihr nicht selbst gesagt, dass Ihr und Eure Magiker nicht überall zugleich sein könnt?«

»Das stimmt«, antwortete Jenkylis kleinlaut.

»Dann helft am besten dort, wo man Euch nicht gleich aus Aberglauben am nächsten Baum aufknüpft, nur weil Ihr eine goldene Hand oder ein Kristallauge tragt. Die weiteren Schritte können wir heute Abend besprechen.«

Der Gesandte verabschiedete sich mit einem Nicken und ging durch ein rundes Portal zurück in den Turm. Jenkylis sah ihm mit düsterem Blick nach, selbst als er schon lange im Bauch der Festung verschwunden war.

QUENTIN

Die Hufe ihrer Pferde klackten laut über das Pflaster der Kaiserbrücke. Quentin brummte der Schädel, und sein Mund war vollkommen ausgedörrt. Kaia und ihm steckte ein zweitägiger Ritt in den Knochen, und das bei der sengenden Hitze. Hätten sie nicht Waltars Rappen und Hodž' Pony als Wechselpferde dabeigehabt, wären sie niemals so schnell in Ehrendaal angekommen. Am liebsten hätte Quentin sich aus dem Sattel direkt in den Wassergraben fallen lassen, nur um sich zu erfrischen.

Wenigstens ließen die Torwachen sie anstandslos passieren. So abgerissen, wie sie beide aussahen, hatte man weder die Prinzessin noch ihn erkannt – zu dem befürchteten Aufhebens war es daher nicht gekommen. Quentin musste sich indes eingestehen, dass er ein schlechtes Orientierungsvermögen besaß. Für ihn sahen die Gassen von Ehrendaal alle gleich aus. Er hatte keine Ahnung, welcher Weg zur Herzburg führte, und Kaia schien ähnlich ratlos zu sein.

Darum ließen sie die Zügel schleifen und überließen es ihren Tieren, den Stall zu finden. Zielgerichtet trotteten die Pferde durch die Straßen, und schon nach kurzer Zeit fanden sie sich auf der breiten Allee wieder, die den Burghügel hinaufführte.

Als Quentin im ersten Innenhof abstieg, versagten ihm vor Erschöpfung die Beine. Kaia musste ihn stützen, damit er nicht hinfiel.

»Wie heißt du?«, rief sie einem Dienstburschen zu, der ihnen pfeifend entgegenkam.

»Ragnot«, antwortete der Junge und musterte sie abschätzig.

»Gut, Ragnot«, sagte sie bestimmt und doch freundlich, »die Pferde haben uns gute Dienste erwiesen. Sieh bitte zu, dass sie anständig versorgt werden!«

Als der Junge das Brandzeichen der Fürstenfamilie auf dem Fell ihres Rosses erkannte, weiteten sich seine Augen vor Ehrfurcht. »Sehr wohl, Hoheit«, stammelte er, eilte herbei und führte die Tiere in den Stall.

Kaia blickte den Pferden eine Weile nach, dann holte sie tief Luft und sah Quentin aufmunternd an. »Na, dann wollen wir mal!«

Dem Gelehrten zog sich der Magen zusammen, während er der Prinzessin hinterherstiefelte. Auf das anstehende Treffen hätte er nur zu gern verzichtet. Fürst Ardegast erschien ihm nämlich nicht gerade als ein Mann, der schlechte Nachrichten friedlich aufnahm.

Sie schritten durch lange Säulengänge, durchquerten den Rittersaal und gelangten schließlich zur kleinen Ratskammer, deren Tür offen stand. Der Herzfürst stand mit dem Rücken zu ihnen, ins Gespräch mit Ritter Thorian vertieft. Die beiden Männer beugten sich über einen Tisch und studierten einen Stapel Landkarten. Der Hauptmann hatte sie anscheinend aus dem Augenwinkel gesehen, denn er richtete sich auf und gab dem Fürsten ein Zeichen.

Daraufhin drehte Ardegast sich um und musterte sie streng aus eisblauen Augen. »Sieh an, die flüchtige Schwurtochter ist zurück. Und ich dachte schon, Ihr wolltet die Gunst der Stunde nutzen und verschwinden, während Euer Mann Krieg für Euch führt.«

Quentin war froh, dass Kaia zu erschöpft war, um zu streiten. Er kannte sie mittlerweile gut genug, um zu wissen, dass die finstere Miene des Fürsten nicht ausreichte, um sie einzuschüchtern.

»Ja, Eure Majestät, ich bin zurück«, entgegnete sie trotzig. »Und ich bringe schlimme Kunde: Die Schlacht auf den Flutwiesen ist verloren.«

»Das ist unmöglich«, unterbrach Ardegast die Prinzessin.

Hauptmann Thorian betrachtete sie jedoch schweigend und strich sich nachdenklich über den Bart.

»Ich war dort und habe es mit eigenen Augen gesehen«, schwor Kaia. »Der Thaumaturg hat den Staudamm sprengen lassen, und die Flut hat viele Ritter überrascht, als sie gerade dabei waren, den Oron zu überqueren. Doch das ist noch nicht alles«, krächzte sie mit trockener Kehle und hustete.

Thorian schenkte der Prinzessin einen Kelch Wasser ein und reichte ihn ihr.

Die Augen des Fürsten verengten sich indes zu Schlitzen. »Sprecht weiter, Mädchen!«, forderte er sie ungeduldig auf.

Kaia nahm einen kräftigen Schluck aus dem Becher und drückte ihn Quentin in die Hand.

»Wir kamen zu spät«, fuhr sie fort. »Der Thaumaturg hat die Golem-Armee bereits unter seiner Kontrolle. Euer Sohn hat einen mutigen Angriff gegen sie angeführt, doch die Eisenkolosse haben seine Männer geschlagen. Niemand ist entkommen … oder nur wenige«, beendete sie tonlos ihre Ausführungen.

Ardegast starrte die Prinzessin an, als wäre sie ein Geist. Quentin war sich nicht sicher, ob der Fürst von seiner Anwesenheit überhaupt Notiz genommen hatte.

»Seit Ihr Euren Fuß auf Herzfelder Boden gesetzt habt, habt Ihr meinem Haus nichts als Unglück gebracht«, zischte Ardegast wütend. »Ihr habt den Krieg vor meine Haustür gebracht und meinen Jüngsten in den Tod geschickt! Es würde mich auch nicht wundern, wenn Ihr meinen Ältesten in den Dienst der Sonnenkirche gedrängt habt. Und all das nur wegen Eurer verfluchten Bestimmung. Ihr seid nicht auserwählt, Ihr seid größenwahnsinnig!« Die Stimme des Herzfürsten bebte, während er die letzten Worte ausspie. »Ich hoffe, die Marmorchroniken halten einen grausamen Tod für Euch bereit, und wenn ich selbst in den Ewigen Berg kriechen muss, um die Tafel freizulegen, in die er eingemeißelt steht!« Ardegasts Hand zitterte, als er auf den Ausgang zeigte. »Und nun verlasst diesen Raum, sofort!«

Quentin und Kaia zögerten einen Moment. Es gab noch wichtige Dinge zu besprechen und Vorkehrungen für den Angriff der

Golems zu treffen. Doch an den glasigen Augen des Fürsten war zu erkennen, dass er sie weder hören wollte noch würde.

Der Hauptmann warf ihnen einen warnenden Blick zu. Und so taten sie das einzig Richtige und gingen.

*

Quentin räusperte sich, um Kaia auf sich aufmerksam zu machen. Seit sie vor zwei Tagen in Ehrendaal angekommen waren, stand die Prinzessin fast ununterbrochen auf der Stadtmauer und hielt Ausschau. An eine der schweren Kanonen gelehnt, ließ sie den Blick über die Ebene vor der Stadt schweifen.

Nachdem sie Ardegast Bericht erstattet hatten, hatte der Fürst sich in Trauer zurückgezogen und niemanden mehr empfangen. Zwei seiner Wachen folgten Kaia allerdings seither auf Schritt und Tritt – nicht, um sie zu beschützen, vermutete Quentin, sondern damit sie nicht wieder plötzlich verschwand.

Der Gelehrte übte sich in Geduld. Kaia musste sein Räuspern vernommen haben, dennoch wartete er, bis sie sich rührte und ihm das Wort erteilte.

»389«, raunte die Prinzessin schließlich.

»Wie bitte, Hoheit?«

»389 Ritter sind in den letzten beiden Tagen hier angekommen, und keiner von ihnen hat Prinz Delanbredh oder Prinz Ulart gesehen. Nicht einmal 400 Mann«, sagte sie sichtlich gequält, »nicht einmal jeder Zehnte hat überlebt.«

»Hoheit, den Staudamm zu sprengen war Wahnsinn. Euch trifft dabei keine Schuld. Ihr konntet nicht wissen, dass der Thaumaturg und Euer Bruder so weit gehen würden – Karol hat seine eigenen Männer für diese Falle geopfert und sie in der Flut ertrinken lassen.«

»Nein, das konnte niemand ahnen, aber es wird mir eine Lehre sein. Ich werde ihn nie wieder unterschätzen«, erwiderte Kaia kämpferisch.

»Das ist gut so«, pflichtete Quentin ihr bei. »Was den Kriegsrat betrifft, hatte ich jedoch leider kein Glück. Sowohl Ritter Thorian als auch Euer Onkel haben mich abgewiesen. Und zum Fürsten gibt es ohnehin kein Vordringen mehr. Ich fürchte, Ihr müsst selbst mit den hohen Herren reden. Meine Stimme scheint kein Gewicht zu haben.«

»Als ob meine eins hätte.«

»Das hat sie«, versuchte Quentin die Prinzessin zu überzeugen, »wenn sie nur das Richtige sagt.«

»Und was ist das Richtige?«

»Erinnert Ihr Euch an den Traum, der Euch seit Tagen verfolgt?«, fragte der Gelehrte und sah Kaia an. »Ihr steckt in einer Ritterrüstung fest und ertrinkt, weil Euch ihr Gewicht nach unten zieht.«

»Ja«, hauchte die Prinzessin, und einen Augenblick später funkelten ihre Augen, als hätte sie eine Erleuchtung gehabt. Sie trat dichter an die Zinnen heran und blickte hinab in den Graben. »Die Mauern können die Golems nicht aufhalten, aber vielleicht kann es das Wasser! Wir müssen die Brücken einreißen!«

»Genau das war mein Gedanke«, pflichtete Quentin ihr bei. »Wir müssen es nur irgendwie schaffen, den Herzfürsten davon zu überzeugen.« Er war froh, dass die Prinzessin seine Idee so rasch und wohlwollend aufgegriffen hatte. »Doch es gibt noch etwas«, fuhr er deshalb sogleich fort. »Wenn die Golems zum Ewigen Berg ziehen, um die Seele des Thaumaturgen zu befreien, dann werden sie dort Inschriften und Schicksale freilegen, die noch weit in der Zukunft liegen. Der Lauf der Zeit wird durcheinandergeraten. Elementarstürme unbeschreiblichen Ausmaßes werden wüten …«

Das Geräusch von eiligen Schritten unterbrach den Gelehrten. Ein Diener – es war der junge Ragnot – rannte auf sie zu. »Die Prinzen sind zurück!«, keuchte er und deutete nach Süden. »Sie sind eben über die Sonnenbrücke gekommen.«

»Wo sind sie hin?«, wollte Kaia wissen und packte den armen

Burschen so heftig bei den Schultern, als wollte sie die Antwort aus ihm herausschütteln.

»Direkt zum Fürsten«, japste Ragnot außer Atem.

»Ausgezeichnet, dann können wir unsere Vorschläge gleich persönlich unterbreiten«, sagte Kaia zu Quentin und hastete los.

Er folgte ihr die Treppe hinab zu den Pferden. Im gestreckten Galopp hetzten sie durch die nächtlichen Gassen bis zur Feste. Doch Quentins Freude, Prinz Delanbredh wiederzusehen, währte nur kurz. Die Burgwachen machten einen niedergeschlagenen Eindruck und blickten betreten zu Boden, als sie ankamen.

»Wo sind die Prinzen?«, rief Kaia, sodass es eher wie ein Befehl und nicht wie eine Frage klang. Zu ihrer Überraschung zeigten die Wachen nicht in Richtung des Rittersaals, sondern zur Kapelle.

Warum nur war Delanbredh so verflucht gläubig?, schoss es Quentin durch den Kopf. Es gab weitaus Wichtigeres zu tun, als zu beten.

Eilig lenkten sie ihre Pferde durch die breiten Gänge der Festung bis zu dem Platz vor der Kapelle. Die Tür zu dem kleinen Tempel stand offen. Ein Meer aus Kerzen erhellte den Altarraum mit einem flackernden Licht. Zwei gerüstete Gestalten – der Herzfürst und sein Hauptmann – kamen schnellen Schrittes aus einem Nebengang herbei und betraten die Kapelle vor ihnen.

Quentin blickte hinüber zu Kaia. Die Prinzessin hielt sich krampfhaft an den Zügeln fest. Sie sah mindestens ebenso angespannt aus, wie er sich fühlte. Nach ein paar Atemzügen nickte sie ihm jedoch ermutigend zu. Dann stiegen sie ab und folgten Ardegast in den kleinen Burgtempel.

Auf den Altarstufen kniete Prinz Delanbredh. Seine Rüstung war so stark zerbeult, dass es an ein Wunder grenzte, dass sie nicht auseinanderfiel. Vor ihm, am Fuße des Altars, lag das windfürstliche Banner, zerrissen und von dunklen Flecken übersät. Unter dem Stoff der roten Fahne zeichneten sich menschliche Konturen ab.

Ardegast stolzierte an dem Knienden vorbei und zog das Tuch mit einem Ruck zurück. An dem Mann, der dort lag, war nichts Menschliches mehr. Sein Kopf war ein einziger schwarzroter Klumpen ohne erkennbare Gesichtszüge. Nur an den Ziselierungen seiner Rüstung ließ sich der Tote als Prinz Ulart identifizieren.

Quentin hielt den Atem an. Für einen Augenblick war das Flackern der Kerzen das lauteste Geräusch in der Kapelle. Dann stand Delanbredh stöhnend auf. Der Schildarm des Prinzen hing nutzlos herab, und bei jedem Atemzug verzog er das Gesicht zu einer schmerzhaften Grimasse.

»Ich habe alles getan, was in meiner Macht stand«, murmelte Delanbredh. »Ich bin mit ihm im Arm hierhergeritten, damit er bei seinen Ahnen ruhen kann.«

Ardegast drehte sich zu ihm um und sah seinen Sohn aus kalten Augen an. »Du solltest dort liegen, nicht dein Bruder!«

Delanbredh ließ den Kopf hängen. »Ich werde schon bald bei ihm sein«, sagte er mit schwacher Stimme, »denn die eiserne Armee ist auf dem Weg hierher.«

»Wir müssen die Brücken zerstören!«, platzte Kaia dazwischen. »Das ist unsere einzige Chance, sie aufzuhalten. Sonst ist Ehrendaal verloren.«

»Ihr schon wieder«, erwiderte der Fürst voller Verachtung. »Aber wenn Ihr schon hier seid, dann hört mir gut zu: Ein Herzritter verkriecht sich nicht hinter Mauern, ein Herzritter stellt sich der Gefahr und reitet ihr erhobenen Hauptes entgegen!«

»Das macht bei diesen Gegnern keinen Sinn«, sprang Delanbredh der Prinzessin zur Seite. »Ulart hat den Befehl zum Angriff gegeben, aber unsere Männer hatten keine Chance. Ihre Lanzen sind an den Golems zerbrochen, ihre Kugeln einfach abgeprallt. Aber sie hat recht, vielleicht kann das Wasser sie aufhalten. Ich flehe Euch an, Vater, lasst die Brücken einreißen!«

»Die Verantwortung für deine Verfehlungen auf die Toten abzuwälzen ist das Einzige, was du kannst«, geiferte der Herzfürst.

»Du widerst mich an!« Dann machte er auf dem Absatz kehrt und stürmte aus der Kapelle.

Wieder herrschte für einen Augenblick Stille.

Der Hauptmann musterte Delanbredh besorgt. »Ihr seid verwundet, Hoheit. Ich werde Euch zu Euren Gemächern bringen und den Heiler verständigen.«

»Danke, aber mein Platz ist hier bei meinem Bruder«, erwiderte der Prinz und umfasste die Sonnenscheibe, die um seinen Hals hing.

»Dann werde ich den Heiler eben hierherschicken«, entgegnete Ritter Thorian beharrlich und machte Anstalten zu gehen.

Jetzt war der Moment gekommen, dachte Quentin, und trat dem Hauptmann in den Weg. »Verzeiht, wenn ich Euch aufhalte, aber es gibt noch etwas Wichtiges zu bedenken.«

Der alte Ritter fixierte ihn grimmig. Quentin ließ sich davon jedoch nicht beeindrucken und begann mit seiner Erklärung: »Unabhängig davon, welche Kriegspläne Ihr schmiedet, oder ob es überhaupt zu einer weiteren Schlacht mit dem Eisenheer kommt, die Golems werden den Ewigen Berg umgraben, bis sie die Seele des Thaumaturgen gefunden haben. Doch der Berg wird sich wehren. Elementarstürme werden Wälder niedermähen, Pflanzen verdorren lassen und das Land überfluten. Kurzum: Eure Bauern müssen ernten und zwar jetzt! Die Golems brauchen kein Essen, um Krieg zu führen, Euer Volk schon.«

»Selbst wenn Ihr recht habt«, brummte der Ritter, »es ist noch zu früh, um zu ernten.«

»Nehmt, was Ihr kriegen könnt, oder wir werden alle verhungern!«, entgegnete Quentin bestimmt.

»Gut«, räumte der Hauptmann ein, nachdem er eine Weile überlegt hatte. »Ich werde dem Schätzer auftragen, sich der Sache anzunehmen und mit den Bauern zu reden.«

Quentin lächelte in sich hinein. Er fand Geschmack daran, dass man seine Ratschläge ernst nahm, darum fuhr er fort: »Und was die Brücken betrifft …«

»Nein!«, unterbrach ihn der Hauptmann mit erhobenem Zeigefinger. »Ich werde nur in einer Sache hinter dem Rücken des Fürsten handeln, und in dieser hat er sich ganz klar ausgedrückt: Die Brücken bleiben!«

Der Ritter warf ihnen allen noch einen mahnenden Blick zu, dann stapfte er von dannen.

Als seine Schritte verhallt waren, wandte sich Delanbredh an Kaia. »Es ist gut, Euch wohlauf zu sehen«, sagte er erschöpft lächelnd. »Aber wo sind Eure Gefährten?«

Quentin und die Prinzessin sahen sich einen Moment lang an. »Das ist eine lange Geschichte«, erwiderten sie schließlich wie aus einem Mund.

*

Ein dumpfes Dröhnen riss Quentin aus dem Schlaf. Irgendwo in der Ferne wurde eine Trommel geschlagen. Der Gelehrte gähnte und rieb sich schlaftrunken die Augen. Es dauerte einen Moment, bis er zwischen den Trommelschlägen auch ein Klopfen an der Tür wahrnahm.

»Wer ist da?«, fragte er.

Die Tür wurde geöffnet, und ein schlanker Mann in einer weiten Purpurkutte kam hereingehumpelt. Es war Prinz Delanbredh.

»Eure Hoheit?«, murmelte Quentin erstaunt. »Was gibt es?«

»Es ist so weit«, erwiderte der Prinz. »Die Wachtposten schlagen Alarm. Die Golem-Armee kommt!«

Auf einen Schlag saß Quentin aufrecht in seinem Bett. Alle Verschlafenheit war wie weggeblasen.

»Ich werde tun, was Ihr vorgeschlagen habt«, erklärte Delanbredh mit ruhiger Stimme. »Wir müssen die Brücken sprengen, die Golems dürfen Ehrendaal nicht erreichen!«

Quentin stand auf und schlüpfte hastig in seine Hose. »Die Prinzessin, ich muss die Prinzessin wecken.«

»Kaia?« Delanbredh winkte ab. »Wir dürfen sie in diese Sache nicht mit hineinziehen. Ihr Name muss unbefleckt bleiben, wenn sie später herrschen soll. Sie darf meinem Vater auf keinen Fall zuwiderhandeln.«

»Und Ihr?«, platzte es aus Quentin heraus. »Was ist mit Euch und Eurem Ruf?« Erst nachdem er die Frage gestellt hatte, merkte Quentin, dass er sich um sich selbst gar keine Gedanken gemacht hatte.

»Ich habe meinen Schwur nicht halten können«, sprach der Herzprinz sichtlich verbittert. »Mein Bruder ist tot. Und ich werde nicht zulassen, dass auch noch Kaia scheitert. Glaubt mir, ich behellige Euch nur ungern, aber es gibt niemand anderen, dem ich in dieser Sache vertrauen kann.«

Delanbredh fixierte den Gelehrten abwartend, während draußen immer noch die Trommeln zur Warnung erklangen.

Man muss auch mal bereit sein, sich für seine Ideen die Hände schmutzig zu machen, dachte Quentin grimmig. Dann atmete er einmal tief durch und fragte: »Gut, was soll ich tun?«

»Ich kann nicht an beiden Brücken gleichzeitig sein«, sagte der Prinz und drückte ihm einen versiegelten Brief in die Hand. »Das hier ist ein schriftlicher Befehl des Herzfürsten. Übergebt ihn dem wachhabenden Kanonier am Nordtor. Er soll die Kaiserbrücke unter Beschuss nehmen. Wenn man Euch fragt, müsst Ihr behaupten, dass Ihr den Befehl persönlich von meinem Vater erhalten habt. Ich kümmere mich derweil um die Sonnenbrücke. Und jetzt los! Folgt den Trommeln, wir haben keine Zeit zu verlieren!«

Auf dem Hof standen bereits zwei Pferde für sie bereit. Quentin ächzte, als er sich in den Sattel schwang. Seine Schenkel schmerzten immer noch von dem Gewaltritt, der erst zwei Tage zurücklag. Im langsamen Schritt ritten sie durch die Gänge und Innenhöfe der Herzburg. Erst als sie den letzten Torbogen hinter sich gelassen hatten, beschleunigten sie und preschten die flachen Terrassen hinab. Nach einem kurzen Stück verabschiedete sich der Prinz wortlos und lenkte sein Ross gen Süden.

Einsam folgte Quentin einer dunklen Allee, die schon bald von Häusern anstatt von Bäumen gesäumt wurde. Gassen zweigten von seinem Weg ab, doch er ritt weiter geradeaus, immer in die Richtung, aus der das trommelnde Warnsignal erklang. Ein leichter Regen setzte ein. Quentin tastete nach dem Schreiben, das er in den Gürtel gesteckt hatte, nur um sich zu vergewissern, dass es noch da war. Hoffentlich wurde der Befehl nicht nass, denn mit zerlaufener Tinte wäre er nicht das Papier wert, auf dem er geschrieben stand.

Zwischen den Häusern zu seiner Linken und Rechten ragten schlanke Holztürme auf, von denen das dumpfe Alarmsignal ausging. Und endlich konnte Quentin auch das Nordtor und die dahinterliegende Kaiserbrücke ausmachen. Auf der Stadtmauer wurden vereinzelt Laternen geschwenkt, und in ihrem Licht waren Soldaten zu erkennen. War der Schutzwall schon von außen nicht besonders beeindruckend, so wirkte er von innen geradezu lächerlich niedrig.

Quentin hatte das Tor fast erreicht, da wurden der Regen und das ständige Trommeln von einem dritten Geräusch überlagert: Hufgetrappel! Erschrocken fuhr er im Sattel herum. Ein schlanker Reiter preschte von hinten heran, schloss zu ihm auf und zog im letzten Moment seine Kapuze zurück.

Es war Kaia.

»Puh«, seufzte Quentin erleichtert, »Ihr habt mir einen ganz schönen Schrecken eingejagt, Hoheit.«

»Geschieht Euch recht«, beschwerte sie sich. »Was schleicht Ihr Euch des Nachts auch einfach so von dannen?«

»Und wo sind die Wachen des Fürsten, die Euch im Auge behalten sollten?«, beantwortete er ihre Frage mit einer Gegenfrage.

»Abgehängt!«, verkündete Kaia kurz und trocken.

So schnell, wie sie ritt, fiel ihm das nicht schwer zu glauben.

Die Prinzessin griff ihm in die Zügel und brachte ihre Pferde zum Stehen. »Sagt Ihr mir jetzt, wohin Ihr reitet?«

»Zur Mauer, zur Brücke«, gestand Quentin. »Die Golems

kommen. Ich habe einen Befehl, mit dem Ihr besser nichts zu tun habt.«

»Seid nicht albern, Quentin. Was habt Ihr vor?« Kaia sah ihn prüfend an.

»Ich habe die Order, die Kaiserbrücke sprengen zu lassen«, raunte er schließlich und deutete auf das Schreiben, das in seinem Gürtel steckte. »Das Schreiben ist eine Fälschung von Prinz Delanbredh, und es wäre nicht gut, wenn man Euch damit in Verbindung brächte«, erklärte er weiter. »Für diesen Verrat kämt Ihr in den Kerker! Wie wollt Ihr dann Euer Schicksal erfüllen? Überlasst mir diese Aufgabe.« Innerlich schüttelte Quentin den Kopf, so entsetzt war er über seinen eigenen Vorschlag. Er hatte keine Ahnung, wann er den Helden und Märtyrer in sich entdeckt hatte.

Wie in den meisten Fällen ließ die Prinzessin jedoch nicht mit sich reden. »Nichts da«, schnaubte sie, »ich komme mit!«

So ritten sie das letzte Stück gemeinsam bis zum Tor. Dort angekommen, sprangen sie von den Pferden und hetzten die Stufen zur Stadtmauer hinauf.

»Wer da?«, kam die schroffe Aufforderung sich auszuweisen, und ein Soldat mit Arkebuse versperrte ihnen den Weg.

»Ich habe einen Feuerbefehl für die Kanoniere«, antwortete Quentin ohne sich vorzustellen. Dabei fuchtelte er so mit dem Brief herum, dass man das herzfürstliche Siegel im Laternenschein gut erkennen konnte.

Kaia hielt sich hinter ihm, die Kapuze ins Gesicht gezogen.

Wie lange kann diese Maskerade wohl gutgehen?

Der Arkebusier zögerte jedoch nicht lange und winkte sie durch. Im Eilschritt liefen sie den Wehrgang entlang. Immer wieder gaben die Zinnen den Blick auf die Ebene östlich der Stadt frei. Quentin versuchte, in der Ferne irgendetwas zu erkennen – Lichter oder die Silhouette einer Schlachtreihe –, doch durch den Regen war die nächtliche Sicht noch kürzer als sonst.

»Seht *Ihr* etwas?«, fragte ihn die Prinzessin zweifelnd.

»Nein«, erwiderte er und blickte hinauf zu den Hochsitzen, die sie um ein Vielfaches überragten. »Aber die Späher dort oben werden sich schon nicht irren.«

Außer Atem erreichten sie den ersten Mauerturm. Der leicht hervorstehende Teil des Gemäuers war mit zwei schweren Geschützen bestückt. Die Kanoniere musterten sie abschätzig, doch Quentin hatte keine Zeit, sich an ihren Blicken zu stören. Stattdessen drückte er dem schnauzbärtigen Geschützführer das Schreiben in die Hand und japste: »Ein Befehl des Fürsten … Die Brücke, beschießt die Brücke!«

Die Soldaten sahen ihn an, als ob er den Verstand verloren hätte. Einige von ihnen lachten sogar. Davon ungerührt prüfte der Geschützführer das Siegel, dann öffnete er den Brief.

Quentin lief ein heißkalter Schauer über den Rücken. War das sein rasendes Herz oder vibrierte die Mauer tatsächlich unter seinen Füßen? Sie erbebte. Immer im gleichen Rhythmus. *Links, zwo, drei, vier … links, zwo, drei, vier*, zählte er mit, und dann sah er die eiserne Armee.

Die Umrisse der Golems erstreckten sich über den ganzen nächtlichen Horizont, und bei jedem Schritt, den die Phalanx vorwärtsmachte, erzitterte die Erde.

Der Geschützführer strich sich nervös über den Schnauzbart, dann senkte er den Brief, atmete einmal tief durch und brüllte seine Befehle: »Laaaden! Und ausrichten!«

Das ungläubige Staunen der Kanoniere schlug in Emsigkeit um. In Windeseile füllten sie die Rohre mit Schwarzpulver und hievten anschließend die Steinkugeln hinein, die so schwer waren, dass es der Kraft von drei Männern bedurfte.

»Bereitmachen zum Feuern!«

Doch noch bevor der Zündmeister die Fackel an die Lunte gelegt hatte, gellte ein lautes »Haaalt!« über die Stadtmauer.

Der Arkebusier, der sie vorhin aufgehalten hatte, kam langen Schrittes herbeigeeilt. »Nicht schießen!«, keuchte er. »Fürst Ardegast reitet über die Brücke!«

Quentin, Kaia und die Kanoniere stürzten zu den Zinnen und blickten nach unten. Tatsächlich, ein einzelner, schwer gerüsteter Reiter überquerte die Kaiserbrücke und ritt der Streitmacht entgegen.

Was für ein Wahnsinn geht hier vor?, dachte Quentin.

»Was für ein Wahnsinn geht hier vor?«, wiederholte der Geschützführer laut seinen Gedanken.

»Es war sein letzter Wunsch«, antwortete Kaia mit Grabesstimme und zog die Kapuze zurück.

Die Augen des Arkebusiers weiteten sich, als er sie erkannte. »Hoheit, verzeiht, ich hatte keine Ahnung, dass Ihr es seid …«

»Er hat den Schmerz nicht mehr ertragen«, unterbrach sie ihn. »Niemand konnte ihn aufhalten. Er will bei seinem Sohn sein und als Ritter sterben.« Die Prinzessin blickte dem Soldaten solange in die Augen, bis dieser sich abwendete.

»Gut«, sagte der Geschützführer leise, aber deutlich, »dann feuern wir, wenn er am anderen Ufer ist.«

Quentin atmete erleichtert aus. Es würde keinen Zeugen für ihren Schwindel geben, der Einzige ritt soeben in seinen sicheren Tod.

Der Boden zitterte nun stärker unter ihren Füßen. Die Golems rückten näher. Ardegasts Rufe drangen dagegen nur wie ein unverständliches Flüstern über das Wasser.

Was für ein armer Tor, dachte Quentin.

Die Golems sahen in der Ferne alle gleich aus: eisengrau von den klobigen Füßen bis zum kantigen Kopf, hoch wie ein Streitross und doppelt so breit wie ein Mann. Sie erinnerten ihn an wandelnde Rüstungen, die in einen zusätzlichen Harnisch gezwängt worden waren. Quentin bezweifelte, dass diese Kolosse aus Eisen einen Heerführer hatten. Nur eines wollte dem Gelehrten einfach nicht in den Kopf: Wie steuerte der Thaumaturg seine Armee? Weit und breit waren keine Männer zu sehen, die die Golems als Sekundanten lenkten. Hatten die Kolosse etwa ein Eigenleben entwickelt?

Der Herzfürst war inzwischen auf der anderen Seite des Grabens angekommen. Immer wieder brüllte er ihnen seine Herausforderung entgegen. Die Schlachtreihe hielt jedoch Kurs. Wie ein riesiger, seitwärtskriechender Tausendfüßler aus Rost und Eisen marschierte sie auf Ehrendaal zu.

Die Männer auf der Mauer hielten den Atem an, gebannt von der unheimlichen Szene.

Als sich kein Gegner zum Zweikampf stellte, gab Ardegast seinem Pferd die Sporen. Mit gezücktem Schwert galoppierte er auf die Golems zu. Dann machte er eine scharfe Wende und ritt an der Phalanx entlang. Funken schlagend fuhr seine Klinge über die eisernen Leiber. Doch mit dem nächsten Schritt brachten die Golems sein Ross zu Fall. Ein kurzes Wiehern, dann walzten sie über den Herzfürsten hinweg, als hätte es ihn nie gegeben.

»Feueeer!«, rief der Geschützführer.

Neben ihnen zischte es, als die Lunte abbrannte. Quentin und Kaia taten es den Kanonieren gleich und hielten sich die Ohren zu. Zwei mächtige Explosionen erschütterten den Mauerturm. Kurz darauf schlugen die Kugeln in die Brücke ein. Es krachte, und im nächsten Moment stürzten bereits Brocken ins Wasser. Aus dem Süden erklang derweil das Echo von schweren Kanonenschlägen. Auch die Sonnenbrücke wurde beschossen.

Vorsichtig lugte Quentin über die Mauer. Der Rauch hatte sich noch nicht ganz gelegt, aber seine schlimmsten Befürchtungen bewahrheiteten sich: Die Brücke war beschädigt, aber nicht ganz zerstört. Eine schmale Zunge verband die Stadt noch immer mit dem jenseitigen Ufer.

»Ladet, ladet!«, rief er den Kanonieren zu. »Wir müssen noch einmal schießen.«

»Das geht nicht!«, schrie der Geschützführer. »Die Rohre sind noch zu heiß, sonst fliegt uns die nächste Ladung um die Ohren.«

Die ersten Golems hatten bereits die Brücke betreten und marschierten im Gänsemarsch vorwärts. Das Stadttor würde unter ihren Eisenfäusten zersplittern, als wäre es aus Papier.

Quentin blickte gen Himmel und sandte ein Stoßgebet an den Sonnenvater: »Bitte, Allsehender, lass die Brücke einstürzen!«

Der erste Golem erreichte die Engstelle. Ein Steinquader bröckelte unter dem Gewicht des Kolosses, gab nach und stürzte ins Wasser. Die Brücke war zerbrochen! Der Golem machte noch einen letzten Schritt, dann fiel er und versank im Graben.

Die übrige Schlachtreihe blieb ruckartig stehen. Der Boden vibrierte noch eine Weile nach, dann schwieg die Erde.

Quentin und Kaia sahen sich erleichtert an. Plötzlich zerriss ein einzelner Schuss die Stille. Sofort wurde überall auf der Mauer das Feuer eröffnet, Arkebusen knallten, und Geschütze donnerten. Die Büchsensalven verpufften wirkungslos, doch die Kanonenkugeln schlugen einige der Kolosse nieder. Zu Quentins Verwunderung hoben die Eisenkrieger ihre Gefallenen auf wie verwundete Kameraden. Dann zogen sie unverrichteter Dinge ab, und wenn es nach Quentin ginge, brauchten sie nie wieder nach Ehrendaal zurückzukehren.

TUULIKKI

Das Wasser des Flüsschens sprudelte kalt und geradezu widerlich klar an ihr vorüber. Es gab keine verschlungenen Flussschleifen, kein dichtes Schilf und keinen schlammigen Grund. Doch es gab etwas anderes: Menschenfleisch.

Sie war dem Bootsschwarm bis zu einer von Tannen und Häusern gesäumten Bucht gefolgt. Dort waren die Landgänger mit den Eisenkleidern von Bord gegangen. Den Gestank, der vom Abwasser der großen Siedlung ausging, hatte sie jedoch kaum ausgehalten. Deshalb war sie die nahe Flussmündung hinaufgeschwommen, denn in dem schnell fließenden Gewässer war der üble Geruch nur eine flüchtige Erinnerung. Sie hatte aufgehört, die Wechsel von Hell und Dunkel zu zählen. Zeit war für sie inzwischen ohne Bedeutung; sie glaubte ohnehin nicht mehr daran, den Einen zu finden. Sie wollte nur noch ihren Hunger stillen, und der Fluss war dafür ein guter Jagdgrund. Ständig brachten Männer Baumstämme flussabwärts und verfütterten sie an eine zahnbewehrte Eisenbestie, die unablässig am Ufer kreischte.

Zwei Landgänger hatte sie schon zu sich ins Unterwasser geholt, ihnen Seele und Gedächtnis ausgesaugt und dann das Fleisch von den Knochen genagt. In den Tagen danach hatte sie die Männer dabei belauscht, wie sie angstvoll von einem bösen Wassergeist wisperten. Ob man sie gesehen hatte?

Sei es drum, heute würde der dritte dran glauben müssen. Sie tauchte unter zusammengebundenen Baumstämmen durch, die den Fluss hinuntertrieben: *Tanne, Tanne, Fichte, Tanne, Lücke, Tanne* … Sie schwamm zurück. Tatsächlich, dort war eine Lücke. Sie drehte sich blitzgeschwind auf den Rücken und krallte sich von unten an dem Treibholz fest. Vorsichtig lugte sie durch den Spalt hinauf.

Ein junger Mann stand dort und lenkte das Floß, so nannten die Landgänger die treibenden Stämme. Sie roch das brennende Gift in seinem Atem. Sie hatte es auch im Blut ihrer letzten Beute geschmeckt, und es hatte sie auf eine Weise berauscht, die sie den Einen für kurze Zeit hatte vergessen lassen – bis jetzt.

Ein fremdartiger und dennoch vertrauter Geruch kitzelte ihre Kiemen. Es war der Duft des Einen, und er kam vom See her, also gegen den Strom. War das nur ein weiterer übler Streich oder ein wahres Zeichen?

Ehe sie sich versah, hatte sie sich vom Floß abgestoßen. Blitzschnell tauchte sie in die Mitte des Flussbetts, wo die Strömung am stärksten war, und ließ sich treiben, so flink ihre Flossen sie trugen.

Sie schoss dicht über dem steinigen Grund entlang und folgte der Spur bis zu der Stelle, wo der Fluss in den See mündete. War sie eben noch von einem ständigen Gurgeln umgeben gewesen, lag nun absolute Stille im Wasser. Suchend wendete sie sich nach links und rechts. Zum Glück führte die Fährte nicht zu der Siedlung, in deren Gestank sie sich sicher verloren hätte, sondern zu einer grünen Böschung auf der anderen Seite der Mündung.

Sie hatte Mühe, sich zurückzuhalten und nicht mit wilden Flossenschlägen loszuschwimmen. Langsam und ohne das Wasser aufzuwirbeln, glitt sie auf die Stelle zu, wo sich der Schatten eines Landgängers an der Oberfläche abzeichnete. Sie hörte eine Stimme. Ein Mann kniete am Ufer und blickte in den See. *Ist das wirklich der Eine?*

Für einen Moment glaubte sie, er würde zu ihr sprechen, doch dann merkte sie, dass er mit sich selbst redete.

»Warum hast du mir das angetan? Verfluchter Maskenmann! Nichts als leere Versprechungen: Meine Schwester ist immer noch frei, Ehrendaal nicht erobert, und die Golem-Armee ist einfach weitergezogen. Ich hasse dich!«

Der Landgänger zitterte am ganzen Körper, und schließlich schlug sein Gebrüll in Schluchzen um. »Was habe ich nur getan?

Ich habe die Hälfte meiner Männer in den Tod geführt. Mein Volk wird mich hassen … oder mich fürchten«, fügte er wahnsinnig lachend hinzu.

Salzig fielen seine Tränen in den See. Er war nicht besonders stattlich, verglichen mit den Flößern. Und sie musste nicht erst von seinem Fleisch kosten, um zu wissen, dass er nicht der Eine war – auch wenn ihm ein Hauch von dessen Geruch anhaftete.

Blinde Wut kochte in ihr hoch. Sie konnte sein Gejammer nicht länger ertragen, sie wollte ihn zum Schweigen bringen. Mit einem Satz sprang sie aus dem Wasser, dass ihr Leib auf die Böschung klatschte. Sie schlug ihm die Zähne in den Schenkel, krallte sich mit den Pranken in sein Fleisch und zerrte ihn in den See.

Der Landgänger war so überrascht, dass er nicht einmal schrie, sich nicht wehrte. Er war ein Schwächling. *Nein, er kann nicht der Eine sein.*

Ein plötzlicher Schmerz durchfuhr sie, und sie blickte nach unten. Ein Dorn steckte in ihrer Schwanzflosse. Männer mit Eisenkleidern und spitzen Stangen, länger als sie selbst, waren herbeigeeilt und stachen nach ihr. Ein weiterer Spieß durchbohrte sie und verhakte sich in ihrem Fleisch. Sie fuhr fauchend herum und schlug um sich. Doch die Speere waren zu lang, sie konnte keinen ihrer Gegner erreichen.

Während die Männer sie an Land zerrten, driftete ihr Opfer benommen auf den See hinaus. Schon watete einer der Landgänger ins Wasser, um ihn herauszuholen, da rief ein anderer: »Lass ihn ersaufen! So jemand ist nicht mein Heerführer und schon gar nicht mein Windfürst.«

»Habt Ihr als Wachen der Fürstengarde keinen Eid geschworen?«, ermahnte sie eine helle Stimme. Eine zierliche Frau in weiter Kluft und mit kurzem schwarzen Haar bahnte sich ihren Weg durch die Reihen der Soldaten. Die Männer überragten sie um mindestens einen Kopf, doch sie alle wichen ihrem finsteren Blick aus.

Für einen Moment war es ruhig. Dann setzte zustimmendes Gemurmel ein, und die Wachen zogen den Fürsten prustend und Wasser spuckend an Land.

Die meisten Männer scharten sich jedoch um sie, nur um sie angewidert anzustarren – wie damals die Schaulustigen in der Menagerie.

»So was Hässliches habe ich noch nie gesehen«, raunte einer.

»Ja«, pflichtete ihm ein anderer bei. »Wir sollten das Untier abknallen.«

Sie wusste nicht, was die Männer mit *abknallen* meinten, doch das war einerlei: Sie hatte ohnehin keine Kraft mehr in ihren Gräten. Ihr Körper war taub. Nur an den Stellen, wo die Dornen in ihrem Fleisch steckten, fühlte sie ein warmes Pochen.

Eine der Wachen hielt ihr ein Eisenrohr vor das Gesicht, das nach kaltem Feuer roch.

»Das würde ich nicht tun!«, mischte sich die zierliche Frau abermals ein. »Die Wunden Eures Herrn sehen vielleicht nicht besonders schlimm aus, aber das Gift der Nixe wird ihn umbringen, wenn man ihm kein Gegengift verabreicht. Und um das zu gewinnen, braucht man sie – lebendig.«

Die Leibwachen des Fürsten sahen die Frau skeptisch an. Dann redeten sie plötzlich alle durcheinander.

»Wer ist das?«

»Die Helferin des Thaumaturgen.«

»Wohl eher eine Hexe.«

»Vielleicht kennt sie das Rezept für das Gegengift?«

»Ruhe!«, brüllte einer der Männer mit hochrotem Kopf, um seine Kameraden zum Schweigen zu bringen. »Was müssen wir tun, um den Fürsten zu retten?«, fragte er die Frau.

»Bringt die beiden mit dem schnellsten Boot nach Windfall«, erwiderte sie bestimmt.

Sofort kam eine geschäftige Unruhe unter den Landgängern auf. Dann wurden nasse Tücher über ihre Augen und Kiemen geworfen, und es wurde dunkel um sie.

MISKAR

»Afalia, Helia, Tessa, Cerin … und Zelene«, murmelte Miskar vor sich hin. In der Dunkelheit des Kerkers hatte sich nicht nur sein Gehör, sondern auch sein Erinnerungsvermögen geschärft. Im Hellen war es ihm nie gelungen, all die Frauen aufzuzählen, mit denen er sich vergnügt hatte – hier unten hingegen schon. Mal hatte er sie nach Haarfarben, mal nach ihren anderweitigen Vorzügen sortiert, doch er war immer auf die gleiche Zahl gekommen: zweihundert. So wie es aussah, würde keine zweihundertunderste mehr dazukommen, dachte er gerade mit einer Spur von Selbstmitleid, als die Tür zu seiner Zelle geöffnet wurde.

Er kniff die Augen zusammen, um sie vor dem ungewohnt hellen Fackellicht zu schützen. Doch alles, was er erkennen konnte, war eine einzelne schlanke Gestalt mit hellem Haar.

»Quentin«, krächzte er, »ich dachte schon, du hättest mich vergessen.«

»Es waren schwierige Zeiten«, erwiderte der Gelehrte entschuldigend. »Aber jetzt habe ich gute Nachrichten für dich.«

Miskar musste anfangen zu lachen. Quentin sah ihn irritiert an – sichtlich besorgt, der Gossenzauberer könnte in der Dunkelheit seinen Verstand verloren haben.

»Ich stelle mir gerade vor, wie hübsch dein Haar aussehen muss, wenn es brennt«, kicherte Miskar.

Flugs senkte der Gelehrte die Fackel, sodass sie möglichst weit von seinem Kopf und den silberweißen Strähnen entfernt war. Dann wartete er einen Moment ab, bis sich der Zauberer beruhigt hatte.

»Der Herzfürst ist tot«, sagte Quentin schließlich in die Stille hinein. »Und auch sein Sohn Ulart. Erschlagen von den Golems des Thaumaturgen.«

Das hieß, Kaia war wieder frei!, schoss es Miskar durch den Kopf. Er sprang auf, von neuer Zuversicht erfüllt, doch schon im nächsten Augenblick saß er wieder auf dem Hosenboden, so schwindelig war ihm bei der plötzlichen Bewegung geworden.

Quentin kam näher und drückte ihm einen Wasserschlauch in die Hand. »Hier, nimm erst mal einen Schluck, um dich zu stärken.«

Miskar trank den halben Schlauch leer. »Und Kaia? Und Ehrendaal?«, fragte er immer noch krächzend.

»Die Prinzessin lebt, und die Stadt steht noch«, antwortete Quentin knapp. »Das ist mitunter auch der Grund, warum ich zu dir komme. Die Anklage wegen Hexerei gegen dich wird fallen gelassen, wenn du dich bereiterklärst, nach Oriza zu gehen und die Meister der Drei Türme in Herzfeldens Namen um Hilfe zu bitten. Mit irdischen Mitteln allein ist die Golem-Armee nämlich kaum zu bezwingen.«

»Wer verlangt das?«, wollte Miskar wissen und machte dabei keinen Hehl aus seinem Misstrauen.

»Falls es eine Rolle für dich spielt«, entgegnete Quentin, »dann sei versichert, dass eine erfolgreiche Mission die Prinzessin durchaus … positiv stimmen würde.«

Miskar jubelte innerlich. Er warf den Wasserschlauch beiseite und erhob sich, diesmal ohne zu taumeln. »Na dann los, ich habe lange genug hier unten gesessen.«

»Nicht so eilig«, erwiderte Quentin mit einem leichten Grinsen. »Kaias Onkel besteht trotzdem auf einer Bestrafung wegen Unzucht. Allerdings habe ich ihn auf drei symbolische Peitschenhiebe herunterhandeln können.«

*

Miskar verzog angewidert das Gesicht. Seine Zunge prickelte, als würde er an einem rostigen Nagel lutschen. Eigentlich hatte er sich vorgenommen, nie wieder aus dem Rotwasser zu trinken, und nun hatte er den Mund schon wieder voll mit dieser Brühe. Dabei konnte er sich noch nicht einmal daran erinnern, überhaupt Durst gehabt zu haben. Er hasste dieses Gewässer, und das nicht nur wegen des penetranten Eisengeruchs. Hinter jeder Biegung hoffte er, endlich das letzte Ufer zu erblicken. Doch ein ums andere Mal wurde er enttäuscht, wenn sich der See, einem Fluss gleich, nur noch weiter durch den roten Sand schlängelte – länger als alle Kanäle des Fleets zusammen.

Plötzlich wurde Miskar aus seinen Gedanken gerissen. Erst im letzten Moment bemerkte er, dass er geradewegs auf eine Untiefe zutrieb. *Wo kommt plötzlich diese Strömung her?* Er wollte mit dem Paddel einstechen, um dem Kanu eine andere Richtung zu geben, da stellte er fest, dass seine Hände leer waren. Panisch sah er sich um. Sein Ruder trieb zwei Bootslängen hinter ihm im Wasser. *Wie kann das sein?*

Er hatte keine Zeit, sich darüber den Kopf zu zerbrechen, denn auf einmal schüttelte es ihn, als ob er durch Stromschnellen führe. Geistesgegenwärtig krallte er sich an der Bordwand fest – keinen Moment zu spät. Der Rumpf knirschte laut, als das Boot auf eine Sandbank lief. Dann ruckte es, und das Kanu blieb stehen, so abrupt, dass es Miskar von seinem Sitz schleuderte.

Als er sich wieder aufrichtete, saß er auf dem Trockenen, doch weder im Boot noch auf einer Sandbank, sondern an seinem Lagerplatz, den er gestern Abend aufgeschlagen hatte. Den Eisengeschmack hatte er jedoch immer noch im Mund. Er beugte sich vor und spuckte aus. Sein Speichel war rot von Blut. Er musste sich im Schlaf auf die Zunge gebissen haben. Welch schmerzhafter Traum, dachte er grimmig.

Das einzig Tröstliche war die Gewissheit, dass das Rotwasser in Wahrheit schon seit etlichen Tagen hinter ihm lag. Wenn er sich nicht verlaufen hatte, dann müsste er schon bald Æstarya erreichen. Ab dort würde er dann schneller vorankommen, wenn er sich einer der zahlreichen Karawanen anschloss, die die Hochebene von A'Un in Richtung Oriza durchquerten.

Miskar stand auf und spülte sich den Mund mit etwas Branntwein aus, den er einer Ziegenhirtin vor ein paar Tagen abgeschwatzt hatte. Allein mit Schwatzen würde er heute jedoch nicht besonders weit kommen, denn seine wunde Zunge fühlte sich mindestens doppelt so groß an wie sonst.

Hastig packte er seine Sachen zusammen und machte sich auf den Weg. Schon seit Tagen reiste er durch verlassenes Land. Schroffe Hügel wechselten sich mit lichten Kiefernwäldern ab. Risse zogen sich in feinen Adern durch den Boden. Die Hellsonne hatte in diesem Jahr kein Erbarmen gekannt, und auch die Goldsonne strahlte mit ungewohnter Kraft. Er schirmte die Augen ab und blickte gen Himmel. Rote Wolkenfetzen hatten sich vor die gelbe Scheibe geschoben – und das am helllichten Tag und nicht zur Dämmerung. Etwas Derartiges hatte er noch nie gesehen. Ihn befiel ein ungutes Gefühl.

Nachdenklich nahm er einen weiteren Schluck aus dem Trinkschlauch. Der Wein war lauwarm und half weder seine geschwollene Zunge zu kühlen, noch die düstere Ahnung zu vertreiben. Ein Wirtshaus mit Eiskeller käme jetzt gelegen, obwohl ihm mittlerweile jede Art von Lebenszeichen recht war.

Ein paar Schritte weiter blieb Miskar überrascht stehen. Wenn er etwas liebte, dann war es die Magie des Schicksals. Direkt vor seiner Nase steckte ein windschiefer Wegweiser im Boden, der nach Norden zeigte. »Heubäck« stand darauf geschrieben. Ob es sich um eine Ortschaft oder einen Gasthof handelte, war ihm einerlei. Der Name klang einladend genug, um einen kleinen Umweg in Kauf zu nehmen.

Frischen Mutes folgte Miskar dem Pfad. Dabei lallte er vorsichtig vor sich hin, um seine Zunge zu lockern.

»Hmm … wäre ja noch schöner, hmm … wenn ich mir wegen der dicken Zunge nicht mal ein Bier bestellen könnte«, sagte er zu sich selbst. »Zum Glück bin ich noch nicht bei den Drei Türmen.«

»Warum?«, säuselte es plötzlich in seinen Ohren. Miskar erschrak und machte einen Satz zurück. Wo war bloß die Stimme hergekommen? Oder litt er schon unter Hingespinsten?

»Ich bin es«, erklang es wieder, und zu seiner Überraschung winkte ihm sein Schatten zu, obwohl Miskar selbst sich keinen Fingerbreit rührte.

»Wer bist du?«, fragte er misstrauisch.

»Stell dich nicht dümmer als du bist«, kam spitz die Antwort. »Wie viele Schatten kennst du denn, die sprechen können?«

»Elachand?«

»So ist es«, erwiderte der Schattenflüsterer. »Also: Warum bist du froh, dass du noch nicht bei den Drei Türmen bist?«

»Nun ... weil ich einen guten Eindruck machen will«, entgegnete Miskar, inzwischen von seinem Schock erholt. »Und das ist schwer möglich, wenn ich nicht richtig sprechen kann. Schließlich muss ich die Meister überzeugen, damit sie Hilfe nach Herzfelden schicken. Andernfalls kann ich Kaia vergessen.«

»Du willst also die Liebe der Prinzessin gewinnen?«, hauchte der Schatten und folgte ihm, während er weiterlief.

»Ja«, antwortete Miskar, den Blick auf den Boden gerichtet.

»Ich glaube dir nicht«, zischte Elachand.

»Und warum nicht? «

»Weil die Liebe nur ein Hirngespinst ist – geboren aus einer lauen Sommernacht und einem Krug süßen Weines. Sie ist nichts als der Menschen Wunsch, der eigenen Unvollkommenheit zu entfliehen. Doch genau wie der Sommer zum Winter und der Wein zu Essig wird, vergeht auch die Liebe. Und wir müssen einmal mehr erkennen, dass wir unvollkommen sind.«

Die Worte des Schattenflüsterers hinterließen einen sauren Beigeschmack, doch Miskar wollte sich das nicht eingestehen.

»Ich liebe Kaia!«, entgegnete er deshalb trotzig. »Und wenn ich mich erst bewiesen habe, dann wird sie mich auch lieben.«

»Du armer Tor!«, wisperte Elachand spöttisch. »Du willst doch nur deinen Seelenfunken wiederhaben, den du ihr geschenkt hast, in der Hoffnung, dass sie dich ranlässt.«

»Nein!«, knurrte Miskar wütend. »Das stimmt nicht, sie spürt unsere Verbundenheit auch …«

»… und schickt dich in ein ungewisses Schicksal?« Der Schatten lachte ihn aus. »Nein, Kaia ist vollkommen. Sie hat ihre Seele und sogar einen Teil von deiner. Aber du, du bist leer und willst deinen Funken zurück!«

Ein Donner ließ Miskar in diesem Moment aufschrecken. Tiefrote Sturmwolken verdunkelten plötzlich den Himmel, und von jetzt auf gleich war der fremde Schatten verschwunden.

Einige Hundert Schritte vor ihm wiegten sich die Kiefern im Wind, und ein mächtiges Rauschen ging durch den Wald. Vögel zwitscherten aufgeregt um die Wette und schwärmten in alle Richtungen davon. Zu seinen Füßen wimmelte es nur so von Käfern und Würmern, die sich aus dem Boden wühlten.

Was ging hier bloß vor sich? Dort, wo der Wind sie erfasste, färbten sich die Bäume grau. Ihre Nadeln und Zapfen regneten zu Boden, bis nur noch kahle Gerippe zurückblieben. Miskar klappte die Kinnlade runter. Ein Zeitensturm, und er raste geradewegs auf ihn zu!

Wie versteinert beobachtete er das unheimliche Schauspiel. Wenn das Schicksal derart aus dem Gleichgewicht war, konnte das nur Schlimmes bedeuten: Die Golems des Thaumaturgen hatten den Ewigen Berg erreicht. Doch er hatte keine Zeit weiter darüber nachzudenken, denn der Sturm war schon fast bei ihm.

Mit flinken Fingern knüpfte Miskar seinen Geldbeutel auf und fischte die beiden dicksten Gulden heraus. Er ballte seine Hände um die Goldstücke zu Fäusten. Intuitiv bewegte er sich im Takt der ächzenden Bäume und ließ sein Seelenfeuer fließen. Der Bannspruch musste funktionieren, und zwar schnell. Andernfalls würde der Zeitensturm seinen Körper verzehren.

Endlich spürte er einen eisigen Hauch. Wasser quoll aus dem Erdboden und floss in dünnen Fäden an seinen Waden hinauf. Er fühlte einen kalten Schauer, als ihm der Schweiß auf die Stirn trat und in Strömen den Nacken herabfloss. Dort, wo sich die

Flüssigkeiten trafen, legten sie sich wie ein kühlender Film auf seine Haut. Ein zartes Knistern setzte ein, und auf seiner Brust bildeten sich winzige Eiskristalle. Immer lauter knackend breiteten sie sich aus, bis ein feiner Eismantel seinen ganzen Körper bedeckte. Die Kälte schnitt ihm ins Fleisch, und seine Sicht verschwamm, als würde er durch Butzenglas gucken.

Miskar spürte, wie der scharfe Wind auf seine Eishülle traf. Um sich herum sah er Bäume verblassen und ihr Laub zu Staub zerfallen. Der Boden verdorrte und mit ihm die Gräser und Büsche. Miskar musste bei Bewusstsein bleiben. Das Eis durfte nicht schmelzen, bevor der Sturm vorüber war. Denn nur im frostigen Schutz seines Bannzaubers konnte er überleben.

Nicht einschlafen, nicht einschlafen! Doch die Kälte schnitt ihm tief in die Knochen und ließ nicht nur seine Glieder erstarren, sondern zuletzt auch seine Gedanken.

*

»Pst!«, hauchte eine Stimme, die wie raschelndes Laub klang. »Ich glaube, er wacht auf.«

Miskar wollte sich die rissigen Lippen befeuchten, um etwas zu sagen, aber seine Zunge klebte kalt und schwer an seinem Gaumen fest.

Jemand setzte einen Wasserschlauch an seinen Mund, allerdings so ungeschickt, dass die eine Hälfte danebenlief und die andere direkt in seine Luftröhre. Hustend spuckte Miskar das Wasser wieder aus.

»He, pass doch auf, Findel!«, tönte es schrill. »Das ist viel zu viel, er verschluckt sich ja.«

»Mach doch selber, du olle Kuh!«, schimpfte Findel zurück.

»Schrei Letti nicht so an!«, mischte sich eine dritte Stimme ein, und im Hintergrund begann jemand zu weinen.

»Jetzt seht nur, was ihr wieder angerichtet habt«, tadelte Letti die beiden Streithähne.

In was für ein Tollhaus war er hier nur geraten? Es roch nach Mist und feuchtem Heu. Fliegen surrten ihm um die Ohren. Mühsam öffnete er die Augen einen Spalt weit, um sich einen Überblick zu verschaffen, doch alles, was er sehen konnte, war ein rotgelber Schimmer. Halbblind tastete Miskar nach dem Wasserschlauch und nahm schließlich selbst einen Schluck zu sich.

»Wo bin ich?«, krächzte er.

»Bei uns«, schniefte eine helle Stimme.

»Ach, Stups, du Dummerchen«, lachte Letti, »der Mann weiß doch gar nicht, wer wir sind! Sie sind in Heubäck, mein Herr.«

Richtig, das Ortsschild, dachte Miskar.

»Du musst nicht mehr weinen«, tröstete Letti Stups, die immer noch schluchzte. »Jetzt wird alles gut, wo ein Großer da ist. Das habe ich dir doch versprochen.«

Ein Großer? Miskar hatte Letti von ihrer Stimme her für eine alte Frau gehalten, doch jetzt war er sich dessen nicht mehr so sicher. Er wischte sich mit der Hand über die Augen und blinzelte ein paarmal, um besser sehen zu können.

Er lag tatsächlich in einem Heubett, seine Nase hatte ihn also nicht getäuscht. Vor ihm hockten vier kleinwüchsige Menschen, die ihn aus großen Augen anstarrten. Ihre schmalen Gesichter waren schmutzig und von Falten übersät. Keiner von ihnen war größer als ein sechsjähriges Kind, und die Heulsuse, der der Rotz aus der Nase lief, war sogar noch um einiges kleiner – und schmutziger.

»Wie heißen Sie?«, wollte eine zwergenhafte Frau mit langen weißen Haaren wissen.

»Ich? Ich bin Miskar«, stöhnte der Gossenzauberer und rieb sich den Nacken, während er sich aufsetzte. »Und wer seid ihr?«

»Ich heiße Letti«, erwiderte die Greisin, »und das ist mein kleiner Bruder Gert.«

»Bin fast genauso groß«, grummelte der kleine Grauschopf sauer.

Doch Letti fuhr unbeeindruckt mit der Vorstellung fort und

deutete auf den verheulten Winzling, der ihr am Rockzipfel hing: »Das ist meine Schwester Sibil, aber alle nennen sie nur Stups. Und der Glatzkopf hier«, kicherte sie, »ist unser Freund Findel.«

»Jetzt frag ihn schon«, quengelte Gert und stupste seiner Schwester in die Seite.

Letti runzelte die Stirn, sodass sie noch mehr Falten hatte als ohnehin schon. »Hm«, machte sie und verschränkte die dünnen Ärmchen wichtigtuerisch vor der Brust. Sie musterte Miskar aus Augen, die zwar vor Staunen funkelten, aber gleichzeitig leerer wirkten als die einer blinden Greisin. Dann legte sie schließlich den Kopf schief und fragte: »Sind Sie ein Zauberer?«

Miskar lachte auf, auch wenn ihm bei der Frage überhaupt nicht zum Scherzen zumute war. »Wie kommst du denn darauf?«

»Großmutter hat immer gesagt, der Zeitensturm tut nur Kindern und Zauberern nicht weh«, antwortete sie mit tiefstem Ernst.

Miskar rieb sich verwundert die Augen. Ihm dämmerte langsam, wen er da vor sich hatte. »Wie alt bist du eigentlich, Letti?«

»Sechs«, antwortete sie, »aber schon fast sieben.«

Miskar schnappte nach Luft. Die vier waren Kinder, gefangen in den Körpern von Greisen! Die ärmsten mussten in den Zeitensturm geraten sein genau wie er. Zögerlich sah er an sich hinab. Seine Kleidung war noch klitschnass vom Eis seines Bannspruchs. Beim Anblick seiner Hände stockte ihm jedoch der Atem: Sie waren faltig wie die eines alten Mannes.

Das konnte nicht wahr sein, das *durfte* nicht wahr sein! Hatte sein Zauber etwa versagt? Panik schnürte ihm die Kehle zu. Er schloss die Augen und hoffte, dass alles nur ein böser Traum war. Doch als er sie wieder öffnete, starrte er immer noch auf seine altersfleckigen Hände.

»Hier, das sind deine«, flüsterte Letti und legte ihm zwei rußschwarze Klumpen in die Hand – die ausgebrannten Goldstücke. Sein Seelenfeuer musste heißer gebrannt haben als je zuvor, so stark verkohlt wie die Gulden waren. *Also hat der Zauberspruch doch gewirkt.* Miskar hatte Mühe, die Tränen zurückzuhalten. Mit einem Mal spürte er auch die Kälte, die der Seelenfrost in seinem Leib hinterlassen hatte, und begann zu schlottern.

»Nicht weinen«, lispelte Stups und setzte sich auf seinen Schoß. »Jetzt bist du ja bei uns.«

Doch der Versuch des kleinen Mädchens, ihn zu trösten, ließ Miskar nur noch heftiger schluchzen. Er war viel zu erschöpft, um sich zusammenzureißen, und erst als er seine letzte Träne vergossen hatte, fiel er in einen tiefen, traumlosen Schlaf.

*

Erschrocken fuhr Miskar hoch. Es war mitten in der Nacht, und sein eigenes Schnarchen musste ihn wohl geweckt haben. Letti, Findel, Gert und Stups hatten sich neben ihm ins Stroh gekuschelt und schliefen seelenruhig.

Hemd und Hose waren inzwischen trocken, stellte Miskar zufrieden fest, als er aufstand. Ächzend schulterte er seinen Rucksack und trat vor das Scheunentor. Er fühlte sich etwas steif in der Hüfte und wäre fast über einen Bollerwagen gestolpert, der ihm im Weg stand. Ob die Kinder ihn darin hergebracht hatten?

Er versuchte, sich im Dunkeln einen Überblick über den Ort zu verschaffen – das unregelmäßige rote Flackern am Horizont half ihm dabei. Heubäck war nicht sonderlich groß: ein kleiner Gutshof mit ein paar Hütten und Nebengebäuden, nicht viel mehr. Wo waren nur die Erwachsenen? Miskar hatte eine düstere Ahnung, und dennoch wollte er sich vergewissern.

Vorsichtig ging er auf das Gutshaus zu. Die Tür des flachen Steinbaus stand sperrangelweit offen. Er hielt die Luft an und lauschte in die dunkle Diele. Alles war still. Trotzdem verharrte er regungslos am Eingang. Als er nach mehreren Herzschlägen immer noch nichts hörte, gab er sich schließlich einen Ruck und schlich hinein. Dabei hielt er sich vorsichtshalber die Nase zu, denn er rechnete damit, dass es nach Tod und Verwesung stinken würde.

Erst als er kurz davor war zu ersticken, schnappte er kichernd nach Luft. *Ich habe doch sowieso nichts mehr zu befürchten: Ich bin schrumpelig und alt, und Kaia und meine Seele sind so gut wie verloren …*

Ohne nachzudenken stieß er einen Seufzer aus, der so tief aus seinem Innern kam, dass sein Seelenfeuer die Atemluft in eine glitzernde Wolke verwandelte. In dem Lichtschimmer traute er sich endlich in die angrenzende Stube. Dort fiel Miskar nichts Ungewöhnliches auf: Die Stühle standen gerade, der Tisch war gedeckt und der Schrank geschlossen. Auf dem Boden zeichneten sich jedoch feinkörnige Flecken ab, die in Größe und Form den Umrissen menschlicher Körper entsprachen. Die Erwachsenen waren einfach zu Staub zerfallen, so wie die Pflanzen und Tannennadeln im Wald.

Die Kinder waren die einzigen Überlebenden, daran hatte Miskar keinen Zweifel mehr. Nur, was sollte er mit ihnen anfangen? Er konnte sie unmöglich mitnehmen. Auf seiner Reise zu den Drei Türmen würden sie ihn nur aufhalten, und hier ging es um mehr als vier Kinderleben – es ging um das Schicksal von ganz Royum!

Zum Teufel noch mal, ich habe mich als Junge auch allein durch die Gassen von Oriza geschlagen. Und für ihre sieben Jahre ist Letti ein vernünftiges Mädchen. Sie wird schon auf die Kleinen aufpassen.

Auf leisen Sohlen schlich Miskar zurück zur Scheune. Doch er wollte nicht noch einmal hineingehen, sonst würde ihn der Anblick der Kleinen womöglich noch von seiner Pflicht abbringen. Vor dem Scheunentor setzte er den Rucksack ab und kramte all seine Vorräte heraus. Gut sichtbar legte er sie für die Kinder hin – Brotkrumen gegen das schlechte Gewissen. Dann stahl er sich wie ein Dieb in der Nacht davon. Und all das für die Liebe einer Frau – oder doch nur für seinen verlorenen Seelenfunken?

*

Miskar starrte zwischen den Baumkronen hindurch. Die Wolken im Norden waren schon den ganzen Vormittag über in ein flammendes Rot getaucht. Das Bild erinnerte ihn an eine längst vergangene Nacht in Oriza, als es im Viertel gebrannt hatte und der Nachthimmel vom Feuer erhellt worden war. Doch hier und jetzt war es helllichter Tag.

Der Gossenzauberer steckte sich einen Finger in den Mund und hielt ihn dann in die Luft. Es war windstill. Was auch immer sich im Norden zusammenbraute, würde fürs Erste im Norden bleiben. Zumindest hoffte er das, denn letztendlich waren Zeitenstürme unberechenbar.

Er ging weiter – langsamer als sonst, denn seine Füße waren geschwollen, und seine Gelenke schmerzten. Sein Körper fühlte sich genauso alt an, wie er aussah, dachte Miskar bitter und fuhr sich mit knochigen Fingern über das runzlige Gesicht. Er konnte sich nicht daran erinnern, je seinen Mut verloren zu haben – jetzt, wo er auf einen Schlag seine Jugend eingebüßt hatte, stand er jedoch kurz davor. Wie betäubt lief er weiter und wanderte über weite gelbgrüne Wiesen, nur begleitet vom Zirpen der Grillen und dem Duft von Gras und Feldblumen.

Doch all das nahm er kaum noch wahr, bis er gegen Mittag zwei scheinbar endlose Reihen von Bäumen vor sich erblickte. Die hellen Stämme waren so gerade gewachsen, als hätte man sie an einer Schnur aufgezogen. Weißlinden, schoss es Miskar durch den Kopf. Das musste die Allee sein, die zum Ewigen Berg führte.

Kurze Zeit später kreuzte er den Weg, und tatsächlich befand er sich auf dem berühmten Pilgerpfad. An den Zweigen hingen bunte Sonnenscheiben und allerlei andere Talismane, die Generationen von Pilgern als Zeichen ihrer Durchreise hinterlassen hatten. Auch seine Wanderung glich einer Wallfahrt, fand Miskar. Nur war nicht Erleuchtung der Grund für seine Reise. Er war aufgebrochen, um das Herz der Prinzessin zu gewinnen. Leider konnte er sich jedoch partout nicht an ihr Antlitz erinnern. Immer wenn er die Augen schloss, um sich Kaias Lachen vorzustellen, wurden ihre Grübchen zu Runzeln, und am Ende blickte er in Lettis schmales Gesicht.

Miskar war so in Gedanken versunken, dass er gar nicht bemerkt hatte, dass er schon seit einer ganzen Weile dem Pilgerpfad gefolgt war. Erst das laute Holpern von Rädern ließ ihn aufhorchen.

Hinter ihm kam eine Gruppe von Flüchtlingen heran. Die Leute hatten ihre ganze Habe auf Pferdewagen und Handkarren gestapelt. Schränke, Truhen, Körbe und Hühnerkäfige türmten sich in abenteuerlicher Höhe und schwankten bei jeder Unebenheit der Straße gefährlich vor und zurück. Die Männer und Frauen blickten ihn mit müden Augen an, zu erschöpft, um ihn nach dem Woher und Wohin zu fragen. *Welche Gefahr mag schon von mir ausgehen, ich bin ein einsamer, alter Wanderer.*

Auf seine Frage, ob sie nach Æstarya reisten, nickten sie nur stumm und ließen ihn in stillem Einverständnis mit sich ziehen.

Am Nachmittag erreichten sie eine triste Ödnis, in der weder Gräser noch Flechten wuchsen. Ein milchig grauer See lag zu ihrer Rechten, und dahinter erstreckte sich eine Steilwand, so weit das Auge reichte: die Staubklippen von Æstarya.

Sie verließen den Pilgerpfad und hielten geradewegs auf einen Höhenweg zu, der hinauf ins Hochland führte. Doch schon auf halber Strecke merkten sie, dass sich Menschen, Tiere und Wagen am Fuße der Klippen stauten. Der Pass war gesperrt.

Mit Schwertlanzen und Arkebusen bewaffnete Soldaten patrouillierten entlang des Weges und nahmen die Flüchtlinge in Augenschein. Auf ihren spitzen Helmen prangte ein schwarzes Einhorn, das Wappen des æstaryanischen Herrscherhauses E'Kyl.

Miskar ging ein Stück weiter vor, um sich unter die Leute zu mischen, denn er wollte wissen, worüber sie redeten.

»He, Alter, stell dich gefälligst hinten an!«, schrie ein aufgebrachter Bauer und stieß ihn zu Boden.

Miskar wollte sich elegant abrollen und gleich wieder aufstehen, doch seine alten Knochen machten ihm einen Strich durch die Rechnung. Ächzend blieb er liegen.

Plötzlich war ein schlanker junger Mann an seiner Seite. »Ich hoffe, Ihr habt Euch nichts getan, Väterchen?«, fragte er besorgt, während er ihm aufhalf. Auch seine schwangere Frau kam herbeigeeilt und klopfte ihm den Staub vom Rücken.

»Danke, ich komme zurecht«, nuschelte Miskar und richtete seine Kleidung.

»Wenn Ihr kein Geld habt, könnt Ihr sowieso gleich wieder umkehren!«, schimpfte ein feister Kaufmann aus seiner Kutsche heraus. »Wenn das all die armen Schlucker verstehen würden, müsste unsereins nicht so lang warten. Und einen Hundertgarner lässt man nicht warten! Meine Familie beliefert den Königshof seit drei Generationen mit bestem Zwirn – seit *drei* Generationen!«

Miskar versuchte, die Stimme des Kaufmanns auszublenden. Sollte er doch seine Wachen mit dem Gezeter nerven.

Sein junger Helfer sah ihn indes fragend an. »Kommt Ihr auch aus dem Norden, Herr? Bei uns in Zweihofen hat der rote Sturm ganze Felder in Asche verwandelt. Wo sollen wir nur hin, ohne Essen? Gerade jetzt, wo wir das Kind erwarten. Ich hoffe nur, sie können tüchtige Leute in Æstarya gebrauchen.«

»Bestimmt«, beschwichtigte Miskar den aufgeregten Schlaks und wandte sich schon von ihm ab.

Ein greiser Mann mit langem Schnauzbart und tintenschwarzen Fingern gesellte sich zu ihm. »Seid Ihr auch ein Gelehrter?«

Miskar nickte. Wenn seine grauen Schläfen und sein krummer Rücken schon zu sonst nichts taugten, dann wenigstens für diesen kleinen Schwindel. Er hatte das Gefühl, dass er von dem Alten etwas Brauchbares erfahren konnte.

»Mehr als vierzig Jahre habe ich in Südhang als Schreiber gearbeitet«, raunte der Gelehrte Miskar verschwörerisch zu. »Zeitenwinde hat es so nah am Ewigen Berg immer mal wieder gegeben, wenn die Enthüller zu schnell gegraben haben. Aber so etwas habe ich noch nie erlebt. Golems sind in den Berg marschiert – eine ganze Armee! Ich mag mir gar nicht vorstellen, was den armen Gremlins zugestoßen ist. Einen solchen Sturm können selbst sie nicht überlebt haben, auch nicht dort unten in den Stollen. Der ganze Berg hat rot geglüht.«

Plötzlich ging ein Raunen durch die Menge. Die Leute starrten ängstlich hinauf zu den Klippen, wo die Abendluft merkwürdig flimmerte. Erst jetzt bemerkte Miskar, dass sich auf dem höchsten Punkt des Passes ein Stufenturm in den Fels schmiegte. Von dort ging das ölige Flimmern aus, das sich in hohem Bogen bis zu einer Burg weiter im Norden ausbreitete. Kaum hatte das Wabern jedoch die ferne Feste erreicht, zerplatzte es wie eine Seifenblase. Zurück blieb eine dichte Wolke, aus der es auf die Umgebung herabschneite.

Miskar sog die kalte Luft prüfend ein, die zu ihnen herüberwehte. Er kannte den Geruch – es war nicht der des Winters, sondern der von Seelenfrost. Sie waren gerade Zeugen eines mächtigen Rituals geworden. Miskar grübelte, ob der magische Schutzwall auch einem Zeitensturm standhalten würde. Er war sich nicht sicher.

Das übernatürliche Schauspiel war kaum vorüber, da näherte sich ihnen ein Trupp Soldaten. Der Kaufmann stieg aus seiner Kutsche aus und fing die Bewaffneten ab, um wild gestikulierend auf sie einzureden und ihnen ein paar Kisten zu zeigen, die auf seinem Wagen standen. Der Inhalt schien die Soldaten zufriedenzustellen, denn sie winkten ihn aus der Schlange heraus und ließen ihn passieren.

»Ich habe doch gesagt, dass es ein Irrtum sein muss, einen

Hundertgarner warten zu lassen«, tönte er triumphierend, während er den anderen Flüchtlingen einen gespielt mitleidigen Blick zuwarf.

»Sie werden uns nicht durchlassen«, schluchzte die schwangere Frau verzweifelt, und ihr Mann wurde ganz blass um die Nasenspitze. Ihm schien keine Aufmunterung einzufallen, die nicht bloß nach einer Durchhalteparole geklungen hätte.

Als Nächstes interessierten sich die Soldaten für den Alten, der sich mit Miskar unterhalten hatte.

»Welchen Beruf übt Ihr aus?«, wollte einer der Æstaryaner wissen.

»Schreiber«, erwiderte der alte Mann, »mit jahrelanger Erfahrung.«

»Kennt Ihr Euch in der Heilkunst aus?«, hakte der Soldat gelangweilt nach.

»Nein, leider nicht«, antwortete der Alte leise und blickte niedergeschlagen zu Boden.

»Dann haben wir keine Verwendung für Euch. Wie sieht es mit Euch aus, Rabal?«

Zwischen den Soldaten trat eine untersetzte Gestalt hervor, gewandet in eine graue Robe. Es gab keinen Zweifel: Der Mann war ein Magiker des Ersten Turmes. Mit seinem Kristallauge musterte er den alten Schreiber und schüttelte dann den Kopf.

Einer plötzlichen Eingebung folgend, drehte sich Miskar zu dem schlaksigen Kerl um und packte ihn am Arm. »Wenn du mit deiner Frau nach Æstarya willst«, flüsterte er ihm eindringlich ins Ohr, »dann hör mir jetzt gut zu. Geh zu dem Zauberer und sag ihm, dass ihr beide eine persönliche Nachricht an Meister Gregorius zu überbringen habt. Wenn er dich nach deinem Namen fragt, dann sagst du, du heißt Miskar. Hast du mich verstanden?«

Der junge Mann sah ihn verwirrt an. Doch schließlich nickte er zögerlich. »Herr, eine Frage noch: Und was soll ich diesem Meister dann ausrichten?«

»Dass Miskars Platz dort ist, wo die Zeitenstürme wüten, und nicht hinter den Mauern der Akademie. Und wenn er sich bei ihm bedanken will, dann soll er dich und dein Weib in seinen Haushalt aufnehmen.«

TUULIKKI

Sie erwachte und fühlte sich, als hätte sie tagelang auf dem Trockenen gelegen. Die Wundmale, die die Spieße der Soldaten hinterlassen hatten, schmerzten. Nur wo waren die Landgänger? Und viel wichtiger, wo war *sie?* Das Wasser, das sie umgab, lieferte keine Antworten auf ihre Fragen. Es gab keine Bewegung und auch keinen Geruch, nur einen bitteren Geschmack in ihrem Mund.

Von allen Seiten her schimmerte ein trübes Licht. *Was kann das sein?* Sie schüttelte sich, bis die Bitterkeit in winzigen Tropfen aus ihren Kiemen perlte.

Trotz aller Ungewissheit verspürte sie keine Angst. Sie war von einer seltsamen inneren Ruhe erfüllt, die auf etwas fußte, dass sie weder sehen noch hören oder riechen konnte. Nur eine einzige Präsenz konnte diesen Einfluss auf sie haben: der Eine. Er war hier!

Und dann drang seine Stimme zum ersten Mal an ihre Ohren. Ihr Klang war dumpf und so verzerrt, dass sie nicht genau sagen konnte, aus welcher Richtung sie kam.

»Faszinierend, wie schnell sie das Gift ausgeschieden hat.«

Sie zitterte am ganzen Leib vor Verzückung – die Worte galten ihr, er meinte tatsächlich sie! Sie wollte ihm näher sein und machte einen kurzen Flossenschlag, doch sofort stieß sie gegen eine harte Fläche. Erst jetzt begriff sie, dass das Wasser gar nicht trüb, sondern von einem milchigen Material umgeben war. Verwirrt sah sie sich um. War sie im Innern einer Perle gefangen?

An einer Stelle über ihr war ein dunkler Fleck auszumachen, gerade groß genug, dass sie hindurchpasste. Das musste das Tor zu ihrem Verlies sein.

Sie presste ihr Gesicht an die durchscheinende Wand und

blickte in eine andere Welt: Das Überwasser war nicht nur über ihr, sondern überall um sie herum; es war steingrau und von vielen flackernden Lichtern erhellt. Für einen Moment hörten ihre Kiemendeckel auf zu schlagen, und ihr Herz blieb stehen. Vor ihr – keine Flossenlänge entfernt – stand der Eine, schlank und rank und in fließende Stoffe gehüllt. Sie streckte all ihre Sinne nach ihm aus, doch sie vermochte nicht durch seine Maske zu dringen und sein Wesen zu erspüren. Diese Ungewissheit machte sie rasend und ließ sie nur noch stärker nach ihm gieren.

»Du siehst mich an, als ob wir uns kennen würden«, sagte er in einem Tonfall, so unbewegt wie seine goldenen Gesichtszüge. »Haben wir uns schon einmal gesehen?«

Nein, das wüsste ich!, versuchte sie in der Sprache der Landgänger zu sagen, doch ihre Lippen brachten lediglich das Wasser zum Blubbern.

Aufmerksam verfolgte der Eine die aufsteigenden Blasen, als ob er aus ihrer Form und Größe die Bedeutung ihrer Worte herauslesen konnte. »Interessant«, stellte er nüchtern fest, »du verstehst mich.«

Ihr wurde ganz schwindlig bei dem Gedanken, dass sie einander verstanden. Sie presste Stirn und Vorderflossen an die milchige Wand und sog den Hall seiner Stimme auf wie ein trockener Schwamm.

»Für einen Augenblick dachte ich wirklich, wir wären uns schon einmal begegnet«, grübelte der Eine laut. »In einem früheren Leben. Ich war einmal der Sohn eines Fischers. Aber das ist lange her, und ich habe fürwahr Besseres zu tun, als der Vergangenheit nachzuhängen.«

Dann lass mich deine Zukunft sein!, gurgelte sie ihm zu, bis ein giftiger Nebel aus ihren Kiemen trat. Für gewöhnlich betäubte diese Wolke ihre Opfer und machte sie hörig. In dem gläsernen Gefängnis verpuffte sie jedoch ebenso wirkungslos wie ihre Lockrufe. *Komm zu mir*, hauchte sie verzweifelt ins Wasser. *Wir sind füreinander bestimmt!*

Der Eine schüttelte ungerührt den Kopf. »Ich halte mein Schicksal in eigenen Händen. Und außerdem habe ich jetzt keine Zeit, sonst wäre deine Gabe verschenkt.«

Er schwenkte ein durchsichtiges Röhrchen durch die Luft, das mit einer dicken Flüssigkeit gefüllt war – ihrem Blut.

»Ich weiß nicht einmal, warum ich dich habe leben lassen«, flüsterte er, anscheinend über sich selbst erstaunt. Dann entfernte er sich von ihr und wurde wieder zu einem blassen Schemen in der grauen Welt des Überwassers.

GEH NICHT!

Ihr Schrei schäumte das Wasser so stark auf, dass es ihr die Sicht nahm. Hektisch tauchte sie an der glatten Wand entlang, um den Einen nicht aus den Augen zu verlieren. Als sich die Blasen endlich gelegt hatten, nahm sie ihre Umgebung zum ersten Mal bewusst wahr.

Ihr durchsichtiges Gefängnis befand sich am Rand einer Höhle, in deren Mitte ein länglicher Felsblock stand. Auf dem Stein ruhte ein menschlicher Koloss aus Eisen und neben ihm ein lebloser Landgänger. Es war ihr Opfer aus dem See. Der Mann war nackt. Seine Arme und Beine waren schwarz von ihrem Gift. So wie er aussah, mussten wenigstens drei Hell und Dunkel vergangen sein, seit sie ihn gebissen hatte. Hatte sie die ganze Zeit über geschlafen?

Der Eine ging derweil zu einem Feuer, das in einem steinernen Schlund loderte. Er träufelte ihr Blut in einen von zwei Kesseln, die dort über den Flammen hingen. Unter lautem Zischen fügte er eine klare Flüssigkeit und eine Prise rosenfarbener Körner hinzu.

»Blut und Geist und seltene Erden helfen gegen Nixengift«, murmelte er wie zu sich selbst. In den größeren Topf warf er indes einen Klumpen Blei. Sein Gesicht schimmerte rotgolden, während er in das Feuer starrte und wartete. Als er endlich zufrieden mit dem Ergebnis schien, tunkte er ein Tuch in den Kessel mit dem Blut und legte es dem reglosen Landgänger über Mund und Nase.

Dann schlenderte er zu einer Holzbank, die mit den merkwürdigsten Gerätschaften übersät war. Die Dinge, die sich dort stapelten, waren ihren Augen so fremd, dass sie keine Worte für sie hatte. Aus dem Sammelsurium an Gegenständen wählte er schließlich ein langes Eisenblatt, das mit scharfen Zähnen bewehrt war. Mit ruhiger Hand führte er es an den abgestorbenen Arm des Mannes und trennte ihn direkt unter der Schulter ab.

Der Landgänger zuckte, als sich die gezackte Klinge in sein Fleisch fraß. Er lebte also noch. Mit Eiter verschmiertes Blut sickerte aus der Wunde hervor. Doch erst als es hellrot sprudelte, tauchte der Eine eine Kelle in den großen Topf und übergoss den Stumpf mit flüssigem Blei. Nachdem er damit fertig war, wiederholte er die Prozedur an den anderen drei Gliedmaßen.

Die schwarzen Körperteile warf der Eine achtlos zu Boden. Dann löste er die Arme und Beine von dem Eisenkoloss und passte sie mit Eisenschienen und Gurten an den Torso des Mannes an.

Als seine Arbeit beendet war, trat der Eine einen Schritt zurück und besah sich in aller Ruhe sein Werk. Kopf und Körper des Landgängers wirkten geradezu grotesk klein zwischen den schweren Eisengliedern, doch das schien den Einen nicht zu stören. Beinahe behutsam nahm er das Tuch vom Gesicht seines Patienten und flößte ihm Tropfen von einer grünlich dampfenden Flüssigkeit ein. Keinen Atemzug später fuhr der Mann hustend hoch.

Entsetzt riss er die Augen auf, als er seine Arme und Beine sah. Er wollte schreien, aber ihm entfuhr nur ein undeutliches Krächzen.

»Halb Mensch, halb Golem«, stellte der Eine mit kalter Stimme fest. »Nun, mein Fürst, seid Ihr wahrhaftig ein Heerführer, vor dem ganz Royum erzittern wird!«

QUENTIN

»Hoheit, seid Ihr wirklich sicher, dass Ihr *da* reinwollt?« Quentin sah die Prinzessin an, als hätte sie den Verstand verloren.

»Ihr habt doch nicht vor, die Leine loszulassen, oder?«, erwiderte Kaia schmunzelnd, während sie das Seil um ihre Taille schnürte.

»So übel, wie Ihr gleich riechen werdet, ist das durchaus eine Überlegung wert«, sagte der Gelehrte. »Aber im Ernst: Denkt Ihr nicht, dass sich jemand finden lässt, der das für Euch übernehmen könnte?«

»Meldet sich da etwa jemand freiwillig?« Kaia funkelte ihn schelmisch aus grünen Augen an, doch Quentin hob nur abwehrend die Hände.

Sie schüttelte lachend den Kopf. »Außerdem hab ich es Euch doch erklärt: Wer sich zu schade für die niedrigsten Aufgaben ist …«

»… für den sind auch die höchsten Aufgaben zu schade«, beendete er die Binsenweisheit und verdrehte die Augen.

»Das ist keine leere Floskel«, beharrte die Prinzessin mit erhobenem Zeigefinger. »Meine Mutter hat uns als Kinder die Nachttöpfe selber leeren lassen.«

»Wo wir wieder bei diesem Gestank wären«, stellte Quentin naserümpfend fest.

Gemeinsam blickten sie von der zerstörten Brücke hinab in den Wassergraben – wobei Wasser nicht der richtige Ausdruck war, fand Quentin. Selbst Enten mieden die braune Brühe. Der Algenteppich war dichter als das Fell eines verlausten Bergschafs. Selbst an den wenigen freien Flecken konnte die Mittagssonne das trübe Gewässer nicht erhellen.

Er trat bis an den Rand der Brücke vor, dort wo die Kanonenkugel eingeschlagen war, und prüfte das Geländer. »Hier kann ich mich gut gegenstemmen, um Euch zu halten. Und außerdem müsste das auch die Stelle sein, wo der Golem reingefallen ist.«

»Ja, ich glaube auch«, stimmte ihm die Prinzessin zu. »Eigentlich sollte es keine Schwierigkeiten geben, aber wenn ich zweimal am Seil ziehe, dann holt Ihr mich hoch, verstanden?«

Quentin nickte, und ehe er sich versah, hatte Kaia ihre Weste abgestreift und war über den Brückenrand geklettert. Äußerst behände stieg sie an einem der zersplitterten Pfeiler hinab.

Nach ungefähr drei Schritten ließ sie sich ins Wasser gleiten, das sie glucksend begrüßte. Einmal noch holte sie tief Luft, dann war ihr blonder Schopf verschwunden.

Wellen schlugen gegen die Brücke, als sie mit den Beinen strampelnd abtauchte. Dann herrschte Stille. Ganz Ehrendaal hielt gerade Mittagsruhe. Nur zwei Wachen beobachten neugierig das Geschehen von der Stadtmauer aus.

Quentin starrte angestrengt in den Graben und zählte seine Atemzüge. Acht, neun, zehn … langsam wurde er unruhig, denn nirgends sah er Bläschen aufsteigen. Elf, zwölf … noch immer rührte sich nichts. Dreizehn … ein Arm durchbrach die Wasseroberfläche und war im Nu wieder verschwunden.

Panisch zog Quentin an dem Seil, doch es bewegte sich keinen Fingerbreit. Bestimmt hatte es sich unter Wasser verheddert – oder lebte der Golem etwa noch? Er verbannte den Gedanken und zerrte weiter an der Leine. Dabei rief er die Wachen zu Hilfe, doch die verstanden ihn anscheinend nicht und winkten nur zurück.

Verdammt, ihm blieb nichts anderes übrig: Er musste auch in den Graben! Mit zitternden Fingern öffnete er sein Hemd, da tauchte Kaia prustend auf. Selten zuvor in seinem Leben war Quentin so erleichtert gewesen.

»Ist alles in Ordnung?«

»Ja!«, rief sie, während sie sich am Brückenpfeiler festhielt und sich die Entengrütze aus dem Gesicht wischte. »Ist Euch da oben zu heiß?«

»Was? Wieso?«, fragte er verdattert.

»Weil Ihr Euer Hemd aufgeknöpft habt.«

»Oh … nein«, stammelte Quentin. »Ich dachte, Ihr wärt am Ertrinken und wollte Euch hinterherspringen …«

Die Prinzessin musste herzhaft lachen. »Und da lasst Ihr Euch Zeit, um Euch in aller Ruhe zu entkleiden?«

Quentin zuckte verlegen die Schultern.

»Interessiert Euch denn gar nicht, was ich entdeckt habe?«

»Und ob«, erwiderte er.

»So ein Golem ist ganz schön riesig, sag ich Euch. Das Visier war der einzige Teil, den ich bewegen konnte, aber direkt dahinter war ein feines Gitter. Ich würde zu gerne wissen, was in dem Kopf drin ist.«

»Vielleicht könnt Ihr das Gitter mit Eurem Dolch aufhebeln?«, schlug Quentin vor.

»Gute Idee, nur liegt der oben bei meiner Weste.«

»Das hätten wir gleich«, antwortete der Gelehrte und zog sein Hemd nun doch aus. Dann wickelte er die Klinge in den Stoff und warf das Bündel der Prinzessin zu.

»Bis gleich«, verabschiedete sie sich, nachdem sie die Waffe ausgewickelt hatte, und verschwand erneut unter dem Algenteppich.

Es dauerte eine ganze Weile, bis sie abermals auftauchte. »Fast fertig«, schnaubte sie, holte kurz Luft und war sofort wieder untergetaucht.

Was steckte wohl im Kopf eines Golems?, grübelte Quentin. *Zahnräder, ein einbalsamiertes Gehirn oder nichts dergleichen?*

Dieses Mal musste er nur bis zum fünften Atemzug warten. Kaia schoss regelrecht durch die Oberfläche, ihre Faust triumphierend in die Höhe gereckt. Schmutzig braun quoll das Wasser zwischen ihren Fingern hervor. *Nein, das ist Blut,* korrigierte er sich. Die Prinzessin schien ihre Verletzung jedoch gar nicht zu bemerken, und solange sie dort unten war, wollte er sie nicht unnötig beunruhigen.

»Haltet Euch gut fest«, rief er ihr zu, »ich ziehe Euch jetzt rauf!«

Quentin wickelte das Seilende um seinen rechten Unterarm und stemmte sich mit seinem ganzen Gewicht gegen das Geländer. Wieder hakte es. Er zerrte und ruckte an dem Seil, dann war es endlich frei. Die Prinzessin half ihm, indem sie sich mit den Beinen vom Pfeiler abstieß, und nach ein paar kräftigen Zügen war sie endlich wieder auf trockenem Boden.

Sie stank erbärmlich. Ihre Kleidung tropfte, und Entengrütze klebte ihr im Haar. Doch all diese Eindrücke verblassten, als sie die Faust öffnete: In ihrer blutenden Hand hielt sie einen Haufen Splitter, der bunt in der Mittagssonne funkelte.

»Die Tempelkuppeln«, raunte Quentin fassungslos. Er drehte sich um und ließ den Blick über die Dächer der Stadt schweifen. Dort, wo Tempel und Schreine zwischen den Häusern aufragten, waren kleine Inseln von weiß-, gold-, rot- und purpurfarbenem Licht.

»Das ist das Kristallglas aus den Tempelrauben«, erklärte er mit fester Stimme. »Und ich habe eine Vermutung, was der Thaumaturg damit anstellt!«

*

Ihre Schritte hallten durch den Rittersaal, als sie zügig an den Bannern vorbeigingen. Es war das erste Mal, dass sie wieder hier waren, seit sie Fürst Ardegast die Kunde von der verlorenen Schlacht überbracht hatten.

Immer noch herrschte Staatstrauer. Innerhalb weniger Tage hatten die Herzfelder ihren Prinzen und ihren Fürsten verloren. Das einst stolze Fürstentum befand sich in einem Schockzustand. Quentin wollte sich lieber nicht ausmalen, was geschehen würde, wenn die Golem-Armee zurückkehrte oder, schlimmer noch, die Zeitenstürme Ehrendaal erreichten.

»Seid Ihr sicher, dass es schlau ist, einfach so in die Ratssitzung hineinzuplatzen?«, fragte er die Prinzessin so wenig oberlehrerhaft, wie er es vermochte.

»Und seid *Ihr* sicher, dass es schlau ist, unsere Entdeckung dem Rat länger vorzuenthalten?«, hielt Kaia eisern dagegen.

Darauf fiel Quentin nichts ein. Es war ohnehin zwecklos zu versuchen die Prinzessin umzustimmen, wenn dieses Funkeln in ihren Augen lag.

Für einen kurzen Moment versperrten ihnen die Wachen den Eingang zur Ratskammer, aber ein Blick von Kaia genügte, um sie zur Seite weichen zu lassen. Die Tür schwang leise auf, und sie traten ein – die Prinzessin ging voran, und er folgte ihr.

Die meisten Stühle an der Tafel waren unbesetzt, so auch der Platz des Herzfürsten. Hinter seinem Sitz stand jedoch Hauptmann Thorian, der gerade dabei war, das Wort an die wenigen Anwesenden zu richten.

Der Ritter verzog die buschigen Brauen und warf Kaia und Quentin einen strengen Blick zu. Glendart, Vater Läpius und Prinz Delanbredh waren über die unerwartete Störung jedoch weniger verärgert. Kaias Onkel sprang sogar erfreut auf und verbeugte sich.

»Ah, wie entzückend, dass Ihr uns mit Eurer Anwesenheit beehrt«, jubilierte er. Doch schon mit dem nächsten Atemzug verfiel er in einen dramatischeren Ton. »Wir haben uns in diesen harten Zeiten viel zu selten gesehen. Ich hoffe, die Trauer um Euren Mann erdrückt Euch nicht, mein Kind.«

Die Prinzessin senkte ihr Haupt. »Wir alle leiden unter diesem Schicksalsschlag«, murmelte sie mit gespielter Betretenheit.

Quentin musste an sich halten, um nicht laut loszuprusten. Seit seinem Tod hatte sich Kaia zwar nie abfällig über Ulart geäußert, aber der Gedanke, dass sie ihm nachtrauerte, war geradezu aberwitzig. Dieser Glendart war immer noch ein elender Stiefellecker – selbst jetzt, wo es keinen gestrengen Ardegast mehr gab, dem er glaubte, gefallen zu müssen. Kaum vorstellbar, dass er der nächste Fürst von Herzfelden sein sollte. Der Gedanke ließ Quentin hoffen, dass die Trauerzeit nicht Tage, sondern Jahre dauern würde.

Ritter Thorian fuhr sich durch den Bart und schnaubte vernehmlich. »Verzeiht, wenn ich unhöflich bin und Ihre Hoheit nicht angemessen begrüße«, sagte er in einem Ton, der so gar nicht nach einer Entschuldigung klang, »aber ich würde die begonnene Angelegenheit gerne noch zu Ende bringen.«

Kaia nickte dem Hauptmann knapp zu und nahm am Ende der Tafel Platz.

Schweigend setzte sich Quentin zu ihr.

»Hoheit, ich bitte Euch inständig, Euch die Sache noch einmal gut zu überlegen«, fuhr Thorian an Prinz Delanbredh gewandt fort. »Euer Volk braucht Euch! Ihr seid der letzte reinblütige Steinershag.«

»Ich *habe* darüber nachgedacht«, erwiderte Delanbredh ruhig, »und meine Antwort lautet Nein – heute genau wie gestern und morgen.«

»Ihr hättet meinen Segen«, versicherte ihm Vater Läpius mit weicher Stimme. »Ihr müsst kein Mann der Kirche bleiben. Ich würde Euch von Eurem Sonneneid entbinden.«

Doch der Prinz schüttelte nur müde den Kopf.

»Dann müsst Ihr ertragen, dass ich Euch wieder frage«, verkündete Ritter Thorian. »An jedem Morgen, bis zum einundsechzigsten und letzten Tag der Trauer.«

»Wir sind alle da, um Eure Last mit Euch zu teilen«, versicherte Glendart seinem Großneffen und fasste sich ans Herz. »Herzfelden kann sich auf uns verlassen, nicht wahr, meine Herren? Und außerdem, mein Prinz, gibt es auch gute Nachrichten: Unsere Späher berichten, dass sich die Golem-Armee bis weit hinter den Oron zurückgezogen hat.«

»Aber nur ein Teil der Streitmacht«, unterbrach ihn der Hauptmann.

»Ja«, stimmte ihm der Sonnenpriester in mahnendem Tonfall

zu. »Die anderen Eisenkolosse greifen nämlich den Ewigen Berg an.«

»Aber die Zeitenstürme toben alle westlich des Rotwassers«, entgegnete Glendart spitz. »Außer Rossburg und Heubäck sind keine Ortschaften betroffen, die der Herzkrone unterstehen. Und die frühe Ernte gestaltet sich auch höchst zufriedenstellend«, fügte er stolz hinzu, als wäre das seine Idee gewesen. Der schmächtige Mann fischte eine Liste aus seiner Manteltasche heraus, faltete sie auf und las laut vor: »Rotsassen: 900 Scheffel Roggen, 480 Scheffel Hafer und 320 Scheffel Gerste. Goldsassen: 2 000 Scheffel Roggen, 1 100 Scheffel Hafer und 940 Scheffel Gerste. Filzerhof: 1 500 Scheffel Roggen …«

»Das sind ja großartige Zahlen«, platzte Kaia ungeduldig dazwischen. Ihr Onkel sah sie verwirrt an und schien nicht recht zu wissen, ob er sich mehr über die Unterbrechung ärgern oder über das Lob freuen sollte.

Die Prinzessin nutzte seine Unentschlossenheit: »Aber es gibt wichtige Neuigkeiten: Ihr entsinnt Euch sicherlich, dass in ganz Oktanien Teile von Tempelkuppeln verschwunden sind?«

Die Männer nickten zögerlich.

»Die Köpfe der Golems sind mit den Bruchstücken aus diesen Diebstählen gefüllt«, fuhr sie fort. Um ihre Worte zu unterstreichen, legte sie ihre blutige Hand auf den Tisch, in der noch einige Splitter steckten. »Der Thaumaturg leitet das Sonnenlicht von Kuppel zu Kuppel weiter, und so vermag er, die Kolosse alle gleichzeitig zu steuern! Mein Freund und Gelehrter, Quentin Weißgerber, ist Experte auf dem Gebiet der Kristallomantie und kann diese Theorie bestätigen.«

Thorian, Glendart und Delanbredh stand der Zweifel in die Gesichter geschrieben. Vater Läpius beugte sich jedoch über den Tisch und pflichtete ihr bei: »Fürwahr, in der Sonne stecken Kräfte, die wir Menschen nur erahnen können. Aber sind die Kolosse nicht auch nachts marschiert?«

»Das stimmt«, räumte Quentin ein. »Ich gehe allerdings davon aus, dass sie bestimmte einfache Befehle auch unabhängig beherrschen. Wollen wir die Golems besiegen, gibt es letztlich nur zwei Möglichkeiten: Entweder wir töten den Thaumaturgen, was anhand seiner Armee schwer genug werden dürfte, oder wir unterbinden die Lichtwege, mittels derer er sie steuert.«

Thorian und Delanbredh sahen sich mit hochgezogenen Brauen an. Sie schienen zu verstehen, worauf Quentin hinauswollte.

Schließlich war es der Hauptmann, der das schier Undenkbare äußerte: »Heißt das, Ihr wollt alle Tempelkuppeln zerstören?«

»Wenn es nötig ist«, räumte Quentin nüchtern ein. »Die des Windfaller Doms wäre jedoch ein wichtiger Anfang, denn dort ist der Ausgangspunkt für die Lichtwege des Thaumaturgen.«

»Was?«, rief Vater Läpius empört, und seine sonnenverbrannte Glatze nahm einen noch dunkleren Rotton an. »Das wäre ein Sakrileg!«

»Ein Sakrileg, das ich niemals zulassen würde, wenn ich erst einmal Fürst wäre«, versicherte Glendart dem Priester hastig.

Für einen Augenblick schien es, als wolle Delanbredh widersprechen, doch dann wandte er den Blick ab und schwieg.

MISKAR

»Noch mal!«, jauchzten Findel und Gert im Chor. »Mach den Trick noch mal!«

Miskar schüttelte müde den Kopf, was den beiden Jungen ein enttäuschtes »Oh!« entlockte. Auch wenn sie mit ihrer runzligen Haut nicht so aussahen, waren sie doch wie alle Kinder und konnten sich an den kleinsten Dingen erfreuen – selbst in diesen Zeiten. Ob sie wussten, wie viele Jahre sie verloren hatten? Vom Kind direkt zum Greis – vielleicht war das gar nicht die schlechteste Art zu altern, überlegte Miskar. Die lange Reise hatten sie tapfer überstanden, trotz des traurigen Vorfalls. Wie könnte er das nicht belohnen?

Noch einmal sammelte er seine Kräfte und ließ sein Seelenfeuer in die Fingerspitzen fließen, wo es sich in prasselnden Funken entlud.

Ein kollektiver Jubel war die Antwort. Gert und Findel hüpften auf und ab, so gut es ihre alten Knochen zuließen, und auch Letti lächelte ihn versonnen an. Die Verantwortung für die Jüngeren hatte sie in ihrem Wesen im gleichen Maße altern lassen.

Mit einem letzten Knistern erstarben die blauen Flammen, bis nur noch der Geruch von angesengtem Fleisch zurückblieb.

Miskar lutschte kurz an seinen Fingern, um die Brandblasen zu kühlen. Dann nahm er sie wieder aus dem Mund und rief den Kindern zu: »So, jetzt geht's ab in die Koje! Wir müssen morgen früh aufbrechen, wenn wir in Ehrendaal ankommen wollen.«

Die Kleinen krabbelten in das breite Kanu, das er für die Nacht an Land gezogen hatte, und kuschelten sich in ihre Decken.

»Gibt es da eine Burg?«, fragte Findel und gähnte.

»Ja, und zwar die größte, die ihr je gesehen habt«, antwortete Miskar und legte den Finger an die Lippen. »Aber jetzt ist Ruhe.«

Schon verblüffend, dachte er, in Gegenwart der Kleinen störte ihn der Geruch des Rotwassers nicht halb so sehr wie auf der Hinreise. Er blickte nach unten, als ihm plötzlich jemand am Hosenbund zupfte. Es war Letti, die ihn mit großen grauen Augen ansah.

»Du, Miskar«, flüsterte sie, als ob sie ihm ein Geheimnis anvertrauen wollte. »Ich hab gewusst, dass du zu uns zurückkommst. Das steht nämlich in den Marmorchroniken.«

Da weißt du mehr als ich, dachte er. Doch er schwieg und wuschelte ihr nur durchs Haar. Dann gab er ihr einen Kuss auf die Stirn und wartete, bis auch sie sich hingelegt hatte und eingeschlafen war.

Miskars Tagwerk war jedoch noch nicht vollbracht. Er nahm eine zusammengerollte Decke, die er im Schatten eines Felsens abgelegt hatte, und tränkte sie im See. Mit einiger Mühe hob er das triefende Bündel hoch und hauchte es von allen Seiten an, bis ein kalter Nebel von ihm aufstieg. Als er die Rolle schließlich zurücklegte, war der Stoff unter seinen Fingern so steif wie Wäsche, die man im Winterwind aufgehängt hatte. Fröstelnd schickte er ein kurzes Gebet zum Sonnenvater. Und erst als er glaubte, dass es bei den Sternen angekommen war, begab auch er sich zur Ruhe.

Am nächsten Morgen schoben sie das Kanu in aller Stille ins Wasser und paddelten den See entlang. Die Kinder hatten sich in den Bug gelegt und starrten neugierig in die Ferne. Leider, stellte Miskar verdrossen fest, war das Rotwasser in beide Richtungen gleich lang. Er blickte auf das Bündel zu seinen Füßen. Das nächtliche Ritual war wieder einmal kraftraubend gewesen. Da außer ihm jedoch niemand das Ruder bedienen konnte, konzentrierte er sich allein auf die monotone Bewegung: Paddel einstechen, durchziehen und gleiten lassen. Einstechen. Durchziehen. Gleiten lassen. Immer und immer wieder … Miskar hatte das Gefühl, er bestand nur noch aus schmerzenden Armen und schwieligen Händen.

Die Sonne hatte bereits den Zenit überschritten, als ihn die Kinder laut krakeelend aus seiner Trance rissen.

»Eine Burg, eine Burg!«, riefen sie aufgeregt und brachten das Kanu mit ihrem Freudentaumel zum Schwanken.

Es war tatsächlich Schloss Rotwasser, auf das sie zusteuerten. Ein gutes Dutzend Paddelzüge später knirschte es unter ihnen, und das Kanu lief auf Sand.

Auf wackligen Beinen kletterte er über die Bordwand und hob ein Kind nach dem anderen an Land.

Miskar atmete tief durch. Sie hatten noch ein gutes Stück Weg vor sich, denn er wollte direkt zum Fürstenhof und nicht von Kaias Onkel oder Tante aufgehalten werden. Er hatte keine Lust, am eigenen Leib zu erfahren, wie nachtragend sie waren. Andererseits würden sie ihn wohl kaum wiedererkennen, dachte er bitter, als er sein ergrautes Spiegelbild im Wasser erblickte.

Er schluckte trocken. Würde Kaia seine faltige Hülle durchschauen? Es war nicht das erste Mal, dass er sich darüber den Kopf zerbrach, aber er war sich zum ersten Mal sicher, dass er die Antwort darauf gar nicht wissen wollte. Er hatte wichtigere Dinge zu erledigen: Er musste den Herzfürsten aufrütteln. Wer sonst sollte den Menschen Oktaniens helfen, wenn der Voxant ihnen die kalte Schulter zeigte und sich hinter einem magischen Wall verschanzte?

Behutsam hob Miskar das kühle Bündel aus dem Rumpf des Bootes und legte es sich über die Schulter. Dann brachen sie auf.

Im Gänsemarsch liefen sie durch das Wäldchen und folgten der Allee, vorbei an leeren Pferdekoppeln in Richtung Stadt.

Im Schatten der Häuser spielten Kinder auf der Straße. Während ein dürres Mädchen mit aufgeschlagenen Knien einen Metallreifen durch die Gasse trieb, versuchten die anderen einen Lumpenball hindurchzuschießen.

Letti, Gert und Findel verfolgten das Spielgerät mit leuchtenden Augen. Der Reifen trudelte ihnen langsam entgegen, bis er scheppernd zu ihren Füßen liegen blieb. Erst jetzt wurde Miskar klar, dass dies die ersten Gleichaltrigen waren, denen die drei seit dem Zeitensturm begegneten.

Mit verschränkten Armen bauten sich die Ehrendaaler Kinder vor ihnen auf.

»Igitt, wie seht ihr denn aus?«, fragte das dürre Mädchen und zeigte auf Gerts Glatze.

»Das sind Gremlins!«, behauptete ein dicklicher Junge im Brustton der Überzeugung.

»Mama, Mama! Guck mal!«, brüllte ein Knabe so schrill, dass es Miskar in den Ohren klingelte. Kurz darauf kam seine Mutter tatsächlich aus der Küche gestürmt, die Hände noch mit Teig verschmiert.

»Bettler wollen wir hier nicht!«, schimpfte die Frau, bis sie sah, dass es keine gewöhnlichen Kinder waren, die da vor ihr standen. »Bei den Sechs Sonnen!«, stöhnte sie laut. »Die Bälger sind gezeichnet!«

Letti, Gert und Findel waren von dem Gezeter so verängstigt, dass sie sich hinter Miskar verkrochen.

Die Frau fuhr indessen ihren Sohn an: »Ins Haus mit dir! Und ihr anderen auch, lauft schnell zu euren Eltern!«

Kreischend stoben die Kinder auseinander, und von einem Moment auf den nächsten war die Gasse wie ausgestorben.

Miskar holte Letti, Gert und Findel hinter seinem Rücken hervor und beugte sich ächzend zu ihnen hinunter.

»Hört mal gut zu, ihr drei, die Leute auf der Burg sind viel netter. Und da gehen wir jetzt hin.«

Inzwischen hatte er jedoch seine Zweifel daran, dass ihre Begrüßung am Fürstenhof besonders freundlich ausfallen würde. Mit ein paar gekonnten Handgriffen verhüllte er die Gesichter der Kleinen mit ihren Kapuzen, um weitere unangenehme Begegnungen auf der Straße zu vermeiden. Wenn ihn das Leben als Gossenzauberer etwas gelehrt hatte, dann sich mit den einfachsten Mitteln zu verbergen.

Vollkommen unbehelligt gelangten sie kurze Zeit später ans

Burgtor. Zu Miskars Verwunderung stand nur eine einzige Wache vor dem breiten Portal. *Sind Fürst Ardegast etwa die Soldaten ausgegangen?*

Noch bevor er sein Anliegen vortragen konnte, machte der Wächter eine abwinkende Handbewegung. »Geht fort! Die Audienz ist heute nicht öffentlich.«

»Das trifft sich gut, dass der Fürst heute Hof hält«, erwiderte Miskar ungerührt.

»Hast du nicht gehört, Alter?«, polterte der Torwächter. »Scher dich fort! Oder muss ich erst Hand anlegen?«

»Werden nur Krieger in polierten Rüstungen als Helden empfangen oder auch Kinder, die den Zeitensturm überlebt haben?«, ächzte Miskar und zog Findels Kapuze zurück, da er mit seiner Glatze am beeindruckendsten aussah.

Im Schatten des Durchgangs zu Füßen einer Löwenstatue saß ein älterer Junge in einer Purpurkutte und las. Anscheinend hatte er sie belauscht, denn jetzt klappte er sein Buch zu und erhob sich von seinem Platz.

»Guter Mann, mein Herr, der Sonnvikar von Ehrendaal, würde sicher gerne hören, was Ihr zu erzählen habt«, bot er mit einem freundlichen Lächeln an. »Natürlich nur, wenn Ihr ihn durchlasst«, fuhr er strenger an die Wache gewandt fort.

Schweigend trat der Torwächter beiseite und ließ sie ein. Seinem Gesichtsausdruck nach war er sichtlich froh, dass er in der Sache keine eigene Entscheidung hatte treffen müssen.

Als sie den ersten Innenhof erreichten, hielt Miskar an. »Warum machen wir es nicht einfach so«, schlug er dem Kuttenträger vor, »du kümmerst dich um meine kleinen Freunde, und ich berichte dem Fürsten währenddessen, was ich ihm zu berichten habe.«

»Da mein Herr auch am Hofe sitzt und Rat hält, können wir es gerne so halten«, pflichtete ihm der Junge altklug bei und geleitete sie weiter bis zu einer zweiflügeligen Tür.

Durch das eisenverstärkte Holz waren gedämpfte Stimmen zu

vernehmen. Worüber sie sprachen, konnte Miskar jedoch nicht verstehen. Der junge Kleriker öffnete das Tor einen Spaltbreit, schlüpfte hindurch und schloss es wieder hinter sich.

»Lässt du uns jetzt alleine?«, fragte Letti und sah ihn ängstlich an.

»Aber nicht doch«, erwiderte Miskar gerührt und fuhr ihr sanft mit der Hand über die Wange. »Weißt du denn nicht mehr, was du mir gestern Abend gesagt hast?«

»Doch«, gab sie kleinlaut zu. »Dass du zurückkommst, weil es in der Marmorchronik steht.«

»Na siehst du, warum sollte denn jetzt etwas anderes drinstehen?« Doch just in diesem Augenblick öffnete sich die Tür, und der Junge kam wieder heraus.

»Ihr könnt jetzt eintreten«, sagte er beiläufig zu Miskar und wendete sich dann den Kindern zu. »Habt ihr schon mal so bunte Buchstaben gesehen?«, fragte er sie freundlich und schlug den Folianten auf, den er die ganze Zeit unter dem Arm getragen hatte.

Sie in guten Händen wissend, ließ Miskar seine kleinen Schützlinge zurück. Der Zugwind brachte die Banner an den Wänden zum Flattern, als er den Saal betrat. Unter den Augen der anwesenden Räte, Ritter und Edelleute schritt er auf das Podest am Ende der Halle zu. Zu seiner Überraschung war der Herzthron jedoch verwaist. Lediglich die beiden Plätze daneben waren besetzt. Zur Linken saß Vater Läpius, der Sonnvikar von Ehrendaal, und zur Rechten Glendart Steinershag, der Schätzer des Fürsten und Kaias Onkel.

Aus dem Augenwinkel erkannte Miskar die kräftige Statur des Bärnwald von Bannersleben sowie die seines jungen Adjutanten. Die beiden Ritter wirkten abgekämpft. Elwings Bübchengesicht war sogar von einer frischen Narbe entstellt. *Ist es etwa schon zur Schlacht gekommen?* Auch Thorian, der langbärtige Hauptmann der Fürstengarde, war unter den Leuten. Weiter vorn, in der Nähe des Throns, leuchtete Quentins weißer Schopf – und an seiner Seite stand Kaia.

Miskar stockte der Atem, als sich ihre Blicke für einen Herzschlag trafen. Doch die Prinzessin lächelte ihm nur höflich zu – nicht mehr und nicht weniger. *Sie erkennt mich nicht …*

Bloß nicht stehen bleiben. Bloß nicht zu Erkennen geben. Er brauchte kein Mitleid.

»Tretet ruhig näher und stellt Euch vor«, begrüßte ihn Vater Läpius mit warmer Stimme.

»Ich … ähm …«, stotterte Miskar, immer noch von Kaias Anblick durcheinander. Dann erinnerte ihn das Gewicht des Bündels in seinen Armen wieder daran, warum er hier war.

»Wie heißt Ihr? Wo kommt Ihr her?«, hakte Glendart nach.

»Heubäck«, war alles, was Miskar hervorbrachte.

»Ist das Euer Name oder Eure Herkunft?«, wollte Vater Läpius wissen.

»Beides«, log er so schnell, dass diese wenig einfallsreiche Antwort die hohen Herren zufriedenstellte.

»Also, Herr Heubäck von Heubäck«, fragte der Sonnvikar geduldig, »was können wir für Euch tun?«

»Ich habe eine Botschaft für den Herzfürsten«, entgegnete Miskar und legte das Bündel auf der untersten Stufe des Podests ab.

Für einen Augenblick herrschte eisiges Schweigen im Saal. In der Stille wurde Miskar umso mehr bewusst, wie sehr ihn die beiden Armstümpfe des Priesters beunruhigten. Selbst seine sanfte Stimme und das milde Lächeln vermochten nicht das Unbehagen zu lindern, das er bei seinem Anblick verspürte.

Schließlich ergriff der schmächtige Glendart das Wort: »Fürst Ardegast weilt nicht mehr unter uns. Er ist gefallen, im tapferen Kampf gegen das Golem-Heer, das er allein vor den Toren der Stadt zurückgeschlagen hat.«

Miskar starrte Kaias Onkel ungläubig an. Was der Mann da erzählte, war der reinste Wahnsinn – kein Mensch konnte so verzweifelt sein, alleine eine ganze Golem-Armee anzugreifen. Aber da ihm niemand zu widersprechen schien, musste wohl ein Funken Wahrheit an der Geschichte dran sein.

»Gut«, rief Miskar und bückte sich, um das Bündel auszuwickeln. »Dann ist diese Nachricht für Euch.«

Aus der Decke lugte das pausbäckig runzlige Gesicht von Stups hervor, so als ob sie gerade erst eingeschlafen wäre.

»Dieses Mädchen heißt Sibil und stammt aus Heubäck«, verkündete er mit bebender Stimme. »Sibil wurde nicht einmal vier Jahre alt. Ein Zeitensturm hat ihre Eltern und unser ganzes Dorf dahingerafft. Sie war tapfer, aber sie hat die Reise hierher nicht überlebt. Ihre Geschwister schon. Sie sind draußen, falls Ihr Euch überzeugen wollt.«

Der Schätzer und der Priester spähten vorsichtig von oben herab, ohne sich jedoch von ihren Plätzen zu erheben. Indes machte sich Aufregung unter den anwesenden Herrschaften breit, und ein angsterfülltes Flüstern füllte den Saal.

»Euer Schicksal ist gar schrecklich«, bekundete Glendart mit spitzer Stimme sein Beileid. »Aber Ihr alle, wie Ihr hier steht, habt nichts zu befürchten. Die Zeitenstürme werden nicht bis nach Ehrendaal vordringen. Und außerdem hat sich der Voxant der Sache sicher schon angenommen.«

»Ja, das hat der Sternenfürst in der Tat«, stimmte Miskar ihm verbittert zu. »Er hat sich in Æstarya verschanzt und lässt die Magiker der Drei Türme einen magischen Wall errichten. Schutzsuchende werden an seinen Mauern abgewiesen.«

»Wie ich schon sagte«, unterbrach Glendart den unliebsamen Gast und gab den Wachen ein Signal, ihn zu entfernen, »die Stürme werden nicht bis hierher vordringen!«

Aus der Menge trat plötzlich ein hochgewachsener Mann hervor. Es war Prinz Delanbredh, gekleidet in eine Purpurkutte. Sein linker Arm lag in einer Schlinge, die er um den Hals gebunden hatte. Die Leute redeten aufgeregt durcheinander und schwiegen erst, als er sich zu Stups hinunterbeugte und sie musterte. Nach einer ganzen Weile bedeckte er das Gesicht des Mädchens und erhob sich wieder. Dann wandte er sich dem vermeintlichen Greis flüsternd zu. »Und Ihr? Wie alt seid Ihr, Heubäck?«

»Zwanzig«, gestand Miskar, so leise, dass nur der Prinz ihn hören konnte.

Daraufhin stieg Delanbredh die kurze Treppe hinauf und stellte sich vor den Thron. »Hört mich, ihr Leute von Ehrendaal! Denn ihr alle seid meine Zeugen: Hiermit entsage ich meinem Sonneneid ein für alle Mal!« Um seine Worte zu unterstreichen, streifte er die Purpurkutte ab. »Hiermit erkläre ich die Trauerzeit für beendet. Dieser Wahnsinn muss enden! Wir werden den Thaumaturgen aufhalten, bevor noch weitere Zeitenstürme unser Land verwüsten.«

»Ritter Thorian«, befahl er darauf dem Hauptmann, »nehmt zwei Dutzend Eurer vertrauenswürdigsten Männer und sorgt dafür, dass die Kristalldächer aller Tempel zerstört werden. Ohne Ausnahmen!«

Während Glendart zähneknirschend in seinem Stuhl versank, sprang Vater Läpius auf, um gegen den Befehl zu protestieren. Doch niemand im Saal schenkte ihm noch Beachtung.

Delanbredh reckte derweil seinen gesunden Arm in die Höhe, um sich ein letztes Mal Gehör zu verschaffen. »Ich rufe alle noch waffenfähigen Männer zu mir! Und auch alle Frauen, die ein Schwert zu führen wissen«, fügte er mit einem Nicken in Kaias Richtung hinzu. »Im Morgengrauen reiten wir gen Windfall!«

Miskar drehte sich erschöpft um und bahnte sich einen Weg durch die Menschenmenge. Tränen der Erleichterung schossen ihm in die Augen, seine Aufgabe war erfüllt. Er fand keinen Gefallen am Blutvergießen. Doch er hatte das Gefühl, dazu beigetragen zu haben, dass Letti und all die anderen Bewohner Oktaniens noch hoffen durften, gerettet zu werden. *Und Kaia wäre sicher auch stolz auf mich*, dachte er, *wenn sie wüsste, was ich getan habe.*

QUENTIN

Quentin keuchte völlig außer Atem. Seine Stöße mit dem Degen gerieten allesamt zu kurz, sodass Kaia keine Mühe hatte, ihnen tänzelnd auszuweichen. Den ganzen Tag im Sattel und abends noch der Waffendrill – das war einfach zu viel für ihn. Mit dem Schmerz trat jedoch auch sein Ehrgeiz zutage. *Wäre doch gelacht, wenn ich nicht einen Treffer setzen könnte!* Doch der schwere Harnisch schnürte ihm die Luft ab, und so blieb ihm nichts anderes übrig, als seine Schwäche hinter einer Reihe von Scheinangriffen zu verbergen.

Rechts, hoch, links, zurück – seine Klinge zeichnete das ewig gleiche Dreieck in die Luft, stets kommentiert von einem knappen »Zu kurz!« der Prinzessin.

Er hatte langsam keine Lust mehr. Darum legte er seinen ganzen Frust in einen letzten ungestümen Angriff und sprang nach vorn. Er machte sich auf Kaias flinke Parade-Riposte gefasst, die ihn im schlimmsten Fall als Klaps auf den Hintern treffen würde. Doch zu seiner Überraschung schaffte er es, ihr einen mächtigen Stoß in die Brust zu versetzen und sie zu Boden zu schicken.

»Was war das denn?«, riefen beide gleichzeitig – sie meinten jedoch augenscheinlich nicht dasselbe.

Während Quentin sich noch über seinen blitzsauberen Treffer freute, deutete Kaia hinter ihn. Er überlegte kurz, ob das nur ein plumpes Ablenkungsmanöver war, doch dann drehte er sich um und folgte ihrem ausgestreckten Arm.

Die Goldsonne war bereits hinter den Wolkenfängen verschwunden und hatte den Himmel in ein tiefes Orange getaucht. Ansonsten konnte er nichts Ungewöhnliches entdecken. Er wollte sich der Prinzessin gerade mit einem süffisanten Spruch zuwenden, als die Wolken für einen Wimpernschlag in einem flammenden Rot erstrahlten, ihre Umrisse scharf gegen den Abendhimmel gezeichnet.

Quentin rieb sich die Augen. War die Wolkenformation nicht eben noch eine völlig andere gewesen? Noch einmal flammte das Firmament auf, und diesmal gab es keinen Zweifel: Die Wolken hatten ihre Form und Position verändert.

»Ein Zeitensturm«, stellte Kaia mit Grabesstimme fest, während sie sich aufrappelte und den Sand von ihren Kleidern klopfte.

Quentin hatte keinen Grund, ihr zu widersprechen. Mit offenem Mund bestaunte er das Schauspiel. »Heiliger Sonnenvater, wenn du mich zu dir rufst, dann in solch einem Licht!«

»Ich sterbe lieber mit einem Schwert in der Hand«, entgegnete Kaia trotzig.

»Was anlässlich unserer Situation auch wesentlich wahrscheinlicher ist«, stellte Quentin säuerlich fest.

Vor mehr als zehn Tagen waren sie mit Delanbredhs Armee in Ehrendaal aufgebrochen, und nun waren sie nur noch einen knappen Tagesritt von Windfall entfernt.

»Die Wolken sind noch viele Weiten westlich von hier«, führte er seinen Gedanken zu Ende. »Und vor allem jenseits der Wolkenfänge.«

»Ob der Sturm auch Ehrendaal getroffen hat?« Die Prinzessin sah ihn fragend an.

»Schwer zu sagen«, erwiderte Quentin mit einem zynischen Lächeln. »Aber wenn ich es mir aussuchen könnte, würde ich Tann gerne opfern. Meine trostlose Heimat kann ein bisschen Zukunft gut vertragen.«

»Ihr seid geschmacklos und überheblich«, rügte ihn die Prinzessin und rammte ihre Klinge mit Nachdruck in die Scheide.

»Für meine Überheblichkeit werde ich für gewöhnlich bezahlt. Aber geschmacklos? Ihr kränkt mich, Hoheit!«

Quentin liebte die spielerischen Wortgefechte mit Kaia, denn bei ihnen schnitt er für gewöhnlich besser ab als auf dem Übungsplatz. Er hatte sich schon zwei mögliche Antworten auf ihren nächsten Kommentar zurechtgelegt, als vom Lager her Rufe erschallten.

Rasch eilten sie zurück. Im Schein der Fackeln, die vor den Zelten brannten, hatten sich mehrere Herzfelder Ritter versammelt. In ihrer Mitte knieten zwei leicht gerüstete Männer auf dem Boden. Ihre Schwertscheiden waren leer und ihre Hände auf den Rücken gefesselt. Dem einen war zudem ein Sack über den Kopf gestülpt worden, während der andere gerade von zwei Rittern in einen Eimer getaucht wurde.

»Was ist das für ein Aufruhr?«, rief Kaia laut, um sich Gehör zu verschaffen.

»Windspäher«, knurrte Ritter Elwing und baute sich vor Quentin und der Prinzessin auf. »Die ersten feindlichen Soldaten, auf die wir bisher getroffen sind. Schon merkwürdig, wo wir doch seit Tagen durch ihr Land reiten – findet Ihr nicht auch? Aber wir sind gerade dabei sie zu befragen. Vielleicht verraten sie uns ja, was Euer Bruder und sein Golem-Meister vorhaben.«

Elwings Augen blitzten gefährlich. Die lange Narbe in seinem einst makellosen Gesicht verlieh ihm eine teuflische Schönheit. Und so, wie er sie anstarrte, war klar, dass er keine Widerworte hören wollte.

Wild prustend riss der Gefangene den Kopf aus dem Eimer, nur um sogleich wieder untergetaucht zu werden.

»Weiß Delanbredh darüber Bescheid?«, fragte Kaia mit strenger Stimme.

»Nein«, entgegnete Elwing grimmig, »er berät sich mit Bärnwald wegen der morgigen Schlacht.«

Quentin spürte, dass die Prinzessin einschreiten wollte, doch er hielt sie zurück. »Die Männer wollen ein wenig Blut sehen«, flüsterte er ihr ins Ohr, »und ich glaube, es wäre ihrer Moral und Motivation zuträglich. Ihr solltet sie gewähren lassen.«

Erst als er spürte, wie sich ihre Muskeln unter seinem Griff entspannten, ließ er ihre Schulter los. Als der Kopf des Mannes das nächste Mal auftauchte, packte Elwing ihn am Schopf und riss ihn nach hinten, um ihm direkt ins Gesicht zu starren.

Der Gefangene war fast noch ein Junge. Sein flachsblondes Haar klebte ihm nass an der Stirn, und in seinen Augen lag ein gehetzter Blick.

»Es gibt zwei Wege, wie du mit dem Leben davonkommst«, brüllte Elwing den Jüngling an. »Entweder du säufst den ganzen Eimer leer, oder du sagst mir, was ich hören will! Los, Männer, gebt ihm Zeit zum Nachdenken – unter Wasser!«

»Halt, halt!«, schrie der Bursche keuchend. »Ich sage Euch alles, alles, was Ihr wollt!«

»Ach ja?« Elwing setzte ihm drohend ein Messer an die Kehle. »Dann verrate mir, wie viele Truppen der Windfürst kommandiert und vor allem wie viele Golems?«

»Das Windheer ist aufgelöst worden«, röchelte der Gefangene, »und die Golems sind alle beim Ewigen Berg.«

Wie um seine Worte zu untermauern, blitzten im Westen feurige Wolken auf – länger und heller als zuvor. Die Ritter starrten ängstlich in den Nachthimmel und bekreisten sich. Auch Elwing schien verunsichert, denn er schwieg für eine Weile. Und als er seine Stimme endlich wiedergefunden hatte, war ihr Ton weit weniger scharf als zuvor.

»Ich werde dich zum Herzfürsten bringen«, verriet er dem Jüngling. »Er wird sich sehr für deine Äußerungen interessieren. Den anderen Gefangenen bindet so lange an einen Baum und gebt ihm etwas zu essen«, befahl Elwing den Rittern. Dann drehte er sich um und verschwand mit dem Burschen zwischen den Zelten.

Quentin spürte mit einem Mal, wie ihn die Strapazen der letzten Tage einholten. Er war unglaublich müde. Wenn er eine Chance haben wollte, den morgigen Tag zu überleben, dann sollte er gut ausgeruht sein.

»Gute Nacht, Hoheit «, sagte er deshalb zu Kaia und wollte

sich auf den Weg zu seinem Schlafplatz machen, doch die Prinzessin hielt ihn am Ärmel fest.

»Ich glaube, ich kenne den Mann«, raunte sie ihm zu.

»Wen?«, fragte Quentin und konnte sich ein Gähnen nicht verkneifen.

»Den anderen Gefangenen – den, dem sie gerade den Sack vom Kopf gezogen haben. Lasst uns rübergehen und mit ihm reden.«

Noch bevor er ihr widersprechen konnte, hatte die Prinzessin plötzlich einen Wasserschlauch und einen Kanten Brot in der Hand und stapfte zu dem Mann hinüber. Ergeben folgte Quentin ihr zu der Eiche, an die der Gefangene gebunden war.

Der Mann war mindestens doppelt so alt wie sein Kamerad, und man sah ihm jedes einzelne Jahr an. Sein Kinn war von graubraunen Stoppeln übersät, und seine blutverkrustete Nase war heute sicher nicht zum ersten Mal gebrochen worden.

Der Späher musterte sie weder ängstlich noch feindselig, sondern mit einem guten Schuss Gelassenheit. Er war ohne Zweifel ein erfahrener Soldat, und irgendwie erinnerte er Quentin an Baldwin – an einen Mann, der nichts mehr zu verlieren hatte.

Kaia kniete sich zu ihm auf den Boden und bot ihm einen Schluck Wasser an, den er laut schlürfend annahm.

»Wie heißt Ihr?«, wollte die Prinzessin von dem Gefangenen wissen, nachdem er zu Ende getrunken hatte.

»Greno«, antwortete er und sah sie abwartend an.

»Erkennt Ihr mich, Greno?«

»Ja«, grummelte er, »von der Bärenhatz. Jagdmeister Harwin hat mir verraten, dass Ihr Euch früher manchmal als Euer Bruder ausgegeben habt, um dabei sein zu können.«

»Das stimmt«, gab Kaia versonnen schmunzelnd zu. »Der gute alte Harwin – der Sonnenvater habe ihn selig. Aber was sagt man jetzt über mich in Windfall?«

»Dass Ihr Eure Mutter umgebracht habt, um Eurem Bruder die Krone zu stehlen«, erwiderte er ohne zu zögern.

»Und? Glaubt Ihr das?«

Greno überlegte eine Weile. »Ja, das habe ich«, gestand er schließlich.

»Und jetzt?«, fragte Kaia und durchbohrte ihn mit ihren stechend grünen Augen.

»Jetzt bin ich bereit alles zu glauben, solange nur ein guter Herrscher auf dem Windthron sitzt. Und alles ist besser als ein Mann, der sich mit seelenlosen Wesen einlässt.«

Die Prinzessin hob die rechte Hand zum Schwur. »Wenn ich Euch beim Namen meiner Mutter verspreche, dass ich den Zeitenstürmen ein Ende bereiten will …«

»… dann würde ich Euch sagen, dass mein Kamerad vorhin gelogen hat.«

»Inwiefern?«

»Es sind noch mindestens zweihundert Golems in der Stadt«, sagte Greno. »Und die Schützenregimenter sind auch noch alle vor Ort. Ihr werdet erwartet.«

»Danke!«, rief Kaia und sprang auf. Im Stechschritt eilte sie durch das Lager – so schnell, dass Quentin Mühe hatte, mit ihr mitzuhalten.

»Was meint Ihr?«, fragte sie ihn, als er zu ihr aufschloss.

»Dass einer der Gefangenen lügt«, antwortete er lapidar.

»Wie geistreich«, entgegnete Kaia. »Ihr legt Euch wohl nicht besonders gerne fest, nicht wahr, Quentin?«

»In diesem Fall – wozu? Wir werden es morgen ohnehin auf dem Schlachtfeld herausfinden.«

»Dann gehen wir besser vom schlimmsten Fall aus und bereiten uns darauf vor«, entgegnete die Prinzessin. »Und das sollten wir Delanbredh nicht vorenthalten.«

»Dem, wiederum, kann ich nur zustimmen«, erwiderte Quentin nüchtern und folgte ihr zum Zelt des neuen Herzfürsten.

TUULIKKI

Sie war allein, wie so oft in letzter Zeit. Der Eine besuchte sie nur noch selten, und wenn er es tat, dann hielt er sich vorwiegend in den entlegensten Winkeln der steinernen Kammer auf, am Rande ihres Sichtfelds. Beinahe so, als wollte er sie mit Nichtachtung strafen und ihr Verlangen auf die Probe stellen. Doch wenn es sein Ziel war, sie auf diese Weise in den Wahnsinn zu treiben, würde ihm das nicht gelingen. Ihre Gier und Wut waren in Ruhe und Gelassenheit umgeschlagen.

Auch wenn sie seine Gefangene war hinter Wänden aus Glas, wusste sie, dass er ihr nicht entkommen würde. Sie war bei ihm, ganz gleich, ob er sie ignorierte oder schmähte. All das war einerlei: Er würde ihr gehören, und wenn es nicht *mit* seinem Willen geschah, dann eben ohne ihn.

Umso überraschter war sie daher, als er nun den Raum betrat und sich nicht den Gerätschaften widmete, die in der Ecke vor sich hin lärmten, dampften und stanken, sondern geradewegs auf sie zukam. In seinem federnden Gang schwang etwas mit, das sie vorher noch nie an ihm gesehen, gerochen oder sonst wie gespürt hatte – Zuversicht. *Was hat ihn nur in diesen Zustand versetzt?*

»Ich weiß jetzt, warum du noch am Leben bist«, sagte der Eine, »warum ich dich nicht getötet habe.«

Das könntest du gar nicht, denn ich werde dich zuerst töten!, blubberte sie so laut, dass es verräterisch aus ihrem Mund sprudelte. Schnell schlug sie mit der Schwanzflosse nach den Bläschen und brachte sie zum Platzen, bevor er sie lesen konnte.

»Tuulikki«, sagte er leise und so lang gezogen, dass es durch seine Maske wie eine kurze Melodie klang. »So hieß sie, und so taufe ich auch dich, denn du hast mir die Erinnerung an sie zurückgegeben.«

Tuulikki … Vorsichtig ließ sie den Namen durch ihre Kiemen strömen. Der Klang gefiel ihr.

Als der Eine weitersprach, veränderte sich seine Stimme zu einem sanften Raunen, das hinter seiner goldenen Maske ertönte: »Ich war ein einfacher Fischersohn, und sie war Perlentaucherin, die beste weit und breit. Sie wohnte auf einer schwimmenden Insel mitten im See. Ich habe sie mit meinem Boot besucht, wann immer mein Vater mich gehen ließ. Gemeinsam sind wir durch das Unterwasser getaucht, so nannte sie den Ort, an dem sie die Muscheln mit den schönsten Perlen fand. Es kam der Tag, an dem unser Kahn ein Leck hatte, doch ich musste sie unbedingt sehen. Also schwamm ich auf den See hinaus, bis es plötzlich aus heiterem Himmel zu donnern und blitzen begann. Vor lauter Wellen verlor ich die kleine Insel aus den Augen. Ich schwamm und schwamm, bis mich meine Kräfte verließen. Und selbst als es mich ins Unterwasser zog, hielt ich noch die Luft an und hoffte darauf, dass Tuulikki kommen und mich retten würde. Doch sie kam nicht, und so trieb mich die Strömung an ein fremdes Ufer, wo mich jemand anderes rettete und ich schließlich zu dem wurde, der ich heute bin.«

Eine kurze Pause trat ein. »Elachand … und Gregorius«, flüsterte der Eine schließlich mit einer Kälte, wie sie nur jahrelang schwelender Hass erzeugen kann. »Hätte meine Tuulikki mich damals gefunden, wäre der Welt einiges erspart geblieben.«

Jetzt habe ich *dich doch gefunden*, gurgelte Tuulikki, sodass Luft in kleinen Wirbeln nach oben stieg. *Wer bist du? Zeig mir dein Gesicht!*

Doch der Eine sah sie nur an und antwortete nicht. Dann drehte er sich um und verließ sie zum letzten Mal.

QUENTIN

Quentin zog die Hose hoch und fummelte umständlich an seinem Gürtel herum. Bei dem ganzen Blech an seinem Leib dauerte es eine ganze Weile, bis er die Schnalle geschlossen hatte. *Austreten im Harnisch …* Das hätte man ihm beibringen sollen anstelle des ganzen Waffendrills. Seit heute Morgen war er schon zum fünften Mal in die Büsche gerannt. Das ist der Angstschiss vor der Schlacht, hätten Hodž und Waltar wohl gesagt, und sie hätten recht gehabt.

Das ganze Unterfangen war ein Himmelfahrtskommando. *Ein vorgetäuschter Angriff auf Windfall!* Quentin schüttelte den Kopf. Wenn sie den Kugelhagel der Verteidiger überstanden hätten und an ein paar Hundert eisernen Kolossen vorbeigaloppiert wären, sollten Kaia, Elwing und er durch ein altes Bergwerk in die Stadt schleichen und die Kristallkuppel des Doms zertrümmern. Die Ritterschar sollte derweil auf dem Schlachtfeld für Ablenkung sorgen.

Als er Kleidung und Rüstung endlich gerichtet hatte, stieg Quentin wieder in den Sattel und trabte der Truppe hinterher. Er musste nicht weit reiten. Im Schutz eines kleinen Birkenwäldchens hatten sich die Herzritter gesammelt – nicht einmal vierhundert an der Zahl.

Delanbredh hatte zum ersten Mal, seit sie von Ehrendaal aufgebrochen waren, den Arm aus der Schlinge genommen. Er hatte seinen herzförmigen Wappenschild angelegt und schlug mit dem Griff seines Säbels dagegen, um sich Gehör zu verschaffen. Die Ritter verstummten, nur ein paar Pferde schnaubten leise.

»Höret, Ihr Männer Herzfeldens!«, rief er ihnen mit klarer Stimme zu. »Ich weiß, Ihr seid fernab Eurer Heimat, fern von denen, die Euch lieb sind und um die Ihr Euch sorgt. Ihr fragt

Euch: Sind sie sicher vor den Zeitenstürmen, die gerade erst begonnen haben, unsere Lande zu verwüsten? Darauf lasst mich antworten: Sie können nur sicher sein, wenn wir heute einen Feind besiegen, der unbezwingbar scheint! Aber ganz Royum wird eines Tages von Euch sagen: Das waren die Männer, die den Kolossen aus Eisen getrotzt haben; das waren die Männer, die die Marmorchroniken bewahrt und unser Schicksal wieder in die richtige Bahn gelenkt haben.«

Einige der jüngeren Ritter jubelten zaghaft, doch die meisten blieben ungerührt im Sattel sitzen. Quentin hatte noch nie etwas für Kriegsreden und ihre simple Rhetorik übrig gehabt. Diese fand er jedoch erträglicher als die meisten, die er während des Studiums hatte lesen müssen. Vermutlich nur, weil er selbst jeden Funken Hoffnung brauchen konnte.

»Männer!«, schrie Delanbredh aus voller Kehle. »Wenn wir gegen die Phalanx aus Eisen prallen, dann werden wir wie Wasser sein! Wir werden über sie hinwegfließen wie der Bergbach über den Fels. Immer und immer wieder, bis die Kuppel zerstört ist und die Golems wieder stillstehen. Reitet voran, Männer! Wir sind die Flut!«

»WIR SIND DIE FLUT!«, erwiderten die Ritter den Schlachtruf ihres Anführers wie aus einer Kehle und trommelten dabei gegen ihre Harnische und Schilde. Quentin erwischte sich dabei, wie auch er in das Ritual mit einfiel. Peinlich berührt hielt er für einen Moment inne, nur um gleich darauf umso lauter weiterzubrüllen.

Dann brachen sie aus dem Wäldchen hervor und trabten in breiter Reihe über Felder und Wiesen. Als sie die Zinnen Windfalls erblickten, fielen sie in einen gestreckten Galopp. Ungefähr zweihundert Schritte vor der Stadt stand eine seltsam löchrige Mauer. Es dauerte ein paar Atemzüge, bis Quentin realisierte, dass es die Umrisse von übergroßen Eisenrüstungen waren – die Golems! Auf Augenhöhe wirkten sie viel größer als damals, als er sie von einem sicheren Hügel aus beobachtet hatte.

Kaia ritt an seiner Schildseite, wie immer eine geschmeidige Einheit mit ihrem Pferd, und an seiner Schwertseite galoppierte Elwing. Mit dem wehenden schwarzen Haar und der rötlich schimmernden Rüstung sah er aus wie ein junger Teufel. Er wollte den Ritter weder zum Freund noch zum Feind haben. Aber heute gab es niemanden, den er lieber an seiner Seite gewusst hätte.

Wie geplant wichen er, Kaia und Elwing auf den linken Flügel aus, denn sie sollten zum Seeufer durchbrechen, wo sich der Eingang zu dem versteckten Tunnel befand.

Aus dem vollen Galopp heraus eröffneten die Herzritter die Schlacht mit einer Karabinersalve. Die Golems blieben jedoch einfach stehen. Für einen kurzen Augenblick glaubte Quentin, das Pfeifen in seinen Ohren rühre von den Schüssen her. Doch dann sah er, wie eine riesige Kanonenkugel auf sie zuraste. Keine zwanzig Schritte zu seiner Rechten schlug sie ein. Erde spritzte auf, und Pferde wurden durch die Luft geschleudert. Menschen schrien, als Harnische und Knochen brachen.

Blind vor Staub ritt Quentin weiter. Als er die Wolke endlich hinter sich gelassen hatte, sah er die Golems zum ersten Mal aus nächster Nähe. Die Kolosse waren gut zwei Schritte hoch und beinahe ebenso breit. Alles an ihnen war gewaltig, außer den Köpfen, die lediglich menschengroß wirkten. Bis auf die visierartigen Schlitze in den Gesichtern gab es keinen Fleck an ihren kantigen Leibern, der nicht von Metall bedeckt war. Das Einzige, wodurch sie sich unterschieden, waren die zahlreichen Rostflecken.

Sie ritten auf die Lücken zwischen den Kolossen zu, die immer noch still dastanden. Nur noch wenige Pferdelängen und sie wären hindurch. Plötzlich stampften die Golems gleichzeitig auf. Ihre Arme schossen seitlich in die Höhe, und es klickte metallisch, als sich ihre Hände miteinander verbanden. Aus der löchrigen Mauer war ein undurchdringlicher Eisenwall geworden.

Die erste Welle der Ritter brandete mit voller Wucht gegen sie. Ihre Streitrösser waren zu schwer, um rechtzeitig abzubremsen oder um über das Hindernis hinwegzusetzen.

Um schneller voranzukommen, hatten sich Kaia, Elwing und er jedoch für leichtere Pferde entschieden – was nun ihr Vorteil war. Unbeeindruckt hielten die Prinzessin und der Ritter weiter auf die Phalanx zu und sprangen über sie hinweg, als wäre sie ein einfaches Gatter. Quentin riss vor Angst die Augen auf, dann schloss er sie und gab seinem Ross die Sporen. Er spürte, wie es abhob und sie gemeinsam durch die Luft flogen. Hoch und weit. Dann schlug er hart auf, als sein Tier unter ihm zusammenbrach.

Für einen Moment fühlte er nichts mehr. Er lag auf dem Boden, und die Welt um ihn herum drehte sich. Sein Pferd versuchte aufzustehen, doch es knickte um. Im nächsten Augenblick packte ihn eine Hand ruppig am Kragen. *Ein Golem!*, schoss es ihm durch den Kopf. Doch es war Elwing, der ihn vor sich in den Sattel zog und mit ihm weiterritt.

Die Golems hatten inzwischen ihre Schlachtreihe aufgelöst und trampelten auf die zu Boden gegangenen Reiter ein – ein offener Schlagabtausch entspann sich zwischen den Kolossen und den Rittern. Jetzt waren sie auf sich allein gestellt.

Kaia und Elwing lenkten die Pferde dicht hinter der Feindeslinie entlang in Richtung Seeufer. Der Himmel schwärzte sich, als ein Pfeilregen über sie hinwegflog.

Plötzlich vernahm Quentin einen satten Schlag und erschrak, als er einen Pfeil in seiner, nein, Elwings Seite stecken sah. Der Ritter schien den Treffer jedoch nicht einmal bemerkt zu haben. Im Galopp preschten sie weiter bis zu der schützenden Böschung. Zwischen dem Schilfrohr blitzte blau der See hindurch, und unweit des Ufers ragte ein großer Felsen aus dem Wasser. Sie ritten noch ein kleines Stück durch das hohe Gras, bis sie an eine lichte Stelle gelangten, wo das Schilf vermutlich für einen Landeplatz gerodet worden war.

»Wir sind fast da!«, rief ihnen Kaia zu und schwang sich aus dem Sattel. »Von hier gehen wir besser zu Fuß weiter.«

Beim Absitzen zuckte Quentin vor Schmerz zusammen. Er musste sich bei seinem Sturz an der Hüfte verletzt haben. Auch sein linker Arm fühlte sich irgendwie taub an. Trotzdem biss er die Zähne zusammen und bot Elwing seine Hilfe an, doch der Ritter schlug seinen Arm wütend beiseite.

»Ihr seid ja getroffen!«, bemerkte die Prinzessin erschrocken, als sie den Pfeil sah.

Elwing winkte ab. »Das ist gar nichts«, zischte er und stieg von seinem Pferd. Für einen Moment stand er breitbeinig vor ihnen, dann brach er ohne Vorwarnung zusammen. Quentin beugte sich über ihn, und auch Kaia kam herbeigeeilt.

»Bei den Sechs Sonnen«, stieß sie besorgt aus, »lebt er noch?«

Quentin schob eine Hand unter die Schulterplatte des Ritters, um seinen Puls zu fühlen. Er spürte noch einen schwachen Schlag, doch er hatte keine Hoffnung mehr für ihn. Um Kaia eine schwere Entscheidung zu ersparen, schüttelte er den Kopf.

»Aber das verstehe ich nicht«, hauchte sie wie in Trance. »Er hat ja kaum Blut verloren.«

»Nicht nach außen«, erwiderte Quentin leise, »aber im Inneren.«

Kaia kniete sich zu Elwing auf den Boden und legte ihm Schwert und Schild auf die Brust. Dann zeichnete sie über seinem Kopf sechs Sonnenkreise in den Sand und sprach ein kurzes Gebet. Quentin sagte dem jungen Ritter nur stumm Lebewohl und dankte ihm: Zweimal hatte er ihm heute das Leben gerettet, wenn beim zweiten Mal auch nicht ganz freiwillig, als er den Pfeil abfing.

Als sie mit der Verabschiedung fertig waren, standen sie auf und verschwanden im Schilf, es galt keine Zeit zu verlieren. Die Brandung umspielte ihre Waden, als sie durch den Ammsee wateten. Schon bald wurde das Gelände steiniger und das Wasser tiefer – an einigen Stellen stand es ihnen sogar bis zum Hals. In Rüstung schwimmen zu lernen, dachte Quentin zynisch, auch das wäre nützlicher gewesen als der Waffendrill. Doch sie gingen nicht unter. Im Gegenteil, sie schafften es, eine schmale Seeenge zu durchqueren, bis sie eine Felseninsel erreichten.

Kormorane krächzten ihnen von den Klippen entgegen, beinahe so, als würden sie sie begrüßen. Vorsichtig hangelten sich Kaia und Quentin an den Felsen entlang und folgten dem Küstenverlauf der Insel. Langsam wurden Quentins Arme müde. Doch die Prinzessin setzte ihren Weg unbeirrt fort. Als er schon fürchtete, sich nicht länger festhalten zu können, erblickten sie endlich einen schmalen Spalt: der Tunnel, der hinauf in die Stadt führte.

*

Kaia stemmte sich mit dem Fuß gegen die Wand und zog mit aller Kraft an der Tür der Felsenkirche – knarzend gab sie nach. Die Prinzessin steckte den Kopf durch den Spalt und blickte die steile Treppe hinauf.

»Die Luft ist rein«, raunte sie Quentin zu.

Erleichtert löschte er die Fackel, jetzt da sie wieder im Tageslicht waren.

»Es kommt mir wie eine halbe Ewigkeit vor, seit ich mit Baldwin hier war«, sagte sie, während sie die Stufen erklomm. »Wie es ihm wohl geht?«

Quentin meinte Wehmut aus ihrer Stimme herauszuhören, zur Antwort zuckte er jedoch nur mit den Schultern. Sie hatten Wichtigeres zu tun, als sich um einen versoffenen Arkebusier zu sorgen. In der Ferne, hinter den Dächern der Häuser, konnten sie bloß wenige Schüsse hören. Und nur ab und zu war das Donnern einer Kanone zu vernehmen. Die Schlacht neigte sich anscheinend ihrem Ende zu.

»Wir müssen uns beeilen«, sagte Quentin besorgt. »Lange werden die Windfaller nicht mehr abgelenkt sein.«

Kaia nickte und legte einen Schritt zu. Schon bereute Quentin, sie angespornt zu haben. Seine Hüfte schmerzte so sehr, dass er die Zähne zusammenbeißen musste, um ihr zu folgen. Noch waren die Straßen der Stadt wie leer gefegt, denn die Leute hatten sich in ihre Häuser zurückgezogen. Allerdings konnte er hinter vielen Fensterläden Schemen ausmachen, Menschen, die neugierig hinausblickten.

Die Prinzessin führte sie durch einige verwinkelte Gassen, bis sie auf eine Promenade stießen. Sie waren gerade auf die breite Straße abgebogen und sahen den Sonnendom schon vor sich liegen, da ertönte hinter ihnen ein Ruf: »He da, wo wollt Ihr denn hin?«

Zwei ältere Soldaten mit rostigen Sturmhauben und Piken im Arm kamen geradewegs auf sie zu. Vermutlich waren die Greise zu alt für den Dienst an der Front und sollten deshalb innerhalb der Stadtmauern für Ordnung sorgen.

Kaia legte geistesgegenwärtig Quentins Arm um ihre Schultern und tat so, als würde sie ihn stützen.

»Wir sind auf dem Weg zum Kordelia-Spital«, log sie mit verstellter Stimme. »Mein Kamerad ist verwundet.«

Während der dickere der beiden Altgedienten schnaufend stehen blieb, kam der andere bis auf Speereslänge an sie heran. Seine grauen Augen blitzten streng unter buschigen Brauen hervor, als er sie musterte. Zum Glück waren sie nicht in Herzfaller Rüstung gekleidet.

»Und in wessen Dienst steht Ihr?«, fragte er schroff. Offenbar hielt er Kaia mit ihrem Helm für einen Knappen.

»Gerdano von Weinstein«, log die Prinzessin prompt und nannte einen der Windritter, dessen Banner sie auf den Zinnen gesehen hatten.

»In Ordnung«, grummelte der Soldat, anscheinend zufrieden mit der Antwort. »Ich hoffe, es ist nichts Ernstes.«

»Wir werden sehen«, murmelte Kaia. Dann humpelten sie gemeinsam weiter, und Quentin musste nicht einmal schauspielern, um den Verwundeten zu mimen.

Sie trauten sich zunächst nicht, schneller zu laufen, für den Fall, dass ihnen die beiden Soldaten hinterherguckten. Quälend langsam erreichten sie daher den Tempelplatz.

Der Dom war ein schnörkelloser Bau aus reinem Fels. Nur sein Dach wurde von einer riesigen Kristallkuppel geziert. Verwundert bemerkten sie, dass das Portal offen stand, so als würde jeden Moment die Messe beginnen.

Gemeinsam erklommen sie die Stufen und betraten den Tempel. In der Mitte des Saals standen mehrere Reihen von Sitzbänken im Kreis um eine runde Kanzel herum. Die Wände waren glatt und hell, sodass das Licht der Kuppel bunt auf ihnen flimmerte. Gegenüber vom Eingang war eine steinerne Wendeltreppe zu erkennen, die hinauf bis unter das Dach führte.

Quentin legte den Kopf in den Nacken und blickte nach oben. Direkt unter der Kuppel verlief eine runde Balustrade. Die Kristallscheiben zeigten Motive von Bergen und Wäldern rund um einen blauen See; Menschen arbeiteten an seinem Ufer, und Vögel kreisten in der Luft.

Auch Kaia hatte kurz innegehalten und nachdenklich die Decke inspiziert. »Seht, Quentin, selbst hier gibt es Lücken im Glas«, sagte sie und zeigte nach oben.

Plötzlich fiel hinter ihnen das Tor mit einem lauten Krachen zu, und sie fuhren herum. Ein Golem stand vor dem Portal – schmaler als die anderen, die sie auf dem Schlachtfeld gesehen hatten, aber nicht minder groß. Er hatte keinen Rost angesetzt, und sein Torso war von einer verzierten Platte bedeckt. In der rechten Faust führte er einen Bidenhänder, als wäre es ein Kurzschwert. Er machte zwei donnernde Schritte auf sie zu, dann blieb er stehen und deutete mit der Klinge auf Kaia.

»Ich kenne diese Rüstung«, murmelte die Prinzessin irritiert.

Quentin folgte ihrem Blick und betrachtete den Golem genauer. In seinen Brustharnisch war ein Vogelmensch mit ausgebreiteten Schwingen eingraviert. Nervös sah sich der Gelehrte um. Ob sie die Wendeltreppe erreichen konnten, bevor der Koloss bei ihnen war? Er bezweifelte es. Ein Kampf schien unausweichlich.

Für ein paar Herzschläge verharrten sie regungslos, aus Angst, die geringste Bewegung könnte den Golem aus seiner Starre erwecken. Dann, nach einer gefühlten Ewigkeit, nahm der Koloss seinen Helm ab.

Quentin stockte der Atem. Darunter kam ein menschlicher Schädel zum Vorschein – ein blasser junger Mann, kaum älter als die Prinzessin.

»So sehen wir uns wieder«, begrüßte er Kaia mit harter Stimme.

»Was ist mit dir geschehen?«, fragte sie fassungslos.

»Deine Sorge kommt zu spät, Schwesterherz«, erwiderte er höhnisch grinsend.

Und da erst begriff Quentin – es war Fürst Karol, dem sie gegenüberstanden.

»Du wolltest dich wohl genauso heimlich in die Stadt schleichen, wie du entkommen bist«, tönte der Windfürst. »Aber merke dir: Die Zeiten sind vorüber, in denen ich einen Fehler mehr als einmal mache. Dir je zu vertrauen war einer davon«, fuhr er fort und deutete hinauf zur Kristallkuppel. »Hast du wirklich geglaubt, dass mein Meister seine verwundbarste Stelle ungeschützt lässt?«

Kaia sah ihren Bruder flehend an. »Das sind doch nicht deine Worte, Karol! Siehst du nicht, was der Thaumaturg mit dir angerichtet hat? Er ist nicht dein Meister, er kann dir keine Befehle erteilen … Und wie kannst du nur wollen, dass ganz Royum in Zeitenstürmen untergeht? Früher oder später werden sie auch hierherkommen!«

»Eisen altert besser als Fleisch«, antwortete er mit einem trockenen Lachen. Bei dem ganzen Eisen im Körper musste der Bursche wohl den Verstand verloren haben, dachte Quentin.

»Du hast die Wahl«, beschwor Kaia ihn abermals. »Tue das Richtige und wende dich jetzt gegen ihn! Dann kannst du Royum retten, und das Volk wird dich dafür lieben!«

»Nein«, entgegnete Karol ungerührt. »Das Volk wird nicht vergessen, in wessen Diensten der Thaumaturg stand. Außerdem ist mein Schicksal längst mit dem seinen verbunden, oder was glaubst du, wer mich gerettet und neu erschaffen hat? Fällt er, dann falle auch ich. Also, Schwesterherz«, er spuckte das Wort förmlich aus, »kehr um, oder ich muss dich töten! «

»Niemals«, erwiderte Kaia mit fester Stimme. »Niemals werde ich diesen Wahnsinn zulassen.«

»Dann hast du dich für den Tod entschieden«, zischte Karol und ging zum Angriff über. Er machte einen weiten Satz und ließ seine Klinge im hohen Bogen auf die Prinzessin niederfahren. Erst im letzten Moment sprang sie zur Seite und zog ihren Degen.

»Geh hoch und tu es!«, rief sie Quentin zu, während sie dem nächsten Hieb auswich.

Das ließ er sich nicht zweimal sagen. Er drehte auf dem Absatz um und rannte los Richtung Wendeltreppe. Im vollen Lauf griff er sich einen schweren Kerzenständer und hetzte weiter. Als er auf die unterste Stufe sprang, sah er, wie der Windfürst Schlag um Schlag austeilte, doch Kaia duckte sich behände unter ihnen hinweg. Sie war schneller und wendiger als der klobige Halbgolem. Doch wie lange würde sie diesen ungleichen Kampf durchhalten?

Mit langen Schritten hastete Quentin empor, während er unter sich Karols Klinge immer wieder durch die Luft zischen hörte. Endlich! Er war kurz vor dem Ziel. Schwankend erklomm er die letzten Stufen, so schwindlig war ihm von den vielen Windungen. Mit einem Keuchen erreichte er die Balustrade, während Kaia den nächsten Angriff ihres Bruders abwartete und blitzschnell unter seinem Schwert hindurchtauchte.

Ein hastiger Blick durch das Kristalldach verriet Quentin, dass die Schlacht vor den Toren der Stadt immer noch im Gange war. Viele Ritter lagen tot am Boden. Doch eine Schar um das Banner des jungen Herzfürsten ritt immer noch mutig gegen die Eisenkolosse an. Zu seinen Füßen sah er mit Schrecken, wie Karol Kaia soeben zu Boden stieß. Im Liegen stach sie nach seinem Unterleib. Doch mit einem Tritt zerschmetterte er ihre Klinge.

Er musste rasch handeln! Doch wenn er das Dach jetzt zerstörte, würden die spitzen Scherben auch auf Kaia stürzen …

Schon wollte Quentin aufatmen, als die Prinzessin auf eine schützende Bank zurobbte, aber sie war zu langsam. Karol holte sie ein, drehte sie auf den Rücken und setzte ihr einen mächtigen Eisenfuß auf die Brust. »Siehst du, wer dieses Mal gewinnt?«, zischte ihr Bruder laut. »Und du bist mein Zeuge!«, brüllte er nach oben. »Dieses eine Mal bin ich besser als sie!«

»Tu es! Los!«, schrie Kaia dem Gelehrten entgegen, als sie ihn auf der Balustrade erspähte.

Quentin warf einen letzten Blick auf das Schlachtfeld. Wenn er jetzt nicht handelte, würden die Herzritter verlieren, und das wäre Royums Untergang … Er zog sich den Umhang schützend über den Kopf und holte mit dem Kerzenständer aus.

Es knirschte, und einzelne Splitter flogen, als er das Glas zum ersten Mal traf. Er schlug noch einmal zu, und diesmal zogen sich feine Risse durch das gesamte Kristalldach. Mit dem nächsten Schlag krachte laut lärmend die ganze Kuppel herunter.

Erst als das Klirren ein Ende hatte, lugte Quentin vorsichtig nach unten. Die Prinzessin rührte sich nicht mehr. Karol lag schützend über seiner Schwester in einem Meer aus zerbrochenem Kristall. Unzählige Scherben steckten in seinem Schädel und seinem Nacken, und unter ihm begann sich eine Blutlache auszubreiten. Er ließ sich zur Seite fallen und keuchte hörbar:

»Habe ich … trotzdem gewonnen?«

Kaia bewegte sich – sie lebte! – und beugte sich über ihren Bruder. Der hob eine klobige Hand und versuchte, ihr über die Wange zu streicheln.

»Das ist alles … was ich wollte: einmal gegen dich gewinnen, Schwesterherz. Herrschen können andere. Du wirst sehen … dass es keine … Freude ist.«

Daraufhin schloss er die Augen und sackte zusammen. Kaia flüsterte ihrem Bruder etwas ins Ohr. Dann umarmte sie ihn und weinte. Ihre Schluchzer hallten von den Wänden wider und wurden bis unter das geborstene Dach getragen.

Quentin fühlte sich plötzlich wie ein Eindringling. Er wollte den letzten Moment der Windgeschwister nicht stören und wandte sich ab. Sein Blick wanderte dabei über die Dächer der Stadt in die Ferne.

Draußen auf dem Schlachtfeld waren die Golems inmitten der Gefallenen zu eiserenen Statuen erstarrt. Und nur ein einsames Herzfelder Horn ertönte zum Triumph.

TUULIKKI

Sie schwamm im Kreis und gurgelte ihren Namen: *Tuulikki.* Immer und immer wieder. Doch die innere Unruhe wollte sich nicht legen. Nie hatte sie davon gehört, dass eine ihrer Schwestern einen Namen erhalten hätte, bevor sie das Unterwasser verlassen hatte. Was konnte das bedeuten? Würde sie sich nie verwandeln, oder stand ihre Verwandlung kurz bevor? Sie stoppte ab, drehte sich einmal über Kopf und schwamm in die andere Richtung weiter. *Tuulikki.* Sie konnte den Namen nicht aussprechen, aber sie mochte die Bläschen, die entstanden, wenn sie es versuchte.

Als sie hörte, dass die Tür geöffnet wurde, drückte sie ihr Gesicht gegen das Glas. Der Eine war zurückgekehrt! Und dieses Mal gab er nicht vor, sich um irgendwelche Tiegel, bunten Pulver oder knisternden Feuer zu kümmern. Dieses Mal kam er direkt auf sie zu und legte eine Hand gegen die Scheibe, genau an der Stelle, wo ihre Pranke sie von innen berührte.

»Es ist vorbei«, sagte er tonlos. »Dabei hätte ich bis zum Ende der Zeit gesucht, nur um meine Seele zu finden.«

Für etliche Herzschläge verweilten sie so, vollkommen regungslos. Sie im Wasser und er davor.

»Das Schicksal hat mich eingeholt, wie es scheint«, verkündete er bar jeder Regung. »Dabei glaube ich schon lange nicht mehr an irgendwelche Zeichen. Aber vielleicht bist du tatsächlich ein schlechtes Omen? So wie mich damals meine geliebte Tuulikki nicht aus den Fluten gezogen hatte, bleibt mir auch jetzt wieder eine Rettung versagt.«

Mit einem Mal überkam sie eine innere Unruhe. Ihre Schwanzflosse zitterte vor Aufregung. Was hatte er nur vor?

»Ich will dir einen Gefallen tun«, fuhr der Eine schließlich fort.

»Ist es nicht das, was Freunde füreinander tun – sich Gefallen erfüllen? Wolltest du nicht wissen, wie ich aussehe?«

Langsam zog er seine Kapuze zurück. Dann löste er den Lederriemen an seinem Hinterkopf und nahm die Maske ab.

Um ihn besser sehen zu können, presste Tuulikki ihre Stirn noch fester an die Scheibe, bis es schmerzte. *Er sieht fast so aus wie ich.* Die Nase und die Ohren in seinem grauen Gesicht waren nicht mehr als schmale Schlitze. An seinem Mund fehlten Lippen, und eines seiner Augen war eine leere Höhle.

Sie kratzte mit ihren Pranken über das Glas. Sie wollte bei ihm sein. Jetzt! Doch ihre Krallen hinterließen nur dünne Kratzer. Frustriert ließ sie den Kopf hängen. Was half es schon, dass sie ihrem Ziel so nah war, wenn sie es doch nicht erreichen konnte.

Plötzlich fuhr sie wieder hoch und starrte ihn aus weit aufgerissenen Augen an. *Lass mich dich klar sehen*, gurgelte sie ins Wasser, *nicht durch dieses trübe Glas!*

Der Eine zögerte für einen Moment und wendete die Maske nachdenklich in seinen Händen. Schließlich legte er sie beiseite und holte eine Leiter herbei. Mit gleichmäßigen Bewegungen stieg er hinauf auf das gläserne Dach und öffnete die Luke zu ihrem Gefängnis.

Tuulikki tauchte langsam aus dem Wasser auf und beäugte ihn in aller Ruhe. In dem Wissen, dass er gleich ihr gehören würde, kostete sie die letzten Atemzüge ihrer Jagd aus. Dann ließ sie sich auf den Boden absinken, stieß sich sofort wieder ab und durchbrach die Oberfläche.

Sie sprang durch die Öffnung und landete auf dem Rand des Gefäßes. Das Glas zerbarst unter ihrem Gewicht, Scherben platzten ab und bohrten sich in ihren Körper. Doch sie wuchtete sich heraus und brachte den Einen aus dem Gleichgewicht.

Er strauchelte und fiel rückwärts die Leiter herunter. Das Wasser schwappte über, und mitsamt der Welle glitt sie ins Freie. Es klatschte laut, als sie auf dem Steinboden landete.

Mit einem Prankenhieb brachte sie den Einen zu Fall, der sich gerade neben ihr aufrappeln wollte. Ringend wälzten sie sich über den nassen Boden. Und obwohl sie nicht in ihrem Element war, hatte sie bald die Oberhand gewonnen und ihn unter sich begraben.

Verzweifelt griff er mit der bloßen Hand nach einer Scherbe und stach auf sie ein. Doch das spitze Glasstück blieb in ihrer Schwarte stecken. Im Gegenzug schlug sie die Zähne in seinen Hals. Er zuckte noch nicht einmal zusammen. Kannte der Eine keinen Schmerz? Sein Fleisch schmeckte nach Schwefel, und sein Blut brannte in ihrem Maul.

Als sie ihm schließlich die Seele aus dem Leib saugen wollte, spürte sie die Leere, von der er erfüllt war. Es flackerte kein Seelenfeuer in ihm, das sie erlösen und ihre Verwandlung in Gang setzen konnte. So waren sie beide dem Tode geweiht und würden ersticken: Sie an der schneidenden Luft, und er an seinem eigenen Blut. Es sei denn …

Tuulikki löste den Biss, zog die Scherbe aus ihrem Fleisch und presste sie ihm in den Mund. Dann küsste sie ihn, sodass der Splitter ihre Zungen zerschnitt und sich ihr Blut in ihren Kehlen vereinte.

Dabei atmete sie in ihn hinein, bis sie spürte, wie eine lang erloschene Glut in ihm entfacht wurde – schwach und kalt und dunkel. Für einen einzigen Herzschlag nur war seine Seele erwacht. Doch er war der Eine, und ein Funken von ihm war für sie mehr wert als alle Flammen dieser Welt zusammen! Behutsam atmete sie ein, um sein wiederentfachtes Seelenfeuer nicht zu löschen, als sie es sich einverleibte.

Und auf einmal lag sie nicht mehr in der engen Steinhalle, sondern schwamm durch einen weiten See. »Aleas!«, rief sie und musste husten, als sie Wasser schluckte. Immer wieder verlor sie ihren Liebsten aus den Augen, wenn er in einem Wellental verschwand. Sie würde ihn nicht dem Unterwasser preisgeben – niemals! Ihre Glieder waren jedoch seltsam müde vom Kampf gegen die Strömung. Trotzdem suchte sie weiter, und endlich sah sie ihn, wie er regungslos hinab in die Tiefe sank. Sie tauchte ihm hinterher. Quälend langsam kam sie voran. Schon nach wenigen Schwimmzügen brannte die Luft in ihrer Brust. *Was ist nur los mit mir?* Sie hatte zwei Schwanzflossen statt einer, nein, *Beine!*, stellte sie irritiert fest. Und auf ihrem Kopf wuchsen seidig schwarze Haare. *Ich bin nicht ich!* Mit letzter Kraft erreichte sie dennoch ihren Liebsten und schlang die Arme um ihn. Gemeinsam trieben sie gen Überwasser, bis sie endlich die Oberfläche durchbrachen …

Keuchend erwachte Tuulikki in der steinernen Halle. Gepackt von Krämpfen spie sie Wasser aus – Schwall um Schwall. Aus Reflex versuchte sie, mit den Kiemen zu atmen, aber die Deckel waren zugewachsen. Panisch riss sie den Mund auf und ließ kalte Luft einströmen, die ihr zum ersten Mal kein Gift, sondern Balsam war.

Völlig erschöpft rollte sie auf die Seite. Neben ihr lag der Eine oder Aleas, wie Tuulikki, die Perlentaucherin, ihn gerufen hatte. Er atmete nicht. Aber seine Gesichtszüge wirkten entspannt, so als ob er seinen Seelenfrieden gefunden hätte.

Sie fuhr sich mit einer fünfgliedrigen Hand über den Kopf und erschrak, als sie etwas Weiches ertastete. Ungläubig erfühlte sie lange schwarze Haarsträhnen zwischen den Fingern. Dann blickte sie zögerlich, beinahe ängstlich an sich hinab und erblickte einen fleischfarbenen Körper mit zwei langen Beinen anstelle ihrer Schwanzflosse. Die Verwandlung war geschehen! Das Überwasser erwartete sie. Sie war die Letzte ihres Reigens, doch nun würde sie ihn fortsetzen können …

EPILOG

Das Knirschen von Schritten ließ Kaia die Augen öffnen. Quentin bahnte sich vorsichtig einen Weg durch die Splitter, die den ganzen Boden der Tempelhalle bedeckten.

»Wir haben gesiegt!«, schnaufte er erleichtert. »Die Golems sind erstarrt, und Delanbredh hat vor den Toren der Stadt ein Lager aufgeschlagen.«

Kaia wollte lächeln, etwas sagen, doch sie brachte keinen Ton heraus. Noch immer hielt sie die eiserne Faust ihres toten Bruders umklammert. *Karol, was warst du nur für ein törichter Dummkopf …*

Sie wischte sich eine letzte Träne aus den Augen, dann legte sie seine Hand vorsichtig ab und stand auf. Sie würde nun Windfall regieren und Delanbredh Herzfelden, schoss es ihr durch den Kopf. Frieden würde zwischen den Nachbarreichen herrschen – kein angespannter, wie zu Zeiten ihrer Ahnen, sondern einer, auf den sich die Leute verlassen könnten. Doch selbst diese Aussicht vermochte sie nicht zu trösten.

Quentin den Rücken zugewandt befahl sie: »Wartet hier! Ich muss noch etwas erledigen.«

Ohne seine Antwort abzuwarten, schritt sie quer durch die Halle auf das Tempelportal zu. Eigentlich gab es nichts, was sie zu erledigen hatte. Sie wollte nur nicht, dass Quentin sie derart aufgelöst sah. Er war ein schlauer Mann und ein guter Ratgeber, ohne dass ihm dabei allzu oft sein Gewissen in die Quere kam. Wenn sie den Windthron besteigen würde, würde sie ihn zu ihrem engsten Berater machen. Von ihren Schwächen brauchte er jedoch nichts zu wissen.

*

Eine blutrote Sonne stand am Himmel, als Kaia hinauf zum Kleinen Nordtor schritt, dorthin, wo ihre Reise begonnen hatte. Es kam ihr vor, als wäre sie seit Jahren nicht hier gewesen.

In der Stadt herrschte eine angespannte Stille. Überall an den Straßenecken hatten sich kleine Grüppchen von Leuten gebildet. Einige waren ängstlich, andere freuten sich über den Fall der Golems, doch niemand wusste, wer nun über Windfall herrschte: die Herzritter als grausame Eroberer, Fürst Karol, der sich nur um sein eigenes Wohl scherte, oder vielleicht doch der mysteriöse Thaumaturg? Keine der genannten Möglichkeiten schien die Leute zuversichtlich zu stimmen. Am liebsten hätte sich Kaia ihnen zu erkennen gegeben, um sie zu beruhigen. Doch das wäre töricht, solange sie nicht wusste, was auf der Burg vor sich ging.

Als sie gerade das kleine Nordtor erreichte, wurde die Pforte geöffnet, und zwei Dienstmägde stürzten ihr entgegen. Die eine hatte die Arme voll edler Stoffe, die andere schleppte zwei Besteckkästen vor sich her. *Die Plünderung hat begonnen*, dachte Kaia missmutig und prägte sich die Gesichter der beiden Frauen ein, um sie zu gegebener Zeit zu bestrafen. Loyalität war das Mindeste, was sie von ihren Untergebenen erwartete.

Sie atmete noch einmal tief durch. Dann schritt sie durch das Tor und machte sich auf den Weg zum Alten Pulverturm, dem Sitz des Thaumaturgen. Die wenigen Menschen, die sie unterwegs traf, schenkten ihr kaum Beachtung. Sie schienen nur einen jungen Burschen in Rüstung in ihr zu sehen.

Weniger gelegen kam ihr jedoch, dass die eisenverstärkte Tür zum Pulverturm fest verschlossen war. Das gedrungene Gemäuer war der massivste Bau der Festung. Der Turm verfügte noch nicht einmal über Fenster oder Schießscharten. *Wie soll ich dort nur hineinkommen?* Unruhig lief sie vor dem Eingang auf und ab. Dann besann sie sich eines Besseren und legte sich hinter einem Brunnen auf die Lauer. Manchmal war Geduld die einzige Lösung – ein Satz, der von Baldwin hätte stammen können.

Mit Wehmut dachte sie an den alten Arkebusier zurück. Sie

hatte ihm unrecht getan, als sie ihn verjagt und als treulos beschimpft hatte. Ob sie es je wiedergutmachen könnte?

Während sie hinter der Brunnenmauer saß und wartete, kam ihr wieder die dritte Strophe der Prophezeiung in Erinnerung:

Fünfe dir zur Seite steh'n:
des Verräters Klinge alt,
die Flamme, die voll Leben wallt,
des Weisen Rat, der klug erschallt,
der Traute, der da schwankt alsbald
und des Untiers Kuss so kalt.

Baldwin war der vermeintliche Verräter gewesen und Miskar die Flamme. Daran bestand für sie kein Zweifel. Und der Weise konnte niemand anderes als Quentin sein. Der Traute war vermutlich ihr Bruder gewesen, als er sich schützend über sie geworfen hatte. *Doch wer oder was ist das Untier?*

In diesem Moment machte sich ihr Warten bezahlt. Laut knarzend öffnete sich die Tür des Pulverturms, und eine junge Frau kam nackt herausgestolpert. Das schwarze Haar hing ihr nass ins Gesicht, und ihre blasse Haut war von blutenden Schnitten übersät. Sie sah sich gehetzt um und lief dann geradewegs auf den Brunnen zu, nur um sich über die Mauer zu beugen und fasziniert ihr Spiegelbild zu betrachten. Nach ein paar Herzschlägen erklang ein kehliges, fast hysterisches Kichern aus ihrem Mund.

Das arme Mädchen ist kaum älter als ich, dachte die Prinzessin mitleidig und erhob sich aus ihrem Versteck.

Die Frau zuckte zusammen, doch Kaia hob beschwichtigend die Hände. »Alles ist gut«, flüsterte sie, als ob sie mit einem verschreckten Tier reden würde. »Niemand wird dir mehr etwas tun. Du bist in Sicherheit.« Sie trat vorsichtig näher. »Sieh nur, wie du frierst«, sagte sie etwas lauter und legte dem Mädchen ihren Mantel um.

Die junge Frau betastete neugierig den Stoff, als hätte sie noch nie Kleidung getragen.

Kaia strich ihr derweil sanft die Haare aus dem Gesicht und erschrak. An beiden Halsseiten verliefen tiefe, parallele Narben. Was musste die Ärmste in der Gewalt des Thaumaturgen nur durchgemacht haben? Sie traute sich kaum nach ihm zu fragen, und dennoch musste sie wissen, was mit ihm geschehen war.

»Sag mir nur eins: Der Thaumaturg …«

Das Mädchen sah sie verständnislos an.

»Ich meine, den Mann, der in dem Turm gewohnt hat«, setzte Kaia von Neuem an und deutete auf das Bauwerk.

»Er ist tot«, gluckste die Frau. Dann hielt sie sich den Bauch und spie einen Schwall Wasser aus.

Kaia nahm sie in die Arme und drückte sie an sich. Und erst jetzt wurde ihr wirklich bewusst, was das alles bedeutete: Es war vollbracht!

Eine unendliche Last fiel ihr von den Schultern. Sie wusste nicht, wie viele Menschen in den Zeitenstürmen umgekommen waren. Sicher waren zahlreiche Landstriche verwüstet worden. Nichts davon hatte sie verhindern können, nichts davon konnte sie wiedergutmachen. Doch sie könnte sich des Mädchens annehmen und sich um sie kümmern. Vielleicht war das nur eine kümmerliche Geste, so als würde sie einen einzelnen Samen für einen niedergebrannten Wald einpflanzen. Aber andererseits, dachte sie, lag der Anfang nicht immer in kleinen Dingen?

MEIN DANK GILT

All meinen Weggefährtinnen und Weggefährten, die mit mir Aventurien, Mittelerde, Morh-Kaddur, die Sechste Welt, Cherubien, Royum, Golarion, Westeros und natürlich auch weit, weit entfernte Galaxien erkundet haben. Bitte seht es mir nach, dass ich keinen von Euch persönlich nenne – die Gefahr, eine(n) von euch zu vergessen, ist mir einfach zu groß.

Meinem ehemaligen Professor Frank Unger, der mich, sicher unbeabsichtigt, auf diese Reise geschickt hat, als er sagte, dass man immer das machen sollte, was einem Spaß macht.

Jesus, einem Horror-Schriftsteller aus Spanien, dem ich nur einmal per Zufall begegnete, der mir aber folgende banale wie bahnbrechende Weisheit mit auf den Weg gegeben hat: »If you write you're a writer!«

Meinem ehemaligen Kollegen und Autorenfreund Hendrik, dem ich bei dem einen oder anderen Malzbier meinen Wunsch gebeichtet habe, ein Fantasy-Buch schreiben zu wollen.

Meiner Mutter, die mir eine Fahrkarte nach Leipzig spendiert und mich so im wahrsten Sinne des Wortes auf die Reise geschickt hat.

Mirco und Mark fürs Testlesen und all ihre wertvollen Kommentare sowie Alex und Dirk fürs Begeisterung-am-Leben-Halten, wenn der Akku einmal leer war.

Nitya für ihre scharfen Augen in letzter Sekunde.

Meiner Lektorin Sabine Biskup für ihr Vertrauen und das hartnäckige Herauskitzeln der bestmöglichen Geschichte.

Und nicht zuletzt meiner Frau Olga, die auch die Zweifel und Schattenseiten des Schreibens mit mir ausgehalten hat.